RAVENSONG

TJ KLUNE

RAVENSONG
OS LAÇOS

Green Creek, volume 2

Tradução
Rita Süssekind

Copyright Green Creek: Ravensong © 2018 por TJ Klune.
Copyright Green Creek: Lovesong © 2018 por TJ Klune.
Publicado em comum acordo com The Knight Agency através da International Editors & Yáñez Co' S.L.

Título original: Green Creek. Volume II: Ravensong

Direção editorial: Victor Gomes
Coordenação editorial: Karina Macedo
Acompanhamento editorial: Fernanda Felix e Clara Suaiden
Tradução: Rita Süssekind
Preparação: Bárbara Waida
Revisão: Isadora Prospero
Capa original: Red Nose Studio
Diagramação: Beatriz Borges
Adaptação de capa: Mariana Souza
Imagens de miolo: Red Nose Studio e © Shutterstock

Esta é uma obra de ficção. Nomes, personagens, lugares, organizações e situações são produtos da imaginação do autor ou usados como ficção. Qualquer semelhança com fatos reais é mera coincidência.

Todos os direitos reservados. Proibida a reprodução, no todo ou em partes, através de quaisquer meios. Os direitos morais do autor foram contemplados.

Dados Internacionais de Catalogação na Publicação (CIP)

K66r Klune, TJ
Ravensong: os laços / TJ Klune ; Tradução : Rita Süssekind –
São Paulo : Morro Branco, 2024.
592 p. ; 14 x 21 cm.

ISBN: 978-65-6099-005-0

1. Literatura americana — Romance. 2. Ficção americana. I. Süssekind, Rita. II. Título.
CDD 813

Todos os direitos desta edição reservados à:
EDITORA MORRO BRANCO
Alameda Santos, 2223, 7º andar
01419-912 – São Paulo, SP – Brasil
Telefone (11) 3373-8168
www.editoramorrobranco.com.br

Impresso no Brasil
2024

AVISO: ESTE LIVRO CONTÉM CENAS EXPLÍCITAS E CONTEÚDO ADULTO.

Para aqueles que escutam as canções de lobos, ouçam bem:
seu bando está lhes chamando para casa.

*"Profeta", disse eu, "profeta — ou demônio ou ave preta! —
Fosse diabo ou tempestade quem te trouxe a meus umbrais,
A este luto e este degredo, e esta noite e este segredo
A esta casa de ânsia e medo, dize a esta alma a quem atrais
Se há um bálsamo longínquo para esta alma a quem atrais!".
Disse o Corvo, "Nunca mais".*

EDGAR ALLAN POE, "O Corvo",
TRADUÇÃO DE FERNANDO PESSOA

promessas

O ALFA DISSE:
— Nós vamos embora.
Ox estava perto da porta, menor do que nunca. A pele sob seus olhos parecia machucada.
Aquilo não ia dar certo. Emboscadas nunca davam.
— Quê? — perguntou Ox, estreitando levemente os olhos. — Quando?
— Amanhã.
— Você sabe que não posso ir embora ainda — disse Ox, e eu toquei o corvo no meu antebraço, sentindo o bater de asas, o pulsar da magia. Ardia. — Tenho que encontrar o advogado da minha mãe em duas semanas para tratar do testamento dela. Tem a casa...
— Você não, Ox — falou Joe Bennett, sentado atrás da mesa do pai. Thomas Bennett não era nada além de cinzas.
Eu vi o momento em que as palavras se assentaram. Foi selvagem e brutal, a traição de um coração já partido.
— Nem a mamãe. Ou Mark.
Carter e Kelly Bennett se mexeram desconfortavelmente, lado a lado perto de Joe. Havia muito, muito tempo que eu não fazia mais parte do bando, mas até eu podia sentir o murmúrio baixo de raiva correndo por eles. Mas não de Joe. Nem de Ox. Nem de ninguém naquela sala. Eles tinham vingança no sangue, a necessidade de rasgar com garras e presas. Eles já tinham se perdido naquela ideia.
Mas eu também tinha. Ox apenas não sabia ainda.
— Então só você — disse Ox. — E Carter. Kelly.
— E Gordon.

E agora ele sabia. Ox não olhou para mim. Poderia muito bem ser apenas os dois na sala.

— E Gordon. Para onde vão?

— Fazer a coisa certa.

— Nada disso está certo — retrucou Ox. — Por que não me contou?

— Estou contando agora — respondeu ele, e, ah, Joe. Ele devia saber que aquela não era...

— Porque *essa* é a coisa... Para onde vão?

— Atrás de Richard.

Quando Ox ainda era um menino, seu maldito pai partiu para algum lugar desconhecido sem sequer olhar para trás. Ox levou semanas para pegar o telefone e me ligar, mas ligou. Ele falou devagar, mas eu ouvi a dor em cada palavra quando me disse *não estamos bem*, que andava vendo cartas do banco falando sobre tirar a casa em que ele e a mãe moravam naquela antiga e familiar estrada de terra.

Você poderia me arranjar um emprego? É só que precisamos do dinheiro e não posso deixar que ela perca a casa. É tudo que temos. Eu vou ser bom, Gordon. Faria um bom trabalho e trabalharia para você para sempre. Já ia ser assim mesmo, não podemos começar agora? Não podemos começar já? Sinto muito. Só que tem que ser agora porque eu preciso ser o homem agora.

Aquele era o som de um menino perdido.

E ali, na minha frente, o menino perdido havia voltado. Claro, ele era maior agora, mas sua mãe estava enterrada, seu Alfa não passava de fumaça nas estrelas, e seu *parceiro*, logo ele, estava cravando as garras em seu peito e torcendo, torcendo, torcendo.

Eu não fiz nada para impedir. Já era tarde demais. Para todos nós.

— Por quê? — perguntou Ox, a voz se partindo no meio.

Por quê, por quê, por quê.

Porque Thomas estava morto.

Porque eles tinham tirado de nós.

Porque eles vieram para Green Creek, Richard Collins e seus Ômegas, seus olhos violeta na escuridão, rosnando enquanto vinham enfrentar o rei caído.

Eu fiz o que pude.

Não foi suficiente.

Havia um menino, um garotinho que não tinha nem dezoito anos, suportando o peso do legado de seu pai, o monstro da sua infância tornado real. Seus olhos ardiam vermelhos e tudo que ele conhecia era vingança. Pulsava pelos seus irmãos em um círculo infinito, alimentando a fúria uns dos outros. Ele era o menino príncipe transformado em um rei furioso e precisava da minha ajuda.

Elizabeth Bennett estava quieta, deixando tudo acontecer diante dela. Sempre uma rainha silenciosa com o xale sobre os ombros, observando aquela maldita tragédia se desenrolar. Nem mesmo eu podia ter certeza de que ela estava completamente presente.

E Mark, ele...

Não. Ele não. Não agora.

O passado era passado era passado.

Eles discutiam, rosnando e mostrando os dentes um para o outro. Para a frente e para trás, cada um cortando até que o outro sangrasse diante de nós. Eu entendia Ox. O medo de perder aqueles que amava. De uma responsabilidade que você nunca pediu. De ouvir algo que nunca quis ouvir.

Eu entendia Joe. Eu não queria, mas entendia.

Achamos que foi seu pai, Gordon, sussurrara Osmond. *Achamos que Robert Livingstone encontrou um caminho de volta para a magia e rompeu as barreiras que continham Richard Collins.*

Sim. Eu achava que entendia Joe, mais do que qualquer outro.

— Não pode dividir o bando — disse Ox, e ah, Jesus, ele estava implorando. — Não agora. Joe, você é o maldito *Alfa*. Eles precisam de você aqui. Todos eles. *Juntos*. Você realmente acha que eles concordariam...

— Eu já avisei para eles há dias — interrompeu Joe. E então ele se encolheu. — Merda.

Fechei os olhos.

Teve isso:

— É uma merda, Gordon.

— É.

— E você está concordando com isso.

— Alguém precisa garantir que ele não se mate.

— E esse alguém é você. Porque você é do bando.

— Parece que sim.

— Por escolha?

— Acho que sim.

Mas é claro que não era tão fácil assim. Nunca era.

E também:

— Você quer dizer para matar. Você está ok com isso?

— Nada nisso é ok, Ox. Mas Joe tem razão. Não podemos permitir que isso aconteça a mais ninguém. Richard queria Thomas, mas quanto tempo vai levar até caçar outro bando só porque quer ser Alfa? Quanto tempo vai levar para reunir novos seguidores, mais do que antes? O rastro já está esfriando. Temos que acabar com isso enquanto é tempo. Por todos nós. É vingança, pura e simples, mas é para o bem.

Fiquei me perguntando se acreditava nas minhas próprias mentiras.

No final:

— Você deveria falar com ele. Antes de ir.

— Joe?

— Mark.

— Ox...

— E se você não voltar? Realmente quer que ele pense que você não se importa? Porque isso é bizarro, cara. Você me conhece. Mas às vezes acho que se esquece de que eu também o conheço. Talvez até mais.

Maldito.

ELA ESTAVA NA cozinha dos Bennett, olhando pela janela. Suas mãos estavam encurvadas sobre a bancada. Seus ombros estavam tensos, e ela usava seu luto como um sudário. Mesmo depois de anos sem querer ter qualquer ligação com os lobos, eu ainda sabia o respeito que ela impunha. Ela era realeza, quisesse ou não.

— Gordon — disse Elizabeth sem se virar. Fiquei imaginando se ela ouvia lobos cantando canções que eu não conseguia ouvir havia muito tempo. — Como ele está?

— Com raiva.

— Isso era de esperar.

— Era?

— Suponho que sim — respondeu em voz baixa. — Mas você e eu somos mais velhos. Talvez não mais sábios, mas mais velhos. Tudo pelo que passamos, tudo o que vimos, isso é apenas… mais uma coisa. Ox é um garoto. Nós o protegemos o máximo que pudemos. Nós…

— Vocês trouxeram isso para ele — falei antes que pudesse me conter. As palavras foram lançadas como uma granada, e explodiram ao atingirem seus pés. — Se tivessem ficado longe, se não o tivessem envolvido nisso, ele ainda poderia…

— Eu sinto muito pelo que fizemos a você — interrompeu ela, e eu me engasguei. — O que seu pai fez. Ele era… Não foi justo. Nem certo. Nenhuma criança deveria passar pelo que você passou.

— E ainda assim vocês não fizeram nada para impedir — retruquei amargamente. — Você e Thomas e Abel. Minha mãe. Nenhum de vocês. Vocês só se importavam com o que eu poderia ser para vocês, não com o que isso significaria para mim. O que meu pai fez comigo não significou *nada* para vocês. E depois vocês foram embora…

— Você rompeu os laços com o bando.

— A decisão mais fácil que já tomei.

— Eu consigo ouvir quando você mente, Gordon. Sua magia não pode esconder as batidas do seu coração. Nem sempre. Não quando mais importa.

— Malditos lobisomens. — E em seguida: — Eu tinha *doze* anos quando me tornei o bruxo do bando Bennett. Minha mãe estava morta. Meu pai tinha ido embora. Mas, mesmo assim, Abel estendeu a mão para mim, e a única razão pela qual eu disse sim foi porque não sabia onde estava me metendo. Porque eu não queria ficar sozinho. Estava com medo, e…

— Você não fez isso por Abel.

Estreitei os olhos para ela.

— Do que diabos você está falando?

Finalmente, ela se virou e olhou para mim. Ainda tinha o xale em volta dos ombros. Em algum momento, prendera os cabelos loiros em um rabo de cavalo e mechas soltas pendiam sobre seu rosto. Seus olhos estavam azuis, depois alaranjados, depois azuis novamente, piscando devagar. Quase qualquer pessoa que a olhasse pensaria que Elizabeth Bennett estava fraca e frágil naquele momento, mas eu sabia que não. Ela estava encurralada, o lugar mais perigoso para um predador.

— Não foi por Abel.

Ah, então aquele era o jogo que ela queria jogar.

— Era meu dever.

— Seu pai...

— Meu *pai* perdeu o controle quando seu laço foi tirado dele. Meu *pai* se aliou a...

— Todos tínhamos um papel a desempenhar — disse Elizabeth. — Cada um de nós. Cometemos erros. Éramos jovens e tolos, e preenchidos por uma raiva grande e terrível por tudo o que nos fora tirado. Abel fez o que achou certo naquela época. Thomas também. Eu estou fazendo o que acho certo agora.

— E ainda assim você não fez nada para impedir seus filhos. Para não deixar que cometessem os mesmos erros que nós. Você se rendeu como um *cachorro* naquela sala.

Ela não mordeu a isca. Em vez disso, falou:

— E você não?

Merda.

— Por quê?

— Por que o quê, Gordon? Você precisa ser mais específico.

— Por que os está deixando ir?

— Porque já fomos jovens e tolos, e preenchidos por uma raiva grande e terrível. E agora isso passou para eles. — Ela suspirou. — Você já passou por isso. Já esteve nesta posição. Já aconteceu uma vez. E está acontecendo de novo. Estou confiando em você para ajudá-los a evitar os erros que cometemos.

— Não sou parte do bando.

— Não — disse ela, e isso não deveria ter doído tanto quanto doeu. — Mas essa foi uma escolha sua. Assim como estamos aqui agora por causa das nossas escolhas. Talvez tenha razão. Talvez, se não tivéssemos vindo para cá, Ox seria...

— Humano?

Os olhos dela brilharam outra vez.

— Thomas...

Bufei.

— Ele não me contou porra nenhuma. Mas não é difícil ver. O que tem nele?

— Não sei — admitiu ela. — Também não sei se Thomas sabia. Não exatamente. Mas Ox é... especial. Diferente. Ele ainda não enxerga isso. E talvez demore muito para enxergar. Não sei se é magia ou algo mais. Ele não é como nós. Não é como você. Mas não é humano. Não totalmente. Ele é mais, eu acho. Do que todos nós.

— Você precisa mantê-lo em segurança. Fortaleci as barreiras o máximo que pude, mas você tem que...

— Ele é do bando, Gordon. Não há nada que eu não faria pelo bando. Você certamente se lembra disso.

— Fiz pelo Abel. Depois pelo Thomas.

— Mentira — protestou ela, inclinando a cabeça. — Mas você quase acredita.

Dei um passo para trás.

— Preciso...

— Por que não consegue falar?

— Não tenho nada para falar.

— Ele te amava — disse ela, e eu nunca a odiei tanto. — Com todas as forças. Assim são os lobos. Cantamos, cantamos e cantamos até alguém ouvir. E você ouviu. Não foi pelo Abel nem pelo Thomas, Gordon. Nem naquela época. Você tinha doze anos, mas sabia. Você era do bando.

— Maldita — falei com a voz rouca.

— Eu sei — disse ela, mas não de forma grosseira. — Às vezes as coisas que mais precisamos ouvir são as que menos gostaríamos de escutar. Eu amava o meu marido, Gordon. Vou amá-lo para sempre. E ele sabia disso. Mesmo no final, mesmo enquanto Richard... — Ela engasgou. Balançou a cabeça. — Mesmo ali. Ele sabia. E vou sentir a falta dele todos os dias até poder estar ao seu lado outra vez, até poder olhar para o rosto dele, aquele lindo rosto, e dizer como estou furiosa. Como ele é idiota. Como é bom poder vê-lo novamente, e pedir para que ele diga o meu nome. — Havia lágrimas em seus olhos, mas não escorreram. — Estou sofrendo, Gordon. Não sei se essa dor vai me deixar um dia. Mas ele *sabia*.

— Não é a mesma coisa.

— Só porque você não permite que seja. Ele te amava. Ele te deu o lobo dele. E depois você o devolveu.

— Ele fez a escolha dele. E eu fiz a minha. Eu não queria. Eu não queria ter nada a ver com vocês. Com *ele*.

— Você. Está. *Mentindo*.

— O que você quer de mim? — perguntei, a raiva preenchendo minha voz. — O que diabos você poderia querer?

— Thomas sabia — falou ela novamente. — Mesmo à beira da morte. Porque eu disse a ele. Porque mostrei a ele várias e várias vezes. Eu lamento muitas coisas na minha vida. Mas nunca vou lamentar Thomas Bennett.

Ela se aproximou de mim com passos lentos, porém firmes. Eu permaneci estável, mesmo quando ela colocou uma mão no meu ombro, apertando com força.

— Você parte pela manhã. Não se arrependa disso, Gordon. Porque, se palavras não forem ditas, elas vão te assombrar pelo resto dos seus dias.

Ela passou por mim. Mas, antes de sair da cozinha, disse:

— Por favor, cuide dos meus filhos. Eu os estou confiando a você, Gordon. Se eu descobrir que você traiu essa confiança, ou que ficou parado enquanto enfrentavam aquele monstro, não haverá lugar onde você possa se esconder que eu não o encontraria. Eu vou te despedaçar e meu arrependimento será ínfimo.

Então ela se foi.

ELE ESTAVA NA varanda, encarando o vazio, as mãos juntas atrás das costas. Um dia ele fora um garoto com olhos azuis bonitos como gelo, irmão de um futuro rei. Agora ele era um homem, endurecido pelas asperezas do mundo. Seu irmão se fora. Seu Alfa estava partindo. Havia sangue no ar, morte no vento.

Mark Bennett perguntou:

— Ela está bem?

Porque, claro, ele sabia que eu estava lá. Lobos sempre sabiam. Especialmente quando se tratava dos seus...

— Não.

— E você?

— Não.

Ele não se virou. A luz da varanda brilhava em sua cabeça raspada. Ele respirou fundo, seus ombros largos subindo e descendo. A pele das minhas palmas coçava.

— É estranho, não acha?

Sempre um cuzão enigmático.

— O quê?

— Você foi embora uma vez. E aqui está você, indo embora de novo. Eu me incomodei com aquilo.

— Você foi embora primeiro.

— E voltei sempre que pude.

— Não foi o suficiente. — Mas isso não estava totalmente certo, estava? Nem de longe. Mesmo que minha mãe já tivesse partido havia muito tempo, seu veneno ainda pingava em meus ouvidos: *os lobos fizeram isso, os lobos levaram tudo, eles sempre vão ser assim porque está em sua natureza.* Eles mentiam, ela me dizia. Eles sempre mentiam.

Ele deixou passar.

— Eu sei.

— Isso não... Eu não estou tentando começar nada aqui.

Eu podia ouvir o sorriso em sua voz.

— Nunca está.

— Mark.

— Gordon.

— Vá se foder.

Finalmente ele se virou, tão lindo quanto no dia em que o conheci, embora eu fosse uma criança e não soubesse o que isso significava. Ele era grande e forte, e seus olhos eram daquele azul gelado que sempre foram, perspicazes e sábios. Eu não tinha dúvidas de que ele podia sentir a raiva e o desespero que se agitavam dentro de mim, por mais que eu tentasse bloqueá-los. Os laços entre nós estavam quebrados havia muito tempo, mas ainda havia algo ali, não importava o quanto eu tivesse tentado enterrá-lo.

Ele esfregou uma mão no rosto, os dedos desaparecendo naquela barba cheia. Eu me lembrei de quando ele começou a cultivá-la aos dezessete anos, uma coisa toda falhada pela qual eu o sacaneava incessantemente. Senti uma pontada no peito, mas já estava acostumado. Não significava nada. Não mais.

Eu estava quase convencido.

Ele baixou a mão e disse:

— Cuide-se, tá bom? — Ele sorriu um sorriso frágil e depois se dirigiu à porta da casa dos Bennett.

E eu ia deixá-lo ir. Eu ia deixá-lo passar direto por mim. Aquilo seria tudo. Eu não o veria novamente até... até. Ele ficaria aqui, e eu iria embora, o contrário do que costumava ser.

Eu ia deixá-lo ir porque seria mais fácil assim. Para todos os dias que estavam por vir.

Mas eu sempre fui burro quando se tratava de Mark Bennett.

Eu estendi a mão e segurei seu braço antes que ele pudesse me deixar.

Ele parou.

Ficamos lado a lado. Eu encarei a estrada à frente. Ele encarava tudo o que deixaríamos para trás.

Ele esperou.

Nós respiramos.

— Isso não é... Eu não consigo...

— Não — sussurrou ele. — Eu não acho que consiga.

— Mark — falei, me engasgando, procurando por algo, qualquer coisa que pudesse dizer. — Eu vou... *nós* vamos voltar. Tudo bem? Nós...

— Isso é uma promessa?

— *Sim.*

— Não acredito mais nas suas promessas — disse ele. — Há muito tempo não acredito. Cuide-se, Gordon. Cuide dos meus sobrinhos.

E então ele estava dentro da casa, a porta se fechando atrás dele.

Eu desci da varanda e não olhei para trás.

Eu estava na oficina que levava o meu nome, uma folha de papel sobre a mesa diante de mim.

Eles não entenderiam. Eu os amava, mas podiam ser idiotas. Eu tinha que dizer *alguma coisa*.

Peguei uma velha caneta Bic e comecei a escrever.

Tenho que passar um tempo fora. Tanner, você está encarregado da oficina. Certifique-se de enviar os lucros para o contador. Ele cuidará dos impostos. Ox tem acesso às contas bancárias, pessoais e da oficina. Se precisar de alguma coisa, fale com ele. Se precisar contratar alguém para assumir a minha parte do trabalho, contrate, mas não contrate nenhum vacilão. Trabalhamos muito para chegar aonde estamos. Chris e Rico, vocês cuidarão das tarefas do dia a dia. Não sei quanto tempo isso vai levar, mas, em todo caso, cuidem-se. Ox precisará de vocês.

Não era suficiente.

Nunca seria suficiente.

Eu esperava que pudessem me perdoar. Um dia.

Meus dedos estavam manchados de tinta, deixando borrões no papel.

Apaguei as luzes da oficina.

Fiquei no escuro por um bom tempo.

Respirei o cheiro de suor e metal e óleo.

Estava quase amanhecendo quando nos encontramos na estrada de terra que levava às casas do fim da rua. Carter e Kelly estavam sentados no suv, me observando através do para-brisa enquanto eu caminhava até eles com uma mochila pendurada sobre o ombro.

Joe estava parado no meio da estrada. Sua cabeça estava inclinada para trás, os olhos fechados enquanto suas narinas se dilatavam. Thomas me disse uma vez que ser um Alfa significava estar sintonizado com tudo em seu território. As pessoas. As árvores. Os cervos na floresta, as plantas que balançavam ao vento. Era tudo para um Alfa, um profundo senso de *lar* que não se encontrava em nenhum outro lugar.

Eu não era um Alfa. Não era nem um lobo. Nunca quis ser.

Mas eu entendia o que ele queria dizer. Minha magia estava tão enraizada naquele lugar quanto ele. Era diferente, mas não tanto a ponto de importar. Ele sentia *tudo*. Eu sentia a pulsação, o pulsar do território que se estendia ao nosso redor.

Green Creek estava ligada aos seus sentidos.

E estava gravada na minha pele.

Doía partir, e não apenas por causa daqueles que estávamos deixando para trás. Havia um *puxão* físico que um Alfa e um bruxo sentiam. Ele nos chamava, dizendo *aqui aqui aqui você está aqui aqui aqui você fica porque aqui é o seu lar aqui é o seu lar aqui é...*

— Sempre foi assim? — perguntou Joe. — Para o meu pai?

Olhei para o carro. Carter e Kelly nos observavam atentamente. Eu sabia que estavam ouvindo. Olhei de volta para Joe, para seu rosto erguido.

— Acho que sim.

— Mas nós estivemos fora. Por tanto tempo.

— Ele era o Alfa. Não apenas para vocês. Não apenas para o bando. Mas para todos. E então Richard...

— Me levou.

— Sim.

Joe abriu os olhos. Não estavam brilhando.

— Eu não sou meu pai.

— Eu sei. Mas você não deveria ser.

— Você está comigo?

Eu hesitei. Sabia o que ele estava perguntando. Não era formal, nem de longe, mas ele era um Alfa, e eu era um bruxo sem bando.

Cuide dos meus sobrinhos.

Eu disse a única coisa que podia.

— Estou.

A transformação veio rápido: seu rosto alongou, a pele foi coberta por pelos brancos, as garras emergiram das pontas dos dedos. E enquanto seus olhos explodiam em chamas, ele inclinou a cabeça e entoou a canção do lobo.

três anos
um mês
vinte e seis dias

destruído/terra e folhas e chuva

Eu tinha seis anos quando vi pela primeira vez um menino mais velho se transformando em lobo, e meu pai sussurrou:

— Esse é o filho de Abel. Seu nome é Thomas, e um dia ele será o Alfa do bando Bennett. Você pertencerá a ele.

Thomas.

Thomas.

Thomas.

Eu fiquei maravilhado com ele.

Eu tinha oito anos, e meu pai pegou uma agulha e queimou tinta e magia na minha pele.

— Vai doer — disse ele com uma expressão sombria no rosto. — Não vou mentir para você sobre isso. Vai doer como nada que já tenha sentido antes. Você vai pensar que estou te despedaçando e, de certa forma, estará certo. Há magia dentro de você, garoto, mas ainda não se manifestou. Essas marcas vão te centrar e te dar as ferramentas para começar a controlá-la. Eu vou te machucar, mas é necessário para quem você está destinado a se tornar. A dor é uma lição. Ela ensina os caminhos do mundo. Devemos machucar aqueles que amamos para torná-los mais fortes. Para torná-los melhores. Um dia você entenderá. Um dia você será como eu.

— Por favor, pai — implorei, lutando contra as amarras que me seguravam. — Por favor, não faça isso. Por favor, não me machuque.

Minha mãe parecia prestes a falar, mas meu pai balançou a cabeça.

Ela se engasgou com um soluço enquanto era conduzida para fora do quarto. Não olhou para trás.

Abel Bennett sentou-se ao meu lado. Ele era um homem grande. Um homem gentil. Era forte e poderoso, com cabelos e olhos escuros. Tinha mãos que pareciam capazes de me partir ao meio. Eu vira garras crescendo delas para rasgar a carne daqueles que ousaram tentar tirar algo dele.

Mas elas também podiam ser suaves e quentes. Ele segurou meu rosto, os polegares limpando as lágrimas nas minhas bochechas. Olhei para cima, e ele sorriu silenciosamente.

Ele disse:

— Você vai ser especial, Gordon. Eu simplesmente sei.

E quando seus olhos começaram a sangrar em vermelho, eu respirei e respirei e respirei.

Então a agulha pressionou minha pele e eu fui despedaçado.

Eu gritei.

ELE VEIO até mim como lobo. Era grande e branco com manchas pretas no peito, nas pernas e nas costas. Ele era maior do que eu jamais seria, e tive que inclinar a cabeça para trás para enxergá-lo por inteiro.

As estrelas brilhavam acima, a lua cheia e brilhante, e eu senti algo pulsando em meu sangue. Era uma música que eu não conseguia compreender por inteiro. Meus braços coçavam terrivelmente. Às vezes eu pensava que as marcas na minha pele estavam começando a brilhar, mas poderia ter sido um truque do luar.

— Estou nervoso — falei, porque era a primeira vez que me permitiam estar na lua cheia com o bando. Antes era muito perigoso. Não pelo que os lobos poderiam fazer comigo, mas pelo que eu poderia ter feito com eles.

Ele inclinou a cabeça para mim, os olhos ardendo em laranja salpicado de vermelho. Ele era muito mais do que eu pensava que alguém pudesse ser. Eu disse a mim mesmo que não tinha medo dele, que eu poderia ser corajoso, assim como meu pai era.

Eu me achei um mentiroso.

Outros lobos corriam atrás dele em uma clareira no meio da floresta. Eles latiam e uivavam, e meu pai ria, puxando a mão da minha mãe enquanto a arrastava junto. Ela olhou para trás, para mim, sorrindo silenciosamente, mas então foi distraída.

Mas estava tudo bem, porque eu também fui.

Thomas Bennett estava diante de mim, o homem-lobo que seria rei.

Ele bufou para mim, o rabo balançando levemente, fazendo uma pergunta para a qual eu não tinha resposta.

— Estou nervoso — disse a ele novamente. — Mas não estou com medo. — Era importante para mim que ele entendesse isso.

Ele se abaixou até o chão, deitando-se de barriga para baixo, patas estendidas à frente enquanto me observava. Como se estivesse tentando se tornar menor. Menos intimidante. Alguém de sua posição se abaixando ao chão era algo que eu não entenderia até ser tarde demais.

Ele emitiu um gemido baixo do fundo da garganta. Esperou, e então fez novamente.

Eu disse:

— Meu pai me contou que você será o Alfa.

Ele se arrastou para a frente, a barriga roçando pela grama.

Eu disse:

— E que eu vou ser seu bruxo.

Ele se aproximou um pouco mais.

Eu disse:

— Eu prometo que vou fazer o meu melhor. Vou aprender tudo o que puder, e vou fazer um bom trabalho para você. Você vai ver. Vou ser o melhor que já existiu.

Meus olhos se arregalaram.

— Mas não conte ao meu pai que eu disse isso.

O lobo branco espirrou.

Eu ri.

Por fim, estendi a mão e a pressionei contra o focinho de Thomas, e por um momento pensei ter ouvido um sussurro na minha cabeça.

bandobandobando.

— É ISSO QUE VOCÊ QUER? — perguntou minha mãe quando estávamos só nós dois. Ela tinha me afastado dos lobos, do meu pai, dizendo a eles que queria passar um tempo com seu filho. Estávamos sentados em uma lanchonete da cidade, e cheirava a gordura e fumaça e café.

Eu estava confuso e tentei falar com a boca cheia de hambúrguer. Minha mãe franziu o cenho.

Fiz uma careta e engoli com dificuldade.

Ela me repreendeu:

— Tenha modos.

— Eu sei. O que você quer dizer?

Ela olhou pela janela para a rua. O vento estava cortante, sacudindo as árvores de modo que soavam como ossos antigos. O ar estava frio, as pessoas puxando seus casacos firmemente sobre si mesmas enquanto passavam pela calçada. Pensei ter visto Marty, com dedos manchados de óleo, voltando para sua oficina de automóveis, a única em Green Creek. Pensei em como seria ter na minha pele marcas que pudessem ser lavadas.

— Isso — disse ela novamente, olhando para mim. Sua voz estava suave. — Tudo.

Olhei ao redor para me certificar de que ninguém estava ouvindo, porque meu pai dizia que nosso mundo era um segredo. Eu não achava que a mamãe entendia isso, porque ela não sabia que tais coisas existiam até conhecê-lo.

— As coisas de bruxaria?

Ela não soou feliz quando respondeu:

— As coisas de bruxaria.

— Mas é o que eu devo fazer. É quem eu devo ser. Um dia serei muito importante e farei grandes coisas. Papai disse...

— Eu sei o que ele disse — interrompeu ela, e soou áspero. Ela fez uma careta antes de baixar o olhar para a mesa, as mãos unidas diante de si. — Gordon, eu... Você precisa me ouvir, tudo bem? A vida trata-se das escolhas que fazemos. Não das escolhas feitas *para* nós. Você tem o direito de traçar seu próprio caminho. De ser quem você deseja ser. Ninguém deve decidir isso por você.

Eu não entendia.

— Mas eu tenho que ser o bruxo do Alfa.

— Você não *tem* que ser *nada*. Você é apenas uma criança. Isso não pode ser colocado sobre seus ombros. Não agora. Não quando você não pode decidir por si mesmo. Você não deveria estar...

— Sou corajoso — interrompi, e de repente ela acreditar em mim era a coisa mais importante do mundo. Isso parecia importante. *Ela* era importante. — E vou fazer o bem. Vou ajudar muitas pessoas. Papai disse.

Seus olhos estavam úmidos quando ela respondeu:

— Eu sei, querido. Eu sei que é. E tenho muito orgulho de você. Mas não *é obrigado*. Eu preciso que você me ouça, tudo bem? Eu preciso que você me ouça. Não é… isso não é o que eu queria para você. Eu não pensei que seria assim.

— Assim como?

Ela balançou a cabeça.

— Podemos… podemos ir para onde você quiser. Você e eu. Podemos deixar Green Creek, tudo bem? Ir para qualquer lugar do mundo. Longe disso. Longe da magia e dos lobos e dos bandos. Longe de tudo *isso*. Não precisa ser assim. Poderíamos ser nós, Gordon. Poderíamos ser só nós. Tudo bem?

Senti frio.

— Por que você está…

Ela esticou a mão e segurou a minha por cima da mesa. Mas foi cuidadosa, como sempre, para não empurrar as mangas do meu casaco para trás. Estávamos em público. Meu pai disse que as pessoas não entenderiam as tatuagens em alguém tão jovem. Elas teriam perguntas para as quais não mereciam as respostas. Eram humanas, e os humanos eram fracos. Mamãe era humana, mas eu não a achava fraca. Eu havia dito isso a ele, e ele não respondeu.

— Tudo o que eu queria era mantê-lo seguro.

— Você mantém — disse a ela, tentando ao máximo não puxar minha mão para longe. Ela estava quase me machucando. — Você, o papai e o bando.

— O bando. — Ela riu, mas não soou como se achasse algo engraçado. — Você é uma *criança*. Eles não deveriam estar pedindo isso de você. Eles não deveriam estar fazendo *nada* disso…

— Catherine — falou uma voz, e ela fechou os olhos.

Meu pai estava em pé ao lado da mesa.

Sua mão desceu sobre o ombro dela.

Não falamos mais sobre o assunto depois disso.

* * *

Eu os ouvi brigando muito, tarde da noite.

Eu puxei o cobertor ao meu redor e tentei bloqueá-los.

Ela disse:

— Você sequer *se importa* com ele? Ou é apenas o seu legado? É apenas seu maldito *bando*?

Ele disse:

— Você sabia que chegaria a isso. Desde o começo, você sabia. Você sabia o que ele deveria ser.

Ela disse:

— Ele é seu *filho*. Como *se atreve* a usá-lo assim? Como se atreve a tentar...

Ele disse:

— Ele é importante. Para mim. Para o bando. Ele fará coisas que você nem sequer pode começar a imaginar. Você é humana, Catherine. Nunca poderia entender como nós entendemos. Não é culpa sua. É apenas quem você é. Você não pode ser culpada por aquilo que não controla.

Ela disse:

— Eu te vi. Com ela. O jeito que você sorria. O jeito que você ria. O jeito que você tocava na mão dela quando achava que ninguém estava olhando. Eu vi, Robert. Eu *vi*. Ela também é humana. O que a torna tão diferente?

Meu pai não respondeu.

Morávamos na cidade em uma casa pequena que parecia um lar. Ficava em uma rua com pinheiros por todos os lados. Eu não entendia por que os lobos achavam a floresta um lugar mágico, mas às vezes, quando era verão e a janela estava aberta enquanto eu tentava dormir, eu jurava ouvir vozes vindo das árvores, sussurrando coisas que não eram exatamente palavras.

A casa era feita de tijolos. Minha mãe riu uma vez, perguntando se um lobo viria e a derrubaria. Ela riu, mas depois a risada desapareceu e ela pareceu triste. Perguntei por que seus olhos estavam molhados. Ela me disse que precisava ir fazer o jantar e me deixou no quintal da frente, perguntando a mim mesmo o que eu tinha feito de errado.

* * *

Eu tinha um quarto com todas as minhas coisas. Havia livros em uma prateleira. Uma folha em forma de dragão que encontrei, as bordas enroladas pelo tempo. Um desenho de mim e de Thomas como lobo, dado a mim por uma criança do bando. Eu perguntei a ele por que tinha desenhado aquilo para mim. Ele disse que era porque eu era importante. Então ele sorriu para mim, seus dois dentes da frente faltando.

Quando os caçadores humanos vieram, ele foi um dos primeiros a morrer.

Eu também a vi.

Não deveria. Rico estava gritando para eu me apressar, *papi*, por que você é tão devagar? Tanner e Chris me olhavam enquanto pedalavam lentamente em círculos ao redor dele, esperando por mim.

Mas eu não conseguia me mexer.

Porque meu pai estava em um carro que eu não reconhecia, estacionado no meio-fio em um bairro que não era o nosso. Havia uma mulher de cabelos escuros no banco do motorista, e ela estava sorrindo para ele como se ele fosse a única coisa no mundo.

Eu nunca a tinha visto antes.

Eu observei enquanto meu pai se inclinava para a frente e…

— Cara — disse Tanner, me assustando enquanto pedalava de volta para mim. — O que você está olhando?

— Nada — respondi. — Não é nada. Vamos embora.

Nós partimos, as cartas de baralho presas nas rodas das bicicletas fazendo barulho enquanto fingíamos pilotar motocicletas.

Eu os amava pelo que não eram.

Não eram do bando. Não eram lobos. Não eram bruxos.

Eram normais, simples, sem graça e maravilhosos.

Eles zombavam de mim por usar camisetas de manga comprida, mesmo no meio do verão. Eu aceitava porque sabia que eles não estavam sendo maus. Era apenas como éramos.

Rico disse:

— Você apanha ou algo assim?

— Se você apanha, pode vir morar comigo — ofereceu Tanner. — Você pode dormir no meu quarto. Só vai precisar se esconder embaixo da cama para que minha mãe não te veja.

— Nós vamos te proteger — prometeu Chris. — Ou podemos simplesmente fugir e viver na floresta.

— Tipo, nas árvores ou qualquer merda do tipo — concluiu Rico.

Todos nós rimos porque éramos crianças, e palavrões eram a coisa mais engraçada do mundo.

Eu não podia dizer a eles que a floresta não seria o lugar mais seguro. Que coisas com olhos brilhantes e dentes afiados viviam lá. Então, em vez disso, contei uma versão da verdade.

— Eu não apanho. Não é nada disso.

— Você tem braços esquisitos de menino branco? — perguntou Rico. — Meu pai diz que você deve ter braços esquisitos de menino branco. É por isso que você usa moletons o tempo todo.

Tanner franziu a testa.

— O que são braços esquisitos de menino branco?

— Não sei — confessou Rico. — Mas meu pai disse isso, e ele sabe de tudo.

— Eu tenho braços esquisitos de menino branco? — indagou Chris, estendendo-os diante de si. Ele os olhou com os olhos semicerrados e os sacudiu para cima e para baixo. Eram finos e pálidos e não pareciam esquisitos para mim. Eu tinha inveja deles, de seus pelos macios e suas sardas, não marcados por tinta.

— Provavelmente — disse Rico. — Mas isso é culpa minha por ser amigo de um bando de gringos.

Tanner e Chris gritaram enquanto ele pedalava para longe, rindo como um louco.

Eu os amava mais do que poderia descrever. Eles me enlaçavam de maneiras que os lobos não podiam.

— A MAGIA VEM DA TERRA — meu pai me disse. — Do solo. Das árvores. Das flores e da terra. Este lugar é… antigo. Muito mais antigo do que você pode imaginar. É como… um farol. Ele nos chama. Pulsa em nosso sangue. Os lobos também ouvem, mas não como nós. Ele canta para eles. Eles são… animais. Não somos como eles. Somos *mais*. Eles se ligam à terra. O Alfa mais do que qualquer outro. Mas nós a *usamos*. Utilizamos a terra ao nosso bel-prazer. Eles são escravizados por ela, pela lua no alto quando se ergue cheia e branca. Nós a controlamos. Nunca se esqueça disso.

Thomas tinha um irmão mais novo.

O nome dele era Mark.

Era três anos mais velho do que eu.

Ele tinha nove anos e eu seis quando falou comigo pela primeira vez.

Ele disse:

— Seu cheiro é estranho.

Fiz uma careta para ele.

— *Não* é.

Ele fez uma careta e olhou para o chão.

—Um pouquinho. É como… a terra. Como terra e folhas e chuva…

Eu o odiava mais do que qualquer coisa no mundo.

— Ele está nos seguindo de novo — disse Rico, parecendo se divertir com aquilo. Estávamos indo para a videolocadora. Rico disse que conhecia o cara que trabalhava atrás do balcão e que ele nos alugaria um filme para maiores de dezoito anos e não contaria para ninguém. Se encontrássemos o filme certo, Rico nos disse que poderíamos ver uns peitos. Eu não sabia como me sentia em relação àquilo.

Suspirei ao olhar por cima do ombro. Eu tinha onze anos e em tese era um bruxo, mas naquele momento não tinha *tempo* para lobos. Precisava ver se gostava de peitos.

Mark estava do outro lado da rua, parado perto da oficina do Marty. Ele fingia que não estava olhando para nós, mas não fazia um bom trabalho.

— Por que ele faz isso? — perguntou Chris. — Ele não percebe que é estranho?

— O Gordon é estranho — lembrou Tanner. — Toda a sua família é estranha.

— Vai se ferrar — murmurei. — Só... só esperem aqui. Vou cuidar disso.

Ouvi-os rindo de mim enquanto me afastava, Rico fazendo barulhos de beijo. Odiava todos eles, mas não estavam errados. Minha família era estranha para todos que não nos conheciam. Não éramos Bennett, mas poderíamos muito bem ser. Éramos associados a eles quando as pessoas cochichavam sobre nós. Os Bennett eram ricos, embora ninguém soubesse como. Eles moravam em um par de casas no meio da floresta para onde se dirigiam muitos forasteiros de todos os lugares. Algumas pessoas diziam que eles eram uma seita. Outros diziam que eram da máfia. Ninguém sabia sobre os lobos que rastejavam sob a pele de cada um.

Os olhos de Mark se arregalaram quando viu que eu me aproximava. Ele olhou ao redor como se estivesse planejando sua fuga.

— Fique *exatamente* onde está — rosnei para ele.

E ele ficou. Era maior do que eu, e tinha a impossível idade de catorze anos. Não se parecia com o irmão ou o pai. Eles eram musculosos e enormes, com cabelos curtos e pretos e olhos escuros. Mark tinha cabelos castanho-claros e sobrancelhas grossas. Era alto e magro, e parecia nervoso sempre que eu estava por perto. Seus olhos eram gélidos, e eu pensava neles às vezes quando não conseguia dormir. Não sabia por quê.

— Posso ficar aqui se eu quiser — disse ele com uma carranca. Seus olhos se desviaram para a esquerda, depois voltaram para mim. Os cantos de sua boca desceram ainda mais. — Não estou fazendo nada de errado.

— Está me seguindo — acusei. — *De novo*. Meus amigos te acham estranho.

— Eu *sou* estranho. Sou um lobisomem.

Franzi a testa.

— Bem. Sim. Mas... isso não... Ugh. Olha, o que você quer?

— Para onde está indo?

— Por quê?

— Porque sim.

— Para a videolocadora. Vamos ver uns peitos.

Ele corou vigorosamente. Senti uma estranha satisfação com aquilo.

— Você não pode contar para ninguém.

— Não vou. Mas por que você quer... deixa pra lá. Eu não estou te seguindo.

Esperei, porque meu pai disse que os lobisomens não eram tão inteligentes quanto nós e às vezes precisavam de um tempo para entender as coisas.

Ele suspirou.

— Tudo bem. Talvez eu estivesse, mas só um pouquinho.

— Como você pode seguir alguém só um pouquinho...

— Estou me certificando de que esteja seguro.

Eu dei um passo para trás.

— Seguro *do quê*?

Ele deu de ombros, parecendo mais desajeitado do que nunca.

— De... tipo. Sabe. Vilões. E coisas assim.

— Vilões — repeti.

— E coisas assim.

— Meu Deus, você é tão *estranho*.

— Sim, eu sei. Acabei de falar isso.

— Aqui não há vilões.

— Você não sabe. Poderia haver assassinos. Ou sei lá. Ladrões.

Nunca entenderia os lobisomens.

— Você não precisa me proteger.

— Sim, preciso — respondeu baixinho, olhando para os próprios pés enquanto arrastava os sapatos.

Mas antes que eu pudesse perguntar o que diabos *aquilo* significava, ouvi o xingamento mais criativo já proferido ecoar pela porta aberta da garagem.

— Maldito filho de uma puta *vadia*. Cuzão escroto, não é mesmo? É isso que você é, seu cuzão *escroto*.

Meu avô me deixava entregar as ferramentas para ele enquanto trabalhava em seu Pontiac Streamliner de 1942. Ele tinha óleo sob as unhas e um lenço pendurado no bolso de trás do seu macacão. Resmungava muito enquanto trabalhava, dizendo coisas que eu provavelmente não deveria ouvir. O Pontiac era uma mulher burra que às vezes não queria dar pra ele, não importava o quanto ele a lubrificasse. Ou era isso que ele dizia.

Eu não sabia o que nada daquilo significava.

Eu o achava maravilhoso.

— Chave de torque — dissera ele uma vez.

— Chave de torque — respondera eu, entregando-a. Eu me movia com rigidez, a última sessão sob as agulhas do meu pai tinha sido apenas alguns dias antes.

O vovô sabia. Ele não tinha magia, mas sabia. Meu pai era assim por causa da mãe dele, uma mulher que nunca conheci. Ela morreu antes de eu nascer.

Proferira mais xingamentos. E então:

— Martelo de borracha.

— Martelo de borracha — dissera eu, passando o martelo para a mão dele.

Na maioria das vezes, o Pontiac ronronaria novamente antes do fim do dia. O vovô estaria ao meu lado, uma mão enegrecida em meu ombro.

— Escute — diria ele. — Você ouve isso? Isso, meu garoto, é o som de uma mulher feliz. Você tem que ouvi-las, certo? É assim que você sabe o que está errado. Você apenas escuta, e elas vão te contar. — Ele resmungava e balançava a cabeça. — Provavelmente algo que você também deveria saber sobre o sexo frágil. Escute, e elas vão dizer.

Eu o adorava.

Ele morreu antes que pudesse ver eu me tornando o bruxo do que restava do bando Bennett.

Ela o matou, no final. Sua mulher.

Ele desviou para evitar algo em uma estrada escura. Bateu em uma árvore. Meu pai disse que foi um acidente. Provavelmente um cervo.

Ele não sabia que eu tinha ouvido o vovô e a mamãe sussurrando sobre me levar embora apenas alguns dias antes.

Abel Bennett disse:

— A lua deu à luz os lobos. Você sabia disso?

Caminhávamos entre as árvores. Thomas estava ao meu lado, meu pai ao lado de Abel.

— Não — falei. As pessoas tinham medo de Abel. Ficavam diante dele e gaguejavam nervosamente. Ele piscava os olhos e elas se acalmavam quase imediatamente, como se o vermelho lhes trouxesse paz.

Eu nunca tive medo dele. Nem mesmo quando ele me segurou para o meu pai.

A mão de Thomas roçou meu ombro. Meu pai disse que os lobos eram territoriais, que precisavam do próprio cheiro em seu bando, por isso sempre nos tocavam. Ele não parecia feliz quando disse isso. Eu não sabia por quê.

— É uma história antiga — continuou Abel. — A lua estava solitária. A pessoa que ela amava, o sol, estava sempre no outro lado do céu, e eles nunca conseguiam se encontrar, não importava o quanto ela tentasse. Ela afundava, e ele surgia. Ela era escura e ele era dia. O mundo dormia enquanto ela brilhava. Ela crescia e minguava e às vezes desaparecia completamente.

— A lua nova — sussurrou Thomas ao meu ouvido. — É bobo, se parar para pensar.

Eu ri até que Abel limpou a garganta de forma significativa.

Talvez eu tivesse um pouco de medo dele.

— Ela estava solitária — disse o Alfa novamente. — E por causa disso criou os lobos, criaturas que cantariam para ela toda vez que aparecesse. E quando estivesse em seu auge, eles a adorariam com as quatro patas no chão, cabeças inclinadas para o céu noturno. Os lobos eram iguais e sem hierarquia.

Thomas deu uma piscadela para mim e depois revirou os olhos.

Eu gostava muito dele.

Abel prosseguiu:

— Não era o sol, mas era suficiente para a lua. Ela brilharia sobre os lobos, e eles a chamariam. Mas o sol podia ouvir suas canções enquanto tentava dormir, e ficou com ciúmes. Ele procurou queimar os lobos do mundo. Mas antes que pudesse, ela se ergueu diante dele, cobrindo-o completamente, deixando apenas um anel de fogo vermelho. Os lobos mudaram por causa disso. Eles se tornaram Alfas e Betas e Ômegas. E com essa mudança veio a magia, queimada na terra. Os lobos se tornaram homens com olhos vermelhos, laranja e violeta. Enquanto a lua enfraquecia, ela viu o horror que eles haviam se tornado, bestas com sede de sangue que não podia ser saciada. Com o que restava de sua força, ela moldou a magia e a colocou em um humano. Ele se tornou um bruxo, e os lobos foram acalmados.

Eu fiquei fascinado.

— Os bruxos sempre estiveram com os lobos?

— Sempre — respondeu Abel, os dedos tocando o tronco de uma velha árvore. — Eles são importantes para um bando. Como um laço. Um bruxo ajuda a manter a fera afastada.

Meu pai não havia dito uma palavra desde que saíramos da casa dos Bennett. Ele parecia distante. Perdido. Eu me perguntava se ele sequer estaria escutando o que Abel dizia. Ou se já tinha ouvido aquilo inúmeras vezes antes.

— Ouviu isso, pestinha? — disse Thomas, passando a mão pelo meu cabelo. — Você me impede de devorar todo mundo na cidade. Sem pressão. — E então ele piscou os olhos cor de laranja e estalou os dentes para mim. Eu ri e corri na frente, ouvindo-o correr atrás de mim. Eu era como o sol e ele era a lua, sempre perseguindo.

MAIS TARDE, MEU PAI DIRIA:

— Nós não precisamos dos lobos. Eles precisam de nós, sim, mas nunca precisamos deles. Eles usam nossa magia. Como um laço. Ela une um bando. Sim, existem bandos sem bruxos. Mais do que os que têm. Mas aqueles que têm bruxos são os que têm poder. Há uma razão para isso. Você precisa lembrar disso, Gordon. Eles sempre vão precisar mais de você do que você poderia um dia precisar deles.

Eu não o questionei.

Como poderia?

Era meu pai.

EU DISSE:

— Eu prometo que vou fazer o meu melhor. Vou aprender tudo o que puder, e vou fazer um bom trabalho para você. Você vai ver. Serei o melhor que já existiu. — Meus olhos se arregalaram. — Mas não conte ao meu pai que eu disse isso.

O lobo branco espirrou.

Eu ri.

Por fim, estendi a mão e a pressionei contra focinho de Thomas, e por um momento pensei ter ouvido um sussurro na minha cabeça.

bandobandobando.

E então ele correu com a lua.

Meu pai veio até mim depois. Não perguntei onde estava minha mãe. Não parecia importante. Não naquele momento.

— Quem é aquele? — perguntei a ele. Apontei para um lobo marrom rondando perto de Thomas. Suas patas eram grandes e seus olhos, estreitos. Mas Thomas não o vira, concentrando-se apenas em sua companheira, fungando em seu ouvido. O lobo marrom saltou, dentes à mostra. Mas Thomas era um Alfa em espera. Ele já tinha o outro lobo pela garganta antes mesmo que este atingisse o chão. Ele virou a cabeça para a direita e o lobo marrom foi jogado para o lado, batendo no chão com um estrondo.

Fiquei imaginando se Thomas o machucaria.

Mas ele não o fez. Pressionou o focinho contra a cabeça do lobo marrom. Latiu e o lobo marrom se levantou. Eles se perseguiram. A companheira de Thomas se sentou e os observou com olhos sagazes.

— Ah — respondeu meu pai. — Ele será o segundo de Thomas quando Thomas se tornar o Alfa. Ele é seu irmão em tudo, menos no sangue. Seu nome é Richard Collins, e espero grandes coisas dele.

o primeiro ano/conhece a letra

No PRIMEIRO ANO, nós seguimos para o norte. O rastro estava frio, mas não congelado.

Havia dias que eu queria estrangular os três lobos Bennett, ouvindo Carter e Kelly se atacarem em seu luto. Eles eram cruéis e maldosos, e em mais de uma ocasião suas garras foram sacadas e sangue foi derramado.

Às vezes dormíamos no carro, estacionado em um campo com equipamentos agrícolas enferrujados enterrados sob videiras crescidas, repousando ao longe como monumentos imponentes.

Os lobos se transformavam nessas noites e corriam, queimando a energia quase maníaca após terem ficado presos em um carro o dia todo.

Eu ficava no campo, pernas cruzadas, olhos fechados, respirando: inspirando e expirando, inspirando e expirando.

Se estivéssemos longe o suficiente das áreas urbanas, eles uivavam. Não era como em Green Creek. Eram canções de tristeza e angústia, de raiva e fúria.

Às vezes eram tristes.

Mas, na maioria das vezes, queimavam.

OUTRAS VEZES FICÁVAMOS em um hotel barato, fora do caminho comum, compartilhando camas pequenas demais. Carter roncava. Kelly dava chutes enquanto dormia.

Joe frequentemente se sentava com as costas apoiadas no encosto da cama, olhando para baixo, para o celular.

Numa noite, algumas semanas após termos saído, eu não conseguia dormir. Era madrugada e eu estava exausto, mas minha mente estava agitada, minha cabeça latejava. Suspirei e virei de costas. Kelly estava ao meu lado na cama, encolhido e virado para o lado oposto, abraçando um travesseiro.

— Não achei que seria assim.

Virei a cabeça. Na outra cama, Carter resmungava durante o sono. Os olhos de Joe cintilavam no escuro enquanto ele me olhava.

Suspirei e olhei para o teto.

— O quê?

— Isso — disse Joe. — Aqui. Como nós estamos. Eu não achei que seria assim.

— Não sei do que você está falando.

— Você acha…

— Desembucha, Joe.

Caramba, como ele era jovem.

— Eu fiz isso porque é a coisa certa a fazer.

— Claro, moleque.

— Eu sou o Alfa.

— É.

— Ele precisa pagar.

— Quem você está tentando convencer aqui? Eu ou você?

— Fiz o que tinha que fazer. Eles… eles não entendem.

— E você entende?

Ele não gostou muito disso. Havia um rosnado baixo em sua voz quando ele disse:

— Ele matou meu pai.

Senti pena dele. Isso não deveria ter acontecido. Thomas e eu não éramos exatamente melhores amigos — não poderíamos ser, não depois de tudo —, mas isso não significava que eu desejasse essa situação. Esses garotos nunca deveriam ter presenciado seu Alfa cair sob o peso de Ômegas selvagens. Não era justo.

— Eu sei.

— Ox, ele… ele não entende.

— Você não sabe disso.

— Ele está com raiva de mim.

Jesus.

— Joe, a mãe dele está morta. Seu Alfa está morto. O par... *você* soltou uma bomba nele e depois partiu. É claro que ele está com raiva. E se é de você, é porque ele não sabe para onde mais direcioná-la.

Joe não disse nada.

— Ele te respondeu?

— Como você...

— Você vive encarando esse telefone.

— Ah. Hum. Sim. Ele respondeu.

— Está tudo bem?

Ele riu. Foi um som vazio.

— Não, Gordon. Não está tudo bem. Mas nada voltou para Green Creek.

Se eu fosse um homem melhor, teria dito algo reconfortante. Em vez disso, falei:

— É para isso que servem as barreiras.

— Gordon?

— Quê?

— Por que você... por que está aqui?

— Você mandou.

— Eu *pedi*.

Pelo amor de Deus.

— Vá dormir, Joe. Temos um dia cheio amanhã.

Ele fungou silenciosamente.

Fechei os olhos.

EU NÃO OS CONHECIA. Não tão bem quanto deveria. Por muito tempo não me importei com isso. Não queria ter nada a ver com bandos, lobos, Alfas ou magia. Quando Ox deixou escapar que os Bennett estavam de volta a Green Creek, meu primeiro pensamento foi *Mark* e *Mark* e *Mark*, mas eu o afastei porque aquilo era passado e eu não queria ter nada a ver com aquilo.

O segundo pensamento foi que eu precisava manter Oxnard Matheson bem longe dos lobos.

Não funcionou.

Antes que eu pudesse impedir, ele já estava envolvido demais.

Eu os mantive distantes. Mesmo quando Thomas veio até mim por causa de Joe. Mesmo quando ele ficou na minha frente e implorou, mesmo quando seus olhos ficaram vermelhos e ele *ameaçou*, não permiti a mim mesmo conhecê-los, não como eles eram agora. Thomas ainda tinha a mesma aura de poder ao seu redor que sempre tivera, mas era mais intensa. Mais focada. Nunca fora tão forte, nem quando ele se tornou o Alfa. Fiquei imaginando se ele já teria tido outro bruxo em algum momento. Fiquei chocado com o ardor de ciúme ao pensar nisso, e me odiei por me sentir assim.

Concordei em ajudá-lo, ajudar Joe, apenas porque não podia deixar Ox se machucar. Se Joe não conseguisse controlar sua mudança depois de ter passado por tudo aquilo, se ele estivesse lentamente se tornando selvagem, isso significaria que Ox estaria em perigo.

Essa era a única razão.

Não tinha nada a ver com um senso de responsabilidade. Eu não lhes devia nada.

Não tinha nada a ver com Mark. Ele tinha feito sua escolha. Eu fizera a minha.

Ele escolheu o bando em vez de mim. Eu escolhi lavar minhas mãos de todos eles.

Mas nada disso importava. Não mais.

Fui obrigado a conhecê-los, querendo ou não. Estava fora de mim quando concordei em seguir Joe e seus irmãos.

Kelly era o quieto, sempre observando. Ele não era tão grande quanto Carter e provavelmente nunca seria. Não como Joe, que eu achava que ia crescer e crescer e crescer. Era raro, mas quando Kelly sorria, era um sorriso pequeno e silencioso, com um leve vislumbre de dentes. Ele era mais inteligente do que todos nós juntos, sempre calculando, absorvendo as coisas e processando-as antes que o resto de nós pudesse fazê-lo. Seu lobo era cinza, com manchas pretas e brancas no rosto e nos ombros.

Carter era pura força bruta, menos fala, mais ação. Ele resmungava e resmungava, reclamando de tudo. Quando não estava dirigindo, colocava os pés no painel, afundando-se no banco, o colarinho da jaqueta levantado ao redor do pescoço e roçando suas orelhas. Ele utilizava as palavras como armas, usando-as para infligir o máximo de dor possível. Mas também as usava como distração, desviando as conversas o máximo que podia. Queria ser visto como descolado e distante, mas era jovem e inexperiente demais para conseguir. Seu lobo se parecia com o do irmão, cinza-escuro, mas com preto e branco nas patas traseiras.

Joe era... um Alfa de dezessete anos. Não era a melhor combinação. Tanto poder depois de tanto trauma e sendo tão jovem não era algo que eu desejasse para ninguém. Eu o entendia mais do que os outros, apenas porque sabia pelo que ele estava passando. Talvez não fosse a mesma coisa — magia e licantropia nem estavam na mesma galáxia —, mas havia uma afinidade que eu tentava desesperadamente ignorar. Seu lobo era branco como a neve.

Eles se moviam juntos, Carter e Kelly circulando ao redor de Joe, quer percebessem ou não. Ambos se curvavam a ele na maioria das vezes, mesmo enquanto o provocavam. Ele era o Alfa deles, e eles precisavam de Joe.

Eram todos tão diferentes, esses garotos perdidos.

Mas tinham uma coisa em comum.

Os três eram idiotas que não sabiam quando calar a boca. E eu estava preso com eles.

— ... e eu não sei *por que* você acha que deveríamos continuar com isso — disse Carter uma noite, algumas semanas após termos partido. Estávamos em Cut Bank, Montana, uma pequena cidade no meio do nada, não muito longe da fronteira com o Canadá. Havia um pequeno bando perto do Parque Nacional Glacier, para onde estávamos indo. Um lobo que encontramos em Lewiston nos disse que tinham enfrentado Ômegas recentemente. O lobo tremeu sob os olhos de Alfa de Joe, medo e reverência digladiando em seu rosto. Paramos para descansar, e Carter começou imediatamente.

— Dá um tempo — falou Kelly, cansado, franzindo a testa enquanto tentava encontrar um canal de TV que não fosse pornografia pesada dos anos 1980.

Carter rosnou para ele sem dizer nada.

Joe olhava para a parede.

Eu flexionei minhas mãos e esperei.

Carter disse:

— O que acontece quando chegarmos a esse bando? Algum de vocês pensou nisso? Eles vão nos dizer que havia Ômegas lá, mas e aí? — Ele encarou Joe. — Você acha que eles saberão onde aquele desgraçado daquele Richard está? *Não vão.* Ninguém sabe. Ele é um fantasma e está nos assombrando. Nós estamos...

— Ele é o Alfa — interrompeu Kelly, os olhos brilhando. — Se ele acha que é isso que devemos fazer, então é isso que vamos fazer.

Carter riu amargamente enquanto começava a andar de um lado para o outro naquele quarto de hotel de merda.

— Bom soldadinho. Sempre na linha. Você fez isso com o papai, e agora está fazendo com o Joe. O que diabos vocês dois sabem? O papai está *morto* e o Joe é uma *criança*. Só porque ele era um maldito principezinho, isso não lhe dá o direito de nos tirar de…

— Isso não é justo — protestou Kelly. — Só porque você está com ciúmes por *você* não ser o Alfa, isso não significa que possa descontar no resto de nós.

— Com *ciúmes*? Você acha que estou com *ciúmes*? Vá se foder, Kelly. O que diabos você sabe? Eu sou o primogênito. Joe era o filhinho do papai. E que porra você era? O que você tem a oferecer?

Carter sabia onde atacar. Ele sabia o que faria Kelly sangrar. O que arrancaria uma reação. Antes que eu pudesse me mover, Kelly se lançou contra o irmão, garras estendidas, olhos cor de laranja brilhando.

Carter recebeu o irmão com presas e fogo, dentes afiados e pelos crescendo ao longo de seu rosto enquanto se semitransformava em lobo. Kelly era rápido e briguento, pousando agachado depois que o irmão lhe deu um tapa no rosto. Eu fiquei de pé, sentindo o bater das asas de um corvo, precisando fazer *algo* antes que a maldita polícia fosse chamada e…

— *Chega*.

Uma explosão de vermelho atingiu meu peito. Dizia *pare* e *agora* e *Alfa eu sou o Alfa*, e eu cambaleei com a sua força. Carter e Kelly ficaram imóveis, olhos arregalados, pequenos gemidos escapando de suas gargantas, feridos e crus.

Joe estava perto da cama. Seus olhos estavam furiosamente vermelhos, como os de Thomas haviam sido. Ele não tinha se transformado, mas parecia perto. Sua boca estava torcida, mãos em punho ao lado do corpo. Vi uma gota de sangue pingar no tapete sujo. Suas garras deviam estar expostas, cravadas em suas palmas.

E o *poder* absoluto emanando dele era devastador. Era selvagem e abrangente, ameaçando sobrecarregar a todos. Carter e Kelly começaram a tremer, seus olhos arregalados e úmidos.

— Joe — falei calmamente.

Ele me ignorou, arfando.

— *Joe.*

Ele se virou para me olhar, dentes à mostra.

Eu disse:

— Pare. Você tem que recuar.

Por um instante achei que ele fosse me ignorar. Que voltaria para seus irmãos e arrancaria *tudo* deles, deixando-os como cascas dóceis e vazias. Ser um Alfa era uma responsabilidade extraordinária, e, se ele quisesse, poderia forçar seus irmãos a seguirem todos os seus caprichos. Eles seriam robôs sem mente, sua vontade própria em frangalhos.

Eu o impediria. Se fosse necessário.

Não foi.

O vermelho em seus olhos se dissipou, e tudo que restou foi um garoto assustado de dezessete anos na minha frente, com o rosto molhado enquanto tremia.

— Eu... — Ele soluçou. — Eu não... Ah, Deus. Ah...

Kelly se moveu primeiro. Ele passou por Carter e se pressionou contra Joe, esfregando o nariz perto do ouvido dele e em seu cabelo. Os punhos de Joe ainda estavam cerrados ao lado do corpo enquanto Kelly o envolvia com os braços. Ele estava rígido e inflexível, olhos arregalados e fixos em mim.

Carter também veio. Ele pegou os dois irmãos em seus braços, sussurrando calmamente palavras que eu não conseguia entender.

Joe não desviou o olhar de mim em momento algum.

Eles dormiram no chão naquela noite, o edredom florido e os travesseiros retirados da cama transformados num pequeno ninho. Joe estava no meio, um irmão de cada lado. A cabeça de Kelly descansava em seu peito. A perna de Carter estava jogada sobre os dois.

Eles dormiram primeiro, exaustos pelo ataque às suas mentes.

Eu estava sentado na cama, vigiando-os de cima.

Já era tarde da noite quando Joe disse:

— Por que isso está acontecendo comigo?

Suspirei.

— Tinha que ser você. Era... — Balancei a cabeça. — Você é o Alfa. Sempre seria você.

Seus olhos brilhavam na escuridão.

— Ele veio atrás de mim. Quando eu era pequeno. Para atingir meu pai.

— Eu sei.

— Você não estava lá.

— Não.

— Você está aqui agora.

— Estou.

— Você poderia ter dito não. E eu não teria sido capaz de te forçar. Não como fiz com eles.

Eu não sabia o que dizer.

— Papai não teria feito isso. Ele não teria...

— Você não é seu pai — falei, com a voz mais áspera do que esperava.

— Eu sei.

— Você é uma pessoa única.

— Sou?

— Sim.

— Você poderia ter dito não. Mas não disse.

— Precisa mantê-los seguros — disse a ele em voz baixa. — Este é o seu bando. Você é o Alfa. Sem eles, você não é nada.

— E o que você se tornou? Quando não havia nós?

Eu fechei os olhos.

Ele não falou por um longo tempo depois disso. A noite se estendia ao nosso redor. Pensei que ele estava dormindo quando falou:

— Quero ir para casa.

Ele virou a cabeça, o rosto contra a garganta de Carter.

Eu os observei até o sol nascer.

ELE SONHAVA, às vezes, sonhava esses pesadelos furiosos que o faziam acordar gritando pelo pai, pela mãe, por Ox e Ox e Ox. Kelly segurava seu rosto entre as mãos. Carter olhava impotente para mim.

Eu não fazia muita coisa. Todos nós tínhamos monstros em nossos sonhos. Alguns de nós apenas convivíamos com eles havia mais tempo.

* * *

OS LOBOS GLACIER nos apontaram para o norte. Seu bando era pequeno, vivam em algumas cabanas no meio da floresta. A Alfa era uma idiota, fazendo pose e ameaçando até que Joe disse:

— Meu pai era Thomas Bennett. Ele se foi, e não vou parar até que aqueles que o levaram de mim sejam apenas sangue e osso.

As coisas ficaram mais calmas depois disso.

Ômegas tinham chegado ao território deles. A Alfa apontou para um monte de terra com uma cruz de madeira cercada de flores. Um dos seus Betas, ela disse. Os Ômegas chegaram como um enxame de abelhas, olhos violeta e bocas babonas. Eles morreram, a maioria deles. Os que escaparam o fizeram por pouco. Mas não sem antes levarem um dos seus.

Richard não estava entre eles.

Mas havia sussurros mais adiante, no Canadá.

— Eu conhecia Thomas — disse a Alfa para mim antes de partirmos. Seu parceiro mimava os garotos, servindo-lhes tigelas de sopa e grossas fatias de pão. — Ele era um homem bom.

— Sim — concordei.

— Conhecia você também. Embora nunca tenhamos nos encontrado.

Eu não a olhei.

— Ele sabia — afirmou ela. — Pelo que você passou. O preço que pagou. Ele achava que você voltaria para ele um dia. Que você precisava de tempo e espaço e...

— Vou esperar lá fora — falei abruptamente. Carter me olhou, bochechas cheias, caldo escorrendo pelo queixo, mas eu o dispensei com um gesto.

O ar estava fresco e as estrelas, brilhantes.

Vá se foder, pensei enquanto encarava a vastidão. *Vá se foder.*

Não encontramos Richard Collins em Calgary.

Encontramos lobos ferais.

Eles vieram para cima de nós, perdidos em sua loucura.

Senti pena deles.

Pelo menos até nos superarem em número e irem atrás de Joe.

Ele gritou enquanto cortavam sua pele, seus irmãos gritando seu nome.

O corvo abriu as asas.

Eu estava exausto quando tudo acabou, coberto de sangue de Ômega, corpos espalhados ao meu redor.

Joe estava apoiado entre Carter e Kelly, a cabeça baixa enquanto sua pele lentamente se recompunha. Sua respiração era pesada. Ele disse:

— Você me salvou. Você *nos* salvou.

Desviei o olhar.

Enquanto ele dormia, peguei o celular pré-pago que carregava. Destaquei o nome de Mark e pensei em como seria fácil. Poderia apertar um botão e sua voz estaria em meu ouvido. Eu diria que sentia muito, que nunca deveria ter deixado as coisas chegarem tão longe. Que eu entendia a escolha que ele tinha feito havia tanto tempo.

Em vez disso, mandei uma mensagem para Ox.

Joe está bem. Tivemos alguns problemas. Ele está dormindo para se recuperar. Não queria que se preocupasse.

Naquela noite, sonhei com um lobo marrom com o nariz pressionado contra o meu queixo.

UM TELEFONE TOCOU enquanto estávamos no Alasca.

Ficamos olhando, sem saber o que fazer. Já fazia quatro meses que havíamos deixado Green Creek, e não estávamos mais perto de Richard do que antes.

Joe engoliu em seco enquanto pegava o celular pré-pago em cima da mesa de mais um motel sem nome no meio do nada.

Pensei que ele fosse ignorar.

Em vez disso, atendeu a ligação.

Todos ouvimos. Cada palavra.

— Seu cuzão do caralho — disse Ox, e a única coisa que eu queria era ver o seu rosto. — Você *não* pode fazer isso comigo! Está me ouvindo? *Não* pode. Você sequer se *importa* conosco? Hein? Caso se importe, se ao menos alguma parte de você se importa comigo, com *a gente*, então precisa se perguntar se vale a pena. Se o que você está fazendo *vale a pena*. Sua família precisa de você. Eu preciso de você, porra.

Nenhum de nós falou.

— Seu cuzão. Seu filho da puta maldito.

Joe colocou o telefone na beira da cama e afundou de joelhos. Ele pousou o queixo na cama, encarando o telefone enquanto Ox respirava.

Kelly eventualmente se sentou ao lado dele.

Carter também, todos eles encarando o telefone, ouvindo os sons de casa.

DIRIGÍAMOS POR uma estrada de terra poeirenta, campos verdes e planos se estendendo ao nosso redor. Kelly estava ao volante. Carter estava no banco ao lado dele, janela abaixada, pés apoiados no painel. Joe estava no banco de trás comigo, uma mão pendurada para fora da janela, o vento soprando entre os dedos. O rádio tocava música baixinho.

Havia horas em que ninguém falava nada.

Não sabíamos para onde estávamos indo.

Não importava.

Eu pensava em passar meus dedos sobre uma cabeça raspada, polegares traçando sobrancelhas e a curva de uma orelha. O ronco baixo de um rosnado predatório crescendo em um peito forte. A sensação de uma pequena estátua de pedra em minha mão pela primeira vez, seu peso surpreendente.

Carter emitiu um som baixo e se esticou para aumentar o rádio. Ele sorriu para o irmão. Kelly revirou os olhos, mas tinha um sorriso tranquilo no rosto.

A estrada se estendia à frente.

Carter começou a cantar primeiro. Era desafinado e ousado, alto quando não precisava, errando mais palavras do que acertando.

Cantou sozinho no primeiro verso.

Kelly se juntou no refrão. Sua voz era doce e calorosa, mais forte do que eu esperava. A música era mais antiga do que eles. Tinha que vir da mãe deles. Eu me lembrei de quando era jovem, observando-a mexer em sua coleção de discos. Sorrindo para mim, que espiava de outro cômodo da casa do bando. Ela me chamou e, quando cheguei ao seu lado, tocou meu ombro brevemente e disse:

— Eu amo música. Às vezes, ela pode dizer as coisas para as quais você não encontra palavras.

Olhei para Joe.

Ele estava olhando para os irmãos com admiração, parecendo mais vivo do que eu o tinha visto em semanas.

Carter se virou para olhar para ele. E sorriu.

— Você conhece a letra. Vamos lá. Você consegue.

Pensei que Joe recusaria. Pensei que voltaria a olhar pela janela.

Em vez disso, ele cantou com seus irmãos.

Foi baixo no começo, um pouco instável. Mas conforme a música continuava, ele cantava cada vez mais alto. Todos eles, até que estavam *gritando* um para o outro, soando mais felizes do que haviam estado desde que o monstro de sua infância aparecera e levara o pai deles.

Eles cantaram.

Eles riram.

Eles *uivaram*.

Eles olharam para mim.

Eu estava pensando em um garoto com olhos de gelo me dizendo que me amava, que não queria partir novamente, mas tinha que fazê-lo, ele tinha de ir, que seu Alfa estava exigindo, e que ele voltaria para mim, Gordon, você tem que acreditar que vou voltar para você. Você é meu parceiro, eu te amo, eu te amo, eu te amo.

Eu não conseguia fazer isso.

E então Joe colocou a mão sobre a minha.

Ele apertou apenas uma vez.

— Vamos lá, Gordon — disse ele. — Você conhece a letra. Você consegue.

Eu suspirei.

Eu cantei.

Estávamos todos famintos como o looooobo.

Continuamos dirigindo e dirigindo e dirigindo.

E nos recessos mais distantes da minha mente, ouvi novamente. Pela primeira vez.

Sussurrava *bando* e *bando* e *bando*.

EU SABIA QUE IA ACONTECER. Cada mensagem, cada ligação telefônica ficava mais difícil de ignorar. Era um chamado para casa, um peso sobre nossos ombros. Um lembrete de tudo o que tínhamos deixado para trás. Eu vi o quanto doeu em Carter e Kelly quando ouviram que sua mãe finalmente havia voltado à forma humana. O quanto mexia com Joe quando Ox fazia perguntas que ele não podia responder.

Mark nunca disse nada.

Mas eu também nunca disse nada a ele.

Era melhor assim.

Por isso, não discuti muito quando Joe disse pela primeira vez:

— Precisamos nos livrar dos celulares.

Seus irmãos resistiram. Foi admirável irem contra seu Alfa. Eles imploraram para eu dizer não, para dizer a Joe que ele estava errado. Que havia uma maneira melhor de lidar com aquilo. Mas eu não podia, porque agora eu sonhava com lobos, com o bando. Eles não sabiam o que eu sabia. Não tinham visto os caçadores chegarem a Green Creek sem aviso, chegarem à casa no fim da rua para disseminar a morte. Estávamos despreparados. Eu tinha visto Richard Collins cair de joelhos, o sangue de seus entes queridos manchando o chão ao seu redor. Sua cabeça se inclinou para trás e ele *gritou* seu horror. E quando o novo Alfa colocou a mão em seu ombro, Richard atacou.

— Você não fez *nada* — rosnou. — Você não fez *nada* para impedir isso. Isso é culpa sua. Está na *sua* conta.

Então, quando Joe se virou para mim, em busca de validação, eu disse a ele que estava sendo estúpido. Que Ox não entenderia. Perguntei se *realmente* queria fazer aquilo com ele.

Mas isso foi tudo.

— É o único jeito — respondeu ele.

— Tem certeza?

Joe suspirou.

— Tenho.

— Seu Alfa decretou — falei a Carter e Kelly.

Peguei os celulares deles.

Eles dormiram mal naquela noite.

A lua era apenas um fio quando abri a porta do motel e saí para a noite.

Havia uma lixeira na beira do estacionamento.

O telefone de Joe foi o primeiro a entrar. Depois o de Carter. O de Kelly.

Segurei o meu com firmeza.

A tela brilhava no escuro.

Destaquei um nome.

Mark.

Digitei uma mensagem.

Sinto muito.

Meu polegar pairou sobre o botão Enviar.

Como a terra. Como terra e folhas e chuva...

Não enviei a mensagem.

Joguei o telefone na lixeira e não olhei para trás.

vela de ignição/lanchinhos

Eu tinha onze anos quando Marty nos pegou tentando entrar na oficina.

Não sabia por que ela me atraía tanto. Não era nada de especial. A oficina era um prédio antigo coberto por uma camada de sujeira que parecia nunca ter sido lavada. Três grandes portas levavam a baias que continham elevadores mecânicos enferrujados. Os homens que trabalhavam lá eram ásperos, com bochechas sulcadas e tatuagens cobrindo seus braços e pescoços.

Marty era o pior deles. Suas roupas estavam sempre manchadas de sujeira e óleo, e ele estava sempre carrancudo. Seu cabelo era fino e espetado ao redor das orelhas. Cicatrizes de acne marcavam seu rosto, e sua tosse barulhenta soava úmida e dolorosa.

Eu o achava fascinante, mesmo de longe. Ele não era um lobo. Não estava imbuído de magia. Era terrível e dolorosamente humano, rude e volátil.

E a própria oficina era como um farol em um mundo que nem sempre fazia sentido para mim. O vovô já tinha morrido havia alguns anos, e meus dedos coçavam para tocar em uma chave de torque e um martelo de borracha. Eu queria ouvir o ronco de um motor para ver se conseguia identificar o que havia de errado com ele.

Esperei até um sábado quando não havia mais ninguém por perto. Thomas estava com Abel, fazendo o que Alfas e futuros Alfas faziam na floresta. Minha mãe estava fazendo as unhas na cidade vizinha. Meu pai disse que tinha uma reunião, o que significava que estava com a mulher de cabelos escuros sobre a qual eu não deveria saber. Rico estava doente, Chris de castigo, Tanner em uma excursão para Eugene da qual havia reclamado por semanas.

Sem ninguém para me dizer não, eu me joguei.

Fiquei parado por muito tempo do outro lado da rua da oficina, apenas observando. Meus braços coçavam. Meus dedos tremiam. Havia magia em minha pele que não tinha por onde escapar. As ferramentas do vovô haviam desaparecido misteriosamente depois que sua mulher o matara; meu pai disse que elas não eram importantes.

E justo quando eu tinha reunido coragem suficiente para atravessar a rua, senti um leve puxão no fundo da mente, uma simples consciência que estava se tornando cada vez mais familiar.

Suspirei.

— Eu sei que você está aí.

Silêncio.

— Pode aparecer.

Mark saiu da viela ao lado do restaurante. Parecia envergonhado, mas desafiador. Vestia uma calça jeans e uma camiseta dos Caça-Fantasmas. O segundo filme tinha acabado de ser lançado. Rico, Tanner, Chris e eu íamos assistir. Pensei em convidar Mark também, por motivos que não conseguia entender completamente. Ele ainda me irritava, mas não era tão ruim. Eu gostava do jeito que às vezes sorria.

— O que você está fazendo? — perguntou ele.

— Por quê?

— Você está parado aí há muito tempo.

— *Stalker* — murmurei. — Se quer saber, eu vou até a oficina do Marty.

Ele olhou para o outro lado da rua, com uma expressão de desgosto.

— Por quê?

— Porque eu quero ver por dentro.

— Por quê?

Dei de ombros.

— É... Você não entenderia.

Ele olhou para mim.

— Talvez eu possa entender se você me contar.

— Você me incomoda.

Ele inclinou a cabeça como um cachorro.

— Isso é mentira.

Fiz uma careta para ele.

— Pare com isso. Você não tem o direito. Pare de ouvir minha pulsação.

— Eu não *consigo*. É tão alto.

Eu não sabia por que meu coração batia tão forte. Torcia para que não houvesse nada de errado comigo.

— Bem, não custa tentar.

Ele estava sorrindo um pouco.

— Eu não te incomodo.

— Você me incomoda. Incomoda muito.

— Vamos, então.

— O quê? Para onde? *Ei*, o que está fazendo?

Ele já estava marchando pela rua. Não olhou para trás nem mesmo quando sussurrei seu nome.

Corri atrás dele.

Seus passos eram mais largos do que os meus. Para cada passo dele, eu precisava de dois. Disse a mim mesmo que um dia seria maior que ele. Não importava que ele fosse um lobo. Eu seria maior e mais forte e então *eu* o seguiria por aí, para ver se ele ia gostar.

— Nós vamos arrumar encrenca — sussurrei furiosamente.

— Talvez — disse ele.

— Seu pai vai ficar muito bravo.

— O seu também.

Pensei bem.

— Eu não conto se você não contar.

— Como um segredo?

— É. Claro. Como um segredo.

Ele parecia estranhamente satisfeito.

— Nunca tive um segredo com você antes.

— Hum, *sim*. Você teve. Você é um *lobisomem*. Eu sou um *bruxo*. Isso é, tipo, muito secreto.

— Isso não conta. Outras pessoas sabem disso. Este é um segredo só nosso.

— Você é bobo.

Nós atravessamos a rua. As portas da oficina estavam abertas. Um velho rádio tocava Judas Priest. Eu podia ver dois carros lá dentro e uma velha caminhonete. Um dos caras estava embaixo da caminhonete. Marty estava inclinado sobre um Chevy Camaro iroc-z 1985 com um homem mais velho de terno. O carro era elegante e vermelho, e tudo que eu queria era colocar minhas mãos nele. O capô estava aberto e

Marty mexia em algo. O homem de terno parecia irritado. Ele olhava para o relógio e batia o pé.

Eu encostei do lado da oficina, com Mark ao meu lado. Seus dedos roçaram os meus, e eu senti algo como um pulso de magia ao longo do braço. Ignorei.

— ... e quando a luz do motor acendeu? — estava dizendo Marty.

— Eu já disse — falou o homem de terno. — Na semana passada. Não há falhas, não há hesitação. Não treme, não...

— Sim, sim — interrompeu Marty. — Eu ouvi. Pode ser um fio defeituoso em algum lugar. Esses carros esportivos parecem bons, mas têm uma constituição de merda. Você consegue quanta xoxota quiser por uma bolada, mas depois eles vão quebrar e acabar encalhados na sua mão.

— Consegue consertar ou não? — O homem de terno não parecia muito feliz. Fiquei pensando se ele não estaria conseguindo xoxota o suficiente. Eu me perguntei o que era xoxota.

— Pegue o manual do proprietário — disse Marty. — É bom que esteja na minha língua, não vai servir de merda nenhuma se o livro de manutenção que eu tenho não disser nada. Vamos para o meu escritório dar uma olhada.

O homem de terno bufou, mas obedeceu Marty. Ele se inclinou para dentro do IROC-Z e pegou o manual do porta-luvas antes de seguir Marty em direção ao escritório dos fundos.

Agora era minha chance. A bela garota estava lá, totalmente aberta. Esperando por mim. Eu ia lubrificá-la e enfiar os dedos nela, do jeito que o vovô tinha me ensinado.

— Eu vou lá — sussurrei para Mark.

— Ok — murmurou ele de volta. — Estou logo atrás de você.

Judas Priest deu lugar ao Black Sabbath enquanto entrávamos. Cheirava a homem e metal, e eu respirei fundo. O cara embaixo da caminhonete se mexeu um pouco, mas, fora isso, nada aconteceu. Marty e o homem de terno estavam no escritório, escondidos atrás de um carro em um elevador mecânico.

O IROC-Z estava lá, esperando por mim. Ela era linda, vermelha como uma maçã do amor com detalhes pretos e aros prateados. O homem de terno não a merecia.

Eu me inclinei sobre o motor, procurando por algo, *qualquer coisa*.

— Luz — sussurrei para Mark.

— O quê?

— Eu preciso de uma *luz*. Quando eu pedir algo, você entrega. É assim que se trabalha em carros.

— Como eu vou encontrar uma luz?

— Com seus *olhos*.

Ele murmurou algo, mas eu o ignorei, absorvendo-a inteira.

— Luz — disse ele afinal. Estendi a mão. Era uma pequena lanterna. Não era grande coisa, mas serviria.

— Vamos lá, sua vadiazinha — falei.

— O quê? Você não precisa me xingar. Eu peguei a...

— Não é *você* — expliquei. — É algo que você faz quando trabalha em carros. Você xinga enquanto tenta descobrir o que está errado. Meu avô me ensinou isso.

— Ah. Isso ajuda?

— Sim. Quando você xinga o suficiente, finalmente descobre o problema.

— Isso não faz sentido.

— Funciona. Pode confiar.

— Eu confio em você — disse Mark baixinho, e senti outro pequeno arrepio de magia percorrer minha pele. Ele se aproximou de mim, inclinando-se sobre o motor comigo. Seu ombro roçou o meu.

— Então apenas xingamos.

— É — respondi, me sentindo levemente corado. — Quer dizer, isso... é.

— Ok. Hã. Seu... cuzão?

Eu ri.

— Você é péssimo nisso.

— Nunca fiz isso antes!

— Péssimo.

— Que seja. Quero ver *você* fazer melhor.

Tentei lembrar do que o vovô havia dito.

— Vamos lá, seu desgraçado inútil. Que diabos.

— Uau — Mark arfou. — Isso... Seu *avô* te ensinou isso? *Meu* avô tinha cabelo saindo das orelhas e sempre esquecia quem eu era.

— Ele me ensinou muita coisa — expliquei. — Tudo, na verdade. Tente novamente.

— Certo. Deixe-me pensar. Hã, que tal... O que há de errado com você, sua puta estranha?

Eu me engasguei.

— Meu Deus.

— Por que você não me conta seus segredos, seu desgraçado de merda?

— Nem sei por que deixei você vir comigo.

— Cuzão filho da puta de merda...

Ele era bom naquilo. Isso eu podia admitir. Mas antes que pudesse sequer pensar em dizer isso, eu vi.

— Ali — falei, apontando a lanterna. — Está vendo? Bem ali? É isso que está errado.

— Não vejo nada — disse Mark.

— É... Ugh, me dê sua mão.

Ele não hesitou.

Mais tarde, muito, muito mais tarde, eu pensaria sobre esse momento. A primeira vez que demos as mãos. A primeira vez que nos tocamos por escolha própria. Sua mão era maior que a minha, com dedos grossos e fortes. Sua pele era mais quente e escura. Os ossos pareciam frágeis, e eu sabia do sangue que pulsava logo abaixo. Meu pai tinha garantido isso. Eu pertencia a ele, aos Bennett, por causa do que estava no meu próprio sangue.

Mas eu tinha apenas onze anos. Não entendia o que isso significava na época.

Mas ele sabia.

Foi por isso que ele inspirou bruscamente quando peguei sua mão na minha, por isso que, pelo canto do olho, vi o clarão laranja na escuridão sob o capô do carro. Ele rosnou um pouco, do fundo do peito, e *jurei* naquele momento que o corvo voou. Eu...

— O que diabos você pensa que está fazendo?

Soltei a mão dele, surpreso com a voz irritada vindo de trás. Antes que eu pudesse virar completamente, Mark estava na minha frente, me empurrando para trás de si. Fiquei na ponta dos pés, espiando por cima do ombro dele.

Marty estava lá, parecendo corado e irritado. O homem de terno estava confuso, sua gravata solta ao redor do pescoço.

Os olhos de Marty se estreitaram ao me ver.

— Você. Eu te conheço. Já te vi antes. Você pertencia ao Donald. Donald Livingstone. Meu vovô.

— Sim, senhor — falei, porque aprendi desde cedo que, se você fosse educado com os adultos, talvez conseguisse escapar de problemas.

— E *você* — disse Marty a Mark. — Eu vejo *você* seguindo este aqui por aí.

— Eu o mantenho em segurança — explicou Mark. — Ele é meu para proteger.

Minha mão apertou mais o seu ombro. Eu não entendi o que ele queria dizer. Éramos bando, sim, e...

— Garoto, estou cagando para *o que* você faz, contanto que não faça isso aqui. Suma daqui. Este não é lugar para...

— Vela de ignição! — falei abruptamente.

Marty piscou para mim.

— O quê?

Empurrei Mark para o lado. Ele reclamou indignado, mas se apertou de novo contra mim, não deixando nenhum espaço entre nós. Eu não tinha tempo para a idiotice de lobo dele. Eu tinha um ponto a provar.

— A luz de verificação do motor. É por causa da vela de ignição. Tem óleo de motor acumulado em volta dela.

— Do que ele está falando? — perguntou o homem de terno. — Quem é esse garoto?

— Vela de ignição — disse Marty lentamente. — É isso mesmo?

Assenti furiosamente com a cabeça.

— É, sim. Sim, senhor. É isso.

Marty deu um passo na minha direção, e por um instante eu tive certeza de que Mark ia se transformar em lobo. Mas antes que pudesse, Marty passou por mim e se inclinou sobre o IROC-Z.

— Lanterna — murmurou ele, estendendo a mão.

— Lanterna — repeti prontamente, entregando a ele.

Levou um momento, mas então:

— Hã. Veja só. Deve ter escapado. Os olhos não são mais o que eram. Estou ficando velho demais para essa merda. Garoto, venha cá.

Fui imediatamente. Mark também.

— Excesso de óleo — disse Marty.

— Sim, senhor.

— Pode ser um problema de consumo de óleo.

— Ou algo com o sistema de emissões.

— Ou o sistema de ignição.

— Injeção de combustível. Talvez a mangueira.

Ele balançou a cabeça.

— O combustível não está vazando. Sem deterioração.

— Do que eles estão falando? — perguntou o homem de terno.

— Não sei — respondeu Mark. — Mas o Gordon sabe muito. Mais do que qualquer um que eu conheço. Ele é bom e inteligente e cheira a terra e folhas e...

Bati minha cabeça no capô do carro. Gemi com a onda repentina de dor. Mark estava lá em um instante, mãos nos meus ombros.

— Quer *parar* de dizer a ele qual é o meu cheiro? — sussurrei para ele entre dentes cerrados. — Você parece tão *estranho*.

Mark me ignorou, colocando as mãos no meu rosto e inclinando minha cabeça para baixo enquanto inspecionava o que eu presumia que provavelmente seria um ferimento aberto que precisaria de pontos e deixaria uma cicatriz horrível que...

— Uma batidinha — murmurou suavemente. — Precisa ser mais cuidadoso.

Eu me afastei.

— Bem, *você* precisa...

— Conserto fácil — disse Marty. — Deve levar apenas algumas horas, a menos que seja necessário encomendar alguma peça. Vá tomar um café na lanchonete. Uma fatia de torta.

O homem de terno parecia que ia discutir, mas em vez disso assentiu. Ele olhou com curiosidade para Mark e eu antes de se virar e sair da oficina para a luz do dia.

Marty se virou para mim.

— Gordon, certo?

Assenti lentamente.

Ele passou a mão nos pelos grisalhos da mandíbula.

— Donald era um bom homem. Filho da puta teimoso. Roubava no carteado. — Ele balançou a cabeça. — Negava, mas todos nós sabíamos. Ele falava de você.

Eu não sabia o que responder a isso, então mantive a boca fechada.

— Ele te ensinou?

— É. Sim. Tudo o que sei.

— Quantos anos você tem?

— Quinze.

Mark tossiu.

Marty bufou.

— Quer tentar de novo?

Revirei os olhos.

— Onze.

— Seu pai trabalha com carros?

— Não.

Ele olhou para Mark.

— Bennett, não é?

— Sim — respondeu Mark.

Ele assentiu lentamente.

— Turma estranha.

Não dissemos nada porque não havia nada a dizer.

Marty suspirou.

— Você tem talento, moleque. Deixa eu te falar…

— Não pode contar para o meu pai — falei para Mark enquanto nos afastávamos da oficina. — Ele não vai me deixar voltar. Você sabe que não vai.

Mark olhou para mim.

— É isso que você quer?

Sim. Era. Era o que eu *precisava*. Eu não conhecia muito além da vida em bando. Nada do que eu tinha, exceto Chris, Tanner e Rico, era *meu* e somente meu. Meu pai não gostava deles e chegou a tentar me proibir de vê-los fora da escola. Mas minha mãe interveio, uma das poucas vezes que ela o enfrentou. Eu precisava de normalidade, ela disse. Eu precisava de algo mais, ela disse. Ele não ficou feliz, mas cedeu. Eu a abracei por muito tempo depois disso.

— Sim — respondi. — Isso é o que eu quero. — Em seguida: — É outro segredo. Só nosso.

Seus lábios se contorceram com isso, e eu sabia que tinha vencido.

— Gosto de ter segredos com você.

Senti uma estranha reviravolta no fundo do estômago.

* * *

— Laços — disse Abel, sentado atrás da grande mesa em seu escritório. Meu pai estava em pé junto à janela, olhando para as árvores. Thomas sentou-se ao meu lado, quieto e sereno como sempre. Eu estava nervoso porque era a primeira vez que tinha permissão para entrar no escritório de Abel. Meus braços estavam doloridos após dias sob as agulhas do meu pai. — Você pode me dizer o que sabe sobre eles?

— Eles ajudam um lobo a lembrar que é humano — respondi lentamente, querendo acertar. Eu precisava que Abel visse que podia acreditar em mim. — Eles impedem que o lobo se perca no animal.

— É verdade — falou Abel. Ele esticou as mãos sobre a mesa. — Mas é mais do que isso. Muito mais.

Olhei para o meu pai, mas ele estava perdido em seja lá o que estivesse vendo.

— Um laço é a força por trás do lobo — prosseguiu Abel. — Um sentimento, uma pessoa ou uma ideia que nos mantém em contato com nosso lado humano. É uma canção que nos chama para casa quando estamos transformados. Nos lembra de onde viemos. Meu laço é meu bando. As pessoas que contam comigo para mantê-las seguras. Para protegê-las daqueles que nos fariam mal. Você entende?

Eu concordei, embora não entendesse realmente. Olhei para Thomas.

— Qual é o seu?

— Bando.

Aquilo me surpreendeu.

— Não Elizabeth?

— Elizabeth — disse Thomas com um suspiro, parecendo sonhador como sempre acontecia quando a mencionava. Ou a via. Ou estava ao lado dela. Ou pensava sobre sua existência. — Ela… não. Ela significa mais para mim.

— Quem teria imaginado — comentou Abel secamente. — Os laços não são apenas para lobos, Gordon. Somos chamados pela lua, e há magia nisso. Como há magia em você.

— Da terra.

— Sim. Da terra.

Entendi, então, o que ele estava tentando dizer.

— Eu também preciso de um laço? — Era um pensamento imensamente terrível.

— Ainda não — disse Abel, inclinando-se para a frente. — E não precisará por muito tempo. Você é jovem e está apenas começando. Suas marcas ainda não foram completadas. Até que sejam, não precisará de um. Mas um dia, sim.

— Não quero que seja apenas uma pessoa — falei.

Meu pai se virou. Ele tinha uma expressão estranha no rosto.

— E por quê?

— Porque as pessoas vão embora — respondi honestamente. — Elas se mudam ou ficam doentes ou morrem. Se um lobo tivesse um laço e fosse uma pessoa e ela morresse, o que aconteceria com o lobo?

A única resposta foi o tique-taque do relógio na parede.

Então Abel riu, os olhos se enrugando gentilmente.

— Você é uma criatura fascinante. Fico muito feliz por conhecê-lo.

— Não sabia sobre os laços — disse ao meu pai enquanto saíamos da casa dos Bennett. — Para bruxos.

— Eu sei. Há hora e lugar certo para tudo.

— Existem outras coisas que não me contou?

Ele não olhou para mim. Algumas crianças passaram correndo por nós, rindo enquanto rosnavam uma para a outra. Ele desviou delas habilmente.

— Sim. Mas você aprenderá, um dia.

Não achei justo, mas não podia dizer isso ao meu pai. Em vez disso, perguntei:

— Quem é o seu laço? É a mamãe?

Ele fechou os olhos e virou o rosto em direção ao sol.

— Como você pôde? — Eu a ouvi dizer, com a voz tensa e áspera. — Por que faria isso comigo? Conosco?

— Eu não procurei por isso — disse meu pai. — Eu nunca procurei por nada disso. Eu não sabia que ela ficaria...

— Eu poderia contar para ela. Poderia contar para todo mundo. O que você é. O que *eles* são.

— Ninguém acreditaria em você. E como você se sairia nessa? Pensariam que está louca. E seria usado contra você. Você nunca mais veria o Gordon. Eu me certificaria disso.

— Eu sei que você fez alguma coisa comigo — falou minha mãe. — Eu sei que mexeu na minha mente. Eu sei que alterou minhas memórias. Talvez isso não seja real. Talvez nada disso seja real. É um sonho, um terrível sonho do qual não posso acordar. Por favor. Por favor, Robert. Por favor, me deixe acordar.

— Catherine, você está... Isso é desnecessário. Tudo isso é. Ela vai embora. Eu prometo. Até acabar. Você não pode continuar assim. Simplesmente não pode. Está te matando. Está *me* matando.

— Como se você se importasse — disse ela com aspereza. — Como se você desse *a mínima* para qualquer coisa que não seja *ela*...

— Fale mais baixo.

— Não. Eu não serei...

— Catherine.

As vozes desapareceram quando puxei o edredom sobre a cabeça.

— Sua mãe não está se sentindo bem — disse o papai. — Ela está descansando.

Eu fiquei olhando para a porta fechada do quarto deles por um longo tempo.

Ela sorriu para mim.

— Estou bem. Querido, claro que estou bem. Como algo poderia estar errado quando o sol está brilhando e o céu está azul? Vamos fazer um piquenique. Isso não parece uma ótima ideia? Só você e eu, Gordon. Vou cortar as cascas do pão e preparar lanchinhos. Tem salada de batata e biscoitos de aveia. Pegaremos um cobertor e olharemos as nuvens. Gordon, seremos apenas eu e você e vou ficar mais feliz do que nunca.

Eu achei que ela estava mentindo.

* * *

— Mexa essa bunda! — gritou Marty para mim do outro lado da oficina. — Não te pago nada pra ficar aí *parado* com o pau pra fora. Mexa-se, Gordon. *Mexa-se.*

— Como você soube? — perguntei a Thomas quando tinha doze anos. Era um domingo e, como era tradição, o bando se reuniu para o jantar. Mesas foram montadas nos fundos da casa dos Bennett. Toalhas brancas e rendadas colocadas sobre elas. Havia vasos cheios de flores silvestres verdes, azuis, roxas e laranja. Abel estava na churrasqueira, sorrindo para o barulho e a agitação ao seu redor. Crianças riam. Adultos sorriam. Uma vitrola tocava música.

E Elizabeth estava dançando. Ela estava linda. Usava um belo vestido de verão, as pontas dos dedos manchadas de tinta. Passara a maior parte do dia em seu ateliê, um lugar onde apenas Thomas tinha permissão para entrar, e somente quando ela o convidava. Eu não entendia a sua arte, os traços de cor na tela, mas era selvagem e viva e me remetia a correr com os lobos sob a lua cheia.

Mas ali estava ela, balançando-se com a música, seu vestido rodopiando ao redor dos joelhos enquanto girava em um círculo lento. Tinha os braços esticados, a cabeça inclinada para trás e os olhos fechados. Ela parecia pacífica e feliz, e isso provocava uma pontada agridoce em meu peito.

— Eu soube no momento em que a vi — disse Thomas, sem desviar os olhos de Elizabeth. — Eu soube porque nunca tinha conhecido alguém que me fizesse sentir como naquele instante. Ela é a pessoa mais adorável que já vi, e mesmo naquele momento eu sabia que ia amá-la. Eu sabia que daria a ela tudo o que me pedisse.

— Uau — falei com um suspiro.

Thomas riu.

— Você sabe qual foi a primeira coisa que ela me disse?

Balancei a cabeça.

— Ela me disse para parar de cheirá-la.

Fiquei de boca aberta para ele.

Ele encolheu os ombros calmamente.

— Eu não era muito sutil.

— Você estava *cheirando* a Elizabeth? — perguntei, chocado.

— Não pude evitar. Era... Você sabe aquele momento antes de uma tempestade chegar? O céu está preto e cinza, e tudo parece elétrico? Sua pele está zumbindo e seus cabelos estão arrepiados?

Assenti com a cabeça.

— Esse era o cheiro dela para mim. Como uma tempestade se aproximando.

— Sim — falei, ainda inseguro. — Mas... tipo, você estava *cheirando* a Elizabeth.

— Você vai aprender — disse Thomas. — Um dia. Talvez mais cedo do que você imagina. Ah, olha só isso. Meu irmão está se aproximando. Que *timing* auspicioso, dada a nossa conversa.

Virei a cabeça. Mark Bennett caminhava em nossa direção, com uma expressão determinada no rosto. Desde o dia em que tinha me seguido até a oficina do Marty, as coisas estavam... menos estranhas. Ele ainda era um pouco esquisito, e eu lhe disse repetidas vezes que não *precisava* que ele me protegesse, mas ele não era tão ruim quanto eu pensava. Ele era... legal. E parecia gostar pra caramba de mim, por razões que eu não entendia muito bem.

— Thomas — disse Mark, parecendo um pouco engasgado.

— Mark — respondeu Thomas, parecendo se divertir. — Bela gravata. Não está um pouco quente para isso?

Ele corou, o rubor subindo pelo pescoço até suas bochechas.

— Não é... Eu estou tentando... Deus, você só...

— Acho que vou dançar com Elizabeth — anunciou Thomas, me dando um tapinha no ombro. — Seria uma pena deixar o momento passar. Não acha, irmão?

— Por que você está vestido assim? — perguntei. Ele estava com uma gravata vermelha sobre uma camisa branca e calças. Estava descalço, e não conseguia me lembrar se já tinha visto seus dedos do pé antes. Eles estavam se enrolando na grama, o verde brilhando contra sua pele.

— Eu não estou, é só... — Ele sacudiu a cabeça. — Eu quis, tudo bem?

Franzi a testa.

— Tá bom. Mas você não está com calor?

— Não.

— Está suando.

— Não é de calor.

— Ah. Você está nervoso?

— Quê? Não. *Não*. Não estou nervoso. Por que eu estaria nervoso?

Eu o encarei.

— Está doente?

Ele rosnou para mim.

Eu sorri para ele.

— Olha — disse ele grosseiramente. — Eu quis. Certo. Será que eu posso...

— Será que você pode...

Ele parecia prestes a explodir.

— Você sabe dançar? — soltou de uma vez.

Eu o encarei.

— Porque se você soubesse, e se quisesse, nós poderíamos... Quer dizer, tudo bem, certo? Tudo bem. Podemos apenas ficar aqui parados. Ou o que for. Isso também está tudo bem. — Ele se remexeu, puxando a ponta da gravata. Olhou para mim, depois desviou o olhar, depois voltou-o para mim.

— Não faço ideia do que você está falando — admiti.

Ele suspirou.

— Eu sei. Só estou...

— Suando.

— Você pode *parar* de dizer isso?

— Mas você está.

— Meu Deus, você é um babaca.

Eu ri dele.

— Ei, só estou observando...

— Gordon!

Eu me virei.

Minha mãe. Ela me chamou para perto dela. Papai tinha dito que ela estava doente de novo, que não viria. Ele havia me deixado lá, dizendo que voltaria depois, que tinha negócios para resolver antes de voltar. Não perguntei que negócios eram esses.

E agora ela estava ali, e tinha um sorriso frágil no rosto. Seu cabelo parecia desarrumado, e ela estava retorcendo as mãos.

— Ela está bem? — perguntou Mark. — Ela está...

— Não sei — respondi. — Ela não estava se sentindo bem antes e... vou ver o que ela quer. Espere aqui, tá bom? Eu volto logo. E talvez você possa me dizer por que está de gravata.

Antes que eu pudesse me afastar, ele segurou minha mão. Eu me virei para olhar para ele.

— Cuide-se, tudo bem?

— É só minha mãe.

Ele me soltou.

— Oi — disse ela quando me aproximei. — Oi, querido. Oi, meu amor. Venha aqui. Posso falar com você? Venha aqui.

Eu fui porque ela era minha mãe e eu faria qualquer coisa por ela.

Ela pegou minha mão e me puxou, dando a volta na casa.

— Onde estamos...

— Silêncio — pediu ela. — Espere. Eles vão ouvir.

Os lobos.

— Mas...

— Gordon. Por favor. Confie em mim.

Ela nunca tinha falado assim comigo antes.

Fiz o que ela pediu.

Nós contornamos a casa até a entrada. Vi o carro dela estacionado atrás de todos os outros. Ela me levou até ele e abriu a porta do passageiro, gesticulando para que eu entrasse. Eu hesitei, olhando por cima do ombro.

Mark estava lá, em pé ao lado da casa, nos observando. Ele deu um passo em minha direção, mas minha mãe me empurrou para dentro do carro.

Ela passou pela frente e já estava lá dentro antes que eu pudesse me virar no banco.

Havia duas malas no banco de trás.

Eu perguntei:

— O que está acontecendo?

— Está na hora — respondeu.

Terra voou quando ela deu ré na entrada, quase batendo em outro carro.

Eu falei:

— Por que você está...

Ela passou a marcha e nós voamos pela pista. Olhei no espelho lateral para as casas atrás de nós. Mark tinha desaparecido.

* * *

No MEU DÉCIMO SEGUNDO ANIVERSÁRIO, houve uma festa.

Muitas pessoas vieram.

A maioria eram lobos.

Algumas não.

Tanner, Chris e Rico foram deixados por seus pais. Era a primeira vez que visitavam as casas do fim da rua, e seus olhos estavam arregalados.

— *Dios mío* — murmurou Rico. — Você não disse que era rico, *papi*.

— Esta não é minha casa — lembrei-o. — Você já *esteve* na minha casa.

— É praticamente a mesma coisa — disse Rico.

— Ah, cara — falou Chris, olhando para o presente mal embrulhado em sua mão. — Eu comprei um presente na loja de 1,99.

— Eu nem comprei um presente — lamentou Tanner, olhando para as bandeiras, os balões e as mesas cheias de comida.

— Você pode dividir comigo — disse Chris para ele. — Foi só 1,99.

— Quantos banheiros tem nessa casa? — perguntou Rico. — Três? Quatro?

— Seis — murmurei.

— Uau — sussurraram Chris, Tanner e Rico.

— Não é minha casa!

— Nós só temos um — revelou Rico. — E todo mundo tem que compartilhar.

Eu os amava, mas eles eram um saco.

— Só tenho um na minha casa... — comecei.

— Você nem precisa esperar para cagar — interrompeu Tanner.

— Odeio quando tenho que esperar para cagar — disse Chris.

Eles me olhavam com expectativa.

Suspirei.

— Nem sei por que convidei vocês.

— Tem três *bolos*? — perguntou Rico, com a voz aguda.

— É uma arma de brinquedo — falou Chris, empurrando o presente nas minhas mãos.

— É de nós dois — disse Tanner.

— Você me deve 99 centavos — cobrou Chris.

— Você tem hambúrgueres e cachorros-quentes *e* lasanha? — indagou Rico. — *Mierda*. Que tipo de loucura branca é *essa*?

Os Bennett tinham exagerado. Eles sempre exageravam. Eram poderosos e ricos, e as pessoas os respeitavam. Green Creek sobrevivia por causa deles. Eles doavam dinheiro e tempo, e embora os moradores da cidade às vezes ainda sussurrassem *culto*, eles eram uma peculiaridade amada.

E eu era parte do bando deles. Ouvia suas canções na minha cabeça, as vozes me conectando aos lobos. Eu tinha tinta enfiada na pele, me ligando a eles. Eu era eles e eles eram eu.

Então, é claro que eles fizeram aquilo por mim.

Sim, havia três bolos. E hambúrgueres e cachorros-quentes e lasanha. Também havia uma pilha de presentes quase tão alta quanto eu, e os lobos afagavam meu ombro, meu cabelo e minhas bochechas, me cobrindo com seu cheiro. Eu estava enraizado neles, na terra ao nosso redor. O céu acima era azul, mas eu podia sentir a lua escondida chamando pelo sol. Havia uma clareira na floresta onde eu havia corrido com feras tão grandes quanto cavalos.

Feliz aniversário, cantaram para mim, um coro me envolvendo.

Minha mãe não cantou.

Meu pai também não.

Eles observaram.

Thomas disse:

— Você já é quase um homem.

Elizabeth disse:

— Ele te ama, sabe. Thomas. Mal pode esperar para você ser o bruxo dele.

Abel disse:

— Esta é sua família. Essas são suas pessoas. Você é um de nós.

Mark disse:

— Posso falar com você um instante?

Olhei para cima, com a boca cheia de bolo branco com recheio de framboesa.

Mark estava ao lado da mesa, mexendo os pés. Ele tinha quinze anos e era desajeitado. Seu lobo tinha a pelagem de um marrom profundo que eu gostava de acariciar. Às vezes ele mordiscava minha mão. Noutras rosnava baixo na garganta, com a cabeça próxima aos meus pés. E um dia, semanas mais tarde, ele estaria de gravata, suando diante de mim.

Ele ainda insistia que eu tinha cheiro de terra e folhas e chuva.

Já não me incomodava tanto.

Ele tinha ombros bonitos. Tinha um rosto bonito. Suas sobrancelhas eram espessas e, quando ria, era um som rouco e parecia que estava gargarejando cascalho. Eu gostava de como aquilo vinha de um lugar profundo dentro dele.

— Você provavelmente deveria continuar mastigando — sussurrou Rico para mim. — Porque está com bolo na boca.

Chris franziu o cenho para mim.

— E também no queixo.

Tanner riu.

— Tem glacê no seu nariz.

Engoli o bolo inteiro, encarando-os.

Eles sorriam para mim.

Usei um guardanapo para limpar meu rosto.

— Sim — respondi. — Você pode falar comigo.

Ele assentiu. Estava suando. Isso me deixou nervoso.

Ele me levou para dentro das árvores. Os pássaros cantavam. As folhas se torciam nos galhos. Pinhas espalhavam-se pelo chão ao nosso redor.

Ele não falou por muito tempo.

Então:

— Tenho um presente para você.

— Ok.

Ele se virou para me olhar. Seus olhos iam de gelo para laranja, e depois voltavam.

— Não é o que eu queria te dar.

Esperei.

— Você entende?

Balancei a cabeça lentamente.

Ele parecia frustrado.

— Papai diz que tenho que esperar antes de... Só quero que você seja meu... Argh. Um dia vou te dar outro presente, tudo bem? Vai ser a melhor coisa que eu poderia dar. E espero que você goste. Mais do que qualquer outra coisa.

— Por que você não pode me dar agora?

Ele fez uma careta.

— Porque aparentemente não é a hora certa. *Thomas* poderia, e ele… — Mark balançou a cabeça. — Não importa. Um dia. Eu prometo.

Às vezes, eu me perguntava sobre eles. Thomas e Mark. Se Mark tinha ciúmes. Se ele já quisera ser o que Thomas se tornaria. Se já tinha desejado ser o segundo de Thomas em vez de Richard Collins. A mãe de Mark morreu no seu parto. Num instante tudo estava bem, e no seguinte ela estava simplesmente… morta. Só ele permaneceu.

Às vezes eu pensava que era uma troca justa. Eu o queria aqui. E não a conheci.

Nunca contei isso a ninguém. Parecia errado dizer as palavras em voz alta.

Mark disse:

— Em vez daquilo, trouxe isso.

Em sua mão havia um pedaço de madeira. Tinha sido esculpido por uma mão desajeitada. Levei um instante para ver em que tinha sido moldado.

A asa esquerda era menor do que a direita. O bico era mais quadrado do que qualquer outra coisa. O pássaro tinha garras, mas eram toscas.

Um corvo.

Ele tinha me esculpido um corvo.

Não se parecia em nada com o que estava em meu braço. Meu pai tinha sido meticuloso, sua magia sendo forçada em minha pele, queimando por baixo e para dentro do meu sangue. Tinha sido a última coisa e a que tinha doído mais. Eu tinha gritado até minha voz falhar, com Abel segurando meus ombros, seus olhos em chamas.

De alguma forma, achei que aquilo significava mais.

Estendi a mão e tracei uma asa com o dedo.

— Você fez isso.

— Gostou? — perguntou em voz baixa.

Eu disse "sim" e "como" e "por que, por que, por que você faria isso por mim?".

Ele falou:

— Porque não pude dar o que queria. Ainda não. Então, eu quero que tenha isso.

Eu o peguei, e Mark *sorriu*.

* * *

— PARA ONDE ESTAMOS INDO? — perguntei a mamãe novamente enquanto passávamos por uma placa que dizia VOCÊ ESTÁ SAINDO DE GREEN CREEK, POR FAVOR, VOLTE LOGO!. — Eu preciso...

— Para longe — respondeu minha mãe. — Para longe, estamos indo para longe. Enquanto ainda há tempo.

— Mas é domingo. É *tradição*. Eles vão se perguntar onde...

— *Gordon*.

Ela nunca gritava. Não de verdade. Não comigo. Recuei.

Ela apertava o volante. Suas juntas estavam esbranquiçadas. O sol estava em nosso rosto. Estava forte, e eu piscava contra ele.

Podia sentir o território me *puxando*, a terra ao nosso redor pulsando junto com as tatuagens. O corvo estava agitado. Às vezes, eu pensava que um dia ele voaria da minha pele para o céu e nunca mais voltaria. Eu queria que ele nunca fosse embora.

Levantei meus quadris para alcançar o bolso.

Tirei uma pequena estátua de madeira e a segurei nas mãos.

Lá na frente, uma ponte coberta levava para fora de Green Creek e para o mundo além. Eu não gostava muito de sair para o mundo. Era grande demais. Abel me disse que um dia eu teria que ir, por causa do que eu era para Thomas, mas isso estava longe.

Não chegamos à ponte.

— Não — disse minha mãe. — Não, não, não, não assim, não assim...

O carro derrapou ligeiramente para a direita quando ela pisou no freio. Terra se levantou ao nosso redor, o cinto de segurança apertando meu peito. Meu pescoço estalou para a frente, e eu apertei o corvo de madeira na palma da mão. Eu a encarei com olhos arregalados.

— O que aconteceu...

Olhei pelo para-brisa.

Lobos estavam na estrada. Abel. Thomas. Richard Collins.

Meu pai também estava lá. Ele parecia furioso.

— Me escute — disse mamãe, a voz baixa e rápida. — Eles vão te contar coisas. Coisas nas quais você não deveria acreditar. Coisas que são *mentiras*. Você não pode confiar neles, Gordon. Você nunca pode confiar em um lobo. Eles não te amam. Eles *precisam* de você. Eles te *usam*. A magia em você é uma *mentira*, e você não pode...

Minha porta se abriu bruscamente. Thomas estendeu a mão e desprendeu o cinto de segurança, depois me puxou para fora do carro sem cerimônia. Eu tremia enquanto ele me segurava, minhas pernas envolvendo sua cintura. Sua mão grande estava nas minhas costas, e ele murmurava no meu ouvido que eu estava seguro, você está seguro, Gordon, está comigo, está comigo e ninguém pode te levar embora outra vez, eu prometo.

— Tudo bem? — perguntou Richard. Ele sorriu, mas o sorriso não alcançou seus olhos. Nunca alcançava.

Eu assenti contra o ombro de Thomas.

— Bom — disse ele. — Mark, ele estava preocupado com você. Mas suponho que é o que acontece quando alguém leva seu pa...

— Richard — rosnou Thomas.

Richard levantou as mãos.

— Tá, tá.

Minha mãe estava gritando. Meu pai estava conversando calmamente com ela, apontando com o dedo, sem jamais encostar nela.

Abel não disse uma palavra, apenas observava. E esperava.

— ELA ESTÁ DOENTE — disse meu pai mais tarde. — Há muito tempo. Ela pensa... ela tem esses pensamentos na cabeça. Não é culpa dela. Tudo bem? Gordon, preciso que você entenda isso. Não é culpa dela. E nem sua. Ela nunca te machucaria. Ela só... ela está doente. E por isso faz coisas que não quer fazer. Diz coisas que não quer dizer. Eu tentei ajudá-la, mas...

Minha voz estava fraca quando eu falei:

— Ela me disse para não confiar neles. Nos lobos.

— É a doença, Gordon. Não é ela.

— Por quê?

— Por que o quê?

— Por que ela está doente?

Meu pai suspirou.

— Acontece, às vezes.

— Ela vai melhorar?

Meu pai não respondeu.

* * *

— Meu *abuelo* ficou louco — disse Rico. — Totalmente pirado. Ele me dava doces e dinheiro, e soltava muitos gases.

Tanner deu uma cotovelada nele.

— Ela não está louca — falou Chris. — Só está doente. Tipo, com gripe ou algo assim.

— É — resmungou Rico. — A gripe da *loucura*.

Os sons do refeitório ecoavam ao nosso redor. Eu não tinha tocado na minha comida. Não estava com muita fome.

— Vai ficar tudo bem — garantiu Tanner. — Você vai ver.

— É — disse Chris. — Qual é a pior coisa que poderia acontecer?

Ouvi um arranhão na minha janela no meio da noite. Deveria ter ficado assustado, mas não fiquei.

Levantei da cama e fui até a janela. Mark me encarava do outro lado.

Abri a janela.

— O que você está...

Ele pulou para dentro.

Pegou minha mão.

Me levou até a cama.

Dormi aquela noite com Mark enrolado nas minhas costas.

O nome dela era Wendy.

Ela trabalhava na biblioteca da cidade vizinha. Tinha um cachorro chamado Milo. Morava em uma casa perto do parque. Sorria muito e ria alto. Ela não sabia sobre lobos e bruxos. Certa vez, ela desapareceu por meses. Ninguém me disse por quê. Mas voltou, afinal.

Era jovem e bonita, e quando minha mãe a matou por ser o laço do meu pai, tudo mudou.

— O que acontece quando você perde seu laço? — perguntei a Abel um dia, quando estávamos só nós dois. Às vezes ele colocava a mão no meu ombro quando caminhávamos pela floresta, e eu me sentia em paz. — Se é uma única pessoa?

Ele não falou por um longo tempo. Pensei que não fosse responder. Então:

— Se for um problema de saúde ou uma doença, um lobo ou um bruxo podem se preparar. Eles podem controlar seu lobo ou fortalecer sua magia. Podem procurar outra pessoa. Ou um conceito. Ou uma emoção.

— Mas e se não for assim? E se você não puder se preparar?

Ele sorriu para mim.

— A vida é assim, Gordon. Nem sempre você pode se preparar para tudo. Às vezes você vai ser pego de surpresa. Você tem que se segurar com toda a sua força e acreditar que, um dia, tudo ficará bem novamente.

— GORDON.

Eu ainda estava preso em um sonho.

— Gordon, vamos lá, você precisa acordar. Por favor, por favor, por favor, *acorde.*

Abri os olhos.

Havia um lampejo de laranja acima de mim na escuridão.

— Thomas?

— Você precisa me ouvir, Gordon. Consegue fazer isso?

Assenti com a cabeça, sem ter certeza de que estava acordado.

— Preciso que seja forte. E corajoso. Você pode ser corajoso por mim?

Eu podia, porque um dia ele seria meu Alfa. Eu faria qualquer coisa que ele me pedisse.

— Sim.

Ele estendeu a mão.

Eu estendi a minha e peguei o que foi oferecido.

Ele me ajudou a me vestir antes de me levar pelo corredor da casa dos Bennett. Os pisos de madeira rangeram sob nossos pés. Meu pai tinha me deixado ali mais cedo. Ele disse que voltaria para me buscar. Não sabia dizer quando tinha adormecido.

Havia homens na casa dos Bennett. Homens que eu nunca tinha visto antes. Eles vestiam ternos pretos. Eram lobos. Betas. Richard Collins falava com eles em voz baixa. Elizabeth estava ao lado de Mark.

Ele me viu e começou a se aproximar de mim, mas ela pôs a mão no ombro dele, segurando-o.

Abel Bennett estava perto da lareira. Ele tinha a cabeça baixa.

Os homens estranhos ficaram quietos enquanto Thomas me levava até Abel. Eu sentia seus olhos em mim, e fiz o possível para não me contorcer. Aquilo parecia importante. Maior do que qualquer coisa que tivesse acontecido antes.

O fogo estalava.

— Eu pedi muito de você — disse Abel, afinal —, para alguém tão jovem. Esperava que tivéssemos mais tempo. Que a necessidade nunca surgisse, não até que Thomas fosse... — Ele balançou a cabeça antes de abaixar o olhar para mim. Thomas se manteve do meu lado o tempo todo. — Você sabe quem eu sou, Gordon?

— Meu Alfa.

— Sim. Seu Alfa. Mas também sou o Alfa de todos os lobos. Eu tenho... responsabilidades. Com cada bando. Um dia Thomas terá as mesmas responsabilidades. Você entende?

— Entendo.

— É o chamado dele, assim como foi o meu.

Thomas apertou meu ombro.

— E você também tem um chamado, Gordon — continuou Abel. — E temo que eu precise pedir que você ocupe seu lugar ao meu lado até o dia que Thomas assumir o seu lugar de direito como o Alfa de todos.

Minha pele ficou fria.

— Mas meu pai é...

Abel parecia mais velho do que nunca.

— Eu tenho uma história para lhe contar, Gordon. Uma que você nunca deveria ter que ouvir em sua jovem vida. Vai ouvir?

E porque não podia recusar nada a ele, eu disse:

— Sim, Alfa.

Ele então me contou.

Sobre uma doença na mente.

Como poderia forçar as pessoas a fazer coisas que não queriam.

Ela as fazia perder o controle.

Ela as deixava com raiva.

Ela as fazia querer machucar outras pessoas.

Mamãe tinha sido mantida longe. Até que pudesse melhorar. Até que sua mente pudesse ser limpa. Mas ela escapou.

Foi para a cidade vizinha.

Foi para a casa de uma mulher chamada Wendy, uma bibliotecária que morava perto do parque.

Uma mulher que era o laço do meu pai.

Porque às vezes o coração queria algo que não deveria ter.

Houve uma briga.

Wendy morreu.

Eu estava me afogando.

Os olhos dos homens estranhos ardiam em laranja.

Meu pai sentiu seu laço quebrar.

Sua magia explodiu. Por isso fez uma coisa terrível.

Mais tarde, eu veria as imagens nas notícias, por mais que Abel me tivesse dito para deixar a TV desligada. De um bairro em uma pequena cidade nas Cascatas, arrasado até os alicerces. Pessoas morreram. Famílias. Crianças. Minha mãe.

Meu pai não.

— Onde ele está? — perguntei, entorpecido.

Abel acenou para um dos lobos estranhos. Ele deu um passo à frente. Era alto e se movia com elegância. Seus olhos eram duros. Só de vê-lo senti a cabeça girar.

— Ele será levado — disse o homem estranho. — Para longe daqui. Sua magia será retirada para que não possa mais machucar ninguém.

— Para onde?

O homem hesitou.

— Receio que não possa lhe dizer isso. É para sua própria segurança.

— Mas...

— Obrigado, Osmond — falou Abel.

O homem, Osmond, acenou e recuou para junto dos outros. Richard se inclinou e sussurrou ao seu ouvido.

Você não pode confiar neles, Gordon, ela sussurrara em meu ouvido.

— Eu lhe darei tempo — disse Abel, não sem gentileza. — Para processar. Para lamentar. E responderei a todas as perguntas que puder. Mas estamos vulneráveis agora, Gordon. Seu pai tirou sua mãe de você, mas também se tirou de *nós*. Precisamos de você agora mais do que nunca. Eu prometo que nunca estará sozinho. Que sempre será cuidado. Mas preciso de você agora. Preciso que aceite o seu lugar.

Thomas falou:

— Pai, talvez devêssemos...

Os olhos de Abel brilharam para ele. Thomas se calou. Ele olhou de novo para mim.

— Você entendeu?

Eu me sentia enjoado. Nada fazia sentido. O corvo gritava em algum lugar dentro da minha cabeça.

Eu respondi:

— Não.

— Gordon — disse Abel. — Você precisa tomar seu lugar. Por seu bando. Por nós. Eu devo pedir que você se torne o bruxo dos lobos.

* * *

MARK ME SEGUROU enquanto minha tristeza explodia.

Ele sussurrava ao meu ouvido promessas nas quais eu queria acreditar desesperadamente.

Mas tudo o que eu conseguia ouvir era a voz da minha mãe.

Você nunca pode confiar em um lobo.

Eles não te amam.

Eles precisam *de você.*

Eles te usam.

A magia em você é uma mentira.

o segundo ano/era meia-noite

Joe começou a falar cada vez menos conforme o segundo ano se arrastava.

Mas não fazia diferença. Todos nós ouvíamos sua voz em nossa cabeça.

Dizíamos a nós mesmos que o rastro não tinha sumido. Que Richard Collins ainda estava por aí, se movendo. Planejando. Mantínhamos nossos ouvidos atentos caso algo surgisse.

Uma noite, nos arredores de Ottawa, Carter desapareceu por horas. Ele voltou cheirando a perfume, com marcas de batom na mandíbula.

Kelly ficou irritado com ele, perguntando como podia ser tão egoísta. Como ele podia sequer pensar em se envolver com uma mulher quando estavam todos tão longe de casa.

Joe não disse nada. Pelo menos não em voz alta.

Eu acendi um cigarro perto da máquina de gelo. A fumaça espiralava ao redor da minha cabeça em uma névoa azul.

— Você também vai falar alguma coisa? — perguntou Carter depois de bater a porta do motel atrás de si.

Eu bufei.

— Não é da minha conta.

— Você tem certeza disso?

Dei de ombros.

Ele se apoiou contra a lateral do motel, olhos fechados.

— Era algo que eu precisava fazer.

— Não perguntei nada.

— Você é um cuzão, sabia?

Soltei fumaça pelo nariz.

— O que você quer que eu diga? Que você está certo e Kelly está errado? Que é senhor de si e pode fazer o que quiser? Ou que Kelly tem razão e você deveria pensar com a cabeça e não com o pau? Me diga, por favor. Me diga o que você quer que eu diga.

Ele abriu os olhos. Lembravam tanto os da sua mãe que tive que desviar o olhar.

— Quero que você diga *alguma coisa*. Meu Deus. Joe mal está falando. Kelly está em uma de suas malditas crises de mau humor. E você está aí parado como se não se importasse com nenhum de nós.

Tudo o que eu queria era fumar a porra de um cigarro em silêncio. Era tudo o que eu pedia.

— Eu não sou seu pai.

Isso não caiu bem para ele. Um rosnado baixo veio do peito de Carter.

— Não. Você não é. Ele de fato se importava conosco.

— Bem, ele não está aqui. Eu estou.

— Por escolha? Ou porque se sente culpado?

Estreitei os olhos para ele.

— E por que caralhos eu me sentiria culpado?

Ele se afastou da parede.

— Eu não me lembro, sabe? Do que aconteceu quando os caçadores chegaram. Eu era pequeno demais. Mas meu pai me contou. Porque era a minha história. Ele me contou o que você fez. Como você tentou salvar...

— Não — falei friamente. — Não diga mais uma palavra.

Ele balançou a cabeça.

— É minha história, Gordon. Mas é sua também. Você fugiu dela. Do seu *parceiro*. Mark não...

Eu estava na cara dele antes mesmo de perceber que estava me movendo. Meu peito bateu no dele, mas ele não recuou. Seus olhos estavam cor de laranja, mas seus dentes não estavam afiados.

— Você não sabe porra nenhuma a meu respeito. Se soubesse, saberia que fui *eu* quem ficou para trás. Que *eu* fui deixado em Green Creek enquanto seu *pai* partia com o bando. Eu mantive o fogo aceso, mas algum de vocês já pensou no que isso fez comigo? Você não passa de uma criança subserviente que não sabe o que diabos está fazendo.

Ele rosnou na minha cara.

Eu não recuei.

— Chega. — Joe estava na porta aberta do quarto do motel. Era a primeira vez que ouvíamos sua voz em dias.

— Nós só estávamos...

— Carter.

Ele revirou os olhos e passou por mim, indo embora para a escuridão. Ouvimos seus passos se distanciarem.

— Você não deveria ter nos interrompido — disse a Joe com frieza. — É melhor resolver isso agora do que deixar fermentar. Vai doer mais se não for assim.

— Ele está errado, sabe.

— Sobre o quê?

Joe parecia exausto.

— Você se importa conosco.

Ele fechou a porta atrás de si.

Fumei outro cigarro. Desceu queimando.

OUTRA LUA CHEIA. Estávamos na Floresta Nacional Salmon-Challis, no meio de Idaho, a quilômetros e quilômetros de qualquer sinal de civilização. Os lobos estavam caçando. Eu estava sentado ao lado de uma árvore, sentindo a lua contra minha pele. Minhas tatuagens brilhavam como havia muito não faziam.

Se eu me levantasse naquele momento e fosse até o carro, levaria menos de dois dias para voltar para casa.

Green Creek nunca pareceu tão distante.

Um lobo apareceu. Kelly.

Trazia um coelho na boca, pescoço quebrado, pelos emaranhados de sangue.

Ele o largou aos meus pés.

— Não faço ideia do que diabos você quer que eu faça com isso — disse com irritação, empurrando-o com o pé.

Ele latiu para mim e se voltou para a floresta.

Joe veio em seguida. Outro coelho.

— Até onde você sabe, esse tipo de coelho está ameaçado — falei. — E você está contribuindo para a sua extinção.

Senti uma explosão de cor na mente, ensolarada e brilhante. Joe tinha achado engraçado. Ele estava rindo. Ele não fazia isso quando era humano.

Ele o largou aos meus pés.

— Pelo amor de Deus — murmurei.

Ele se sentou ao lado do irmão, encarando as árvores.

Esperei.

Carter chegou, por fim. Arrastava os pés. Carregava um castor gordo na mandíbula.

Ele não me olhou nos olhos ao deixá-lo ao lado dos coelhos.

Suspirei.

— Você é um idiota.

Ele empurrou o castor na minha direção.

— Mas eu também sou.

Ele levantou lentamente o olhar.

— Malditos vira-latas estúpidos — falei, e havia *sol* e *bando* e uma sondagem de *??amigoamigoamigo??*.

Estendi a mão.

Ele encostou o nariz na minha palma.

Então colocou a língua para fora e babou em mim.

Olhei para ele enquanto puxava minha mão para trás.

Ele inclinou a cabeça.

Eu cozinhei os coelhos.

Os lobos ficaram satisfeitos.

Eu disse a eles que não ia tocar no castor.

Eles ficaram menos satisfeitos.

Suas canções naquela noite ainda estavam cheias de dor e raiva, mas tinham um fio de amarelo correndo por elas.

Como o sol.

— O que você está fazendo? — perguntou Kelly. Outra noite, outro quarto de hotel aleatório em algum lugar do interior de Washington. Carter e Joe tinham saído para buscar comida. Havíamos passado as últimas noites dormindo no carro e eu estava ansioso por uma cama.

Mas primeiro precisava me livrar do excesso.

Fiquei sem camisa no banheiro, encarando o espelho, sem reconhecer o homem que me encarava de volta. A barba escura em meu rosto crescia descontrolada. Cabelos negros caíam abaixo das orelhas e se enrolavam no pescoço. Eu também parecia maior, mais resistente do que antes, de alguma forma. As tatuagens que fechavam meus braços pareciam mais esticadas do que nunca. Rosas cercavam o corvo, espinhos envolvendo suas garras. Runas e símbolos arcaicos se estendiam ao longo dos meus antebraços: romenos, sumérios, gaélicos. Uma mistura de todos aqueles que vieram antes de mim. Marcas de alquimia, de fogo e água, de prata e vento. Elas foram esculpidas em mim por meu pai ao longo de anos, sendo o corvo o último.

Todas, exceto a que estava no meu peito, acima do meu coração. Aquela era minha. Minha escolha. Não era mágica, mas fora para mim.

Kelly a viu. Seus olhos se arregalaram, mas ele sabia que não devia comentar.

Uma cabeça de lobo, inclinada para trás e uivando para a lua.

Enterrado no desenho de seu pescoço estava um corvo, asas abertas e voando.

Minha escolha.

Somente minha.

Minha.

Eu a mantive coberta por tanto tempo que nem sequer pensei a respeito quando entrei ali e tirei a camisa, querendo fazer *alguma coisa* para evitar que minha pele se arrepiasse.

— Você vai só ficar olhando? — disse para Kelly, desafiando-o.

Ele balançou a cabeça.

— Só estou... Não importa. Vou deixá-lo sozinho.

Maldição.

— Estou pensando.

Ele pareceu surpreso.

— Sobre o quê?

— Estou precisando cortar o cabelo.

Ele disse "sim" e "eu também". Passou uma mão pela densa cabeleira loiro-escura. Ele tinha um princípio de barba, como se não a fizesse havia uma semana, mas era desgrenhada e fina. Ele era apenas a porra de um garoto.

Olhei para a maquininha barata que havia pegado em nossa última parada.

— Sabe de uma coisa — falei lentamente, pensando em um coelho deixado aos meus pés. — Você me ajuda, e eu te ajudo.

Ele não deveria ter parecido tão animado com algo tão insignificante.

— Sério?

Dei de ombros.

— Não custa nada.

Ele franziu o cenho.

— Mas eu não... eu nunca cortei o cabelo de ninguém antes.

Bufei.

— Não é corte. É tosa. Raspe tudo.

Ele parecia horrorizado. Quase ri dele. Quase.

Eu disse:

— Eu vou primeiro. E então você me diz se quer que eu faça o mesmo em você.

Suas mãos tremiam um pouco enquanto eu me sentava no vaso sanitário. Seus joelhos batiam nos meus. Ele olhava para mim como se não conseguisse descobrir por onde começar.

— De frente para trás. O topo, e depois os lados. Deixamos a parte de trás por último.

Ele ainda estava inseguro.

Lembrei-me de seu pai ao meu lado, a mão no meu ombro, e disse:

— Ei. Você não precisa...

— Eu consigo.

— Então faça.

Seu toque foi suave no início, hesitante. Era uma sensação boa e segura, quase como costumava ser antes de Kelly nascer. Quando o *bando* tinha significado, quando bruxos e lobos e caçadores não tinham feito tudo o que podiam para tirar tudo de mim. Eu odiava aquela sensação. Me inclinei para o seu toque. Não era sexual, não que eu quisesse que fosse. E eu com toda certeza não era Thomas Bennett.

Mas era algo.

Ele ligou a maquininha.

Ela zumbia perto do meu ouvido.

Cabelo caía sobre meus ombros, meu colo. Na toalha no chão.

Ele inclinava minha cabeça para a frente e para trás. Para o lado. E assim foi.

Deixou a parte de trás por último, como eu disse.

Enfim, desligou a maquininha.

Eu me sentia mais leve.

Passei a mão na cabeça, os dedos raspando contra os fios extremamente curtos.

Ele deu um passo para trás.

Eu me levantei.

O homem que me encarava no espelho era ainda mais duro. A largura do peito. A força nos braços. Uma fina camada de cabelo escuro por todo o crânio.

Ele era um estranho. Me perguntei se ele próprio sabia quem era. Parecia um lobo.

— Está bom? — perguntou Kelly. — Eu não...

— Está bom — respondi, a voz rouca. — Está... bom.

— Minha vez. Eu quero igual.

Eu pisquei. Meu reflexo piscou de volta. As tatuagens pareceram um pouco mais brilhantes.

— Tem certeza? Eu poderia pegar uma tesoura e...

— Eu quero igual — repetiu.

Carter e Joe voltaram quando eu estava na metade. As narinas de Kelly se dilataram, e o corvo se moveu levemente no meu braço antes mesmo de eles abrirem a porta.

Nós os ignoramos quando nos chamaram.

— Continue — falou Kelly. — Tudo.

— Que porra é essa — ouvi Carter dizer fracamente da entrada do banheiro.

Joe não falou.

Quando terminei, coloquei a máquina na pia e me abaixei para limpar os ombros de Kelly. Ele se levantou na minha frente até estarmos com os olhos nivelados. Eu o segurei pelo queixo e virei sua cabeça lentamente de um lado para o outro.

Assenti e dei um passo para trás.

Ele se olhou no espelho por muito tempo.

Parecia mais velho. Me perguntei o que Thomas pensaria do homem que ele se tornara. Achei que ele ficaria arrasado.

84

— Minha vez — pediu Carter. — Eu também quero parecer um filho da puta durão.

Maldição.

Joe foi o último. Ficamos naquele banheiro minúsculo, os irmãos se aglomerando ao meu redor, observando-o. Ele levantou a mão lentamente e puxou o cabelo antes de olhar para suas mãos. Eu me perguntei se ele via o lobo por baixo.

— Certo — ele disse. — Certo.

A partir dali, a cada poucas semanas, faríamos tudo de novo. E de novo. E de novo.

HAVIA UM BOLSO SECRETO na minha mala.

Eu não o abrira desde que partíramos, não importava o quanto desejasse.

— QUANDO VOCÊ SOUBE? — perguntou Joe em um sussurro, seus irmãos dormindo no banco de trás, o zumbido dos pneus no asfalto o único outro som. Tínhamos cruzado de Indiana para Michigan uma hora antes.

— Soube o quê?

— Que Ox era seu laço.

Minhas mãos apertaram o volante.

— Isso importa?

— Eu não sei. Acho que sim.

— Ele era... um garoto. Seu pai não era um homem bom. Dei a ele um emprego porque entendia de carros, mas ele não era um homem bom. Ele extraía mais do que dava. E ele não... Ox e a mãe mereciam mais. Melhor do que ele. Ele a machucava. Com palavras e com as mãos.

Um carro nos ultrapassou na direção oposta. Era o primeiro que víamos em mais de uma hora. Seus faróis eram brilhantes. Eu pisquei para afastar a imagem residual.

— Ox veio até mim. Precisava de ajuda, mas não sabia como pedir. Mas eu sabia. Ele não era meu, mas eu sabia.

— Mesmo naquela época?

Balancei a cabeça.

— Não. Demorou... porque eu não sabia como... eu não sabia mais como *ser* quem eu era. Eu odiava os lobos, e eu odiava a magia. Eu tinha um bando, mas não era como antes.

— Os caras da oficina.

Concordei.

— Eles não sabiam. Não *sabem*, e espero que nunca descubram. Eles não pertencem a este mundo.

— Não como nós. Não como Ox.

Eu odiava aquilo.

— Ele pertence? Você nunca pensa como seria a vida dele se você não o tivesse encontrado?

Joe riu amargamente.

— O tempo todo. Todos os dias. Com tudo o que tenho. Mas foi... foi como bengalinhas doces e pinhas. Foi épico e incrível.

Terra e folhas e chuva...

— É assim que você justifica?

— É o que me faz levantar da cama quando eu só quero desaparecer.

As linhas amarelas na estrada se borravam.

— Dei a ele uma camiseta com o seu nome. Para trabalhar. No aniversário dele. Estava embrulhada em papel com bonecos de neve porque foi o único que encontrei. — Suspirei. — Ele tinha quinze anos. E foi... Não deveria ter acontecido. Não assim. Não sem ele saber. Mas eu não pude evitar. Por mais que tentasse. Apenas... se encaixou. De uma maneira que não poderia com Rico. Chris. Tanner. Eles são meu bando. Minha família. Ox também, mas ele é...

— Mais.

Eu estava impotente diante daquilo.

— É. Mais. Acho que sim. Mais do que as pessoas esperam. Mais do que *eu* esperava. Ele se tornou meu laço depois disso. Por causa de uma camiseta. Por causa do papel de embrulho com bonecos de neve.

— O que era? Antes? Seu laço.

— Eu não sei. Nada. Eu não... Além das barreiras, eu não fazia magia. Eu não queria. Eu não queria nada disso.

— Já foi o Mark, um dia?

— Joe — falei, o tom de aviso claro em minha voz.

Joe olhou para a estrada escura à frente.

— Quando você não fala, quando perde sua voz, isso faz com que se concentre em todo o resto. Você passa menos tempo se preocupando com o que dizer. Você ouve coisas que talvez não ouvisse antes. Você vê coisas que teriam permanecido ocultas.

— Não é...

— Eles me encontraram. Meu pai. Mamãe. Depois que... ele me levou. Eles me encontraram, e a única coisa que eu queria era agradecer. Agradecer por irem me buscar. Agradecer por me deixarem continuar sendo seu filho mesmo que eu estivesse quebrado. Mas eu só... não consegui. Não consegui encontrar palavras para dizer, então não disse nada. Eu vi coisas. Que talvez não teria visto.

— Não entendo.

— Carter. Ele tem uma fachada. Ele é grande, forte e corajoso, mas, quando eu voltei para casa, ele chorou mais do que qualquer outro. Por muito tempo ele não deixou que mais ninguém me tocasse. Ele me carregava para todos os lugares e, se mamãe ou papai tentassem me tirar dele, ele rosnava até que recuassem.

"E Kelly. Eu tinha... pesadelos. Ainda tenho, mas não como costumavam ser. Eu fechava os olhos e Richard Collins aparecia de pé sobre mim novamente, naquela cabana suja na floresta, e me dizia que só estava fazendo aquilo por causa do que meu pai tinha feito, falava sobre meu pai ter acabado com seu bando, dizia que meu pai tinha tirado tudo dele. E então ele quebrava meus dedos um por um. Ou ele batia no meu joelho com um martelo. Você não pode passar pelo que eu passei e não sonhar. Ele estava lá todas as vezes. E quando eu acordava, Kelly estava lá na cama ao meu lado, beijando meu cabelo e sussurrando que eu estava em casa, em casa, em casa."

Um respingo de chuva no para-brisa. Apenas algumas gotas, na verdade.

— Mamãe e papai... bem. Eles me tratavam como se eu fosse frágil. Como algo precioso e quebrado. E talvez eu fosse. Para eles. Mas não durou, porque papai sabia do que eu era capaz. O que eu poderia me tornar. Eu estava em casa há dois meses quando ele me carregou em suas costas para dentro das árvores e me explicou o que significava ser um Alfa.

Ele estava sorrindo. Dava para ouvir. Deus, doía pra caralho.

Eu sabia para onde ele estava indo. Quem tinha sobrado.

Joe disse:

— Mark.

— Não.

— Eu não conseguia entender o que era. Por que ele parecia estar conosco, mas não estava. Existe um sinal. É químico. É o cheiro do que você está sentindo. É como se você estivesse... suando suas emoções. E ele ficava feliz, e ele ria. Ele também ficava bravo. Aí era quieto e rabugento. Mas sempre havia algo azul nele. Apenas... azul. Era como quando minha mãe passava por suas fases. Às vezes ela era vibrante. Às vezes se enfurecia. Ela era feroz e orgulhosa. Mas então tudo ficava azul, e eu não entendia. Era azul-claro e índigo e safira. Era azul prussiano e royal e celeste. E então era o azul da meia-noite, e eu entendia. Mark era meia-noite. Mark estava triste. Mark era *azul*. E isso foi parte dele desde que me lembro. Talvez sempre estivesse lá e eu apenas não tivesse visto. Mas como eu não podia falar com medo de gritar, eu observava. E eu vi isso. Está conosco agora. Na nossa pele. Eu posso ver em você, mas está enterrado sob toda a raiva. Toda a fúria.

— Você não sabe de que porra está falando — falei entre dentes cerrados.

— Tem razão — respondeu ele. — Afinal, eu sou apenas um garoto que teve tudo arrancado de si. O que eu poderia entender sobre perda?

Não falamos por um longo tempo depois disso.

NA CIDADE FRONTEIRIÇA de Portal encontramos um lobo. Ele gemeu ao nos ver, jaquetas de couro, o pó da estrada em nossas botas. Estávamos cansados e perdidos, e as narinas de Joe se dilataram quando ele pressionou o lobo contra a lateral de um prédio em um beco, sob a chuva que não dava trégua havia dias.

Mas os olhos do lobo eram violeta na escuridão.

Ele disse:

— Por favor, me deixem ir. Por favor, não me machuquem. Eu não sou como eles. Eu não sou como ele. Eu não quis machucar ninguém. Eu nunca devia ter ido para Green Creek...

Carter e Kelly rosnaram, os dentes se alongando.

— Por que você estava em Green Creek? — indagou Joe, a voz suave e perigosa.

O lobo estava tremendo.

— Eles pensaram... Vocês tinham ido *embora*. Não havia um Alfa. Era território desprotegido. Nós... *ele* pensou que poderíamos entrar. Que se a tomássemos para nós, Richard Collins nos recompensaria. Ele nos daria qualquer coisa que quiséssemos, qualquer coisa que...

O sangue escorreu sobre a mão de Joe em volta do pescoço do lobo.

— Você os machucou? — perguntou ele.

O Ômega balançou a cabeça freneticamente, sufocando enquanto o aperto de Joe se intensificava.

— Eles eram poucos, mas eles... ah, Deus, eles eram um *bando*. Eles eram mais fortes do que nós, e aquele maldito humano, ele disse que seu nome era *Ox*...

— Não ouse dizer o nome dele — rosnou Joe em seu rosto. — Você não tem o *direito* de dizer o nome dele.

O Ômega gemeu.

— Havia alguns de nós que não queriam estar lá. Eu só queria... tudo que eu queria era encontrar um bando outra vez, para não... Ele foi misericordioso. Ele nos deixou sair da cidade. E eu corri. Corri o mais rápido que pude, e prometo que não vou voltar. Por favor, não me machuquem. Apenas me deixem ir e vocês nunca mais me verão, eu juro. Eu posso sentir o puxão para baixo. Na minha cabeça. Estou enlouquecendo, mas *juro* que nunca mais vão me ver. Vocês nunca...

Por um instante, achei que Joe não ouviria.

Por um instante, achei que Joe fosse arrancar a garganta do Ômega. Eu disse:

— Joe.

Ele virou a cabeça para mim. Seus olhos estavam vermelhos.

— Não. Não vale a pena.

Pelos brancos brotaram ao longo de seu rosto enquanto ele começava a se transformar.

— Ele está falando a verdade?

Joe assentiu lentamente.

— Então Ox o deixou viver. Não tire isso dele. Não aqui. Não agora. Ele não gostaria que você fizesse isso.

O vermelho desapareceu dos olhos do Alfa.

O Ômega escorregou contra a parede, deslizando para baixo enquanto soluçava. Carter e Kelly levaram o irmão para longe do beco.

Eu me agachei na frente do Ômega. Seu pescoço estava se curando lentamente. O sangue pingava sobre a gola de sua jaqueta. A chuva caía torrencialmente.

Eu disse:

— Havia lobos. Com o humano.

O Ômega assentiu lentamente.

— Um lobo marrom. Grande.

— Sim — disse ele. — Sim, sim.

— Ele estava ferido?

— Eu não… não. Eu acho que não. Tudo aconteceu tão rápido, foi…

— Richard Collins. Onde ele está?

— Não posso…

— Pode — falei, enrolando a manga direita da minha jaqueta. A chuva caía fria contra minha pele. — E vai.

— Tioga. — Ele arquejou. — Ele estava em Tioga. Ômegas foram até ele, e ele falou para esperarem. Que a hora chegaria.

— Ok. Ei. Ei. Fique calmo. Eu preciso que você me ouça, tudo bem? Seus olhos estavam esbugalhados.

— Você ainda o escuta? Ele ainda chama por você? Na sua cabeça. Como um Alfa.

— Sim, sim, não consigo, é tão *alto*, é como se houvesse algo mais, e ele está me chamando, ele está chamando todos nós para…

— Bom. Obrigado. Era isso que eu precisava ouvir. Você sabe que existem minas debaixo desta cidade?

Seu peito subia e descia.

— Por favor, por favor, não irei até ele, não importa o quanto ele chame, não importa o que ele faça, eu não irei…

— Você é um Ômega. Não importa. Viva o suficiente e perderá a sanidade. Você mesmo disse.

— Não, não, não*onãonão*…

Estalei meus dedos diante dele.

— Concentre-se. Eu fiz uma pergunta. Você sabia que existem minas debaixo desta cidade?

Ele balançou a cabeça de um lado para o outro. Pareceu doloroso.

— Apenas cascalho e areia, principalmente. Mas se você cavar fundo o bastante, se entrar na terra, encontrará coisas que foram perdidas.

— Que diabos você está…

Pressionei minha mão contra o chão. As asas do corvo se contorceram. Duas linhas onduladas no meu braço se acenderam. Inspirei fundo. Expirei. Estava lá. Eu só tinha que encontrar. Não era como em casa. Ali era mais difícil. Green Creek era diferente. Eu não tinha percebido o quanto.

— Bruxo — sibilou o Ômega.

— Sim — concordei em voz baixa. — E você acabou de ter as garras de um Alfa em volta do pescoço e sobreviveu para contar a história. Você foi à minha casa e encontrou misericórdia. Mas eu não sou um lobo. E não sou exatamente humano. Veias sob a terra. Às vezes tão profundas que nunca serão encontradas. Até que alguém como eu apareça. E sou eu quem você deveria temer. Porque eu sou o pior de todos.

Seus olhos se tornaram violeta.

Ele começou a se transformar, rosto alongado, garras arranhando o tijolo do beco.

Mas eu havia encontrado a prata na terra, enterrada muito abaixo da superfície.

Eu a puxei para cima e para cima e para cima até que uma pequena bola de prata atingiu minha palma, derretida e quente. As garras do corvo se cravaram nas rosas e eu bati a mão na lateral da cabeça do Ômega quando ele se lançou para cima de mim. A prata entrou por um lado de sua cabeça e saiu pelo outro.

Sua transformação retrocedeu.

O violeta desbotou.

Ele desabou contra o tijolo.

Seus olhos estavam molhados e cegos. Uma gota escorreu pela sua bochecha. Eu disse a mim mesmo que era a chuva.

Eu me levantei, os joelhos estalando. Estava ficando velho demais para aquela merda.

Virei e deixei o Ômega para trás, desenrolando a manga da jaqueta.

Senti o princípio de uma dor de cabeça chegando.

Os outros estavam me esperando no carro.

— O que ele disse? — demandou Carter. — Ele sabia...

— Tioga. Vi isso no mapa mais cedo. Fica a uma hora daqui. Richard esteve lá. Pode ainda estar.

— O que você fez com o Ômega? — perguntou Kelly, parecendo nervoso. — Ele está bem, certo? Ele está...

— Ele está bem — disse a eles. Eu tinha aprendido havia muito tempo como mentir para lobos. E a chuva teria abafado o som dos seus batimentos. — Ele não vai nos incomodar novamente. Provavelmente já cruzou a fronteira.

Joe me encarou.

Eu não pisquei.

Ele disse:

— Kelly, é sua vez de dirigir.

E foi isso.

Foi em Tioga que Joe perdeu o controle.

Porque Richard *havia* estado lá. Seu cheiro estava por toda parte em um motel nos arredores da cidade e, embora estivesse enfraquecido, estava *lá*, enterrado sob todo o fedor de Ômega. Estivemos tão perto. Tão horrivelmente perto.

Joe uivou até que sua voz se quebrasse.

Suas garras rasgaram as paredes.

Seus dentes dilaceraram a cama.

Kelly se encolheu ao meu lado.

O rosto de Carter estava em suas mãos enquanto seus ombros tremiam.

Joe só conseguiu reprimir o lobo quando sirenes soaram ao longe.

Deixamos Tioga para trás.

Após esse dia, Joe falou cada vez menos.

No final daquele segundo ano, num dia em que achava que não conseguiria dar mais um passo, abri o bolso secreto na minha mala de viagem.

Ali dentro havia um corvo de madeira.

Fiquei olhando para ele.

Acariciei uma de suas asas. Só uma vez.

Os lobos dormiam, sonhando seus sonhos de luas e sangue.

E quando finalmente fechei os olhos, só enxerguei azul.

abominações

Seis meses após completar treze anos, beijei Mark Bennett pela primeira vez.

Sete meses após completar treze anos, os caçadores vieram e mataram todo mundo.

— Ela está grávida — sussurrou Thomas para mim.
Fiquei olhando para ele, chocado.
Seu sorriso era radiante.
— *Quê?*
Ele assentiu.
— Queria que você fosse o primeiro a saber.
— Por quê?
— Porque você é meu bruxo, Gordon. E meu amigo.
— Mas… Richard, e…
— Ah, eu vou contar para ele. Mas é você, tá bom? Seremos você e eu para sempre. Nós vamos ser nosso próprio bando. Eu serei seu Alfa, e você será meu bruxo. Você é minha família, e eu espero que meu filho seja seu também.
De alguma forma, meu coração estava se curando.

Eu me preocupei brevemente com o que aconteceria comigo quando emergisse do meu luto. Eu só tinha doze anos, minha mãe estava morta, meu pai estava aprisionado em um lugar de onde nunca poderia escapar, e eu estava sozinho.

O caso foi notícia por semanas. A pequena cidade onde ocorreu um grande vazamento de gás que atingiu um bairro inteiro. Dezesseis pessoas perderam a vida, outras 47 ficaram feridas. Um acidente inexplicável, disseram os investigadores. Era uma chance em um milhão. Nunca deveria ter acontecido. Nós vamos reconstruir, disse o governador. Não vamos abandoná-los. Vamos lamentar os que perdemos, mas vamos superar isso.

Minha mãe e meu pai estavam entre os mortos. Minha mãe foi identificada pelos dentes. Não encontraram vestígios do meu pai, mas o fogo queimou tão intensamente que isso era esperado. Lamentamos, me disseram. Gostaríamos de poder lhe dizer mais.

Aquiesci, mas não falei. A mão de Abel era um peso no meu ombro.

E sob a lua cheia seguinte, eu me tornei o bruxo do bando mais poderoso da América do Norte.

Houve resistência, é claro. Eu era muito jovem. Acabara de passar por um trauma significativo. Precisava de tempo para me curar.

Elizabeth foi a mais vociferante de todos.

Abel ouviu. Ele era o Alfa. Era seu trabalho ouvir.

Mas ele se posicionou contra aqueles que queriam me proteger.

— Ele tem seu bando — disse Abel. — Vamos ajudá-lo a se curar. Todos nós. Não é mesmo, Gordon?

Eu não disse uma palavra.

Não doeu. Achei que fosse doer. Não sabia por quê. Talvez porque as tatuagens tinham doído, ou talvez porque tudo o que eu conhecia era dor quando abria os olhos todas as manhãs, mas, ainda assim, eu esperava mais.

Mas sob a lua, com uma dúzia de lobos diante de mim, olhos brilhantes, eu me tornei o bruxo deles.

E foi *mais*.

Eu podia *ouvi-los*, mais alto do que jamais ouvira.

Eles diziam *FilhoIrmãoBando*.

Eles diziam *AmorNossoBruxoNosso*.

Eles diziam *Nós vamos mantê-lo seguro nós vamos mantê-lo conosco você é nosso você é bando você é FilhoAmorIrmãoLar*.

Eles diziam *Meu*.

* * *

— CARA — disse Rico, vestindo um terno desajeitado e uma gravata emprestada —, isso é uma droga.

Eu olhava para minhas mãos.

— Tipo, uma droga mesmo.

Levantei a cabeça para encará-lo.

— *Qué chingados.*

O que quer que isso significasse.

Tanner e Chris se aproximaram, os braços carregados de comida. Estávamos na casa dos Bennett. Tínhamos enterrado minha mãe. Houve um caixão vazio para meu pai. Elizabeth me disse que um velório era outra tradição. As pessoas traziam comida e comiam até não conseguirem mais.

Eu só queria ir para a cama.

A boca de Tanner estava cheia.

— Cara, eles têm esses lanchinhos com *ovos.*

— Estou sentindo o cheiro — disse Rico.

Chris me entregou algum tipo de pão.

— Não sei o que é isso. Mas tem nozes. E minha mãe diz que as nozes não deixam você ficar triste.

— Isso não existe — falou Rico.

— Deu uns *nós* na minha cabeça — brincou Tanner. — Entenderam? Por causa do… É, vocês entenderam.

Todos nós o encaramos boquiabertos. Ele deu de ombros e comeu mais sanduíche de ovo.

— Cadê o meu? — perguntou Rico.

— Trouxe um *taquito* para você — disse Chris.

— Isso é racista.

— Mas você gosta de *taquitos*!

— Talvez eu quisesse o pão de nozes que dá nós! Eu também estou triste!

— Vocês são todos idiotas.

Eles sorriram para mim.

— Olha só — disse Rico. — Ele fala.

Foi então que eu chorei. Pela primeira vez naquele dia. Com uma mão cheia de pão de nozes e cercado pelos meus melhores amigos, eu chorei.

* * *

ABEL E THOMAS CUIDARAM DE TUDO. Nenhum assistente social veio tentar me levar embora. A escola não foi interrompida. Nossa casa foi vendida e todo o dinheiro foi guardado em uma poupança em que eu nunca mexi. Os dois também tinham seguro de vida. Eu não me importava com o dinheiro. Não naquela época. Mal entendia o que estava acontecendo.

Eu me mudei para a casa dos Bennett. Tinha meu próprio quarto. Tinha todas as minhas coisas.

Não era a mesma coisa.

Mas eu não tinha outra escolha.

Os lobos me protegiam do resto do mundo ao mesmo tempo que escondiam coisas de mim.

Mas eu acabei descobrindo. Com o tempo.

MARK SE RECUSAVA a sair do meu lado.

Nas noites em que eu não suportava ver ninguém, ele ficava do lado de fora da minha porta.

Às vezes eu o deixava entrar.

Ele fazia um gesto para que eu virasse de costas e olhasse para o outro lado.

Eu fazia isso.

Nessas noites, as difíceis, eu ouvia o ruído das roupas sendo tiradas. O estalo e o gemido de músculos e ossos.

Ele roçava minha mão quando eu podia virar de volta.

Eu subia na cama e ele pulava ao meu lado, a estrutura da cama rangendo sob o nosso peso. Ele se enroscava em volta de mim, minha cabeça sob seu queixo, seu rabo cobrindo minhas pernas.

Essas eram as noites em que eu dormia melhor.

MARTY ESTAVA FUMANDO um cigarro nos fundos da loja quando voltei pela primeira vez.

Ele arqueou uma sobrancelha para mim enquanto jogava a cinza do cigarro no chão.

Eu arrastei meus pés.

— Não pude ir ao enterro — disse ele. — Queria, mas alguns dos caras ligaram dizendo que estavam doentes. Gripe ou alguma merda assim. — Ele tossiu molhado antes de cuspir algo verde no asfalto.

— É — falei. — Tudo bem.

— Pensei em você.

Foi gentil da parte dele dizer isso.

— Obrigado.

Ele soltou uma espessa nuvem de fumaça fedorenta. Marty enrolava seus próprios cigarros, e o tabaco pungente fez meus olhos lacrimejarem.

— Meu pai morreu quando eu era um bebê. Minha mãe se enforcou quando eu tinha catorze anos. Peguei a estrada depois disso. Não aceitei nenhum favor.

— Eu não quero nada.

Ele coçou a barba por fazer.

— Não, não espero que queira. Não posso pagar muito.

— Não preciso de muito.

— Sim, você tem aqueles Bennett na palma da mão, não é?

Dei de ombros porque não importava o que eu dissesse, ele não entenderia.

Ele apagou o cigarro na sola da bota antes de jogá-lo em uma lata de café já cheia até a boca de bitucas descartadas. Ele tossiu novamente antes de se inclinar para a frente em sua cadeira de praia, o nylon branco, verde e azul desgastado.

— Vou fazê-lo trabalhar muito. Especialmente se eu estiver te pagando.

Assenti.

— E se aquele Abel Bennett tentar me dar trabalho, eu te largo rápido. Entendido?

— Tá. Sim.

— Certo. Vamos sujar as mãos.

Foi então que eu entendi o que os lobos queriam dizer quando falavam que um laço não precisava ser uma pessoa.

— Olhem para ela — disse Rico, parecendo impressionado.

Nós olhamos.

Misty Osborn. Seu cabelo era frisado e seus dentes da frente eram grandes. Ela ria alto e era uma das garotas populares da oitava série.

— Gosto de mulheres mais velhas — decidiu Rico.

— Ela tem treze anos — disse Chris.

— Você tem doze — falou Tanner.

Eu não disse nada. Estava quente, e minhas mangas eram longas.

— Vou convidá-la para o baile — anunciou Rico, como se estivesse se preparando.

— Você está *louco*? — sussurrou Chris para ele. — Ela *nunca* iria com você. Ela gosta de atletas.

— E você está longe de ser um atleta — apontou Tanner.

— Só preciso mudar a opinião dela — disse Rico. — Não é tão difícil. Fazer com que veja além do meu corpo magro e nada atlético. Apenas olhem.

Nós observamos enquanto ele se levantava da mesa do almoço.

Ele marchou até ela.

As garotas ao redor dela riram.

Não conseguíamos ouvir o que ele estava dizendo, mas, pela expressão no rosto de Misty, não era nada bom.

Ele assentiu muito com a cabeça. Agitou os braços como um louco.

Misty franziu o cenho.

Ele apontou para ela e depois para si mesmo.

Misty franziu ainda mais a testa.

Ela disse algo.

Rico voltou para a mesa e se sentou.

— Ela disse que meu inglês é muito bom para alguém nascido em outro país. Decidi que ela é uma idiota e não merece meu amor e minha devoção.

Tanner e Chris a encararam da outra extremidade do refeitório.

Quando ela se levantou para sair, jogando o cabelo para trás, meus dedos se contorceram. Sua mesa de metal deslizou para a esquerda, batendo em sua perna. Ela tropeçou e caiu de cara no purê de batatas rústico de terça-feira.

Rico riu. Isso era importante para mim.

* * *

ELES FALAVAM SOBRE garotas às vezes, Rico mais do que os outros. Ele adorava o cheiro e os peitos delas, e às vezes dizia que lhe davam uma ereção.

— Eu vou ter muitas namoradas — declarou ele.

— Eu também — disse Chris. — Tipo, umas quatro.

— Parece trabalhoso — ponderou Tanner. — Não dá para ter só uma e ficar feliz com isso?

Eu não falava sobre garotas. Nem mesmo naquela época.

ESTÁVAMOS ATRÁS DA casa, Mark e eu.

Ele estava dizendo:

— … e quando me transformei pela primeira vez, me assustei tanto que caguei nas calças. Cercado por todo mundo, eu só caguei. Agachei como um cachorro e tudo mais. Acho que foi aí que Thomas decidiu que queria que Richard fosse seu segundo em vez de mim.

Eu ri. Parecia estranho, mas ri mesmo assim.

Mark estava me observando.

— O que foi? — perguntei, ainda rindo.

Ele balançou a cabeça lentamente.

— Ah, nada. Só… é bom. Te ouvir. Assim. Gosto disso. Quando você ri.

Então ele corou furiosamente e desviou o olhar.

EU CARREGAVA O corvo de madeira aonde quer que fosse. Sempre que não conseguia respirar, eu o apertava até ele pressionar minha pele. Ficava com uma marca na palma por horas.

Uma vez a asa me cortou, e eu sangrei nele.

Torci para que deixasse uma cicatriz.

Não deixou.

OSMOND VOLTOU para Green Creek. Homens de terno o acompanhavam. Ele queria falar com Abel e Thomas. Não me queria lá.

Abel o ignorou.

— Gordon, por favor.

Eu os segui até o escritório de Abel.

A porta se fechou atrás de nós.

— Ele é uma criança — disse Osmond, como se eu não estivesse na sala.

— Ele é o bruxo do bando Bennett — respondeu Abel calmamente. — E ele tem um lugar aqui tanto quanto qualquer outro. E ainda que eu não insistisse nisso, meu filho o faria.

Thomas assentiu sem falar.

— Agora que isso está resolvido — prosseguiu Abel, se acomodando atrás de sua mesa —, o que o traz à minha casa e que não poderia ser resolvido com um telefonema?

— Elijah.

— Não conheço nenhum Elijah.

— Não, você não conhece. Mas a conhece pelo nome verdadeiro.

— Estou esperando.

— Meredith King.

E pela primeira vez vi algo semelhante a medo no rosto de Abel Bennett.

— Nossa, isso é algo que eu não esperava. Ela é... Ela deve ter a idade do Thomas, não é mesmo?

Osmond parecia imperturbável.

— Ela assumiu o lugar do pai.

— Pai? — perguntou Thomas. — Do que ele está falando? Quem é...

Abel abriu um sorriso fino.

— Você era jovem demais para lembrar. Os King eram... Bem. Eles eram um clã de caçadores bastante agressivo. Acreditavam que todos os lobos eram um ultraje a Deus e era seu dever aniquilá-los da terra. Vieram atrás do meu bando. E nós garantimos que pouquíssimos saíssem vivos. — Seus olhos brilharam em vermelho. — O patriarca, Damian King, foi gravemente ferido. Sobreviveu, mas por pouco. Assim como seu filho, Daniel. O resto do clã não. Meredith era sua outra filha, mas ela devia ter apenas doze anos na época. Mas parece que decidiu continuar o trabalho do pai. — Ele olhou de volta para Osmond. — Elijah. Que curioso.

— Um profeta de Yahweh — explicou Osmond. — Um deus da Idade do Ferro no Reino de Israel. Yahweh realizou milagres por meio de Elijah. Ressuscitou os mortos. Fez fogo chover do céu. Esteve ao lado de Jesus durante sua Transfiguração no topo da montanha.

— Um pouco óbvio demais — comentou Abel. — Mesmo para os King. Não havia mais um irmão?

— David — disse Osmond. — Porém foi banido porque não estava mais disposto a caçar.

Abel assentiu lentamente.

— Que surpresa. E essa Elijah?

— Está matando lobos.

Abel suspirou.

— Quantos até agora?

— Dois bandos. Um em Kentucky. Outro na Carolina do Norte. Quinze no total. Dentre eles, três crianças.

— E por que não foi contida?

Osmond não parecia contente.

— Ela se mantém na clandestinidade. Enviamos equipes atrás dela, mas seu clã é esquivo. Eles são poucos em número, mas se movem rapidamente.

— E o que você quer de mim?

— Você é nosso líder — disse Osmond. — Quero que lidere.

OSMOND SAIU INSATISFEITO. Mas, antes que partisse, eu o parei na varanda.

Ele me olhou com um desprezo mal disfarçado.

Abaixei a mão.

— Posso…

— Seu pai.

Assenti.

Osmond se afastou de mim. Tive a impressão de que seus dentes estavam mais longos do que há poucos instantes.

— Ele nunca mais vai incomodar ninguém. Sua magia foi retirada. Robert Livingstone era forte, mas nós arrancamos a mágica da sua pele. Ele não passa de um casulo.

Osmond me deixou parado na varanda.

Ao lado de seu carro estava Richard Collins.

Estava sorrindo.

* * *

COMPLETEI TREZE ANOS e Mark colocou o braço em volta dos meus ombros.

Isso fez meu estômago se retorcer.

Eu me perguntei se seria por isso que eu não olhava para as garotas como Rico.

Seu nariz estava no meu cabelo e ele estava sorrindo.

Queria que aquilo tivesse durado para sempre.

MINHA MÃE FOI enterrada perto de um amieiro vermelho. Sua lápide era pequena e branca.

Dizia:

CATHERINE LIVINGSTONE

ELA FOI AMADA

Eu me sentei com as costas apoiadas na árvore e senti a terra sob meus dedos.

— Sinto muito — disse-lhe uma vez. — Sinto muito por não ter feito mais.

Às vezes, fingia que ela me respondia.

Ela dizia: *Eu te amo, Gordon. Eu te amo.*

Ela dizia: *Estou tão orgulhosa de você.*

Ela dizia: *Por que você não acreditou em mim?*

Ela dizia: *Por que você não me salvou?*

Ela dizia: *Você não pode confiar neles, Gordon. Nunca pode confiar em um lobo. Eles não te amam. Eles* precisam *de você. A magia em você é uma* mentira…

Meus dedos penetraram a terra.

CARTER ERA ENRUGADO e rosado e soltou um gritinho.

Toquei sua testa e ele abriu os olhos, ficando quieto quase imediatamente.

Elizabeth disse:

— Olhe só para isso. Ele gosta de você, Gordon. — Ela sorriu para mim, a pele pálida, mais cansada do que nunca. Mas ainda assim *sorria*.

Eu me inclinei e sussurrei ao ouvido dele:

— Você ficará seguro. Eu prometo. Vou ajudar a mantê-lo seguro.

Um pequeno punho puxou meu cabelo.

* * *

Quando beijei Mark Bennett pela primeira vez, não foi planejado. Não era algo que eu pretendia fazer. Eu era desengonçado. Minha voz falhava com frequência. Eu era mal-humorado e tinha um pelinho no peito que não parecia saber se ia ou se ficava. Tinha espinhas e ereções desnecessárias. Acidentalmente explodi uma lâmpada na sala quando me irritei sem razão aparente.

E Mark Bennett era tudo que eu não era. Tinha dezesseis anos e era etéreo. Movia-se com graça e propósito. Era inteligente e engraçado, e matinha o hábito de me seguir por toda parte. Levava comida quando eu estava na oficina e os caras me zoavam. Marty gritava que meu *garoto* estava lá, e eu tinha quinze minutos ou seria despedido. As narinas de Mark se dilatavam quando eu me aproximava e ele ficava me olhando enquanto eu limpava a graxa dos dedos com um pano velho que guardava no bolso. Ele dizia oi e eu respondia oi, e nos sentávamos do lado de fora da oficina com as costas apoiadas na parede de tijolos e as pernas cruzadas. Ele me entregava um sanduíche que tinha preparado. Sempre me olhava enquanto eu comia.

Não foi planejado. Como poderia ter sido, quando eu não sabia o que significaria?

Era uma quarta-feira de verão. Carter estava engatinhando e balbuciando. Nenhum outro lobo tinha sido ferido pela mulher conhecida como Elijah. O bando estava feliz, saudável e unido. Abel era um Alfa orgulhoso, mimando seu neto. Thomas se pavoneava. Elizabeth revirava os olhos. Os lobos corriam sob a luz da lua e sorriam sob o sol.

O mundo era um lugar brilhante e esplêndido.

Meu coração ainda doía, mas a dor aguda estava desaparecendo. Minha mãe se fora. Meu pai se fora. Minha mãe havia dito que os lobos mentiriam, mas eu confiava neles. Tinha que confiar. Além de Chris, Tanner, Rico e Marty, eles eram tudo que eu tinha.

Mas então havia Mark, Mark, Mark.

Sempre Mark.

Minha sombra.

Eu o encontrei na floresta atrás da casa do bando.

Ele disse:

— Oi, Gordon.

E eu disse:

— Quero tentar uma coisa.

Ele piscou.

— Tudo bem.

— Tudo bem?

Ele deu de ombros.

— Tudo bem.

Havia abelhas nas flores e pássaros nas árvores.

Ele estava sentado de costas para um grande bordo. Seus pés descalços estavam na grama. Ele usava uma regata folgada, sua pele bronzeada quase da cor de seu lobo. Suas unhas estavam roídas, um hábito que ele ainda não havia perdido. Ele afastou uma mecha de cabelo da testa. Parecia feliz e despreocupado, um predador supremo que temia pouco. Ele me observava, curioso para saber do que eu estava falando, mas sem pressionar.

— Feche os olhos — falei, incerto quanto ao que estava fazendo. Do que eu era capaz.

Ele obedeceu, porque eu era seu amigo.

Eu me ajoelhei e me aproximei dele.

Meu coração trovejava no peito.

Minha pele estava suada.

O corvo se agitou.

Eu me inclinei para a frente e pressionei meus lábios nos dele.

Foi quente e seco e catastrófico.

Seus lábios estavam levemente rachados. Eu nunca esqueceria disso.

Eu não me movi. Nem ele.

Apenas o mais leve dos beijos em um dia quente de verão.

Eu me afastei.

Seu peito arfava.

Ele abriu os olhos. Estavam laranja.

Ele disse:

— Gordon, eu...

Sua respiração estava áspera no meu rosto.

Eu falei:

— Desculpe, desculpe, eu não quis...

Ele colocou a mão sobre minha boca. Meus olhos pareciam que estavam saltando das órbitas.

— Você tem que querer — falou baixinho. — Você tem que ter certeza.

Eu não entendi. Mark era meu amigo, e eu...

— Gordon — disse ele, os olhos ainda brilhando. — Tem... Eu não posso...

Ele se levantou antes que eu pudesse piscar. Eu caí de bunda no chão. Então ele se foi.

Thomas me encontrou mais tarde. O céu acima estava listrado de laranja, rosa e vermelho.

Ele se sentou ao meu lado e falou:

— Eu tinha dezessete anos quando conheci uma garota que me deixou sem fôlego.

Ele estava sorrindo, olhando para as árvores.

Eu esperei.

Ele disse:

— Não havia nada... nada como ela. Ela... — Ele riu enquanto balançava a cabeça. — Eu soube naquele momento. Elizabeth não gostou de mim à primeira vista, e o papai disse que eu precisava respeitar isso. Porque as mulheres precisavam ser respeitadas. Sempre. Independentemente do que eu pensasse, eu nunca poderia forçá-la a fazer algo que ela não quisesse. E eu *sabia* disso, é claro. Porque sequer pensar o contrário seria terrível. Então me tornei amigo dela. Até que um dia, ela sorriu para mim e eu... Foi tudo. Eu nunca tinha visto ninguém sorrir para mim daquela maneira antes. Ela era minha...

— Parceira — falei.

Thomas deu de ombros.

— Nunca gostei muito dessa palavra. Não abrange tudo o que ela é. Ela é a melhor parte de mim, Gordon. Ela me ama pelo que sou. Ela é feroz e afiada e não me deixa escapar impune. Ela me sustenta. Ela aponta meus defeitos. E honestamente, se o mundo fosse justo, ela seria a próxima Alfa e não eu. Ela seria melhor. Melhor do que meu pai. Melhor do que qualquer um. Eu sou muito sortudo por tê-la. O dia que dei a ela meu lobo de pedra foi o dia mais angustiante da minha vida.

— Porque você achava que ela diria não?

— Porque eu achava que ela diria sim — corrigiu ele gentilmente.

— E se ela dissesse sim, significaria que eu teria alguém ao meu lado pelo resto dos meus dias. Eu não sabia se merecia isso. E Mark sente a mesma coisa. Ele espera por esse momento há muito tempo. Ele está... assustado.

Eu pisquei.

— Com o quê? O que isso tem a ver com você e Elizabeth...

Foi um choque.

Eu disse:

— Espera.

Eu disse:

— Espera aí.

Eu disse:

— Você está dizendo o que eu acho que está...

Eu disse:

— *Quê.*

Ignorei Mark por três dias.

Animais mortos apareceram na varanda.

Elizabeth riu de mim, ninando Carter nos braços.

— Por que você não me contou? — gritei para ele.

— Você tem *treze anos* — rosnou ele para mim. — Sou três anos mais velho do que você. É *ilegal.*

— Isso... Tudo bem, na verdade é um argumento bem convincente.

Ele parecia satisfeito consigo mesmo.

Estreitei os olhos para ele.

Ele pareceu menos satisfeito.

— Não sou uma criança.

— Essa provavelmente não é a melhor resposta, já que *sim, você é.*

— Tudo bem — falei. — Então talvez eu vá beijar outra pessoa.

Ele rosnou.

* * *

— Preciso encontrar alguém para beijar — declarei.

Rico, Tanner e Chris me encararam com olhos arregalados.

— Eu não — disse Tanner.

— Nem eu — falou Carter.

— Nem... Merda. — Rico suspirou. — Nunca sou rápido o suficiente. Tudo bem. Quer saber? Eu nem ligo. Pode se preparar, amorzão.

Encarei Rico horrorizado enquanto ele começava a caminhar na minha direção com os braços estendidos.

— *Você* não.

— Nossa. Racista, hein? *Puto*.

— Não sou *racista*... Você é meu... Droga, eu *odeio* isso, porra!

— Mark? — perguntou Tanner com empatia.

— Mark — concordou Chris.

— Se eu fosse branco, aposto que você me beijaria — disse Rico.

Eu o segurei pelo rosto e pressionei meus lábios nos dele.

Tanner e Chris fizeram sons semelhantes de extraordinário nojo.

Eu me afastei de Rico com um som molhado.

Ele pareceu atordoado.

Eu me senti melhor.

Eu contei para Mark.

Ele se transformou, roupas rasgando enquanto ele fugia para a floresta.

— Você é meio babaca, Gordon — disse Abel calmamente. — Quando for mais velho, saiba que eu aprovo totalmente.

Eu estava na recepção quando uma jovem entrou na loja.

Ela sorriu para mim.

Era bonita. Seu cabelo era preto como a noite e seus olhos, verdes como a floresta. Usava um jeans e uma blusa decotada. Parecia pouco mais velha que Mark.

Os caras na oficina assobiaram.

Marty os mandou calar a boca, embora seu olhar apreciativo também tenha se demorado.

— Olá — disse ela.

— Posso ajudar? — perguntei, nervoso por razões que eu não entendia.

— Espero que sim — respondeu ela. — Meu carro está fazendo um barulho estranho. Acabei de atravessar o país com ele. Estou tentando chegar a Portland para a faculdade, mas não sei se vou conseguir.

Fiz que sim com a cabeça.

— Provavelmente podemos atendê-la rapidamente. — Cliquei no velho computador na minha frente e abri o programa de agendamento.

Ela pareceu achar graça.

— Você não é um pouco jovem demais para estar trabalhando aqui?

Dei de ombros.

— Sei o que estou fazendo.

— Sabe mesmo? Que fofo. — Seu sorriso se alargou. Ela se inclinou para a frente, cotovelos no balcão. Suas unhas estavam pintadas de azul. Estavam lascadas. Ela as batia sobre o balcão. Tinha um pequeno crucifixo de prata pendurado em uma corrente fina em volta do pescoço. — Gordon, é isso?

Eu olhei para ela bruscamente.

— Como você sabe?

Ela riu. Soou doce.

— Seu nome está bordado na sua camisa.

Fiquei vermelho.

— Ah, certo.

— Você é bonitinho.

— Obrigado? Hã, parece que tenho uma vaga daqui a uma hora. Eu poderia encaixá-la se não se importar de esperar?

— Não me importo. — Seus olhos brilhavam.

Ela me lembrava um lobo.

MARK APARECEU e me trouxe almoço.

Ela estava sentada na sala de espera, folheando uma revista antiga. O sino tocou quando ele entrou.

— Oi — disse ele, soando tímido. Era a primeira vez que vinha desde o fiasco do *você-me-beijou-e-depois-eu-corri-por-causa-dos-meus-*

-sentimentos-de-lobo-porque-você-é-meu-parceiro-e-eu-me-esqueci-de-
-te-dizer.

— Olha quem decidiu aparecer — falei.

Mal me lembrava que a mulher estava lá.

— Cala a boca — murmurou Mark, colocando um saco de papel pardo sobre o balcão.

— Não é um coelho morto, é? — perguntei, desconfiado. — Porque eu juro por Deus, Mark, se for outro coelho morto…

— É presunto e queijo suíço.

— Ah. Bem, assim é melhor.

— Coelho morto? — perguntou a moça.

Mark deu um salto. Eu virei a cabeça na direção dela.

Ela ergueu uma sobrancelha para nós.

Eu disse:

— Piada interna.

— Hmm — falou ela.

As narinas de Mark se dilataram.

Eu belisquei o braço dele para lembrá-lo de que ele estava em *público*, pelo amor de Deus. Não podia sair por aí cheirando todo mundo.

Ele olhou para ela por mais um instante antes de se virar para mim.

— Obrigado — disse a ele.

Ele se empertigou um pouco.

Ele era tão previsível.

— Preciso de alguns dias para conseguir as peças — comunicou Marty a ela. — Não vai demorar muito para consertar depois de tê-las, mas seu carro é de fabricação alemã. Não vejo muito disso por aqui. Você poderia dirigi-lo, mas não posso garantir que não vai piorar o problema e acabar quebrando no meio do nada. Você está no interior, mocinha.

— Percebi — respondeu ela lentamente. — Isso… é uma pena. Vi um motel a caminho da cidade.

Ele assentiu.

— É limpo. Diga a Beth que eu te mandei para lá. Ela vai te dar um desconto. Green Creek é pequena, mas somos boas pessoas. Vamos cuidar bem de você.

Ela riu, os olhos brilhando. Olhou para mim novamente antes de olhar de volta para Marty.

— Veremos.

Naquela noite Abel sentou-se na varanda, acenando enquanto os membros de seu bando chegavam para a lua cheia da noite seguinte. Ele parecia contente.

— Gordon — disse ele quando eu saí para avisar que o jantar estava quase pronto —, venha aqui um instante.

Eu fui.

Ele colocou a mão no meu ombro.

E por um tempo, apenas... ficamos ali.

A última ceia.

Não sabíamos disso.

Nos reunimos, rimos, gritamos e nos fartamos.

Mark pressionou o pé contra o meu.

Pensei em muitas coisas. Meu pai. Minha mãe. Os lobos. O bando. Mark e Mark e Mark. Era uma escolha, eu sabia. Era como se eu tivesse nascido nesta vida, neste mundo, mas tinha uma escolha. E ninguém tiraria isso de mim.

Eu me perguntava quando Mark me ofereceria seu lobo.

Eu me perguntava o que diria.

Eu me sentia centrado e real e conectado.

Thomas deu uma piscadela para mim.

Elizabeth falava carinhosamente com a criança em seus braços.

Abel sorria.

Mark se inclinou e sussurrou:

— Estes somos nós. Este é o nosso bando. Esta é nossa felicidade. Eu quero isso. Com você. Um dia, quando ambos tivermos crescido.

* * *

Ela estava no restaurante quando entrei na manhã seguinte, era minha vez de pegar café para os caras. Estava sentada em uma mesa sozinha, com a cabeça baixa em oração, as mãos unidas diante de si. Ela olhou no instante em que eu entrei.

— Gordon — disse ela. — Cedinho.

— Olá — falei. — Como você está... — Esqueci o nome dela.

— Elli — disse.

— Elli. Como você está?

Ela deu de ombros.

— Estou bem. É... silencioso aqui. Leva um tempo para se acostumar.

— Sim — concordei, sem ter certeza do que mais dizer. — É sempre assim.

— Sempre? Não sei como você consegue.

— Eu moro aqui desde que nasci.

— É mesmo? Interessante.

Uma garçonete acenou para mim de trás do balcão, se movendo para preparar os cafés.

Comecei a caminhar na direção dela quando uma mão se fechou em torno do meu pulso.

Olhei para baixo. As unhas tinham sido repintadas. Estavam vermelhas.

— Gordon — disse Elli. — Você pode me fazer um favor?

Respirei fundo.

— Claro.

Ela sorriu. O sorriso não alcançava os olhos.

— Pode rezar comigo? Estou tentando a manhã toda e, por mais que tente, não consigo fazer direito. Acho que preciso de ajuda.

— Eu não sou a melhor pessoa para...

— Por favor. — Ela afrouxou a pegada no meu braço.

— Hmm, claro.

— Obrigada — agradeceu. — Sente-se, se não se importar.

— Não tenho muito tempo. Preciso ir para o trabalho.

— Ah — disse ela —, não vai demorar. Prometo.

Deslizei para o banco em frente a ela. Não tinha mais ninguém no restaurante. A correria do café da manhã já havia passado, e ainda faltavam algumas horas para o almoço. Jimmy estava atrás da grelha, e a garçonete, Donna, estava em frente à máquina de café.

Elli sorriu. Ela juntou as mãos diante de si, entrelaçando-as. Baixou os olhos para as minhas, como se me encorajasse a fazer o mesmo.

Ergui lentamente as mãos na minha frente. As mangas da minha camisa de trabalho deslizaram um pouco pelos meus pulsos.

— Querido Pai — começou ela, olhando para mim —, eu sou apenas Vossa humilde serva, e busco Vossa orientação. Me encontro em um momento de crise. Vê, Pai, há coisas neste mundo, coisas que vão contra Vossa ordem natural. Abominações que vão contra tudo o que o Senhor representa. Fui encarregada sob Vossa vontade de derrubar essas abominações onde quer que estejam.

"Pelo poder do Vosso Espírito Santo, revele para mim, Pai, quais pessoas eu preciso perdoar e quais são as áreas de pecado não confessado. Revele aspectos da minha vida que não são agradáveis ao Senhor, Pai, atos que tenham oferecido ou poderiam oferecer a Satanás uma base na minha vida. Pai, eu Vos entrego qualquer falta de perdão, eu Vos entrego meus pecados, e eu Vos entrego todas as formas que Satanás tem de dominar minha vida. Obrigada por Vosso perdão e Vosso amor.

"Meu Pai, em Vosso Santo Nome, eu amarro todos os espíritos malignos do ar, da água, da terra, dos subterrâneos e do mundo inferior. Eu amarro ainda, em nome de Jesus, todos os emissários da sede satânica e reivindico o precioso sangue de Jesus no ar, na atmosfera, na água, na terra e em seus frutos ao nosso redor, no subterrâneo e no mundo inferior abaixo."

Eu me movi para me levantar.

A mão dela se esticou e agarrou meu pulso novamente.

— Não — disse ela. — Você faria bem, Gordon Livingstone, de *ficar onde está.*

— Tudo bem, Gordon? — perguntou Donna enquanto trazia uma bandeja de cafés para mim.

Assenti lentamente.

— Apenas uma oração.

A mulher diante de mim sorriu.

Donna pareceu incerta, mas colocou a bandeja na mesa.

— Já está na conta. Diga ao Marty para acertar até o final do mês, tudo bem?

— Sim — respondi. — Direi a ele.

Donna virou-se e se afastou.

— Elijah — falei baixinho.

— Ótimo — disse ela. — Isso é muito bom, Gordon. Você é tão *jovem*. — Ela pegou minha mão e pressionou os lábios nela. Senti o rápido toque de sua língua na minha pele. — Você conhece apenas os caminhos da besta. Eles o doutrinaram cedo. É uma pena, realmente. Eu não sei se você ainda pode ser salvo. Suponho que apenas o tempo dirá se pode haver uma purificação. Um batismo nas águas da salvação.

— Ele vai saber — sussurrei. — Que você está aqui. Em seu território.

— Veja só, aí é que você *se engana* — respondeu. — Eu não sou um Alfa. Nem um Beta. Nem um Ômega. — Ela inclinou a cabeça para mim. — Eu não sou você.

— Você sabe o que eu sou.

— Sim.

— Então deve saber do que sou capaz.

Ela riu.

— Você não passa de uma criança. O que você poderia...

Estendi a mão livre e puxei minha manga para trás.

Ela encarou o corvo cercado por rosas com algo semelhante a admiração.

— Eu tinha ouvido falar, mas... — Ela balançou a cabeça. — Sinto muito pelo que aconteceu com você. Por não ter tido escolha no assunto.

— Eu poderia gritar — disse a ela. — Poderia gritar agora mesmo. Uma mulher agarrando um menino desse jeito. Você não iria longe.

— Você é briguento, hein. Me diga, Gordon, você realmente acha que pode ser mais esperto do que eu?

— Eu sei o que você é.

Ela se inclinou para a frente.

— E o que eu sou?

— Uma caçadora.

— De quê? Diga, Gordon.

— De lobos.

Ela acariciou meu braço.

— Bom. Isso é bom, Gordon. Grite se quiser. Grite o mais alto que puder. No final, não importará. Não tão perto da lua cheia. Porque, neste momento, um bando de lobos está reunido na floresta para se regozijar em sua sede de sangue. Monstros, Gordon. Eles não são nada além de monstros que afundaram seus dentes e suas garras profundamente em você. Eu vou te libertar deles.

Minha cabeça estava congestionada, minha pele queimava.

— Você não vai nem chegar perto.

Ela sorriu. Parecia um tubarão. Soltou meu braço e alcançou o próprio colo. Ela pegou um pequeno *walkie-talkie* e o colocou na mesa entre nós. Ela pressionou o botão. Ele apitou uma vez.

— Carrow — disse ela.

Ela soltou o botão.

Houve um estalo de estática.

Então:

— Carrow aqui, câmbio.

— Você está na posição? Câmbio.

— Sim, senhora. Pronto. Câmbio.

— E os lobos? Câmbio.

— Aqui. Reunidos na clareira. Câmbio.

— E você os cercou? Câmbio.

— Sim. Ah… Tem, ah. Crianças. Câmbio.

Ela assentiu lentamente.

— Todos maiores de idade — falou. — Eles foram perdidos para seus lobos.

— Não faça isso — pedi. — Por favor, não faça isso.

Meredith King disse:

— É meu dever. Pela graça de Deus, eu os exterminarei desta terra. Diga-me, Gordon. Você o ama?

— Quem? — Eu tinha lágrimas nos olhos.

— Aquele garoto. Aquele que veio vê-lo ontem. O lobo. Eu pensei que ele iria sentir o cheiro em mim. Do sangue dos outros. Mas você o distraiu muito bem. Você o ama?

— Vá se foder.

Ela balançou a cabeça.

— Os outros bandos. Eles não tinham um bruxo. Foram… fáceis. Mas tenho trabalhado para este momento. Este dia. Aqui. Agora. Porque, se você cortar a cabeça, o corpo morre. O rei. O príncipe. Você vai me agradecer. No final.

Coloquei minhas mãos na mesa, palmas para cima.

Ela se mexeu na cadeira e...

Uma dor aguda no meu pulso, como uma picada de abelha no meio do verão.

Olhei para baixo.

Ela retirou a mão, a seringa já escondida.

Eu disse:

— Não, você não pode fazer isso, você não pode fazer isssssso, por favor, não é...

As cores do mundo ao meu redor começaram a se misturar.

Tudo desacelerou.

Ouvi palavras de preocupação vindo de algum lugar muito, muito distante.

— Ah — disse a caçadora Elijah em resposta. — Ele estava apenassssssss se sssssssentindo um pouco enjoado. Vou ajudá-lo. Eu vou bussssssssscar...

Ficou escuro, depois.

Eu sonhei que estava com os lobos.

Nós corríamos, e as árvores eram altas e a lua estava brilhante, e eu pertencia a eles e meu lugar era com eles, e inclinava minha cabeça para trás e *cantava*.

Mas os lobos não cantavam comigo.

Não.

Eles gritavam.

Acordei lentamente.

Minha língua parecia espessa na minha boca.

Abri os olhos.

Estava deitado na floresta.

O dossel acima de mim cedia lugar às estrelas no céu. A lua estava gorda e cheia.

Eu me levantei.

Minha cabeça latejava. Mal conseguia pensar.

Um gemido à minha esquerda.

Eu me virei.

Um grande lobo marrom rastejava em minha direção. Suas patas traseiras estavam quebradas. Seu pelo estava emaranhado de sangue. Estava claramente com dor, mas ainda assim se arrastava em minha direção na terra e na grama.

Eu disse:

— Mark.

O lobo gemeu.

Estendi a mão para ele.

Ele lambeu as pontas dos meus dedos antes de desabar com os olhos fechados.

A névoa se dissipou.

Eu então senti. Os fragmentos quebrados dentro de mim. Como se eu tivesse sido despedaçado. Não era como quando minha mãe morreu. Quando meu pai a matou.

Era mais.

Era muito mais.

— Não — sussurrei.

MAIS TARDE, quando Mark havia se curado o suficiente para ficar de pé por conta própria, nos movemos pela floresta.

Ele guiava o caminho, mancando desajeitadamente.

Tudo doía.

Tudo.

A floresta chorava ao nosso redor.

Eu podia sentir nas árvores. No chão sob meus pés. No vento. Os pássaros estavam chorando, e a floresta tremia.

Minhas tatuagens estavam sem brilho e desbotadas.

Um humano jazia ao lado de uma árvore. Vestia uma armadura. Havia um rifle aos seus pés. Sua garganta havia sido arrancada. Seus olhos estavam abertos e mortos.

Mark rosnou.

Continuamos.

Estendi-me através dos laços do *bandobandobando*, mas estavam quebrados.

Eu disse:

— Ah, meu Deus, Mark. Ah, meu Deus.

Um rosnado profundo brotou de seu peito.

Encontramos a clareira. De algum jeito.

O ar cheirava a prata e sangue.

Humanos jaziam no chão, mutilados e dilacerados.

E lobos. Tantos lobos. Todos transformados.

Todos mortos.

Os maiores.

Os menores.

Gritei com a angústia de tudo, tentando encontrar alguém, qualquer um que...

Movimento à direita.

Uma mulher estava lá, pálida à luz da lua. Ela segurava um bebê.

Elizabeth Bennett disse:

— Gordon.

Dois lobos estavam ao seu lado.

Richard Collins.

E...

Thomas Bennett se aproximou de mim. Seu lobo estava maior do que eu já havia visto antes. Seus olhos jamais se desviavam de mim. Cada passo que ele dava era lento e deliberado. Quando ele ficou na minha frente, eu entendi tudo o que tínhamos perdido.

E o que ele havia ganhado.

Seus olhos brilhavam em vermelho na noite profunda e escura.

Em meio ao meu horror, eu disse a única coisa que podia.

Alfa.

o terceiro ano/ainda não

Em algumas noites eu sonhava com a lua e sangue e Mark arrastando seu corpo quebrado em minha direção.

Em outras eu sonhava que o beijava numa tarde quente de verão.

— Você diz o nome dele, às vezes — Carter me disse uma vez.

— De quem?

— Mark.

— Não faço ideia do que você está falando.

Ele revirou os olhos.

— Sim, claro, Gordon. Tenho certeza que não.

— Vou transformar sua língua em prata se você não calar a boca, Carter. Juro por Deus.

Ele sorriu para mim, erguendo as sobrancelhas.

— São *aqueles* tipos de sonhos? Você sabe, aqueles em que você e Mark estão se esfregando um no outro… Sabe de uma coisa, acabei de perceber que ele é meu tio e vou parar de falar agora.

Kelly fez uma careta.

Joe olhou pela janela.

Maldito Thomas por me deixar com esses cuzões.

Houve períodos de dias e semanas em que funcionamos no piloto automático.

Comemos comida de merda num restaurante de beira de estrada em Bonners Ferry, Idaho.

Dormimos em um motel caindo aos pedaços nos arredores de Bow Island, Alberta.

Os lobos deixaram pegadas enormes nas dunas dos Grandes Pântanos de Areia.

Dirigimos por trechos solitários de estrada em Lugar Nenhum, Montana.

Em alguns dias, não falávamos por horas a fio.

E então havia os outros dias.

— O QUE você acha que eles estão fazendo agora? — perguntou Kelly, com os pés apoiados no painel. Repousava a cabeça no encosto do banco, com o rosto virado para o irmão.

Carter ficou em silêncio por um longo tempo. Então:

— É domingo.

— Eu sei.

— Tem a tradição.

— Sim. Sim, Carter.

— Mamãe provavelmente está na cozinha. Tem música tocando ao fundo. Um vinil na antiga vitrola dela. Ela está dançando. Devagar. E está cantando junto.

— Que música?

— Eu não… talvez seja Peggy Lee. Isso… parece certo.

— É. Parece. Peggy Lee cantando "Johnny Guitar".

Eu não me mexi quando a voz de Kelly falhou. Seu irmão sim. Ele estendeu a mão por cima do console e segurou a de Kelly. Os pneus rolavam contra o asfalto rachado. Eu não desviei o olhar. Estava enfeitiçado pela cena diante de mim. Em algum lugar à minha direita, Joe respirava, mas não falava.

— Johnny Guitar — concordou Carter. — Sempre gostei dessa música. E de Peggy Lee.

— Eu também — disse Kelly, fungando baixinho. — Ela é realmente bonita. Mas a música é triste.

— Você sabe como é a mamãe. Ela gosta… ela gosta desse tipo de música.

— O que mais?

— Ela está na cozinha com Peggy Lee pedindo para Johnny tocar de novo. E está preparando o jantar porque é tradição. Tem carne assada e purê de batatas, daqueles com creme de leite e casca de batata.

— E provavelmente alguma torta também, né? — perguntou Kelly. — Porque ela sabe o quanto você gosta de torta.

— Sim — disse Carter. — Torta de maçã. Provavelmente tem sorvete no freezer. Baunilha. Você come a torta quente coberta com sorvete derretido e eu juro, Kelly, não tem nada melhor.

— E ela não está sozinha, certo? Porque os outros estão lá com ela.

Carter abriu a boca uma, duas vezes, mas nenhum som saiu. Ele tossiu e limpou a garganta. Então:

— Sim. — Sua voz estava rouca. — Ox está lá. E ele está sorrindo, certo? Está sorrindo daquele jeito dele. Um pouco bobo, com um lado da boca. E está observando enquanto ela dança, canta e cozinha. Ela está entregando a ele um cesto cheio de pãezinhos frescos do forno, cobertos com aquele pano de prato verde. Ele vai levar para fora e colocar na mesa. E quando voltar para dentro, ela vai perguntar se ele lembrou de colocar os guardanapos de pano para fora, porque não somos incivilizados aqui, Ox, nós podemos ser lobos, mas temos *algum* decoro.

Kelly estava chorando silenciosamente, com a cabeça baixa. O irmão apertou sua mão com força. Aqueles homens, aqueles homens grandes e intimidadores, estavam se apoiando um no outro, quase desesperadamente.

Abri a boca para dizer alguma coisa, *qualquer coisa*, quando Carter disse:

— E Mark também está lá. — Eu quase mordi minha língua. Carter olhou diretamente para mim pelo espelho retrovisor. — Mark também está lá. Ele está cuidando deles dois. Está cantarolando com a mamãe e Peggy Lee. E está pensando em nós. Está se perguntando onde estamos. O que estamos fazendo. Se estamos bem. Torce para que estejamos voltando para casa. Porque ele sabe que nosso lugar é com ele. Com eles. Porque é domingo. É tradição. E ele está...

Joe rosnou com raiva. Aquilo me deu calafrios.

Carter ficou em silêncio.

Kelly enxugou o rosto com as costas da mão.

Olhei a tempo de ver uma única lágrima cair da bochecha do Alfa. Ninguém falou por um longo tempo depois disso.

* * *

Birch Bay, Washington.

Lá vivia um velho bruxo, alguém em quem eu nem queria pensar, quanto mais ver. Mas nenhum dos lobos discordou de mim quando eu disse para eles apontarem o carro para o oeste. Estavam sem ideias. Não tínhamos uma pista havia meses. Richard Collins estava brincando conosco, e todos sabíamos disso.

O bruxo não pareceu surpreso quando chegamos à sua pequena casa em uma enseada.

— Eu vejo coisas — falou ele da sua cadeira na varanda, embora eu não tivesse dito uma palavra. — Você sabe disso, Gordon Livingstone.

Seus olhos eram brancos e opacos. Ele era cego desde criança, havia quase cem anos.

Ele se levantou, as costas curvadas. E se arrastou lentamente pela porta.

— Sabe — disse Carter —, é neste ponto em filmes de terror que eu geralmente grito com a tela para as pessoas *não* entrarem na casa.

— Você é um lobisomem — murmurei. — Você é aquele que geralmente está esperando pelas pessoas dentro da casa.

Ele pareceu ofendido.

Eu o ignorei.

O cascalho estalava sob meus pés enquanto eu seguia o bruxo para dentro. Os degraus da varanda rangeram antes de eu atravessar a porta escura.

Gaivotas chamavam do lado de fora por uma janela aberta. Mais adiante, havia o suave som da maré lavando a praia rochosa. O ar estava fresco e a casa cheirava a sal, peixe e hortelã. No teto, pendurados em cordas, víamos os crânios de gatos e de pequenos roedores. Ele era da velha guarda da magia, do tipo que sempre tinha um caldeirão borbulhando enquanto derramava ossos de uma taça feita da madeira de uma árvore antiga.

Além disso, era completamente louco, razão pela qual era um último recurso.

— Que porra é essa — murmurou Carter depois de bater no crânio razoavelmente grande de um animal que eu não conseguia identificar.

— Certamente não é a escolha de decoração que *eu* teria feito — sussurrou Kelly para ele.

— Você acha? Nada diz "bem-vindo à minha cabana de assassinatos" como esqueletos pendurados do teto.

— Aquilo é um pote de olhos na prateleira?

— Quê? Não, não seja estú… Aquilo é um pote de olhos na prateleira. Bem, agora sou oficialmente a pessoa que não deveria ter entrado na casa.

Joe entrou por último. Ele atravessou a soleira e seus olhos brilharam brevemente em vermelho.

O velho bruxo estava perto de um fogão de ferro fundido, alimentando o fogo. Brasas saltavam, pousando em sua pele. Ele não se mexia. Fechou o fogão e colocou o atiçador carbonizado de lado antes de se acomodar em uma poltrona antiga. Olhou em minha direção, a cabeça inclinada.

— Não toque no pote de olhos — sibilou Kelly para o irmão.

— Só quero *ver*…

— Sobre o que eles estão tagarelando? — perguntou o bruxo.

— Olhos — respondi calmamente.

— Ah — disse ele. — Sim. Esses. Olhos dos meus inimigos, eles são! Arranquei-os pessoalmente com uma colher cega e enferrujada. Os lobos de quem os tirei se debateram e gritaram, mas em vão. Eram do tipo curioso, muito parecidos com vocês, tocando em coisas que não lhes pertenciam.

— Eita — choramingou Carter.

Kelly cobriu os olhos com uma mão.

Eu bufei, sacudindo a cabeça.

Joe não disse nada.

O velho bruxo gargalhou.

— Ah, juventude. Que desperdício.

— Não queríamos incomodar — comecei, mas parei quando ele me dispensou com um gesto da mão retorcida.

— Sim — disse ele —, vocês queriam. Você especificamente. É a razão pela qual estão aqui. Posso ser velho, Gordon Livingstone, mas ainda posso sentir o cheiro da merda que você sempre parece carregar por aí. E não me olhe assim. Você está quase nos quarenta. Continue fazendo essa cara e ela ficará assim. Você vai acabar parecido comigo.

Parei de franzir a testa para ele.

— Muito melhor — continuou ele. — Era de imaginar que com seu parceiro de volta a Green Creek você teria aprendido a ser feliz novamente. Embora eu suponha que os eventos dos últimos anos tenham tirado muito disso.

O fogo estalava e crepitava. As gaivotas chamavam. Comecei a desejar nunca ter colocado os pés em Birch Bay quando senti os olhares do meu bando se voltarem para mim.

Ele colocou uma mão ao lado da orelha.

— O que é isso? Nada a acrescentar? Então talvez devamos apenas ficar aqui sentados e esperar até que alguém tenha culhões para dizer o que está pensando. Deus sabe que não tenho. Perdi os meus alguns anos atrás. Câncer, se puder acreditar.

Carter fez um som engasgado.

O velho bruxo sorriu. Ele ainda tinha alguns dentes.

— Lobos. Bennett, acredito. Sempre gostei dos Bennett. Um bando tolo, mas seus corações geralmente estavam no lugar certo. Quem temos aqui?

Kelly abriu a boca para falar, mas a fechou quando sacudi bruscamente a cabeça. Eu acenei na direção de Joe. Ele me observou por um instante, com a boca apertada em uma linha fina. Então assentiu e deu um passo à frente.

As tábuas do assoalho rangeram, e o velho bruxo se voltou para ele.

— Meu nome é Joseph Bennett — falou num tom baixo, a voz enferrujada pelo desuso. Já fazia meses desde que ele falara mais do que um grunhido.

— Alfa — disse o bruxo, inclinando a cabeça em deferência.

Os olhos de Joe se arregalaram ligeiramente.

— E estes são meus irmãos. Meu segundo, Carter. Meu outro irmão, Kelly.

Carter acenou.

Kelly o cutucou no estômago com o cotovelo.

Suspirei.

O bruxo assentiu.

— Conheci seu bisavô. William Bennett. Ele gerou Abel. Abel gerou Thomas. Thomas o gerou. Diga-me, Alfa Bennett, quem é você?

Joe vacilou.

— Porque — continuou o bruxo — não tenho certeza se você sabe. Você é um Alfa? Um irmão? Um filho? Metade de um par? Você é um líder, ou busca apenas vingança? Você não pode ter os dois. Não pode ter tudo. Não há espaço suficiente em seu coração, embora ele bata como o de um lobo. Há força dentro de você, criança, mas mesmo alguém como você não pode viver apenas de raiva.

— Meu pai...

— Eu sei sobre seu pai — interrompeu o bruxo. — Sei que ele caiu, assim como o pai dele. Seria de pensar que o nome Bennett é amaldiçoado com o quanto vocês sofrem. Quase tão amaldiçoados quanto os Livingstone. Vocês têm tanto em comum, é impressionante que saibam onde um termina e o outro começa. Suas famílias sempre estiveram entrelaçadas, mesmo que os vínculos tenham sido quebrados.

Carter e Kelly viraram-se lentamente para me encarar.

— Estou fazendo o que tenho que fazer — disse Joe, um rosnado baixo em sua voz.

— Está mesmo? — perguntou o bruxo. — Ou está fazendo o que sua raiva exigiu de você? Quando você cede a ela, quando deixa seu lobo se afogar na fúria, você não tem mais controle.

— Richard Collins...

— É um monstro que se perdeu em seu lobo. Ele abandonou um laço, e seus olhos se tornaram turvos em violeta por causa disso. Ele é um Ômega, um monstro determinado a tomar algo que nunca lhe pertenceu. Mas você, Joseph. Você não é ele. Você nunca será ele, não importa o quanto tenha que ser para justificar suas ações.

— Não falei exatamente a mesma coisa para Joe? — sussurrou Carter para Kelly.

— Não — murmurou Kelly de volta. — Você disse que ele era um idiota de merda e que queria ir para casa porque odeia como os motéis cheiram a esperma e arrependimento.

— Então... quase a mesma coisa.

— Eles entendem — falou Joe, parecendo mais irritado.

— Eles? — indagou o bruxo, embora todos soubéssemos muito bem a quem Joe se referia.

— Eles — repetiu Joe. — Eles. Meu bando.

— Ah. Aqueles que você deixou para trás. Diga-me, Joseph. Você enfrenta o monstro de sua juventude. Você perde seu pai. Você se torna um Alfa. E sua *primeira* providência é desmantelar seu bando? — Ele balançou a cabeça.

— Ox...

— Oxnard Matheson cumprirá seu papel — disse o velho bruxo, fazendo com que todos nós congelássemos. — Ele se tornará quem deve ser. A questão que permanece é se vocês farão o mesmo.

Joe exibiu os dentes, rosnando.

— O que você sabe sobre Ox?

O bruxo permaneceu imperturbável.

— O suficiente para saber que o caminho que você traçou divergiu do dele. É isso que você quer? É isso que se propôs a fazer? Porque, se sim, então você teve sucesso.

Os olhos de Joe começaram a sangrar em vermelho. Antes que eu pudesse me mover, ele se lançou em direção ao velho.

Ele mal percorreu alguns metros. O bruxo levantou a mão e o ar *ondulou* ao redor de seus dedos. Joe foi arremessado pela sala em direção aos seus irmãos. Todos caíram no chão com braços e pernas se debatendo.

Eu balancei a cabeça.

O velho bruxo sorriu para mim.

— As crianças de hoje em dia.

— Você está provocando.

Ele deu de ombros.

— Tenho que me divertir de alguma forma. Não é todo dia que sou visitado pela realeza.

Eu bufei.

— Realeza.

— A linhagem Bennett é o ápice da realeza.

— Creio que sim.

— Acredita mesmo? — Ele tamborilou os dedos na mesa. — Eu também estava falando de *você*.

Suspirei enquanto os lobos grasnavam, tentando se levantar, empurrando uns aos outros.

— Não é assim. Não mais.

— Não? — perguntou o bruxo, nada convencido. Ele acenou na direção dos lobos. — A história deles é de pais e filhos. A de Oxnard é a mesma coisa, ou é isso que os ossos me dizem. E então há você.

Eu toquei as rosas sob o corvo no meu braço.

— Não é a mesma coisa.

— É, Gordon, e quanto mais cedo você perceber, mais cedo descobrirá seu verdadeiro potencial. Você já traçou o caminho certo. Encontrou um novo bando para si.

— Sai de cima de mim, Carter! — vociferou Kelly. — *Caramba*, você é pesado.

— Você está me chamando de *gordo*? — gritou Carter. — Posso te dizer que as mulheres *gostam* quando eu me deito em cima delas.

— Nós não somos suas *coquetes* — rosnou Joe.

— Espero que não mesmo. Somos *parentes*. Isso é nojento. Além disso, só nos seus *sonhos* você conseguiria alguém tão gostoso quanto eu. E quem diabos diz "coquetes"? Por acaso você tem 94 anos e está revivendo a glória da sua juventude?

— Você *peidou*? — berrou Kelly, parecendo horrorizado.

— Peidei — respondeu Carter, e eu pude ouvir o sorriso em sua voz. — Burritos congelados de posto de gasolina não caem muito bem no meu intestino, aparentemente.

— Sai! Sai!

Eu gemi, enterrando o rosto nas mãos.

— Sim — disse o velho enquanto ria —, você definitivamente encontrou um novo bando.

Levantei rosto e olhei para ele. Ele estava sorrindo silenciosamente, os olhos fixos no nada.

— Nós precisamos...

— Eu sei do que precisam — interrompeu ele. — E eu vou ajudá-los da melhor forma que puder. Mas vocês não podem continuar assim para sempre, Gordon. Nenhum de vocês pode. Se, no final, esse empreendimento se provar inútil, vocês devem retornar a Green Creek. Por muito tempo a cidade esteve sem seu Alfa e seus lobos, com apenas um bruxo para guiá-la. E agora o bruxo se foi, junto com o Alfa. Eu temo o que acontecerá se isso persistir. Existem apenas alguns lugares de tamanho poder restantes neste mundo. O equilíbrio deve ser mantido. Você sabe disso melhor do que ninguém.

— Você ouviu isso? — perguntou Carter. — Ele vai nos dizer como matar o vilão!

— Não foi isso que ele disse — murmurou Kelly.

Joe não falou.

Eu me virei para olhá-los. Eles ainda estavam no chão, os corpos entrelaçados. Mas eles pareciam... contentes. Mais do que em muito tempo. Até mesmo Joe. Eu me perguntei se eles tinham esquecido o quanto um bando precisava se tocar, precisava sentir o calor uns dos outros.

Estava na hora de começarem a se lembrar disso.

Talvez estivesse na hora de eu começar também.

No FINAL, eu sabia que os lobos, pelo menos Carter e Kelly, estavam decepcionados com o desenrolar da situação. O velho bruxo resmungou baixinho e depois virou o copo de madeira. Os ossos se espalharam pela mesa, caindo de forma dispersa e quase sem propósito. Eu nunca aprendi a ler os ossos porque era uma magia arcaica, mais ligada à visão do que à terra, como eu era. Havia momentos em que eu nem mesmo acreditava naquilo, mas o velho bruxo era um dos poucos que ainda praticavam a leitura, e minhas ideias tinham se esgotado. Talvez acabasse sendo nada além de tolices sem sentido, mas...

Carter e Kelly se inclinaram ansiosamente sobre a mesa, encarando os ossos como se eles revelassem todos os mistérios do mundo. Pareciam uns idiotas.

Joe ficou em silêncio ao meu lado.

O velho bruxo estreitou os olhos para a mesa.

— Isto é tão emocionante — sussurrou Carter para Kelly.

— Não sei ao certo o que estamos procurando.

— Eu sei. É isso que torna tudo tão emocionante.

— Hã. Ok. Agora estou animado também.

O velho bruxo se sentou na cadeira e disse:

— Fairbanks.

Nós o encaramos.

Ele nos encarou sem ver.

— Fairbanks — repeti lentamente.

— As respostas que vocês procuram estão em Fairbanks.

— Tipo — disse Kelly —, Fairbanks no Alasca? — Ele apertou os olhos para a mesa, tentando ver o que o bruxo tinha visto.

— Eu odeio muito o Alasca — murmurou Carter, olhando para os ossos como se o tivessem traído.

— Richard Collins está em Fairbanks? — perguntou Joe.

O velho bruxo olhou para ele rapidamente.

— Eu não disse isso. Eu disse que as respostas que vocês procuram estão lá. Isso os colocará no caminho certo. Começará a guiá-los para casa.

— Casa. — Kelly suspirou.

— Casa — repetiu o bruxo.

Carter recuou da mesa.

— Ótimo! Maravilhoso. Incrível. Por que diabos vocês ainda estão parados aqui? Temos que nos mover. Alasca, aqui vamos nós! — Ele já estava com metade do corpo para fora da porta quando voltou e enfiou a cabeça para dentro. — Obrigado. Sua ajuda é muito bem-vinda. Mas considere não pendurar os esqueletos do animal de estimação de alguém no teto. É muito *eu-não-sou-confiável-para-cuidar-dos-seus-filhos*. Apenas uma sugestão.

E então saiu pela porta.

Kelly ficou de pé para segui-lo. Ele pausou, olhando para Joe e para mim antes de se virar para o velho bruxo.

— Obrigado — disse ele em voz baixa, então foi atrás do irmão.

— Como vamos saber se você está dizendo a verdade? — perguntou Joe.

— Joe — repreendi. — Não insulte...

— Está tudo bem — disse o velho bruxo. — Ele não me conhece. É uma pergunta justa.

— Mas...

— Gordon.

Cruzei os braços e lancei um olhar furioso para os dois.

O bruxo falou:

— Você não precisa confiar em mim, Alfa. Eu não sou do seu bando. Eu moro aqui, neste lugar, e sei a impressão que dá. A impressão que eu dou. Mas tenho um certo... carinho por lobos. Sempre tive. — Ele se levantou lentamente e se dirigiu a uma estante de livros na parede mais distante. Pegou um volume grande da prateleira do meio. Virou-se e voltou para a mesa, deslizando o livro na direção de Joe.

Joe olhou para mim. Eu acenei com a cabeça na direção do bruxo.

Ele pegou o livro.

A capa era de couro, vermelha e rachada. Tinha uma folha de ouro desbotada entalhada.

Joe abriu-o lentamente.

Era oco por dentro.

Lá, repousando sobre um pano azul profundo, havia um pequeno e ornamentado lobo de pedra.

— Ele se chamava Arthur — disse o velho bruxo em voz baixa. — Ele me deu isso quando éramos jovens. E nós vivemos e nos amamos até que, um dia, ele e todo o nosso bando foram tirados de mim pela fúria dos homens. Eu implorei e supliquei a eles, mas minhas palavras foram ignoradas. Eles... bem. Eles deixaram Arthur para o final. Eu consegui escapar. E depois, eu não conhecia mais nada além de vingança. Ela me consumiu. Quando o último homem finalmente caiu, eu já não me reconhecia. — Ele levantou a mão e passou um dedo pelo rosto. — Eu estava velho. E ainda não havia me permitido viver o luto. Eu me sentia oco, Alfa. E não havia nada para preencher meu coração vazio. Eu tinha tirado a vida daqueles que prejudicaram a mim e aos meus, mas estava sozinho. — Ele pegou o livro de volta, colocando a mão em cima do lobo. — Eu me sento aqui, dia após dia, esperando pela libertação. Esperando pela morte. Porque sei que, quando meu coração não bater mais, meu amado estará me esperando, e nós uivaremos juntos nas estrelas. — Ele deu uma risada molhada, balançando a cabeça. — Não seja como eu. Você não pode se deixar consumir. Se fizer isso, corre o risco de nunca mais encontrar o caminho de volta para casa. Confie em um velho bruxo quando ele diz que entende mais do que a maioria. Eu amei um lobo com todo o meu coração. Eu sei, Alfa. Eu *sei*.

Joe assentiu lentamente. Ele se virou para sair, mas se deteve. Em vez disso, foi até o velho bruxo e se ajoelhou ao lado de sua cadeira. Ele levantou as duas mãos e segurou afetuosamente o velho rosto diante de si. Ele permitiu que sua semitransformação viesse, seus olhos ardendo na sala escura. Suas garras arranharam o rosto do homem, pequenos furos se formando na pele. Um rosnado baixo emanava de sua garganta.

— Ah — disse o velho bruxo, suspirando alegremente enquanto seus olhos se fechavam. — Ah, ah, como é maravilhoso ouvir um lobo novamente. Estes ossos velhos estão cantando. Obrigado, Alfa. Obrigado. — Ele virou a cabeça e beijou uma garra afiada.

Joe se levantou abruptamente e saiu da pequena casa na enseada.

O fogo estava quase apagado.

— Obrigado — falei em voz baixa.

O velho bruxo enxugou os olhos.

— Nah. Eu fiz minha parte. Agora você deve fazer a sua. Temo que sua jornada esteja longe de acabar. Tem o Richard Collins, sim, e ele nunca poderá ser recuperado. Mas há coisas muito piores do que ele. Não se deixe distrair.

— Meu pai.

— Sim — sussurrou. — Richard Collins não é nada além de uma arma, obtusa e focada. Mas mesmo alguém como ele pode ser manipulado. Monstros sempre podem. Sua história não terminará com Richard Collins. Eu temo que haja mais pela frente para você, Gordon.

Eu assenti lentamente. Estava quase na porta quando ouvi meu nome ser dito novamente.

Não olhei para trás.

— O que eu disse a Joe também vale para você.

Minhas mãos tremiam.

— Um lobo precisa de seu laço, sim. Mas um bruxo também. Você teve três em sua vida. Oxnard. Seu bando aqui. Mas, antes deles, houve outro.

Eu me virei com raiva.

— Não tem volta. Não depois…

— Só porque você não quer. Você carrega tanta raiva em seu coração, Gordon. Assim como seu pai. É tudo o que conheceu por muito tempo. Esses garotos, eles… eles se espelham em você. Você gostaria que eles se tornassem o homem que você é agora? Ou o homem que você deveria ser?

— É melhor assim.

— Para quem? — Ele riu amargamente. Recolheu os ossos de volta na xícara. — Para você? Ou para Mark Bennett? Porque eu nunca vi um lobo amar alguém tanto quanto ele o amava. Nem mesmo Thomas e sua companheira. Ele te amava. Ele te *amava*. E você o abandonou. Você sabe o que eu daria? Por apenas mais um dia com… — Ele parou com um som sufocado. Suas mãos tremiam enquanto derramava os ossos mais uma vez. Eles tilintaram na mesa. Não me diziam nada. — Está acontecendo — sussurrou.

— O que você vê?

Ele desviou o olhar.

— Está... escondido. A maior parte. Os ossos não são tudo. Você sabe tão bem quanto eu. Eles não podem ser tudo.

— Me diga.

O velho bruxo suspirou.

— Você será testado, Gordon Livingstone. De maneiras que ainda não imagina. Um dia, e em breve, você terá que fazer uma escolha. E temo que o futuro de tudo que você preza dependerá disso.

Um arrepio percorreu minha espinha.

— Que escolha?

Ele balançou a cabeça.

— Não consigo enxergar tão longe.

— Isso não é justo.

Ele olhou para mim com olhos cegos.

— Para os convocados, nunca é.

Eu me virei e saí da casa.

Os lobos me observavam através do para-brisa.

Flexionei as mãos.

Então desci pela varanda e pelo cascalho.

Estávamos na metade da estradinha de acesso quando os lobos suspiraram em uníssono.

— O que foi? — perguntei.

Joe Bennett disse:

— O coração dele. Apenas... parou. Ele está...

Nós seguimos para o norte.

Joe não falaria novamente até estarmos frente a frente com o caçador David King.

Atravessamos a fronteira com o Canadá novamente.

Parecia... diferente dessa vez. Como se finalmente estivéssemos na direção certa.

Fiquei me perguntando com que frequência a esperança parecia uma mentira.

* * *

ENCAREI o corvo de madeira.

Fechei o zíper do bolso sem pegá-lo.

Eu precisava me concentrar.

NOS ARREDORES DE FAIRBANKS, Alasca, estávamos no meio de um inverno estranhamente ameno. Manchas de grama verde surgiam através da neve, e o cheiro de sangue cercava uma cabana no meio da floresta.

— Ele esteve aqui — disse Carter, os olhos ardendo. — Ele esteve *aqui*.

— Ele foi embora? — perguntei.

Kelly assentiu.

— Há um batimento cardíaco lá dentro, mas é humano. Está batendo muito rápido. Como se estivesse assustado.

— Pode ser uma armadilha — falei, observando a cabana. — Precisamos sair... Droga.

Carter já estava correndo em direção à cabana.

Seus irmãos o seguiram.

— Idiotas do caralho — murmurei, mas corri atrás deles.

Carter já havia arrebentado a porta da cabana, fazendo-a se estilhaçar e se soltar das dobradiças. Ele estava semitransformado, pelos brotando ao longo de seu rosto enquanto suas presas cresciam. Kelly vinha logo atrás, mais controlado, mas com os olhos brilhando em laranja. Um grande pássaro gritou no alto quando Joe pisou na varanda, os sapatos se rasgando enquanto seus pés se transformavam em garras.

Eu entrei na casa apenas segundos depois.

Havia sangue. Muito sangue. Espalhado pelo chão e pelas paredes. A cabana era um grande cômodo único: uma cozinha à direita e uma sala de estar/quarto à esquerda. A pequena mesa na cozinha tinha sido derrubada. As cadeiras estavam caídas no chão. Um velho sofá-cama jazia em frangalhos, o colchão retalhado e manchado de vermelho.

E lá, caído contra a parede, havia um homem nu.

Seu peito, seu torso e suas pernas estavam cortados. Ele tinha lacerações e feridas abertas que eu sabia que tinham sido infringidas por garras. Sua respiração estava ofegante e a pele que não estava coberta de sangue continha uma camada úmida de suor. Seus olhos estavam fechados.

Richard Collins já tinha ido embora.

Carter e Joe rondavam a cabana, as narinas dilatadas.

Kelly ajoelhou-se diante do homem ferido, a mão tremendo enquanto a esticava para...

Os olhos do homem se abriram de repente, sua mão se ergueu antes que pudéssemos nos mover e envolveu o pulso de Kelly. Kelly caiu de costas, surpreso com o movimento repentino. Seus irmãos estavam rosnando, e eu...

— Lobos — sussurrou o homem. — São sempre os lobos.

E então ele desmaiou.

LIMPEI E ENFAIXEI seus ferimentos da melhor forma que pude com o que encontrei nos destroços da cabana. Kelly me ajudou a arrumar o sofá enquanto Joe e Carter desapareciam na floresta que cercava a cabana, tentando captar o cheiro.

Kelly estava agachado ao meu lado, fazendo careta enquanto eu torcia um pano sobre uma bacia de água, agora mais vermelha do que transparente.

— Ele esteve aqui.

— Sim — murmurei, largando o pano no chão.

— Por quê?

— Por que o quê?

— Por que ele estava aqui? Quem é esse cara? Por que Richard o queria?

Apontei para uma marca no peito do homem, perto do ombro direito. Estava dividida ao meio, mas eu ainda conseguia ver o formato. O desenho. A tinta em sua pele.

Kelly franziu o cenho para ela.

— Isso é... uma... coroa?

— É um símbolo. A marca de um clã.

Kelly inspirou profundamente.

— De *caçadores*?

— Sim.

— Por que estamos *ajudando*? Ele quer nos matar!

— Duvido que ele possa fazer muita coisa agora. Desligue os olhos, moleque.

Kelly cerrou os dentes, mas o laranja desbotou para seu azul natural. Eles não eram tão gelados quanto os de seu tio, mas chegavam perto.

Desviei o olhar.

— Você conhece?

Suspirei.

— Conheço.

— E?

— Não é importante. Todos eles já se foram. Ele é apenas uma exceção. Provavelmente escapou quando tinha a sua idade. — Porque eu não o reconhecia. Ele não tinha sido um dos corpos caídos no chão enquanto eu caminhava pela floresta com Mark fraco e quebrado ao meu lado. Se fosse, se eu o tivesse encontrado ainda respirando, teria colocado minhas mãos sobre sua boca e seu nariz e...

— Gordon?

Kelly estava me encarando com uma expressão estranha no rosto. Percebi o quanto eu estava tenso. Não podia deixá-lo me ver assim. Não agora. Não quando...

— Vá verificar seus irmãos. Ver se precisam da sua ajuda.

— Mas...

— Kelly.

Ele rosnou para mim, mas se levantou e fez como mandei. Empurrou a porta quebrada, as dobradiças rangendo, a madeira se estilhaçando ainda mais. Ouvi seu uivo enquanto ele saía da casa, e houve uma explosão de *IrmãoBando onde* à qual Carter respondeu *aquiaquiaqui* de algum lugar na floresta.

Esfreguei uma mão no rosto e olhei de volta para o homem.

Seus olhos estavam abertos.

— Lobos — sussurrou. — Lobos, lobos, *lobos*...

— Ei — falei bruscamente antes que ele ficasse mais agitado. — *Ei.* Olhe para mim. King, *olhe para mim.*

Aquilo mexeu com ele. Seus olhos se arregalaram brevemente quando ele virou a cabeça na minha direção.

— Quem é... — Ele tossiu fracamente. — Quem é você? Como sabe o meu nome?

— A tatuagem no seu peito. A marca do seu clã.

— Velhos tempos.

— Imaginei.

Ele piscou lentamente.

— Você não é um lobo.

— Não.

— Seus braços estão brilhando.

— Eles tendem a fazer isso.

— Você é um bruxo.

— Astuto, para um caçador.

Seus dentes estavam ensanguentados quando ele sorriu.

— Eu te *disse*. Isso foi em outra vida.

— Ele esteve aqui?

King fechou os olhos.

— A fera. Sim. Sim. Ele esteve aqui.

Caralho. Devíamos ter chegado uma hora atrasados. Talvez menos. Até onde eu sabia, ele ainda podia estar em algum lugar por perto. Eu precisava de mais. Lembrei-me das palavras do meu pai e murmurei baixinho, com uma mão estendida sobre o corpo de King. Uma marca no meu pulso esquerdo se acendeu, e eu *puxei* parte da dor, da agonia, do *sofrimento* do caçador para mim. Fiz uma careta pela intensidade, a forma como se enrolava pelo meu braço em direção ao meu peito e descia para o estômago, movendo-se como lava derretida. Se ele sobrevivesse, seria uma recuperação lenta e longa.

— Ahhh — disse ele, relaxando no colchão despedaçado. — Isso... isso é bom.

— Não é muito — avisei. — Nem permanente.

— Está tudo bem. Dor significa que estou vivo. Provavelmente não ganharei nenhum concurso de beleza, mas se dói significa que ainda estou aqui.

— Richard Collins.

Seus olhos se abriram novamente. Estavam mais claros do que antes.

— Ele veio atrás de mim. Eu pensei... Fui descuidado. Não tive a cautela necessária. Fazia anos desde... — Ele balançou a cabeça. — Nem sequer o ouvi chegando.

— Você sabe por que ele veio.

— Sim.

— Pelo que seu clã fez.

— *Sim.*

— Os lobos lá fora. Você sabe quem são?

— Isso importa?

— Bennett. Todos eles. E eu sou Gordon Livingstone.

Ele estava de pé e se movendo antes mesmo de eu dizer meu nome. Era ágil para um homem tão ferido. Eu não sabia dizer de onde tinha vindo a faca, mas ela veio rapidamente em minha direção. Mas eu corria com lobos havia quase três anos, e não era mais o homem que costumava ser.

Ele abaixou a faca em minha direção enquanto eu levantava meu antebraço sob seu pulso. Isso desviou a trajetória da faca para cima e por sobre meu ombro. Eu o golpeei no rosto com as costas da mão e então estiquei o braço para trás, agarrando seu pulso e torcendo-o até o ponto *exato* que antecedia a quebra. Ele gemeu enquanto a faca tilintava no chão atrás de mim. Eu o empurrei de volta para a cama. Seu peito arfava enquanto ele me encarava com olhos arregalados.

— Isso foi falta de educação — disse a ele levemente.

— Não tive *nenhuma* participação no que aconteceu com você — falou ele, soando apavorado. — Eu já havia sido banido pelo meu clã antes.

— Por que você foi banido?

— Porque eu não conseguia fazer aquilo. Eu não era… eu não conseguia matar. — Ele cerrou os olhos. — Um caçador que não consegue matar é inútil. Meu pai não suportava me ver. Ele se voltou para o meu irmão Daniel em vez disso. E sempre tinha a minha irmã. Ela…

— Quem é sua irmã? — E então: — Meu Deus…

— Meredith King. Elijah.

Envolvi seu queixo com a mão, dedos e polegar se enterrando em suas bochechas. Sangue e suor tornavam meu aperto escorregadio, mas eu segurava com firmeza. Meus dentes estavam expostos enquanto eu me inclinava perto o suficiente para que nossos narizes roçassem.

— Eu poderia te matar agora mesmo e ninguém me impediria. Sua *família* matou a minha. Me dê uma boa razão para eu não quebrar seu pescoço aqui mesmo.

— Eu não *tenho* família — disse ele, a voz tremendo. — E não importa. Não mais. Se ele me encontrou uma vez, pode me encontrar de novo. Se não for você, então será ele. Ou aqueles garotos lá fora. Eu não tenho nada a ver com a minha família há *décadas*, mas ainda sou um King. Eu nunca poderei escapar disso.

Apertei mais forte. Seria *tão fácil*. Eu só precisaria torcer a mão para a direita, e seu pescoço *estalaria* e…

— Gordon.

Fechei os olhos.

— Gordon, solte-o.

— Você não sabe quem ele é. O que a família dele fez.

Havia uma mão no meu ombro.

— Eu não sei. Mas você não é assim.

Eu ri amargamente.

— Você não sabe nada a meu respeito.

O aperto no meu ombro se intensificou.

— Eu sou o seu Alfa. Eu te conheço melhor do que você pensa.

— Maldito seja — murmurei, deixando o rosto de King escapar do meu aperto. Ele ofegou, os ombros tremendo enquanto eu voltava a me sentar.

Joe Bennett estava de pé sobre mim. Seus irmãos estavam na porta atrás dele, observando. Esperando.

O Alfa se inclinou sobre o caçador.

Os olhos de King estavam arregalados.

Os de Joe estavam vermelhos.

— Você sabe quem eu sou? — perguntou Joe calmamente.

King não falou. Apenas assentiu com a cabeça.

— Bom. Meu bruxo o ajudou. Eu farei o favor de deixá-lo viver. Mas apenas porque quero um favor em troca.

— O quê?

— Oxnard Matheson. Green Creek. Vá até lá. E diga a ele que eu disse "ainda não".

Os lobos suspiraram na porta.

— Entendeu, caçador?

— S-sim. Sim.

— Repita para mim.

— Oxnard M-Matheson. Green Creek. Ainda não. Ainda não. Ainda não.

— Ótimo. — Joe ficou de pé, os olhos desbotando. — Fique aqui até poder se mover novamente. Richard não vai voltar.

— Como você sabe?

Joe sorriu selvagem.

— Porque ele sabe que estou bem atrás dele.

E então ele se virou e se afastou, passando por entre os irmãos e deixando a cabana para trás. Carter e Kelly o seguiram logo depois.

Eu me levantei, sacudindo a poeira da calça jeans.

King disse:

— Eu ouvi... eu soube que Thomas Bennett se foi.

Cogitei pegar sua faca do chão e cravá-la em seu peito.

— E?

— Eu nunca conheci um Alfa antes. Ele é... forte. Mais forte do que já vi um lobo ser.

— Ele é apenas um garoto — murmurei.

— Talvez. Mas é disso que se trata, não é? Poder. Sempre foi assim.

Tinha terminado ali. Eu me virei e me dirigi para a porta.

Então:

— Livingstone.

Suspirei.

— O que é?

— Nem todos eles morreram.

Um arrepio percorreu minha espinha. Virei-me lentamente para olhar para ele. Sua pele estava pálida, e eu me perguntei se ele conseguiria chegar a Green Creek para entregar a mensagem do Alfa a Ox.

— Quem não morreu?

Ele tossiu. Soou molhado.

— Quando foram atrás de Abel Bennett. O bando. Green Creek. Nem todos morreram. Alguns rastejaram para longe. Alguns correram. Mas outros... eles observaram das árvores.

— Elijah.

Ele sorriu fracamente.

— Ela aparecerá. Quando você menos esperar. E se você acha que a fera é a pior coisa neste mundo, você ainda não viu nada.

— Gordon! — gritou Carter da estrada. — Temos que ir!

— Não morra — disse a King. — Você tem um trabalho a fazer.

E então me virei e segui meu bando.

Mas ele morreu.

Meses depois, quando percebemos que as mortes estavam se aproximando de casa. De Green Creek e daqueles que deixamos para trás.

Ele morreu.

O que restou dele estava em pedaços. No final, Richard Collins o encontrou em um motel em Idaho. Sua cabeça decepada foi encontrada na cama. Um contato me enviou as fotos.

Palavras estavam escritas em sangue na parede.

MAIS UM REI CAÍDO.

Joe uivou por horas naquela noite.

QUANDO O SOL nasceu na manhã seguinte, todos ouvimos sua voz sussurrando em nossas mentes.

Dizia *casa* e *casa* e *casa*.

quatro coisas/sempre por você

Eu tinha treze anos quando beijei Mark Bennett pela primeira vez.

Um mês depois, caçadores vieram e mataram a maior parte do nosso bando.

As coisas nunca mais foram as mesmas depois disso.

Muita gente ficou perplexa.

Como um grupo de homens poderia ser morto por uma matilha de animais selvagens.

Os homens não puderam ser identificados.

Ursos, diziam. Talvez tenham sido ursos.

Mas nenhum animal foi encontrado, nem ursos, nem outros.

Se tornou mais lenda do que qualquer outra coisa.

Um ano depois, as pessoas falavam cada vez menos no assunto.

Beijei Mark Bennett pela segunda vez aos quinze anos.

Elizabeth estava grávida novamente.

Carter já andava e falava.

Thomas Bennett ainda tinha algo atormentado no fundo dos olhos vermelhos, mas aceitava suas responsabilidades como o Alfa de todos.

Muitos homens vieram para Green Creek. Lobos. Do leste.

Eles seguiam Osmond, que se curvava reverentemente toda vez que Thomas se colocava diante dele.

— Ele é um sujeito estranho — me dissera Thomas uma vez.

— Ele é um puxa-saco — zombei.

Os lábios de Thomas se contorceram.

— Isso também.

— Eu não gosto dele.

— Não me diga.

E foi isso.

RICHARD TINHA IDO EMBORA.

Ele partiu pouco depois que os caçadores vieram.

Aquilo doeu em Thomas quase tanto quanto a perda de seu bando, embora ele não tenha dito em voz alta.

No entanto, eu sabia. Ele era meu Alfa, e eu sabia.

MARK TINHA DEZOITO ANOS. Eu o beijei porque queria e porque precisava.

Ele retribuiu brevemente. Tentei aprofundar o beijo, mas ele não deixou.

— Você é jovem — disse ele, os olhos cintilando em laranja como se estivesse tentando manter o controle. — Não posso fazer isso. Ainda não.

Eu o empurrei para longe e saí irritado para a floresta.

Ele não me seguiu.

— EI — disse Rico enquanto o burburinho do refeitório aumentava ao nosso redor. — Escuta. Gordon. Nós estávamos conversando.

Olhei para cima e vi todos me encarando, Rico, Tanner e Chris.

Quase levantei e saí. Em vez disso, disse:

— Eu nem quero saber.

— É, a gente imaginou que você fosse dizer isso — falou Chris.

— Então, isso é uma intervenção — anunciou Tanner. — Mas com amigos. — Ele franziu a testa. — Uma "amintervenção".

— Pare — disse a ele. — Por favor.

Ele pareceu aliviado.

— Nós estávamos conversando — repetiu Rico. — E agora precisamos conversar com você.

— Sobre o quê?

Chris se inclinou em direção a mim do outro lado da mesa. Parecia não perceber que o cotovelo estava no macarrão com queijo.

— Amor.

Eu os odiava tanto.

— Amor.

Rico assentiu.

— Amor, *papi*.

— Amor — acrescentou Tanner, desnecessariamente.

— *O que tem* o amor? — perguntei, mesmo percebendo quão ridículo soava.

— Seu amor por paus.

Naquele momento, me perguntei se conseguiria me safar se fizesse o chão se abrir e engolir a todos eles. Eu precisaria parecer abalado, é claro, e talvez até chorar um pouco pela perda dos meus amigos. Mas valeria a pena.

— Rico. De que. *Merda*. Você está falando?

— Você gosta de pênis — disse Rico sabiamente. — Assim como eu amo peitos.

Chris concordou.

Tanner falou:

— Tem macarrão no meu cotovelo.

— Eu odeio todos vocês — disse a eles. — Vocês não têm ideia.

— Chris — falou Rico.

Chris pegou um bloco de notas. Ele o abriu e o agitou na minha frente.

— Eu anotei dezessete ocasiões em que você estava encarando Mark com uma expressão nojenta no rosto. Tenho datas e horários e tudo mais.

— Eu que devia ter escrito — explicou Tanner —, mas minha letra é horrível.

— A pior — concordou Rico. — Parece grego antigo.

— Que porra vocês estão falando? — rosnei para eles.

— Você ama o Mark — declarou Chris, apertando os olhos para o seu bloco de notas. — Na semana passada. Sábado. Três e trinta e sete da tarde. Rua Principal. Mark passou pela janela do restaurante com uma amiga, e Gordon suspirou sonhadoramente antes de perguntar quem era a garota e por que ela estava tão perto de Mark.

— Não fiz *nada* disso.

— Você disse que achava que ela provavelmente era uma vadia que queria botar as garras nele — relatou Tanner, limpando o cotovelo. — Garras, Gordon.

— Poderíamos continuar — disse Rico, arqueando uma sobrancelha para mim.

— Pelo amor de Deus — murmurei.

— Chris!

— Duas semanas atrás. Terça-feira. Cinco e quarenta e seis da tarde. Na oficina do Marty. Mark trouxe o jantar para Gordon, e Gordon fez cara de CMC.

— CMC?

— Chupa Minha Cara — falou Rico. — É uma expressão que você faz quando Mark fica perto de você como se quisesse pedir para ele chupar sua cara.

Recebemos três dias de detenção depois que comecei uma guerra de comida quando joguei minha caixinha de leite na cabeça de Rico. Se ela explodiu antes de atingi-lo e encharcou os três com muito mais líquido do que de fato havia naquela caixinha minúscula, bem. Ninguém além de mim precisava saber.

— Eu NÃO QUERO chupar sua cara — disse a Mark mais tarde.

Ele piscou.

— O quê?

Eu olhei feio para ele.

— Nada. Tudo bem. Que seja. Como está a *Bethany*?

Ele deu um sorriso lento e seguro.

— Bem. Ela está… bem. Garota doce.

— Ótimo — respondi, jogando as mãos para cima enquanto me afastava. — Tudo bem. Isso é *maravilhoso*.

Ele riu e riu e riu.

COISAS ESTAVAM ACONTECENDO. Coisas das quais eu não estava a par. Nem sempre era convidado para reuniões com Thomas, Osmond e os lobos do leste. Maldição, eu nem tinha certeza de onde exatamente ficava *o leste*. Mas mesmo que ainda ouvisse a voz da minha mãe às vezes, eu confiava em Thomas. Confiei nele para saber o que fazer. O que significava ser um Alfa, ter um bando.

Não devia ter confiado.

MARTY DISSE:

— Ah, cara. Isso... isso não parece certo.

E então ele desabou no meio da oficina.

Cheguei até ele primeiro.

Sua pele estava úmida de suor.

Sua respiração estava irregular.

Ele acabou no hospital por algumas semanas depois de colocarem um *stent* em sua artéria.

— Um balão — me explicou, parecendo carrancudo enquanto uma enfermeira se movimentava ao seu redor. Ele fez uma careta para ela e tentou fazê-la deixá-lo em paz, mas ela disse que já tinha lidado com coisa muito pior que ele. — Eles enfiaram um maldito balão em mim, inflaram e depois colocaram um *stent*. Ajuda o coração a continuar batendo. — Ele fez uma careta. — Aparentemente, tenho que fazer algumas *mudanças na dieta*. — Ele não parecia muito feliz com isso.

— Nada de comida de lanchonete — falei seriamente.

— Nada de comida de lanchonete — repetiu, mal-humorado.

QUATRO COISAS ACONTECERAM durante o meu décimo quinto ano.

Quatro coisas que mudariam para sempre a minha maneira de ver o mundo.

A PRIMEIRA COISA.

Thomas me chamou no escritório. Elizabeth estava dormindo no andar de cima. Mark estava... Eu não sabia onde Mark estava. Provavelmente com *Bethany*. Osmond e os lobos do leste já tinham ido embora havia dias. A casa estava quieta, do jeito que eu gostava.

Então, quando Thomas me chamou no escritório, eu não imaginei nada sério.

Ele fez um gesto para eu fechar a porta atrás de mim. Eu obedeci, e me sentei à sua frente, que estava do outro lado da mesa do pai.

— Gordon — disse ele calorosamente. — Como você está?

— Bem — respondi. — Mas que tal ir direto ao assunto?

Ele arqueou uma sobrancelha para mim.

Eu dei de ombros.

— Você se lembra de quando tinha medo de mim? — Seus olhos se iluminaram e ele me mostrou os dentes.

Eu ri.

— Eu era só uma criança.

— Você ainda é uma criança.

— Eu tenho quinze anos — falei, inflando um pouco o peito.

— Você tem. E é irritante.

— Você me ama.

— Amo — disse ele, e embora eu não admitisse em voz alta, suas palavras me encheram de um orgulho tão grande que quase perdi o fôlego. Ele sorriu, no entanto, porque sabia. Ele sempre sabia. — Por isso te trouxe aqui. Precisamos conversar. De homem para homem.

Aquilo soava bem para mim. Concordei.

— Concordo. Hora de conversar de homem para homem.

— Fico feliz em ouvir isso. Quais são suas intenções com o meu irmão?

O som que emiti me assombraria por anos a fio. Somado ao fato de que comecei a gaguejar e cuspir, fiquei surpreso por ele não me ter me expulsado do bando naquele instante.

Mas ele não o fez. Apenas ficou lá, me deixando me afogar, parecendo se divertir.

— Do que você está *falando*? — consegui dizer.

— Meu irmão — falou lentamente, como se eu fosse um idiota. Para ser justo, eu não estava oferecendo nenhuma evidência do contrário. — Quais são suas intenções?

— Minhas *intenções*? Do que você está... Ah, meu Deus, você não pode simplesmente... *Thomas*.

— Como é curiosa a sua reação à simples menção de Mark.

— Não é uma *menção*. É uma pergunta sobre minhas *intenções*.

— Certo — disse ele tranquilamente. — Perdão.

— Tem que pedir perdão mesmo! O que você estava pensando?

— Que você é o parceiro dele. E o beijou. Duas vezes.

— Aquele *cuzão!* — gritei. — De onde tirou que podia sair contando...

— Ele trouxe presentes para você.

— *Animais mortos.*

— Um pouco *démodé*, mas ele é um cavalheiro à moda antiga. Sempre foi. E você conhece as tradições dos lobos, Gordon. Faz parte do bando desde a infância.

— Vou matá-lo — prometi a Thomas. — Sinto muito se ama seu irmão, mas vou chutá-lo com botas de prata.

— Ele não deveria ter me contado?

Falei mais um monte, por um longo minuto.

— Estou aqui como seu Alfa — disse Thomas, finalmente acabando com meu sofrimento. — E recebi um pedido formal de um dos meus Betas.

Resmunguei e me sentei mais para trás na cadeira.

Thomas passou a mão por meus cabelos. Foi bom. Me senti em casa.

— Nunca mude, Gordon — falou baixinho. — Não importa o que aconteça, continue sendo assim. Você é uma criatura maravilhosa, e sou muito feliz por conhecê-lo.

Suspirei. Ao falar, minha voz soou ligeiramente abafada.

— Eu gosto dele.

— Espero que sim.

— Mas ele diz que temos que esperar.

— Tem isso, sim. Você tem quinze anos. Ele tem três a mais do que você. Nada... inapropriado deve acontecer até que você tenha a idade legal.

Levantei a cabeça e o encarei.

— Você tinha *dezessete* anos quando conheceu Elizabeth. Ela tinha *quinze*.

— E eu apenas apresentei minhas intenções — falou. — Nada mais. Porque declarar alguém como companheiro é um pedido. Sempre existe escolha. Tive muita sorte por ela ter me escolhido no fim.

— Ela não te disse hoje mesmo que se você se aproximasse dela com seu pênis ela arrancaria sua cara?

Ele sorriu. Era uma visão impressionante.

— Ela está grávida de nove meses. Pode falar o que quiser. E se quisesse arrancar minha cara, eu deixaria.

Suspirei.

— Gosto da sua cara como ela está.

— Obrigado, Gordon.

— Mark, hein?

Thomas deu de ombros.

— Se isso ajuda, ele estava muito nervoso quando veio me ver.

— Nervoso? Por quê?

Thomas espalhou os dedos sobre a mesa, traçando cicatrizes na madeira.

— Mark é… Ele se importa. Profundamente. Com o bando. Com o Alfa. Com você. E agora que ele vai ser meu segundo…

— E quanto ao…

— Richard fez sua escolha — interrompeu Thomas, com uma ponta de irritação na voz. — Ele… ele não entendeu. Não entende. E não posso culpá-lo por isso. Ele… precisa encontrar o próprio caminho. E espero que um dia nossos caminhos se cruzem novamente. Eu o receberia em casa de braços abertos e o abraçaria como meu irmão. Se isso não acontecer, não posso culpá-lo. Ele perdeu muito naquele dia. Como todos nós. O luto… tende a mudar as pessoas, Gordon. Como você bem sabe.

Eu assenti, não confiando em mim mesmo para falar.

— Mas o Mark será um bom segundo. Ele é corajoso e forte. Um lobo muito bom, se me permite dizer. Na verdade, duvido que haja um lobo melhor em qualquer outro brando por aí…

Então eu disse:

— Você está tentando me oferecer seu irmão?

O Alfa de todos suspirou.

— Eu gostaria que você não falasse assim.

— Porque parece que você está tentando me oferecer seu irmão.

— Está funcionando?

Eu afundei na cadeira.

— Não. Talvez.

— Você não precisa aceitar — disse Thomas. — Mark nunca iria forçá-lo. Eu não permitiria. Você ainda é jovem. Há um mundo inteiro lá fora para você explorar. Só peço que você não… iluda o Mark, seja qual for a sua decisão. Se precisar de tempo, diga a ele. Se não sentir o mesmo, diga. Você é dono de si, Gordon. Você nunca será definido apenas como o companheiro de um lobo.

— Mas o que acontece com Mark se eu disser não?

Thomas sorriu.

— Ele ficará chateado, mas aprenderá a conviver com isso. E um dia, pode ser que outra pessoa chame a atenção dele e fale com o lobo dele como você faz.

— Provavelmente será a Bethany — murmurei.

— Possivelmente.

Eu o encarei.

— Ela é horrível.

— Ah, é? Ela me pareceu bem simpática.

— *Quê*? Você a conheceu? Quando? *Por quê*? Mark a trouxe e... Agora você está rindo de mim. Você não a conheceu, não é?

— Não.

— Eu te odeio.

Seu sorriso se alargou.

— Ah, seu coração acabou de mostrar que isso é mentira. Isso me deixa feliz, Gordon. Meu bruxinho.

Eu amava Thomas Bennett.

Eu disse:

— É o seguinte. Se eu disser sim, você não me possui. Você não me controla. Você não pode me dizer o que fazer. Eu sou um bruxo do Alfa Thomas Bennett. Sou dono de mim. Posso queimar os pelos do seu corpo todo com um único *pensamento*. Você não pode me tratar como se eu fosse fraco ou frágil. Se tivermos que lutar um dia, faremos isso lado a lado. E eu me reservo o direito de mudar de ideia. Especialmente se for continuar amigo da *Bethany*, porque ela é a pior pessoa. — Respirei fundo e soltei devagar. — Certo, que tal?

Elizabeth me olhou com os olhos arregalados, a mão em sua barriga arredondada.

Carter estava sentado aos pés da mãe, roendo blocos de madeira. Ele acenou para mim com uma mão rechonchuda.

Elizabeth falou:

— Eu acho... Hã. Acho que isso foi muito melhor do que o que eu disse para o Thomas. E... ah. *Ah*. — Ela fez uma careta, o lábio inferior preso entre os dentes.

— Você está bem? — perguntei, em pânico. Thomas e Mark estavam no centro da cidade, e eu tinha sido encarregado de cuidar de Elizabeth.

— É — disse Carter, a voz aguda e doce. — Tudo bem?

— Tudo bem — respondeu ela. — Mais do que bem. Este aqui está... ativo. Aqui, Gordon. Sinta.

Eu me movi lenta e cuidadosamente, desviando dos dedinhos das mãos e dos pés abaixo de mim. Carter agarrou-se à minha perna, roendo minhas calças e rosnando baixinho.

Elizabeth pegou minha mão e a colocou sobre sua barriga.

A princípio, não havia nada.

Então...

Um empurrão contra minha palma e meus dedos. Um pulso de algo baixo e feliz. Minhas tatuagens brilharam ao longo dos braços.

— Isso é...? — perguntei, maravilhado.

— Ele te conhece — disse ela, um sorriso silencioso no rosto. — Ele sabe que seu bando está esperando por ele.

No FINAL, NÃO foi como planejei.

Não disse tudo o que havia praticado com Elizabeth.

Mark entrou pela porta, seguido por seu irmão, e eu disse:

— O bebê me tocou e fez minha magia brilhar, e foi estranho porque sei que deveria ser uma coisa maravilhosa, mas acho que foi minha culpa porque tudo o que eu estava fazendo era praticar como te diria que, se me desse seu lobo, eu aceitaria, mas que sou um bruxo, então poderia te castrar onde você estivesse, entende? E...

Mark Bennett me envolveu em seus braços, e ali fiquei por um longo tempo.

A SEGUNDA COISA.

— Ela quer te ver agora — disse Thomas. Ele parecia cansado, e seu cabelo estava para todos os lados, mas seus olhos brilhavam.

Ele segurou a porta para mim.

A luz entrava pela grande parede de janelas que se abria para a floresta atrás da casa dos Bennett. O céu acima estava cinzento. Pequenas gotas de chuva respingavam contra o vidro, escorrendo. O cheiro de sangue pairava no ar. No andar de baixo, lobos moviam-se pela casa. Osmond e outros do leste, ali para ajudar Elizabeth no parto de seu segundo filho.

Ela estava recostada sobre travesseiros na cama. Estava pálida, e tinha o cabelo preso num coque frouxo. Não usava maquiagem e havia círculos escuros sob os olhos, mas eu nunca a vira tão linda.

— Olá — disse ela. — Gostaria de conhecer o mais novo membro do nosso bando?

Ele estava deitado em seus braços, enrolado firmemente em um cobertor azul-escuro. Usava um gorro sobre a cabeça. Sua pele era rosada e enrugada. Seus olhos estavam fechados, e ele se mexia suavemente. Sua boca abria, depois fechava, abria e fechava.

Elizabeth falou:

— Ele se chama Kelly.

— Kelly — sussurrei em êxtase.

Eu me inclinei e o beijei na bochecha. Disse a ele baixinho que estava muito feliz em conhecê-lo. Que ele era muito sortudo por ter os pais que tinha. Que eu sempre o manteria seguro, não importava o que acontecesse.

Thomas nos observava da porta, sempre o orgulhoso Alfa.

A terceira coisa foi... Eu devia ter percebido. Devia ter previsto.

Eu devia saber.

Porque nada dura para sempre.

Minha mãe.

Meu pai.

Meu bando tirado de mim pelas mãos dos caçadores.

Eu devia saber que tudo mais seria tirado de mim também.

Mas eu não esperava que fosse por causa de Thomas Bennett.

Kelly tinha quatro meses quando Osmond veio à casa novamente numa tarde tempestuosa.

Ele desapareceu com Thomas no escritório, Mark fechou a porta atrás deles. Os Betas de terno escuro ficaram do lado de fora da casa, ao lado de suvs comuns.

Elizabeth franzia a testa enquanto amamentava Kelly.

Carter estava dormindo em seu quarto, a porta encostada.

Elizabeth disse:

— Gordon, por favor. Uma palavrinha.

O ar parecia carregado. Algo estava acontecendo.

Eu fiquei diante dela, um pano cobrindo Kelly e seu seio.

Ela falou:

— Eu preciso que você me ouça. Pode fazer isso?

— Sim.

— O que quer que aconteça, qualquer que seja a decisão, você não pode se esquecer. Você sempre será do nosso bando. Você sempre pertencerá a nós, tanto quanto nós pertencemos a você. Não importa o que aconteça. Isso nunca mudará.

Minha pele coçava. Os pelos do meu pescoço estavam arrepiados.

— Não estou entendendo.

— Eu sei que não. Mas eu te amo. Thomas te ama. *Mark* te ama. Você é o bruxo dos Bennett, e sempre será.

— O que você está...

— Gordon.

Virei a cabeça.

Mark estava na porta aberta do escritório de Thomas. Ele parecia furioso. Seus olhos piscavam entre fogo e gelo. As pontas de seus dedos estavam pontiagudas.

Ele disse:

— Thomas precisa falar com você.

No fim das contas, era simples.

Thomas Bennett era o Alfa de todos, assim como seu pai havia sido antes dele.

Green Creek havia sido um refúgio seguro escondido do resto do mundo.

Ele havia tido tempo para se curar. Para juntar os pedaços do seu bando despedaçado. Para se tornar inteiro novamente para que pudesse fazer o que precisava. Ele era um líder, e era hora de liderar.

E isso significava deixar Green Creek.

E seguir para o leste.

— Mas e a escola? — demandei, me sentindo um pouco histérico. — E meus amigos? E a oficina?! Eu não posso simplesmente *abandonar* tudo...

Thomas disse:

— Você não vai.

Silêncio.

Thomas me observava de sua escrivaninha.

Mark andava nervosamente nos fundos da sala.

Osmond me encarava sem expressão perto da janela.

Mas eu só tinha olhos para o meu Alfa.

— Eu não vou *o quê*.

Thomas falou:

— Green Creek precisa ser protegida. E eu vou confiar essa proteção a você. Por isso, Gordon, você vai ficar. Aqui. Em Green Creek.

Eu pisquei.

— O que quer dizer? Eu pensei que você tinha dito que o bando estava indo embora.

Ele se inclinou para a frente na cadeira.

— Estamos. Elizabeth. Meus filhos. — Seus olhos se desviaram para cima do meu ombro. — Mark. Todos nós. Mas você permanecerá.

— Vocês estão me deixando.

Ele estendeu a mão para mim por sobre a mesa.

Rapidamente, empurrei minha cadeira para trás, ficando fora de alcance.

Isso o machucou. Pude ver claramente em seu rosto.

Ótimo. Eu queria que doesse muito.

— Gordon — disse ele, e *nunca* tinha soado assim ao pronunciar meu nome, como se estivesse *suplicando*. — Essa não foi uma decisão tomada de forma leviana. Na verdade, é uma das escolhas mais difíceis que já tive que fazer na vida. E você tem todo o direito de estar com raiva de mim, mas preciso que me ouça. Você pode fazer isso por mim?

— Por quê? — perguntei, meu lábio se contorcendo em uma careta. — Por que diabos eu deveria ouvir *qualquer coisa* que você tenha a dizer? Você me disse que o bando estava indo embora, mas que eu *não*. Obviamente isso significa que eu não sou seu... Espere. Espere a porra de um minuto. — Fechei os olhos, cerrando as mãos em punhos ao meu lado. — Há quanto tempo sabe disso?

— Eu não...

— Elizabeth. Agora mesmo, ela me disse... Ela sabia. O que estava acontecendo. Ela não ouviu a conversa. — Abri os olhos. A cabeça de Thomas estava baixa. Olhei por cima do ombro para Mark. Ele não olhava para mim. — Vocês todos sabiam. Cada um de vocês. — Meneei a cabeça na direção de Osmond. — É por isso que ele estava vindo aqui. Vocês estavam... o quê. Planejando isso? Há quanto tempo?

— Já faz um tempo — disse Osmond. — Estávamos esperando Kelly nascer antes...

— Osmond — advertiu Thomas.

— Ele tem o direito de saber — argumentou Osmond, furiosamente calmo.

— Com toda a porra da certeza eu tenho esse direito — rosnei para eles. — Como vocês puderam sequer *pensar* em me deixar para trás? O que foi que eu fiz para vocês...

— Você é humano — interrompeu Osmond.

Mark rosnou para ele com raiva.

— Você não tem o direito de...

— Mark — disse Thomas bruscamente. — Chega.

Mark ficou em silêncio.

— E Osmond, se você falar novamente sem ser solicitado, vou pedir para deixar o meu território. Está claro?

Osmond não pareceu satisfeito com aquilo.

— Sim, Alfa.

Thomas olhou para mim novamente. Eu não sabia o que ele via. Eu tinha quinze anos e estava sendo traído pela única pessoa que nunca pensei ser capaz de fazer tal coisa.

Ele disse:

— Preciso que você me ouça. Pode fazer isso, Gordon?

Pensei em machucá-lo. Fazê-lo se sentir como eu me sentia. Eviscerado e sangrando.

Mas eu não era meu pai.

Assenti tensamente.

Ele continuou:

— Você é humano, e maravilhosamente humano. Espero que isso nunca mude. Mas há... desconfiança. Entre os lobos. Por causa dos caçadores. Por causa do que eles fizeram. Não somos os únicos que perdemos aqueles que amamos.

Fiquei horrorizado.

— Eu *nunca* machucaria...

— Eu sei — disse Thomas. — Você tem minha confiança. Sempre terá. Tenho fé em você, talvez mais do que em qualquer outra pessoa.

— Mas?

— Mas outros não são tão facilmente convencidos. Existe... medo. Caçadores e...

— E?

— Diga a ele — disparou Mark de trás de mim. — Ele merece saber. Já que você tomou a decisão, você conta para ele.

Os olhos de Thomas se encheram de fogo, mas foi breve. Desapareceu, e ele pareceu mais velho do que nunca. Ele olhou para as mãos.

— Livingstone — acabou falando.

— O quê? Eu não... — Então eu entendi. — Meu pai. Eles acham que vou ser como meu pai. Sou humano, assim como os caçadores. Sou bruxo, assim como meu pai. E vocês estão permitindo que usem isso contra mim. Eles não confiam em mim. E como não confiam em mim, estão me deixando aqui. Vocês escolheram a eles em vez de mim.

— Não, Gordon. Nunca. Eu nunca...

— Então fique aqui.

— Ele não pode — interrompeu Osmond. — Ele tem responsabilidades...

— Estou *cagando* para as responsabilidades — falei bruscamente. — Não me *importo* com quem ele é para você, para todos os outros. Ele é *meu* Alfa, e estou pedindo a ele para me escolher.

O coração da minha mãe havia se partido muito antes de eu perceber os sinais.

O coração do meu pai foi partido pela morte de seu laço, mas eu não soube até que ele explodisse em um turbilhão de raiva e magia.

Aquela era a primeira vez que eu testemunhava um coração se partindo de perto.

E o fato de ser o coração do meu Alfa tornou tudo muito pior.

Eu pude ver no instante que aconteceu.

Suas mãos tremiam e sua boca se apertava em uma linha fina. Sua respiração vacilava na garganta, e ele piscava compulsivamente. Em minha cabeça, ouvia sussurros de *bando* e *irmão* e *amor*, mas também havia uma canção de luto, e doeu tão amargamente que pensei que fosse desmoronar sob o peso do azul meia-noite dele.

Naquele momento eu soube que nada do que eu dissesse mudaria alguma coisa.

Mark também deve ter percebido, porque ouvi o som característico de roupas se rasgando conforme músculos e ossos estalavam e se transformavam. Eu me virei a tempo de ver um lampejo de marrom enquanto ele fugia, perdido em seu lobo.

O corvo agitou-se em meu braço, suas garras fincando-se nos espinhos das rosas. Doeu, mas eu acolhi a dor.

— Deixe-nos — disse Thomas, nunca tirando os olhos de mim.

— Mas...

— Osmond. Saia antes que você não tenha escolha a não ser *rastejar* para fora desta casa.

Por um instante, pensei que Osmond fosse desafiá-lo. Mas no final ele assentiu e saiu, fechando a porta atrás de si.

Em algum lugar da casa, eu podia ouvir Kelly chorando.

Thomas falou:

— Eu te amo. Sempre. Você deve se lembrar disso.

— Eu não acredito em você.

— Você será cuidado. Pedi ao Marty para...

— Marty — falei com uma risada oca. — É claro.

— Estou *tentando* — disse Thomas, a voz tremendo. — Gordon, farei tudo que estiver ao meu alcance para voltar para você, ou tê-lo conosco. Mas não posso ignorar o que minha posição exige de mim. Devo fazer o que tenho que fazer. Há pessoas que dependem de mim para...

— E quanto a mim? — perguntei, enxugando os olhos. — Eu não importo nem um pouco?

Ele se levantou rapidamente. Contornou a mesa, mas dei um passo para trás. Ele disse:

— Gordon, você...

E eu disse:

— Não me toque, por favor, não me toque, eu quero te machucar e não sei se consigo controlar, então por favor, não me toque.

Ele não me tocou.

— Você vai ver — implorou. — Prometo que não será por muito tempo. Logo voltaremos para você, ou você virá conosco. Você sempre será nosso bruxo, Gordon. Você sempre será meu bando.

Ele estendeu a mão para mim novamente.

Eu permiti.

Ele me abraçou, seu nariz enterrado no meu cabelo.

Meus braços penderam flácidos ao lado do corpo.

LEVOU DUAS SEMANAS.

Duas semanas para empacotar a casa do fim da rua.

Duas semanas para eu me mudar para a pequena casa de Marty, com girassóis crescendo desordenadamente nos fundos.

Duas semanas para um anúncio de ALUGA-SE ser colocado na casa azul vazia que não usávamos desde que nosso bando nos fora tirado.

Elizabeth me beijou na manhã que partiram, dizendo que me ligaria todos os dias.

Carter chorou, sem entender o que estava acontecendo.

Pressionei minha bochecha contra a de Kelly e ele piscou para mim, com a mão no meu cabelo.

Thomas ficou diante de mim, as mãos em meus ombros, perguntando se eu poderia apenas dizer alguma coisa, *qualquer coisa*, para ele. Mas eu não havia falado com ele desde aquele dia em seu escritório, então não disse nada.

Mark foi o último. Porque é claro que ele foi.

Ele me abraçou.

Ele fez promessas que eu não acreditava que pudesse cumprir.

Ele tinha feito sua escolha.

Ele disse:

— Gordon.

Ele disse:

— Por favor.

Ele disse:

— Eu te amo, preciso de você, não consigo fazer isso sem você.

Ele disse:

— Deixei algo para você. Ok? E sei que dissemos que íamos esperar, mas preciso que você veja. Preciso que saiba que vou cumprir minhas promessas. Por você. Sempre por você. Porque nada me impedirá de voltar para você. Eu prometo, ok? Eu prometo a você, Gordon.

Ele beijou minha testa.

E então se foi.

Assisti enquanto eles partiam.

Marty veio, afinal. Ele pôs a mão no meu ombro, enterrando os dedos.

— Não espero entender o que está acontecendo. Mas você sempre terá um lar comigo, garoto.

Então eu disse:

— Sou um bruxo. Os Bennett são lobisomens. E eles escolheram outros em vez de mim.

MAIS TARDE, DEPOIS que Marty bebeu até cair em um estupor histérico e finalmente desmaiou, fui para o meu novo quarto na casa dele. Mark e Thomas tinham desembalado as caixas, tentando organizá-lo do jeito que eu tinha na casa dos Bennett.

Não era a mesma coisa.

Uma pequena caixa havia sido deixada no travesseiro, embrulhada com uma fita vermelha.

Dentro dela havia um lobo de pedra.

Eu queria estilhaçá-lo em pedaços.

Em vez disso, toquei-o com a ponta do dedo e esperei que meu coração terminasse de se partir.

A QUARTA COISA que aconteceu durante o meu décimo quinto ano eu mal percebi, pois pareceu absolutamente insignificante.

— A casa — disse Marty, reclinando-se em uma cadeira de praia desgastada nos fundos da oficina, a fumaça do cigarro girando ao redor de sua cabeça, o coração ruim que se danasse. — A que está para alugar. Ao lado de onde você costumava morar.

— O que tem ela? — perguntei, inclinando a cabeça para trás em direção ao sol.

— Alguém a alugou, pelo que ouvi.

Não importava. Eu ainda estava enterrado sob ondas de raiva.

— É mesmo? — falei, porque era isso que pessoas normais faziam.

— Uma família. Mãe. Pai. Eles também têm um filho pequeno. Eu os vi por aí. Parecem ser gente boa o suficiente. A criança é quieta. Tem uns olhos grandes. Sempre encarando. O cara perguntou sobre trabalho. Disse que não tinha vagas no momento, mas vamos ver.

— Bill está envelhecendo. Talvez seja hora de se aposentar. Marty resmungou.

— É. Diga isso a ele e depois me conta como foi.

Abri os olhos, piscando contra a luz do sol.

— Só achei que devia saber — falou Marty, soltando a fumaça do cigarro. — Caso você precise… não sei. — Ele olhou por cima do ombro para a oficina. A música tocava alto. Os caras estavam rindo. Marty se inclinou para a frente, abaixando a voz. — Caso você precise verificá-los. Caso sejam… lobisomens. Ou algo assim.

— Não são.

— Como você sabe?

— Eu saberia.

Ele me encarou por um instante antes de balançar a cabeça.

— Nunca vou entender como essa merda funciona. Só… não sei. Eles não me passaram nenhuma *vibe* estranha. Então, eu acho que não são nada além de azarados. Criança fofa. Um pouco lento, eu acho. Mas fofo. O nome é Ox, acredita? Coitado, não terá a menor chance.

Não importava.

— Sim, Marty. Claro.

Ele suspirou enquanto apagava o cigarro na sola da bota antes de jogá-lo na lata de café meio cheia. Ele se levantou, os joelhos estalando. Passou a mão na minha cabeça.

— Mais alguns minutos. Depois volte ao trabalho. — Ele voltou para dentro da oficina.

Deixou seu maço de cigarros largado.

Peguei um, acendi um fósforo e encostei o fogo na ponta.

Inalei.

Queimou.

Mas foi o suficiente.

Eu mal tossi.

green creek/por favor, espere

Joe falou pela primeira vez em semanas.
Ele disse:
— É hora de voltar para casa.

Mark voltou pela primeira vez seis meses após terem partido.
Ele disse:
— Ei, Gordon. Oi. Olá.
Eu bati a porta na cara dele.
Ele esperou do lado de fora da minha janela até eu finalmente deixá-lo entrar.

Direcionamos o carro para Green Creek.
Kelly disse:
— E se eles não nos quiserem de volta?
Carter o abraçou forte.

Rico disse:
— Vamos sair e ficar bêbados. Estou cansado de ter dezesseis anos e nunca ter ficado bêbado. Parece que não estou fazendo *nada* da vida. Tem uma festa, e nós vamos.
Tanner disse:
— Meu pai vai me matar se formos pegos.
Chris disse:

— Tenho que ficar de olho na Jessie. Minha mãe vai trabalhar até tarde.

Eu disse:

— Sim, claro. Vamos.

Ficamos bêbados. Tive o terceiro beijo da minha vida com um garoto de uma escola a duas cidades da nossa. Ele tinha gosto de cerejas e cerveja, e não me arrependi de nada até abrir os olhos na manhã seguinte e imediatamente vomitar ao lado da cama.

FOMOS COM CALMA. O que poderia ter levado dois dias em uma viagem direta, estendemos o máximo possível.

No quinto dia, quando dormimos sob as estrelas porque não conseguimos encontrar um motel, Kelly me perguntou se eu estava nervoso.

— Em relação à quê? — perguntei, dando uma tragada profunda no meu cigarro. A ponta brilhou intensamente no escuro. Lembrava olhos de lobo.

Ele não caiu na minha. Cutucou minha bota com a dele.

— Não — respondi.

— Como você fez isso?

— O quê?

— Acabou de mentir. Mas seu coração não te entregou.

— Então como sabe que eu menti?

— Porque eu te conheço, Gordon.

— Isso não importa — falei, e foi isso.

ESPEREI QUE Thomas me ligasse e dissesse que precisava de mim, que o bando precisava de mim, e que ele lamentava ter me deixado para trás. A ligação nunca veio.

EU ÀS VEZES SONHAVA. Com ele. Seu corpo quebrado rastejando em minha direção, suas patas marrons cavando a terra, um gemido baixo saindo da garganta. Eu acordava ofegante e estendia a mão para o corvo de madeira como se significasse alguma coisa, como se fosse ajudar de alguma forma.

Não ajudava.

E então havia as noites em que sonhava com Thomas Bennett, seu filho Joe agachado sobre ele, implorando para que se levantasse, apenas se levantasse, minha magia sendo a única coisa impedindo a besta de tomar o que tanto desejava. Sonhava com aquele impulso que tive, aquele impulso minúsculo quando pensei em derrubar a barreira e deixar Richard descer sobre Thomas porque ele merecia. Ele tinha tirado tudo de mim e, naquele momento, quando Joe abaixou suas garras sobre o peito do pai e a besta *uivou* de raiva, eu entendi Richard Collins.

Jamais contei isso a ninguém.

COMPLETEI DEZESSETE anos e perdi minha virgindade. Seu nome era Rick e ele foi bruto e grosseiro, os lábios grudando na minha nuca enquanto ele se enfiava em mim, e eu *me deliciava* com a dor porque aquilo significava que eu estava vivo, que não estava anestesiado em relação ao resto do mundo. Ele gozou e saiu de dentro de mim, e o preservativo deslizou do pau dele e aterrissou molhado no chão do beco. Ele disse obrigado, eu estava precisando, e eu falei sim, claro, com a calça nos calcanhares. Ele se afastou e eu apoiei a cabeça no tijolo frio, tentando respirar.

EU DISSE:

— Ele está circulando.

Joe olhou para mim, a cabeça inclinada. Ele não era mais o garoto que havia deixado Green Creek três anos antes. Estava mais áspero, e maior. Sua cabeça estava raspada, a barba precisava ser aparada. Ele havia crescido e estava tão grande quanto seus irmãos. Vestia bem o manto do Alfa, e eu pensei que, se o garoto que ele tinha sido não estivesse perdido para sempre, ele faria grandes coisas.

— Richard. Ele está circulando. Qualquer que seja seu objetivo. Sua meta. Você. Green Creek. Eu não sei. Mas está vindo, Joe. E você precisa estar pronto.

Havia uma música na minha cabeça, e ela dizia *BandoIrmãoBruxo o que faz você pensar que eu não estou* e *deixe que venha deixe que venha deixe que venha*.

Naquele instante pensei que o garoto que eu conheci não existia mais.

* * *

Eu tinha dezessete anos quando me formei adiantado. Queria que acabasse logo.

Mark estava lá.

Procurei pelos outros.

Ele estava sozinho.

— Eles queriam estar aqui — disse Mark.

Assenti rigidamente.

— Mas Thomas não achou seguro.

Ri amargamente.

— Não parece se preocupar por eu estar aqui — falei.

— Não é isso. É que... Elizabeth está grávida.

Fechei os olhos.

Entramos no Oregon por uma estrada vicinal no meio do nada.

Não havia placas.

Mas eu sabia.

Assim como os lobos.

Os olhos de Carter e Kelly estavam cor de laranja.

Os de Joe, vermelhos.

Eles cantavam. Inclinei a cabeça para trás e cantei junto com eles.

Marty morreu.

Num instante estava lá, rindo e gritando para eu me apressar, e no seguinte estava de joelhos, as mãos agarradas ao peito.

Eu disse:

— Não, por favor, não.

Ele me olhou com os olhos arregalados.

Ele se foi antes mesmo de eu ouvir as sirenes da ambulância.

Naquela noite, liguei para o meu bando, precisando ouvir suas vozes. Fui atendido por uma secretária eletrônica.

Não deixei mensagem.

* * *

— Ah, cara — disse Carter. — Você acha que a mamãe vai fazer carne assada para nós? Tipo, carne assada, cenouras e purê de batatas.

— Sim — respondeu Kelly. — E vai ter tanto molho. Vou colocar molho em *tudo*.

Aquilo também me pareceu bom.

Ele deixou a oficina para mim.

Pisquei incrédulo para o advogado parado no antigo escritório de Marty.

— Como?

— É sua — disse ele. Vestia um terno desleixado e parecia suar permanentemente. Ele pegou com um lenço e limpou a testa. O colarinho da camisa estava encharcado. — A oficina. A casa. As contas bancárias. Tudo. Ele alterou seu testamento há dois anos. Eu fui contra, mas você sabe como ele é. Era. — Ele limpou a testa novamente. — Sem ofensas.

— Filho da puta — murmurei.

Green Creek estava a duas horas de distância quando Joe parou no acostamento.

Suas mãos apertaram o volante.

Nós não falamos.

Apenas respiramos.

Finalmente, coloquei minha mão em seu ombro e disse:

— Está tudo bem, Joe. Tudo bem.

Ele assentiu e, após um instante, seguimos viagem.

Finalmente, passamos por uma placa à beira da estrada. Estava precisando de uma pintura, a madeira estava lascada e desgastada.

Dizia bem-vindo a green creek.

— O nome dele é Joe — sussurrou Mark ao telefone. — E ele é perfeito.

Pisquei para afastar a ardência.

Mais tarde, eu ouviria de Curtis Matheson que eles tinham comprado a casa azul que estavam alugando. E tinham conseguido por um preço bem barato, segundo ele.

ABANDONAMOS O CARRO a noroeste da cidade. O ar de verão estava pegajoso e quente.

Joe caminhou para dentro da floresta, mãos estendidas, dedos roçando os troncos das árvores.

Seus irmãos o seguiam de perto como sempre.

Eu vinha atrás.

A terra pulsava sob os meus pés a cada passo que eu dava.

Minhas tatuagens latejavam.

As asas do corvo tremulavam loucamente.

Eventualmente chegamos a uma clareira.

Joe caiu de joelhos e se curvou para a frente, colocando a testa na grama, as mãos de cada lado da cabeça.

Nós ficamos acima dele. Observando. Esperando.

HOUVE UMA BATIDA na porta.

Eu gemi, a luz da manhã entrando pela janela. Era meu dia de folga, e dava para sentir que a ressaca seria terrível. Minha boca tinha um gosto ruim, minha língua estava pesada. Eu pisquei para o teto.

Foi naquele momento que percebi que não sabia o nome do homem que roncava ao meu lado na cama.

Eu me lembrava de fragmentos. Ele tinha estado no bar na noite anterior. Eu não tinha idade para beber, mas ninguém se importava. Eu já tinha tomado quatro cervejas quando o vi me olhando do outro lado do balcão. Ele parecia um caminhoneiro, boné velho enterrado na cabeça, olhos escondidos na sombra. Era do tipo que tinha uma esposa e dois filhos e meio em Enid, Oklahoma, ou Kearney, Nebraska. Ele sorria para eles e os amava, e quando estava na estrada procurava qualquer coisa com um buraco quente que estivesse disposta. Mas ele precisava criar coragem, e esperei que virasse seu uísque, certificando-me de que estava me observando quando inclinei a cabeça para trás, expondo meu pescoço enquanto tomava um longo gole da garrafa molhada. Seus olhos acompanharam o movimento lento da minha garganta enquanto eu engolia a cerveja.

Deixei algumas notas no bar, batendo as juntas dos dedos na madeira antes de me levantar do banco. Estava quente e nebuloso. Uma gota de suor escorreu pelo meu cabelo até minha orelha.

Eu passei pela porta, cigarro aceso. Dei uns três passos antes que a porta se abrisse novamente.

Ele queria me levar para o beco.

Eu disse a ele que tinha uma cama a algumas quadras dali.

Ele segurou meus quadris enquanto lambia meu pescoço, arrastando os lábios pela minha pele até que sua língua estivesse contra meu ouvido.

Ele me disse o seu nome, e eu disse o meu, mas isso se perdeu.

Ele transava como um homem acostumado a gemidos furtivos em quartinhos dos fundos ou postos na beira de estradas. Eu engasguei com seu pau, sua mão apertando meu cabelo. Ele disse que minha boca era bonita, que eu ficava tão bem de joelhos. Ele não me beijou, mas eu não me importei. Ele me pressionou com o rosto para baixo contra o colchão, grunhindo enquanto me fodia.

Quando terminou, ele afundou na cama ao meu lado, murmurando que só queria fechar os olhos por um tempo.

Eu me levantei e peguei a camisinha que ele tinha deixado cair no chão. Joguei-a no vaso sanitário e então me encarei no espelho por um longo tempo. Havia marcas de dentes no meu pescoço, um hematoma no meu peito.

Apaguei a luz e desmaiei ao seu lado.

E agora um toc, toc, toc na minha porta.

O homem sem nome roncava. Ele parecia mais desgastado na luz da manhã. Cansado e mais velho. Ele nem sequer tinha tirado a aliança de casamento.

— Tá bom — disse eu com a voz rouca. — Tá bom, tá bom, tá bom.

Levantei-me da cama, encontrando a calça jeans do dia anterior no chão. Puxei a calça, sem me preocupar em abotoá-la. Ficou pendendo baixa nos meus quadris. Me arrastei até a porta, me perguntando quanto café ainda tinha no armário. Não fazia compras havia dias.

Abri a porta.

As narinas de Mark se dilataram.

Seu olhar passou rapidamente pelas marcas no meu pescoço e no meu peito.

Eu me apoiei no batente.

— Quem? — perguntou num rosnado mal contido.

— Você não liga, não escreve — falei, esfregando uma mão no rosto. — Quanto tempo faz? Cinco meses? Seis? — Seis meses. Quinze dias. A depender do horário, oito ou nove horas.

— Quem é ele?

Sorri preguiçosamente para ele enquanto coçava o quadril nu.

— Não sei. Peguei o nome dele, mas sabe como é.

Seus olhos brilharam em laranja.

— Quem é ele, *porra*? — Mark deu um passo em minha direção.

Você não pode confiar neles, Gordon. Nunca pode confiar num lobo. Eles não te amam. Eles precisam de você. Eles te usam.

Eu me endireitei. O corvo se mexeu. Rosas floresceram. Os espinhos apertaram.

— Quem quer que seja, não é da porra da sua conta. Você acha que pode aparecer aqui? Depois de *meses* de silêncio total? Vá se foder, Mark.

Sua mandíbula se contraiu.

— Eu não tive escolha. Thomas...

Eu ri. Não foi um som muito agradável.

— Sim. Thomas. Me diga, Mark. Como vai nosso querido Alfa? Porque eu não ouço falar dele há *anos*. Me diga. Como está a família? Bem? Tem os filhos, certo? Construindo um bando de novo.

— Não é assim.

— Não é o caralho.

— As coisas mudaram. Ele...

— Não estou nem aí.

— Você pode me tratar mal o quanto quiser. Mas não pode falar assim dele. — Ele estava furioso. Ótimo. — Não importa o quanto esteja irritado, ele ainda é seu Alfa.

Balancei a cabeça lentamente.

— Não. Não, ele não é.

Mark deu um passo para trás, surpreso.

Lancei um sorriso maldoso para ele.

— Pense nisso, Mark. Você está aqui. Você pode sentir meu *cheiro*. Por baixo do esperma e do suor, eu ainda sou terra e folhas e chuva. Mas é só isso. Talvez você esteja perto demais, talvez esteja abalado pela mera visão de mim, mas eu não faço parte do bando há muito tempo. Esses laços estão quebrados. Fui deixado aqui. Porque eu era humano. Porque eu era um *risco*...

Ele disse "não é assim" e "Gordon" e "eu prometo, tá? Eu nunca…".

— Tarde demais, Bennett.

Ele estendeu a mão para mim.

Afastei sua mão.

— Você não entende — falou ele.

Bufei.

— Há um mundo de coisas que eu não entendo, tenho certeza. Mas sou um bruxo sem bando, e você não tem o direito de me dizer porra nenhuma. Não mais.

Ele estava ficando bravo.

— Então… o quê. Coitado de você, né? Coitado do Gordon, que teve de ficar para trás pelo bem de seu bando. Fazendo o que seu Alfa mandou. Protegendo o território e fodendo qualquer coisa que se mexa.

Eu me senti sujo. Nojento.

— Você não me tocava — falei secamente. — Lembra? Eu te beijei. Eu te toquei. Eu *implorei* por isso. Eu teria deixado você me foder, Mark. Eu teria deixado você colocar sua boca em mim, mas você me disse não. Você me disse que eu tinha que *esperar*. Que não era certo, que não era o momento certo. Que você não podia se distrair. Você tinha *responsabilidades*. E então você desapareceu. Por meses a fio. Sem telefonemas. Sem checagem. Sem *como você está, Gordon? Como tem passado? Lembra de mim? Seu companheiro?* — Eu esfreguei dois dedos na marca no meu pescoço. A queimação era prazerosa. — Eu teria deixado você fazer tantas coisas comigo.

Seus olhos ardiam. Seus dentes estavam mais afiados.

— Gordon — rosnou, soando mais lobo do que homem.

Eu dei um passo em sua direção.

Ele acompanhava cada movimento, sempre o predador.

— Você pode, sabe — disse a ele baixinho. — Você pode me ter. Agora. Aqui. Me escolha. Mark. Me escolha. Fique aqui. Ou não. Podemos ir aonde você quiser. Podemos sair agora mesmo. Você e eu. Foda-se todo o resto. Sem bandos, sem Alfas. Sem *lobos*. Apenas… nós.

— Você quer que eu seja um Ômega?

— Não. Porque eu posso ser seu laço. Você ainda pode ser o meu. E podemos ficar juntos. Mark, estou te pedindo para me escolher, pelo menos uma vez na vida.

E ele disse:

— Não.

Eu esperava. Eu realmente esperava.

Mesmo assim doeu mais do que eu imaginei que doeria.

Por um momento, minha magia pareceu selvagem. Como se não pudesse ser controlada. Como se fosse explodir de mim e destruir tudo ao redor.

Afinal, eu era filho do meu pai.

Mas o momento passou, e deixou para trás apenas uma cratera fumegante.

Ele disse:

— Gordon. Eu não posso... Você não pode esperar que eu... Não é *assim*...

Dei um passo para trás.

Sua raiva se foi. Restava apenas o medo.

— É claro que você não pode — falei com a voz rouca. — O que eu estava pensando?

Virei e voltei para dentro da casa, deixando a porta aberta.

Ele não me seguiu.

O homem desconhecido estava piscando sonolento quando voltei para o quarto.

— O que está acontecendo?

Não respondi. Fui até a cabeceira e abri a gaveta. Dentro dela havia uma caixa, e dentro dessa caixa havia um lobo de pedra que eu tinha segurado em diversas ocasiões, uma promessa quebrada infinitas vezes. Virei e voltei pelo corredor, a voz da minha mãe ressoando em minha mente, dizendo que os lobos *mentem*, eles *mentem*, Gordon, eles te *usam*, e você pode pensar que eles te amam, eles podem até *dizer* que te amam, mas eles *mentem*.

Eles sempre mentem.

Eu era humano.

Não tinha lugar entre os lobos.

Ele ainda estava parado na entrada.

Seus olhos se arregalaram quando viram a caixa na minha mão.

Ele disse:

— Não.

Ele disse:

— Gordon.

Ele disse:

— Apenas espere. Por favor, espere.

Eu a ofereci para ele.

Ele não pegou.

Eu falei:

— Pega. Pega agora.

Mark Bennett disse:

— Por favor.

Eu a empurrei contra o peito de Mark. Ele se encolheu.

— Pega — disse com rispidez.

Ele pegou. Seus dedos roçaram os meus. Arrepios percorreram meus ombros nus. O ar estava fresco, e eu tive a impressão de estar me afogando.

— Não precisa ser assim.

— Você conta para o Thomas — falei, lutando para dizer as palavras enquanto ainda conseguia. — Diz para ele que eu não quero ter nada a ver com ele. Que eu não quero vê-lo novamente. Diz a ele para ficar longe de Green Creek.

Mark parecia chocado.

— Ou o quê?

— Ou ele não vai gostar do que farei.

Eu me permiti olhá-lo com calma uma última vez. Aquele homem. Aquele lobo. Foi um segundo que durou uma eternidade.

Me virei e entrei, batendo a porta atrás de mim.

Ele ficou na minha varanda por um longo minuto. Eu podia ouvi-lo respirar.

Então partiu.

Eu me permiti uma última lágrima por Mark Bennett.

Mas foi só isso.

Eu o veria novamente, embora ainda não soubesse. Anos se passariam, mas um dia ele voltaria. Todos eles voltariam. Thomas. Elizabeth. Carter. Kelly. Joe. Mark. Eles voltariam para Green Creek e, atrás deles, um monstro que significaria a morte de Thomas Bennett.

* * *

Nós cercamos Joe ao pararmos em frente à casa dos Bennett pela primeira vez em três anos, um mês e vinte e seis dias.

À nossa frente havia um bando ao qual não pertencíamos.

Elizabeth.

Rico.

Chris.

Tanner.

Jessie.

Um lobo com óculos que eu não reconhecia.

Mark.

Um homem cujo pai lhe dissera que as pessoas seriam cruéis com ele pelo resto da vida. Que ele não chegaria a lugar nenhum.

E, de alguma forma, ele havia se tornado um Alfa.

um
ano
depois

idiota de merda/canção do alfa

OXNARD MATHESON disse:

— Você está sendo um idiota de merda.

Não desviei os olhos do computador. Estava tentando descobrir como trabalhar nos relatórios de despesas no novo programa que um certo lobo de óculos tinha baixado, mas a tecnologia era um inimigo que eu ainda não tinha dominado. Estava pensando seriamente em lançar meu punho contra o monitor. Tinha sido um dia longo.

Então eu fiz o que fazia de melhor. Ignorei-o na esperança de que fosse embora.

Nunca funcionava.

— Gordon.

— Estou ocupado. — Apertei um botão no teclado e o computador me mandou uma mensagem de erro. Eu odiava tudo.

— Estou vendo. Mas você ainda é um idiota de merda.

— Ótimo. Maravilhoso. Fantástico.

— Eu não...

— Uau — disse uma outra voz. — Está, tipo, superintenso aqui agora.

Mal resisti à vontade de bater a cabeça na mesa.

Robbie Fontaine estava ao lado de Ox, olhando curiosamente de um para o outro. Usava uma camisa de trabalho com seu nome bordado, um presente de Ox para o qual eu revirei os olhos, dado que ninguém tinha *me* perguntado sobre isso. Ele usava óculos grossos de *hipster* dos quais não precisava. Seus olhos eram tão escuros que quase pareciam pretos, e ele estava dando aquele sorriso condescendente que eu não suportava. Ele deu uma piscadinha para mim quando me pegou observando-o. Ele era insuportável.

— Vocês estão brigando de novo? — perguntou.

— Eu não te contratei — disse a ele.

— Ah, eu sei — respondeu tranquilamente. — Mas o Ox contratou. Então. — Deu de ombros. — É quase a mesma coisa.

— Da última vez que tentou consertar um carro, você o incendiou.

— Né? Estranho. Ainda não sei como aconteceu. Quer dizer, numa hora tudo estava bem, e em seguida apareceram *chamas*...

— Você deveria estar trocando os pneus.

— E eles de alguma forma pegaram fogo espontaneamente — disse, falando devagar como se *eu* fosse o babaca. — Mas é pra isso que temos seguro, certo? Além disso, agora só trabalho na recepção. Sei que as pessoas gostam de ver algo bonito quando deixam seus carros. Suponho que seja normal, quando todos vocês parecem tão... você sabe. Meio brutos.

— Eu não o contratei — falei para Ox.

— Você não tem coisas para fazer? — perguntou Ox a ele.

— Provavelmente — respondeu Robbie. — Mas acho que prefiro estar exatamente onde estou. Por que Gordon está sendo um idiota de merda? É por causa do negócio do Mark?

— Estou tentando trabalhar aqui — lembrei a eles. Era inútil, mas precisava ser dito. Ox estava de mau humor, o que significava que ele iria dizer o que pensava. Desde que se tornara um Alfa de verdade, vinha sendo insuportável daquele jeito.

— Por que estamos encarando o Gordon? — perguntou outra voz, e eu gemi. — *Lobito*, você está chateando o chefe outra vez?

— Rico, eu *sei* que você deveria estar trocando o óleo naquele Ford e no Toyota.

Meu amigo sorriu para mim enquanto se espremia para dentro do escritório.

— Provavelmente — falou ele. — Mas! A boa notícia é que eu vou cuidar deles uma hora ou outra. O que está acontecendo aqui parece ser muito mais interessante. Na verdade, espere um segundo. — Ele se inclinou para fora da porta em direção ao interior da oficina. — *Ei!* Venham aqui dentro. Estamos fazendo uma intervenção.

— Ah, meu Deus — murmurei, me perguntando como minha vida tinha chegado a esse ponto. Eu tinha quarenta anos e pertencia a um bando de babacas intrometidos.

— Finalmente — ouvi Tanner resmungar. — Estava começando a ficar triste.

— Até *eu* estava ficando preocupado — disse Chris. — E você sabe que eu não gosto de ficar preocupado.

O escritório era pequeno, e eu estava sentado atrás da mesma mesa velha e lascada que Marty tinha comprado usada anos antes. Um instante depois, cinco homens adultos se espremeram pela porta e ficaram me encarando, esperando que eu fizesse *alguma coisa*.

Eu os odiava tanto, droga.

Ignorei-os e voltei a trabalhar na fatura de despesas.

A *tentar* trabalhar na fatura de despesas.

Eu dissera a Ox que não havia necessidade de atualizar o software. Estava funcionando muito bem.

Mas *ele* disse que *Robbie* disse que não conseguia usar um programa feito no final dos anos 1990. Respondi diplomaticamente que Robbie provavelmente nem tinha pelos pubianos no final dos anos 1990. Ox me encarou. Eu encarei de volta.

O software foi atualizado no dia seguinte, para grande alegria de Robbie.

Passei os próximos quatro dias tentando encontrar maneiras de mandá-lo de volta para o lugar de onde tinha vindo.

O computador emitiu outra mensagem de erro quando pressionei F11.

Rico, Chris e Tanner riram baixinho de mim.

Talvez se eu jogasse o computador na cabeça deles, ele começasse a funcionar como deveria.

Certamente me sentiria melhor.

Mas havia chances de eles voltarem com os rostos machucados e costurados, e então eu me sentiria mal e talvez realmente começasse a *ouvir* as babaquices deles...

— Ele está fazendo birra — sussurrou Rico para Chris e Tanner.

— Own — disseram.

Esse era o problema de ter seus amigos mais antigos como seus funcionários e membros do seu bando. Você tinha que vê-los todos os dias e nunca podia escapar deles, não importava o quanto tentasse. Isso era, é claro, tudo culpa de Ox por contar a eles sobre lobisomens e bruxos, um erro que eu ainda não tinha perdoado.

— Vocês entendem que eu poderia matá-los apenas com o poder da minha mente — lembrei a eles.

— Pensei que tivesse dito que não podia fazer isso? — perguntou Tanner, parecendo um pouco preocupado.

— Porque não pode — disse Ox. — Não é assim que funciona.

— Isso é culpa sua — falei para ele.

Ele deu de ombros.

— Babaquice de Alfa zen.

— Não é estranho? — perguntou Rico. — Digo, desde aquele dia que ele e Joe fizeram sexo mágico lunar místico e se tornaram parceiros ou algo assim…

— Você poderia parar de chamar assim? — rosnou Ox, os olhos brilhando em vermelho.

— Bem, foi isso que aconteceu — disse Chris.

— Ele te mordeu e tudo mais — observou Tanner.

— E então você saiu cheirando a um bordel com um sorriso estranho no rosto — falou Rico. — E bum! Alfa zen por causa do sexo mágico lunar místico. Deve ter sido um orgasmo e tanto.

Aquilo… não estava muito longe da verdade. Por mais perturbador que fosse, houve um momento singular em que *todos* fomos atingidos por uma onda de *algo* enquanto Ox, o garoto que eu vi crescer diante dos meus olhos, e outro lobo Alfa transavam e…

— Ah, Jesus — gemi, desejando estar em qualquer outro lugar.

— Sim — continuou Rico. — Eu também estou pensando nisso agora. Quer dizer, sexo anal e tudo mais, mas não somos todos gays, certo? — Ele franziu a testa enquanto olhava para Ox. — Quer dizer, isso não é um pré-requisito para estar em um bando, né? Porque eu não sei se já te contei isso, mas sou muito hétero. Mesmo que eu tenha visto mais homens nus nos últimos anos do que em toda a minha vida. Por causa dos lobisomens.

— Bem — disse Chris. — Teve aquela vez que você…

— Ah, é *verdade* — concordou Tanner. — Aquela vez que você…

— Tequila — interrompeu Rico com um arrepio.

— Quando, onde, o quê e com quem? — perguntou Robbie.

Rico franziu a testa para ele.

— Por que parece tão surpreso? Eu poderia conseguir qualquer cara que quisesse!

— Quer dizer, vocês até são atraentes, eu acho. Para pessoas velhas.

Todos nós o encaramos, exceto o Alfa zen, que estava de braços cruzados, exalando serenidade.

— Velhos? — disse Rico lentamente. — Lobinho, talvez eu já não goste mais tanto assim de você.

— Talvez eu possa te dar um pouco de tequila para ver se você muda de ideia — provocou Robbie, mexendo as sobrancelhas. — Isso é conversa de oficina? Estou tendo uma conversa de oficina agora? Cervejas e peitos!

— É sua culpa — falei para Ox novamente. — Tudo isso. Cada pessoa nesta sala, exceto eu, é culpa sua.

Ox sorriu calmamente. Era irritante.

— Você está sendo um idiota de merda.

Maldição. Pensei que eles estivessem distraídos o suficiente.

— Na verdade, estou trabalhando agora, caso não tenha percebido. Algo que vocês deveriam considerar fazer.

Ninguém se mexeu.

— Estão todos demitidos — tentei.

Eles simplesmente ficaram ali parados.

Tentei uma rota diferente.

— Vão todos se foder muito.

— É só dizer que o ama — disse Robbie. — Até pessoas velhas como você merecem deixar de ser pau no cu.

— Como está o Kelly? E tire esses óculos. Você não precisa deles e o fazem parecer estúpido.

Ele imediatamente ficou vermelho e começou a gaguejar.

Ox colocou a mão no ombro de Robbie, e houve *silêncio* e *calma* e *bandobandobando*, e Robbie começou a respirar regularmente. Até minha raiva com a intrusão deles diminuiu um pouco, o que era injusto. Em menos de um ano, Ox se tornara um Alfa tão forte quanto qualquer outro. Talvez até mais do que Thomas ou Abel Bennett. Pensávamos que tinha a ver com ele ter sido um Alfa humano antes que Joe fosse obrigado a mordê-lo.

Qualquer que fosse o motivo, Ox era diferente de todos os lobisomens que conheci. E desde que ele e Joe se tornaram parceiros oficialmente, sua influência se estendia sobre todos nós, unindo os bandos, mas não sem dificuldades. Carter e Kelly ainda tendiam a se submeter a Joe e os outros a Ox, mas ambos eram nossos Alfas no fim das contas. Nunca tinha ouvido falar de um bando liderado por dois Alfas, mas eu estava acostumado a testemunhar o impossível em Green Creek.

Ox era cuidadoso, no entanto, porque havia um ponto em que o livre-arbítrio surgia. Se Ox ou Joe quisessem, poderiam impor sua vontade aos seus Betas ou seus humanos e fazê-los agirem como achassem melhor. Era uma linha tênue a ser percorrida, ser um Alfa *versus* exercer seu controle. Se quisessem, os dois juntos poderiam nos transformar em autômatos sem mente.

Mas a expressão de horror no rosto de Ox na primeira vez que ele acidentalmente fez isso foi o bastante para deixar claro que jamais aconteceria. Não que eu achasse que ele faria isso. Ele não era esse tipo de pessoa, independentemente do que havia se tornado.

Mas havia momentos, como aquele com Robbie, em que ele *pressionava* e todos nós sentíamos. Não era uma questão de controle. Era questão de bando, de estar conectado de maneiras como eu nunca havia sentido. Mesmo quando éramos apenas alguns de nós na estrada orbitando ao redor de Joe, não era assim. Aqueles anos nasceram da desesperança e da sobrevivência no vasto mundo. Estávamos em casa agora, e completos.

Na maior parte do tempo.

E por isso todos estavam naquela pequena sala, prontos para me perturbar novamente.

Mas, antes que pudessem, uma pontada aguda percorreu meu braço. Olhei para baixo e vi duas linhas começarem a ondular rapidamente, brilhando em um verde profundo.

Ox e Robbie ficaram tensos.

Até os humanos sentiram, se suas expressões fossem indicação suficiente.

Os olhos de Ox estavam em chamas e sua voz, profunda, quando disse:

— As barreiras. Foram violadas.

Ox, Robbie e eu estávamos na velha caminhonete de Ox. Eu estava ao volante, Robbie entre nós enquanto Ox irradiava raiva perto da janela. Os outros vinham seguindo atrás no carro de Rico. Estávamos no meio de outubro e as folhas das árvores ao redor de Green Creek explodiam em tons de laranja e vermelho. Decorações de Halloween enfeitavam as lojas na Rua Principal. Abóboras de isopor decoravam as janelas do restaurante. O céu já começava a escurecer em direção à noite, e as calçadas estavam cheias de pessoas saindo do trabalho.

Mal tínhamos saído da cidade quando o telefone de Ox tocou. Ele pôs no viva-voz e o colocou no painel.

— Ox — disse uma voz baixa. — Você sentiu.

Joe Bennett, soando como se estivesse rosnando através de uma boca cheia de presas.

Ox falou:

— Sim. Vindo da floresta.

— Os outros.

— Comigo. Jessie ainda está na escola. Você?

— Mãe. Carter. Kelly. Todos em casa.

Pelo canto do olho, vi Ox olhar para mim. Então:

— Mark?

Uma breve hesitação.

— Está a caminho.

— Chegaremos em breve.

O telefone apitou quando Ox o empurrou no porta-luvas. Fiz uma contagem regressiva mentalmente e assim que cheguei no *um*, ele disse:

— Gordon. Ele vai...

— Deixa pra lá, Ox. Não importa.

— Isso não acabou.

— Eu disse *deixa pra lá*.

— Estou muito desconfortável agora — murmurou Robbie entre nós.

Dirigimos o resto do caminho em silêncio.

Pegamos a estrada de terra que levava às casas dos Bennett. Pedras e poeira voavam ao nosso redor enquanto o volante tentava sacudir em minhas mãos. Os outros vinham logo atrás de nós.

— Os freios precisam de reparo — falei suavemente.

— Eu sei.

— Talvez possa levá-lo na oficina. Poderia conseguir um desconto.

— Você conhece o proprietário ou algo assim?

— Algo assim.

Ele ainda estava tenso, mas revirou os olhos, mostrando muitos dentes quando sorriu. Robbie suspirou entre nós, com a mão no braço de seu Alfa.

As casas apareceram. A azul onde Ox morara com a mãe. A casa dos Bennett, bem maior, situada mais para trás nas árvores. Os carros do bando estavam estacionados na frente, ao lado do pequeno Honda de Jessie.

— Pensei que ela fosse ficar na escola? — perguntou Robbie.

Ox rosnou baixo na garganta.

— Era para ter ficado. Ela nunca ouve.

Ela estava esperando na varanda com os outros. Seu cabelo comprido estava preso em um rabo de cavalo apertado e ela carregava uma expressão sombria no rosto. Era mais intensa do que aquela menininha que Chris levara na oficina tantos anos antes após o falecimento de sua mãe, e mais forte. Na verdade, de todos os humanos do grupo, ela provavelmente era a mais letal. Tinha apenas um bastão incrustado com prata, mas havia derrubado quase todos do bando em algum momento.

Elizabeth estava ao lado de Jessie. Graciosa como sempre, tão majestosa quanto a rainha que era. Ela parecia mais flutuar. Estava mais velha agora, as linhas em seu rosto mais pronunciadas. Sobrevivera à perda do seu bando antes de construir outro, apenas para perder seu companheiro e Alfa para as garras da fera e seus filhos para a estrada. Tinha cicatrizes, mas estavam enterradas sob a pele. Seu pesar havia diminuído ao longo dos anos, e ela não parecia mais tão assombrada como antes. Ox me disse que ela havia voltado a pintar e, embora estivesse na fase azul, ele achava que o alívio verde viria em breve.

Carter e Kelly estavam de pé, um de cada lado da mãe. O tempo na estrada os transformara, e no ano desde que voltaram, às vezes ainda lutavam para conciliar quem eram agora com quem já tinham sido. Carter ainda era grande, um lobo musculoso que ficava raivoso mais rápido do que antes. Sua cabeça ainda estava raspada como se ele fosse um soldado.

Kelly tinha perdido parte de sua massa desde que voltara. Era o mais suave dos dois, e embora ainda se parecesse com seus irmãos —

todo aquele cabelo loiro e aqueles olhos azul-celeste —, ele se ajustou melhor ao retorno do que Carter. Às vezes Carter ainda parecia não saber se realmente tinha voltado para casa. Kelly havia encontrado seu lugar novamente, e era quase como se ele nunca tivesse saído.

Mas todos carregavam os últimos anos de monstros e separações como distintivos orgulhosos. Eles não eram mais as crianças que costumavam ser. Testemunharam coisas que a maioria nunca veria. Lutaram por suas vidas e seus bandos contra uma fera que havia tirado muito deles. Venceram, mas não sem perdas.

Joe estava um pouco afastado deles. Seus braços estavam cruzados atrás das costas, a cabeça ligeiramente inclinada para cima. Seus olhos estavam fechados, e eu sabia que ele estava farejando seu território e o que quer que tivesse violado as barreiras que eu havia colocado. Eu tinha uma boa ideia do que poderia ser, mas era melhor prevenir do que remediar.

Ox saiu pela porta antes mesmo de eu desligar a caminhonete. Ele apontou para Jessie enquanto passava por eles, dizendo:

— Eu te disse para ficar na escola.

— Lembra da semana passada quando te joguei contra a árvore? — perguntou ela com um jeito doce, batendo com o bastão no ombro.

Ele rosnou para ela, que apenas riu. Então se aproximou de Joe, colocou a mão em sua nuca e apertou. Ficaram lado a lado em silêncio. Observando, esperando.

— Tudo bem — falei. — Tudo bem.

— Tudo bem? — perguntou Robbie, e eu levei um susto. Tinha esquecido que ele estava sentado bem ao meu lado.

— Saia. E tire esses malditos óculos.

Ele piscou para mim, deslizando pelo banco e atravessando a porta que Ox havia deixado aberta. Kelly enrijeceu ligeiramente ao vê-lo caminhando em direção à casa. Eu não sabia o que diabos estava acontecendo entre os dois, e não queria saber. Tinha outras coisas com as quais me preocupar.

Os caras tinham parado atrás de mim e estavam tagarelando nervosamente quando eu abri a porta do motorista. Rico estava tirando a trava de uma de suas S&W calibre 40 semiautomáticas. Tanner fazia o mesmo. Chris parecia prestes a esfaquear o próprio olho com uma de suas facas. Eles me preocupavam muito.

Tentei não focar na ausência de quem não estava presente.

Não deu muito certo.

— Elizabeth — falei, acenando enquanto me aproximava da varanda.

Ela sorriu suavemente para mim.

— Gordon. De tédio a gente não morre.

— Não, senhora.

— Ele está a caminho.

— Não perguntei.

— Mas pensou.

Jessie tossiu, mas parecia que estava abafando uma risada.

— Não importa.

— Tenho certeza — disse Elizabeth com serenidade. Ela estendeu a mão e acariciou meu braço, deixando um rastro de luz enquanto minhas tatuagens se iluminavam sob seu toque. Demorou muito tempo para me acostumar a ser tocado por lobos novamente, e eu tendia a evitar me deitar nas pilhas que eles às vezes faziam, mas não os empurrava mais para longe. Ox ficou satisfeito com aquilo, assim como Joe. Eu mantenho uma boa fachada.

— Ox falou com você? — perguntou Carter.

— Ele tentou.

— Teimoso, hein? — Ele me olhou de cima a baixo. — Talvez devesse trabalhar nisso.

Estreitei os olhos para ele.

— Você o incentivou desta vez?

Ele respondeu "não" ao mesmo tempo que Kelly disse "definitivamente".

Jessie tossiu outra vez de forma áspera.

— Cuzões — murmurei. — Cuidem de sua própria vida de merda.

— Velho rabugento — provocou Kelly.

— Foi assim que o chamei — disse Robbie. — Mas aí ele fez aquelas sobrancelhas assassinas que ele faz às vezes. Tipo agora.

Todos riram de mim.

Eu os deixei na varanda.

Ox e Joe ainda não estavam falando quando me aproximei, embora a mão de Ox ainda estivesse no pescoço de Joe. Joe me lançou um olhar quando cheguei para ficar ao seu lado. Seus olhos piscaram para mim, e eu senti o puxão de *bando* quando meu braço roçou o dele.

Era... difícil, tentar conciliar a diferença entre meu Alfa e meu laço. Nunca houve dois Alfas encarregados de um único bando, e por um tempo eu não sabia ao certo se isso funcionaria. Eu era atraído por Joe porque ele foi tudo o que eu conheci por três anos. Eu estava ligado a Ox porque ele me mantinha são.

Não tinha sido justo com ele. Com Ox. Fazer dele meu laço como eu tinha feito, tudo por causa de uma camisa de trabalho com seu nome bordado na frente. Ele não sabia sobre os monstros na escuridão. Mas o rugido em minha cabeça diminuía, a raiva se aquietava sempre que ele estava por perto. Quando me dei conta do que estava acontecendo, já era tarde demais. E então os Bennett voltaram para Green Creek, trazendo consigo uma vida inteira de memórias que eu havia me forçado a esquecer.

Ficou ainda mais difícil na primeira vez que Thomas veio até mim para pedir ajuda com Joe, que parecia incapaz de controlar sua transformação. Ou quando vi Mark pela primeira vez em anos, parado na calçada em Green Creek como se jamais tivesse partido.

Nada disso tinha sido fácil. Mas eu achava que estava melhorando.

— Ox falou com você? — perguntou Joe.

Ok, na verdade, não estava melhorando em nada. Que se fodessem todos eles.

— Sobrancelhas assassinas — murmurou Ox.

— Temos outras questões com que nos preocupar — lembrei-os.

— Claro, Gordon — disse Joe com tranquilidade. Ele encontrara paz desde que voltara para Green Creek, especialmente após a morte de Richard Collins. Era filho de seu pai, para meu desgosto. Era calmo e forte e não se incomodava em usar um pouco de manipulação caso a situação exigisse. Eu me dizia que não era malicioso, mas ainda brigava com a memória de Thomas Bennett, embora ele já não passasse de cinzas e poeira espalhadas pela floresta ao redor da casa dos Bennett. — Outras questões. Mas sou muito bom em fazer várias coisas ao mesmo tempo, caso você não saiba.

— Ômega?

Joe bateu o ombro no meu.

— Sim.

— Igual aos outros?

— Provavelmente. Suas barreiras nos dão bastante aviso prévio. Eu confio nelas. Assim como confio em você.

Não deveria ter me sentido tão bem como me senti.

— Você só está tentando me agradar.

Ele franziu o cenho para mim.

— Está funcionando?

— Não.

— Kelly está certo, sabe.

— Sobre o quê?

— Velho rabugento.

— Vou te incendiar bem aqui. Agora mesmo.

Joe riu baixinho antes de olhar de volta para a floresta. Seja lá o que fosse, Ômega ou outra coisa, estava se aproximando. No céu, as estrelas começavam a aparecer enquanto escurecia.

— Mark está vindo — murmurou Ox.

Estralei os dedos.

Joe bufou, balançando a cabeça.

Eu o ouvi antes de vê-lo. Reconheceria o som daqueles grandes passos na terra em qualquer lugar. Disse a mim mesmo para ficar onde estava, para continuar olhando em frente, mas havia um *irmão* na minha cabeça, e *amor* e *bando* e *markmarkmark* enquanto os outros lobos captavam o fio de seus Alfas.

Até mesmo os humanos ouviram, por mais fraco que tivesse sido. Eu era ligado ao bando pela minha magia, por isso conseguia ouvir as canções na minha mente.

A voz da minha mãe sussurrava para mim, lembrando-me de que os lobos *usavam* e *mentiam*, mas eu a afastei. O que Thomas sabia, ou não sabia, não importava mais. Ele se fora, e Ox havia sido transformado.

Carter disse:

— Deve ter deixado o carro em…

— Cala a *boca*, Carter — sibilou Kelly.

— Ah. Merda. Certo. Aquilo que não falamos para não machucar os sentimentos do Gordon.

— Ele pode te ouvir!

— Nós todos podemos te ouvir — disse Elizabeth ao filho.

— Alguém precisa avisar — murmurou Rico. — Ele é burro.

— Como vai aquela sua garota legal? — perguntou Elizabeth a ele.

— Qual delas?

— Melanie, era isso?

— Ah. Bem. Acho? Quer dizer, não falo com ela há alguns meses.

— Agora ele está de olho na Bambi — revelou Tanner.

— Bambi — repetiu Robbie. — Isso é... Eu não sei o que é isso.

— Ela é gostosa — falou Chris. — Ela tem um enorme par de...

— Você não está na oficina — lembrou Jessie.

— ... de sentimentos. Isso. São legais.

— Boa saída — murmurou Tanner.

— Ela tem os maiores sentimentos — disse Rico. — Tipo, às vezes, ela coloca os sentimentos em cima de mim...

— Precisamos de mais mulheres no bando — falou Jessie, e suspirou.

— Acho que nos saímos bem — encorajou Elizabeth levemente.

Eu me virei e olhei por cima do ombro.

Um grande lobo marrom se movia entre os carros. Seus ombros eram da mesma altura que o capô da caminhonete de Ox, as orelhas se movendo sobre sua cabeça massiva. Suas patas deixavam pegadas maiores que a minha mão. Seu olhar percorreu o bando reunido diante dele antes de pousar em mim. Ele hesitou e então desviou o olhar.

Virei-me de volta para a floresta.

Veio a mudança de ossos e músculos atrás de mim.

— Seria de esperar que eu já teria me acostumado a ver lobisomens que se transformam em pessoas nuas a esta altura — disse Rico. — Mas pelo visto não.

— Você pode ser uma das pessoas nuas — provocou Robbie. — Basta permitir que Ox ou Joe te transformem e você pode mostrar suas partes como todo mundo.

— Por favor, não dê ideias — falou Chris, parecendo horrorizado. — Há coisas que ninguém deveria ver.

— Não seja racista. Além disso, crescemos juntos. Você já me viu pelado centenas de vezes. Todos nós nos masturbamos juntos quando tínhamos doze anos!

Joe e Ox se viraram lentamente para me olhar.

Encarei-os de volta.

— Eu não tive nada a ver com isso. Se existe um culpado é o Ox por tê-los trazido para o grupo.

— Por que tinha que contar para todo mundo? — demandou Chris.

— Ah, por favor — disse Rico. — Estamos em um bando de lobisomens que às vezes podemos ouvir em nossas cabeças. Não temos mais limites.

— Por que ele ainda pensa que conseguimos ler mentes? — sussurrou Kelly.

— Não sei — respondeu Carter. — Mas não lembre a ele que não conseguimos. Gosto de aprender coisas que vão me marcar para o resto da vida.

— Nunca me masturbei com eles — observou Tanner.

— Você estava doente no dia — disse Rico para ele. — Caso contrário, também teríamos convidado você.

Ox e Joe tinham oferecido transformar os humanos no bando. Jessie havia recusado categoricamente, dizendo que não queria. Chris concordou com ela, e se tinha a ver ou não com sua irmã, eu não sabia. Tanner era mais discreto e, dentre todos os humanos, eu achava que ele seria o mais propenso a concordar em ser transformado. Mas ele nunca fazia nada sem antes saber tudo o que podia sobre o assunto, e eu achava que era apenas questão de tempo até pedir para Ox mordê-lo.

Rico, por outro lado, não parecia dar a mínima. Ele tinha feito Ox e Joe prometerem transformá-lo se fosse uma situação de vida ou morte, mas parecia satisfeito sendo quem era.

Eu fiquei aliviado. A ideia de qualquer um deles ser capaz de criar garras me causava ansiedade.

— Cheguei o mais rápido que pude — disse uma voz grave. — Já sabemos o que é?

— Parece ser um Ômega — disse Elizabeth.

— Outro? É o terceiro neste mês.

— Curioso, não é? Deixei uma calça para você dentro de casa. Kelly, você poderia pegá-la?

Ouvi a porta se abrir e tentei desesperadamente me concentrar no Ômega que se aproximava. Não havia necessidade de espiar por cima do ombro para dar uma olhada…

Joe bateu no meu braço novamente.

Eu me virei para ele.

Ele sorriu.

— Cale a boca — murmurei.

Antes que ele pudesse responder, Mark Bennett parou ao meu lado.

Seu cabelo estava raspado rente ao couro cabeludo. Sua barba estava cheia como sempre, finamente aparada e mais clara que o marrom-escuro profundo de seu lobo. Seus olhos eram daquele mesmo azul gelado, frios e penetrantes. Ele vestia uma calça jeans folgada que pendia perigosamente baixa nos quadris, mas felizmente fechada com zíper e botão. Estava sem camisa, os pelos cobrindo seu peito volumoso e seu abdome plano. Sua pele estava quente quando seu braço roçou no meu, um efeito residual de uma transformação recente.

— Gordon — disse ele, soando levemente entretido como sempre acontecia quando dizia meu nome.

— Mark — respondi, olhando firmemente para a frente.

Ox e Joe suspiraram em uníssono, os insuportáveis Alfas que eram.

— Bom dia?

— Bom. O seu?

— Bom.

— Ótimo.

— Excelente.

— Idiotas — resmungou Joe.

Antes que eu pudesse começar a lidar com *aquilo*, um Ômega irrompeu pela floresta.

Era uma mulher, e ela parecia já ter tido dias melhores. Suas roupas estavam em farrapos e os pés, descalços e sujos de terra. Seu cabelo estava desalinhado ao redor do rosto, e ela *hesitou* diante da visão que se apresentava, o resto do bando se espalhando atrás de nós, de prontidão. Estávamos de volta a Green Creek havia pouco mais de um ano e, nesse tempo, nos tornamos uma máquina bem lubrificada. Conhecíamos nossas forças. Estávamos cientes de nossas fraquezas. Mas nunca houve um bando como este, e tínhamos lutado para nos tornar quem éramos agora.

Os Alfas se mantiveram lado a lado.

Eu estalei o pescoço.

Carter, o segundo de Joe — seu executor — rosnou.

O segundo de Ox, Mark, veio ficar atrás dele e à esquerda.

Kelly ficou com seu irmão.

Os humanos estavam logo atrás.

Elizabeth e Robbie fechavam o grupo.

Éramos doze. O bando Bennett.

E uma Ômega.

Por isso, fiquei surpreso quando seus olhos brilharam em violeta e ela avançou contra nós, semitransformada e rosnando.

Ninguém atrás de nós emitiu um som.

Pressionei dois dedos contra uma runa terrestre em meu braço, cravando as unhas fundo o suficiente para fazer o sangue escorrer.

O chão rolou sob os pés da Ômega, fazendo-a tropeçar para a frente, suas mãos se transformando em patas quando atingiram a terra. Pelos cinza sujos brotaram ao longo de seus braços enquanto ela lutava para manter o equilíbrio. Era uma batalha perdida, e ela caiu violentamente sobre o ombro, presas à mostra, os olhos iluminados quando recaíram sobre mim. Seu rosnado foi algo selvagem quando ela abriu as mandíbulas em minha direção.

Mark deu um passo adiante, os músculos de suas costas se movendo enquanto ele tentava se colocar na minha frente, como se estivesse me *protegendo*. Estendeu a mão para trás, como se estivesse se preparando para me empurrar para longe. Aquele filho da puta achava que podia...

Ela estava de pé e acelerando, se lançando em nossa direção.

Mark enrijeceu.

Mas acabou antes mesmo de começar.

Ox se moveu mais rápido do que um homem de seu tamanho deveria ser capaz. Num momento ele estava com Joe, no seguinte sua mão estava em volta do pescoço da Ômega, contendo seu ímpeto. Ela emitiu um ruído doloroso de sufocamento, pernas e braços se debatendo para a frente. Ele a levantou do chão, chutando enquanto tentava rasgá-lo com suas garras. Ela não teve a chance, pois antes ele a lançou de volta ao chão com um estalo de partir os ossos, agachado sobre ela, seu rosto no dela, olhos em chamas.

E então ele rugiu.

Aquilo nos atropelou, uma explosão que ecoou pela floresta. Os Betas gemeram baixinho. Os humanos cobriram os ouvidos. Até Joe deu um salto.

Minhas tatuagens explodiram com vida, as cores girando para cima e para baixo em meus braços. O bico do corvo se abriu em um grito silencioso, as rosas florescendo por baixo, cheias e brilhantes.

A canção do Alfa era uma coisa tremenda, e ninguém a cantava como Oxnard Matheson.

A Ômega instantaneamente voltou à forma humana, o violeta se apagando de seus olhos. Ela começou a chorar, um som baixo e doloroso enquanto se encolhia sobre si mesma. Ela murmurava *Alfa* repetidamente, os ombros tremendo.

— Robbie — disse Joe, observando Ox enquanto ele retirava a mão do pescoço da Ômega —, ligue para Michelle Hughes. Diga a ela que temos mais um.

alfinetadas de luz/ossos e poeira

ELIZABETH E JESSIE levaram a mulher embora. Ela continuava tremendo, a cabeça pendendo baixa, os cabelos sujos ao redor do rosto. Elizabeth colocou um braço em volta dos ombros dela e sussurrou em seu ouvido. Jessie ia seguindo, olhando para Ox por sobre o ombro antes de desaparecer dentro da casa. Se a Ômega fosse como os anteriores, elas ficariam bem. Se não fosse, Elizabeth cuidaria da situação.

— Ela não vai ficar feliz — dizia Joe a Ox quando me virei para eles.

— Michelle não fica feliz com nada — falou Ox, esfregando as mãos na calça de trabalho. — Nunca. Você sabe disso.

— Mesmo assim.

— Não dou a mínima para a felicidade dela. Avisamos que isso estava acontecendo e ela não fez nada. A culpa é tão dela quanto é nossa, não importa o que ela diga.

Robbie andava de um lado para o outro na frente da casa, falando baixo ao celular. Ele pareceu irritado antes de exclamar:

— Não *me importa* o que estou interrompendo. Diga a ela que os Alfas do bando Bennett precisam falar com ela. *Agora*. — Ele esperou um instante antes de suspirar. — Bons ajudantes são tão difíceis de encontrar nos dias de hoje. Não, eu estava falando de *você*. Mexa-se! Jesus Cristo.

— Você está sangrando.

Mark estava lá, perto demais para alguém que estava seminu. Ele franziu o cenho para o meu braço. Olhei para baixo. Um pequeno filete de sangue escorria das marcas que fiz com as unhas. Suas narinas se dilataram. Me perguntei como era o cheiro para ele, se era cobre com traços de relâmpago.

— Não é nada — falei, recuando quando ele pareceu prestes a me tocar. — Já tive piores.

— Você se cortou.

— Fiz o que tinha que fazer.

Ele franziu o cenho para mim.

— Você não precisava sangrar para funcionar.

Bufei.

— Porque você entende muito de magia.

— Ah, certo, eu não estive cercado por ela durante toda a minha vida ou algo assim.

— Não — adverti.

— Gordon...

— E o que foi aquilo, aliás?

Isso o conteve.

— O quê?

— Você ficando no meu caminho.

Suas sobrancelhas grossas fizeram uma dança complicada.

— Ela estava mirando em você.

— Eu sei me cuidar.

— Não disse que você não sabia.

— Não preciso de você para...

— Como se você não tivesse deixado *isso* extremamente claro. Você é do bando, Gordon. Eu teria feito o mesmo por qualquer outra pessoa aqui.

Maldição. Isso não deveria ter doído como doeu.

— Como está o Dale? — falei então, sabendo muito bem que veneno impregnava minhas palavras.

Seus olhos brilharam em laranja.

— O Dale está *bem*. Eu não sabia que você se importava tanto com o bem-estar dele.

Sorri para ele.

— O que posso dizer? Sou uma pessoa legal. Mal posso esperar para conhecê-lo. Pensando em contar a ele sobre o seu período peludo mensal?

Sua mandíbula se contraiu.

Eu encarei de volta.

— Queria ter pensado em trazer pipoca — ouvi Chris murmurar.

— Isso é melhor do que aqueles reality shows com donas de casa dondocas aos quais eu não assisto e nem tenho gravados — sussurrou Rico de volta.

— Pensei que tinha dito que eram para a Bambi — comentou Tanner.

— São. Estão lá apenas para ela. Não porque assisto a eles sozinho, nunca.

— Preciso arrumar uma namorada — disse Chris com um suspiro. — Estou cansado de ver pessoas nuas com quem não quero transar.

— Parece muito trabalhoso — falou Tanner.

— Isso porque você é arromântico. Você não *quer* uma namorada.

— Talvez você devesse aprender a ser feliz consigo mesmo. Ser arromântico não tem nada a ver com isso.

— Cala a boca, Tanner. Você está me fazendo sentir mal.

— Humanos são tão estranhos — resmungou Kelly.

— Verdade — concordou Carter. — Ei, uma pergunta. Por que você está encarando o Robbie como se não conseguisse decidir se ele é um inseto gigante ou se você quer se esfregar nele?

Kelly rosnou para o irmão e entrou pisando forte, batendo a porta atrás de si.

— Estou me divertindo muito — disse Carter para ninguém em particular.

— Michelle está se conectando — avisou Robbie, empurrando o celular de volta para o bolso. — Ela não está muito feliz. Só para vocês saberem.

Ox balançou a cabeça.

— Não é problema meu. Robbie. Mark. Gordon. Venham com a gente. Carter, faça esses idiotas passarem pelos seus treinamentos.

— Quê!

— Por quê!

— Que diabos *nós* fizemos?

Ox os encarou.

Rico revirou os olhos.

— Tá, tá, tá. *Alfa* diz pule, nós perguntamos quão alto. Entendi. Acho que gostava mais quando você não estava todo *grr. Desgraçado.*

Segui Ox e Joe para dentro da casa enquanto Carter começava alegremente a dar ordens aos outros, que resmungavam. Senti Mark me observando antes de murmurar algo que não consegui entender e entrar.

Kelly estava na ampla cozinha, franzindo o cenho para as panelas no fogão, parecendo tentar descobrir o que sua mãe estava fazendo antes de a Ômega romper as barreiras. Elizabeth e Jessie não estavam à vista. Os canos antigos gemiam nas paredes. Deviam ter levado a Ômega para um dos banheiros, tentando limpá-la.

Ox abriu a porta que levava ao escritório dele e de Joe. Hesitei na soleira, como sempre fazia antes de entrar, *flashes* de uma velha vida me atingindo. Meu pai queimando sua magia na minha pele, os olhos de Abel brilhando enquanto me observava. Abel sentado em frente a mim em sua mesa, me dizendo que minha mãe estava morta e que meu pai a tinha matado. Thomas sentado no mesmo lugar dizendo que eles estavam indo embora e eu ficaria ali porque era *humano*. Thomas pedindo minha ajuda. Joe dividindo o bando, quebrando ainda mais o coração de Ox. Aquele lugar carregava uma história raivosa, uma que eu ainda não tinha superado.

— Tudo bem? — perguntou Mark atrás de mim.

Olhei por cima do ombro. Ele felizmente havia encontrado um suéter pendurado em um cabide perto da porta, embora estivesse apertado no peito. Não deixei meu olhar se demorar.

— Estou bem.

Ele assentiu, mas não disse mais nada.

— Vocês estão tendo um momento? — perguntou Robbie de algum lugar atrás dele. — Talvez pudessem me deixar entrar para que eu não tenha que ficar aqui constrangido enquanto vocês resolvem o assunto.

Os lábios de Mark se contorceram.

Entrei no escritório e ele fez o mesmo. Robbie veio em seguida, fechando a porta atrás de nós. A sala tinha isolamento acústico para nos proteger de ouvidos curiosos, como os da Ômega lá em cima. Joe e Ox estavam perto da parede oposta, em frente a uma grande tela. Robbie conectou seu celular a um cabo que de alguma forma permitia fazer videoconferências pela TV. Eu ainda tinha meu antigo celular flip de antes de sairmos para seguir Richard Collins. Robbie suspirava toda vez que o via.

— Mark — disse Ox —, quero que você fique em silêncio. Não fora de cena. Apenas preste atenção.

Ele assentiu lentamente.

— Em?

— Qualquer coisa que ela não esteja nos contando.

Eu pisquei.

— Você acha que ela sabe mais do que está dizendo?

— Ela fala muito — explicou Joe. — Para alguém que não diz nada.

— As pessoas no poder geralmente fazem isso — resmungou Robbie, tocando no telefone. — E não que eu não aprecie o convite para a reunião do chefão, mas por que estou aqui?

— Porque ela te conhece — disse Joe. — E acho que ainda confia em você.

Ele revirou os olhos.

— Acho que isso acabou no instante que escolhi Ox em vez dela. E não desse jeito — acrescentou apressadamente, os olhos se arregalando para Joe. — Já esqueci Ox completamente. Não que eu já tenha *me interessado* por Ox. Foi síndrome de Estocolmo ou algo assim. Estou de olho em outra coisa.

— Ahã — falou Joe secamente. — E com "outra coisa" você quer dizer meu irmão.

Robbie engoliu em seco.

— Acho que vou calar a boca agora.

Joe sorriu, afiado como uma navalha.

— Bom plano.

Ox estendeu a mão e ligou a tela. Ela se iluminou com um azul brilhante enquanto Robbie continuava a tocar no celular. Ele olhou de volta para seus Alfas e disse:

— Prontos?

Joe assentiu.

A tela escureceu e apitou uma, duas, três vezes.

E então Michelle Hughes apareceu.

Ela era bonita, de uma maneira fria e distante. Tinha mais ou menos a minha idade, embora parecesse mais jovem. Seu cabelo era escuro e repousava elegantemente sobre seus ombros, sua maquiagem era mínima. Ela sorriu, mas o sorriso não alcançou os olhos. Não sei se alguma vez alcançou.

— Alfa Bennett — disse ela. — Alfa Matheson. Como é bom vê-los novamente. E tão pouco tempo após nossa última reunião.

— Alfa Hughes — falou Joe de forma equânime. — Obrigado por tirar um tempo para falar conosco. Eu sei que é tarde no Maine.

Ela o dispensou com um gesto.

— Sempre arranjarei tempo para vocês. Sabem disso.

Robbie tossiu. Parecia sarcástico.

Os olhos dela se voltaram para ele.

— Robbie. Você parece bem.

— Sim, senhora. Obrigado, senhora. Estou muito bem.

— Que bom. Seu bando parece estar te tratando bem.

Seu bando.

— Estão — respondeu ele, inflando o peito com orgulho. — Eles são bons Alfas.

— São mesmo? Curioso. — Então: — Livingstone.

— Michelle — cumprimentei, soando entediado.

Ela era esperta. Não demonstrou nada em face do meu desrespeito.

— E Mark Bennett. Bem, essa é uma reunião interessante. Tudo por causa de uma simples Ômega.

— A terceira este mês — lembrou Ox, embora ela já soubesse.

— Ela está viva?

— Está — respondeu Joe. — Não era uma ameaça. Não matamos indiscriminadamente.

Mark tensionou ao meu lado, mas não disse nada.

— Não? Ox poderia dizer o contrário. Como tenho certeza de que já sabem, durante sua pequena... jornada para lugares desconhecidos, o sangue de muitos Ômegas foi derramado em seu território.

— Você sabe por quê — respondeu Ox, calmo como sempre.

— Sim — disse ela. — Porque estavam a serviço de Richard Collins, as coisinhas patéticas que eram. Ou, no mínimo, estavam tentando chamar a atenção dele. E agora que ele está morto, bem. Elas têm que ir para *algum lugar.*

— Por que aqui? — perguntei.

Ela mal olhou para mim, preferindo responder aos Alfas.

— De alguma forma, Richard foi capaz de reunir Ômegas ao seu redor. Eles o ouviam. Eles o seguiam. Ele não era um Alfa, naquela época, mas agia como um.

Joe balançou a cabeça.

— Isso não deveria ter sido possível.

Ela arqueou uma sobrancelha perfeitamente desenhada.

— Não? O Alfa Matheson aqui também não. Antes da sua transformação, ele não passava de um humano. — Ela tinha uma expressão de leve desdém no rosto. — E mesmo assim havia algo nele, não é? Suficiente para que o bando que vocês deixaram o escolhesse para liderar. Bem, os lobos, de qualquer forma.

— Ox não se parece em nada com Richard — disse Joe, com a voz cortante. Ninguém falava mal do seu bando. Eu tinha visto do que Joe era capaz quando provocado. Michelle estava provocando, embora eu não soubesse o porquê.

— Eles são mais parecidos do que você pensa — respondeu Michelle. — Ox pode não ter a predileção de Richard pelo... caos, mas eles são diferentes de qualquer um que eu já tenha visto antes. E mesmo que seu reinado tenha acabado rapidamente, pelo que vocês disseram, Richard conseguiu o que queria. Ele foi um Alfa, mesmo que por apenas um instante.

Ela estava certa. Enquanto eu assistia, incapaz de detê-lo, Richard tinha enfiado a mão no peito de Ox. Eu tinha visto o sangue e os *pedaços* úmidos de Ox caindo no chão. E houve um breve e terrível segundo quando os olhos de Richard mudaram de violeta para vermelho. O bando de Ox não falava muito sobre aquilo. Sobre como se sentiram quando Richard irrompeu através deles, até os humanos. Onde antes era *amor* e *irmão* e *irmã* e *bando*, não restara nada além de raiva e sede de sangue, uma atração furiosa pelo preto tingido de vermelho. Richard Collins tinha tirado o Alfa de Ox. Portanto, ele se tornara o Alfa do bando de Ox.

Joe acabara com o reinado tão rápido quanto começara.

Mas eles não esqueceram como se sentiram, por mais breve que tivesse sido.

— E você tirou isso dele — prosseguiu Michelle. — Você o matou. Richard era o Alfa dos Ômegas. Quando ele morreu, isso passou para você. E, ah, eles estão lutando contra isso, tenho certeza. Resistindo à atração. Mas Green Creek é iluminada como um farol no escuro. Alguns não podem deixar de te procurar. Somando isso ao apelo do território Bennett, estou surpresa que não tenha havido mais.

Ox e eu trocamos um olhar. O resto dos lobos não reagiu. Michelle estava perigosamente próxima de uma verdade que nem sabia que estava ao seu alcance, algo que escondíamos dela desde o dia em que Oxnard Matheson se tornou um lobo Alfa.

Porque ela estava certa. De alguma forma, Richard *havia* conseguido reunir Ômegas ao seu redor e, embora ele não fosse um Alfa (na verdade, no fim, seus olhos estavam violeta e enlouquecidos), eles o seguiram. Eles o *ouviram*.

Alfa dos Ômegas era algo como um equívoco. Richard Collins tinha sido um Alfa por apenas alguns segundos antes de Joe matá-lo.

Os olhos de Joe arderam brilhantes como eu jamais havia visto antes de ele morder Ox, *devolvendo* o poder ao Alfa.

E com isso vieram os Ômegas que haviam se reunido atrás de Richard.

No início, era um sussurro na cabeça de Ox.

Mas logo se transformou em um rugido.

Em certos dias após a transição de Ox de humano para lobo, achávamos que *ele* estivesse se tornando selvagem.

E então começou a se espalhar para os outros. Elizabeth. Mark. Chris. Tanner. Rico. Jessie. Robbie.

Eles também começaram a sentir isso, como uma coceira sob a pele que jamais podia ser aliviada. Eles estavam... mais mal-humorados do que o normal. Impacientes, especialmente depois que Joe e Ox acasalaram.

Deveríamos ter percebido o que era mais cedo.

Ox estava ouvindo as vozes dos Ômegas. Eles tinham seguido Richard.

E agora estavam presos a Ox.

Ox descobriu antes de todos os outros.

Juntos, fechamos a conexão. Não podíamos cortá-la. Era como se fechássemos uma porta e a trancássemos firmemente. Eles ainda arranhavam, ainda se lançavam contra ela, tentando derrubá-la, mas eu era forte, e Ox ainda mais.

Não sabíamos o que aconteceria se Ox abrisse aquela porta. Se ele não lutasse mais contra os laços. O que aconteceria com ele. Com seu bando, aqueles que tinham ficado para trás. Mesmo que agora fôssemos todos um, ainda havia uma divisão tênue.

Ou se os próprios Ômegas a quebrassem e se derramassem por ela.

Nunca descobriríamos, não se dependesse de mim.

Michelle Hughes não sabia de nada disso. E planejávamos que continuasse sem saber.

— Quantos mais você acha que poderia haver? — perguntou Joe, mudando de assunto antes que ela pudesse continuar.

— Ah, não consigo nem começar a especular. Mas cuidaremos deles, independentemente de qualquer coisa. Não podemos nos dar ao luxo de ter nosso mundo exposto, não importa qual seja o custo.

— Mas por que ela foi atrás do Gordon? — questionou Robbie.

Michelle se inclinou para a frente enquanto eu suspirava e olhava para o teto.

— Hmm — disse Robbie. — Esqueça o que eu disse. Ela não foi atrás do Gordon. Ha ha ha, só estava brincando. Apenas uma piada realmente horrível que eu não deveria ter...

— Robbie — falou Ox.

— Sim. Entendi, chefe. Vou ficar quieto agora.

— Ela fez isso? — perguntou Michelle. — Fascinante. Gordon?

— Não foi nada — respondi, mantendo a voz calma. — Eu estava na frente de todo mundo. O alvo mais próximo. Só isso.

— Só isso — repetiu ela.

Eu a encarei sem expressão.

Ela murmurou um pouco entre os dentes. Então:

— Me diga, Gordon, quando foi a última vez que você soube do seu pai?

Ah, então era *assim* que ela queria jogar.

— Antes de Osmond levá-lo embora — falei friamente enquanto os dedos de Mark roçavam os meus. — Antes de me avisar que sua magia seria retirada e que ele jamais escaparia do local onde o manteriam. Assim como deveriam ter mantido Richard.

Os olhos dela se estreitaram.

— Isso foi lamentável...

— Lamentável? Pessoas morreram. Acho que é um pouco mais do que *lamentável*.

— Não sabia que você se importava com Thomas Bennett — disse Michelle, perdendo um pouco da compostura. — Você deixou isso bem claro depois que ele...

E Joe disse:

— *Chega*.

A mão de Mark estava na minha, segurando meus dedos com força. Eu tentei encontrar forças para me afastar, mas não consegui.

— Peço desculpas, Alfa — falou Michelle, com a máscara firmemente de volta no lugar. — Isso foi desnecessário.

— Pode ter a maldita certeza que foi — vociferou Ox. — Nem sempre concordamos. Entendo isso. Mas você não tem o direito de falar com o bruxo dos Bennett desse jeito. Faça isso novamente e vamos ter um problema. Está claro?

— Claro — falou ela, o que evidentemente lhe doeu, mas eu estava pouco me fodendo. — Dito isso, mantenho minha pergunta.

— Que é?

— Robert Livingstone.

Mark apertou minha mão. Achei que meus ossos fossem quebrar.

— Sabemos que ele estava trabalhando com Richard — continuou ela —, embora ainda não saibamos em que condições. Se ele estava trabalhando *para* Richard, ou se...

— Ele não faria isso.

Todos se viraram para me encarar.

Eu não tive intenção de falar em voz alta.

Michelle estava sorrindo outra vez.

— Como é, bruxo?

Limpei minha garganta.

— Ele não teria trabalhado para Richard. Ele teria odiado os lobos.

— Como sabe disso? — perguntou Ox. — Você me disse que ele...

— Minha mãe. Ela... odiava. Esta vida. Bando, lobos, magia. — Eles mentiam, ela dizia, eles usavam, eles não *amavam*. — Ela queria me tirar disso. Meu pai não permitiu. Acho que, no final, ele estava de alguma forma alterando as memórias dela. — Dei de ombros. — E então ela descobriu sobre... o laço dele. Era outra mulher. Minha mãe a matou. Meu pai matou minha mãe, e muitos outros. Foi o último ato da minha mãe. A única maneira que ela encontrou de se vingar dele por tudo o que havia feito. Ele não conseguiu lidar com a perda, então... E então, vocês tiraram a magia dele. Ter seus próprios irmãos lhe tirando a magia sob ordens dos lobos, bem. Ele os odiaria. Vocês. Então, não. Ele não estava trabalhando para Richard. Se fosse o caso, Richard estava trabalhando para ele, embora não soubesse. Eu não ficaria surpreso se meu pai *deixasse* Richard pensar que estava no comando. Mas Richard não passava de um fantoche. Uma arma que meu pai teria usado para eliminar o máximo de nós que pudesse. Ele não se importaria com Richard querendo se tornar um Alfa. Meu pai usou Richard.

— E como sabe de tudo isso? — perguntou Michelle, inclinando-se para a frente em sua mesa. Ela tinha um brilho nos olhos que eu não entendia.

Eu disse:

— Sou filho do meu pai. E, se fosse eu em seu lugar, não posso dizer que não teria feito o mesmo.

MARK DISSE:

— Você está errado.

Soltei fumaça pelo nariz. A luz da varanda estava apagada, mal conseguia enxergá-lo na escuridão. O ar estava fresco e as folhas balançavam nas árvores. O céu estava nublado e cheirava a chuva. Ele não tinha vindo de dentro da casa. Depois que a reunião com Michelle terminou, ele foi um dos primeiros a sair da sala, sem olhar para trás. Não o culpava. Não havia muito para ver.

Resmunguei para ele, batendo as cinzas do cigarro na mão. Faíscas queimaram minha palma, a dor como pequenos alfinetes de luz que me lembravam de que eu estava vivo.

— Você está errado.

— Em relação a quê?

— A você fazer o mesmo.

— Você não sabe disso.

— Sei.

— O que você quer, Mark?

— Não entendo como pode não ver.

— Ver o *quê*?

Ele disse:

— Que não é nada parecido com ele. Nunca foi. Você veio dele, mas ele não moldou quem você é. Nós fizemos isso. Seu bando.

— O bando — bufei com desdém. — Qual bando, Mark? O que eu tenho agora? Ou o que me abandonou aqui?

— Eu nunca quis…

De repente me senti muito cansado.

— Vá embora, Mark. Eu não quero fazer isso agora.

O amargor era agudo e pungente.

— Grande surpresa.

Eu inalei. Ardeu. Eu exalei. A fumaça vazou pelo meu nariz e espiralou em torno do meu rosto, pairando como uma nuvem tempestuosa.

— Pensei... — Ele riu, mas não soou como se achasse algo engraçado. — Pensei que as coisas seriam diferentes. Depois.

Depois que voltamos.

Depois que Richard estivesse morto.

Depois que os bandos separados se unissem.

Sempre depois, depois, depois.

— Pensou errado.

— Suponho que sim.

Eu o senti me observando.

A ponta do cigarro brilhava na escuridão. Parecia a cor dos olhos dele quando estava na forma de lobo.

Ele rosnou baixo em seu peito. Ouvi o rangido do deslocamento de ossos e músculos.

Olhei de volta um instante depois.

As roupas que estivera usando estavam no chão.

Ele tinha ido embora.

Ox estava me esperando quando voltei para dentro de casa.

— Uma vez você me disse que tinha sido um lobo que havia matado sua mãe.

Merda.

— Eu menti.

— Por quê?

— Queria que você os odiasse tanto quanto eu. Errei.

Ele assentiu lentamente.

— Mas você não odeia. Os lobos. Não mais.

— É... não. Quer dizer, é complicado.

— É?

Malditos lobisomens.

* * *

A GAROTA. A Ômega.

Ela estava quebrada.

— Alfa — implorava ela. — Alfa.

Ela estendeu a mão para Ox.

Ela estendeu a mão para Joe.

Ela me viu, e seus olhos brilharam em violeta.

Ela rosnou, um animal encurralado pronto para atacar.

Elizabeth sussurrou em seu ouvido, sua mão ao redor do braço da Ômega. Pequenos rastros de sangue escorriam de onde suas garras se cravaram.

A Ômega rosnou para mim.

Elizabeth puxou seu braço bruscamente.

— Jessie — disse Ox —, afaste-se.

Jessie se afastou, lentamente, sem desgrudar os olhos da Ômega.

— Mãe — falou Joe —, talvez você devesse...

Elizabeth não olhou para ele quando disse:

— Silêncio, Joe.

Joe se calou.

Ela sussurrou e sussurrou.

A Ômega me encarava com olhos arregalados.

Enfim, o violeta desbotou para um marrom lamacento. Seus cabelos estavam molhados e grudados em seus ombros. Ela tinha uma toalha enrolada em torno do peito e da cintura.

Seu rosto estava inchado e pálido.

— Alfa — falou novamente, a voz quebrando. — Por favor. Alfa.

Suas mãos eram garras enquanto ela as estendeu em direção a Ox. Em direção a Joe.

Joe disse:

— Ela é como os outros.

— Ela é uma Ômega — falou Elizabeth, seu aperto cada vez mais firme. Seus dedos estavam escorregadios de sangue. — Ela não sabe o que faz. Nenhum deles sabe.

— Alfa — disse a Ômega com a boca cheia de presas. — Alfa, Alfa, Alfa.

* * *

Ox disse:

— Não entendo.

— Eu sei. Você não entenderia. Não agora.

— Eu vi Ômegas. Quando eles vieram aqui. Antes. Com Thomas. E depois, quando todos vocês se foram. Mesmo com Richard, eles tinham... eles não eram assim. Eles ainda estavam no controle. E depois... Eu não sei. Achei que tivéssemos fechado aquela porta.

Ah, sim. A porta. A conexão com os Ômegas que ele sentiu depois que Richard Collins se tornou um Alfa. Não falávamos muito sobre aquilo.

— Como está? — perguntei.

— Igual a sempre.

Eu disse a mim mesmo que acreditava nele.

Ele estava sentado atrás da mesa no escritório. Joe tinha se recusado a sair do lado de sua mãe enquanto ela cuidava da Ômega. Era tarde. Os humanos tinham ido para casa. Carter e Kelly estavam patrulhando, correndo pelas bordas do território. Robbie estava em seu quarto. Mark estava... bem. Eu não precisava pensar em onde Mark estava. Não era da minha conta.

Cutuquei uma cicatriz longa na madeira da superfície da mesa. Foi feita por uma das crianças do antigo bando, ainda sem controle de sua transformação. Ela morreu quando os caçadores chegaram.

— Eles degradam.

Ox passou uma mão pelo rosto. Ele parecia cansado e tão jovem.

— O quê?

Escolhi minhas palavras com cuidado.

— Ômegas. Eles degradam. O laço, é... uma conexão. É metafísico. Uma emoção. Uma pessoa. Um apego espiritual. Ela mantém um lobo em sua humanidade. Impede que se perca no animal.

— E um bruxo.

Eu levantei os olhos para ele. Ele estava me observando, a cabeça inclinada.

— Eu não...

— Você disse que mantém um lobo em sua humanidade. Funciona da mesma forma com bruxos. Você me disse isso uma vez. — Ele fechou os olhos e recostou-se na cadeira. Ela rangeu sob seu peso.

— Eu te disse muitas coisas.

— Eu sei.

— Não estamos falando de mim.

— Talvez devêssemos.

— Ox.

— Você faz isso, sabe. Desvia. — Ele abriu os olhos. Eles eram humanos. — Não sei por quê.

Fiz uma careta para ele.

— Eu sei o que está fazendo. Essa história de Alfa zen não funciona comigo. Eu não sou um dos seus lobos, Ox, então pare com isso.

Ele sorriu silenciosamente.

— Você me pegou. Mas eu *sou* o seu laço. Não quero que você... Como disse? Degrade.

— Garoto, eu vou chutar seu traseiro lupino até a semana que vem, juro por Deus. Guarde minhas palavras.

Ele riu. Era um som bom. Um som forte. Um calor floresceu no meu peito por estar agradando meu Alfa outra vez, e eu o ignorei.

Ele me encorajou a prosseguir.

— Você estava dizendo?

— Aqueles Ômegas. Os anteriores. Eles não são a mesma coisa. Não estavam tão perdidos. Quanto mais tempo um lobo passa sem um laço, mais selvagem ele se tornará. Não é um processo rápido, Ox. E não é fácil. Perder a cabeça nunca é.

— Você se lembra dela? A mulher descalça. Marie.

Ah, eu me lembrava. Ela era bonita, exceto pela loucura em seus olhos. Ela veio antes de Richard. Uma precursora.

— Ela estava no caminho. Não tão ruim quanto os outros, mas teria chegado lá. Todos eles chegam. No fim das contas.

Ele me observava atentamente.

— Você já viu isso. Antes.

Eu assenti.

— Quem?

— Não sabia o nome dele. Meu pai não me falou. Ele veio ficar conosco. Seu bando havia sido dizimado. Caçadores. Eu era apenas uma criança. Abel tentou ajudá-lo. Tentou ajudá-lo a encontrar um novo laço, algo em que se agarrar. Mas não deu certo. Ele estava perdido em sua dor. Seu Alfa estava morto. Sua companheira estava morta. Seu bando tinha sido destruído. Ele não tinha mais nada. — Olhei para a cicatriz na mesa. — Nada funcionou. Foi... Ele estava lentamente perdendo a cabeça. Você já viu isso de perto, Ox? Começa nos olhos. Eles se tornam... vazios. Cada vez mais vazios. Como se uma luz estivesse se apagando. Você pode ver que entendem o que está acontecendo com eles. Há um reconhecimento ali. Uma compreensão. Mas eles não podem fazer nada para evitar. No fim, ele se perdeu em seu lobo. Ficou completamente selvagem.

— O que aconteceu com ele?

— A única coisa possível.

— Ele foi morto.

Dei de ombros.

— Abel cuidou disso. Disse que era o mínimo que poderia fazer. Meu pai me fez assistir.

— Nossa.

"Nossa" era pouco.

— Foi necessário. Ver o que precisava ser feito. Foi uma misericórdia, no final. — Pensei no lobo no beco de uma cidade esquecida de Montana, em uma bala de prata na cabeça.

— Você era apenas uma criança.

— Você também era quando passou por toda aquela merda. E olhe para você agora.

Ele não achou graça.

— Os outros, então.

Aqueles que encontraram o caminho para Green Creek.

— O que tem eles?

— Nós os entregamos ao homem carrancudo.

— Philip Pappas.

— E ele os levou para o leste. Para o Maine. Para *ela*.

— Eles são mais bem equipados para lidar com Ômegas. — Eu não sabia o quanto realmente acreditava nisso.

Mas Ox deixou passar.

— E se eles não puderam ser salvos? Se não encontraram seu laço?

Eu o encarei, sem piscar.

— Você sabe o que aconteceu, nesse caso.

Ele bateu com o punho na mesa. Ainda era um homem, mas por pouco. Ox sempre estava no controle e raramente se perdia na raiva. Lobo zen.

— Eu não queria enviá-los para a morte.

Balancei a cabeça.

— Às vezes não há outra escolha, Ox. Um lobo selvagem é perigoso para todos. Lobos. Bruxos. Humanos. Você consegue imaginar o que aconteceria se um lobo selvagem chegasse a uma cidade? Se aquela mulher lá em cima cedesse ao seu lobo e trotasse para Green Creek? Quantas pessoas morreriam antes que ela pudesse ser contida? E se você tivesse a chance de fazer algo a respeito e não fizesse, essas mortes seriam culpa sua. Você conseguiria viver consigo mesmo sabendo que poderia ter acabado com isso antes mesmo de começar?

Ele desviou o olhar, a mandíbula tensa. Estava com raiva. Eu não sabia de quem.

— Certa vez meu pai me disse que às vezes, pelo bem de muitos, você precisa sacrificar alguns.

— Seu pai é um babaca.

Eu ri.

— Você não vai ouvir nenhum contra-argumento de minha parte.

— Mas o meu também era.

— Farinha de outro saco, mas o resultado foi o mesmo. O seu usava os punhos. O meu usava palavras.

— E o meu já não é nada além de poeira e ossos — disse Ox. — Mesmo assim, ele me assombrou por muito tempo, dizendo que eu ia sofrer por toda a minha vida.

— Fico feliz que esteja morto — falei, sem me importar como soava. — Ele não te merecia. Nem a Maggie.

— Não. Não merecia. E mamãe e eu não merecíamos o que ele fez com a gente Mas ele se foi, e seu fantasma está desaparecendo.

— Isso é...

— Mas e você?

Dei um passo para trás.

— Eu *o quê*?

Ele esticou as mãos sobre a mesa.

— Seu pai. Ele é carne e osso. Magia, ainda. De novo. De algum jeito.

— Não tenho notícia dele. Não sei onde está. — O escritório parecia menor. Como se as paredes estivessem se fechando.

Os olhos de Ox se arregalaram ligeiramente.

— Eu sei. Não é isso que estou dizendo.

— Então talvez queira chegar logo à porra do seu ponto, Ox.

— Como você conseguiu? Antes de mim.

— Vá se foder — respondi com a voz rouca.

— Você disse que eu era seu laço.

— Você *é*.

— E você disse que há muito tempo não tinha um, antes de mim.

— Ox. Pare.

— Como manteve sua sanidade? — indagou gentilmente. — Como você se impediu de ceder ao seu animal?

Um corvo de madeira, mas ele não precisava saber disso. Ninguém precisava. Era meu. Era para mim. Eu sobrevivi quando todos os outros me abandonaram, e ninguém poderia tirar isso de mim. Nem mesmo Ox. Ele não precisava saber que havia dias em que eu o segurava tão firme que cortava minha carne e o sangue escorria pelos meus braços.

— Você confia em mim? — perguntei entre dentes cerrados.

— Confio — respondeu com aquela voz calma que estava me enlouquecendo. — Quase mais do que em qualquer um.

— Então precisa confiar em mim quando digo para recuar. Isso não está aberto para discussão.

Ele ficou me olhando.

Me esforcei para não me contorcer.

Ele acabou assentindo.

— Está bem.

— Está bem?

Ele deu de ombros.

— Está bem. Mark acha que Michelle sabe mais do que está dizendo.

Eu lutei para acompanhar a reviravolta na conversa.

— Eu não... Achei que isso fosse óbvio. Ela está jogando. É política. Ela ainda não sabe o que fazer com você. Ela não gosta do que não entende.

— Alguém gosta?

— Eu não te entendo, mas gosto muito de você.

— Ela quer o Joe.

E isso não me soou bem.

— O que ela disse depois que você nos expulsou daqui?

— O de sempre. Ela deve ser temporária. Joe precisa assumir seu lugar de direito. Os lobos estão ficando inquietos. Precisam dele, ela diz. Todos precisam que ele seja quem deve ser.

— E o Joe?

Ox sorriu, e eu me lembrei do dia em que o conheci, quando seu pai o levou para a oficina e eu me abaixei para ficarmos da mesma altura, perguntando se ele queria um refrigerante da máquina. O sorriso que ele deu naquela época foi quase o mesmo que deu naquele momento. Ele estava satisfeito.

— Apelou para o ego dela. Disse que achava que ela estava fazendo um bom trabalho e que assumiria quando achasse que era hora.

— E *funcionou*?

— Os Alfas precisam de validação constante, aparentemente. Embora ela não tenha precisado de muito convencimento.

— Sim. Eu acredito. Vocês são todos um bando de cadelinhas carentes.

— Vá se foder, Gordon.

— Mas você está fazendo um bom trabalho.

— Obrigado. É gentil da sua parte… Ah, seu cuzão.

Eu ri dele. Foi bom. Geralmente era bom quando ele estava por perto. Joe podia ser o Alfa que me comandava, mas Ox era o laço que me mantinha inteiro.

— Ela vai enviá-lo outra vez — disse Ox finalmente.

— Pappas.

— Por causa da garota.

— É o certo a se fazer.

Ele estava olhando para mim, mas não me via.

— É? Porque eu tenho minhas dúvidas.

— Pergunte a ele, então. Quando ele chegar.

— Ele vai me dizer o que acha que quero ouvir. O que Michelle mandará que diga.

Eu sorri.

— Então encontre uma maneira de quebrá-lo.

boa ideia/tic tic tic

A GAROTA DIZIA "Alfa" e "por favor" e estendia as mãos.

Ficava agitada ao me ver.

Outras vezes chorava, os braços envolvendo a si mesma, balançando para a frente e para trás.

Elizabeth parecia aflita, passando as mãos pelo cabelo da garota. Ela sussurrava coisas e cantava canções que faziam meu coração doer.

Joe disse aos humanos para ficarem longe dela. Não queria correr o risco de a Ômega atacar.

Ninguém discutiu. Ela os deixava desconfortáveis, o jeito como seus olhos vazios olhavam fixamente para a frente, só ganhando vida quando Joe ou Ox entravam na sala.

Ox tentou trazê-la de volta. Tirá-la da loucura. Por um breve instante, achei que fosse funcionar.

Os olhos dele sangravam, um rosnado baixo na garganta.

Os olhos dela clareavam, e ela piscava lenta e firmemente, como se a neblina estivesse se dissipando, e...

Os olhos ficavam violeta. Ela se afastava dele, se encolhendo em um canto, ao mesmo tempo que esticava a mão para ele, garras se estendendo das pontas dos dedos, oleosas e pretas.

— Alfa — balbuciava. — Alfa, Alfa, Alfa.

EU NÃO FICAVA na casa na maioria das noites. Tinha meu próprio lar. Meu próprio espaço. Já tinha sido de Marty, e depois meu e de Marty. Agora era só meu. Não era nada grandioso, mas eu senti falta dele quase tanto quanto senti falta de Ox enquanto estivemos fora. Na primeira vez que entrei após voltar para Green Creek, meus joelhos fraquejaram e eu me encostei na porta.

Ela ficava em um bairro tranquilo no final de uma rua, recuada em relação às outras casas. Era de tijolos, então os lobos poderiam bufar e soprar o quanto quisessem. Uma árvore de bordo crescia no quintal da frente, com tantas folhas no chão quanto nos galhos. Flores coloridas brotavam na primavera, douradas, azuis, vermelhas e rosa. Havia um pequeno deque nos fundos, grande o bastante para uma ou duas cadeiras. Às vezes eu me sentava lá com os pés apoiados no corrimão, uma cerveja gelada em uma mão e um cigarro na outra enquanto o sol se punha.

Havia dois quartos. Um sempre fora o meu. O outro era do Marty, e agora um escritório. Tinha uma cozinha com eletrodomésticos antigos e um banheiro com um armário de madeira. O chão era de carpete e precisaria ser substituído em breve, algumas bordas estavam desgastadas e desfiadas.

O telhado era novo. Ox e os caras ajudaram.

A casa dos Bennett pertencia ao bando. Mas aquela casa era minha.

Às vezes, quando chegava em casa, eu colocava as chaves na tigela no balcão da cozinha e ficava lá, ouvindo enquanto a casa rangia e se acomodava ao meu redor. Eu me lembrava de Marty se movimentando pela cozinha, me dizendo que a um homem bastavam alguns ingredientes e ele teria um banquete. Na maioria das vezes era um prato congelado preparado no micro-ondas. Ele tinha sido casado uma vez, me contara, mas não tinha dado certo.

— Queríamos coisas diferentes — dissera.

— Como o quê?

— Ela queria que eu vendesse a oficina. Eu queria que ela fosse se foder.

Ele ria toda vez que contava isso. O que sempre resultava numa tosse de fumante, úmida e pegajosa, seu rosto vermelho enquanto ele batia no joelho.

Ele não era um bruxo.

Ele não era um lobo.

Ele não era do bando.

Ele era um humano que fumava demais e falava um palavrão a cada duas palavras.

A morte dele doeu.

Tive a impressão de ter visto Mark no velório, de pé na borda da multidão surpreendentemente grande. Mas quando abri caminho entre os que ofereciam condolências, ele tinha sumido, se é que estivera lá. Disse a mim mesmo que estava imaginando coisas.

Afinal, os lobos tinham ido embora.

Alguns dias após a Ômega ter surgido das árvores, eu abri a porta da minha casinha. Meu pescoço estava rígido e meus ombros doíam. Tinha sido um dia longo, e eu não era mais tão jovem. O corpo cobrava o preço do trabalho. Eu tinha um velho frasco de analgésicos na gaveta da cabeceira ao lado da cama, mas eles sempre me deixavam confuso e lento. De toda forma provavelmente já estavam vencidos.

Um prato congelado no freezer chamava meu nome. *Enchiladas* apimentadas que me davam azia. Uma lata de cerveja restante do engradado com doze. Um cigarro para finalizar. Uma refeição digna de rei. Uma maneira perfeita de passar uma noite de sexta-feira.

Ou teria sido, se não tivesse ouvido uma batida na porta mesmo antes de conseguir chegar até o quarto.

Pensei em ignorar.

Então, através da porta:

— Nem pense nisso, Gordon.

Eu gemi.

Conhecia aquela voz. Ouvia aquela voz todos os dias.

Acabara de dizer *adeus* àquela voz algumas horas antes.

Abri a porta.

Rico, Chris e Tanner estavam na entrada da minha casa.

Obviamente tinham ido para casa e se arrumado. Tomaram banho e trocaram de roupa. Rico vestia calça jeans e uma camiseta que o proclamava uma máquina do amor sob uma camisa de flanela de manga comprida. Chris usava sua antiga jaqueta de couro que pertencera ao pai. Tanner vestia uma camisa social para fora da calça cáqui.

E todos me olhavam com expectativa.

— Não, de jeito nenhum — falei, e tentei bater a porta na cara deles.

Antes que eu conseguisse, eles se enfiaram para dentro.

Pensei em abrir o chão sob seus pés e enterrá-los embaixo da minha casa.

Não o fiz apenas porque seria muita bagunça para limpar depois.

E também porque haveria perguntas.

— Vamos sair — anunciou Rico de maneira grandiosa, como se ele fosse a resposta para todos os meus problemas.

— Bom para vocês — grunhi. — Divirtam-se. Agora saiam. E onde diabos vocês dois acham que estão indo?

Chris e Tanner estavam caminhando pelo corredor em direção aos quartos.

— Não se preocupe conosco — disse Chris por cima do ombro. — Apenas fique aí parado e continue parecendo bravo.

— Robbie estava certo — falou Tanner para ele. — Nunca tinha reparado nessas sobrancelhas assassinas antes. Agora não consigo parar de pensar nelas.

— É bom não mexerem em nada! — gritei para eles.

— É, eles vão mexer em muitas coisas — disse Rico, dando um tapinha no meu ombro enquanto passava por mim a caminho da cozinha. Não pude fazer nada além de segui-lo, resmungando ameaças de morte entre dentes cerrados. Ele abriu a geladeira, franzindo a testa para o conteúdo. Que, reconheço, não era muito.

— Não vou ao mercado há um tempo — murmurei.

— Isso é triste — falou. — Isso me deixa triste.

— Bem, você poderia ir embora. Aí não ficaria mais triste.

Ele estendeu a mão para dentro da geladeira e pegou minha última cerveja. Fechou a porta e abriu a lata.

— Não. Não adiantaria nada. Porque estaria pensando em você aqui e continuaria triste. — Ele deu um longo gole.

Eu o encarei.

Ele arrotou.

Continuei encarando.

Ele sorriu.

Definitivamente precisei me segurar para não socar a cara dele.

— Por que estão aqui, Rico?

— Ah! Isso. Certo. Que bom que perguntou.

— Não vou gostar nem um pouco, vou?

— Não, provavelmente não. Bem, pelo menos não de início. Mas depois você vai *amar*.

— Vamos sair — anunciou Chris, entrando na cozinha.

— E você vai conosco — disse Tanner, logo atrás.

— Faz tempo demais desde a última vez que não saímos só nós — falou Rico, bebendo mais da minha cerveja. — Tudo tem sido só lobos e bando e coisas assustadoras saindo das árvores querendo me comer. E nem me fale nos Alfas nos fazendo trabalhar até a morte.

— Por que precisamos correr? — perguntou Chris, com a cabeça inclinada para trás em direção ao teto. — Por *quilômetros*, ainda por cima. Quer dizer, entendo a coisa toda de *fugir de monstros*, mas já sei fazer isso. — Ele deu um tapinha em sua barriga enxuta. — Acha que eu pedi isso? Talvez eu *quisesse* uma barriga de cerveja.

— E não se esqueça dos outros lobos — acrescentou Tanner, com os braços cruzados sobre o peito. — São tão ruins quanto. Nem sequer ficam suados. Eles têm presas. E garras. E conseguem pular muito alto.

— É completamente injusto — concordou Rico. — É por isso que não estamos convidando nenhum deles, e vamos sair para encher a cara hoje à noite, mais do que podemos na nossa idade, e amanhã vamos acordar lamentando tudo.

Não. Nem pensar.

— A oficina…

— Ox e Robbie vão abrir amanhã — disse Tanner tranquilamente.

— Tenho faturas para…

— Jessie disse que cuidaria delas — rebateu Chris. — Eu a convidei para ir conosco, mas ela disse, e cito, "Prefiro assistir ao meu ex-namorado fazendo sexo com seu companheiro lobisomem". — Ele franziu a testa. — E acho que ela falou sério.

— Eu não gosto o suficiente de nenhum vocês para…

— Você está mentindo — falou Rico. — *Pendejo.*

Dei um gemido.

— Não posso ter uma noite só para mim?

— Não — disseram todos eles.

— Eu e Tanner separamos as roupas e pusemos na sua cama — comunicou Chris. — Vá se trocar.

— Porque você não é confiável para se vestir — concordou Tanner.

— Vão se foder.

— Talvez se Bambi estiver disposta a dividir — respondeu Rico, olhando lascivamente para mim. — Mova essa bunda, Livingstone. O tempo não espera por ninguém.

* * *

GREEN CREEK TINHA DOIS BARES. O Farol era o que todos frequentavam nas noites de sexta-feira. O Mack's era o que a maioria das pessoas tentava evitar, já que os copos eram sujos e havia grandes chances de Mack cuspir na sua bebida e proferir discursos terrivelmente racistas enquanto assistia à antiga televisão instalada na parede, que só exibia episódios velhos de *Perry Mason*.

Fomos para o Farol.

Não havia um farol em Green Creek. Sequer ficávamos perto do oceano. Era apenas uma daquelas coisas que ninguém questionava.

O estacionamento estava cheio quando chegamos na caminhonete do Tanner. Música country flutuava alta pela porta aberta, junto com explosões de risadas. As pessoas ficavam do lado de fora em grupos, a fumaça subindo pesadamente em direção ao céu noturno.

— Lotado — disse Chris.

— Poderíamos simplesmente ir para casa — observei.

— Não.

— *Eu* poderia simplesmente ir para casa.

— Nem pensar.

Os caras abriram as portas e desceram da caminhonete.

Eu não me mexi.

Rico inclinou a cabeça para trás.

— Saia. Ou eu te dou um tiro. Estou armado.

— Você não faria isso.

Seus olhos se estreitaram.

— Duvide de mim, Gordon.

Rico tinha ficado mais assustador desde que descobrira sobre os lobisomens. Quase acreditei nele.

Saí da caminhonete.

As pessoas acenaram para nós ao entrarmos. Era o preço de viver em uma cidade pequena. Todo mundo se conhecia. Eu era o cara que consertava os carros deles, que às vezes comia no restaurante. Eu era um local. O mesmo valia para os caras. Claro, Chris e Tanner tinham saído por um tempo, mas voltaram, o mundo era grande demais para eles. Rico já estava trabalhando para mim. Chris e Tanner começaram logo depois. E depois disso nunca mais saíram.

Mas era isso que éramos para eles. Os caras da oficina. Moradores locais.

Eu me perguntava o que pensariam se soubessem de tudo.

Eu acenei de volta, sem querer parar nem para algumas poucas palavras. Só queria que encontrássemos algum canto escuro, pegássemos algumas jarras de cerveja e saíssemos dali em uma ou duas horas. Se eu realmente quisesse poderia ter recusado, mas de fato fazia um tempo que não saíamos só nós quatro. Tentamos uma vez depois da morte de Richard Collins. Não falamos muito, encarando nossas cervejas, os caras ainda putos comigo por ter ido embora.

E depois a vida aconteceu. Ficamos ocupados. O bando. A oficina. Rico conheceu Bambi. Tanner começou a fazer alguns cursos online de gestão para poder lidar melhor com as finanças da oficina e do bando. Chris começou a interrogar Elizabeth e Mark sobre tudo relacionado a lobos, tentando descobrir o máximo possível sobre um mundo que ele não soube que existia durante a maior parte de sua vida.

Eu ainda os via todos os dias. Mas todos nós tínhamos outras coisas acontecendo.

Bem, *eles* tinham outras coisas acontecendo.

Eu estava fazendo o meu melhor para ignorar o óbvio, trabalhando demais e dormindo pouco.

— Meu *bebê*! — gritou uma mulher.

— *Mi corazón* — ronronou Rico enquanto seus braços subitamente eram preenchidos por cabelos loiros, perfume floral e seios falsos.

Bambi era… Bambi. Uma moradora local que trabalhava no bar desde que se formou no ensino médio, o que, infelizmente, não fazia tanto tempo quanto eu gostaria. Ela era uma garota do interior que servia cervejas para uma multidão majoritariamente masculina, bonita e um pouco rústica. Suas unhas estavam pintadas de vermelho-sangue, assim como seus lábios, e ela usava shorts curtos que provavelmente rendiam mais gorjetas. Tinha um pano sobre o ombro enquanto colocava os braços em volta do pescoço de Rico, dando-lhe beijos grudentos, deixando batom em suas bochechas e seu queixo.

Tanner pareceu horrorizado.

Chris achou graça.

Rico estava com os braços cheios de Bambi.

Revirei os olhos.

Um homem que eu não reconheci estava tropeçando atrás dela. Por um instante, pensei que continuaria andando.

Em vez disso, ele retraiu a mão e deu um tapa na bunda de Bambi.

Ela ficou tensa.

Eu suspirei.

Quase mais rápido do que meus olhos conseguiam acompanhar, ela girou e o agarrou pelo braço e o torceu até as costas dele. O homem gritou de dor enquanto ela chutava a parte de trás de seus joelhos, forçando-o a se ajoelhar. Sua garrafa de cerveja se despedaçou no chão. As pessoas no bar ficaram em silêncio enquanto ela puxava o braço dele para trás, quase quebrando-o.

— Me toque novamente sem minha permissão — disse ela, sua voz aguda e doce — e eu arranco seus testículos. Entendeu?

O homem assentiu freneticamente.

— Ótimo — falou ela, beijando sua bochecha. — Agora saia. E se eu te pegar de novo no meu bar, *acabo* com você.

Ela o soltou e ele se levantou e esbarrou com dois homens grandes que trabalhavam para Bambi como seguranças. Eles o pegaram pelos braços e levaram para fora do bar.

A música recomeçou.

As pessoas voltaram a falar em voz alta.

— Eu amo essa mulher para caralho — sussurrou Rico, maravilhado.

— Sim — disse Chris. — Uma pergunta. Quando ela recobrar o juízo e terminar com você, qual é o tempo apropriado no código de amigos para eu poder chamá-la para sair?

— Seis meses — respondeu Tanner.

— Sete — falou Rico. — Para eu ter tempo suficiente para curar meu coração partido. E quando o fizer, lembre-se sempre de que eu cheguei primeiro.

— Gordon — disse Bambi com um sorriso sabido no rosto. — Bem, você é um colírio para os olhos. Esses degenerados finalmente te arrastaram para fora de casa, hein?

— Essa doeu — comentou Rico.

As pessoas subestimavam Bambi. Seu nome. Sua aparência. O fato de que era proprietária de um bar quando ela mesma tinha poucos anos além da idade permitida para beber. Mas ela era quase tão assustadora quanto os lobos e mais inteligente do que a maioria acreditava.

E por algum motivo, adorava Rico. Eu não a enfrentaria, mas questionava seu gosto para homens.

— Contra a minha vontade — assegurei.

Ela bateu palmas.

— Ótimo. Fico feliz que tenha dado certo. A mesa dos fundos está pronta para vocês. Sentem-se e vou trazer algumas jarras.

Ela deu um beijo na bochecha de um Rico atordoado antes de abrir caminho pela multidão, gritando para as pessoas saírem da frente.

— Não sei o que ela vê nessa sua cara feia — disse Chris, empurrando Rico.

— Meu sabor latino — respondeu Rico com um sorriso bobo no rosto. — Ela se cansou do pão branco.

Tanner revirou os olhos, mas começou a liderar o caminho em direção aos fundos do bar.

Como não poderia deixar de ser, havia uma mesa vazia no fundo com um cartão dobrado, que dizia que estava RESERVADA (NÃO SE SENTEM AQUI SE NÃO FOR PARA VOCÊS, CUZÕES) em femininas letras cor-de-rosa. Ela me deixava muito confuso.

Rico me empurrou para o banco primeiro, e então se encaixou ao meu lado. Tanner e Chris ocuparam o outro lado. Chris tirou um pequeno bloco de notas de um bolso interno da jaqueta. Ele o abriu, colocando-o sobre a mesa diante dele. Franziu a testa, batendo nos bolsos externos antes de tirar um lápis curto que parecia ter sido roído repetidamente.

— Certo — disse ele, abrindo o bloco em uma folha em branco. — A reunião para arranjar uma transa para o Gordon já pode começar.

E tinha ido tão bem até ali.

— O quê — falei secamente.

— O que o Gordon procura em um homem? — perguntou Tanner, recostando-se no banco.

— Ele precisa ser um pouco malvado — sugeriu Rico, esfregando o queixo reflexivamente. — Não pode ser sensível, porque Gordon é um cuzão e faria pessoas sensíveis chorarem.

— Sério. O quê — repeti.

— Ahã — concordou Chris, anotando alguma coisa no papel. — Precisa ser malvado. Entendi. O que mais?

— Tem que ter barba — observou Tanner. — Ele tem uma queda por barbas. Tem que deixar aquele arranhão de barba no cu dele.

— De que *porra* vocês estão falando...

— Provavelmente deve ser mais alto também — refletiu Rico. — Gordon gosta dos grandões.

— Peludo e gordo — murmurou Chris, curvado sobre o bloco.

— Não *gordo* — objetou Rico. — Bem, não que tenha algo errado em ser mais pesado. — Ele me encarou com os olhos semicerrados. — Você se importa com um pouco de carne extra? Um pouco de amortecimento? Eu sei que você é versátil. Por que sei disso? Não quero nem pensar.

— Eu vou matar todos vocês — prometi sombriamente.

— Ele gosta deles um pouco lupinos — disse Tanner.

— Lupinos — repetiu Chris, o lápis correndo pelo papel.

— Capaz de se virar numa briga — falou Rico.

— Provavelmente também tem que saber do segredo sobre *meus--braços-brilham-no-escuro* — acrescentou Tanner.

— Eles não brilham no *escuro*...

— Isso é verdade — concordou Rico. — E deve ser alguém com quem ele se sinta à vontade. Alguém que ele conheça.

— Certo, certo — disse Chris.

Bambi apareceu como que por mágica, segurando uma bandeja com duas jarras e quatro canecas geladas em uma mão. Ela as colocou habilmente sobre a mesa sem derramar uma gota. Sorriu para Rico enquanto colocava as canecas na nossa frente e as jarras no meio da mesa.

— O que estão tramando?

— Tentando arrumar uma transa para o Gordon — respondeu Rico alegremente.

— Uhhh — disse ela. — Homem ou mulher?

— Homem.

— Pode deixar — declarou antes de desaparecer pelo lugar de onde viera.

Servi raivosamente um pouco de cerveja. Tinha mais espuma do que líquido.

Rico pegou a outra jarra e começou a encher as canecas restantes.

— O que mais?

— Precisa de mais alguma coisa? — perguntou Chris, franzindo o cenho para o bloco de notas.

— Acho que isso praticamente resume tudo — respondeu Tanner.

— Ok — disse Rico. — Vamos recapitular.

Chris pegou o bloco de notas e o segurou perto do rosto, estreitando os olhos para as palavras.

— Ok. Com base nos nossos critérios de ser peludo, grande, lupino e saber sobre como Gordon usa raios de força porque ele é praticamente um Jedi...

Engoli furiosamente a espuma.

— ... isso nos deixa com duas opções para Gordon.

— Ótimo — comemorou Rico. — Isso facilita muito nosso trabalho. Quem são eles?

— Carter ou Mark Bennett.

Eu cuspi espuma na mesa.

Rico me deu tapinhas nas costas.

— Boas escolhas, embora eu sinta que uma é mais óbvia que a outra. Prós e contras?

— Carter é jovem — falou Tanner antes de arrotar. Limpou a boca. — Provavelmente conseguiria ficar duro mais de uma vez por noite. Provavelmente gosta de aprender. E gosta de alegrar o público, se é que me entende. Jovens são sempre ansiosos. — Fez uma careta. — Queria não ter dito desse jeito.

— E ele é grande — disse Rico. — E sabemos que é bem-dotado por causa de todas as vezes que o vimos pelado. Porque é lobisomem. O que é ótimo para minha autoestima.

— Pênis grande — falou Chris, anotando.

— E ele é o segundo de Joe — comentou Tanner. — O que significa que é determinado.

— Ótimo ponto — observou Rico. — Contras?

— Ele só transa com mulheres — declarou Chris.

— Por enquanto — ponderou Tanner. — Kelly não disse que os lobisomens são todos fluidos? Talvez ele ainda não tenha encontrado um homem que o empolgasse. — Ele olhou para mim. — Talvez ele não devesse começar com o Gordon. Ele é mais do tipo "trabalhe até chegar lá". Ou um último recurso.

Apontei minha caneca para ele.

— Você será o primeiro a morrer.

— E embora ele seja jovem, pode ser jovem *demais* para o Gordon — disse Rico. — Gordon tende a gostar que sejam um pouco mais... maduros. Sejam um pouco mais rodados, sabe?

— E você será o segundo — rosnei para ele.

— Também não detectei nenhuma química sexual entre os dois — observou Chris. Ele me olhou. — Aconteceu alguma coisa na estrada? Uma noite, talvez, quando vocês dois estavam se sentindo um pouco mais solitários do que o normal, de repente você não se aguentou e ele chupou seu...

— Você vai ficar por último — avisei. — Enquanto os gritos dos outros ainda estiverem ecoando nos seus ouvidos.

— Vamos passar para o Mark — sugeriu Rico. — Prós e contras?

— Eles têm história — disse Tanner antes de tomar o resto de sua cerveja.

— Isso é um pró ou um contra? — indagou Chris, enchendo minha caneca vazia. Ganhei menos espuma dessa vez.

— Não sei — respondeu Rico. — Gordon, isso é um pró ou um contra?

Limpei a boca, enfurecido.

— Vou colocar nos dois — decidiu Chris.

— Ele é o tipo do Gordon — declarou Tanner.

— Ele basicamente *estabeleceu* o tipo do Gordon — afirmou Rico.

— Vocês sabem quanto tempo uma pessoa leva para sufocar? — perguntei a eles. — Normalmente cerca de três minutos. Posso fazer durar um minuto e meio.

Eles me ignoraram.

— E ele é grandão — falou Tanner.

— E peludo — acrescentou Chris. — Exceto pelo topo da cabeça.

— Todo aquele pelo no peito — disse Rico. — Caramba, fazer parte de um bando de lobisomens de maioria masculina deve ser como um banquete para os gays. — Ele me chutou por baixo da mesa. — É um banquete para você? Toda essa carne masculina em exibição?

— Pena que a Jessie não é uma loba — lamentou Tanner com um suspiro.

— Ela é minha *irmã* — rosnou Chris, tentando perfurá-lo com o lápis.

— A Elizabeth é gostosa para uma mulher mais velha — comentou Rico. Então seus olhos se arregalaram. — Por favor, não contem a ela que eu disse isso. Não quero fazer uma imitação de Ox *versus* Richard Collins e ver minhas entranhas do lado de fora.

— Nossa — falou Tanner. — Cedo demais, cara. Cedo demais.

Chris balançou a cabeça para Rico, claramente decepcionado.

— *Lo siento* — disse Rico. — Senti que foi errado assim que falei, mas já tinha ido. Não vai se repetir. Onde paramos?

— Mark e Gordon — relembrou Tanner.

Chris assentiu.

— Até agora temos muito mais prós do que contras.

— Contras — ponderou Rico. — Contras, contras, contras. Ah! Eu tenho um. Tipo, eles terminaram e tal por razões que Gordon ainda não explicou direito, por mais que ele seja o parceiro mágico lunar místico de Mark, ou sei lá o quê. E ele não nos contou por que não conseguiram se acertar depois que Gordon voltou, mesmo que às vezes se olhem como se quisessem engasgar com o pau do outro.

Lancei um olhar feroz para ele.

Ele deu de ombros.

— O que foi? Você sabe que é verdade.

— Engasgar com o pau — murmurou Chris, escrevendo exatamente assim em seu bloco de notas.

— Não vou contar porra nenhuma — retruquei. — Aliás, vocês estão todos demitidos. E expulsos do bando. Nunca mais quero ver nenhum de vocês. Nunca mais.

Rico assentiu com empatia.

— Sim, eu provavelmente diria a mesma coisa no seu lugar, caso estivesse cercado por amigos muito mais inteligentes.

— Por que não conseguem deixar isso quieto?

— Porque somos seus amigos — respondeu Tanner. — Nós te apoiamos há mais tempo do que qualquer um. Conquistamos o direito de avisar quando está fazendo merda.

— Jessie me disse que você estava ficando patético — admitiu Chris. — Ela falou que desde que o Mark conheceu o Dale… Ai, quem me *chutou*, caralho?

— Concordamos que não mencionaríamos o nome dele! — sussurrou Rico para ele. — *Que te jodan.*

— Não precisava me *chutar*. Suas botas têm biqueiras de aço, puto!

— Jessie disse que você estava mais rabugento do que o normal — falou Tanner, lançando um olhar de reprovação para Chris.

— Não estou mais rabugento do que o normal — respondi. — *Sempre* fui assim.

— É — disse Rico. — Mais ou menos. Piorou um pouco. Os lobos estão começando a sentir. — Ele olhou por cima do ombro antes de se inclinar para a frente. — Sabe — sussurrou —, através dos *sentimentos* deles. — Balançou os dedos na minha direção.

— Vocês são idiotas pra caralho — falei. — E a próxima pessoa que abrir a boca vai descobrir como é viver sem testículos.

Eles me encararam.

Eu os encarei de volta, um por um, para garantir que soubessem que eu estava falando sério. A magia não funcionava assim, mas eles não sabiam.

Por mais que eu quisesse esmagar suas caras na mesa, eles estavam apenas cuidando de mim como sempre fizeram. Tanner estava certo. Eu os conhecia havia mais tempo do que a qualquer outro. Eles estiveram presentes nos piores momentos, mesmo quando não sabiam o que estava acontecendo. A destruição do meu primeiro bando, ter sido deixado para trás pelo segundo. Mark pedindo permissão ao seu Alfa para me cortejar. Mark me dando seu lobo. Eu dando um ultimato a ele e Mark escolhendo o bando.

Mark, Mark, Mark.

Eles tentaram esconder Dale de mim. Como se eu me importasse. Como se eu fosse *frágil*. Como se a simples ideia de Mark com outra pessoa fosse tão devastadora que me impediria de funcionar.

Eu vivi mais da minha vida sem ele do que com ele.

Não importava para mim. Mark podia fazer o que quisesse.

Eu não dava a mínima. O fato de que *eu* não ficava com mais ninguém havia anos não queria dizer nada. Era…

— Ah, merda — disse Chris, com os olhos arregalados. — Não era para acontecer isso.

— O quê? — perguntou Tanner, olhando para a multidão. — Do que você… Ah, merda. Hã. Gordon! Ei, Gordon! — Ele bateu na mesa. — Ei, cara. Olhe para mim! Olhe bem para mim. Então, vamos falar sobre algo diferente. Tipo… hã. Ah! Você ainda está pensando em abrir outra oficina? Isso seria ótimo. Simplesmente… ótimo.

— Que diabos há de errado com vocês dois? — indagou Rico, com os olhos estreitos.

Chris sacudiu a cabeça como se estivesse tendo um ataque, os olhos se movimentando de um lado para o outro.

Rico olhou por cima do ombro. Emitiu um ruído estranho na garganta e começou a tossir.

Eu me virei para ver o que eles estavam olhando.

— Não! — gritou Tanner, chutando minha canela.

— Qual é o seu problema? — rosnei para ele, me abaixando e massageando a perna.

— Nenhum — respondeu. — Vacilo meu. Não queria fazer isso. Só… Ei! Gordon!

— O quê?

— Como você está? *De verdade*. Sinto que não conversamos há tempos. Sabe?

— Nós almoçamos juntos hoje — lembrei a ele. — Só nós dois. Por uma hora.

— Certo — falou Tanner, balançando a cabeça freneticamente. — Muito gentil da sua parte. Eu agradeci? Porque aquilo foi realmente… legal. Eu agradeço… Meu Deus, por que ele está vindo para cá? Ele está *louco*?

Rico se virou em seu assento, ajoelhando no banco.

— *Vete* — sibilou. — *Vete*!

— Com quem você está…

— Oi, pessoal. Como estão as coisas?

Mark Bennett parou ao lado da nossa mesa. Estava bonito. A cabeça estava recém-raspada, e a barba tinha sido aparada. Usava um suéter que eu nunca tinha visto, gola em v, cor de vinho, justo nos braços e nos ombros. A calça jeans estava apertada nas coxas, e ele assomava sobre mim. Houve um pulsar de *bandobandobando* em algum lugar no fundo da minha mente, e se veio dele ou de mim, eu não sabia dizer. Os humanos podiam sentir, mas não conseguiam transmitir. Então tinha que ser de um de nós. Havia algo mais, algo que parecia *verde* e *azul*, mas eu não consegui entender, não consegui registrar antes que se afastasse tão rapidamente quanto havia chegado. Foi um pensamento… uma ideia… mas ele o conteve. Aprendemos desde cedo a nos proteger dos membros do nosso bando. Ninguém tinha acesso a tudo que se passava em nossas cabeças. Eu poderia tentar. Uma pergunta lançada como as ondulações na superfície de um lago. E talvez ele respondesse. Mas eu não achava que queria saber.

Principalmente quando vi um homem ao lado dele.

Ele era magro, tinha pele clara e olhos escuros. Seu cabelo estava propositadamente bagunçado. Parecia um pouco mais jovem do que eu. Ele lançou um sorriso nervoso para nós, os lábios trêmulos. Estava perto de Mark, seus braços se tocando. Parecia comum ao lado de Mark. Assim como a maioria das pessoas.

— Oi — respondi, desviando o olhar. — Mark. Que surpresa.

— Eu não sabia que você estaria aqui.

— Nem eu.

— É — disse Rico, soando como se estivesse tentando não rir ou gritar. Eu não sabia exatamente qual. — Nós o trouxemos aqui esta noite. Você sabe. Noite dos humanos e tal.

Pisei no pé dele por baixo da mesa.

— Eu quis dizer noite dos *garotos* — gritou. — *Mierda*.

— Dale — cumprimentou Tanner. — Prazer em revê-lo.

Virei lentamente para olhá-lo.

Ele empalideceu.

— Hum. Digo… Me ignore. Bebi demais.

— Oi, Tanner — falou Dale, sua voz grave e rouca. Era mais grossa do que eu havia imaginado. Não gostei. — Chris. Bom te ver também.

Chris apenas balançou a cabeça e bebeu o resto da cerveja em um gole longo e lento.

— Oi — disse Dale, e percebi que estava falando comigo. — Acho que não nos conhecemos.

Os caras da mesa prenderam a respiração.

Idiotas do caralho.

Sorri para Dale, ligando o charme. Ele pareceu um pouco deslumbrado. Mark não. Parecia lamentar sua própria existência. Eu não o culpava. Havia sangue na água, e eu estava a fim de rodear.

— É. Que coisa. E parece que você já conheceu todo mundo aqui. — Chris se encolheu. Tanner estava imóvel, como se eu não pudesse vê-lo sentado bem na minha frente. — Eu sou Gordon. Prazer em conhecê-lo. — Estendi a mão, e ele a apertou educadamente.

— Gordon — falou. — Ouvi muito sobre você.

— Sério? — respondi, me forçando a parecer entretido. — Ora, vejam só. Você fala de mim, Mark?

— Claro que sim — respondeu Mark baixinho, aqueles olhos de gelo em mim. — Você é importante.

Lutei para conservar o sorriso no rosto. Foi uma batalha que eu quase perdi.

— Certo — falei. — Importante. Porque temos muita história.

— Muita.

Dale parecia confuso, mas disse:

— Velhos amigos, então?

Voltei meu sorriso para ele.

— Desde a infância. Crescemos juntos. Depois ele se foi e eu fiquei. Nos afastamos. Sabe como é.

— Ah? — falou Dale, olhando para Mark. — Não sabia disso.

— Tive que partir — explicou Mark, as mãos em punhos ao lado do corpo. — Assunto de família.

— Sim — concordei. — Família. Não há nada mais importante do que a família.

— Certo — assentiu Dale lentamente, olhando para mim e para ele. — Pode mesmo ser a coisa mais importante.

— Ah, eu não sei — falei. — Às vezes uma família escolhida é melhor do que a de sangue. Mas isso não vale para todos. — Acenei para os caras em volta da mesa. — Não tenho parentesco com nenhum desses idiotas, mas são meus ainda assim. Por enquanto.

— Estamos ferrados — sussurrou Rico para Tanner e Chris.

— E *às vezes* as pessoas são colocadas em posições em que não lhe permitem qualquer escolha — acrescentou Mark calmamente.

— Meu Deus — murmurou Tanner. — Eles precisam fazer isso *agora*?

Dale riu desconfortavelmente.

— Acho que perdi alguma coisa.

Acenei displicentemente.

— Nada. Não perdeu nada. Porque *eu* não perdi nada. Certo, Mark?

— Certo — respondeu Mark, cerrando os olhos.

Rico limpou a garganta.

— Por mais divertido que isso seja… e acreditem em mim, nunca estive tão entretido em toda a minha vida… não queremos atrapalhar seu… encontro.

— Poderiam se sentar com a gente — ofereceu Chris. Em seguida empalideceu completamente ao olhar para mim. — Hmm, não. Não façam isso. Vão embora. — Ele fez uma careta. — Não queria que soasse deste jeito. Apenas não… fiquem aqui.

Tanner colocou o rosto nas mãos.

— Certo — disse Dale. Ele parecia ser um cara legal. Eu odiava caras legais. — Não vamos incomodar. Já faz um tempo que não tenho esse aqui só pra mim. Vou aproveitar.

— Jesus — murmurou Rico. — De todas as coisas que ele podia dizer.

— Parece divertido — falei alegremente. — Prazer em conhecê-lo. Tenho certeza de que nos veremos novamente.

— O prazer foi meu — respondeu Dale antes de puxar Mark em direção ao bar.

Eu os observei até desaparecerem na multidão antes de me virar lentamente de volta para a mesa. Rico, Tanner e Chris se encolheram ainda mais em seus assentos. Tomei um longo gole da minha cerveja.

— Ele é legal — arriscou Chris.

— Trabalha em uma cafeteria — acrescentou Tanner. — Lá em Abby.

— Só o vimos uma vez — disse Rico. — E apesar de na frente dele termos dito que o achamos um cara legal, obviamente estávamos mentindo, afinal, por que acharíamos isso quando você é nosso amigo?

— Quando menos esperarem — falei. — Quando isso tiver escapulido das suas mentes. Quando tiverem se esquecido deste momento, é aí que vou pegá-los.

Não deveria ter me sentido tão bem quanto me senti ao ver o medo nos olhos deles.

Eu estava bêbado.

Não totalmente embriagado, mas já tinha passado do levemente tonto.

Estava me sentindo bem.

A cerveja pesava no meu estômago.

— Tenho que ir ao banheiro — avisei a eles sobre o burburinho do bar lotado.

Eles assentiram, mas não desgrudaram os olhos dos seus tablets de trivia. O caderno tinha sido guardado, e não houve mais discussão sobre prós e contras.

Eu me levantei da mesa. Minha cabeça flutuava agradavelmente. Abri caminho pela multidão, sentindo mãos baterem em minhas costas, ouvindo meu nome ser dito em saudações. Sorri. Acenei. Mas não parei.

Tinha fila para o banheiro das mulheres.

Todas mulheres de cidades pequenas.

O mictório estava em uso no banheiro dos homens, um braço apoiado na parede enquanto o cara urinava. A porta do cubículo estava fechada, e de dentro vinha o som de vômito.

O banheiro estava muito quente. Cheirava a mijo, merda e vômito.

Saí de volta para o bar.

Estava mais quente.

As coisas estavam começando a girar um pouco.

Eu precisava de ar.

A frente do bar estava muito lotada.

Fui para a lateral do bar.

Bambi piscou para mim enquanto servia bebidas.

Inclinei a cabeça em direção à porta dos fundos atrás do balcão.

— Vai fundo! — gritou ela por cima do barulho. — Ainda procurando pra você, se é que me entende?

Eu entendia. Não me importava.

O ar da noite foi um choque contra minha pele aquecida.

A porta se fechou atrás de mim, os sons do bar foram abafados.

Inspirei profundamente e soltei o ar lentamente.

A viela estava vazia. Tinha chovido enquanto estivemos lá dentro. Água pingava das calhas entupidas de folhas secas. Um carro passou pela rodovia, os pneus girando sobre o asfalto molhado.

— Caralho — murmurei, esfregando a testa. Eu estaria péssimo no dia seguinte. Estava ficando velho demais para ter uma noite de bebedeira sem ter que pagar por isso. Em outros tempos eu poderia tomar cerveja até uma da manhã e estar pronto para entrar na oficina às seis. Esses tempos já tinham passado.

Caminhei pela viela, afastando-me da rua. Havia uma lixeira à direita, encostada contra a parede do bar. A loja de ferragens ficava à esquerda. Passei os dedos pela parede de tijolos, úmida e áspera.

Fui para o outro lado da lixeira e urinei contra a parede.

Gemi de alívio. Durou uma eternidade.

Me sacudi antes de guardar o pau de volta na calça.

A ideia de voltar para dentro era péssima.

Pesquei meus cigarros do bolso e tirei um do maço amassado. Coloquei-o entre os dentes. Não consegui encontrar meu isqueiro. Devia ter esquecido em casa. Olhei em volta, me certificando de que estava sozinho antes de estalar os dedos. Houve uma faísca e num instante uma pequena chama surgiu na ponta dos meus dedos. Meus braços estavam cobertos, mas senti o pulso quente quando uma pequena tatuagem perto do meu cotovelo esquerdo se acendeu.

Aproximei a chama da ponta do cigarro e inspirei. Queimou meus pulmões. A nicotina passou por mim e expirei uma nuvem de fumaça.

Um pingo de água caiu em minha testa.

Fechei os olhos.

Escutei uma voz à minha direita.

— Essas coisas vão te matar.

Claro.

— Já me disseram isso.

Passos se aproximaram.

— Lembro do seu primeiro. Você se achou descolado. E depois começou a tossir tanto que achei que fosse vomitar.

— É preciso se acostumar. O primeiro sempre dói. — Ah, os jogos que jogávamos.

— Ah, é?

Inspirei.

— Eu sentia o gosto, sabe. Na sua língua.

Eu sorri preguiçosamente.

— Sim, eu sei. Você sempre reclamava, apesar de eu achar que você gostava.

— Era como folhas queimando. Fumaça na chuva.

— Que poético da sua parte.

Ele bufou.

— Sim. Poético.

Abri os olhos, baixando-os para observar como a fumaça girava ao redor dos meus dedos.

— O que você quer, Mark?

Ele estava coberto pela sombra, parado mais para perto da entrada da viela. Pessoas tropeçavam atrás dele na rua, mas não notavam a nossa presença. Para eles, nós não existíamos.

Eu deveria saber que ele me seguiria para fora.

Ou talvez eu *soubesse*.

— Quem disse que eu quero alguma coisa? — perguntou ele.

— Você está aqui.

— E você também.

— Quem disse que eu quero alguma coisa?

Dois brilhos laranja como a guimba do meu cigarro ardiam na escuridão.

— Nunca disse que você queria.

As pessoas achavam que eu era durão. Um caipira. O cara rústico da oficina. Não estavam erradas. Mas não conheciam tudo sobre mim. Cuspi no chão.

— Dale parece simpático. Seguro e suave. Diga-me, Mark. Você acha que ele está se perguntando onde você está agora? Você disse a ele que voltaria logo após me ver sair?

— Ele está com um amigo dele.

Inspirei. Exalei. A fumaça era azul e cinza.

— Já está conhecendo os amigos. Embora eu suponha que seja justo, já que pelo visto ele conheceu os meus.

— Você está com raiva de mim.

Meu sorriso era cheio de dentes.

— Não estou com nada de você.

— Você é do bando.

E eu senti o *empurrão*, vindo dele, do lobo na viela. Era quente e vibrante, um sussurro de *bruxobando* no fundo da minha mente.

— Engraçado como ficou essa história, não é? Nosso primeiro foi destruído, nosso segundo me deixou para trás. E cá estamos novamente. O nosso terceiro. Eu me pergunto se outros lobos têm tantas chances assim. Se outros bruxos tiveram tantos Alfas quanto eu.

— O primeiro doeu — disse ele, dando um passo para dentro da viela. — O segundo quase me matou.

— Mas não te impediu. Thomas assobiou e você foi *correndo* como um bom cachorro.

Um rosnado baixo ecoou pelos tijolos.

— Ele era meu irmão.

— Ah, eu sei. Dê o fora daqui, Mark.

E por um instante, ele hesitou.

Pensei que ele fosse ir embora. Deixar para trás o que quer que fosse aquilo que estava me deixando com dor de cabeça. A cerveja estava gordurosa no meu estômago, e eu queria nunca ter ido ali para fora.

Mas ele não foi.

Num momento ele ainda estava a dez passos de distância, e no seguinte estava na minha frente, o contorno longo e duro do seu corpo pressionado contra o meu. Minhas costas contra os tijolos, a mão dele em um aperto frouxo ao redor da minha garganta, polegar e indicador enterrando nas dobradiças da minha mandíbula.

Eu respirei e respirei e respirei.

— Você luta contra — rosnou ele perto da minha orelha. — Você sempre luta contra.

— Com toda a porra da certeza que luto — respondi, odiando o quanto minha voz soava rouca. Uma descarga elétrica correu logo abaixo da minha pele, e ele sabia. Tinha que saber. Suor brotava da minha nuca e minhas axilas, emitindo os sinais químicos do que eu queria manter em segredo.

Ele apertou os dedos com mais força, torcendo minha cabeça para o lado. Seu nariz chegou ao meu pescoço, e ele inspirou profundamente. Ele arrastou o nariz pelo meu pescoço e subiu até minha bochecha. Seus lábios roçaram minha mandíbula, mas isso foi tudo.

— Há raiva — disse ele baixinho. — Fumaça e cinzas. Mas, por baixo, ainda há terra e folhas e chuva. Como sempre foi. Como na primeira vez. Eu me lembro disso. Nunca tinha farejado nada igual. Eu queria consumi-lo. Queria esfregá-lo na minha pele para que nunca mais saísse. Queria enterrar meus dentes até que seu sangue enchesse minha boca. Porque o primeiro sempre dói.

— É mesmo? — perguntei. Estiquei o braço e agarrei sua cabeça por trás, segurando-o contra mim. — Então cheire bem. Sugue tudo, lobo.

Senti as pontas afiadas das garras contra a minha pele enquanto ele pressionava meus quadris com os seus. Ele respirou fundo, e eu me esforcei para não revirar os olhos. Em vez disso, deslizei minha mão da sua cabeça ao seu pescoço e sobre seus ombros até que eu pudesse esmagar seu peito entre nós.

Houve um momento de silêncio, o *tic tic tic* da água pingando, e em seguida o ar se agitou ao nosso redor, as asas do corvo tremulando. Uma rajada de ar o atingiu com força, jogando-o de volta contra a parede. Seus olhos se acenderam, presas se alongando enquanto ele rosnava para mim.

— Espero que tenha valido a pena — falei, com a voz fria. — Porque, se tentar me tocar outra vez, vou fritar seu traseiro. Entendeu?

Ele assentiu lentamente.

Dei uma última tragada no meu cigarro antes de jogá-lo no chão e esmagá-lo com a bota. Soltei a fumaça pelo nariz. A música pulsava dentro do bar.

E então me afastei, indo em direção à rua.

Mas, antes que eu pudesse virar a esquina, o ouvi falar.

O filho da puta sempre tinha a última palavra.

— Isso não acabou.

tarde demais/animal selvagem

Philip Pappas chegou no dia seguinte.

Eu não confiava nas pessoas do leste. Nunca confiei. Sempre chegavam com um ar de superioridade, pensando que sabiam mais do que de fato sabiam. Viviam observando, absorvendo tudo que podiam, catalogando sistematicamente todos os pequenos detalhes para relatarem aos poderosos em exercício que eram covardes demais para de fato aparecerem.

Osmond foi o primeiro. Ele nos traiu para Richard Collins. Pagou por seus crimes com a própria vida.

Robbie Fontaine foi o segundo, embora Ox tenha me dito que Robbie jamais fora como Osmond. Ele tinha olhos brilhantes e era ansioso, uma peça em um jogo do qual não sabia que fazia parte. Eu adoraria ter visto a expressão no rosto de Michelle Hughes ao perceber que Robbie havia desertado para o bando de Ox. Ah, tenho certeza de que bancou a Alfa compreensiva. Todos sabiam que um lobo — um Beta — tinha escolha quando se tratava de um bando. Qualquer Alfa que forçasse um membro a permanecer no seu bando era considerado perigoso e a situação era rapidamente resolvida. Verdade seja dita, raramente se ouvia sobre casos assim, mas o poder do Alfa podia ser inebriante. Quanto maior e mais forte o bando, mais poderoso o Alfa. Ter Betas saindo rompia laços e enfraquecia a força do bando.

Pelo que entendi, Robbie não necessariamente *pertencia* a Michelle. Ele estava mais para um andarilho, apenas formando laços suficientes para não se tornar um Ômega. Mesmo assim, deve tê-la irritado descobrir que o homem que havia enviado ostensivamente para espionar o que restava do bando Bennett acabou se juntando a ele. Espero que tenha ardido.

Philip Pappas era outra história. Ox o chamava de homem rabugento. Ele era um Beta bastante direto que eu encontrara apenas uma vez antes de os Ômegas começarem a aparecer em Green Creek. Ele veio como um dos Betas de Osmond em uma visita a Thomas depois que Abel morreu.

Usava ternos amarrotados e gravatas finas, e parecia permanentemente cansado. Seus cabelos eram ralos e ele tinha uma barba preta-acinzentada que parecia coçar. Suas mãos eram grandes e vivia estreitando os olhos. Ele não levava desaforo para casa, razão pela qual eu o achava perfeito como o segundo de Michelle.

Eu não confiava nele.

Eu não confiava em ninguém fora do bando Bennett.

— Onde ela está? — perguntou ele, sentado no escritório em frente a Ox e Joe. Mark estava num canto, Carter no outro. Eu estava perto da janela, abrindo e fechando a tampa do meu isqueiro de prata repetidas vezes, observando as orelhas dos lobos se moverem cada vez que a tampa se chocava contra o corpo de metal. Dois dos lobos de Pappas permaneceram do lado de fora, sem ser convidados para dentro da casa dos Bennett.

— Com a minha mãe — respondeu Joe, inclinando-se para a frente, os cotovelos apoiados na mesa.

Pappas assentiu.

— Como os outros?

— Sim — disse Ox, com os braços cruzados. — Exatamente como os outros. É estranho.

Pappas arqueou uma sobrancelha.

— Eles são Ômegas. Tudo neles é estranho. É… antinatural. Um lobo não deveria ser um Ômega. Não somos destinados a ser selvagens.

— Então por que há tantos deles? — perguntou Ox.

Pappas manteve a expressão impassível. Ele era bom nisso.

— Não sabia que um punhado poderia ser considerado "tantos".

Bufei.

Ele olhou para mim.

— Tem algo a dizer, Livingstone?

— Richard Collins certamente parecia ter mais do que um punhado.

— Uma aberração.

— Foi? — questionei. — Porque pareceu um pouco mais do que uma aberração.

Ele não gostava de mim. Isso era óbvio. Eu não me importava.

— O que está tentando dizer?

Joe limpou a garganta, me lançando um olhar de lado antes de se voltar novamente para Pappas.

— Acho que o que o Gordon quer dizer é que parece haver mais Ômegas do que qualquer um de nós imagina.

Pappas assentiu lentamente.

— Você sabe quantos bandos de lobos existem na América do Norte?

Joe olhou para Ox, que não tirara os olhos do lobo à sua frente.

— Trinta e seis em vinte e nove estados. Vinte e um em três regiões espalhadas pelo Canadá.

— E, em média, quantos membros há em cada um?

— Seis.

Pappas pareceu impressionado, embora tentasse esconder.

— Vinte anos atrás, havia noventa bandos. Trinta anos atrás, perto de duzentos.

Ox mal piscava.

— O que mudou?

Mark limpou a garganta. Olhei para ele. Ele estava olhando para o chão.

— Caçadores.

Pappas batucava os dedos em um ritmo staccato na mesa.

— Clãs e clãs de caçadores cujo dever era, ou assim diziam, eliminar o maior número possível de lobos. Humanos que vinham com suas armas e suas facas com o objetivo de matar os monstros. Matavam os lobos indiscriminadamente. Homens. Mulheres. Crianças. Aqueles que escapavam viviam em fuga. Às vezes, se juntavam em grupos, formando bandos improvisados.

— Como isso era possível? — perguntou Carter, franzindo a testa.

— Eles não teriam um Alfa.

Pappas deu de ombros.

— Não sabemos. Laços foram formados, embora frágeis e deteriorados. Isso retardou o processo de se tornarem selvagens. E aí alguém como Richard aparecia, um Beta anormalmente forte, que quase poderia ser um Alfa, e eles seguiam. Precisavam de alguém para seguir. Ele foi uma luz na escuridão, e eles se aglomeraram em torno dele. Michelle não estava errada quando disse a vocês que, quando ele se tornou um

Alfa, mesmo que por um instante, todos sentiram. E então isso foi tirado. É claro que seriam atraídos para cá.

— Não vimos caçadores na estrada — disse Carter. — Além de David King, não havia mais ninguém.

— Isso porque, assim como os lobos, seus números foram reduzidos — explicou Pappas. — Idade, ou morte, ou medo de represália. Vingança, se preferirem. — Ele olhou para mim e então retornou aos Alfas. — É por isso que David King estava fugindo, afinal.

— Eles não virão para cá — falou Joe, soando confiante. — Os caçadores. O que quer que tenha restado deles. Não são burros.

Eu disse:

— Não acho que...

Ox interrompeu:

— O que aconteceu com os outros? Os Ômegas que vocês tiraram daqui. Oito deles nos últimos seis meses. — Ele sabia. Eu já tinha contado. Estava testando Pappas.

— Mortos — respondeu Pappas sem hesitação. — Todos eles. Não tivemos escolha. Eles já estavam perdidos demais.

— E eu presumo que vocês fizeram tudo o que podiam. Que *Michelle* fez tudo o que podia.

— Ela fez.

— Ele não está mentindo — falei em voz baixa.

Ox olhou para mim. Estava bravo. Dava para sentir, uma onda de azul e vermelho passando pelo laço que me ligava a ele. Vinha como *por quê* e *gordon* e *eu não sei o que fazer ele vai pegá-la matá-la ela vai morrer*.

— Ela poderia machucar alguém — disse a ele, tentando ignorar sua angústia. Eu precisava que ele mantivesse a cabeça fria. — Talvez ela não tenha a intenção, mas, quando acontecer, suas vontades não vão importar. Ela estará perdida. Não restará nada além de garras, presas e o desejo de caçar. Você tentou. Joe também. Não podem mantê-la aqui. Ela poderia machucar alguém. E se for a Jessie? Ou o Tanner? Chris ou Rico? Eles não serão capazes de se defender se não estiverem preparados. Ela será um animal.

Ele rangia os dentes enquanto Joe colocava a mão sobre a dele.

— Michelle é mais forte do que eu? Mais forte do que Joe?

Pappas pareceu cauteloso.

— Por quê?

— Porque se não conseguimos fazer nada, como podemos esperar que ela consiga?

— Merda — sussurrou Carter. — Você não pode estar pensando...

— Não — disse Pappas sem rodeios. — Não é. E se falar para ela que eu disse isso, vou negar até a morte. Mas não é disso que se trata. Isso é apenas uma formalidade, nada mais. Uma cortesia com vocês. E se essa Ômega já se deteriorou tanto quanto estão dizendo, já é tarde demais.

Ox assentiu antes de se levantar da cadeira.

— Gordon.

— Cara — falou Carter, soando alarmado. — Espere, Ox, espere um minuto, você não pode simplesmente...

— Carter — disse Joe, e seu irmão se calou.

Ox saiu da sala. E eu fiz a única coisa que podia.

Fui atrás.

Ela estava em um dos quartos extras no alto da escada. Kelly estava perto da porta, observando enquanto sua mãe cantarolava baixinho na cama, a Ômega no canto, rosnando baixo na garganta. Seu cabelo pendia solto em volta do rosto, e ela estava semitransformada, seus olhos brilhando violeta, seu rosto coberto por pelos cinza. Sua mão direita era uma pata. A esquerda ainda era majoritariamente humana.

Ela viu Ox e seus olhos se arregalaram. Abriu a boca para falar, mas tudo o que saiu foi um grunhido animal. Seus olhos se estreitaram ao olhar para mim antes de voltar a encarar Ox.

— O que está acontecendo? — perguntou Kelly, ansioso, captando as ondas de *azul* que irradiavam de Ox. — O que houve?

Ele disse:

— Leve sua mãe para baixo.

— Mas...

— Kelly.

Ele assentiu. Elizabeth não resistiu enquanto ele a ajudava a levantar da cama. Ela se deteve ao lado de Ox, segurando o rosto dele em suas mãos.

— Não há outro jeito?

Ele balançou a cabeça.

— Os outros. Eles... — Ela não precisava concluir a pergunta.

— Sim.

Ela suspirou.

— Você pode demonstrar misericórdia?

— Sim.

— Você pode impedi-la de sofrer ainda mais?

— *Sim.*

Ela ficou na ponta dos pés e o beijou na testa.

— Seja o Alfa dela, Ox — sussurrou. — Ela te agradeceria, se pudesse.

E então ela se foi.

Kelly nos deu mais uma olhada antes de seguir a mãe, fechando a porta atrás de si.

A Ômega gemeu, saliva escorrendo pelo queixo.

— Eu faço — disse a ele. — Já fiz antes. Não precisa ser você. Não precisa fazer isso, Ox.

Ele observava a Ômega.

— Meu pai me disse que eu ia sofrer a vida toda.

— Eu sei. — Se ele ainda estivesse vivo, eu mesmo o caçaria e mataria.

— Que as pessoas nunca me entenderiam.

— Sim, Ox.

— Que eu nunca seria capaz de fazer a coisa certa.

— Ele estava errado.

Ox me olhou.

— Estava. Porque eu tenho você. E Joe. O bando. Eu tenho uma família. Pessoas que não são cruéis. Pessoas que me entendem.

— Mesmo assim, não precisa fazer isso.

A Ômega rosnou para mim. Por um instante achei que ela fosse se lançar em minha direção, mas Ox rosnou para ela, e ela recuou para o canto.

As mãos de Ox estavam cerradas ao lado do corpo.

— Você acha que dói? Enlouquecer?

— Não sei.

— Não sabe?

— Você sabe?

— Minha mãe.

Ah.

— Comigo não foi assim. Eu não... Minha mãe não era igual a Maggie.

— Não. Imagino que não tenha existido ninguém como ela. Ela era... especial.

— Eu sei, Ox.

— Eu senti frio. Como se tivesse gelo na cabeça. Tudo estava congelado. Doía, e eu não conseguia encontrar uma maneira de parar. Tudo que eu queria era vingança, mesmo que não quisesse de fato. Cometi erros.

Eu não sabia se algum dia superaríamos as decisões que se sucederam à chegada do monstro.

— Joe teria ido mesmo se você não tivesse dito nada.

— Talvez. Você perdeu seu bando uma vez.

Duas vezes, mas quem estava contando?

— Perdi.

— Eles morreram.

— Sim.

— Deve ter sido parecido com enlouquecer. Os laços se rompendo.

E eu hesitei.

Ele assentiu, aquele jovem maravilhosamente estranho, enxergando tudo que eu não podia dizer em voz alta.

— Fico me perguntando o que você teria feito para impedir.

Qualquer coisa. Eu teria feito qualquer coisa.

Então ele se moveu. Ele um dia fora aquele garoto escondido atrás da perna do pai, olhando timidamente para mim enquanto eu perguntava se ele queria um refrigerante da máquina. Ele escolheu uma *root beer* e riu depois do primeiro gole, dizendo que nunca tinha experimentado aquilo e que as bolhas faziam cócegas no nariz.

Não era mais aquele garoto. Era um homem grande agora. Um Alfa. Forte, corajoso e poderoso, muito mais do que eu jamais imaginei ser possível. Eu o vira com raiva. Vira a raiva por trás de seus olhos quando monstros saíram das árvores para levar o que era dele. Eu o vira matar com as próprias mãos. Isso era diferente.

A Ômega sequer teve tempo de reagir antes que ele estivesse sobre ela, uma mão de cada lado da cabeça dela, uma paródia grotesca de como Elizabeth a segurara minutos antes.

Mas ele não estava com raiva.

Tudo o que senti foi azul.

Ele estava triste.

Aquilo o machucava.

Ele virou sua cabeça brutalmente para a direita.

Os ossos estalaram e estouraram, um som agudo no quartinho.

Sua perna direita sofreu um espasmo, seu pé escorregou pelo tapete. Seus dedos do pé se flexionaram uma vez. Depois duas. Suas unhas pareciam ter sido pintadas recentemente. Elizabeth devia ter pintado. Eram cor-de-rosa antes que as garras brotassem.

O violeta desapareceu de seus olhos.

Foram necessários apenas segundos para ela se aquietar.

Pareceram uma eternidade.

Eu não era como os lobos. Não pude ouvir o instante em que seu coração parou.

Fiquei imaginando como soaria. Um tambor retumbante que perdia algumas batidas antes de silenciar.

Ela caiu com um último suspiro.

As garras se desfizeram.

O cabelo recuou de seu rosto enquanto sua transformação desaparecia.

Tudo o que restava era uma jovem mulher.

Ox se inclinou para a frente, pressionando sua testa na dela.

Fechei os olhos.

Ele sussurrou:

— Seu bando vai uivar para te chamar para casa. Tudo que precisa fazer é ouvir a canção deles.

Joe deu uma olhada para Ox assim que abrimos a porta e imediatamente o puxou dali pelo corredor, em direção ao quarto deles. Ele me olhou por cima do ombro. Não falou, mas eu entendi.

Carter e Kelly estavam lá embaixo com a mãe na cozinha, um de cada lado dela enquanto ela segurava uma xícara de chá fumegante, o barbante do saquinho repousando em seus dedos.

Pude ver Mark através das janelas, na frente da casa, em pé com os lobos que Pappas tinha trazido. Não pareciam estar falando, e imaginei que Mark estivesse se exibindo, como às vezes fazia.

Os humanos não estavam na casa. Assim que soubemos que Pappas estava em Green Creek, os mandamos embora. Jessie olhou feio para

Ox antes de soltar um suspiro e sair batendo a porta. Os caras seguiram com menos atitude, pelo o que fiquei grato.

Pappas ainda estava no escritório.

Assim como Robbie.

— ... e ela manda lembranças — dizia Pappas, a porta entreaberta.

— Isso é... ótimo — respondeu Robbie, soando desconfortável.

— Ela se preocupa com você.

— Estou bem.

— Dá para notar. E vou dizer isso a ela. Embora sempre haja um lugar para você se algum dia decidir voltar para casa.

Aquilo me irritou pra caramba, especialmente porque Pappas sabia que eu estava do lado de fora da porta. Certamente teriam escutado as batidas do meu coração. O que significava que ele quis que eu ouvisse.

— Esta é minha casa — disse Robbie. — Ox e Joe são meus Alfas. Este é meu bando.

— De fato — falou Pappas. Estava se divertindo. — Bem. Eu não estaria fazendo meu trabalho se não estendesse a oferta da Alfa. Você fez um bom trabalho para ela. Ela ficou impressionada. E você sabe que ela não se impressiona com muita coisa hoje em dia.

Bastava. Terminei de abrir a porta.

— Robbie — falei com bastante equilíbrio —, você pode me fazer um favor e chamar os outros? Informe-os de que a situação já foi resolvida.

Ele pareceu aliviado, levantando-se imediatamente.

— Pode deixar, chefe.

— Já te disse para não me chamar assim.

— Sim. Muitas vezes. Um dia eu consigo, chefe.

Ele sorriu agradecido ao passar por mim.

Esperei até que tivesse saído para fechar a porta.

Pappas permanecia na cadeira, me olhando com curiosidade. Não estava com medo.

— Ir ao território de outro Alfa e tentar recrutar um membro do seu bando é uma coisa — disse para ele, me apoiando na porta. — Mas vir para a terra dos Bennett? Com dois Alfas? — Balancei a cabeça. — Isso requer grande coragem. Ou uma burrice infinita. Ainda não temos o veredito.

Se Pappas fosse do tipo que sorri para qualquer coisa, tenho certeza de que teria sorrido naquele instante. Não estava intimidado. Eu me perguntava se ele sabia que isso era um erro.

— Engraçado, isso. Considerando que Robbie já foi nosso.

— E eu aqui achando que o livre-arbítrio ainda importava. Que os lobos podiam escolher a quem pertencem.

Pappas assentiu.

— Fui solicitado a fazer a oferta. Cumpri ordens. Michelle está... preocupada.

— Com o quê?

— Seu bando parece estar comprando muitas propriedades em Green Creek. Comércios e coisas do tipo.

— Ela está nos espionando, então?

— É uma questão de registro público.

— Ainda assim requer pesquisa.

Ele flexionou as mãos.

— O nome Bennett parece estar ligado a todos os aspectos desta cidade.

— Estamos investindo.

— Para?

— O futuro. E ajuda os negócios locais. Nós os possuímos. Não os bancos. Podemos baixar o aluguel. Torna as coisas mais baratas para todos. Mantém todos felizes. Michelle não precisa se preocupar. Este é o nosso lar. — Era mais do que isso, mas ele não precisava saber. Carter e Kelly assumiram as finanças do bando e tiveram a ideia de devolver a riqueza dos Bennett para a cidade. Isso ajudava quem morava ali, mas também firmava o controle do bando sobre o território. Qualquer um que quisesse tirá-lo de nós seria tolo de tentar. Principalmente por sermos tão ligados ao lugar agora.

— É mesmo? Era esse o plano de Thomas? Antes?

— O que você quer, Pappas?

— Não estou aqui para forçar nada.

Eu não acreditava nem um pouco nisso.

— Exceto a morte da Ômega.

Ele inclinou a cabeça.

— Ox se voluntariou.

— Você não lhe deu escolha.

— Lá vem essa palavra outra vez. Escolha. Você deve me achar uma espécie de mestre da manipulação.

— Conheci Osmond. — Quis que as palavras tivessem impacto, mas ele não pareceu nem um pouco afetado.

— Um erro.

— Que durou *anos*. Me diga. Já descobriram em que momento ele os traiu? Quando decidiu que Richard Collins valia mais do que todos vocês?

— Houve... sinais. Coisas que não deveriam ter sido ignoradas.

— E não há mais ninguém.

— Até onde sabemos, não.

— Isso já não tem o mesmo valor de outrora.

Ele se inclinou para a frente na cadeira, mãos entrelaçadas no colo. Sua testa reluzia com um brilho de suor. Acho que nunca tinha visto Pappas suar.

— O que você está perguntando de fato, Gordon?

Olhei para trás para garantir que a porta continuava fechada, de modo que ninguém pudesse nos ouvir. Continuava. Pappas não estava sorrindo quando me voltei para ele. Arqueou uma sobrancelha para mim.

— Você sabe.

— Talvez eu queira ouvi-lo dizer.

Lobisomens do caralho.

— Meu pai.

— Seu pai — ecoou. — Muito bem. Robert Livingstone. Depois do infortúnio com Richard Collins, devo admitir que fiquei surpreso com o... subterfúgio. Esconder coisas de seus Alfas não parece algo que você faria, Gordon. Depois de tudo que seu bando passou. É quase como se você confiasse mais em mim do que neles.

— Você não sabe nada a meu respeito.

E lá estava. Um sorriso largo. Parecia pertencer a um tubarão.

— Sabemos muito mais do que imagina. Eu me reporto à Alfa de todos, não é?

— Temporariamente. E nada mais.

Ele balançou a cabeça.

— Joe não parece querer sair daqui. Não o culpo. Este lugar é... diferente de qualquer outro território em que já estive. Dá para sentir à medida em que se aproxima daqui. É como uma grande tempestade ao longe, cheia de eletricidade e ozônio. Como Thomas Bennett conseguiu sair daqui, nunca vou entender. Ele devia confiar muito em você para deixá-lo sob seus cuidados.

— Thomas Bennett não dava a mínima para mim.

— Não? Que curioso.

Eu estava cansado daquilo. Dele.

— Me diga o que eu preciso saber.

Ele esticou as mãos sobre as coxas. Tive a impressão de ter visto um indício de garras, mas elas desapareceram no instante seguinte.

— Não há nada. Ou melhor, nada novo. Em nenhum dos *fronts*. Não podia ser.

— Eu avisei que Elijah ainda está por aí. Relatei o que o irmão dela me contou. Como é possível que uma caçadora do calibre dela esteja escapando ao seu radar?

Ele deu de ombros.

— Talvez ela tenha se aposentado. Talvez esteja morta. Ou talvez, apenas talvez, David King fosse um mentiroso diante de lobisomens enfurecidos enquanto sangrava até a morte e falou o que achava que você queria ouvir para salvar a própria vida.

— Você está deixando alguma coisa escapar. Talvez Michelle não esteja... Você está bem?

Ele estava mais ofegante do que há poucos instantes. Fechou os olhos, suas narinas dilatadas. Levou a mão até a testa e limpou o suor. Se ele não fosse um lobo, eu diria que estava doente. Mas já que os lobos não ficavam doentes, não como os humanos, tinha que ser algo mais. Era quase como se ele estivesse perdendo o controle. Mas isso não era...

— Estou bem — falou finalmente, abrindo os olhos. — A viagem até aqui é muito longa para ser repetida depois de poucas semanas. Se eu achasse que daria conta de um avião, teríamos voado. Mas todos aqueles cheiros em um lugar tão pequeno acaba sendo... é demais.

Franzi a testa.

— Você não parece muito...

— Há anos que não temos relatos de atividade de caçadores — disse Pappas de forma equilibrada. — Os clãs antigos foram derrotados ou se extinguiram. Honestamente, temos que agradecer a Richard por isso. Ele matou mais caçadores do que qualquer outro lobo em anos. Independentemente do que se tornou, ele fez o trabalho sujo melhor do que jamais poderíamos ter feito. Ele tinha seus defeitos, mas se provou útil no final.

— Defeitos — ecoei, incrédulo. — Ele assassinou Thomas Bennett. Assassinou a mãe de Ox. Quase matou Ox. Não são *defeitos*.

— Sei que é difícil, Gordon. E apesar de seus crimes terem sido terríveis, às vezes não sei se você consegue enxergar o quadro geral. Você está envolvido demais.

— E meu pai? Como ele se encaixa no seu quadro geral? Como será *útil* para você?

— Você me interpreta mal de propósito.

Rosnei para ele, esfregando a mão no rosto.

— Ele ainda está por aí.

— Nós sabemos. Mas o que quer que esteja fazendo, é nas sombras. Ele é um fantasma, Gordon. Não dá para pegar o que não se vê.

— Vocês sequer estão procurando por ele?

— E você? Se existe alguém com razão para garantir que ele não machuque mais ninguém, esse alguém é você. O que fez para encontrar seu pai?

— Eu era só uma criança — gritei para ele. — Quando vocês vieram e o levaram embora. Quando me *prometeram* que ele nunca mais machucaria ninguém. E adivinhe? Vocês *mentiram*.

— Isso foi Osmond…

— Foda-se Osmond e foda-se você também. Vocês tinham que saber. Sobre Osmond. Sobre Richard. Sobre meu *pai*. Por sua causa pessoas morreram, boas pessoas. Thomas não merecia…

— Que humano de sua parte.

Pisquei.

— Quê?

— Agora mesmo você disse que Thomas Bennett não estava nem aí para você. E, no entanto, cá está vociferando que ele não merecia a morte que teve. Por implicação, está dizendo que *você* se importava com ele, por mais que considere não ser recíproco. É uma postura tão humana. Um lobo de nascença enxerga a vida pela lógica do bando e do Alfa. Dos odores e das emoções associadas a eles. Lobos transformados tendem a lutar consigo mesmos, pois se lembram tanto do que significava ser humano quanto do que significa ser lobo. Já os humanos são mais… complexos. Mais falíveis. Sua magia não o livra dessa complexidade. —

Ele balançou a cabeça. — É por isso que os humanos não costumam integrar bandos. Não têm a compreensão do que significa *ser* bando.

— Nós nos saímos muito bem, obrigado.

Lá estava aquele sorriso outra vez.

— Ah, eu sei. Outra peculiaridade do bando Bennett. Ox é… diferente de tudo que já existiu. Sou fascinado por ele. Todos nós somos. Ele é o tema de muitas conversas.

Dei um passo em sua direção, arregaçando lentamente a manga da camisa até que o corvo estivesse exposto. Pressionei dois dedos sobre suas garras e por um instante senti sua nitidez, seu calor ardendo na minha pele. Senti uma louca satisfação quando os olhos de Pappas se arregalaram ligeiramente.

— Quando eu era jovem, me sentei nesta sala e meu pai talhou magia em minha pele. Meu Alfa me disse que eu faria grandes coisas. Que um dia eu seria seu bruxo. As coisas mudaram. Tenho novos Alfas, ainda que não esperasse pertencer a um bando novamente. E um desses Alfas é também o meu laço. — Sua expressão titubeou. — E do meu ponto de vista, parece que você acabou de ameaçá-lo. Não tolero ameaças contra o meu laço. Contra os meus Alfas. Contra o meu bando. Se eu quisesse, aqui e agora, poderia enchê-lo de tanta prata que bastaria retirarem sua pele e teriam uma maldita *estátua*.

— Cuidado, Gordon — disse Pappas, com a voz monótona. — Não é bom queimar a ponte enquanto se está no meio dela.

O corvo estava agitado.

— Quando voltar, avise à sua Alfa que caso aconteça qualquer coisa com o meu bando, se eu tiver sequer uma vaga *noção* de qualquer plano contra eles, contra *nós*, eu acabo com todos vocês, e faço isso com a porra de um sorriso no rosto. Fui claro?

Pappas assentiu.

— Claro como o dia.

— Ótimo. Agora saia da casa dos Bennett. Você pode dormir na cidade, no mesmo motel de antes, mas espero que já tenha dado o fora pela manhã. Nós cuidaremos da Ômega. Eu não quero que você toque nela.

Ele pareceu prestes a falar mais alguma coisa, mas reconsiderou. Levantou-se e passou por mim. Por um segundo, pensei ter visto algo que não podia estar ali.

Um lampejo violeta.

Mas só podia ser um truque da luz.

O corvo se acomodou em seu leito de rosas, e eu fechei os olhos.

A ÔMEGA QUEIMOU rapidamente na pira na floresta. As estrelas brilhavam intensamente. A lua estava mais do que meio cheia, e eu sabia que os lobos sentiam sua atração.

Ox ficou parado observando as chamas tremularem em direção ao céu com Joe ao seu lado. Carter e Kelly estavam com a mãe, que trazia um xale sobre os ombros. Fiquei imaginando se ela estaria pensando na última vez que encarara o fogo, quando seu companheiro se reduziu a apenas cinzas. Seus filhos apoiavam as cabeças em cada ombro seu, e ela murmurava suavemente para si mesma. Soava como Johnny e seu violão.

Robbie ficou ao lado de Kelly, meio sem jeito. Parecia querer estender a mão e colocá-la nas costas de Kelly, mas decidiu não fazê-lo. Ficou me olhando e, pela expressão em seu rosto, era como se ele achasse que o sol nascia da minha bunda. Era desconfortável, e eu ia acabar com aquilo antes que virasse uma idolatria. Eu não precisava de um maldito filhote me seguindo por aí.

Mas é claro que outra pessoa também percebeu.

— Parece que você tem um admirador — murmurou Mark.

Revirei os olhos.

— Os olhos desse moleque brilham com mais facilidade do que os de qualquer pessoa que eu já tenha conhecido. Ele é muito frouxo.

— O que causou esse novo afeto, na sua opinião?

— Por quê? Ficou com ciúmes?

— Você quer que eu fique?

Que porra.

— O que você está... Jesus. Eu estou *cagando* para ele.

Ele bufou.

— Claro, Gordon. Vou fingir que acredito.

— Pappas estava mexendo com a cabeça dele. Eu cortei.

Estava sentindo o olhar de Mark em mim, mas fiquei observando as chamas.

— Nunca entendi isso. Em você.

— O quê?

— Como a embalagem nunca correspondeu ao conteúdo.

Encarei-o, estreitando os olhos.

— De que diabos está falando?

Ele deu de ombros.

— Você não é tão cuzão quanto quer que todos acreditem. É... reconfortante.

— Vá se foder, Mark. Você não sabe porra nenhuma sobre mim.

Ele riu baixinho.

— Claro, Gordon. — Ele ergueu a mão e apertou meu braço. Tive que me segurar para não me esquivar. Sua mão era pesada e quente e...

Sumiu.

Ele foi até Elizabeth, inclinando-se para a frente e lhe dando um beijo na testa.

Meu estômago se revirou violentamente.

Deixei os lobos e desapareci na floresta. Eu tinha que verificar as barreiras.

A MAGIA é uma coisa estranha e expansiva.

A do meu pai tinha mais foco individual. Ele era capaz de feitos grandiosos, de coisas maravilhosas, mas tinha seus limites.

— Não sou como você — me falou um dia, e só depois de mais velho entendi que ele havia dito isso com uma mistura de inveja e ironia. — A magia tende a se manifestar de maneiras estranhas. Eu consigo sentir o bando. Às vezes, acho que consigo ouvi-los na mente. Mas você... você é diferente. Nunca houve ninguém como você, Gordon. Posso transmitir os segredos. Posso lhe dar as ferramentas, os símbolos necessários, mas com eles você fará coisas que eu não consigo.

O corvo demorou três meses para ser concluído. A dor era imensa. Parecia que eu estava sendo apunhalado com uma faca de açougueiro elétrica. Implorei para que parasse de me machucar, eu era seu filho, papai, por favor, pare, papai, *por favor...*

Abel me segurou no lugar.

Thomas colocou a mão no meu cabelo.

Meu pai se inclinou sobre mim com a máquina de tatuagem, as tintas nos potes sobre a mesa explodindo em cores brilhantes.

Quando o corvo finalmente ficou pronto, me senti mais focado do que nunca.

Na primeira vez que ele se mexeu, incendiei uma árvore acidentalmente.

Os lobos riram de mim.

Minha mãe chorou.

E meu pai?

Bem.

Ele apenas me encarou.

As barreiras pareciam espessas e fortes. Pressionei minha mão contra elas, que se acenderam, grandes círculos com símbolos arcaicos esculpidos no ar. Todos estavam verdes, verdes, verdes.

Meu pai me ensinou como fazê-los.

Mas eu aprendi a torná-los mais fortes.

Ninguém seria capaz de tocá-los.

Certa vez disse a Ox que a magia existia. Que os monstros existiam. Que tudo o que ele fosse capaz de imaginar *existia*.

As barreiras foram projetadas para manter os piores deles do lado de fora.

Mas às vezes mantinham as piores coisas *dentro*.

Pisquei os olhos num quarto escuro, os resquícios de um sonho desbotado com um sorriso secreto e olhos de gelo ainda agarrados à minha pele. Virei a cabeça, quase esperando ver um corpo forte esticado ao meu lado. Mas não estava lá, é claro. Havia anos que não.

Meu telefone tocou novamente, a tela brilhando em branco.

Gemi antes de virar e alcançá-lo.

Coloquei-o no ouvido.

— Alô.

Silêncio.

Eu o afastei e apertei os olhos contra a luz da tela.

número desconhecido.

00h03

00h04

00h05

— Alô — repeti ao colocá-lo no ouvido.

— Gordon.

Eu me sentei na cama. Conhecia aquela voz, mas era...

— Pappas?

— Está... está *doendo*. — Ele parecia estar com a boca cheia de presas.

Já estava totalmente desperto.

— O que está doendo? Do que você está falando?

— Tem... alguma coisa. Em mim. E eu não consigo... — Suas palavras se sufocaram em um rosnado. Então: — Não pensei... que seria eu. Está se desfazendo. Todos os pequenos laços. Vão se romper. Sei que vão. Já vi isso antes.

Saí da cama. Encontrei uma calça jeans no chão e me vesti.

— Onde você está?

Ele riu. Soava mais lobo do que homem.

— Ela sabe. Sinto muito, mas ela *sabe*. Mais. Do que você. Mais. Do que eu poderia dizer. Quando eles me pegaram? Quando eles...?

— Pappas! — rosnei ao telefone. — Onde você está, caralho?

O telefone emitiu um bipe ao meu ouvido. A ligação tinha caído.

— Filho da puta — murmurei. Peguei uma camisa na beira da cama e a puxei por cima da cabeça.

Segundos mais tarde eu já tinha saído pela porta.

A POLÍCIA estava no Shady Oak Inn, o pequeno motel na beira da cidade. Uma viatura estava estacionada na frente, com as luzes rodando. Reconheci um dos policiais. Alguma coisa... Jones. Ele tinha levado sua moto para a oficina, a embreagem estava com defeito. Eu dei um desconto, dado que era mais fácil agradar um policial do que implorar por leniência depois.

Ele e outro oficial que eu não conhecia estavam conversando com Will, o velho dono do motel, que gesticulava com as mãos como se estivesse fazendo uma imitação de algum tipo de pesadelo lovecraftiano. Parei ao lado deles, abaixando o vidro da janela.

— ... e aí *rosnou* para mim — dizia Will, soando ligeiramente histérico. — Eu não vi, mas ouvi. Era grande, entendeu? Parecia *grande*.

— Grande, hein? — perguntou Jones. Ele não estava acreditando em uma palavra do que Will dizia. Eu não o culpava. Não de verdade. Will passava mais tempo bêbado do que sóbrio. Era bem conhecido. O preço de viver em uma cidade pequena. Todo mundo sabia da vida dos outros.

Quase sempre.

— Tudo bem? — perguntei, tentando parecer indiferente e chegando bem perto.

Jones virou para me olhar.

— Gordon? O que está fazendo na rua assim tão tarde?

Dei de ombros.

— Papelada. Nunca acaba quando você é dono de um negócio. Não é mesmo, Will?

Ele concordou freneticamente.

— Ah, sim. Montanhas de papéis. Exatamente o que *eu* estava fazendo quando ouvi aquilo.

Ele provavelmente estava mergulhado em uma garrafa de Wild Turkey.

— Ouviu aquilo?

Jones parecia mal conseguir conter uma revirada de olhos.

— Will aqui diz que tinha algum tipo de animal em um de seus quartos.

— Destruiu tudo! — gritou Will. — Mesa virada! Cama arruinada. Deve ser uma onça-parda ou algo do tipo. E das grandes. Eu ouvi, Gordon. *Ouvi*. E fui verificar, certo? Porque não ia deixar um invasor entrar e destruir meu motel. Peguei uma lanterna e tudo mais. E *ouvi*.

Aposto que ouviu.

— Ouviu o quê?

Seus olhos estavam esbugalhados, o rosto vermelho.

— Um... um *rosnado*. Parecia coisa grande, certo? Juro.

— Provavelmente só alguns garotos querendo se divertir — disse Jones. — Will, você bebeu alguma coisa hoje?

— *Não*. — Depois: — Bem, talvez uns dois dedinhos. Sabe como é.

— Ahã.

— Tem alguém hospedado lá? — perguntei, olhando para a porta que Will havia apontado. Pendia das dobradiças contra a parede revestida de vinil do motel. Mesmo de onde eu estava, conseguia ver as marcas de garras na madeira.

Will assentiu novamente, balançando a cabeça para cima e para baixo.

— Sim, senhor. Uns forasteiros. De terno. Homens de negócios, parece, embora não tenham falado muito a respeito de nada. Já estiveram aqui algumas vezes antes. Rudes, se quer minha opinião. Mas não tinha ninguém lá dentro. Está vazio.

— Registrou algum nome, velho? — indagou o outro policial. — Ou simplesmente pegou o dinheiro por fora?

— Este é um negócio *legítimo* — retrucou Will. — *Claro* que registrei os nomes. Estão no livro-caixa. Vou mostrar. Não faço trabalho sujo. E sempre disse que acontece algo de estranho nesta cidade, certo? Ninguém mais enxerga, mas eu sim. Não pode me dizer que não ouve os uivos que vêm da floresta à noite. Só porque outras pessoas não falam no assunto, não significa que *eu* ficarei quieto.

— Claro — disse o oficial. — Onças-pardas e uivos na floresta. Anotado. Vamos ver o livro-caixa.

Will foi marchando em direção ao escritório, resmungando baixo. O policial o seguiu. Deixei a caminhonete em ponto-morto e desliguei a chave quando Jones começou a caminhar em direção ao quarto do motel, com a lanterna acesa e a arma empunhada.

Abri a porta.

Ele se virou para olhar para mim.

— Talvez devesse ficar na caminhonete.

Dei de ombros.

— Animal selvagem, certo? Provavelmente tem mais medo de nós do que nós deveríamos ter dele.

Jones suspirou.

— Ele está bêbado.

— Provavelmente. Mas qual é a novidade?

— Pelo menos não está ao volante — resmungou ele.

— Só porque perdeu a carteira depois de subir na calçada e bater num parquímetro.

— Disse que os freios estavam com defeito. Estava a quase o triplo da velocidade máxima.

O cascalho fez barulho sob meus pés enquanto eu seguia Jones em direção à porta aberta.

— Viu isso? — disse ele baixinho, o feixe de sua lanterna sobre as marcas de arranhão. Havia quatro delas, marcando profundamente a porta. Eram grandes.

— Ainda acha que foram só alguns garotos?

— Mais do que uma onça-parda. Pode ter sido uma faca.

— Claro, Jones.

Paramos no degrau perto do quarto. Jones inclinou a cabeça, permanecendo imóvel. Então:

— Não ouço nada.

Porque não havia nada lá, mas eu não disse isso.

— Tem certeza?

— Tenho.

Ele avançou.

Por cima do ombro dele, pude ver que o quarto tinha sido destruído, exatamente como Will havia dito. Mesas viradas, paredes arranhadas. A cama estava aos pedaços, o colchão pendurado da estrutura, molas cutucando o tecido.

— Que porra é essa? — sussurrou Jones.

— Garotos — falei. — Bêbados. Drogados. Alguma coisa.

Ele balançou a cabeça.

— E isso?

Segui o brilho da lanterna.

Havia esguichos de sangue na parede. Não era muito. Mas estava lá, ainda úmido e pingando.

JONES ESTAVA na viatura, reportando para a central. Tinha mudado o tom.

— Animal — o ouvi dizer. — Algum tipo de animal. Parece que estava ferido. Will disse que havia hóspedes no quarto, mas o carro deles sumiu, então eles podem ter deixado a cidade. Não peguei a placa.

O telefone estava tocando em meu ouvido.

— Gordon — disse uma voz, rouca de sono.

— Ox. Temos um problema.

— Me diga.

Na terra, saindo do estacionamento em direção às árvores, havia rastros. Maiores do que qualquer animal tinha o direito de ser.

— Lobos.

ela sabe/então veio o violeta

— ABEL TE FALOU SOBRE OS LAÇOS — disse meu pai uma vez.

Assenti, ansioso para agradar.

— Elas mantêm o lobo à distância. São as coisas mais importantes do mundo.

— Sim — falou meu pai. Estávamos sentados no gramado atrás da nossa casa como fazíamos de vez em quando, enterrando nossas mãos na terra para ver o que poderíamos encontrar. Minhas tatuagens pareciam vivas. — São... muito importantes. Tire o laço, e tudo o que resta é uma fera.

EU ESTAVA NA FLORESTA, as árvores ao meu redor dançando com os ventos fortes. Eu conhecia aquelas matas melhor do que quase qualquer um, exceto os lobos. Cresci ali. Conhecia o terreno. O pulso da terra.

Eu estava respirando fundo, a jaqueta tinha ficado para trás, abandonada no chão da floresta. Minhas tatuagens brilhavam intensamente, e minha pele parecia se contorcer.

Expandi meus sentidos, permitindo que se espalhassem pelo território ao meu redor. As barreiras permaneciam intactas. Flexionei as mãos. Brilharam brevemente, fortes e fibrosas.

Ao longe, ouvi o uivo de um lobo.

Não era um dos meus.

Ele estava *enfurecido*.

— Merda — murmurei, tomando uma decisão impulsiva.

Corri, meus pés esmagando folhas, galhos estalando contra os meus braços.

Eu não entendia o que estava acontecendo. Se Ômegas tinham entrado em Green Creek sem que eu soubesse. Se havia caçadores. Se de alguma forma meu pai tinha conseguido encontrar uma forma de atravessar minhas barreiras. Pappas disse que estava *doendo*. E se os outros lobos com quem viajava tivessem se voltado contra ele? Poderiam ser como Osmond, se infiltrando em posições de poder antes de darem as costas e traírem aqueles ao seu lado. Eu não sabia por que iriam atrás de Pappas, ou porque esperariam até ele estar na terra dos Bennett para atacá-lo.

Inúmeros cenários me passavam pela cabeça, e no meu peito os fios se esticavam, aquelas conexões das quais eu havia sentido falta por tanto tempo. O mais forte era Ox, meu laço. Ele estava se movendo rápido, transformado em seu lobo. Joe vinha ao seu lado, assim como Carter. Mark estava na retaguarda. Sussurravam para mim, vozes se fundindo e dizendo *estamos indo estamos ouvindo precisamos de você não seja burro gordon não faça nada sem nós BandoBruxoIrmãoAmor*. Ecoavam na minha cabeça, mais alto do que nunca, e eu sentia a raiva deles, a preocupação. E por um momento, tive a impressão de sentir o *medo* de Mark. Ele estava *assustado*, seu coração batia acelerado em seu peito. Isso me fez tropeçar, e quase caí no chão.

Respondi *estou bem calmo bem seguro pare pare pare* tão suavemente quanto pude, tentando acalmá-lo.

Funcionou, mas por pouco.

Ele se acalmou, seu desconforto diminuindo.

Eles estavam no leste.

O uivo do lobo desconhecido vinha do oeste.

espere espere só um pouco por favor espere não vá

Fui para o oeste.

Um instante mais tarde, vi um par de luzes brilhando entre as árvores à minha direita. Mudei a rota e segui em direção a elas. Atravessei a linha do bosque e cheguei a uma estrada de terra, uma das muitas que cruzavam a floresta.

As luzes vinham do carro genérico em que Pappas e os dois Betas tinham chegado. Estava capotado, o motor ainda chiava. A porta do motorista tinha sido arrancada das dobradiças e aterrissado na grama ao lado da estrada. Um dos pneus estava rasgado. O carro tinha parado em um carvalho antigo.

Me segurei na porta, forçando os braços, e olhei para dentro do veículo.

Estava vazio.

Eu desci, o calor do assoalho quente no meu rosto. Baixei os olhos para a terra e vi mais pegadas. Virei em direção às árvores e...

Um dos Betas estava na vala ao lado da estrada, respirando superficialmente. Suas roupas tinham sido rasgadas. Seu corpo estava coberto de cortes profundos que não estavam cicatrizando. A quantidade de sangue era imensa. Ele encarava o céu, a boca abrindo e fechando, abrindo e fechando. Seus olhos eram levemente alaranjados.

Ele estava além do meu alcance.

Seu olhar estava desfocado quando me agachei ao seu lado. Sangue escorria de sua boca e seus ouvidos.

Perguntei:

— Quem fez isso?

Ele virou levemente a cabeça na direção do som da minha voz.

Uma lágrima escorreu por sua bochecha.

Sua boca se fechou novamente.

Sua mandíbula se contraiu.

Seus dentes estavam ensanguentados quando ele falou:

— Philip. Ele... perdeu. O controle.

Ele riu. Parecia que estava se engasgando.

E em seguida morreu, a luz se apagando de seus olhos.

Um rosnado furioso veio do bosque.

Levantei.

Um lampejo de laranja brilhante nas árvores, o crepitar das folhas de outono.

Eu estava sendo caçado.

Ele se movia com cautela, aquele lobo semitransformado. Ainda estava em pé sobre duas pernas, dando um passo após o outro, mantendo-se nas sombras. Eu não conseguia dizer se era Pappas ou seu outro Beta.

Falei:

— Eu sei que está aí.

Ele rosnou em resposta.

Veio um pulso forte em minha cabeça, um raivoso *não gordon corra por favor corra não lute quase aí estou chegando estamos chegando por favor por favor por favor*. Fez minha pele vibrar com um calor elétrico, sentindo o rastejar de *bando irmão amigo bruxo lar lar lar*. Eu estava preso em uma teia, os fios presos em minha carne e puxando.

Havia outros, fracos, porém firmes: os humanos, que àquela altura já deviam saber que havia algo errado. E, mais fortes, Elizabeth, Kelly e Robbie, ainda na casa dos Bennett.

Mas foi aos fios dos lobos que se aproximavam que me agarrei. O vermelho dos Alfas, o laranja dos Betas, fibroso e espesso. E então havia o branco, um branco puro e limpo que percorria todos eles como um raio arqueado. Minha magia, conectando-se a cada um deles.

Era um emaranhado de lobo e bruxo e *bando* e *meu* que me fazia ranger os dentes. Minha cabeça latejava, e eu estava hiperconsciente de cada passo dado pelo lobo que me caçava. Ele rosnava baixo na garganta, as presas roçando umas nas outras.

Mas ele já havia cometido um erro fatal. Ele estava no território dos Bennett.

E eu era o bruxo dos Bennett.

Meu bando ainda estava muito longe e, enquanto o lobo se aproximava de mim, meu coração teve uma pequena aceleração, uma resposta natural de medo ao ver Philip Pappas saindo das sombras, perdido em seu lobo.

Um dos fios em meu peito apertou rapidamente, transmitindo *não Gordon corra corra corra*, e eu *reconheci* aquela voz, *conhecia* aquela voz desde que me havia dito que eu cheirava a terra e folhas e chuva. Mark estava apavorado. Corria o mais rápido que suas patas conseguiam, e estava *apavorado*.

Philip começou a se tensionar.

Eu disse:

— Você não quer fazer isso.

Ele disparou na minha direção, com as garras esticadas.

Sua boca cheia de dentes pontiagudos.

GORDON CORRA POR FAVOR CORRA ESTOU INDO CORRA CORRA CORRA

Eu disse:

— *Não*.

E corri na direção dele.

O corvo alçou voo.

Pappas saltou para mim, as garras brilhando à luz da lua.

Caí de joelhos no último segundo, me apoiando nas pernas enquanto deslizava pela terra.

Meu pai me ensinou que a magia era uma coisa antiga. Que vivia no sangue, sempre em movimento. Podia ser controlada pela pura força de vontade desde que as marcas adequadas estivessem esculpidas na pele. Mas poderia se expandir além do controle da pessoa, ele me explicou. Se não houvesse confiança nela. Nem fé. Eu tinha que *acreditar* no que eu podia fazer. No que eu era capaz. A terra do território dos Bennett era diferente de qualquer outro lugar do mundo. Os Livingstone eram tão ligados a ela quanto os lobos.

Meu pai me contou que sua magia parecia uma fera grande e pesada.

A minha sempre pareceu uma sinfonia, todas as partes se movendo em conjunto. Ela chamava meu nome, e às vezes parecia que estava viva e consciente, com vontade própria, e me *implorando* por liberação. Ela percorria minha pele, pulando de tatuagem em tatuagem, zigue-zagueando pelas linhas e formas nos meus braços, soletrando segredos antigos para terra e cura e destruição e fogo.

Ela era forte. Podia senti-la nas árvores e nos pássaros empoleirados nelas, nas flores silvestres de outono que brotavam por toda a mata antiga, nas folhas que se soltavam dos galhos e caíam no chão. Estava nas lâminas de grama, nas raízes retorcidas que cresciam sob a superfície, estendendo-se infinitamente.

Aquele lugar era meu, e a porra daquele lobo tinha cometido um erro terrível.

Pappas passou voando e caiu no chão atrás de mim, rolando uma, duas vezes antes de parar agachado. Já estava se movendo quando me levantei, mas antes que pudesse me alcançar, ergui a mão, com a palma voltada para Pappas, e invoquei o território. As árvores chiaram enquanto o ar ondulava em torno da minha mão. Fechei os olhos e encontrei a teia que conectava meu bando e envolvi os fios em meu braço, enterrando-os no solo. Senti os Alfas por meio destes fios, enviando pulsos de magia de *bando*. Carter se juntou logo depois. Mark não. Sua concentração era singular, e ele cantava *gordon gordon gordon*.

As tatuagens estavam mais brilhantes do que nunca quando abri os olhos.

Empurrei, e a terra rachou e revirou sob os pés de Pappas, fazendo-o tropeçar e cair de joelhos, e ele rugiu com raiva. Mas, antes que ele pudesse se levantar, dei três passos e o chutei na cabeça. Ele caiu para trás, um arco de sangue jorrando da sua boca escancarada. Ele aterrissou de lado violentamente, piscando para o céu noturno.

— Fique no chão — alertei.

Ele disse: "Gordon" e "Bruxo" e "Me ajude" com a boca cheia de dentes afiados. E então:

— Está errado. Tudo isso está *errado*. Eu sinto que está se quebrando. Está na minha cabeça, meu Deus, está na minha *cabeça*.

Mesmo antes de terminar de falar, ele já estava se levantando, suas garras afundando na terra.

— Não — rosnei enquanto dava um passo para trás. — Vou derrubá-lo. Não sei o que aconteceu, mas eu vou *te destruir* se não puder recuperar o controle.

— Controle — rosnou, os olhos brilhando outra vez. — Está *desgastado*. Está se *quebrando*. Não está vendo? Eu não achei... não era para ser eu. Está acontecendo. — Ele inclinou a cabeça para trás em direção ao céu, ombros rígidos enquanto sua mandíbula se escancarava. — Ela sabe. Infecção. Ela sabe sobre a *infecção*.

— Do que você está falando?

Ele lançou a cabeça para a frente, os olhos alaranjados fixos em mim. Ele estava se tensionando outra vez, como se estivesse prestes a atacar.

— Ômegas. Todos nós nos tornaremos...

Um lobo grande e marrom se chocou contra ele, derrubando-o. Ele caiu de costas, o lobo em cima dele, rosnando na sua cara. Pappas rosnou de volta para ele e, antes que eu pudesse me mover, virou a cabeça e mordeu a pata direita de Mark.

Mark gritou de raiva, tentando puxar a pata da boca de Pappas. Sua pele se rasgou, sangue respingando no rosto de Pappas enquanto ele a sacudia de um lado para o outro.

Não hesitei.

Corri em direção a eles, as asas do corvo batendo furiosamente. As rosas em suas garras ardiam, o fogo pulsando da runa *Cen* em meu braço. Era uma abreviação para *Kenaz*, a tocha. Meu pai sussurrou um poema antigo ao meu ouvido enquanto o marcava em minha pele, dizendo *isso é fogo vivo, brilhante e radiante/ com mais frequência, ele arde em chamas, onde homens nobres descansam em paz.*

O fogo se espalhou e pegou o resto das runas, ardendo pelo meu braço até minha mão. O fogo podia ser uma luz na escuridão, uma cura que queimava as cicatrizes que cobriam a superfície. Podia ser calor no frio, um meio de sobrevivência em um mundo implacável.

Ou podia ser uma arma.

Pressionei a mão na perna de Pappas, e ele *gritou*, a pata de Mark saindo de sua boca. Mark se afastou dele, mantendo a pata ensanguentada dobrada contra o corpo. Isso não o impediu de curvar a cabeça em direção ao pescoço de Pappas, os lábios sobre as longas presas, rosnando para ele.

Mas Pappas provavelmente nem sabia que ele estava ali. Ele se contorcia no chão, gritando enquanto tentava se afastar de mim. Eu sabia que ele tinha a sensação de estar queimando por dentro, e torcia que isso fosse o suficiente para chocá-lo e arrancá-lo do que quer que fosse que o tivesse dominado. Segurei por mais um segundo, depois dois e três, e finalmente o soltei quando meus Alfas saíram das árvores, seguidos rapidamente por Carter.

Todos eles estavam transformados, grandes, imponentes e furiosos. Os Alfas se moviam em sincronia, um preto, o outro branco, yin e yang. Senti a raiva de Ox, a fúria de Joe. Carter estava confuso, mas a visão de seu tio ferido fez com que ele ganisse. Ele foi até Mark, cheirou a ferida e lambeu enquanto ela cicatrizava lentamente, sua língua manchada de sangue.

Pappas se contorcia no chão. Havia uma marca de mão queimada em sua perna, carbonizada e fumegante. Ele parecia preso em sua transformação, pelos brotando ao longo do rosto e do pescoço, olhos piscando, garras alongando e encurtando. Eu sabia que ele estava tentando se transformar em lobo porque isso tornaria a dor mais suportável, mas algo o impedia.

Joe veio até mim, pressionando o focinho no meu ombro, exalando baforadas curtas e quentes sobre a minha pele. Perguntas foram transmitidas através do vínculo entre nós, mais *????* do que palavras de fato. Deixei rolar por um ou dois minutos antes de afastar sua cabeça.

— Estou bem.

Joe resmungou lupinamente, os olhos semicerrados enquanto me examinava de cima a baixo. Suas narinas se dilataram, e eu soube o instante em que sentiu o cheiro do sangue de outro lobo pois sua cabeça se virou para o carro capotado.

— Beta — disse a ele. — Morto na vala. Disse que Pappas fez isso com ele. Não sei onde está o outro.

Joe não gostou nada daquilo.

Carter se afastou do tio. A pata de Mark parecia estar se curando, pele e músculo se unindo lentamente. Ele estava começando a apoiar o peso nela outra vez ao mancar em minha direção, roçando meu corpo. Pensei em afastá-lo, mas seu calor ao meu lado era reconfortante. Disse a mim mesmo que seria apenas por um momento.

Ox se transformou, o estalo de músculos e ossos soando alto no escuro. Ele se agachou nu ao lado de Pappas, que continuava gemendo.

— O que há de errado com ele? — perguntou em voz baixa.

Balancei a cabeça.

— Não sei. Ele me ligou. Parecia fora de si. Falando sobre desgaste e quebra. Ele disse que *ela* sabe. Algo sobre infecção.

— Infecção — repetiu Ox. — De quem ele estava falan... Michelle.

— Parece provável.

Ele olhou para mim.

— Não estou entendendo. Que tipo de infecção? Lobos não pegam infecções.

— Não é... — Parei. Por que como é ele tinha dito? Sobre...

Ômegas. Todos nós nos tornaremos...

— Ox — falei devagar. — Você precisa recuar. Agora.

Ele não hesitou. Confiava em mim. Foi por pouco. Num instante Pappas estava deitado no chão, gemendo de dor, olhos fechados. No seguinte, ele moveu a cabeça para a frente, se transformando mais em lobo do que em homem, as mandíbulas se esticando em direção a Ox e...

Mordeu o ar vazio onde Ox estivera logo antes.

Seus olhos estavam alaranjados.

Humanos.

Laranja outra vez.

E então, por um brevíssimo instante, veio o violeta.

Carter foi mais rápido que eu, agarrando um dos braços de Pappas em sua mandíbula e torcendo cruelmente. Quebrou, o estalo alto e úmido. Pappas gritou.

Mark parecia prestes a arrancar a garganta de Pappas, mas antes que pudesse, eu retraí meu pé e dei mais um chute na cabeça de Pappas. Ele grunhiu enquanto sua cabeça virava para o lado, inconsciente.

— Que diabos está acontecendo? — perguntou Ox.

Ox CARREGOU Pappas sobre seu ombro nu até a casa dos Bennett. Carter e Joe ficaram com os Betas, o segundo dos quais estava morto na floresta, a garganta rasgada. Eu e Mark ficamos para trás, cobrindo o máximo de sangue que pudemos, suas patas fazendo um trabalho melhor do que minhas botas. Em seguida, fomos para o carro, ambos gemendo quando o colocamos de pé novamente. Minha cabeça latejava, como costumava fazer quando eu me esforçava demais. Envelhecer não facilitava as coisas. Eu não usava a runa de fogo havia muito tempo. Não tive necessidade.

Mark ficou ao meu lado enquanto eu ligava para Tanner, dizendo a ele para pegar Chris e o guincho para tirar o carro dali, antes que fosse encontrado. Rico os encontraria na oficina para ver o que poderia ser feito com ele, se é que havia algo, ou se precisaríamos mandá-lo para o ferro-velho. Eles sabiam que deveriam se livrar das placas e do número do chassi para que não houvesse perguntas, só por garantia.

Desliguei o telefone a tempo de ver Mark se transformar.

O que, após a noite que eu tivera, não era algo que eu estava pronto para enfrentar.

Mas é claro que, dada a maneira como minha vida seguia, um Mark Bennett nu não estava nem aí para isso.

— Que diabos você estava pensando? — resmungou antes mesmo de a transformação ser concluída, a voz grave. — Eu disse para *esperar*.

Eu estava irritado. Irascível.

— Você não é meu Alfa.

Ele deu um passo em minha direção, o peito arfando.

— Não estou *tentando* ser. Eu sou seu… — Balançou a cabeça com raiva. — Tudo que eu quero é te manter seguro. Você estava aqui sozinho, sem saber que porra estava acontecendo. Não é assim que fazemos. Não é assim que um bando funciona.

Eu ri na cara dele.

— Eu sei me cuidar.

— A *questão* não é essa, Gordon. Você não deveria precisar se cuidar. Não quando tem a mim para...

— Eu não tenho você. Para nada.

Seus olhos se estreitaram.

— Nós somos um bando. Isso conta para alguma coisa. Você não precisa enfrentar essa merda sozinho.

— É mesmo? — Dei um passo à frente, meu peito batendo no dele. Ele não recuou. Não estava intimidado. O ar ao nosso redor estava quente. — Porque eu tive que enfrentar *essa merda* sozinho por anos, e ainda assim consegui superar. Onde você estava, Mark?

Eu vi o instante que as palavras o atingiram tão forte quanto eu esperava que atingissem. Foi breve, mas pareceu doer. Não me fez sentir tão bem quanto eu imaginava.

— Eu fiz o que pude — falou em voz baixa, o rosto moldado em uma máscara neutra. — Quando pude. Você não sabe de tudo. O que eu fiz para te manter... — Ele balançou a cabeça. — Agora você tem um bando. Não está mais sozinho. Se não consegue confiar em mim, ao menos confie neles. Você poderia ter se machucado.

— Não se trata de confiança.

— Se trata de *alguma coisa*.

Eu não queria ter aquela conversa. Não agora. Não ali. Talvez nunca.

— Isso não importa.

Mark suspirou.

— Claro que não importa.

Ficamos ali no escuro, encarando um ao outro, por muito mais tempo do que deveríamos. Havia coisas que eu queria dizer a ele, coisas raivosas e cheias de fúria. Eu queria agarrá-lo pelos ombros e sacudi-lo até que o pescoço quebrasse. Queria que ele colocasse os dentes no meu pescoço e *chupasse* com tanta força que a marca nunca desapareceria. Queria ir embora e deixá-lo para trás. Queria sentir seu cheiro, quente e vivo e...

Ele estava fazendo caretas, segurando o braço sobre o peito. Ainda estava cicatrizando, a pele parcialmente rasgada e irritada, um pedaço de osso saliente.

— Idiota — murmurei, estendendo a mão e tocando-o gentilmente. Ele rosnou para mim, estremecendo ao tentar puxar o braço de volta.

— Para com isso, babaca. Eu estou te ajudando.

Eu puxei um pouco da dor para mim.

Ardeu.

Minha cabeça latejou ainda mais.

Não tinha chance de eu escapar dessa dor de cabeça.

— Não precisa fazer isso — falou baixinho. — Vai cicatrizar sozinho.

— Você estava sendo patético. E eu não gosto de ouvir seu *mimimi* quando se machuca. Você não para de reclamar.

— Eu não faço *mimimi*.

Revirei os olhos.

— Você é quase tão ruim quanto o Carter.

— Essa foi cruel, Gordon. O Carter é péssimo para lidar com dor.

— Exatamente.

Ele riu. Foi um som tão estranho de ouvir. Depois do que tínhamos acabado de passar. Depois de tudo o que tínhamos feito. Ali, no escuro, ouvi-lo rir me lembrou de como as coisas costumavam ser. E de como as coisas poderiam ser se eu apenas...

Levou um instante para cair a ficha. Como eu estava perto dele. Como a pele dele era quente sob meus dedos. O quão incrivelmente nu ele estava. Eu estava acostumado com a nudez dos lobos, afinal, tinha convivido com eles por grande parte vida. Não tinha como fazer parte de um bando e *não* se acostumar.

Nós não estávamos com o bando agora.

Eu me lembrei da sensação do seu nariz no meu pescoço no beco. Como o corpo dele pesara sobre o meu. Como minha magia parecia uivar só de pensar em tê-lo perto. Eu o odiei naquele momento, e o odiava agora.

Mas o ódio é curioso, pois existe uma linha tênue que o separa de algo completamente diferente.

Porque eu também o amava, não importava o quanto eu tentasse me convencer do contrário. Sempre amei. Mesmo quando tinha vontade de matá-lo, mesmo quando me sentia mais traído, eu não conseguia parar. Era uma coisa distorcida, suas raízes enterradas profundamente no meu peito, emaranhadas e grossas. Achei que fosse apodrecer e infeccionar, se tornar algo escuro que eu não poderia controlar, mas apenas permaneceu, e eu o *odiava* por isso. Por me fazer sentir assim depois de tudo que já tinha feito comigo e que eu tinha feito com ele.

Queria que ele fosse embora. Nunca mais queria vê-lo. Queria que ele sofresse como eu sofri. Queimasse. Sangrasse. Queria tocá-lo, sentir o animal por baixo. Queria me inclinar para a frente e mordê-lo, deixando minha marca em sua pele, tatuada para que ele jamais ficasse sem mim nele, para que todos soubessem que eu estive lá, e eu estive lá primeiro.

Eu queria matá-lo.

Eu queria transar com ele.

Eu queria que ele me despedaçasse.

— Gordon — disse ele, sempre o lobo.

— Não — respondi, a presa perfeita.

— Você nem sabe o que eu vou falar.

Tentei dar um passo para trás. Não me movi.

— Tenho uma boa ideia.

Ele virou o braço. Segurou meu pulso, o polegar roçando contra a minha pulsação.

— Eu não fui o seu primeiro.

Maldito seja por saber o que eu estava pensando.

— Definitivamente não.

— E você não foi o meu.

Eu queria um nome. *Me diga quem foi, caralho.* Eu o encontraria. Eu o mataria. Falei:

— Não me importo.

Seus olhos piscaram em laranja.

— Mas juro que vou ser o seu último. Me desafie. Me bata. Me incendeie. Me odeie o quanto quiser…

Aquilo me irritou.

— Sai da porra da minha cabeça. — Porque eu podia ouvi-lo sussurrando *gordon gordon gordon* através daquele fio que se estendia entre nós. Ele ecoava no meu crânio até que a única coisa que eu podia fazer era ouvi-lo dizendo meu nome repetidamente. Ele estava me consumindo, e eu queria que fizesse isso. Eu não suportava o pensamento.

— … mas vai acontecer. Está me ouvindo? Eu vou caçá-lo se for preciso. Você pode fugir de mim, Gordon. Mas eu sempre vou te encontrar. Eu te perdi uma vez. Não vou repetir esse erro.

— Vá se foder. Eu não quero nada com você.

Ele sorriu, cheio de dentes.

— Eu senti. No seu pulso. Ele gaguejou. Ele *tremeu*. Você está mentindo.

— Você sussurra as mesmas coisas para o Dale? — perguntei a ele, arrancando meu braço da sua mão. — Quando você fode com ele? Você se inclina sobre ele e diz que ele vai ser o único? — zombei dele. — Ou ele não significa nada para você? Só está usando o cara para saciar uma vontade?

Algo complicado passou pelo seu rosto, o sorriso desbotou. Não consegui entender porque foi um emaranhado de coisas.

— Ele não é... não é *assim*.

— Ele sabe disso?

— Esquivando. Sempre se esquivando.

Eu bufei.

— Porra nenhuma. Só porque você não quer ouvir não significa que eu esteja me *esquivando*.

— Eu não preciso... — Ele franziu a testa. Fechou os olhos. Fez uma careta, engolindo em seco. Por um instante pareceu tenso, seus músculos do peito e dos braços firmemente contraídos.

Eu queria tocá-lo. Não o fiz.

— O que houve?

Ele abriu os olhos novamente.

— É... nada. Só... essa mordida deve ter me desgastado mais do que eu pensei. Estou bem.

Ele parecia mais pálido do que o normal.

— Então se transforme. Vai cicatrizar mais rápido. Precisamos voltar para casa antes que Pappas acorde. Precisamos descobrir que porra está acontecendo.

Ele me olhou, procurando por algo, eu não sabia o quê. Ele assentiu e deu um passo para trás. Momentos mais tarde, um grande lobo marrom apareceu diante de mim. Sussurrava suas músicas na minha cabeça, e estava ficando cada vez mais difícil ignorá-las.

ELE ME SEGUIU até meu carro, sempre minha sombra, mesmo que não fôssemos mais as mesmas pessoas. Ele bufou baixo quando abri a porta, e eu olhei para trás a tempo de vê-lo desaparecer entre as árvores, seguindo em direção à casa dos Bennett.

Encostei a cabeça no volante, o couro frio contra minha testa. Meus pensamentos estavam caóticos, uma tempestade de Mark e Mark e *Mark*. Todas as coisas que eu poderia ter dito. O som que ele emitiu quando Pappas enterrou os dentes em sua pata e um brilho vermelho caiu sobre os meus olhos. O fato de que eu poderia ter matado Pappas ali mesmo sem um pingo de remorso. O fato de que eu teria feito isso com qualquer um que tentasse machucá-lo. Ninguém machucava Mark Bennett. Principalmente na minha frente.

Philip Pappas teve sorte de eu não o ter cozinhado por dentro.

Se os Alfas não tivessem chegado quando chegaram...

Respirei fundo. E depois outra vez. E mais uma.

Havia um pulsar ao longo da teia emaranhada.

Vinha de Ox. Sempre Ox.

Dizia *lar bando seguro lar gordon lar.*

— Tá, tá — murmurei. — Estou ouvindo.

A CASA do fim da rua estava bem iluminada dada a hora tardia. O carro de Jessie estava estacionado ao lado do de Ox. Alguém devia tê-la chamado. Ela não devia ter gostado. Tinha uma aula para dar pela manhã.

Desliguei a caminhonete e abri a porta. O ar estava mais frio. Eu conseguia ver minha respiração. Queria um cigarro, mas Elizabeth não gostava quando eu fumava perto da casa. Ela dizia que fazia seu nariz coçar.

Falando no diabo.

— Está tudo bem? — ela perguntou quando subi os degraus da varanda.

Assenti.

— Mark voltou?

— Está lá dentro com os outros. Rico? Chris? Tanner?

— Cuidando do carro dos lobos.

— Ótimo — disse ela. Em seguida: — Philip está com uma marca de mão queimada na carne. Não está cicatrizando. Me disseram que foi coisa sua.

— Precisei contê-lo.

— Para não machucar o Mark. Você deve ter ficado muito furioso.

Ah, ela era boa.

— Teria feito isso por qualquer um do bando.

Ela sorriu serenamente.

— Eu acredito em você. Mesmo assim. A pele está carbonizada.

— É magia. Sempre demora mais para um lobo cicatrizar. Você sabe disso.

— Claro. Obrigada.

— Por?

— Proteger Mark.

— Eu não... Jesus Cristo.

— Ele estava preocupado com você quando saiu. Acho que nunca o vi correr tão rápido quanto naquela hora.

— Não é o momento, Elizabeth.

— Só estou contando nosso lado dos eventos que ocorreram na sua ausência. Caso estivesse se perguntando.

— Não estava.

Seu sorriso se alargou.

— Não acredito em você. Não é maravilhoso?

Por muito tempo, eu havia sentido por ela o mesmo desprezo que sentia por Thomas e Mark Bennett. Ela sabia, assim como eles, o que estava por vir. Tentou me avisar, mesmo que tenha sido apenas momentos antes. Em meus pensamentos distorcidos, isso a tornava tão culpada quanto o marido. Tão culpada quanto o cunhado.

Não ajudou quando ela voltou com o bando e passou a manipular Ox. Ah, com certeza eles diriam que é *claro* que não tinham feito isso. É *claro* que lhe deram escolha. Esconderam dele a verdade pelo máximo de tempo possível, mesmo que Joe tenha dado a Ox seu pequeno lobo de pedra sem que Ox entendesse o seu significado.

Eu não estava isento de pecado. Havia um papel de embrulho com bonecos de neve e uma camisa com seu nome bordado que mostravam que eu era tão culpado quanto eles.

Mas eu lutei contra isso. Tentei mantê-lo longe de tudo pelo maior tempo possível. Mas quando ela me olhou com os olhos úmidos, me pedindo para ajudar seu filho, para ajudar Joe, me lembrei da mulher que havia sorrido para mim da cama, perguntando se eu queria segurar Carter pela primeira vez.

Havia dias em que eu não suportava vê-la.

Havia dias em que eu queria me sentar aos seus pés, com a cabeça em seu joelho.

Havia dias em que eu achava que ela era igual ao marido. Porque os lobos mentem. Usam. Minha mãe me ensinou.

E por fim havia dias como hoje, quando não conseguia deixar de sentir um afeto irritante por ela, mesmo que ela estivesse se esforçando para me azucrinar.

— Não estou nem aí se não acredita em mim — disse a ela.

Ela revirou os olhos.

— Bem, isso certamente não foi nada convincente.

— Quero que se foda.

— Não sou eu que você quer...

— Não — adverti.

— Você está muito inflexível.

— Deve ser porque você não está entendendo.

— Ah, eu acho que entendi muito bem. — Seu sorriso desbotou ligeiramente. — Sobre o Pappas.

— O que tem ele?

— Ele tem um bando.

— Sim. — Michelle Hughes era sua Alfa.

— Então por que ele está agindo como um Ômega? Ele pareceu não me reconhecer quando o trouxeram para cá.

Eu balancei a cabeça.

— Não sei. Ele está... Onde ele está?

— No porão. Jessie colocou uma linha de prata em pó na porta. Como as paredes são reforçadas, ele não pode sair. — Ela pausou, inclinando a cabeça. — Ele ainda não está falando. Não sei se consegue.

Passei a mão no rosto.

— Eu vou descer. Quando os outros chegarem, mantenha-os aqui em cima. Não quero correr riscos até sabermos com o que estamos lidando.

— Claro. Pense no que eu disse.

— Vá se foder.

Ela riu baixinho, estendendo a mão e apertando a minha antes de me deixar partir.

* * *

CARTER ESTAVA SENTADO na sala, Kelly se movendo ansiosamente ao redor dele. Robbie parecia entretido enquanto Kelly tentava limpar os vestígios de sangue do rosto de Carter.

— Estou bem — rosnou Carter, afastando as mãos de Kelly. — Poderia parar de se preocupar? Nem sequer me machuquei. — Ele fez uma careta. — É só o sangue do Mark na minha boca. Não sei por que sempre acho uma boa ideia lamber feridas abertas quando estou transformado. Sou nojento.

— Vou pegar sua escova de dente! — anunciou Kelly freneticamente antes de virar e sair correndo da sala.

— Ele é sempre assim? — perguntou Robbie, olhando maravilhado para a porta que Kelly tinha atravessado.

Carter suspirou.

— Não... geralmente. Ele... não gosta quando estamos separados. E quando volto coberto de sangue, é... meio difícil para ele, às vezes. — Estreitou os olhos para Robbie. — E você não está autorizado a zoar meu irmão por isso. Vou te rasgar ao meio se te ouvir zombando dele.

Robbie pareceu horrorizado.

— *Jamais* faria isso.

— Só estou avisando. — Carter me viu e apontou o queixo para mim. — Tudo bem?

— Tudo.

Ele franziu o nariz.

— Você está cheirando a pele queimada.

— Por que será...

— A Mão da Danação Ardente?

Encarei-o.

— Já disse para não chamar assim.

Ele deu de ombros.

— Ah. Lembre-me de nunca te irritar.

— Você me irrita o tempo todo.

Ele sorriu. Seus dentes estavam ensanguentados.

— É, mas você gosta de mim.

Gostava, mas não ia falar isso para ele.

— Deixe Kelly cuidar de você. Você sabe como ele fica.

Seu sorriso suavizou.

— Sim, sim.

Olhei para Robbie.

— E se você fizer *qualquer coisa* para machucar Kelly, vou enfiar minha Mão da Danação Ardente tão fundo no seu cu que até sua garganta vai pegar fogo.

Robbie engoliu em seco enquanto Carter ria dele.

Segui para as escadas. Ouvi os rosnados baixos de um lobo ferido e irritado. Quando cheguei ao porão, primeiro vi Jessie, encostada na parede oposta, com uma expressão endurecida.

— Gordon — disse ela ao me ver. Ela se afastou da parede. — O que diabos está acontecendo?

— Não sei. Pelo menos, ainda não. Quero que você vá lá para cima. Melhor ainda, vá para casa. Você trabalha de manhã. Não estamos precisando de você aqui agora.

Ela inclinou a cabeça.

— Você está me dizendo o que fazer?

Jessie podia ser assustadora quando queria. Eu vacilei.

— Hã. Estou? Ou. Pedindo. Acho que estou pedindo.

Ela assentiu lentamente.

— Foi o que pensei. Vou.

— Boa.

— Depois que eu acabar de ajudar a queimar os corpos daqueles Betas que vocês trouxeram.

Suspirei. Ela não era mais aquela garotinha que riu quando Chris a levou à oficina pela primeira vez. Eu não sabia como me sentia em relação a isso.

— Peça a Carter e Kelly para te ajudarem. Depois que Kelly acabar de enfiar uma escova de dente na boca de Carter.

— Eu ouvi isso! — gritou Kelly escada abaixo.

Jessie resmungou.

— Lobisomens, hein?

— Lobisomens do caralho.

— Os caras?

— Fazendo o que eu falei para fazerem. Porque eles de fato me *ouvem*.

Ela se inclinou para a frente e me deu um beijo na bochecha.

— Claro, Gordon.

Ela olhou para o outro lado do porão antes de subir as escadas, o rabo de cavalo balançando.

Eu me virei para os outros.

O porão era o maior cômodo da casa dos Bennett, e estava basicamente vazio. Os lobos costumavam se reunir ali após as luas cheias, dormindo uns em cima dos outros em pilhas, às vezes transformados, às vezes não. Os humanos passaram a precisar do porão tanto quanto os lobos, e Rico reclamava alto sobre a quantidade de pessoas nuas antes de desmaiar em cima de um monte de lobisomens.

Do lado oposto do porão havia uma grande sala separada por uma porta de correr. A porta e a sala em si eram reforçadas com aço. Abel a havia construído décadas antes para jovens lobos que ainda estavam aprendendo a controlar suas transformações. Ele ficava com eles, junto com seus pais, para manter o resto do bando em segurança. Thomas odiava aquela sala, a encarava como uma prisão, e prometera nunca a usar como seu pai. Carter e Kelly não tinham idade suficiente quando o bando foi embora, e com eles Thomas nem precisou cumprir a promessa. Mas, na vez de Joe, Thomas levou o bando para a clareira.

Mas ele havia forçado algo naquela noite, independentemente disso.

Seus braços estão brilhando, dissera Ox, com os olhos arregalados e o rosto pálido.

Ox, que agora estava ali, alto e forte, com os braços cruzados sobre o peito, olhos vermelhos enquanto observava Philip Pappas rondar a sala. Joe estava à sua direita. Mark, à esquerda. Todos estavam vestidos, ao menos parcialmente. Joe e Ox apenas de calça jeans. Mark vestia uma calça de moletom e uma camiseta folgada. Ele ainda estava segurando o braço, embora parecesse que a pele estava quase recuperada.

Ox falou:

— Gordon. Observe os olhos dele.

Observei.

Pappas estava semitransformado, mas era como se estivesse *preso*, como se estivesse tentando completar a transformação e não conseguisse. Ele se movia sobre as mãos e os pés, suas garras raspando no chão. O que restava do seu terno pendia em farrapos de seu corpo. Dava para ver a impressão da minha mão em sua perna, a pele ainda carbonizada. Tinha começado a cicatrizar, mas estava muito mais lento do que deveria para um lobo daquele tamanho e estatura.

Seus olhos estavam escuros.

Em seguida laranja.

E então escuros novamente.

Ele exibiu os dentes ao me ver.

Então veio o violeta.

Foi apenas um segundo. Mas estava lá.

— Maldição — murmurei. — Eu tinha visto isso antes, mas não… Achei que tivesse sido um truque de luz.

— Não entendo — disse Mark. — Não deveria ser assim. O laço dele não está se firmando. Como se o tivesse perdido de alguma forma.

— Ele tem uma parceira? — perguntou Ox. — Aconteceu algo com ela?

— Ele estava bem quando veio aqui mais cedo — falou Joe com uma expressão de preocupação no rosto. Ele estava tão parecido com seu pai naquele momento que eu tive que desviar o olhar. — Se aconteceu alguma coisa, foi depois que ele saiu.

Mark balançou a cabeça.

— Não teria evoluído tão rápido. Leva… tempo.

— Diga isso para o meu pai — falei sem querer.

Os lobos viraram lentamente para me olhar. Mark parecia chocado.

— O quê?

— Isso… não entendi o que foi isso — disse Ox.

Joe franziu o cenho para mim.

— Você acabou de… fazer uma piada? Não sei se já te ouvi fazer uma piada.

— Não foi uma *piada*. Foi uma *observação*.

— Ele sabe ser engraçado — falou Mark para o sobrinho. Ele franziu a testa. — Às vezes.

— Ele não estava se sentindo bem mais cedo — relatei, tentando fazer com que se concentrassem. — Quando eu estava conversando com ele. Houve um momento em que ele pareceu… não sei. *Doente*. Como se estivesse ficando enjoado. Não dei muita importância na hora, mas…

Ox estava me encarando outra vez.

— Quando você conversou com ele?

Merda.

— Ele estava tentando atrair o Robbie. Dizendo que Michelle o receberia de volta se ele quisesse.

Joe e Ox imediatamente se semitransformaram. Cuzões possessivos.

— Eu já o mandei ir se foder — falei, revirando os olhos. — Guardem as garras. Vocês parecem idiotas. E Joe, bom saber que você superou aquela coisa de *fique longe do meu homem*. Pensei que você fosse mijar no Ox.

Joe me lançou um olhar de raiva.

— Eu vou arrancar sua cara, juro por Deus...

— Infecção — disse Ox de repente, me olhando atentamente. — Quando estávamos na floresta, você falou alguma coisa sobre infecção. Você me disse para me afastar dele antes que ele tentasse me morder.

Arrepios percorreram minha nuca.

— Foi uma coisa que ele disse. No telefone. Desgastando e se rompendo. — Meus pensamentos estavam confusos enquanto eu olhava para a sala. Pappas andava de um lado para o outro na parede oposta, me observando atentamente. Quando nossos olhares se encontraram, ele rosnou para mim, mas manteve a distância. — Eu não pensei... não é possível.

— O quê?

Você o matou. Richard era o Alfa dos Ômegas. Quando ele morreu, isso passou para você. E, ah, eles estão lutando contra isso, tenho certeza. Resistindo à atração. Mas Green Creek é iluminada como um farol no escuro. Alguns não podem deixar de te procurar. Somando isso ao apelo do território Bennett, estou surpresa que não tenha havido mais.

Quantos mais você acha que poderia haver?

Ah, não consigo nem começar a especular. Mas cuidaremos deles, independentemente de qualquer coisa. Não podemos nos dar ao luxo de ter nosso mundo exposto, não importa qual seja o custo.

Philip Pappas estava rondando a sala quando eu disse:

— Precisamos falar com Michelle Hughes. Agora.

selvagem

ELA NÃO APRECIOU o horário. Isso ficou claro. Mesmo assim, Michelle apareceu na tela do escritório, bem-arrumada como sempre, parecendo indiferente ao nos ver um tanto desalinhados.

Ela disse:

— Alfa Bennett. Alfa Matheson. Não esperava voltar a falar com vocês tão cedo.

— Não teríamos pedido se não fosse importante — disse Joe. Ele estava ombro a ombro com Ox, ambos com expressões impassíveis. Robbie se remexia desconfortavelmente perto da mesa, lançando olhares nervosos para seus Alfas e para Michelle na tela. Mark estava fora do alcance da câmera, em um canto.

— Tiveram uma noite difícil? — indagou ela. — O território dos Bennett parece bastante agitado ultimamente. Fico imaginando por quê.

— Quando foi a última vez que você falou com Philip Pappas? — perguntei a ela.

Ela piscou, surpresa, apesar da agilidade para tentar esconder.

— Gordon, fico feliz que possa se juntar a nós, como sempre. Posso saber por que você está perguntando sobre Philip?

— Responda à pergunta.

— Dois dias atrás. Quando ele estava chegando em Green Creek. — Ela estreitou os olhos. — Aconteceu algo com meu segundo?

— Ele veio atrás da Ômega.

— Disso eu sei. Mas há algo mais.

— Os Ômegas. Antes da garota. Os que levaram de volta. O que fez com eles?

Ela inclinou a cabeça. Sei que estava tentando ouvir minha pulsação, mesmo a milhares de quilômetros de distância.

— Por que pergunta?

— Por perguntar.

Ela assentiu, os olhos desviando da tela, como se estivesse olhando para outra pessoa ali presente.

— Receio que não havia nada a ser feito.

— Você os matou.

— Acabei com o sofrimento deles. Existe uma diferença. Ox entende, não é? Aquela pobre Ômega. Ele a ajudou.

Certo.

— E nada pôde ser feito para salvá-los.

— Não. Eles já estavam perdidos demais.

— E Ômegas são aqueles lobos que perdem seus laços.

— Alfa Bennett, Alfa Matheson, existe algum propósito nisso tudo? Ou vocês pediram para falar comigo apenas para cobrir tópicos amplamente conhecidos por todos?

— Tenha paciência — pediu Ox.

Michelle suspirou.

— Sim. Ômegas são lobos cujos laços se rompem. Aqueles lobos que perderam companheiros ou bandos e não conseguem encontrar uma forma de se ligar a outra coisa.

— Richard Collins dispunha de *dezenas* deles — lembrei-a.

— Sim. — Ela sorriu. — O bando Bennett cuidou admiravelmente deles.

— O próprio Richard já tinha se tornado Ômega antes de morrer.

— Uma terrível tragédia. Eu queria que as coisas tivessem sido diferentes.

— Como?

— Como? — repetiu ela lentamente. — Como o quê?

— Trinta e seis em vinte e nove estados — falei irritado. — Vinte e um em três províncias canadenses. Isso é o que Pappas nos confirmou. Esses são os números dos bandos que restam na América do Norte. E isso me incomodou quando ele disse. Eu não conseguia entender por quê. Mas quanto mais pensei a respeito, mais percebi. Richard tinha *dezenas* de seguidores Ômegas. E outros vieram para cá sem ele. Como há tantos deles? De onde estão vindo? A menos que bandos e lobos estejam sendo exterminados por todos os lados e você não tenha nos alertado, como há tantos Ômegas? Eles acontecem. Ômegas. Eu entendo isso. Mas não assim. Não tantos.

— Onde está Philip? — perguntou ela novamente.

— A Ômega que ele veio buscar. Você acabou de dizer que Ox a ajudou. Você sabia que ela já estava morta.

Ela se recostou na cadeira.

— Está me acusando de algo, bruxo?

— Você disse que falou com Pappas pela última vez há dois dias — falei friamente. — E ele chegou ontem. E ainda assim, de algum jeito, você sabia que Ox a matara. A única maneira de você saber disso seria se tivesse mentido sobre a última vez que falou com Pappas, ou se o tivesse enviado para cá com ordens estritas para que Ox resolvesse a situação por conta própria. Para ver o que Ox faria. Para descobrir do que ele era capaz.

A sala ficou em silêncio.

Então:

— Philip poderia ter me ligado após sair da casa dos Bennett.

— E ligou? — indaguei.

Seu olhar era calculista, mas ela não disse nada.

— Porque não acho que tenha ligado. Veja, a *razão* pela qual não acho que ele tenha ligado é que seu segundo estava ocupado demais assassinando os Betas que viajavam com ele.

Michelle Hughes fechou os olhos.

Maldição. Eu odiava ter razão.

— Ele tentou me contar. Falou em enfraquecimento e quebra. E eu não entendi o que ele quis dizer. Agora eu sei. Ele estava falando sobre laços. O laço *dele*. De alguma forma ele o estava perdendo. E você sabia disso.

Ela abriu os olhos. O sorriso havia desaparecido. Independentemente da minha opinião sobre ela, Michelle ainda era Alfa. Mesmo através da tela, ela irradiava poder.

— Não sobre ele — disse ela. — Nunca sobre ele. Ele deve ter... um dos outros. Ele deve ter se infectado. Ele foi descuidado, de alguma forma. Baixou a guarda.

— Com o quê? — perguntou Robbie, soando ligeiramente histérico. — O que diabos poderia infectar um *lobisomem*? Somos imunes a quase tudo!

Ela se inclinou para a frente de repente, os olhos brilhando.

— Alguém foi mordido? Outro lobo foi exposto? Entrou em contato com o sangue?

— Por quê? — rosnou Ox para ela. — O que importaria se...

— Me responda. *Alguém foi mordido?*

Não. Ah, não, porra, por favor, por favor, *por favor...*

— O que você fez? — vociferei, dando um passo para a frente. — Que *porra* você fez?

— Mark foi mordido — disse Joe, olhando preocupado em volta da sala. — E Carter limpou a ferida dele.

Antes que eu pudesse dizer mais alguma coisa, Mark estava na minha frente, olhos faiscando, mãos percorrendo meu corpo freneticamente, passando pelos meus braços e ombros.

— Ele te pegou? — demandou. — Ele também te feriu?

Pensei que fosse explodir.

— Não. Não me feriu. Não me machucou, Mark. Mas ele pegou... *Você.*

Ele tinha mordido Mark.

— Só é perigoso para os lobos — revelou Michelle, cansada. — Não para os bruxos. Mesmo se Gordon tivesse sido mordido, não o afetaria. Não com a magia dele.

— O que é isso? — disse Ox, avançando em direção ao monitor.

— Não sabemos de onde veio — explicou Michelle. Ela nem sequer olhava para nós. Em vez disso, estava encarando um tablet, digitando furiosamente nele. — Ou quando começou. O primeiro caso que soubemos foi de um lobo na Dakota do Sul pouco antes de Thomas morrer. Ele não conseguiu sustentar seu laço. Virou Ômega. Pensamos que tivesse sido um acaso. Uma anomalia. Naquela época, não tínhamos como saber se havia outros. Nem todos os lobos são registrados ou mesmo conhecidos por nós. Existem exceções, bandos que operam fora do nosso controle. Ômegas, também, que estão sem bando. Solitários.

— E vocês não acharam necessário nos contar? — exigiu Joe. — Vocês não acharam que essa era uma informação que precisávamos conhecer?

— Nós contamos — retrucou ela. — Thomas sabia. E poucos dias depois Richard veio e Osmond nos traiu. Se foi intencional ou não, serviu como distração. E certamente não ajudou quando você partiu, Alfa Bennett. Você deveria ocupar o lugar do seu pai, mas decidiu que a vingança era mais importante do que o bando.

É claro que Thomas sabia. Claro.

— E ele não podia fazer nada em relação a isso?

— Não faz sentido — disse Mark, com a voz monótona. — Todos nós fomos feridos por Ômegas em algum momento. Os lobos. Os humanos. Gordon. Todos nós.

Michelle levantou os olhos do tablet, estreitando os olhos.

— E nada?

— Não — respondeu Ox. — Nada.

— Thomas caiu há *anos* — falou Robbie. — E Richard Collins morreu no ano passado. Por que você não falou nada desde então?

— Porque eu não sabia em quem confiar — disparou Michelle, irritada. — Um Alfa humano? Um Alfa Bennett que se recusa a aceitar seu lugar? Você, Robbie. Você que foi enviado para fazer um trabalho e acabou se *juntando* ao bando que deveria investigar. Pelo amor de Deus, há *humanos* no bando. Eles nos *caçam*. Me diga, exatamente, em que momento eu deveria dar informações a um bando que parecia existir apenas para se servir? Vocês *zombaram* do nome dos Bennett.

As mãos de Joe estavam cerradas ao lado do corpo.

— Repita. Eu te desafio.

Ox colocou a mão em seu ombro, enterrando os dedos.

Michelle o ignorou.

— E também tem o fato de que seu bruxo é filho de Robert Livingstone.

Estreitei os olhos.

— O que meu pai tem a ver com isso?

Ela suspirou.

— Você acha que é coincidência que quando Robert Livingstone escapou da custódia, Richard Collins fez o mesmo logo depois? Ou que o lobo na Dakota do Sul se infectou? Eu acredito em muitas coisas. Acredito no bando. Acredito na força do lobo. Acredito na superioridade da nossa espécie. Não acredito em coincidências.

— Acha que meu pai fez isso.

— Sim. Acho. Acho que ele está jogando um jogo longo e lento. Depois do primeiro lobo, não vimos nada parecido por muito tempo.

Foi apenas… recentemente que houve um aumento, e o processo de transformação de um lobo infectado em selvagem se tornou muito mais rápido. Some a isso o fato de que seu pai praticamente desapareceu. Dito isso, não tenho provas. E como não posso ter certeza de que não teve contato com seu pai, você pode entender por que eu hesitaria em compartilhar informações com seu bando.

— Não ouse tentar colocar isso na conta dele — rosnou Mark.

— Por eliminação, é a única explicação possível. A navalha de Occam diz…

Eu estava furioso.

— Estou *cagando* para o que você pensa. Eu *jamais* trairia o meu bando, sua vaca maldita…

— Você não confiava em mim? — disse Robbie, soando magoado. — Você era como minha família. Nunca fiz nada para lhe dar motivo…

— Quanto tempo?

A voz veio de trás de nós.

Olhei por cima do ombro.

Carter estava na porta, ombros duros, maxilar firme. Kelly estava ao seu lado, olhos grandes e úmidos. Elizabeth estava atrás do filho mais velho, a cabeça baixa, a testa pressionada contra suas costas.

— Quanto tempo? — repetiu.

Michelle tinha algo quase parecido com compaixão em seus olhos. Achei falso.

— Duas semanas, mais ou menos. Pode ser entre uma e três, mas a média é de duas semanas. — Ela olhou para as próprias mãos. — No início não acontece nada. Mas, em alguns dias, você começará a sentir. É como eletricidade sob a sua pele. Uma corrente fraca. Uma coceira. Como o magnetismo da lua. Mais alguns dias e a corrente crescerá. A coceira se intensificará. Você fará a transformação, mas não ficará saciado. É como… sede de sangue. Tornar-se selvagem sempre tem a ver com sede de sangue. Você não conseguirá controlar. Haverá raiva. Atacará sem querer. E quanto mais se transformar, pior será. É um vício. Às vezes vem uma calmaria, depois. Você se sentirá melhor. Mais forte. Mais no controle. Mas isso apenas sinaliza o início do fim. Você se tornará selvagem. E não há nada que possa fazer para impedir. — Ela olhou para nós. — Sinto muito que isso tenha acontecido com vocês, de verdade. Com seu bando. Nunca quis que chegasse a esse ponto.

E o pior foi que *acreditei* quando ela disse isso. Duvidava que ela já tivesse cogitado que seu segundo pudesse se tornar selvagem.

— Tem que haver uma cura — falei com a voz rouca. — Um feitiço. Alguma coisa. Se foi meu pai, então tem que haver uma maneira de reverter. O que quer que tenha feito, pode ser corrigido. A magia não é uma via de mão única. Seja o que ele deu, pode ser retirado.

Ela balançou a cabeça.

— Não há nada que saibamos. Nossos bruxos passaram dois anos tentando encontrar um remédio. Não há mudanças significativas no sangue, exceto níveis reduzidos de serotonina e aumento de adrenalina e noradrenalina. O Ômega literalmente se enche de raiva. E não importa a força do bando ou o chamado do Alfa. Seu laço, seja qual for, começará a se desfazer. E em algum momento se quebrará. Você se tornará um Ômega. Você se tornará selvagem. Não pode ser interrompido. E a lua cheia que se aproxima certamente vai acelerar o processo.

— Então você não nos conhece minimamente — disse Ox calmamente. — Porque somos diferentes de qualquer bando que já tenha conhecido.

— Ah, como eu gostaria que isso fosse verdade, Alfa Matheson. Se Carter e Mark estiverem infectados, eles se transformarão, assim como todos os outros que vieram antes. Você está certo quanto a nunca ter havido um bando como o seu antes. Vocês são… uma anomalia. Mas nem vocês podem impedir isso. Há quem acredite que a licantropia seja uma doença, dado que pode ser transmitida pela mordida de um Alfa. A maneira como ela altera até a estrutura celular do corpo. Infelizmente, isso… essa *coisa* parece ser semelhante, embora não seja apenas celular. É mais do que isso. É metafísico, só existe para destruir os laços do lobo. — Ela franziu o cenho. — É a arma perfeita. E quem melhor do que Robert Livingstone para nos infligir isso? Ele, que deve odiar os laços mais do que qualquer outra coisa. Afinal, o que pode ser mais poético do que um homem que perdeu tudo por causa de um laço se revoltar contra aqueles que ainda os têm?

— Não me importa o que você diga — falei com aspereza. — Existe uma maneira de consertar isso, e eu a encontrarei. Você pode não gostar de nós, mas Ox está certo. Não sabe nada sobre o nosso bando. Somos mais do que isso. Somos *melhores* do que isso.

— Seja como for — disse ela, tocando outro botão em seu tablet —, devo fazer o que for necessário para garantir a sobrevivência da nossa espécie. Como em qualquer infecção, o primeiro passo é contê-la o mais rápido possível para evitar sua propagação. Aos que não foram expostos faço uma oferta. Saiam de Green Creek. Juntem-se a nós. Vocês têm três dias para fazer o que é necessário.

— E o que exatamente é necessário? — perguntou Ox, dando um passo em direção ao monitor.

Michelle mal piscava.

— Você sabe, Alpha Matheson. Carter e Mark não podem infectar os outros. Eles devem ser eliminados.

— E em três dias? — perguntou Joe, os olhos vermelhos.

Ela olhou para ele.

— Em três dias, assumirei as rédeas da situação. Bando Bennett, gostaria que as coisas tivessem sido diferentes. Mas certamente, se estivessem no meu lugar, fariam o mesmo. Se quisermos sobreviver, a infecção deve ser isolada. E então erradicada.

A tela ficou preta.

Então Rico apareceu atrás dos outros e disse:

— *Ei*. Por que estão todos aí parados com cara de enterro? Ah, Deus, mais alguém morreu, né? Acabamos de *queimar* mais coisas mortas. Eu me recuso a sentir esse cheiro novamente hoje. Ou pelos próximos oito meses. Arranjem outra pessoa para isso. Me recuso a ser o cachorrinho de vocês.

— Sinta o clima da maldita sala — murmurou Chris.

Ox rosnou e socou o monitor.

O BANDO SE DISPERSOU pela casa. Joe e Ox desceram ao porão para verificar como estava Pappas. Elizabeth levou Carter para o quarto dela e fechou a porta. Robbie ficou na sala de estar, observando Kelly andar de um lado para o outro enquanto desabafava, os braços se agitando loucamente. Não vi para onde Mark foi.

— Isto… não é bom — disse Tanner de forma sucinta, parado no escritório, encarando o monitor quebrado.

— Eufemismo, *papi* — falou Rico, esfregando a mão no rosto. — É uma merda de um desastre, é o que é.

— Podemos dar um jeito, não podemos? — perguntou Chris. Ele estava ao lado de Jessie. Ela deitou a cabeça em seu ombro. — Quer dizer, deve haver alguma coisa. Se pode ser espalhado, pode ser interrompido.

— Alguma coisa — concordou Jessie. Ela ergueu a cabeça. — Só precisamos fazer o caminho inverso. Chegando à fonte, podemos encontrar a cura.

Eu os encarei.

— Vocês são mesmo tão burros?

Eles pareceram estarrecidos.

— É o quê? — perguntou Chris.

— Vocês precisam dar o fora daqui. Agora. Saiam e não olhem para trás.

Jessie bufou.

— Sim, claro. Certo, Gordon. Só se for agora.

— Estou falando sério!

— Ah, já que está falando *sério* — zombou Tanner. — Pessoal, atenção. Temos que obedecer agora. Ele está falando *sério*.

— Isso vai mudar minha opinião — disse Rico, balançando a cabeça. — Obrigado, Gordon, por nos dizer o que acha que devemos fazer. Devemos ignorá-lo de imediato e seguir para algo produtivo, ou você vai querer brigar ainda?

— Qual é a porra do problema de vocês? — indaguei, incrédulo. — Não ouviram? Carter e Mark vão se tornar *selvagens*, a menos que possamos encontrar uma maneira de frear isso. Eles ficarão iguais aos Ômegas que vieram antes. Vocês se lembram? Quando vocês tiveram que *matá-los*? E isso sem nem levar em conta os outros Ômegas por aí que podem estar vindo para cá *agora mesmo*...

— Nós lembramos — falou Chris. — Porque foi quando ficamos ao lado do nosso bando. Você realmente acha que vamos sair agora? Um bando não faz isso, Gordon. Eles não nos deixariam, então não vamos deixá-los. Só porque você esqueceu o que significa ser bando não significa que nós vamos esquecer.

— Exagerou na dose — murmurou Rico, enquanto eu me colocava diante de Chris, meu peito batendo no dele.

— Não sei se exagerou — ponderou Tanner, esfregando uma mão na parte de trás da cabeça. — Ele precisa ouvir em algum momento, certo?

— É isso mesmo — disse Chris, levantando o queixo desafiadoramente para mim.

— Você é tão burro — falei na cara dele. — Vai se matar. E pelo *quê*? Ele nem titubeou.

— Pelo meu bando. Se acha que vamos simplesmente abandoná-los, então não nos conhece tão bem quanto imagina.

— Você é *humano*. Que chance você tem contra...?

— Então você vai embora, certo? — perguntou Jessie. — Porque, até onde sei, você também é humano.

Eu a encarei enquanto me afastava de Chris.

— Não é a mesma coisa. Sou um bruxo, cacete. Tenho *magia*...

— E eu sou bem boa com um bastão — disse ela. — Com o pé-de-cabra do Ox também, já que ele não pode mais usar. Você sabe, a prata e tudo mais.

— Eu e Rico temos nossas armas — falou Tanner.

— E eu tenho minhas facas — acrescentou Chris.

— E fomos treinados para lutar contra lobos — argumentou Rico, mantendo-se firme. — Durante *anos*. E daí se tivermos que dar uma surra no Carter? Ele merece por nos fazer correr. Você sabe que odeio correr. Me dá dor nas canelas.

Fiquei boquiaberto.

Eles me encararam de volta.

— Vocês estão todos loucos — falei fracamente.

— Provavelmente — disse Chris, dando de ombros. — Mas já aguentamos até agora. E, cacete, enfrentamos Ômegas enlouquecidos, um aspirante a Alfa com dentes grandes e um ego maior ainda. O que é uma doença que faz nossos amigos perderem a cabeça? Só mais uma questão com a qual lidaremos.

Rico riu, mas rapidamente tentou disfarçar com uma tosse.

— Desculpa — falou ele, franzindo ligeiramente o cenho. — Não teve graça. Reação ao medo.

— Você vai precisar da gente — disse Jessie, e os outros se calaram. — Mais do que qualquer outro.

Fiz uma careta para ela.

— O que quer dizer com isso?

Ela me deu um tapa na cabeça.

— Homens. Vocês são uns idiotas do caralho. Por que diabos você acha, Gordon? Olha. Eu não finjo saber nada sobre você e o Mark. Não me *importa* o que aconteceu com vocês dois ou o que te transformou nesse cuzão que está tão acostumado a fingir que não se machuca como o restante de nós que não vê que estamos absolutamente *fartos* da sua babaquice. Se isso acontecer, se o que aquela vadia nos disse for verdade, você vai precisar de nós, Gordon. Somos seus amigos. Você precisa de nós tanto quanto precisamos de você.

— Time Humano para a vitória — disse Chris, sorrindo afetuosamente para a irmã.

— Podemos fazer coisas que os lobos não podem — acrescentou Tanner. — Se eles vão ficar descontrolados, então vão precisar de nós para cuidarmos deles até descobrirmos uma forma de trazê-los de volta.

— Além disso — observou Rico, sorrindo loucamente para mim —, faz bem para minha reputação arrasar tanto. — Seu sorriso desbotou um pouco. — Mesmo que eu não possa contar a ninguém depois. Porque lobisomens são segredo. — Ele agora estava franzindo a testa. — Por que diabos estou fazendo isso? Já estou transando regularmente.

Aqueles humanos ridículos. Tinham corações de lobo.

— Vão se foder — falei, impotente.

Não caíram na minha.

Eu estava na caminhonete, pronto para ir para casa e conseguir algumas horas de sono. Precisava descansar. Enfrentar o Pappas tinha me esgotado. Elizabeth tinha me oferecido uma cama na casa dos Bennett, mas eu não dormia lá havia anos. Ela sabia que eu diria não. A culpa que se instalou no meu peito com as insinuações de Michelle sobre meu pai não estava ajudando. Eu não suportava o olhar de Elizabeth em mim, sabendo que o sangue que corria em minhas veias vinha de um homem que ajudou a causar a morte de seu marido, e potencialmente a destruição do seu bando outra vez. Ela não me culpava. Ela não era assim. Mas eu me culpava o suficiente por nós dois.

Escolhi ser covarde.

Ela sabia. Claro que sabia. Ela me deixou ir com um gesto displicente.

O céu começava a clarear. Eu estava sentado na caminhonete, bocejando enquanto me apoiava no volante. Joe e Ox estavam com Pappas, tentando descobrir alguma maneira de alcançá-lo. Duvidava que funcionasse. Ômegas poderiam voltar a ser Betas se conseguissem encontrar uma ligação que os trouxesse de volta. Eu já tinha visto isso acontecer. Essa situação era diferente. O que quer que estivesse acontecendo com ele, o que quer que tivesse feito seu laço se quebrar, não tinha a ver com lobos.

Era magia. Tinha que ser.

Mas eu não sabia como.

Estava prestes a ligar a caminhonete quando ele bateu na janela. Pensei em ignorá-lo.

Em vez disso, abaixei o vidro.

— Para casa? — perguntou Mark.

— Sim. — Fiquei olhando para a frente.

— Ótimo. Você parece cansado.

— Estou ficando velho. Não consigo mais virar noites como antigamente.

Ele bufou.

— Não está tão velho assim, Gordon.

— Você que pensa.

— É — disse ele. — Eu que penso.

Eu queria dizer tantas coisas. Então escolhi a mais inconsequente de todas.

— O que você está fazendo acordado? Não deveria estar... sei lá. Descansando. Ou algo assim.

Ele se apoiou na porta, as mãos penduradas dentro da caminhonete. Eu quase não resisti à vontade de tocar seus dedos. Se Michelle estivesse certa, em duas semanas, ele não me reconheceria mais.

— Talvez. Tenho algumas coisas para fazer antes.

— Tipo o quê?

— Eu... tem certeza de que quer ouvir isso?

Eu estava desconfortável. E também era um cuzão. Então, apenas dei de ombros.

Ele percebeu na hora. Sempre percebia.

— Vou visitar o Dale.

Ele ouviu a aceleração do meu coração. Só podia ter ouvido.

— Um pouco cedo.

— Vou a pé. Talvez correr um pouco. Desanuviar a mente.

— Abby fica a meia hora daqui. De carro.

— Eu sei. Mas eu preciso. Tenho que ir.

Finalmente olhei para ele. Seus olhos cintilavam à luz fraca.

— Por quê?

Ele deu de ombros.

— Preciso terminar com ele.

Minhas mãos apertaram o volante.

— Por que você... — Em seguida: — Seu babaca escroto.

Mark não se abalou.

— Não é...

— Você está desistindo!

Ele se manteve irritantemente calmo.

— Não estou desistindo, Gordon. Estou fazendo a coisa certa. Não posso correr o risco de machucá-lo. E se eu desaparecesse de repente, ele viria até Green Creek. Faria perguntas. Quanto tempo você acha que levaria para chegar aqui? É melhor assim. Especialmente se Michelle estiver certa sobre a lua cheia. Que vai piorar as coisas.

Maldito seja.

— Eu vou dar um jeito. Ainda não sei como. Mas vou. Vamos resolver. Deve haver um jeito. Eu vou achar.

— Sei que vai.

Tantas coisas para dizer. Eu estava ficando desesperado.

— Você precisa confiar em mim.

Ele não hesitou.

— Sempre confio.

Achei que o couro fosse rachar sob minhas mãos.

— Apenas... não. Diga a ele que você tem uma viagem de negócios. Diga que está de férias. Não... apenas não finja ser um maldito mártir. Não é assim que as coisas funcionam.

— Por que essa é a sua função?

Tantas palavras. Estavam chegando perigosamente perto de soarem como a verdade. Algo que ele e eu não fazíamos havia muito tempo.

— É. Certo. Porque essa é a minha função. Não tire isso de mim.

— Escute, Gordon, não é...

— Não — falei. — Eu não vou ouvir isso. Não de você. Guarde essa merda agora mesmo, entendeu? Você quer terminar com ele? Tudo bem. Essa é sua escolha. Mas é melhor não começar essa merda de *despedida* com mais ninguém. Especialmente não comigo.

— Pappas...

— Não é você! — gritei. Eu não sabia se estava com raiva, com medo ou com uma mistura dos dois. Queria dar um soco na boca dele. Queria levá-lo para longe de tudo isso. Forçá-lo a entrar na caminhonete e simplesmente dirigir até que nada disso importasse. Onde não fôssemos ninguém e nada jamais pudesse nos machucar. Sem bando. Nada. Só ele e eu. — Ele não é você. Ele não tem o que você tem. Ele não tem...

Engasguei.

A mim.

Ele não tem a mim.

Ele estendeu a mão e a colocou sobre a minha. Minha cabeça latejava. As teias estavam se contorcendo no meu peito. Havia azul, tanta droga de azul que parecia que eu estava me afogando nele. Ele pulsava pelos fios, ecos de dor tingidos de medo e raiva. Não vinha só dele. Vinha de todos. Podia sentir a preocupação de Kelly, a fúria de Carter. Tinha o Robbie, pequenas explosões de vermelho e lápis-lazúli. Joe e Ox tentando permanecer calmos por nós, por eles mesmos, mas havia também um medo que era quase cobalto. Elizabeth estava cantando em algum lugar, e tudo era azul. Tudo o que tínhamos era azul.

As teias doíam.

E Mark. Sempre Mark.

Ele disse:

— Talvez me atinja. Talvez amanhã a ficha caia e eu desabe. Ou talvez não aconteça até que eu sinta aquele primeiro pequeno tentáculo na cabeça. Aquela atração pelo lobo que eu não conseguirei impedir. Mas por enquanto vou fazer o que é preciso. E talvez seja melhor assim. De repente tinha que acontecer. Ele não é como nós. Não faz parte disso. Eu não acho que ele deveria ser. Nunca me senti assim com ele. Não como me senti com... — Ele suspirou, balançando a cabeça. — Não tenho medo de muita coisa, Gordon. Não tenho. Sou um lobo. Tenho um bando forte. Mas nunca temi perdê-lo. Dale foi... uma distração, acho. Algo de que nem sabia que precisava. Há coisas mais importantes agora. Coisas que precisamos fazer. Coisas que *eu* preciso fazer. Para consertar as coisas. — Ele apertou minha mão até meus ossos rangerem. Eu não queria que ele soltasse. Odiava a sensação dele na minha mente, o sussurro de *gordon gordon gordon* como um batimento cardíaco que nunca pararia. — Não tenho medo de muita coisa. Mas acho que estou com medo disso. Do que pode significar. Do que eu poderia me tornar. De quem eu poderia esquecer.

Abaixei a cabeça, tentando respirar através da dor em meu peito.

Ele limpou a garganta.

— Eu sei que você fará o que puder. E eu vou ajudá-lo enquanto puder. Mas se algo acontecer comigo, se eu estiver...

— Não — falei com a voz rouca. — Não faça isso.

— Estou com medo — repetiu. — Porque mesmo quando tudo parecia perdido, mesmo quando nosso bando se dividiu e quebrou repetidas vezes, eu sempre tive meu laço. Mesmo quando ele não me queria de volta. E agora isso está sendo tirado de mim.

Ele se afastou.

Respiramos.

Tentei encontrar uma única palavra para dizer.

Havia muitas. Eu não podia dizer nenhuma delas.

Ele bateu com as juntas dos dedos na porta.

— Muito bem — disse ele. — Isso é tudo. Eu só... Durma um pouco, Gordon. Precisamos de você no seu melhor.

E então ele se foi.

Por fim, conforme o sol espreitava sobre o horizonte, dei a partida na caminhonete e segui para casa.

nunca mais/não consigo lutar contra

Sonhei com corvos e lobos.

Eu voava alto sobre a minha floresta, minhas asas amplamente estendidas.

Abaixo de mim, em algum lugar entre as árvores, os lobos uivavam. O uivo estilhaçava o ar ao meu redor, fazendo minhas penas tremerem.

Mergulhei em direção à terra.

Aterrissei em uma clareira, o chão macio sob meus pés.

Havia um lobo branco parado diante de mim. Ele tinha preto em seu peito. Em suas pernas.

Ele disse: *Olá, passarinho.*

Abri meu bico e grunhi em resposta: *Nunca mais.*

Ele sorriu, aquele lobo, aquele grande rei.

Eu te encontrei, disse ele. *Desculpe por ter demorado tanto, seu profeta, ou demônio ou ave preta!*

Odiei aquilo. Odiei o lobo. Queria cravar minhas garras em sua barriga. Queria bicar seus olhos para sempre e assistir a vida escorrer para debaixo de mim.

Eu sei, disse ele.

Outros lobos se moviam entre as árvores. Dezenas deles. Centenas. Seus olhos eram vermelhos, alaranjados e violeta. Eram Alfas e Betas e Ômegas. Os bosques estavam cheios deles.

Ele deu um passo na minha direção.

Bati as asas, recuando.

Passarinho, disse ele. *Passarinho. Você voa para longe. Sempre para longe. Nunca quis que você me deixasse. Nunca quis te ver partir. Eu te amo.*

Não acreditei nele.

Ele riu, o som baixo e grave. Ele disse: *Eu sei que não acredita. Mas um dia espero que me perdoe por tudo o que te fiz. Por todas as minhas falhas. Fiz o que achei que era certo. Fiz o que achei que te manteria seguro. Você é bando e bando e* bandobandobando...

Seus olhos eram vermelhos.

Eu grunhi: *Thomas.*

Thomas, Thomas, Thomas.

Ele esticou o pescoço para a frente, pressionando o focinho na minha cabeça, e eu disse *Ah. Ah, ah, ah* e...

— ... E PARECE que teremos neve mais cedo este ano — anunciou o apresentador, animado. — Os meteorologistas estão prevendo até meio metro de neve perto das Cascatas nos pontos mais elevados. Roseland pode ver quase dois, Abby pode chegar a dois metros e meio. Você terá de rever seus planos para o Halloween, já que a tempestade começará a cair tarde na noite de segunda-feira e continuará por toda a terça-feira, possivelmente se estendendo pelo resto da semana... O Departamento de Transportes do Oregon está pedindo para os moradores das comunidades nas montanhas ficarem longe das estradas se possível, ou até saírem da cidade, se puderem. Parece que vai ser forte, pessoal, e é melhor prevenir do que remediar, especialmente se levar alguns dias para as estradas dentro e fora das cidades serem liberadas. Agora vamos para Marnie conferir as notícias da região...

Desliguei o rádio enquanto pegava a estrada de terra que levava à casa dos Bennett. Era fim de tarde, e o céu acima estava cinza e pesado. A caminhonete sacudia ao passar pelos buracos na via. Minha dor de cabeça não tinha passado.

A frente da casa deveria estar cheia de carros. Era domingo. Era tradição. Mas o Time Humano (Deus, eu nunca ia perdoar Chris por ter posto isso na minha cabeça) foi ordenado a ficar longe, pelo menos até ser chamado. Tanner e Rico estavam na oficina colocando a papelada em dia. Chris estava na casa de Jessie. Eles não ficaram felizes, mas concordaram.

Robbie estava na varanda, me observando, usando aqueles óculos ridículos. Acenou para mim.

Acenei de volta.

— Ele está… lúcido — falou quando saltei da caminhonete. — Um pouco. Foi uma noite longa.

— Quão longa?

— Duas horas. Ele está um pouco confuso, mas… Não sei. Vai e vem. Nunca vi nada parecido.

Os degraus da varanda rangeram sob o meu peso. Robbie estava pálido e retraído. Ele não queria olhar nos meus olhos. Olhava na minha direção, depois desviava. Olhava e desviava. Estava nervoso. Eu não sabia por quê.

— É isso?

Ele deu de ombros. Começou a torcer as mãos.

Eu não tinha tempo para aquilo.

— Qual é o problema?

Por um instante, achei que ele fosse simplesmente ficar ali, inquieto. Eu não tinha nada contra deixá-lo na varanda se ele fosse desperdiçar meu tempo. Tinha coisas para fazer.

Não precisei esperar muito.

— Eu não sabia — disparou, os olhos arregalados.

Pronto.

— O quê?

Ele fez uma careta.

— Isso. Tudo. Sobre os Ômegas. Sobre a infecção ou magia ou o que quer que seja. Nada disso. Eu não sabia.

— Tá… bom. Alguém disse que você sabia?

Ele balançou a cabeça.

— Não, mas… Eu não sou… Eu *vim* de lá. Eu era o Osmond *depois* de Osmond.

— Você não tem nada a ver com ele, garoto. Acredite em mim. Se eu achasse que sim, você não estaria aqui. Não me importa o que Ox dissesse. Eu te viraria do avesso sem pensar duas vezes.

Isso… provavelmente não foi a coisa mais reconfortante que eu poderia ter dito. Ele soltou um gritinho.

— Não vou fazer isso — garanti para ele. — Porque você não é ele.

— Certo — disse ele, engolindo em seco. — Isso… é bom. Eu agradeço. De verdade. Tipo, muito.

— Bom falar com você — falei, virando para a porta.

— Mas é estranho, né?

Suspirei e me virei de novo.

— O quê?

— Que eu não soubesse. Porque a Michelle sabia. Há muito tempo. Ou pelo menos sabia *alguma coisa*.

— Provavelmente acima do seu nível salarial.

— Mas não deveria estar acima do nível de Joe. Se o Thomas sabia, então no instante em que Joe se tornou Alfa, ela deveria ter contado a ele.

Era um bom argumento.

— Foram dias estranhos. As coisas estavam... caóticas.

Ele ajustou os óculos no nariz.

— Talvez. Mas no último ano? Depois do Richard. Estávamos... tranquilos. Tudo estava bem. No geral. Por que não então? Principalmente com todos esses Ômegas continuando a vir para cá. Qualquer um deles poderia ter nos mordido. Talvez fossem apenas Ômegas normais e não o tipo infectado. Mas e se não fossem? Por que ela arriscaria?

Um dos muitos pensamentos que passaram pela confusão da minha cabeça.

— Não sei.

— Eu sei que não sabe. Mas acho que eu sei.

Lancei um olhar afiado para ele.

— O quê?

— Thomas Bennett era realeza — disse ele, se equilibrando num pé e depois no outro, nervoso. — Todos os Bennett são. Isso vem de *anos* atrás. Joe. Thomas. Abel. Até antes. Sempre foi para Michelle ser temporária. Uma Alfa interina até que o Alfa Bennett pudesse assumir seu lugar legítimo.

— Mas...

— Mas isso não aconteceu. Ela o *chamou*, mas por que não insistir mais? Por que ela não exigiu que Joe fosse para o Maine para se tornar o Alfa de todos? Por que nenhum dos outros lobos tentou convocá-lo? Me disseram que depois que Abel morreu houve um grande alvoroço pelo fato de que um Alfa pudesse ser morto em seu próprio território, especialmente um Alfa *Bennett*. Praticamente *forçaram* Thomas a se mudar para o leste.

— Thomas Bennett não foi forçado a fazer nada que não quisesse — falei amargamente.

Ele piscou.

— Não, tipo, literalmente forçado. Ele foi informado de que, se não voltasse, teria que ceder seu título para outro. Abdicar do trono, por assim dizer. Ele só pôde voltar para Green Creek por causa do que aconteceu com Joe. E depois... bem. Você sabe o que aconteceu depois disso.

Passado sobre o qual eu não queria ter de pensar.

— Qual é o seu ponto?

— Sim, é tipo... ok. Você é um Alfa, certo? Poder e bando e blá-blá-blá. Mas quando você é o Alfa de todos? É... mais. É incrível, pelo menos é o que dizem. Você é o lobo mais poderoso do mundo. Você governa a todos, daí o título. Por que alguém ia querer abrir mão disso?

— Você acha que ela está tentando permanecer onde está.

Robbie fez uma careta.

— Tenho pensado nisso, sabe? Por que mais ela esconderia isso tudo de nós? Por que enviaria Philip aqui repetidamente para pegar os Ômegas, apenas para nos fazer matar o último?

— Me explique.

— Ela está *testando* os Ômegas — disse com empolgação. — Ou nós. Joe. E Ox. Joe é um Bennett, então ela acha que sabe o que esperar dele. Mas Ox? Ela não faz ideia. Nenhum de nós faz. Nunca houve ninguém como ele. Ele era um humano que de alguma forma se tornou um Alfa *sem* ser lobo. E Richard conseguiu tirar isso dele. Não deveria ter sido possível.

— Nada sobre Ox deveria ser possível.

Revirei os olhos para o tom de idolatria em sua voz quando ele disse:

— Né? Ele é simplesmente... incrível.

Estalei meus dedos na frente do rosto dele.

— Concentre-se.

Ele sacudiu a cabeça.

— Ah. Desculpe. O que estávamos falando?

— Michelle. Testando Joe e Ox.

— É. *É.* Ela não estava... mentindo. Sobre o que aconteceu quando Richard se tornou um Alfa. — *Isso* chamou minha atenção, porque raramente falavam sobre aqueles breves momentos. Ele olhou para baixo. — Não foi... certo. Senti-lo. Ox é... luz. Como o sol. Richard parecia um eclipse. Foi errado. Tudo ali estava errado. Mas nós podíamos *senti-lo*. E eles. Todos os outros Ômegas. Eles eram... Eu não sei. Não durou muito, mas não foi bom. E agora, com essa... essa *coisa*. Ela está forçando, eu acho. Talvez esteja usando Ox. Para tirar todos os Ômegas do esconderijo. Porque já fomos feridos por eles antes, e nos curamos tranquilamente, então não podem ser todos. Acho que ela sabe disso. Ela quer ver do que eles são capazes. O que vão fazer.

— Para quê?

Ele parecia frustrado.

— Não sei. Não cheguei tão longe. Mas é *alguma coisa*. Eu nunca... — Ele balançou a cabeça. — O poder faz coisas estranhas com as pessoas. Toma conta. Faz com que mudem. Ela não... ela não foi sempre assim. Tá bom? Ela costumava ser... diferente. Melhor. Eu não... Eu pensei, depois que ela me mandou pra cá, que quando eu voltasse talvez eu pudesse ser do bando dela, sabe? Que eu finalmente ficaria em um lugar. Faria parte de algo real em vez de formar esses pseudolaços que só serviam para me impedir de cair.

Estendi a mão e o peguei pela nuca. Ele fechou os olhos e se inclinou, cantarolando baixinho.

— Você tem isso — falei baixinho para ele. — Aqui. Conosco. Ela não teve porra nenhuma a ver com isso.

Ele tremeu ao abrir os olhos.

— Eu sei. Mas e se ela estiver tentando acabar com isso?

Eu o sacudi um pouco.

— O que fazemos quando alguém tenta vir atrás de nós?

Seus olhos brilharam em laranja.

— Lutamos.

— Exatamente. Eles não pensam isso de você. Seus Alfas o querem aqui. Seu bando. Até Joe, agora que você já parou de tentar babar no pau do Ox.

Ele levantou a cabeça bruscamente.

— Eu não estava tentando *babar no*...

— No entanto — comentei, fazendo uma careta —, você não tira os olhos do irmão dele. Não sei se isso vai ajudar as coisas.

Ele soltou outro gritinho.

Eu dei um passo para trás.

— Vamos resolver isso, certo? Mas, se *for* manipulação da Michelle, então você precisa se preparar para isso. Porque ela terá que ser detida.

— Outro pensamento me ocorreu. — Você acha que ela teria feito isso de propósito?

Ele piscou.

— O quê?

— A infecção. Se ela enviou Pappas para cá sabendo que ele já estava em vias de se tornar um Ômega. Como forma de nos atingir. De atingir Joe e Ox.

Ele balançou a cabeça.

— Eu não… Parece muito grandioso para ela. Demais.

— Foi você que disse que o Alfa de todos não é algo fácil de abandonar — lembrei.

Ele pareceu frustrado.

— Eu sei, é só que… se for esse o caso, não consigo encaixar as peças. Por que ela arriscaria infectar outros? Já está se espalhando. Por que ela ia querer que se espalhasse mais? Isso poderia se voltar contra ela. — Ele estava roendo o lábio inferior. E então: — E se for o seu pai?

Estreitei os olhos.

— Aí eu mesmo cuidarei disso.

Ele assentiu lentamente.

— Isso também me incomoda.

— O quê?

— Como ele escapou?

Isso eu não sabia responder.

Robbie deu um sorriso fraco.

— Nós… Eu gosto de estar aqui. Me sinto… seguro. Não sou Osmond. Não sou Pappas.

— Eu sei.

Ele suspirou.

— Ótimo.

Virei as costas e entrei. Antes de fechar a porta, ouvi:

— Obrigado, Gordon.

Ouvi movimento na cozinha. Espiei e vi Elizabeth abraçando Kelly. Ele estava com a cabeça no ombro da mãe. Estava tremendo. Carter estava apoiado na bancada, os braços cruzados sobre o peito, a testa franzida, a boca cerrada. Ele estava olhando para o nada.

Eles sabiam que eu estava ali.

Deixei-os em paz.

Mark não estava na casa. Eu simplesmente sabia. Não sabia dizer como me sentia em relação a isso. Talvez tivesse mudado de ideia. Eu me esforçava para não pensar sobre ele ter me dito que eu era o seu laço, mesmo depois de todo esse tempo. Não importava. Não agora. Tínhamos outras coisas com que nos preocupar. Lidaria com aquilo mais tarde, se fosse necessário.

Eu não sabia quando havia me tornado um mentiroso tão profissional.

Fui para o porão. O primeiro que vi foi Joe. Ele estava apoiado na parede, uma assustadora semelhança com o irmão no andar de cima. Ele olhou para mim e inclinou a cabeça antes de se voltar para Ox.

Ox estava em frente à porta aberta. A linha de prata em pó permanecia ao longo do chão.

Pappas estava sentado de pernas cruzadas no centro da sala, com as mãos nos joelhos. Estava nu. Seus olhos estavam fechados, e ele respirava profunda e lentamente.

Nenhum deles indicou notar minha presença.

Primeiro fui até Joe. Ele estendeu a mão e passou os dedos pelo meu braço, deixando seu cheiro na minha pele. Minhas tatuagens brilharam brevemente ao seu toque. Ox era meu laço, e nossos bandos eram um, mas Joe, ele... Era diferente. Com ele. Aqueles três anos nos transformaram.

— Ouvi o que você disse — me falou baixinho. — Para o Robbie.

Franzi a testa para ele.

— Você sabe que eu odeio quando ouve minhas conversas.

— Você está em uma casa de lobisomens. Todo mundo ouve tudo.

— Por isso que não gosto de nenhum de vocês.

— Mentira — disse ele, sorrindo tranquilamente. Logo em seguida, o sorriso desapareceu. — Ox está... tentando.

Olhei para eles. Só então percebi que Ox estava respirando igual a Pappas, como se tentasse centrá-lo de alguma forma.

— Está funcionando?

— Não sei. Houve um momento em que achei.... — Ele balançou a cabeça. — Os olhos dele. Estão violeta agora. Ele é um Ômega. Acho que a noite passada foi um deslize. Ele não é totalmente selvagem. Pelo menos ainda não.

— A menos que possamos encontrar uma maneira de consertar isso, é apenas questão de tempo até…

— Posso ouvi-los — disse Pappas sem abrir os olhos. Sua voz estava mais grave do que de costume, como se estivesse falando por uma garganta cheia de cascalho. Mas parecia mais controlado do que estivera desde que me ligara. Eu não sabia quanto tempo duraria. Se Michelle estivesse falando a verdade, ele estava num estágio bem avançado.

Ox suspirou ao se virar para nos olhar.

— Muito obrigado. Estávamos progredindo.

Pappas abriu os olhos. Estavam violeta.

— Não, Oxnard. Não estávamos. Isso é uma calmaria. Já vi antes.

Joe se afastou da parede e caminhou em direção a Ox. Fui atrás e parei ao seu lado. Pappas nos observava com os olhos de um monstro, acompanhando cada um de nossos movimentos. Me deu um calafrio na espinha. Era como se estivéssemos sendo caçados.

Ox olhou para mim, inclinando a cabeça na direção do nosso hóspede. Então, era assim que seria.

— Conversamos com Michelle — falei tranquilamente.

— Ah é?

— É.

Pappas me olhou com curiosidade. Ele estava falando com a língua presa. Sua boca estava cheia de dentes.

— Não me diga.

— Ela nos contou tudo.

— Duvido muito.

— Por quê?

— Porque ela opera com segredos, mesmo que no fim eles sejam prejudiciais a ela própria. — Ele balançou a cabeça de um lado para o outro. Seu pescoço estalou alto. Aquilo doeu nos meus ossos. — E ela não confia em vocês. Em nenhum de vocês, na verdade.

— Porque somos algo que ela não entende.

— Sim.

— Três dias.

Ele piscou lentamente.

— Três dias.

— Foi o tempo que ela disse que nos daria.

— Ah.

— Para quê?

— Achei que tivesse dito que ela havia contado tudo.

— Sobre a infecção. Como se espalha. O que implica. Sobre seus laços se desfazendo. Não sobre como planeja contê-la. Para evitar que se espalhe.

— Suas barreiras. O que elas fazem?

— Eles me alertam quando algo sobrenatural se aproxima. Bruxos. Lobisomens. Ômegas.

— Elas são infalíveis?

— Por quê?

— É só uma pergunta.

— Não — respondi. — São destinadas a nos proteger daqueles que querem nos fazer mal. É um sistema de alerta. Para nos dar tempo.

— E seu bando está ligado a elas.

— Sim.

— Elas podem ser modificadas?

— Para quê?

Seus olhos brilharam mais intensamente.

— Vocês estão tentando manter coisas do lado de fora. Já pensou no que estarão mantendo no lado de dentro? É apenas uma questão de tempo. — Ele abriu a boca, exibindo os dentes. Deu uma abocanhada em nossa direção. Duas. Acalmou-se novamente. — Eu posso sentir. Me puxando. Eu quero despedaçá-los. Quero provar seu sangue. Sentir seus ossos estalarem entre meus dentes. Me disseram que eu...

— Todos nós? — perguntou Ox.

Pappas negou com a cabeça. Então:

— Talvez. Mas Gordon seria o primeiro.

Joe se aproximou ainda mais de mim.

— Por que ele?

— Sua magia.

— O que tem ela? — indaguei.

— Dói. Arde. *Fede.* É uma nuvem de imundície que cobre todos vocês, e está me deixando louco. Quero despedaçá-la. Quero despedaçar *ele.*

— A Ômega — murmurou Ox. — A garota. Também pareceu querer ir atrás de você em primeiro lugar.

Joe encarou Pappas.

— E toda vez que você entrava na sala, ela ficava mais agitada.

— Isso não... — Balancei a cabeça. — Merda.

— O que foi? — perguntou Ox.

— Só pode ser ele. Meu pai.

— Por quê?

— A magia, ela... tem uma assinatura. Uma impressão digital. Específica de cada bruxo. Mas entre familiares é semelhante. Não igual, mas familiar. Se meu pai fez isso, se é sua magia rompendo os laços dos Ômegas, sua magia está neles. Eles o reconhecem em mim.

Joe suspirou.

— Isso é terrível.

Eu bufei.

— É. Disse bem.

Pappas me encarou.

— Eu os matei.

— Os Betas.

Ele rosnou:

— *Sim*.

— Você me alertou.

— Alertei? Não me lembro.

— Você me ligou. Disse que estava perdendo seu laço. Contou sobre a infecção. Disse que ela sabia.

— Traí minha Alfa — sussurrou.

— Você me *alertou*. A nós. Sabia o que estava acontecendo. Queria ser detido. Não é você, Pappas. É alguma coisa dentro de você.

Ele se levantou lentamente. Era um homem grande. Sua pele parecia estar tremendo, como se estivesse lutando contra sua transformação. Suas coxas eram grossas como troncos de árvore, e os músculos tremeram quando ele deu um passo em nossa direção.

Ox rosnou fundo em seu peito, um aviso claro que fez minha pele se arrepiar.

Pappas o ignorou. Só tinha olhos para mim.

— Sua magia — falou. — Me ofende. Faz minha pele coçar. Você seria o primeiro. Eu iria atrás de você primeiro.

— Você já tentou isso — respondi friamente. — Ainda não cicatrizou.

Ele não olhou para a marca de queimadura em forma de mão, escurecida e carbonizada.

Os dedos de Joe envolveram meu pulso.

— Talvez não devesse irritá-lo ainda mais.

— Terão de me matar — disse Pappas, vindo ficar na nossa frente, seus dedos dos pés a poucos centímetros da linha de prata. — Em algum momento.

— Não queremos isso — falou Ox. — Nem para você, nem para ninguém como você. Mas o farei. Se eu achar que você representa algum perigo para o meu bando ou para esta cidade, farei isso pessoalmente.

— E quanto a Carter e Mark? E se eles se tornarem o perigo? O que fará neste caso?

Ox não respondeu.

— Ela tem medo de você — prosseguiu Pappas, inclinando a cabeça. — O garoto que correu com os lobos. Ela não sabe o que você quer. O que se tornou.

— A única coisa que quero está bem aqui em Green Creek.

— Ela não acredita nisso.

Ox balançou a cabeça.

— Isso não é problema meu.

Ele sorriu de modo selvagem.

— Agora é. Eu sei... Achei que poderia lutar contra isso. Pensei... Eu mantive em segredo. De todo mundo.

Ficamos em silêncio.

— O último Ômega. O homem. Você se lembra dele? Seu nome era...

Joe disse:

— Jerome. Ele se chamava Jerome. Tinha medo de nós, mas veio assim mesmo.

— Sim — concordou Pappas. — Jerome. Ele me arranhou. Um arranhão que mal sangrou em uma das presas. Nas costas da minha mão. Ele... me surpreendeu. Foi mais rápido do que eu esperava. Tínhamos acabado de sair do seu território, e ele agiu como se o estivéssemos removendo do seu *bando*. — Ele flexionou as mãos. Suas garras brilhavam opacas sob a luz do teto. — Eu não sabia por quê. Pensei que não fosse nada. Eu me curei. E mesmo que fosse *algo*, eu era mais forte que um *Ômega*. Poderia lutar contra isso. Poderia vencer. — Ele riu. Foi um ruído cruel. — Eu me enganei.

— O que ela está fazendo? — perguntei. — O que Michelle quis dizer com três dias? O que ela vai fazer?

Ele chegou à prata quase mais rápido do que eu podia acompanhar. Rosnou para mim, irritado quando seu corpo atingiu uma parede invisível. Espuma voou e respingou no chão à nossa frente enquanto ele socava a barreira. A prata permaneceu onde estava no chão, imóvel. Jessie a havia espalhado, mas eu mesmo a havia moldado, inserindo os pensamentos de terra, lar e bando nela. Ele não passaria, não importava o quanto tentasse.

Isso não impediu Ox de se colocar na minha frente com as garras para fora. Ele viu uma ameaça, e seus instintos entraram em ação. Seu parceiro e seu bruxo eram suas únicas preocupações.

— Me ajude — disse Pappas, arfando, e deu um passo para trás. Suas mãos estavam quebradas, os dedos dobrados em ângulos estranhos. Começaram a voltar para o lugar, o eco de ossos estalando ao nosso redor. — Eu não consigo... não consigo lutar contra isso. Não por muito tempo.

— Conte-nos o que ela está planejando e eu o ajudarei — ofereceu Ox. — Farei o que puder.

— Você a matou. Aquela garota.

— Sim.

— Ela queria descobrir. Se você faria.

— Eu sei.

— Ela não achou que você...

— Philip. O que ela está fazendo?

— Não é a mesma coisa — disse Pappas, começando a andar de um lado para o outro. Ele se movia como um animal enjaulado, os olhos fixos em mim. — Não é o mesmo que morrer. Quando o laço quebra. É um corte limpo. Está lá, e depois não está mais. Eu sei. Aconteceu comigo... uma vez. Eu a amava. Ela era humana, e eu a amava. Mas naquela vez eu estava preparado. Isso é diferente. Isso é destruidor. Isso é o laço se estilhaçando. Pedaço por pedaço. Era *ela* e depois passou a ser a *lembrança* dela. Eu posso sentir. Na minha cabeça. Está sendo arrancada de mim. Dói. Eu quero te matar. Você entende isso? Eu posso ouvi-los. Movendo-se acima de mim. Depois de matar todos vocês, eu iria atrás dela. Elizabeth. Ela lutaria. Mas eu colocaria meus dentes na sua *garganta*...

Joe rugiu para ele, os olhos vermelhos, dando um passo em direção a Pappas.

Ele recuou, encolhendo-se contra a parede oposta, soluçando enquanto se encolhia em posição fetal.

Escutei o estrondo dos passos acima de nós, os uivos de resposta do bando ao ouvir a raiva de seu Alfa.

Pappas se balançava para frente e para trás, os olhos violeta.

— SE ENVIAREM LOBOS, estaremos prontos — Ox nos disse, todo o bando reunido na casa dos Bennett. A luz estava sumindo. A lua, que estaria cheia em menos de uma semana, estava escondida atrás de um cobertor de nuvens. Eu me perguntava se ela ainda sentia falta do sol. — Se mandarem bruxos, cuidaremos deles. Já fizemos isso antes, e podemos fazer de novo. Não abandonaremos nosso lar. Encontraremos uma solução para isso. Eu prometo. Eles não nos terão. Não terão nenhum de nós. Vocês são meu bando. Vocês são minha família. Nada vai tirar nenhum de vocês de mim. Thomas me ensinou que um lobo só é tão forte quanto seu bando. Que um Alfa só pode liderar de verdade quando tem a confiança daqueles que o cercam. Nunca houve um bando como o nosso. Eles querem briga? Pois terão.

Os lobos cantaram ao seu redor.

Os humanos inclinaram seus rostos para o céu.

O ombro de Mark roçou o meu.

Ox estava certo.

Que viessem.

Nós rasgaríamos a terra sob seus pés.

NA MANHÃ SEGUINTE, Pappas estava transformado. Seu lobo era preto, cinza e branco. Seu pelo era espesso. Seu rabo se movia. Suas patas eram imensas. Ele rosnou ao me ver. Seus olhos brilhavam em violeta.

ROBBIE LIGOU PARA O LESTE.

Não houve resposta.

* * *

A OFICINA FICOU FECHADA naquela segunda-feira. A maioria dos estabelecimentos também, se preparando para a tempestade. As escolas também.

Estávamos na clareira.

O ar cheirava a neve. Queimava meu nariz e fazia meus olhos lacrimejarem.

Me movi rapidamente enquanto um lobo transformado avançava em minha direção. Minha pele estava úmida de suor. Eu estava arfando. A mandíbula do lobo estava aberta, mas o chão se abriu sob suas patas antes que ele pudesse pular, uma coluna de pedras disparando para cima e derrubando-o. Ele aterrissou com um estrondo no chão, deslizando pela grama e pela terra. Ele se levantou, sacudindo a cabeça como se estivesse atordoado.

— Ótimo — disse Joe, parado ao meu lado. — Kelly, se transforme de volta. Carter, é sua vez.

Jessie saltitava na frente de Tanner, suas mãos enfaixadas com fitas brancas enquanto esperava Tanner se mover. Ele fingiu ir para a esquerda e depois foi para a direita, anunciando sua intenção no movimento do corpo. Ele era rápido, mas Jessie era mais. Ela deu um passo para o lado, girando com o punho esticado. Acertou-o na nuca, fazendo com que ele cambaleasse e caísse de joelhos.

— Talvez seja a vez de outra pessoa ser espancada pela Jessie — murmurou ele, esfregando o pescoço enquanto fazia uma careta.

Rico e Chris deram um passo para longe deles.

Nos movíamos como um. Éramos um bando. Já tínhamos feito aquilo incontáveis vezes. Robbie era ágil. Carter era uma muralha de força. Kelly conseguia se mover nas sombras. Elizabeth se retraía como uma cobra, dentes à mostra. Jessie poderia enfrentar um lobo sozinha e vencer. Rico e Chris conseguiam descarregar um pente em segundos. As facas de Tanner podiam perfurar a carne do mais resistente dos lobos.

Joe e Ox eram os Alfas, e nos movíamos em sincronia com eles.

E também tinha Mark.

O lobo marrom.

Ele era fluido, esquivando-se de tudo que vinha em sua direção. Ele era graça e arte, os músculos sob sua pele se contraindo enquanto se movia. Assisti enquanto Ox ia para cima dele semitransformado.

Ele esperou, agachado, até que Ox estivesse a apenas alguns metros de distância antes de saltar por cima dele, as patas traseiras atingindo os ombros do Alfa, desequilibrando-o. Ele pousou em pé do outro lado de Ox, girando, pronto para quando Ox viesse novamente.

Tínhamos treinado para isso.

Alguns de nós a vida inteira.

Éramos o bando Bennett.

Por isso foi surpreendente quando Kelly se aproximou sorrateiramente de Carter, que estava distraído com o rabo inquieto de Robbie. Kelly pulou sobre ele, dentes à mostra.

E Carter respondeu jogando seu irmão até o meio da clareira, rugindo em pura fúria. Kelly caiu violentamente, terra e grama se acumulando ao seu redor quando parou. Ele gemeu enquanto voltava à forma humana.

— Carter, que diabos, cara. Eu só estava...

Mas Carter não parou. Correu em direção ao irmão com um brilho nos olhos que eu nunca tinha visto antes.

Eu gritei:

— *Ox!*

Ox se moveu, suas roupas se rasgando quando seu lobo surgiu. Kelly recuou, olhos arregalados ao ver seu irmão se aproximando rapidamente. O pescoço de Carter se esticou, presas mirando a perna nua de Kelly, e...

Ele soltou um ganido alto quando Ox caiu em suas costas, forçando-o ao chão. Ox rugiu em seu ouvido enquanto Carter se contorcia embaixo dele, tentando derrubá-lo para alcançar o irmão. O chamado de seu Alfa o assustou, fazendo-o sair rapidamente da transformação. Ele ofegava para Ox, cujos dentes estavam perto do seu pescoço.

— Puta merda — murmurou. — Não tive a intenção. Meu Deus, Ox, não tive a intenção. Eu não...

Ox rosnou para ele.

Ele se calou.

Joe se aproximou deles, fazendo um gesto para Kelly recuar. Achei que Kelly fosse discutir, mas ele fez o que seu Alfa mandou. Joe ficou sobre seu irmão, a mão no flanco de seu parceiro. Ele disse:

— Carter.

— Joe! Não sei o que aconteceu. Tá bom? Eu não quis...

E Joe comandou:

— Mostre seus olhos.

— Não é *isso*. Eu juro. Só me esqueci por um segundo. Eu não sou... não sou assim. Não sou como *eles*...

— Mostre. Seus olhos.

Carter pareceu abalado quando seus olhos azuis mudaram de cor. Laranja.

Apenas laranja, brilhantes como sempre.

Joe suspirou.

— Ox, deixe Carter se levantar.

Ox se afastou dele, mas não antes de se inclinar e pressionar o nariz no seu pescoço, um pulsar de *irmão lar seguro lar* percorrendo seus fios. Carter estava encolhido no chão, um ruído ferido escapando de sua garganta. Kelly estava ao seu lado logo em seguida, colocando uma mão em seu cabelo, sussurrando ao seu ouvido, dizendo que estava tudo bem, tudo estava bem, tudo ficaria bem, Carter, estou aqui, juro que não estou bravo. Não vou te deixar, vamos ficar bem.

Robbie parecia prestes a ir até eles, mas Elizabeth o deteve, envolvendo seu pulso com uma mão. Ela balançou a cabeça quando ele olhou para trás.

— Deixe-os — disse em voz baixa.

Robbie assentiu, mas voltou-se para eles, os ombros tensos.

— Que diabos foi aquilo? — sussurrou Rico.

— Não sei — falou Tanner. — Você acha que...?

— Acontece assim tão rápido? — perguntou Chris. — Eu pensei que levasse semanas. Talvez seja a lua cheia?

— Os dois idiotas podem ficar quietos? — murmurou Jessie. — Eles podem ouvi-los.

— Certo — disse Rico. — Desculpe. Vamos apenas ficar aqui em silêncio, assistindo enquanto dois irmãos nus se deitam um sobre o outro e choram. *Ai*. Essa é a minha vida.

— Nós podemos vencer isso?

Eu precisava ouvir dela. Precisava que ela dissesse sim. Precisava que ela me dissesse para que eu pudesse ser corajoso.

Elizabeth não olhou para mim.

— Eu não sei. Se alguém pode, eu imagino que seríamos nós. Mas às vezes a força não é suficiente. Precisamos nos preparar. Apenas por precaução. — Sua voz falhou no final.

Queria lhe fazer promessas que eu sabia que não podia cumprir. Mas não consegui encontrar as palavras.

Deixei-a na cozinha.

PROCUREI alguns contatos antigos. Bruxos sem bando, já que não podia confiar naqueles com lobos. Não quando não sabia do que Michelle era capaz.

Abel me disse uma vez que a lua sentia falta do seu amor. Que os lobos surgiram por causa disso. Que os bruxos foram criados como uma última tentativa de impedir o sol de queimar aqueles que cantavam para ela.

Era besteira, é claro.

Houve um tempo, quando a magia prosperava, em que éramos mais numerosos. A magia ainda não tinha começado a desaparecer, desbotando a cada geração que passava. Havia covens, grupos de bruxos com dezenas de membros. Alguns eram bons. Outros não. A maioria deles foi queimada.

Ainda restavam alguns de nós. Eram mais velhos, muito mais velhos do que eu.

O velho bruxo do litoral fora um deles. Ele também já tinha feito parte de um bando. Ele também havia amado um lobo. Teria sido minha primeira ligação, se seu coração não tivesse parado no instante em que partimos. Lembrei-me do que ele viu nos ossos.

Você será testado, Gordon Livingstone. De maneiras que ainda não imagina. Um dia, e em breve, você terá que fazer uma escolha. E temo que o futuro de tudo que você preza dependerá disso.

Ainda não entendia o que ele quis dizer à época. Mas parecia estar acontecendo agora.

Tinha uma mulher no norte. Ela era quase um clichê, caldeirões borbulhando, curvada sobre livros de magia que eram mais besteira do que realidade. Ela afirmava falar com aqueles que tinham atravessado para o além, embora eu não acreditasse nisso.

— Ela vive em uma cabana decadente no meio da floresta? — perguntou Rico. — Tipo, comendo crianças e tal? Isso é ofensivo para os bruxos? Você está ofendido? Desculpa se te ofendi.

— Aileen mora em um apartamento em Minneapolis — expliquei.

— Ah. Isso é… decepcionante.

— Livingstone — disse ela, sua voz crepitando através do telefone. — Eu gostaria de dizer que isso é uma surpresa.

— Preciso da sua ajuda.

Aileen riu até que a risada se transformasse em uma tosse seca que se estendeu pelo que pareceu uma eternidade.

— Malditos cigarros — conseguiu dizer finalmente. — Pare de fumar, rapaz. Você vai se arrepender um dia, pelo que fazem com você. Isso eu garanto.

Apaguei meu cigarro no cinzeiro lotado.

Ela não sabia de nada. Nunca tinha ouvido falar de laços quebrados por fora.

— Vou dar uma olhada — falou, mas soou mais como um pedido de desculpa. — Ver o que consigo enxergar. Lançar algumas iscas por aí. Aguente firme, rapaz.

— Você…?

— Não. Não, Gordon. Não ouvi nada sobre o seu pai. Mas….

— Mas?

— Há murmúrios.

— Não é hora de ser vaga, Aileen.

— Segure sua língua, Gordon, ou vou enfeitiçá-la para fora da sua boca.

Suspirei.

— Há uma movimentação.

Fechei os olhos.

— Bruxos.

— E lobos.

— Vindo na nossa direção?

— Não sei. Mas, agora que você me contou isso tudo, não me surpreenderia. Isso parece… diferente. As coisas estão mudando, rapaz.

— Merda.

Ela tossiu outra vez.

— Você sempre foi bom com as palavras. Cuide-se. E do seu bando. Farei o que puder.

HAVIA UM homem em Nova Orleans. Ele tinha albinismo, sua pele sobrenaturalmente branca. Seus cabelos eram ruivo-claros. Sardas escuras e avermelhadas se espalhavam pelo seu rosto. Sua voz era como jazz suave e uísque quente. Ele praticava vodu branco, sua magia afiada e cheia de arestas ásperas. Era um curandeiro, e dos mais poderosos.

— *Pauvre ti bête* — disse Patrice em voz baixa. — Isso é tudo o que eles têm. Esses laços.

— Eu sei — falei entre dentes cerrados.

— Mas sempre foi mais com vocês Bennett. Algo além. Por que, você acha?

Eu não sabia como responder. Nada em nós era normal.

— Você tem que reforçar esses laços, Gordon. Eles têm que ser *fortes. Ou konprann?* Você entende? Mesmo quando tudo parece escuro, precisam lembrar do que têm.

— Não há nada…

Ele bufou.

— Aqueles lobos. No Maine. Pensam que sabem de tudo. Eles pensam que o caminho deles é o *único*. Não é. Tem mais. Muito mais. Nós existimos, bruxinho, para manter o equilíbrio. Seu lugar, seu… Green Creek.

— É diferente — falei baixinho.

— Ah, sim. Muito grande. Talvez o único lugar assim no mundo. Quem não gostaria disso?

O pensamento provocou um arrepio na minha espinha.

— Meu pai…

— Não é você — retrucou Patrice. — Ele fez a escolha dele. Você fez a sua.

— A escolha foi feita por mim.

— Mentira. Você lutou pelo que era seu? Ou deixou os lobos fazerem o que queriam?

Eu não sabia o que dizer.

— Thomas Bennett era um bom Alfa — continuou ele. — Mas cometeu erros. Ele deveria ter lutado mais por você. Você agora deve tomar a decisão que ele não pôde. O que seu papai não entendeu. Você deve decidir *lutar*, Gordon. E o que está disposto a fazer. Do que é capaz.

— Eu não sei como conter isso — admiti.

— Também não sei. Eu vou procurar. Vou rezar, Gordon. Por aqui. Mas você deve fazer tudo o que puder. *Yon sèl lang se janm ase.* Uma língua nunca é suficiente. Precisamos deles. Eles precisam de nós. Os lobos. Nunca esqueça disso.

Se ao menos meus pais também pensassem assim.

— Respire — disse Ox na clareira, Carter sentado diante dele na grama. Estava com as pernas cruzadas, os olhos fechados. Mãos nos joelhos. Parecia cansado. Linhas roxas sob os olhos. Tudo parecia azul e sombrio.

— O que você ouve?

— As árvores. Os pássaros.

— O que você sente?

— A grama. O vento.

— Este é o seu território.

— Sim.

— Você foi feito para estar aqui. Esse lugar foi feito para você.

Carter sussurrou:

— *Sim.*

— Seu laço — disse Ox gentilmente. — O que é?

Carter fazia um grande esforço. Sua garganta se movia. Seus dedos estavam cravados na calça jeans. Sua respiração era uma nuvem espessa ao sair pela boca. O ar estava extremamente frio, e eu estremeci.

— Kelly — respondeu, afinal.

— Por quê? — perguntou Ox.

— Porque ele é meu irmão. Porque eu sou seu protetor. Porque o amo. Ele me mantém são. Ele me mantém inteiro. Ele não é como o Joe. Não foi feito para ser um Alfa. Kelly não é tão forte quanto ele. Ele precisa de mim. Eu preciso dele.

— E ele ainda está aí?

Carter assentiu tensamente.

— Está.

Mas até eu podia enxergar que estava começando a desbotar.

* * *

— É O BANDO — disse Ox, observando Carter correr entre as árvores.

Esperei.

— Meu laço. — Ele olhou para o céu. O cheiro de gelo no ar era ainda mais forte. A neve estava chegando. — Assim como o de Thomas. É meu bando.

Não me surpreendi.

— Ele está lutando. Já.

— Eu sei. Isso não significa que esteja mais fraco.

— Ele não pode se transformar, Ox. Se o que Michelle disse for verdade, então isso piora as coisas. — Engoli em seco. — Mark também não pode. Ele não pode… Você tem que falar com eles.

— A lua cheia está próxima. E aí? Não terão escolha.

— Não sei.

Ele sorriu levemente.

— Ele vai precisar de você. Agora mais do que nunca.

Abaixei a cabeça.

— Você sabe?

— Sobre você ser o laço dele? Sim. Eu sei.

Respirei fundo.

— E se… Ox, se eu não for o suficiente. Para ele. Isso…

— Você é suficiente — respondeu Ox suavemente. — Ainda que não acredite em si mesmo, você tem um bando que acredita por você. E um lobo que fará qualquer coisa para manter seu laço seguro.

— Precisamos consertar isso — falei, soando desesperado. — Precisamos encontrar uma maneira de impedir que isso aconteça.

Seus olhos ficaram vermelhos.

— Confie em mim. Eu estou apenas começando.

OBSERVEI Mark e Ox desaparecerem na floresta.

Atrás de mim, ouvi Robbie suplicando ao telefone.

— Por favor, Alfa Hughes. Por favor, me ligue de volta. Precisamos de ajuda. Você não pode simplesmente nos abandonar assim. Não pode fazer isso conosco. Por favor. Por favor, não faça isso com a minha família.

* * *

CONFORME A FRACA LUZ ia desaparecendo lá fora, desci as escadas para o porão.

Atrás da linha de prata havia um lobo Ômega transformado.

Ele rosnou ao me ver, batendo insistentemente na barreira.

Em algum momento, começou a sangrar.

Mas não parou.

MAIS TARDE, em casa, peguei uma mala no armário.

Abri o bolso secreto.

Lá dentro havia um corvo de madeira.

Tracei as asas com o dedo.

Coloquei-o na mesinha de cabeceira ao lado da cama.

Fiquei olhando para ele por muito tempo, esperando pelo sono que nunca chegaria.

A NEVE COMEÇOU a cair pouco antes da meia-noite.

tempestade

— Filho da puta — disse Chris, limpando flocos de gelo do rosto. — Isso não podia esperar?

— Nós somos o único serviço de guincho na cidade — lembrou-lhe Rico, se levantando de um agachamento. — E porque esse idiota decidiu fazer a curva com mais velocidade do que deveria, nós temos que sair no frio enquanto todo mundo está sentado em frente a uma lareira, quente e confortável, e provavelmente tomando um bom conhaque e...

— Já entendemos — murmurei, certificando-me de que o gancho estava fixado na frente do carro. Nós estivéramos isolados na casa dos Bennett, esperando *alguma coisa* acontecer. O prazo de três dias de Michelle ainda não tinha passado, e Green Creek estava enterrada sob quase trinta centímetros de neve, com mais neve caindo. Eu odiava ser reativo em vez de proativo, mas ficar em alerta não havia revelado nada. Michelle Hughes e o Maine estavam em silêncio. Philip Pappas era mais lobo do que homem.

Recebi uma ligação de Jones, o policial do motel, me dizendo que algum idiota tinha perdido o controle do carro antes de bater em um monte de neve, amassando o paralama dianteiro até o pneu. Estava abandonado quando Jones o encontrou durante sua patrulha.

Ox não ficou nada satisfeito por termos deixado a segurança da casa dos Bennett. Prometi a ele que tomaríamos cuidado. As barreiras estavam silenciosas. Saberíamos se fossem violadas. Estaríamos prontos para qualquer coisa que Michelle estivesse planejando. Eu achei que a tempestade veio na hora certa. Green Creek estava essencialmente isolada agora. Ninguém podia entrar.

Mark também não ficou feliz com a nossa saída, se a expressão em seu rosto fosse um indício. Mas não disse uma palavra, apenas estendeu a mão e tocou meu ombro antes de desaparecer dentro da casa. Os caras me zoaram impiedosamente sobre lobos possessivos e marcação de cheiro.

Cuzões.

Eu ainda não tivera coragem de perguntar a ele como tinha sido com Dale, embora soubesse que algo havia acontecido. Eu tentei me convencer de que não era da minha conta. Ou que podia esperar. Ou que não fazia a menor diferença.

— Está tudo bem? — perguntou Tanner do banco do motorista do caminhão de reboque.

— Sim! — gritou Chris de volta. — Está bom.

O caminhão de reboque rangeu quando o guincho foi ligado. O sedã foi erguido, com a frente voltada para a traseira do caminhão.

— Obrigado, Gordon — agradeceu Jones. Luzes vermelhas e azuis giravam preguiçosamente atrás dele. — Sei que é chato estar aqui fora, mas não quis correr o risco de alguém fazer aquela curva e bater nele.

— Tudo bem — resmunguei quando o carro parou. — Nós o levaremos para a oficina e cuidaremos dele depois que a tempestade passar. Você conseguiu encontrar o motorista?

Ele balançou a cabeça. Parecia preocupado.

— Não. Não deve ter ficado muito tempo do lado de fora. Passei por aqui algumas horas atrás e o carro não estava. Só pode ter acontecido nesse meio-tempo.

Rico e Chris trocaram olhares.

— Para onde foi o motorista? — perguntou Rico.

— Não sei — respondeu Jones. — Espero que tenha ido em direção à cidade, apesar de tudo estar fechado. Seria muito azar se quem quer que seja tiver batido a cabeça no impacto e em seguida resolvido que seria uma boa ideia sair andando pela neve.

Chris assobiou baixinho.

— Picolé humano.

Jones suspirou.

— Saio de férias daqui a alguns dias. Posso dar *adeus* a essa ideia se houver um corpo por aí. Seria muito azar.

— Verificou a placa? — indaguei.

— Isso é o mais estranho. Venham ver. — Ele apontou com a cabeça para a traseira do carro.

Nós o seguimos e...

— Não tem placa — disse Rico. — Hmm. Talvez ele... tenha levado consigo?

— Ele bateu a cabeça e aí pegou a placa antes de sair pela tempestade? — perguntou Chris. — Isso é um pouco estranho.

— Tão estranho quanto lobis...

— Rico — repreendi.

Ele tossiu.

— Certo, chefe. Desculpe.

Jones nos olhou com curiosidade antes de balançar a cabeça.

— Procurei pelas placas antes de vocês chegarem, pensando que talvez tivessem caído no acidente. Mas não tem nada, nem mesmo pegadas. Mas tudo bem. Posso passar na oficina depois da tempestade e pegar o número do chassi para checar. Vou descobrir de algum jeito.

— A menos que tenha sido raspado — falou Rico alegremente. — Talvez tenha um cadáver no porta-malas.

— Eu não gosto de você — disse Jones, apontando o dedo para Rico. — Férias. As primeiras em dois anos. Não mexam comigo.

— Sim, senhor.

O rádio no seu ombro chiou. Jones suspirou.

— Sem descanso para os cansados. Vocês vão dar conta de levar isso até a oficina? Precisam que eu os siga?

Acenei para ele.

— Vamos cuidar disso. Pode me ligar se acontecer mais alguma coisa.

Ele assentiu antes de voltar para a viatura.

Acenamos quando ele passou por nós, buzinando antes de seguirmos em direção à cidade.

— Estranho, né? — disse Chris, olhando para o carro. — Você não acha que é...

— Vamos apenas levar o carro até a oficina — falei, interrompendo-o. — Quero voltar para casa antes que essa tempestade piore. Chris, com o Tanner no caminhão de reboque. Rico, comigo.

— Mexam essas bundas! — berrou Tanner. — Estou *congelando*.

Mexemos nossas bundas.

* * *

A VOLTA PARA Green Creek estava lenta. Nevava mais forte do que eu já me lembrava de ter visto. As estradas tinham sido preparadas antes da tempestade, mas não estava adiantando muito. Grandes montes de neve se acumulavam dos dois lados da pista. Seguíamos o caminhão de reboque lentamente, a barra de luz no topo piscando em amarelo reluzente.

Rico tinha o celular sobre o painel, no viva-voz, tentando continuar a conversa que estava tendo antes.

— Amor — dizia. — Amor, me escuta. Eu juro que estou...

— Não me *interessa*, Rico — retrucou Bambi, a voz estalando pelo telefone. — Você deveria vir *aqui*. Mas, em vez disso, me diz que tem uma *situação* para resolver e estará fora da cidade por alguns dias. E quando pergunto *qual* situação é essa, você responde que é supersecreta.

Virei lentamente para olhar para ele.

Ele deu de ombros.

— O que eu podia dizer? — murmurou.

— Eu ouvi isso, Rico! Com quem está falando? Quem é ela? Se você engravidou alguma vadia, juro por Deus que *acabo* com você.

— Oi, Bambi — falei, seco como poeira. — Rico não me engravidou. Juro. E mesmo que tentasse, acabaria com a cara no chão.

— É o Gordon? Gordon, com quem ele está transando além de mim?

— Eu te disse que não estou transando com *ninguém* além de você! — exclamou Rico. — Você sabe que é a única para mim.

— Como se eu acreditasse nisso. Você tem muita lábia, Rico. Vejo como flerta com as mulheres. Fez isso *comigo*, afinal.

— O que posso dizer, *mi amor*. As mulheres me adoram.

— Talvez devesse ter ficado de boca fechada — disse a ele.

Ele fez uma careta enquanto Bambi começou a dizer o que achava *daquilo*. Eu os ignorei e fiquei olhando para o caminhão de reboque à nossa frente. O carro enganchado na plataforma balançava singelamente com o movimento. Passamos pelo sinal de boas-vindas a Green Creek, quase todo coberto de neve. Chegamos à Rua Principal, as lojas fechadas dos dois lados, as janelas cobertas de gelo. As luzes de neon do restaurante eram um farol no meio do branco. A única vez que as vi desligadas foi quando a mãe de Ox morreu. O dono as apagou por alguns dias para homenageá-la, à sua maneira. Eu não sabia o que achar daquilo, mas logo depois partimos e eu tinha esquecido até agora. A memória é uma coisa engraçada.

Era Halloween, e as calçadas deveriam estar cheias de pessoas se preparando para distribuir doces. Em vez disso, Green Creek parecia abandonada. Uma cidade-fantasma.

Havia um chiado de estática enquanto percorríamos a Rua Principal. Observei enquanto Rico pegava o telefone do painel, franzindo a testa para o aparelho.

— E *mais* uma coisa, eu... que você... Rachel me disse que vocês *conversaram*... e...

— Bambi, a ligação está cortando — disse Rico. — Não consigo te ouvir.

— O quê? Estou... se você... eu te mato... não pense que eu... tem...

O telefone apitou e a ligação caiu.

— Hum... — Rico pegou o telefone do painel e franziu a testa. — Sem sinal. — Olhou para mim. — Acha que é por causa da tempestade?

Dei de ombros.

— Pode ser. O sinal já não é lá essas coisas aqui em cima. Fico surpreso que tenha durado tanto. Apesar de não saber se isso é necessariamente ruim. — Olhei para o meu próprio telefone. Sem serviço.

— Chefe — chiou o rádio.

Peguei o receptor.

— Sim, Tanner.

— Você deixou a porta da oficina destrancada quando buscamos o caminhão de reboque?

— Sim. Peça para o Chris sair e abrir. Nós...

Não houve tempo para reagir. Num segundo Chris, Tanner e o caminhão de reboque estavam atravessando o cruzamento, com o restaurante à direita deles. No outro uma antiga caminhonete com um limpa-neves preto acoplado se chocou contra a porta do motorista do caminhão de reboque. Rico berrou ao meu lado, gritando *Tanner* e *Chris* e *não não não* enquanto o caminhão de reboque começava a tombar sobre o lado do passageiro. O sedã que estava sendo rebocado começou a virar para a esquerda, depois caiu para a direita quando o caminhão começou a tombar, deslizando pela neve. O metal gritou enquanto o guindaste puxava o carro junto com o caminhão. Ele se chocou contra a frente do restaurante, o vidro quebrando enquanto o caminhão *invadia* o prédio.

Virei bruscamente para a esquerda ao mesmo tempo que uma explosão brilhante de *alguma coisa* estourou em minha cabeça, a velha caminhonete gemendo ao deslizar sobre a superfície escorregadia. O volante sacudiu nas minhas mãos enquanto eu lutava para segurá-lo, cerrando os dentes contra o ataque ao meu corpo, minhas tatuagens parecendo estar em chamas. Achei que também fôssemos tombar, mas de algum jeito permanecemos em pé e paramos a metros do cruzamento.

Vermelho ardeu no meu peito. As raízes emaranhadas se *contorciam*.

— Que porra é essa? — gritou Rico, a voz falhando. — Gordon, que porra é essa?

A caminhonete com o limpa-neves começou a recuar lentamente. Eu gemi, levando as mãos à cabeça, tentando me concentrar, tentando clarear minha visão e...

— O que a gente faz? — Perguntou Rico freneticamente. — O que a gente faz?

— Tem alguma coisa errada — falei enquanto tentava manter o foco. — Tem alguma...

A porta do passageiro na caminhonete se abriu.

Um homem saltou, se apoiando na porta. Ele usava um colete à prova de balas, a cabeça e o rosto cobertos por uma balaclava. Tinha óculos de proteção sobre os olhos. Tudo que eu podia ver era a ponta do nariz e um lampejo branco de dentes.

Nas mãos trazia um rifle semiautomático.

Apontou-o diretamente para nós, com os cotovelos apoiados na porta.

Agarrei Rico pelo pescoço e o empurrei para baixo quando tiros irromperam. O para-brisa estilhaçou. Rico gritou, mas não achei que tivesse sido atingido. Não estava sentindo cheiro de sangue.

O corvo abriu as asas ao mesmo tempo que algo tentava aprisioná-lo.

Eu bati com a mão no piso da caminhonete. A estrutura trepidou enquanto os laços do bando brilhavam intensamente, azul, azul-gelo, e vermelho, vermelho, vermelho. Eu estava imerso em minha fúria, me *deleitando* com ela, e lá no fundo da minha mente e do meu coração as raízes dos fios que nos ligavam se *contorciam* como um ninho de cobras, vibrando e se retorcendo.

Mas parecia diferente.

Eu não conseguia distinguir os lobos.

Eu não conseguia *ouvi-los*.

Eu estava puto.

A estrada rachou sob o caminhão enquanto eu *empurrava*.

Cerrei os dentes enquanto o asfalto afundava, sacudindo o caminhão quando a Rua Principal se partiu ao meio. Os tiros cessaram, e escutei o homem gritando *para trás para trás para trás*, e eu só conseguia pensar em Chris e Tanner, Chris e Tanner, sabendo que eles deviam estar feridos, sabendo que eles deviam estar *assustados*, e eu não toleraria isso. Não toleraria nada disso.

— Fique aqui — rosnei para Rico.

— Quê? Gordon, não. Temos que...

Eu o ignorei. Estiquei o braço e arranquei o espelho retrovisor. Ar frio e neve entravam pelo para-brisa estilhaçado. O painel estava lotado de cacos de vidro.

Abri a porta do motorista. Rangeu nas dobradiças.

Saltei da caminhonete, apoiando minhas costas na porta. A tempestade girava ao meu redor. Ninguém se aproximava por trás de nós. Levantei o espelho retrovisor por cima de mim, virando-o até conseguir enxergar a frente do caminhão.

Consegui identificar o caminhão tombado dentro do restaurante. O pneu traseiro ainda estava girando. O guindaste tinha se quebrado, e o carro que estávamos rebocando tinha escorregado para longe. A porta do motorista estava fechada, o que significava que Chris e Tanner provavelmente ainda estavam lá dentro. Tentei senti-los, tentei alcançar através dos laços, mas era como se estivessem *silenciados*, e eu não conseguia encontrá-los, não conseguia segurá-los.

— Merda — murmurei.

Virei o espelho.

A caminhonete com o limpa-neves havia caído na rachadura no meio da rua em um ângulo bem acentuado, com a frente para baixo. A parte traseira do veículo apontava para o céu cinza. Não vi o homem com o rifle.

Olhei novamente para dentro da caminhonete. Rico me encarava com os olhos arregalados. Tinha um corte na bochecha, o sangue escorrendo pelo queixo.

— Comigo. Fique bem ao meu...

Uma forte onda de dor irrompeu na minha mente. Foi como se dedos longos e finos tivessem entrado no meu crânio e estivessem *apertando* meu cérebro, esmagando com força, perfurando. Cerrei os dentes enquanto uma onda de náusea me atravessava, a vertigem fazendo meu estômago revirar. As barreiras. Alguém estava *estuprando* minhas malditas barreiras.

Ouvi Rico chamando meu nome, dizendo para eu me levantar, eu tinha que levantar, por favor, Gordon, por favor, e em algum lugar nos recônditos mais distantes da minha mente ouvi *gordon gordon gordon*, e eu *conhecia* aquela voz. *Conhecia* o lobo por trás dela. Ele estava furioso, e vinha atrás de mim. Tentei dizer não, não, não, para ficar longe, fique *longe*, mas não conseguia me concentrar. Não conseguia encontrar o elo que nos unia, perdido no nevoeiro da tempestade que rugia dentro e fora da minha cabeça.

Então, de trás de nós, uma voz na neve.

De início não consegui identificar o que estava dizendo. Parecia maior do que uma voz humana normal deveria ser. Amplificada, de algum jeito. Eu estava ajoelhado na neve, as mãos descobertas frias e molhadas sobre o chão na minha frente. Tentei levantar a cabeça, mas estava muito pesada.

— O que é isso? — perguntou Rico, com a voz trêmula. — Gordon, o que é isso?

Respirei e respirei e...

— ... e esta cidade foi marcada por Deus como um lugar *profano*, que necessita de uma purificação. Seus pecados são muitos, mas vocês são humanos. Vocês são *falíveis*. É de esperar. As águas abençoadas recuaram da terra sob seus pés. E o que vocês sabem? Entendem a profundidade do que se esconde na floresta? É lamentável, verdadeiramente. Vocês caminham pelas ruas desta cidade, se escondendo atrás das abominações que se infiltraram em sua vida. As sombras delas se estendem longamente, bloqueando a luz do Senhor. Vocês dizem que seus olhos estão pregando peças em vocês, que não acreditam na depravação. Mas vocês *sabem*. Cada um de vocês *sabe*.

Levantei a cabeça.

Lá, caminhando pelo meio da estrada em direção a Green Creek, havia uma figura. Primeiro era apenas uma mancha preta contra o branco da tempestade, flocos espessos girando ao seu redor. Mas a cada passo que dava, a figura se tornava mais nítida.

Era uma mulher.

Ela estava falando, sua voz ressoando e ecoando ao nosso redor.

Atrás dela havia uma fila de veículos semelhantes ao que tinha se chocado com o caminhão de reboque, os pneus rangendo na neve, limpa-neves acoplados na dianteira. Alguns tinham barras de luz no topo, fileiras de lâmpadas LED brilhando intensamente.

E ali, a cada lado dela, havia algo que eu não esperava.

Dois lobos transformados.

O da direita era ruivo e branco, seu pelo espesso e longo. Tinha os dentes arreganhados em um rosnado silencioso, uma linha grossa de saliva pendendo da boca.

O da esquerda era cinza, branco e preto, como um lobo-oriental. Mas era maior do que qualquer lobo que eu já tinha visto na vida, suas costas quase alcançando os *ombros* da mulher, suas enormes patas parecendo maiores do que a largura das minhas *mãos*.

Ambos tinham correntes em torno de seus pescoços, elos de prata que pareciam *incrustados* em suas peles.

A mulher segurava as pontas das correntes.

Como se fossem coleiras.

Os olhos dos lobos desconhecidos brilhavam.

Violeta.

Ômegas.

A mulher voltou a falar. Sua voz ecoou pela tempestade, saindo do veículo diretamente atrás dela.

— As cidades da planície conheciam o pecado. Conheciam o vício. Eram Admá. Zeboim. Bela. Sodoma. Gomorra. Todas na terra de Canaã. E Deus enviou três anjos a Abraão nas planícies de Manre. O Senhor revelou a Abraão o pecado escabroso que eram Sodoma e Gomorra. E Abraão, o profeta, *implorou* aos anjos que poupassem aqueles nas cidades da planície se cinquenta pessoas justas fossem encontradas. E o Senhor *concordou*. Mas Abraão *sabia* o que as pessoas eram. Ele sabia do que eram feitas. E ele retornou ao Senhor repetidamente, pedindo que o número fosse reduzido. De cinquenta para quarenta e cinco. Quarenta e cinco para quarenta. Trinta. Vinte. *Dez*. Encontrar *dez* pessoas. Dentre *milhares*, que pudessem ser justas. E Deus *concordou*. Ele disse *sim*. Encontre apenas *dez* pessoas justas e as cidades seriam poupadas.

Os lobos ao seu lado rosnaram. Suas narinas estavam dilatadas.

A respiração de Rico estava rápida e agitada.

A mulher não estava vestida como o homem que havia atirado em nós da cabine da caminhonete. Ela não tinha um colete à prova de balas nem uma balaclava. Vestia um casaco pesado, a gola puxada para cima em volta do pescoço e do rosto. Sua pele era pálida, os lábios finos. Ela tinha uma cicatriz no rosto, começando na testa, descendo sobre o olho e chegando até a bochecha. Teve sorte de não ter ficado cega. Alguma coisa com grandes garras e dentes havia tentado matá-la. E ela sobreviveu. Me perguntei se naquele instante ela estaria cobrindo seus ombros com a pele daquele lobo, cuja cabeça repousava sobre a dela, o resto da pele caindo por suas costas como uma capa.

Ela não tinha aquela cicatriz na última vez que eu a vira, ainda garoto, sentada em frente a mim no restaurante, perguntando se podíamos rezar.

Meredith King.

Elijah.

Ela estava mais velha agora. Devia ter uns cinquenta e poucos anos. Mas se movia com facilidade, habilmente, como uma mulher muito mais jovem. Segurava as correntes pesadas com as mãos enluvadas, e os lobos acompanhavam seu ritmo, combinando seus passos com os dela.

Ela disse:

— Então, dois anjos foram enviados a Sodoma para investigar. Lá encontraram o sobrinho de Abraão, Ló. E enquanto partilhavam o pão com Ló, os pecadores de Sodoma permaneciam diante da porta de Ló. "Onde estão os homens que entraram em tua casa esta noite?", eles perguntaram. "Tragam-nos para que possamos *conhecê-los*." E Ló recusou, porque sabia o que os homens queriam. Sabia o que estavam pedindo. Em seus corações obscuros, pensavam em *desonrar* os anjos do Senhor. Ló, para aplacar a luxúria da crescente multidão, ofereceu no lugar deles suas duas filhas virgens. A oferta foi recusada. A multidão avançou em direção à casa, determinada a arrombar a porta. Os anjos, ao verem que não havia mais bondade em Sodoma, cegaram a multidão e comunicaram a Ló sua decisão de destruir a cidade. Pois não havia cinquenta homens justos. Não havia vinte homens justos. Nem mesmo *dez* homens justos na cidade de Sodoma. Eles abrigavam os monstros do homem, os pecados do mundo. Os anjos disseram a Ló para reunir sua família e partir. "Não olhe para trás."

Os dedos que envolviam meu cérebro apertaram mais forte, e eu gritei de dor, sentindo minha cabeça se despedaçar.

— E eles fugiram — continuou Elijah. — Eles fugiram enquanto fogo e enxofre começavam a cair do céu. Pois Deus é um Deus de amor, mas também é um Deus de *vingança*. Ele erradicará do mundo a maldade que apodrece como doença. As cidades da planície foram destruídas. E mesmo que tenha sido *instruída* a não olhar para trás, a esposa de Ló o fez, e pagou o preço por ser uma descrente, tornando-se uma estátua de sal. E quando o fogo cessou, tudo o que restou foi uma terra arrasada e fumegante, uma terra morta e arruinada guardada como lembrete do poder do pecado. Da *abominação*. Green Creek é a Nova Sodoma. Vocês têm monstros em suas florestas. Certa vez já houve uma purificação aqui. Uma tentativa, ao menos. Deus impôs Sua fúria justa através de mim, mas eu não fui forte o bastante. A ferida foi cauterizada, mas ainda assim escorria. E logo começou a apodrecer.

Ela parou de andar. Os caminhões atrás dela pararam. Os lobos roçavam nela, indo de um lado para o outro, seus olhos repletos de uma violência assassina.

— Duvido que haja sequer um homem justo neste lugar. Uma pessoa capaz de estar com Deus como eu estive. — Sua voz ecoava pela neve. — Green Creek é um portal para o Inferno. Onde as bestas rastejaram do fogo ardente e enfiaram seus dentes na terra. Eu falhei uma vez. E paguei o preço por isso. — Ela levantou uma das mãos enluvadas, a corrente tilintando. Tocou a cicatriz em seu rosto, o olho embaixo dela branco e turvo, cego. — Não falharei novamente. Toda a comunicação externa foi cortada. Seus telefones. Sua internet. Todos os sinais foram bloqueados. A cidade de Green Creek está sob quarentena por ordem de Deus e do clã dos King. Sou apenas uma mensageira aqui para garantir que a palavra do Senhor seja cumprida. — Ela deu um sorriso terrível. — Este lugar conhecerá a luz de Deus, ou será apenas um deserto.

Ela largou as correntes.

— Ah, merda — disse Rico, arfando.

Elijah disse:

— Ataquem, rapazes.

Os Ômegas avançaram rugindo.

Eu me levantei rapidamente, batendo a porta do caminhão.

— Não faça uma porra de um movimento — rosnei para Rico, ignorando o *puxão* que sentia na cabeça, os dedos finos se transformando em *ganchos* enquanto as barreiras se *transformavam*, passando a ser algo distorcido e podre. Minhas pernas estavam fracas, e eu tropecei no primeiro passo que dei correndo, mas de alguma forma consegui me manter de pé. Ouvi o rosnado dos lobos atrás de mim, o ruído de suas patas na neve, a respiração pesada em seus peitos.

O corvo lutava para bater as asas, usando mais força do que deveria ter que usar. As rosas pareciam estar apodrecendo, enrugando até que eu pensei que estivessem *morrendo*. Os espinhos estavam escurecidos e rachados.

Corri para a caminhonete tombada ainda presa nos restos da Rua Principal. Eu podia ver os homens em seu interior, curvados para a frente e imóveis. Olhei por cima do ombro a tempo de ver o lobo vermelho saltar *por cima* da minha caminhonete, a corrente em seu encalço, até aterrissar bem atrás de mim. Ele atingiu o chão com força, suas patas deslizando sob ele. Ele se chocou contra a terra com um ganido baixo, a neve se acumulando ao seu redor quando caiu de lado, arrastando a corrente pesada atrás de si.

O lobo-oriental maior não o seguiu. Contornou o lado do motorista da caminhonete, enterrando as garras enquanto corrigia o trajeto em direção a mim. O lobo vermelho lutava para se levantar quando o cinzento passou por ele. Convivi com lobos durante grande parte da minha vida, e reconheci quando o lobo começou a se abaixar em direção ao chão, os músculos das patas se contraindo. Eu estava quase chegando na caminhonete quando o lobo saltou na minha direção.

Joguei as pernas para a frente, caindo de lado, deslizando pela neve e *por baixo* da caminhonete inclinada. Gelo e cascalho rasgaram minha pele. Virei a tempo de ver o lobo cinzento se chocar contra a cabine da caminhonete, o metal chiando, o veículo se movendo atrás de mim, arranhando o pavimento quebrado. O lobo estava atordoado, caído de lado com a boca aberta e a língua pendurada encostando na neve, ofegando e com os olhos desfocados.

Levantei...

aqui e aqui e aqui e aqui tem mais uma barreira torça torça torça

... e *gritei* quando uma voz preencheu minha cabeça, os dedos finos cavando ainda mais fundo. As barreiras ao redor de Green Creek estavam se desfazendo como se estivessem sendo despedaçadas por uma força maior do que tudo que eu já tinha visto antes. Era...

fortes elas são mais fortes do que pensávamos do que esperávamos torça quebre

... demais para eu suportar, estava me *preenchendo* completamente, e eu tinha certeza de que estava queimando por dentro, e apesar de não escutar sua voz havia décadas, por mais que ainda fosse uma *criança* na última vez que o vi, eu *conhecia* aquela voz. Conhecia intimamente.

O lobo vermelho ficou de pé e...

Eu estava cercado.

Dos meus dois lados estavam os Alfas, transformados e rosnando.

Atrás de mim, pressionando seu focinho nas minhas costas, estava um Beta marrom. Podia sentir o murmúrio baixo da música que ele estava entoando, mas estava enterrada sob o rugido das barreiras rompidas e da voz do meu pai.

Mais um, porém, se mantinha oculto, movendo-se por trás dos prédios à direita.

E outros. Nosso bando. Todos eles.

— Chris, Tanner — falei através dos dentes cerrados. — No reboque. Rico na minha caminhonete. Eles precisam de ajuda.

Joe ronronou baixinho e desapareceu na rachadura que dividia a Rua Principal.

Mark bufou um hálito quente na minha nuca.

O lobo vermelho recuou diante do rosnado de um Alfa furioso, um ganido baixo no fundo da garganta. Tinha as orelhas abaixadas, os ombros encolhidos. Sua cauda estava enrolada atrás das patas traseiras enquanto se afastava lentamente. Por um instante, seus olhos piscaram, o violeta dando lugar ao castanho antes de voltar.

O lobo-oriental tinha se levantado. Estreitou os olhos violeta para mim, os dentes rangendo enquanto dava um passo, a corrente arrastando ao seu lado. Atrás dele eu podia ver Rico na caminhonete, espiando por cima da porta.

O lobo cinzento se retraiu e...

Carter se lançou de uma pequena viela. Colidiu contra a lateral do lobo-oriental, derrubando-o. Presas e garras penetraram na carne, o jorro de sangue contrastando com a neve branca. O lobo-oriental rosnou de raiva ao cair no chão, virando a cabeça para tentar abocanhar qualquer parte de Carter que conseguisse alcançar. Era maior que Carter, mas Carter era mais rápido. Ele se contorceu, evitando as presas que se aproximavam. A pata traseira esquerda de Carter atingiu a corrente, e ele uivou de dor, um fino fio de fumaça subindo.

Ox se lançou em direção à minha caminhonete e Rico. O lobo vermelho recuou, tentando escapar dos Alfas que avançavam. Mesmo com a tempestade na minha cabeça pude ouvir Ox dizendo *pegar o bando pegar o bando pegar o bando e correr correr nós corremos não lutamos não aqui não agora nós corremos* e antes mesmo de suas palavras terminarem de ecoar, o corvo começou a se mover. Ainda se sentia enjaulado, como se algo tentasse *sufocá-lo*, mas não foi o suficiente.

Cruzei os braços, as mãos agarrando os pulsos opostos. Enterrei as unhas na minha própria pele e *arranhei*, deslizando minhas mãos até que estivessem palma com palma, molhadas de sangue.

O lobo-oriental esticou ainda mais o pescoço para tentar alcançar Carter, e houve um breve instante em que tive a impressão de que ele havia *hesitado*, as narinas se dilatando quando seu focinho entrou em contato com a lateral de Carter, mas não importava. Meu sangue pingou na terra, e as correntes ao redor da garganta de cada um dos lobos forasteiros *se levantaram*, erguendo os dois pelo pescoço. Tanto as pernas do lobo vermelho quanto as do lobo-oriental balançaram, tentando encontrar apoio no chão, mas cerrei os dentes, as palmas pressionadas uma contra a outra, e...

elas estão quebrando estão quebrando estão QUEBRANDO

... dei um passo cambaleante para a frente, com a sensação de que a minha cabeça estava se partindo ao meio. Não era apenas a voz de Robert Livingstone em minha cabeça. Não, era um maldito coro de vozes ecoando enquanto as barreiras se voltavam contra minha magia, sendo tiradas de mim e transformadas em outra coisa.

Continuei através da névoa que começara a cair sobre meus olhos.

Os lobos selvagens rosnavam enquanto pairavam a dez metros do chão. Mark estava ao meu lado, encostado em mim, a cauda enrolada nos meus quadris. Estava me ancorando, tentando romper com a cacofonia de vozes na minha cabeça. Ele estava ali, estava *bando gordon bando aqui AmorParceiroCoração*, e o que quer que estivesse acontecendo com as barreiras foi empurrado para o fundo. A cena diante de mim de repente recobrou um foco impressionante.

A cabeça de Carter virou na minha direção enquanto uma onda da minha fúria percorria os fios entre nós.

Ignorei Rico ao passarmos pela caminhonete, que estava com a porta aberta enquanto Ox o mordia gentilmente pela mão e puxava. Eu o ouvi ofegar enquanto passávamos, mas não importava. Ele estava seguro. Seu Alfa cuidaria disso.

Mark permaneceu ao meu lado a cada passo que eu dava.

A neve balançava e tremia ao nosso redor como se estivesse reagindo à força invisível da magia que ardia em meu peito.

Cerrei as mãos em punhos. O sangue escorreu entre meus dedos.

As correntes se esticaram, se enrolando em volta dos lobos selvagens.

Eles uivaram enquanto a prata queimava sua carne.

Lá, de pé a alguns metros de distância na estrada, estava Elijah.

Caçadores a cercavam, as portas de seus carros abertas atrás deles.

Todos tinham armas apontadas para nós.

Elijah levantou o olhar para os lobos flutuando a dez metros do chão, se contorcendo de dor enquanto sua pele queimava. Ela sorriu, então voltou o olhar para mim.

— Gordon Livingstone, em carne e osso. Você certamente cresceu bem. Mas éramos todos mais jovens naquela época. Deus sabe que eu certamente era. Mas é assim que as coisas funcionam. O tempo não para por homem nenhum. — Seu sorriso se alargou. — Nem mulher. — Ela olhou para cima outra vez, para os lobos. — Esses são meus. De estimação.

— Que diabos está fazendo aqui? — rosnei para ela.

Os caçadores atrás de Elijah riam enquanto ela inclinava a cabeça.

— Não ouviu nada do que eu disse? Gordon, esta cidade, este *lugar*, foi julgado. Foi considerado culpado. Estou aqui para aplicar a pena pelos pecados de Green Creek. A praga deve ser erradicada. Por muito tempo, as bestas daqui infectaram estas florestas. Viemos uma vez. Não estávamos prontos. Não repetiremos o erro.

Mark rosnou ao meu lado, orelhas abaixadas e dentes à mostra.

A neve caía ao nosso redor.

Um pulso se ergueu atrás de mim. E apesar de a tempestade na minha cabeça trovejar, ela não se comparava à força do meu bando.

Carter foi o primeiro a chegar, avançando até estar ombro a ombro com Mark.

Alguns dos caçadores deram um passo para trás.

Ox veio em seguida. Seus olhos ardiam furiosamente.

Rico botou a mão nas minhas costas.

As patas de Joe esmagavam a neve enquanto ele se aproximava pela esquerda. Chris e Tanner pararam ao seu lado, Chris sangrando com um corte na cabeça e Tanner mancando. Mas eles estavam firmes.

Mais lobos chegaram.

Elizabeth e Robbie, ambos transformados e rosnando, rabos balançando ao se juntarem ao bando.

Jessie veio por último. Trazia o pé de cabra de Ox no ombro.

Os caçadores estavam assustados. Os canos de seus rifles tremiam. O primeiro que atirasse seria o primeiro a morrer. Eu mesmo me encarregaria disso.

— O bando Bennett — falou Elijah com um suspiro. — Quanta… expectativa. Permitam que eu me apresente. Meu nome é Elijah. O bando de lobos que os antecedeu matou a maior parte do meu clã. Estou aqui para garantir que isso nunca aconteça novamente. — Ela olhou para mim. — Ouvi dizer que meu irmão, que Deus o tenha, alertou seu bruxo sobre mim.

A sensação de *azul* ameaçou me dominar. Vinha de Elizabeth. Foi então que me dei conta de que, além de Mark e eu, ela era a única que já havia enfrentado Elijah antes. Tinha visto do que ela era capaz. Sobrevivera e testemunhara o resultado da destruição da maior parte do seu bando.

E eu tinha escondido dela a existência de Elijah.

Mas aquilo não…

— Como você sabe o que seu irmão falou? — demandei. — A única pessoa para quem contei foi…. — Não.

Não, merda, por favor, não.

Os lobos estavam confusos, mas isso se perdeu em face do meu horror.

— Philip Pappas — disse Elijah, o sorriso desaparecendo de seu rosto. — Que por sua vez contou a Michelle Hughes. Michelle Hughes, que pediu que meu clã retornasse a Green Creek e erradicasse a infecção que vem se espalhando entre as bestas que assombram esta cidade. Devo admitir que não foi exatamente ideal formar uma aliança com os lobos, mas ela prometeu que eu teria minha vingança. Só tive que esperar. Mas, como profetisa do Senhor, eu sabia que um dia minha hora chegaria. O inimigo do meu inimigo é meu amigo, afinal. — Ela levantou a cabeça de lobo e a retirou, deixando-a repousar sobre os ombros. Tinha raspado o cabelo bem rente ao couro cabeludo. A cicatriz em seu rosto se estendia pela lateral da cabeça. A neve pousava em sua pele e escorria como lágrimas pelo seu rosto. — Temos uma cartilha. Nenhum humano deve ser ferido a não ser que ajude os lobos. Contanto que o povo de Green Creek fique fora do meu caminho, ninguém será tocado. Quanto aos traidores que estão ao lado dos lobos, darei a eles esta única chance. Afastem-se. Deixem este bando para trás. Nas fronteiras de seu território, temos bruxos preparados para permitir que vocês passem pelas barreiras que tomamos de Gordon Livingstone. Vocês têm até a lua cheia, quando, segundo me informaram, parte do seu bando se tornará selvagem. Caso não aceitem esta oferta, não encontrarão misericórdia e serão caçados como se fossem os Bennett.

Foi Jessie quem falou:

— Já somos Bennett, sua vadia. E se você foi expulsa uma vez como afirma, então pode acontecer de novo.

Os lobos rosnavam ao nosso redor.

A boca de Elijah era uma linha fina.

— Entendi. Fui avisada sobre sua… lealdade. Já testemunhei isso antes. A forma como os lobos exercem seu controle sobre os humanos. É lamentável que vocês não consigam ver o que se tornaram.

Ouvi o estalo característico de músculo e osso, e Oxnard Matheson se ergueu lentamente, nu, a neve caindo sobre seus ombros.

— Alfa — disse Elijah, acenando a cabeça em deferência. — Soube que você é incomum, até para um lobo. O parceiro do menino destinado a ser rei. Um Alfa humano que cedeu ao pecado do lobo. — Ela estendeu a mão e tocou a pele de lobo pendurada em suas costas. — Seria uma pele impressionante de possuir. Acho que vou ficar com ela.

— Parece que ficou sabendo de muitas coisas.

— Algo necessário numa guerra.

— Você já cometeu um erro — falou Ox calmamente, dando um passo à frente. Os rifles se viraram para ele, os caçadores começando a murmurar sua inquietação.

— É? — perguntou Elijah, sua voz fria. — E qual seria exatamente?

— Entrou sem convite no meu território — respondeu Ox —, com a intenção de machucar minha família. Ômegas já vieram para cá com a mesma intenção. Éramos menores naquela época. Inseguros. Assustados. Acreditamos que estivéssemos sozinhos. — Seus olhos brilharam em vermelho. — Somente alguns deles se arrastaram para longe. Os outros tiveram suas gargantas arrancadas. Seu sangue encharcou esta terra, e naquele momento eu jurei que faria o que fosse preciso para manter o meu bando seguro.

Elijah estreitou os olhos.

— Não tenho medo de você, lobo...

— Não — interrompeu Ox. — Mas seu clã tem. Posso sentir o cheiro. O suor escorrendo por suas nucas. A forma como seus batimentos tropeçam e aceleram. Você pode não estar assustada, mas eles estão apavorados.

— Eles farão o que eu mandar.

prontos estejam prontos corram protejam os humanos voltem para casa lar seguro lar

— Nesse caso eles já estão mortos — disse Ox, e é agora, é agora, *é agora...*

Um som eletrônico pipocou alto atrás da gente.

— Vocês aí! — chamou uma voz de um alto-falante. — Rendam-se. Repito, *rendam-se*. Abaixem suas armas e... puta merda, isso são *lobos*?

Jones.

Muitas coisas aconteceram ao mesmo tempo.

Ox: *corram segurança casa agora*

e

os lobos suspensos acima de nós gritaram enquanto as correntes se apertavam

e

Rico e Chris e Tanner e Jessie correndo

e

o corvo se libertou da gaiola, as asas se abrindo enquanto eu *jogava* os lobos selvagens nos caçadores, suas mandíbulas abertas enquanto rosnavam, os olhos de Elijah se arregalando, os caçadores gritando
e
dois tiros disparados.

Uma bala chiou perto da minha orelha.

A segunda bala fez Ox grunhir quando o atingiu no alto do ombro. Eu a *senti*, uma explosão de *está doendo está doendo está doendo meu deus está doendo*, e ele deu um passo para trás.

Elijah pulou para o lado quando os lobos selvagens atingiram o grupo de caçadores reunido atrás dela.

Joe rugiu furiosamente no mesmo instante em que Ox caiu de joelhos, sua transformação tomando conta. Os músculos das suas costas ondulavam enquanto pelos pretos brotavam de sua pele. Suas mãos viraram grandes patas, seu rosto ia se alongando conforme o lobo surgia.

Mark empurrou minhas pernas, me afastando dos caçadores que gritavam, que fugiam da dor aguda dos lobos feridos.

Nós corremos.

Olhei para trás sobre o ombro antes de desaparecermos na neve rodopiante. Elijah se levantara e estava me encarando. Ela captou meu olhar e levantou a mão, balançando os dedos para mim.

Passamos pela viatura.

Jones estava dentro do carro, os olhos sem vida.

Um filete de sangue escorria do buraco no meio da sua testa.

basta

M EUS PULMÕES ESTAVAM ARDENDO quando chegamos à casa do fim da rua. Os lobos vieram atrás dos humanos, para garantir que não parassem. Chris e Tanner estavam perdendo o fôlego. Elizabeth e Robbie os mantinham de pé, permitindo que se apoiassem em suas costas, empurrando-os adiante.

Passamos pela casa azul, Kelly na dianteira, voltando à forma humana, os pés escorregando na neve ao alcançarem a varanda da casa dos Bennett. Seus olhos se arregalaram e se encheram de medo ao olhar para trás e testemunhar o instante em que Ox caiu no chão, deslizando na neve, deixando um rastro de sangue para trás.

Rico deu um passo em direção a ele.

— O que aconteceu com Ox? — perguntou, a voz aguda. — Ele está bem? Por que está...

— Prata — grunhi, empurrando-o para o lado. — A bala era de prata. Jessie. Na casa. Uma faca. Temos que tirar a bala. Não tenho forças para fazer eu mesmo.

Ela não hesitou, correndo pelas escadas a toda velocidade, a porta da casa dos Bennett batendo ao se fechar atrás dela.

Elizabeth voltou à forma humana, agarrando Chris e Tanner e afastando-os de Joe, que estava em cima do seu parceiro, rosnando furiosamente.

— Está tudo bem — disse ela, com o rosto pálido. — Ele vai ficar bem. Precisamos cuidar de vocês. Rico, Robbie, preciso de ajuda.

Rico assentiu, apesar dos protestos barulhentos de Tanner e Chris.

Carter ficou na frente de Kelly, andando de um lado para o outro, com as narinas dilatadas. Robbie parecia em conflito, alternando o olhar entre Ox e Elizabeth. Foi preciso Elizabeth chamar seu nome de forma incisiva para que ele conduzisse os humanos para casa.

— Joe — falei, com as mãos erguidas em um gesto de paz. — Preciso ajudar o Ox, tudo bem? Você me conhece. Você sabe que não farei nada para machucá-lo ainda mais.

Por um momento, achei que Joe fosse avançar na minha direção, mas Mark estava ao meu lado, os lábios contraídos sobre os dentes, rosnando baixo no fundo da garganta. Os lobos cantavam em minha mente, e todas as suas canções eram azuis e cheias de dor e confusão e *alfa alfa alfa*. As outras vozes que escutei na rua tinham se calado. Eu não sabia o que isso significava. Não conseguia mais sentir as barreiras, pelo menos não como antes.

Aquilo teria que esperar.

Eu precisava ajudar Ox.

Minhas mãos tremiam, o sangue nelas ainda úmido.

Pude ver o instante em que o cheiro metálico alcançou o nariz de Joe, porque ele ganiu na minha direção, dividido entre seu parceiro e seu bruxo ferido.

— Estou bem — falei para ele. — Estou bem. Mas preciso chegar até Ox.

Jessie saiu voando da casa com uma faca grande de cozinha na mão. Ela saltou os degraus e aterrissou graciosamente no chão. Suas bochechas estavam avermelhadas, sua respiração rápida e pesada.

Joe virou a cabeça na direção dela, se agachando sobre Ox como se pensasse que ela era uma ameaça.

Ela estendeu a mão livre e deu um tapa na cabeça dele.

— Pare com isso — resmungou ela. — Deixe-nos fazer o que precisa ser feito. Se não vai ajudar, então saia do caminho.

— Talvez não seja uma boa ideia provocar um Alfa furioso — murmurei.

Ela revirou os olhos.

— Não temos *tempo* para bobagens de magia lunar mística. Ou ele sai da frente, ou eu o faço sair.

Joe deu uma bufada, vapor se enrolando em volta da face.

E se afastou.

Ajoelhei ao lado de Ox. Ele tremia, mas seus olhos estavam abertos e atentos. Eu podia ver onde o pelo estava emaranhado com sangue, mas seria mais fácil se…

— Ox, preciso que você volte à forma humana, tudo bem? Preciso ver melhor o ferimento. Não tenho tempo para raspar os pelos.

— Não fará com que a prata atinja a corrente sanguínea mais depressa? — perguntou Kelly, soando atordoado. — Isso fará com que...

— Não está perto do coração — expliquei. — Se eu for rápido, não terá importância.

Joe se inclinou para baixo, focinhando a cabeça de Ox. Era *por favor* e *ajuda* e *OxAmorParceiro*. Ox estremeceu no chão de neve, e o longo gemido se transformou em um murmúrio abafado quando voltou à forma humana. Ele arfou quando os pelos sumiram, dando lugar à pele branca e a um buraco sangrento e irregular no ombro, do tamanho de uma moeda de vinte e cinco centavos, e que parecia estar *fumegando*.

Ele arqueou as costas.

— Porra — falou entre dentes cerrados. — Jesus Cristo, isso *dói*, Gordon, é...

— Precisam segurá-lo — falei. — Kelly. Carter. Preciso que vocês...

Kelly estava lá, empurrando os ombros de Ox para baixo.

Carter deu um passo em nossa direção, ainda em forma de lobo. Seus olhos brilhavam em laranja. Ele os fechou e deu para *sentir* que estava tentando forçar sua transformação, mas algo estava errado. Abriu os olhos novamente, e por um instante eu jurei ter visto...

Mark apareceu, humano e ajoelhado aos pés de Ox. Ele pôs as mãos nas canelas de Ox, forçando-as para baixo na neve. Ele levantou os olhos para mim e acenou com a cabeça.

— Vai ser rápido — falei para Ox. — Fique o mais parado possível. Quanto mais você se mexer, mais vai demorar.

Ele acenou com a cabeça, olhos vermelhos, narinas dilatadas.

Não hesitei.

Peguei a faca de Jessie e cortei a pele em volta do ferimento da bala, expandindo o buraco. As mãos de Ox se fecharam em punhos e os dedos dos pés se torceram, mas ele virou a cabeça em direção a Joe, que pressionou o nariz na sua testa.

— Prontos? — perguntei a Kelly e Mark.

Eles assentiram.

Coloquei a mão sobre o ferimento, perto, mas sem tocar. Eu estava exausto, mas me forcei a continuar. Levei um instante para encontrá-la, a bala de prata cravada no seu ombro. Mas, depois que a localizei, agarrei e *puxei*. Ox gritou enquanto ela saía lentamente de dentro dele, utilizando o mesmo caminho pelo qual havia entrado. O cheiro de carne queimada preencheu minhas narinas, mas eu estava tão perto de...

A bala deslizou para fora do ferimento. Era muito pequena.

Ox deu um suspiro quando ela o deixou, a garganta trabalhando enquanto Joe ronronava ao seu ouvido.

Coloquei a mão sobre o ferimento novamente, desta vez pressionando sua pele.

Tentei absorver o máximo que pude da dor. Em poucos segundos minha visão começou a embaçar, e ouvi Mark dizer:

— Gordon, basta. Gordon. *Gordon*.

Braços me envolveram, me puxando para longe. Eu caí apoiado em um peito quente.

— Está tudo bem — sussurrou Mark ao meu ouvido. — Está tudo bem. Veja. Ele já está começando a se curar. Você conseguiu, Gordon. Você conseguiu. Está tudo bem.

Eu assenti, incapaz de encontrar forças para abrir os olhos.

Não me lembro de muita coisa depois.

Acordei num quarto que não era meu. A luz estava fraca. Eu estava quente.

Pisquei lentamente, meus músculos rígidos e doloridos. Minhas tatuagens pareciam desbotadas, fracas. Tudo que eu queria era fechar os olhos e me deixar levar novamente.

Mas então me lembrei de tudo.

— Merda — gemi, virando a cabeça no travesseiro.

— É isso mesmo — alguém falou.

Suspirei. Claro. Não olhei para ele.

— Quanto tempo passei apagado?

— Algumas horas — disse Mark de algum lugar no quarto.

— Ox?

— Cicatrizando. Ele vai ficar bem.

Fechei os olhos novamente. Sabia onde estávamos. O travesseiro tinha o cheiro dele. Eu reconheceria aquele aroma em qualquer lugar. Estava gravado em mim desde a infância.

— Você é um cuzão do caralho.

Mark resmungou.

— Fico feliz em saber que está se sentindo melhor.

— Você se transformou. Carter também.

— Você estava em apuros.

Rangi os dentes. Minha mandíbula doía.

— Você ouviu o que Michelle disse. Isso piora as coisas. É isso que você quer?

— Você estava em apuros — repetiu ele.

— Eu tinha a situação sob controle.

— Contra Elijah, você quer dizer.

— Sim.

— Que, aparentemente, você já conhecia.

Maldição. Eu deveria ter sabido que aquilo ia se voltar contra mim. Abri os olhos novamente e virei a cabeça. Mark estava perto da janela do quarto dele, uma silhueta contra a luz fraca que entrava. O vidro estava coberto de gelo. Do lado de fora, a neve ainda caía em flocos grandes. Seus olhos brilhavam nas sombras. Um pensamento me atingiu, duro e cortante.

— Eu não estava... Não sabia sobre Michelle. Eu não sabia sobre Pappas. Elijah. Eu não sou meu pai. Mark, você precisa acreditar em mim. Eu não sou meu...

— Eu sei. Nós sabemos. Joe... não gostou. Mas Elizabeth conseguiu conversar com ele, eu acho. Além dela, e você e eu, mais ninguém sabia de Elijah. E do que ela era capaz. Mas ela contou aos outros. O que aconteceu da última vez.

Eu me sentei com um gemido. Estava sem camisa, minha pele arrepiada por causa do ar fresco do quarto. Alguém tinha tirado minhas roupas e colocado uma calça de moletom em mim enquanto eu estava inconsciente. Eu tinha um bom palpite sobre quem fora.

— Os caras?

Mark inclinou levemente a cabeça.

— Machucados. Um pouco ensanguentados. Mas nada sério. Eles foram tratados. Tiveram muita sorte. Todos vocês tiveram.

Estalei meu pescoço, esticando os músculos rígidos.

— E os caçadores?

— Não se aproximaram da casa. Eles estão mantendo distância. Por enquanto.

— É claro que estão — murmurei, deslizando os pés para o chão.

— Malditos cuzões melodramáticos. — Elijah disse que nos daria até a lua cheia. Eu não sabia o que isso significava. Mas não importava. Ela estaria morta até lá. Eu mesmo cuidaria disso. — Não acredito que não desconfiei. Michelle. Ela nos traiu.

— Não sei se você poderia ter desconfiado — disse Mark lentamente. — Lobos trabalhando com caçadores? Ela está jogando um jogo perigoso. — Ele fez uma pausa, refletindo. — Mas ela não é a única que tem segredos.

Eu fiz uma careta com o comentário. Eu merecia aquilo.

— David King.

— O que tem ele?

— Foi ele que me disse que a irmã ainda estava por aí.

— E você não pensou em dizer nada? — Ali estava. O primeiro indício de raiva.

— Eu não pensei… Eu não sei o que pensei.

— Você nunca sabe.

Revirei os olhos.

— Você não é engraçado.

— Não estou tentando ser. — Seus olhos brilharam em laranja, brevemente. — E independentemente de termos desconfiado de Michelle ou não, você deveria ter nos contado.

— Eu sei.

Ele bufou.

— Sabe? Porque eu não acredito em você.

Encarei-o com raiva.

— Fiz merda, tá? Eu sei disso.

— Você não confia na gente. Você não confia no seu bando.

Agora *eu* estava me irritando.

— Vá para o inferno, Mark. Você não sabe que porra…

— Demorei um tempo para entender o porquê.

— E agora você vai me contar, não vai?

Ele me ignorou.

— Você não confia em nós. Mesmo depois de tudo por que passamos. Você não confia em nós porque acha que tudo isso é temporário. Que seu bando vai te deixar de novo.

— Puxa, de onde será que eu tiraria *essa* ideia?

Ele me olhou com desdém.

— Você pode falar sério uma vez na vida?

Eu ri. Não foi o som mais agradável.

— Balela. Você que puxou o assunto, Mark. Se sua pseudopsico-babo seira fosse verdade, se eu não confiasse no meu bando, seria por causa de pessoas como você.

— Eu já te disse. Eu sempre voltaria...

— Mas *não voltou* — interrompi. — Você simplesmente *foi embora* e... não. Sabe de uma coisa? Eu não vou fazer isso agora. Nem nunca. Há coisas mais importantes com que nos preocuparmos.

— Você não confia na gente — disse Mark, como se eu não tivesse falado nada. Eu pensei seriamente em usar minha magia e jogá-lo pela janela. Tinha quase certeza de que ele sobreviveria à queda. — E o culpado disso sou eu. Eu. Elizabeth. — Engoliu em seco. — Thomas. E pelo resto da vida vou me arrepender de não ter lutado mais.

— Ele era seu Alfa — murmurei. — É um pouco difícil dizer não quando ele podia te obrigar a fazer o que quisesse.

— Ele não era assim.

— Claro.

— Gordon.

Suspirei.

— Eu sei. — Porque, independentemente dos sentimentos com-plicados que eu tinha em relação a Thomas Bennett, ele não era... Ele jamais tirou o livre-arbítrio do bando. Eles podiam tomar decisões das quais ele não gostava, mas sempre os ouvia.

— Sabe? — perguntou Mark.

— Sei.

Mark balançou a cabeça.

— Era... Qualquer coisa que eu te dissesse a respeito dele seria verdade. Você não precisaria acreditar em mim, mas nunca menti para você, Gordon. Nem uma vez. Nunca.

Eu assenti, incapaz de falar.

— Foi doloroso para ele te deixar aqui. Te abandonar. Ele lutou com garras e presas por você. Contra aqueles em Maine. Você era dele. Per-tencia a ele tanto quanto ele pertencia a você. Ele era seu Alfa, Gordon. Você era o bruxo dele. Éramos todos jovens. Estávamos sobrevivendo. E lamentando pelos que tínhamos perdido.

— Ele poderia ter ficado — falei com a voz rouca, olhando para minhas mãos. — Mas em vez disso ele deixou uma criança sozinha para poder ser rei. Uma criança que também já tinha perdido quase tudo. Thomas apenas concluiu o trabalho.

— Isso não... — A mandíbula de Mark se contraiu. — Não foi assim. Ele... Se não tivesse um Alfa de todos, então havia uma chance de que os lobos pudessem sucumbir ao caos. Ele teve que equilibrar as necessidades dos poucos com as necessidades dos muitos.

— E nós sabemos onde eu me encaixava nessa decisão, não é?

— Ele ficou tão furioso, Gordon.

— Eu também.

— Jesus *Cristo* — rosnou Mark. — Você pode *ouvir* uma vez na sua maldita vida?

Levantei a cabeça bruscamente. Mark sempre foi tranquilo. Calmo. E controlado. Mas agora ele estava puto pra caralho.

— Eu não...

— Estou tentando ter uma conversa honesta com você, a primeira em *anos*, e você está sendo um cuzão.

O corvo fechou suas garras em torno de um caule de espinhos. Uma rosa parecia desabrochar.

— Ele lutou por você — disse Mark, com a voz dura. — Esses cuzões especistas detestavam que você fosse humano. Eles ainda estavam apavorados com o que tinha acontecido com o bando Bennett por causa dos caçadores. Humanos não... As coisas não eram como no nosso bando. Meu pai acreditava que os humanos eram a força por trás do lobo. Todos os outros achavam que eles eram uma fraqueza. Um problema. Bruxos eram a exceção, porque tinham *magia*.

— Então qual era a porra do prob... meu pai.

Mark assentiu.

— Você era filho do seu pai. Era tudo o que eles viam. Você não era um indivíduo independente. Seu pai perdeu o controle. Você era uma *criança* quando meu pai o nomeou como nosso bruxo. E aí os caçadores vieram, e foi... complicado. Foi demais. E Thomas sabia, ele *sabia* que haveria uma rebelião a menos que aceitasse seu lugar como Alfa de todos. Eu o odiei por isso. Elizabeth também, pelo menos um pouco. Mas nada se comparava ao ódio que meu irmão tinha por si mesmo. Nós tínhamos perdido nosso pai. Nossas tias e tios. — Mark abaixou a cabeça. — Nossos priminhos. Foi... Estávamos perdidos, Gordon. Acho que nem mesmo Thomas sabia o quão perdidos nós estávamos. Mas eu acho que Osmond sabia. E acho que se aproveitou disso. Se ele já estava trabalhando com Richard Collins naquela época, isso eu não sei. Mas foi Osmond que convenceu Thomas a voltar. E foi Osmond que disse que você precisava ficar. — Ele me olhou com uma expressão indecifrável. — Thomas não mentiu para você. Ele nunca cogitou não voltar para você. Só que demorou mais do que esperava. E quando voltamos para casa, você não queria ter mais nada a ver conosco. Com os lobos.

— Eu não sabia mais o que fazer. Você me deixou, Mark. Você me *abandonou*, porra. Thomas falou para você segui-lo, e você simplesmente...

— Eu quase rompi os laços com o bando. Por causa disso.

— Quê? — perguntei, surpreso.

— Eu quase deixei o bando.

— Por quê?

Ele riu amargamente.

— Por quê. *Por quê.* Para poder ficar aqui, seu idiota. Para poder ficar com *você.*

— Eu pedi. Eu *implorei.* E você me disse não. Porque seria um Ômega.

— Já não importa mais, não é? Está acontecendo.

Eu estava na frente dele antes mesmo de perceber que estava me movendo. Meu peito bateu no dele. Ele respirou fundo, as narinas se dilatando. Seus olhos piscaram laranja. Havia um ronronar baixo no fundo da sua garganta.

— Não. Você não vai ser um Ômega. Não vou deixar que isso aconteça.

— Gordon — rosnou, e eu jurei ter visto um indício de presa.

— Cala a boca. Você teve sua vez de falar. Agora sou eu. Está me ouvindo?

Ele assentiu lentamente.

— Eu odiei vocês. Por muito tempo. Todos vocês. Você. Elizabeth. Thomas. Todos vocês. Vocês me abandonaram aqui. E tudo o que eu queria era machucá-los da pior maneira possível. E então todos vocês voltaram para Green Creek, agindo como se não fosse *nada.* Como se não precisassem de mim. Como se nem mesmo se *lembrassem* de mim. E depois tentaram levar o Ox e…

— Tenho quase certeza de que isso foi coisa do Joe.

— Eu *sei* que foi o Joe — falei com rispidez. — E você sabe quando foi a *primeira* vez que Thomas apareceu? Foi *por causa* do Joe. Não teve *Desculpe, Gordon*. Não teve *Nunca quis te deixar para trás*. Foi porque ele precisava de mim para ajudar o filho. Ele precisava de mim para ajudar o Joe. Depois de todos esses anos, ele veio atrás de mim porque queria me usar.

Eles não te amam, minha mãe havia dito. *Eles* precisam *de você. Eles te* usam.

— Ele foi até você — disse Mark com a voz rouca — porque você era o único em quem ele confiava o suficiente para ajudar o filho dele.

Respirei fundo. Pelos laços que nos ligavam, tudo o que senti foi uma tristeza azul.

— Depois… depois que encontramos Joe, depois que o tiramos de Richard, ele não era mais o mesmo. Não até o Ox, quando reencontrou sua voz. E mesmo assim, ele acordava gritando no meio da noite. Falando do monstro que vinha atrás dele. O monstro que o levaria embora novamente. Thomas não sabia mais o que fazer. As luas cheias antes de Joe completar sua transformação foram… brutais para ele. Seu lobo estava lá, sob a pele, o rasgando por dentro. Thomas te procurou porque você era o bando dele, mesmo que ele não fosse o seu.

Abaixei a cabeça, encostando-a no ombro de Mark. Meus olhos ardiam, meu corpo tremia. Uma mão alcançou a minha nuca, os dedos entre meus cabelos. Era reconfortante. Era familiar. Era tão perigoso.

Sua boca estava perto do meu ouvido quando ele disse:

— Eu queria ter ficado. Por você. Talvez tivesse me tornado um Ômega. Talvez não. Você era meu laço, desde aquela época. Talvez fosse o suficiente, mas eu estava com medo demais para descobrir. Você é meu parceiro, Gordon. Terra e folhas e chuva.

Estremeci contra ele.

— Eu te odeio.

— Eu sei. Ainda que os batimentos do seu coração digam o contrário. Acho que você acredita nisso. E lamento muito por isso.

— Maldito seja.

— Também sei disso.

Levantei a cabeça, mas não me afastei. Ele não soltou a mão. Cada respiração que eu soltava, ele inspirava. Seus olhos buscavam os meus. Ele olhou brevemente para baixo. Seus lábios se contorceram quando seu olhar reencontrou o meu.

— Eu gosto da tatuagem.

Não entendi.

— Do que está falando? Você já viu todas as minhas…

Exceto que ele não tinha visto, tinha? Não. Ele não tinha visto a que eu tinha feito depois que ele partiu. A que era só para mim. Para lembrar.

Ele não tinha visto o lobo e o corvo desenhados na pele acima do meu coração.

— Há quanto tempo você tem essa? — perguntou, os dentes afiados como lâminas.

— Não é sobre você — respondi, mas até eu senti a hesitação no meu coração.

— Claro, Gordon.

— Não é.

— Tudo bem. Você conhece muitos lobos que se parecem comigo quando me transformo, então?

— Cuzão — murmurei enquanto ele ria baixinho.

Ele soltou a mão.

Dei um passo para trás, embora tudo que eu mais quisesse fosse me encostar nele. As coisas estavam mudando, e no pior momento possível. Eu me sentia puxado em um milhão de direções diferentes.

Ele entendia. Sorriu com tristeza para mim.

— Eu tenho coisas para te dizer, Gordon. Tantas coisas. Coisas que talvez você não esteja pronto para ouvir. Mas cada uma das minhas palavras será sincera. Se chegar ao ponto de eu começar a ficar selvagem…

Balancei furiosamente a cabeça.

— Não. Não, não vou permitir que isso aconteça. Não vou…

— Eu sei — falou gentilmente. — Sei que não vai. Mas às vezes acontecem coisas que não esperamos. Como encontrar um menino com magia na pele que é tudo. — Fechou os olhos. — Ou perder a cabeça.

Minhas mãos se fecharam em punhos ao meu lado.

— Se isso é coisa do meu pai, então deve haver uma maneira de reverter. Eu vou encontrar. Eu…

— Já começou.

Eu dei um passo para trás, meus olhos arregalados e úmidos.

— Quê?

— Carter.

— O que houve com Carter?

— Ele... demorou um pouco. Para sair de sua transformação. Foi mais difícil do que deveria ter sido.

Eu esfreguei uma mão no rosto.

— Ele machucou alguém?

— Não, apesar de ter se irritado com o Robbie por ter se aproximado demais do Kelly. Ox conseguiu se colocar entre eles a tempo.

— Por que está acontecendo tão rápido? Michelle disse...

— Mesmo que pudéssemos acreditar em uma única palavra que ela disse, poderia ser qualquer coisa. Pode ser a lua que está chegando. Ou o estresse no corpo por causa da transformação. A raiva dos caçadores. Ou Michelle pode ter mentido sobre quanto tempo leva.

Eu não queria saber a resposta, mas eu tinha que perguntar.

— E você?

Ele desviou o olhar.

— Está... lá. Está quieto. Mas está lá. Posso sentir. — Deu de ombros desajeitadamente enquanto soltava um suspiro trêmulo. — Eu não quero que aconteça, Gordon. Não quero perder isso. Esse laço. — Seu sorriso estava trêmulo. — É a única parte de você que já foi minha.

Já tinha havido dias, longos dias, em que a simples ideia daquele lobo parado diante de mim me enchia de raiva. Eu teria dado qualquer coisa para nunca mais voltar a ouvir o nome Bennett. Para deixar para trás o mundo dos lobos e tentar esquecer que eles tinham feito o mesmo comigo.

Mas agora eu só tinha angústia. E remorso.

Eu tinha perdido tempo. Tanto tempo.

Dei um passo em sua direção.

Ele não desviou o olhar.

Inspirou quando nossos joelhos se chocaram.

Seus olhos brilhavam na escuridão.

Eu toquei minha testa na dele.

Seus dedos percorreram meus braços.

Ele exalou.

Eu inalei.

Seria tão fácil. Agora. Aqui, no final. Aceitar o que ele estava oferecendo. O que sempre ofereceu.

Sua respiração estava quente contra meus lábios quando eu...

Ele virou a cabeça para o lado.

Suspirei.

— Ox — falou baixinho. — É o Ox. Ele quer que a gente desça.

Eu ia matar meu Alfa.

Eu me afastei de Mark.

Ele segurou minha mão.

— Ei.

Levantei o olhar. Ele sorria para mim com timidez.

— Nós... podemos conversar sobre isso depois?

— Podemos — respondi, e minha voz estava rouca.

— Tudo bem — disse ele. — Tudo bem.

Por enquanto, era o suficiente.

Teria que ser.

Tínhamos uma maldita guerra para lutar.

DESCEMOS AS ESCADAS da casa dos Bennett, Mark atrás de mim, bem próximo. Os degraus de madeira rangiam sob nossos pés, e o burburinho da conversa parou com o barulho.

Lobisomens do caralho.

Estavam na sala principal. Todos eles. Nosso bando.

Rico estava sentado num sofá grande, Jessie apoiada no braço. Ambos observavam cada um dos meus passos. Os ferimentos de Rico não eram tão graves quanto pareceram no caminhão.

Chris e Tanner estavam machucados e cheios de hematomas. A testa de Chris tinha sido lavada, e havia uma pequena fileira de pontos pretos no topo. Deixaria uma cicatriz, mas sei que ele a usaria com orgulho. O joelho de Tanner estava levemente inchado e preso em uma tala, mas ele tinha uma expressão determinada no rosto.

A porra do Time Humano.

Elizabeth estava no sofá, sentada sobre as próprias pernas encolhidas. Kelly estava ao seu lado, ombro a ombro com a mãe. Carter estava aos pés deles, com a cabeça inclinada para trás e os olhos fechados enquanto respirava lentamente, prendendo o ar e depois soltando pelo nariz. A mão de Kelly estava em seu cabelo.

Robbie estava em pé atrás do sofá comprido, torcendo as mãos. Seus óculos estavam pendurados desajeitadamente em seu rosto, mas eu não consegui reunir forças para dizer que eram ridículos. Eu devia estar começando a me acostumar com ele.

E os Alfas.

Estavam perto das janelas, de pé e rígidos, de costas para o bando. Uma aura de poder os cercava. Havia os laços, sim, aqueles entre todos nós. Lobos. Humanos. Um bruxo. E havia o constante toque de azul ecoando por eles. Mas eram dominados por Joe. Por Ox. Eles estavam furiosos, embora essa fúria não parecesse direcionada a ninguém na casa.

Eu não era um lobo, mas mesmo assim entendia a sensação urgente de uma força invasora em nosso território. Acrescente a isso a traição de uma mulher que, por mais que não tivesse nossa confiança, jamais imaginamos que pudesse nos entregar a um grupo de caçadores. Principalmente Elijah, que já tinha estado em Green Creek antes e levado quase tudo. Era uma punhalada cruel nas nossas costas.

Se sobrevivêssemos a isso, se sobrevivêssemos aos caçadores e à infecção se espalhando em dois dos nossos, Michelle Hughes ia pagar.

Eu me certificaria disso.

E por mais que sentíssemos azul, havia verde. Ainda. Agora. O verde do *alívio*, porque estávamos ali. Estávamos juntos.

Éramos *bandobandobando*.

Carter interrompeu o silêncio.

— Sabe — disse ele com a voz um pouco rouca —, espero que vocês estejam no caminho da resolução de seja lá qual for a merda que está rolando entre vocês. Quer dizer, foi realmente nojento assistir ao meu tio te carregando no colo pela escada como uma donzela em perigo e rosnando para qualquer um que tentasse entrar no quarto para saber de você.

Virei lentamente para olhar Mark, que de repente tinha passado a achar a parede muito interessante.

— Você fez o quê?

Ele estava franzindo o cenho.

— Cala a boca.

— Não. Sério. Você fez o *quê*?

— Ficou todo lobo das cavernas — respondeu Rico. — Achei que fosse arrancar minha cabeça quando bati na porta. Ele bateu com um bastão na sua cabeça e te levou para a toca dele. Você provavelmente deveria perguntar se ele te lambeu enquanto dormia. Você sabe, para te limpar e tal.

— O que aconteceu com o Dale? — sussurrou Tanner para Chris. — Ele ainda é um assunto sobre o qual não falamos?

— Quer parar de falar o nome dele? — sibilou Chris de volta. — Você vai estragar a conexão lunar mística deles.

Jessie suspirou.

— Eu adoraria não ter dito isso. Parece tão ridículo agora.

— Ignore o meu filho — falou Elizabeth para mim. — Na verdade foi muito gentil da parte de Mark querer cuidar de você. Duvido muito que ele fosse te lamber enquanto você dormia.

Carter abriu os olhos. Estavam do seu azul-claro normal.

— Uma vez você nos contou que acordou e o papai estava cheirando o seu cabelo.

Kelly gemeu, inclinando a cabeça para trás no sofá.

Robbie se abaixou e tocou desajeitadamente o ombro de Kelly.

Surpreendentemente, Kelly não tentou afastá-lo. Robbie corou levemente, ajeitando os óculos no nariz, mas não tirou a mão.

— Essa roupa está grande em você, *papi* — disse Rico para mim. — Como se não fosse sua. Como se um certo lobo tivesse te emprestado para poder ficar com seu cheiro.

Franzi a testa.

Mark se ajeitou.

Franzi ainda mais a testa.

— Eles estão aí fora — disse Ox, e todos nos calamos. — Posso sentir. É como... uma sombra. Cobrindo a terra.

Ele olhava pela janela, observando a neve cair. Não parecia estar diminuindo. A luz já estava desbotando, o que significava que era fim de tarde.

Joe olhou para ele, examinando seu perfil, mas não disse nada.

Ox falou novamente.

— Essa... Elijah. Gordon. Me disseram que ela é conhecida pelo bando Bennett. Os anteriores.

Fiz que sim com a cabeça, apesar de ele não estar me olhando, enquanto tentava encontrar as palavras para explicar ao meu amigo, meu Alfa, aquele garoto que havia se tornado mais do que qualquer um de nós poderia imaginar.

— Eu... sim.

— Certo — disse Ox, exalando lentamente. — Já ouvi de Elizabeth. O que ela sabe. O que aconteceu com seu bando. Gostaria de te ouvir agora. Por quê?

Ox estava bravo.

— Ele não... — começou Mark, mas eu o peguei pela mão e apertei com força. Ele olhou para mim, e eu balancei singelamente a cabeça. Ele franziu a testa, mas não falou.

Aquilo era comigo.

Talvez Mark estivesse certo em relação ao que falou no quarto. Sobre confiança. Sobre segredos. Eu era do bando. Eu era o bruxo dos Bennett. Minha família era ligada à deles havia gerações. Era uma longa história tão profundamente marcada nos meus ossos que, mesmo quando eu acreditava que poderia, jamais ficaria completamente livre dela.

E eu não queria ficar.

Thomas Bennett era um lobo.

Mas ele também era humano.

Cometeu erros, sim. Assim como seu pai. E o meu.

No entanto, a diferença entre Thomas e Abel e meu pai era muito grande. Os lobos fizeram o que julgaram certo.

Meu pai sucumbiu à sua dor.

Isso não tinha a ver com Mark, pelo menos não totalmente.

Enquanto estivemos viajando, os irmãos Bennett e eu, foi diferente. Fizemos o que foi preciso para sobreviver. Eu me convenci de que não tinha nada a ver com buscar vingança por Thomas Bennett. Eu fui porque Joe me pediu para segui-lo. Eles precisavam de alguém para cuidar deles.

Eu já não acreditava mais nisso.

Parte de mim foi por causa de Thomas Bennett. Ele tinha enterrado profundamente suas garras em mim quando eu era criança, e não importava o quão complicada nossa relação tivesse se tornado, ele fora arrancado de mim.

Disse o corvo, pensei.

Nunca mais.

Falei:

— Pappas.

— Selvagem — disse Ox. — O homem que ele era se foi, eu acho. Só ficou o lobo.

— Certo.

Ele se virou para me encarar. Rolou um momento estranho quando me lembrei de um menininho se escondendo atrás da perna do pai. Ele nunca tinha tomado *root beer*.

— Acha que ele foi cúmplice?

Balancei a cabeça.

— Não. Não totalmente. Acho… acho que Michelle Hughes escondeu coisas dele. A extensão do seu conhecimento sobre a infecção é uma coisa. Mas sobre os caçadores, sobre Elijah? Ele não tinha como saber.

— Mas ele sabia *da existência* dela — falou Ox.

— Sim.

— Porque você contou para ele. — Não era uma acusação, embora parecesse.

— Sim.

— Por quê? — perguntou Joe. — Quer dizer… Eu não entendo, Gordon. Há quanto tempo você sabia sobre ela?

— Desde que encontramos David King em Fairbanks.

Os olhos de Joe brilharam.

— E não te ocorreu falar alguma coisa?

— Não contei a nenhum de vocês sobre David King até muito depois de ele ter ido embora — lembrou Ox. — Ainda não. Lembram?

Joe olhou para ele com uma carranca no rosto.

— Isso não é…

— E depois quando Richard veio. Ele veio atrás de mim. Mesmo assim não falei nada.

— Isso porque você é um altruísta escroto — disse Rico. Em seguida completou: — Com todo o respeito, *Alfa*. Tudo bem. Talvez um pouco sem respeito.

— Você estava tentando nos manter seguros — argumentou Joe.

— E mesmo assim, Gordon percebeu de cara.

— Então é possível que Gordon estivesse tentando fazer o mesmo, não é?

Todos olharam para mim.

Maldição.

— Eu...

Mark apertou minha mão. Nem tinha percebido que ainda estava segurando.

— Achei que bastaria — falei. — Se eles soubessem. Nós... tudo aqui. Tudo que passamos. Foi demais. Thomas. Os anos que estivemos separados. Richard. Eu esperava que, contando a Pappas, e ele contando para Michelle, fossem fazer alguma coisa a respeito. Até onde eu sabia, ela já poderia ter ido embora. Eu não queria piorar as coisas de novo. Não quando ainda estávamos nos curando. Nós... Eu não sabia como ser bando. Não como antes. Não com todos aqui. Não que eu não confiasse em nenhum de vocês. É mais uma questão de não confiar em mim mesmo. E pensei que, se isso acabasse em alguma coisa, se fosse necessário, eu poderia resolver sozinho.

— Homens — disse Jessie, parecendo irritada. — Vocês são todos um bando de mártires cuzões. Não é de admirar que Elizabeth e eu sejamos as pessoas mais inteligentes nessa maldita sala.

— Concordo — falou Elizabeth, olhando para mim. — Têm sorte de nos ter.

— Provavelmente sairiam correndo por aí desprevenidos sem a menor ideia do que fazer — acrescentou Jessie.

Elizabeth assentiu e completou:

— E se infectariam.

— Ah — disse Rico. — Já podemos fazer piadas sobre isso? Não sabia se ainda era cedo demais ou não. Porque, se você pensar bem, é engraçado porque... sim, pelos olhares que estou recebendo, ainda é cedo. Calando a boca agora.

— Tem mais — falei, contorcendo levemente o rosto.

— Claro que tem — ironizou Chris. Ele bateu o ombro no de Tanner. — Lembra dos tempos em que a coisa mais estranha em nossa vida era ver o Gordon tentando deixar crescer aquele bigodinho fajuto?

— Bons tempos — falou Tanner com um suspiro. — Fizemos aquele cartaz de "Procurado" com a foto dele de bigode e espalhamos por toda a cidade, recomendando a todos que protegessem seus filhos.

— Você tentou deixar o bigode crescer? — perguntou Mark.

— Eca — disse Kelly, franzindo o nariz. — Estamos sentindo o cheiro, tio Mark.

— O que foi, Gordon? — perguntou Ox.

Melhor acabar logo com aquilo.

— Você também sentiu. As barreiras. Quando foram corrompidas. Ele assentiu lentamente.

— Elijah disse que havia bruxos. O que significa que eles não estão tentando impedir nada de entrar. Eles estão tentando nos impedir de sair.

— Sim. Mas senti algo a mais. Ouvi algo a mais.

— O quê? — perguntou Joe.

— Meu pai.

Silêncio.

Então:

— Ótimo — resmungou Carter. — Temos uma religiosa esquisita que usa peles de suas vítimas nas costas e que tem Ômegas selvagens de estimação acorrentados, um dos quais tentou me cheirar e me matar ao mesmo tempo. Bruxos cercando a cidade e fazendo magia sinistra para nos manter aqui dentro. Michelle Hughes é algum tipo de vilã estúpida, e Mark e eu estamos enlouquecendo lentamente. E *agora* você está dizendo que o seu bom e velho pai está falando na sua cabeça? Pro caralho com este dia. Essa porra desse dia inteiro.

Concordei plenamente.

Naquela noite, dormimos juntos.

Todos nós.

Os sofás e as cadeiras foram afastados.

Cobertores grossos e pesados foram espalhados pelo chão. Montes de travesseiros.

Os Alfas estavam no meio. O resto do bando os cercava. Até Rico aceitou praticamente sem reclamar, embora tenha dito que estava grato por todos estarem vestidos desta vez.

Eu deitei com a cabeça pressionada na perna de Ox, não conseguindo resistir ao desejo de estar perto do meu laço.

Mark devia sentir a mesma coisa, porque não saiu de perto. Deitamos um de frente para o outro no escuro, seus olhos gelados totalmente atentos. Houve um momento, antes de adormecer com as vozes dos meus Alfas cantando na minha mente, em que Mark estendeu a mão e traçou um dedo sobre minhas bochechas. Meu nariz. Meus lábios e queixo.

Deu um beijo na minha testa.

E então eu dormi.

Os telefones não funcionavam.

A internet estava fora do ar.

Estávamos sem comunicação.

Pappas percorria a distância da linha de prata em pó espalhada no chão. Rosnou ao me ver, os pelos eriçados.

Ox rugiu para ele com todas as suas forças.

Seus olhos violeta cintilaram, e eu pensei que talvez ele...

Não.

Eles cintilaram novamente.

Estava perdido.

— Teremos que dar um jeito nele — me falou Mark mais tarde, encarando o vazio. — Não podemos correr o risco de que machuque alguém ou espalhe o que está em sua mordida. Teremos que dar um jeito nele. Logo.

Tudo que eu queria era tacar fogo no mundo.

Caminhamos pela neve. As árvores estavam carregadas de branco ao nosso redor. Ox e Joe estavam transformados, e deixavam grandes pegadas para trás. Mark caminhava sobre duas pernas ao meu lado enquanto seguíamos os lobos.

Ainda estava nevando, mas não tão forte como na véspera. O céu acima estava cinza-escuro, e o sol da manhã se escondia em algum lugar atrás das nuvens. Eu sabia que a lua também estava lá, crescendo e enchendo. Eu não era um lobo, mas até eu podia sentir.

Carter reclamou por ter sido deixado para trás, argumentando que era o segundo de Joe, e portanto deveria ir enfrentar os bruxos. Joe parecia prestes a ceder, mas Elizabeth interveio e, sem que ela precisasse dizer uma palavra, ficou claro que Carter não iria a lugar nenhum. Ele suspirou, mas recostou-se em Kelly, que desde que acordou não tinha se afastado mais do que alguns centímetros do irmão.

Robbie se ofereceu para nos acompanhar, mas Ox disse para ele ficar. Ele não queria que o pessoal de Michelle tentasse mexer com sua cabeça.

Os pássaros chamavam, cantando nas árvores.

O gelo estalava sob nossos pés.

Nossa respiração se condensava ao nosso redor.

Mark disse:

— Seu pai.

— Meu pai — murmurei, passando por cima de uma árvore que tinha caído havia alguns anos.

— Na sua cabeça.

— Isso.

— Isso é normal?

Revirei os olhos.

— Ah, claro. Lobos ficando loucos. Caçadores fanáticos religiosos. Traição por parte do alto comando. Meu bom e velho pai na minha cabeça. Claro, Mark. Tudo isso é normal.

— Mas por quê?

— Por que o quê? — perguntei, observando os enormes lobos andando à nossa frente, suas caudas se tocando.

— Por que ele está na sua cabeça?

— Talvez porque ele tenha um problema com limites.

Mark estreitou os olhos para mim.

— Não sei dizer se está brincando ou não.

— Eu não faço a mínima *ideia*, Mark. Não o vejo desde que eu era criança e ele matou dezesseis pessoas junto com minha mãe depois que ela matou a mulher com quem ele tinha um caso.

Mark riu.

— Certo. Bem normal, então.

Fiquei boquiaberto.

— Sério que você acha que *este* é um bom momento para tentar encontrar um senso de humor?

— Sempre fui engraçado.

Mentiroso.

— Não, eu não sei por que ele está na minha cabeça. Não sei o que isso significa. Nem sei se foi *real*. Ou se ele está mesmo em Green Creek. Se há um bando de bruxos cuzões da Michelle aqui, você realmente acha que ele iria aparecer?

Mark coçou o queixo.

— A menos que ele também esteja trabalhando com Michelle.

Eu o fuzilei com o olhar.

— Não. Não diga isso. Você vai atrair azar, e eu vou te queimar vivo sem pensar duas vezes.

Ele sorriu para mim.

— Nah. Acho que você não faria isso.

Eu gostava mais dele quando nos detestávamos.

— Ele nunca faria isso. Não como Elijah. Acharia indigno.

— Porque ele odeia os lobos. Foi isso que você disse para Michelle. Ele culpava os lobos por... tudo.

— É.

Mark pegou minha mão enluvada. Eu me virei para olhá-lo, uma pergunta em meu rosto.

Ele me estudava pensativamente, o que me deixava desconfortável. Eu estava tão acostumado a esconder tudo dele, e essa mudança entre nós, essa *coisa* que passei a maior parte da vida ignorando, não era algo para o qual eu estava preparado. Era vertiginoso.

Ele disse:

— Você não é ele.

Tentei puxar minha mão de volta, mas ele segurou firme.

— Eu sei.

— Tem certeza? — perguntou. — Porque não sei se...

— Meu Deus, Mark, caralho. Eu falei que não queria ouvir suas merdas sobre...

— Ele decidiu — disse Mark — fazer o que fez. E por mais que você pudesse ter feito o mesmo, por mais que tivesse todo o direito de nos odiar com todas as suas forças, você não o fez.

— Eu *odiei* — retruquei, subitamente irritado por razões que eu não conseguia entender. — Eu odiei *sim*. Thomas. E Elizabeth. Eu odiei lobos e bandos. Eu odiei *você*.

— Mas parte de você não odiava — argumentou Mark, soando seguro. — Sua história, ela... — Ele balançou a cabeça. — Poderia ter se tornado o vilão, Gordon. E teria sido seu direito. Em vez disso, você só escolheu ser um cuzão.

— Você está... me elogiando? Pois caso esteja, está fazendo um péssimo trabalho.

Ele deu aquele sorriso secreto, mas desapareceu quase tão depressa quanto apareceu.

— Você não é seu pai.

— Eu sei disso.

— Tem certeza?

Puxei minha mão bruscamente.

— A questão não é essa. Estamos falando de uns idiotas que pensam que podem entrar no nosso território e nos incomodar. E do fato de que eu não mato nada há *semanas*, e está começando a me irritar.

— Você fica rabugento quando isso acontece.

— Pois é — falei, franzindo a testa para ele. — Então talvez seja melhor guardar as merdas introspectivas para depois, tudo bem? — Ele abriu a boca para responder, mas o interrompi. — E juro por Deus, se você disser que pode não *haver* um depois, não me responsabilizo pelo que acontecer em seguida.

O sorriso retornou.

— Suas ameaças já não parecem tão ruins agora que sei que você tatuou meu lobo no seu peito.

— Vá tomar no cu — rosnei, indo atrás dos Alfas.

Mark riu atrás de mim.

— Ah, eu vou.

Lobisomens do caralho.

Costumava ter uma velha ponte de madeira que cruzava um riacho ao longo de uma estrada de terra que saía de Green Creek.

Então Richard Collins chegou com Osmond e os Ômegas, e ela foi destruída.

Depois disseram que a ponte já estava velha demais. Não teve a manutenção adequada.

Muitos se surpreendiam por não ter caído antes.

A cidade recebeu uma doação de uma notável família. Elizabeth Bennett, em nome de seu falecido marido, deu cinquenta mil dólares para que fosse reconstruída.

Houve uma cerimônia no verão seguinte, em que Elizabeth Bennett ficou ao lado de seus filhos, todos vestidos elegantemente com ternos feitos sob medida. O resto do bando assistiu com uma multidão considerável enquanto o prefeito lia um discurso de apreciação. A fita foi cortada e as pessoas aplaudiram.

A nova ponte era uma réplica quase exata da antiga, porém muito mais resistente. Era parte do charme de Green Creek, disse o conselho da cidade que aprovou o design. Uma entrada para uma pequena cidade de montanha.

A única diferença real era a placa já no território de Green Creek, com seis palavras gravadas em metal:

Que nossas canções sempre sejam ouvidas.

As pessoas ficaram perplexas com a lenda.

Mas nós sabíamos. Ah, como sabíamos.

A ponte agora parecia um cartão-postal, a madeira vermelha quase invisível sob a neve pesada.

E havia pessoas paradas na frente dela.

Estavam bem-vestidas para o clima frio. Eram quatro e, embora eu não reconhecesse nenhuma delas, soube que eram bruxos no instante em que os vi. Eu havia dito aos meus Alfas que a magia tinha uma assinatura, uma impressão digital. Os lobos selvagens sabiam disso mais do que qualquer um, razão pela qual eu estava convencido de que meu pai estava por trás da infecção.

E eu podia *sentir* as barreiras à nossa frente, apesar de não serem mais minhas. Pappas tinha me perguntado se as barreiras eram infalíveis. O quanto ele sabia, acho que jamais descobriríamos. Mas pensei que talvez tivesse sido seu jeito de tentar nos avisar. Eu não tinha escutado. Ou, pelo menos, não tinha entendido o que ele havia tentado me dizer.

Mas as barreiras *não eram* infalíveis. Eu era forte, e minha magia era expansiva, mas nem mesmo as minhas barreiras no território Bennett poderiam resistir ao ataque de múltiplos bruxos empenhados em manipulá-las. A magia não existia para realizar pedidos. Era áspera e dura, extraída do sangue e dos ossos do bruxo, direcionada com a tinta gravada na minha pele.

Os bruxos, três homens e uma mulher, pareciam cautelosos enquanto nos aproximávamos. Observavam os Alfas, que pararam logo antes das barreiras. Os lobos não podiam enxergá-las, não como eu, mas podiam *senti-las*. Ox já tinha me falado que o cheiro da magia fazia seu nariz coçar, como se ele estivesse prestes a espirrar. Cheirava a ozônio e fumaça.

— Alfas Bennett e Matheson — disse a mulher rigidamente. Ela estava tentando mostrar deferência, mas estávamos tão longe de qualquer situação formal que era ridículo tentar. — É uma honra estar em sua presença. A Alfa Hughes envia seus cumprimentos.

— É — falei secamente. — Talvez devesse pegar sua honra e enfiar no...

Ox rosnou para mim.

Mark decidiu intervir, o que provavelmente seria melhor para todos nós. Ele conhecia diplomacia, ao passo que eu só queria quebrar alguns ossos.

— O que nosso bruxo quis dizer é que não é para receber cumprimentos da Alfa Hughes que estamos aqui. Então pegue sua honra e enfie no seu cu.

Talvez não tão diplomático.

Joe rosnou para ele.

Felizmente, lembrei que era um caipira durão de trinta e nove anos antes de me derreter um pouco. Mas foi por pouco.

Os bruxos não gostaram. A mulher se dirigiu aos Alfas.

— Ela fez o necessário para garantir a sobrevivência dos lobos. — Ela olhou para Mark. — E como o bando Bennett tem membros infectados, vocês precisam ser contidos. Se a situação fosse inversa, vocês certamente fariam o mesmo.

— Vejam — falei —, eu não sei se isso é verdade. Encontraríamos uma forma de resolver. E é isso que estamos fazendo.

A mulher se voltou para mim.

— Como resolveu a situação do Ômega em Montana?

Eu pisquei.

— Que diabos você...

E você acabou de ter as garras de um Alfa em volta do pescoço e sobreviveu para contar a história. Você foi à minha casa e encontrou misericórdia. Mas eu não sou um lobo. E não sou exatamente humano. Veias sob a terra. Às vezes tão profundas que nunca serão encontradas. Até que alguém como eu apareça. E sou eu quem você deveria temer. Porque eu sou o pior de todos.

— Isso mesmo — disse a mulher. — O Ômega que matou num beco. Uma equipe que Michelle enviou para rastrear Richard Collins o encontrou antes dos humanos. O fedor da sua magia estava por toda parte, Livingstone. Então não fale conosco sobre resolver nada.

— Ele era um Ômega — rosnei para ela. — Que trabalhava para Collins. Ele não era...

— E o que vai acontecer quando Mark Bennett se tornar um Ômega? — perguntou ela. — Fará o mesmo com ele? Quando a sede de sangue o dominar e ele se perder no animal?

Os lobos rosnaram quando dei um passo à frente. A força das barreiras me atingiu, me fazendo ranger os dentes. Era como se mil agulhas pequenas pinicassem minha pele, não perfurando o suficiente para sair sangue, mas chegando perto. Eles eram bons. Muito melhores do que eu esperava.

Os bruxos pareceram preocupados e deram um passo para trás, como se achassem que eu fosse romper as barreiras de qualquer maneira. Ou talvez não gostassem da ideia de lobos Alfas irritados. Eram mais espertos do que pareciam.

E deveria ter acabado ali. Faríamos nossas ameaças a eles, eles retrucariam inutilmente, e então iríamos embora. Nossa razão para mostrar a cara, Ox dissera, era garantir que Michelle Hughes entendesse que sabíamos sobre ela. Que não seríamos intimidados. Que ela tinha trazido aquela briga para nossa porta e que, quando terminássemos ali, quando encontrássemos um jeito de curar Carter e Mark e acabássemos com os caçadores, iríamos atrás dela.

Mas, em vez disso, uma figura apareceu na ponte.

Por um breve instante, pensei que fosse meu pai, e meu coração tropeçou no peito.

Mark ouviu e veio para perto de mim. Meus Alfas roçaram em mim, caudas tremulando perigosamente.

Mas a *sensação* não era a dele. Eu reconheceria a magia do meu pai. Ela não estava nessas barreiras. Não estava nesses bruxos. Quem quer que fossem, não pertenciam a ele.

Mas isso não impediu o medo, por mais breve que tenha sido.

Um medo que logo se transformou em incredulidade quando vi quem era.

Uma incredulidade que se transformou em *fúria* quando Mark tensionou ao meu lado.

— Dale? — disse ele, com a voz engasgada.

Dale saiu da ponte, a neve chiando sob seus pés.

— Mark — falou Dale, acenando em cumprimento. — Olá.

— Que porra você está fazendo aqui? — rosnei.

Dale me olhou friamente.

— Estou aqui como o bruxo da Alfa Michelle Hughes. Para garantir que as barreiras estejam firmes. É meu trabalho. — Ele levantou a mão e deu umas batidinhas nela. Um pulso profundo brotou na minha mente quando as barreiras *explodiram* em cores, e eu senti o quanto se estendiam ao nosso redor. Elas não envolviam todo o território, mas Green Creek inteira estava cercada.

Antes que eu pudesse impedir, Mark estava semitransformado e se lançou contra Dale, presas à mostra, olhos ardendo em laranja. Ele bateu nas barreiras, que ecoaram brilhantemente com o som profundo de um sino pesado. Ele caiu na neve.

Os Alfas rosnaram enquanto andavam de um lado para o outro na nossa frente e eu me ajoelhava ao lado de Mark. Ele gemeu, os olhos desbotando para um azul-gelo.

— Seu idiota — falei, ajudando-o a se levantar. — Você está bem?

Ele balançou a cabeça.

— Estou. — Ele encarou Dale. — Como é que você é um bruxo? Não farejei magia em você.

Dale deu de ombros.

— Existem formas de esconder sua verdadeira identidade, Mark. Não é tão difícil. Não é mesmo, Gordon?

— Quando sairmos daqui — prometi para ele —, você será o primeiro da minha lista. — Eu não sabia como ele havia conseguido atravessar minhas barreiras sem que eu soubesse, mas isso não importava agora. Ele cometera um erro ao se revelar.

Dale não se abalou.

— Michelle lhes deu a oportunidade. Avisou o que aconteceria se permitissem que os lobos infectados continuassem vivos. Fazemos o que é necessário para sobreviver. Certamente você é capaz de entender.

— Todo esse tempo — disse Mark, parecendo atordoado. — Você estava trabalhando para ela todo esse tempo.

Dale parecia quase arrependido.

— Eu gostava de você, Mark. Mais do que achei que fosse gostar. — Ele olhou para mim. — Por mais que sua cabeça estivesse... em outro lugar. Se isso te trouxer algum consolo. Estar tão próximo de um Bennett, o conhecer intimamente. — Ele balançou a cabeça. — Não trocaria por nada no mundo.

Ah, sim. Ele ia ser o primeiro.

Houve o estalo familiar de músculos e ossos, e Oxnard Matheson e Joe Bennett estavam nus na neve.

Agora os bruxos recuaram.

Até mesmo Dale.

— Você está aqui por causa de Michelle Hughes — disse Ox lentamente. — Porque ela mandou que viesse.

— Ela queria...

— Foi uma pergunta retórica — rosnou Joe.

O rosto de Dale ficou da cor da neve.

— Sua Alfa — prosseguiu Ox, sua voz assustadoramente calma — enviou caçadores. Para o *nosso* território. Para destruir o *nosso* bando.

A única bruxa se arrepiou.

— Eles têm ordens explícitas para cuidar apenas dos Ômegas infectados...

— E você realmente acha que eles vão parar por aí? — perguntou Joe calmamente. — Você não faz ideia de quem sejam? Já estiveram aqui. Mataram meu avô. Mataram *crianças*. Você acha que vão parar em dois lobos?

A mulher se virou para Dale, olhos arregalados.

— Ela enviou os *King*? Dale, o que diabos ela está...

— Ela sabe o que está fazendo — rosnou Dale, e a mulher se calou. Ele olhou para Ox. — Não vão machucar mais ninguém.

E eu disse:

— Já mataram um policial humano.

— Merda — murmurou um dos outros bruxos. — Eu sabia que isso era uma má ideia.

Dale parecia tenso.

— Se tiveram motivo...

Joe não ia aturar aquilo.

— O *motivo* foi ele estar no lugar errado na hora errada. Eles o assassinaram. Derramaram sangue inocente, e isso é culpa da sua Alfa. A morte dele está na conta dela.

— Dale — implorou Mark, e, meu Deus, eu odiava ouvir isso. — Me escute. Por favor. Se houve alguma parte de você que se importou comigo, precisa deixá-los sair. Meu bando. Deixe Carter e eu aqui, tudo bem. Mas você precisa tirar todos os outros daqui.

— É — falei, dando um passo em direção às barreiras. — Abra as barreiras. Vamos lá. Você gostava dele, não gostava? Faça isso. Veja o que acontece.

— Gordon — disse Mark.

— Não — retorqui. — De jeito nenhum. Você realmente acha que eu o deixaria aqui sozinho? Foda-se isso, e foda-se você. — Voltei-me para Dale. — Abra as barreiras. Agora. Se abrir, eu te dou uma vantagem. Se não abrir e eu sair dessa, você não vai gostar do que vou fazer. — Eu olhei para os outros bruxos atrás dele. — Isso vale para todos vocês. Vocês acham que isso pode me deter? Pode me atrasar, mas eu sou um Livingstone no território Bennett. Eu *vou* sair. E não há lugar para onde possam correr que eu não vá encontrar.

Por um momento, achei que um dos bruxos fosse ceder. Os homens pareciam preocupados e a mulher, temerosa.

Mas, no fim, foi Dale quem deu um passo à frente.

Poucos centímetros nos separavam, mas eram preenchidos por uma parede de magia. Eu enxergava as barreiras claramente. Podia ver a magia que elas usavam, os símbolos arcaicos rodopiantes que eram fechadura e chave.

— Você sabe o que deve ser feito — disse ele calmamente, embora devesse saber que todos os lobos podiam ouvi-lo. — A infecção será contida.

— E você acha que se fizermos o que está pedindo, se simplesmente... matarmos Mark e Carter, tudo isso vai acabar? Não pode ser tão burro assim.

Ele olhou por sobre o meu ombro e depois voltou a me encarar.

— Talvez. Minha Alfa não é o monstro que vocês pintam.

Soltei uma risada amarga.

— Ela se aliou ao clã dos caçadores que assassinou a maior parte do bando Bennett. O mesmo clã que matou *crianças*. E ela os enviou para *cá*. Se você não acha que isso faz dela um monstro, então você tem uma moral seriamente fodida, meu amigo.

Ele não se abalou.

— Ela advertiu amplamente o bando Bennett. Isso não é culpa dela. Isso é culpa de todos vocês.

— Nós estamos com Pappas. Vou matá-lo assim que chegarmos em casa.

— Alfa Hughes está ciente de que Philip Pappas está perdido. É lamentável, como todas as perdas.

Eu bati com força nas barreiras. Minhas tatuagens pareciam em chamas. Dale mal piscou.

— Eu vou te matar. Vou acabar com a porra da sua vida.

— Receio que sejam ameaças vazias — falou Dale. — As barreiras aguentam...

Mark disse:

— Se me prometer que todos os outros ficarão seguros, vou com você agora mesmo. Não vou oferecer resistência, juro que não vou.

E *eu* disse:

— Cale essa sua maldita boca. Eu não vou deixar, não vou *deixar*.

Mark olhou para mim com olhos tristes.

— Gordon. É...

— Não — falei, sacudindo a cabeça. — Estou cansado das porras dos mártires desse bando.

— É irônico você dizer isso — disse Mark, dando um passo em minha direção. Ele fez uma careta ao se aproximar das barreiras. — Mas se isso significa...

— E Carter? — perguntou Dale.

— Ele faria o mesmo — afirmou Mark, ignorando os protestos de seus Alfas. — Eu sei que faria. Desde que você possa me prometer aqui e agora que mais ninguém vai se machucar. Que os caçadores irão embora de Green Creek para nunca mais voltar.

Dale assentiu lentamente.

— Parece razoável. — Antes que eu pudesse descobrir um jeito de socar seus dentes até a garganta, ele continuou: — O problema desse acordo é que não sabemos quem mais está infectado no seu bando.

— Mais ninguém — respondeu Mark. — Não tem mais ninguém.

— Sim — disse Dale gentilmente. — É o que você diz. Mas como pode provar? Até onde sabemos, todo o seu bando pode estar infectado. Todos os lobos. Podemos realmente correr esse risco?

Então eu entendi. Devia ter percebido antes. Mas esqueci.

— Ele está mentindo.

Ele pareceu surpreso.

— Mentindo sobre o quê?

Olhei para meus Alfas.

— Mark foi falar com Dale. Logo depois que falamos com Michelle. Na manhã seguinte. Disse que ia terminar com ele.

— Mark? — perguntou Ox.

Mark virou a cabeça lentamente na minha direção.

— Sim. Fiz isso. Foi... Ele disse que estava... que entendia. Foi mais fácil do que eu achei que seria.

— E se ele quisesse — falei, meus pensamentos girando furiosamente —, se Michelle realmente se importasse com os lobos selvagens, Dale poderia tê-lo matado ali mesmo. Mas não o fez. Não se trata da infecção. Não se trata de Mark e de Carter. A questão dela é com todo o bando. — Virei para Dale. — Michelle Hughes está usando a infecção como desculpa. Para nos eliminar. Todos nós. Ela sabia. Antes. Sobre Pappas. Ainda que Pappas achasse que ela não soubesse. Ela sabia. E o enviou para cá mesmo assim, sabendo o que poderia acontecer.

Dale não falou nada. Apenas me encarou.

— Dale? — perguntou a mulher, parecendo confusa. — Do que ele está falando?

— Nunca teve a ver com a infecção — continuei, olhando diretamente para Dale. — Ela não quer o bando Bennett. Ela não quer Joe. Ela quer o território. Ela quer Green Creek. Ela mandou os caçadores para cá para nos eliminar. Todo o resto foi secundário. Como ela fez isso? Ela encontrou meu pai? Ela o obrigou a fazer isso?

Dale riu.

— Ah, Gordon. Não importa o quanto corra, o quanto tente se esconder, você sempre terá a sombra de ser um Livingstone cobrindo cada centímetro de sua pele. É algo de que nunca conseguirá escapar. Não. Não, ela não tem nada a ver com Robert Livingstone. E nem eu, antes que pergunte. Ele está... Não sabemos onde ele está. Até onde sabemos, poderia até estar morto.

— Mas o resto? — perguntou Joe, os olhos vermelhos.

Dale não recuou.

— O resto é o que é. Vocês correm para este lugar. Sempre foi assim. Green Creek era um refúgio para os Bennett muito antes de qualquer um de vocês ser sequer um pensamento. A Alfa Hughes entende isso. E como vocês parecem não aceitar seu lugar neste mundo, ela vai tirá-lo de vocês.

A mulher disse:

— Isso nunca foi parte do...

Dale nem mesmo se virou para ela ao dizer:

— Mais uma palavra e você vai acabar lá dentro com eles. Entendido?

Os bruxos ficaram em silêncio.

— Ela lutou contra isso — falou ele, ousando parecer pesaroso. — Isso a machucou. Causou uma grande dor. Especialmente... especialmente o Pappas. Era o segundo dela. Ela gosta dele. Mas sabia que, para proteger todos os lobos, tinha que fazer uma escolha. E no final, ela foi forte o suficiente para fazer essa escolha. Ela é a Alfa de todos. Sim, ela os subestimou no passado. Não fará isso de novo. Os caçadores são a solução final.

— Porque vamos destruir uns aos outros — disse eu lentamente, a última peça se encaixando. — E Green Creek ficará aberta para ser tomada.

— Você é mais inteligente do que a maioria imagina — afirmou Dale, e eu não conseguia acreditar que Mark tinha caído na dele. — Este lugar é diferente. A Alfa Matheson pode atestar isso. Seja qual for a magia na terra, o levou a se tornar um Alfa humano por necessidade. Não havia Alfa aqui, e o território *precisava* de um. Você estava aqui, Gordon, como um guardião, mas até você acabou partindo. Havia um bando, mas ninguém para liderá-los. E então Ox se tornou o que era necessário. — Ele balançou a cabeça. — Não consigo nem começar a imaginar o poder deste lugar. E mal posso esperar para descobrir até onde vai.

Os lobos deram um passo à frente até ficarmos ombro a ombro na frente dos bruxos, na frente de Dale. Ele não recuou, não como os que estavam atrás dele, que deram um passo para trás. Ouvi a fúria em minha mente, as músicas dos lobos que queriam enterrar os dentes na carne dos que estavam diante de nós. Através dos laços, o resto do bando uivava sua raiva.

— Michelle entregou o jogo cedo demais — disse Ox, sua voz grave e forte. — Vocês querem uma guerra? Terão. Porque, assim que terminarmos com os caçadores, iremos atrás de você. E como meu bruxo disse, não há lugar onde vocês possam se esconder que não iremos encontrá-los.

E ele se virou e caminhou em direção às árvores.

Joe cuspiu no chão na frente dos bruxos antes de seguir seu parceiro. Ouvi o ruído de suas transformações atrás de mim antes de Ox uivar, o som quebrando o ar que nos cercava.

Até Dale se encolheu.

— Você se fodeu — falei, com um sorriso tenso. — Eu posso ser só um caipira de uma cidade pequena que trabalha em uma oficina. Mas tenho uma memória muito boa, e vou me lembrar de cada um de vocês. Se eu fosse vocês, começaria a correr agora. Porque da última vez que alguém veio atrás do nosso bando, ele acabou decapitado. E podem ter certeza de que isso será o *mínimo* que farei com vocês.

Virei e segui meus Alfas.

Eu só havia dado alguns passos antes de espiar por cima do ombro.

Mark estava na frente dos bruxos. Suas mãos estavam cerradas ao lado do corpo. Ele não estava falando, nem Dale, mas não pude deixar de sentir uma torção de raiva por ele. Talvez Dale não tivesse significado muito para ele, não no longo prazo, mas ele significou *alguma coisa*. Dale o usou. Jurei a mim mesmo que seria uma das últimas coisas que ele faria.

— Mark — falei bruscamente.

Mark acenou para Dale antes de se virar e caminhar na minha direção.

Seus olhos ardiam em laranja.

Eu queria dizer algo, *qualquer coisa* para fazer com tudo ficasse bem outra vez, para que fosse como tinha sido na noite anterior, mas as palavras me faltaram.

Então, em vez disso, fiz a única coisa que consegui pensar quando ele estava prestes a passar por mim: estendi a mão e segurei a dele.

A tensão ao redor de seus olhos diminuiu. Ele olhou para nossas mãos entrelaçadas e depois para mim.

Ele ergueu uma sobrancelha.

— Cala a boca — murmurei. — Se você fizer um grande alarde por causa isso, vou entregá-lo a Dale pessoalmente.

Ele apertou minha mão.

E então nos guiei para casa.

venha me pegar/cabo de guerra

— Filhos da puta — rosnou Chris. — Esses babacas malditos. Quem diabos eles pensam que são?

— Desgraçados — disse Tanner, soando furioso. — Todos eles. Posso atirar neles? Por favor? Por favor, diga que posso atirar neles.

— Nas bolas — cuspiu Rico. — Vou atirar no saco deles, quando estiverem gritando de dor, vou enfiar meu punho pela garganta deles até chegar no estômago. E *aí* vou arrancar o estômago *pela* boca deles e derramar o *conteúdo* na cara de cada um, e vou me *deleitar* com isso.

Todos nos viramos lentamente para olhá-lo.

— O que foi? — perguntou. — Eles estão na nossa *oficina*.

Estávamos agachados do outro lado da rua, escondidos atrás do que restava do restaurante. A neve ainda caía, a calmaria havia passado. A tempestade era densa outra vez. Robbie tinha achado um rádio antigo na casa azul. Ox disse que pertencia à sua mãe, e eles dançavam na cozinha ao som da sua música. Conseguimos sintonizar uma estação de Eugene, que disse que a tempestade deveria durar mais alguns dias.

O caminhão de reboque ainda estava caído de lado no restaurante, precariamente apoiado. Uma fina camada de gelo cobria o lado do motorista e a neve era soprada pelo vento. Não parecia que mais ninguém tinha passado pelo restaurante, e agradeci a Deus pelas pequenas coisas. Ou a tempestade ou os avisos dos caçadores tinham segurado as pessoas dentro de casa. Não sabia quanto tempo isso duraria.

O clã King havia tomado conta da oficina.

Podíamos vê-los lá dentro, se movimentando. As luzes estavam acesas, e uma das portas da oficina estava aberta. Tinham estacionado suas caminhonetes na frente, como uma barricada, para-choque com para-choque. Alguns caçadores pareciam estar em patrulha, se movendo no exterior da oficina. Um estava em cima da cabine de uma das caminhonetes, vigiando.

Jones tinha sumido, assim como sua viatura. Não sei o que fizeram com o corpo.

Eu queria lançar um ataque frontal completo. Para acabar com eles. Para me livrar de tantos quantos pudesse. Mas Ox disse que isso era apenas reconhecimento. E, se necessário, uma distração.

Porque os lobos estavam se movendo.

— É melhor não mexerem nas minhas ferramentas — murmurou Chris. — Essa merda é cara.

Jessie resmungou.

— Isso é que é ter prioridades.

— Ei! Você sabe quanto tempo demorei para…

— Silêncio — rosnei, baixando meus binóculos. — Todos vocês.

— Ah, claro — disse Tanner, mais mal-humorado do que nunca. — Olha só o chefão. Todo durão e coisa e tal. Eu vi Mark beijar sua testa antes de sairmos e a expressão nojenta no seu rosto quando ele se afastou.

— Sério — resmungou Rico. — É isso que vamos ter que aguentar agora? Quer dizer, já aturamos o suficiente com Ox e Joe. Você deveria ser o cuzão para sempre. Como eu devo agir agora que você é o cuzão com coração de ouro? Isso está estragando minha visão de mundo, cara. Não é legal.

— Você não faz igualzinho com a Bambi? — perguntou Chris.

— Gosto dos peitos dela. E da maneira como ela me faz pensar. Não é uma merda de magia lunar mística. É paixão carnal do corpo e da mente.

— Ela realmente tem um belo par de seios — concordou Jessie, levantando-se para limpar a condensação da janela.

Todos nos viramos lentamente para olhá-la.

Jessie revirou os olhos.

— O que foi? Ela tem. E pelo menos não pareço uma tarada quando *eu* digo isso.

— Isso não ajuda em nada — disse Chris, olhando para ela com desconfiança.

Maldito Time Humano.

— Não importa — falou Rico com um suspiro. — Ela provavelmente vai terminar comigo de qualquer maneira. Quer dizer, enfiar todo mundo no bar dela sem maiores explicações? Isso não vai acabar bem.

Tinha sido ideia de Carter. O Farol era o lugar mais afastado possível da Rua Principal dentro de Green Creek. A cidade em si era pequena, e contava com apenas algumas centenas de residentes. Muitos deles moravam em casas espalhadas nos arredores de Green Creek. Menos de cem moravam na cidade de fato, e muitos deles já haviam partido antes da tempestade. Os mais obstinados tinham ficado para se preparar para a tempestade. Não sabíamos a extensão dos planos dos caçadores para a cidade, e não queríamos correr nenhum risco.

Os lobos se movimentavam rapidamente pela cidade, reunindo o máximo possível de pessoas e levando-as para o bar. Mark não tinha gostado da ideia de os humanos ficarem encarregados de localizar os caçadores e garantir que ficassem onde estavam, mas assim que Carter destacou que ele precisava parar de pensar com o pau, ele recuou.

Bem, mais ou menos. Ele recuou de fato depois de derrubar Carter e segurar o rosto dele na neve até que seu sobrinho literalmente pedisse clemência.

Ele não conseguia olhar para mim depois.

Eu não sabia o que fazer com isso.

Os Bennett eram conhecidos, e eu não achava que teriam dificuldade para convencer as pessoas a irem, especialmente à luz do que Elijah tinha dito após sua chegada. A história que circulava envolvia caipiras viciados em metanfetamina em busca de confusão. Robbie parecia convencido de que era plausível e persuadiria as pessoas a ficarem longe.

— Ou isso, ou eles sairão por aí armados — tinha dito ele, ajeitando os óculos no nariz. — As pessoas ficam estranhas quando se trata de caipiras viciados em metanfetamina.

Os lobos podiam se mover mais rápido do que nós.

E tínhamos os Ômegas selvagens com que nos preocupar. Aqueles que Elijah havia chamado de seus animais de estimação.

Eu sabia que se outro lobo se aproximasse da oficina seria farejado quase imediatamente. Mas nós éramos humanos, e a tempestade estava densa. Ainda que os Ômegas tivessem partes de suas mentes intactas, seríamos menos perceptíveis do que o resto do bando.

É por isso que estávamos agachados no restaurante havia quase uma hora.

Tudo bem.

Estava tudo bem.

— Acho que precisamos falar sobre o elefante na sala — declarou Tanner.

— Está falando de Dale? — perguntou Chris.

— Exatamente. Quer dizer, devemos encher o saco do Mark por ignorar a magia lunar mística e dormir com o inimigo? Ou colocamos na conta do Gordon por ignorar a conexão com o lobo que quer uma conjunção carnal com ele sob a lua cheia?

Não estava tudo bem.

— Pessoal — disse Rico, apertando o casaco sobre o corpo, tremendo —, esse não é o momento certo para discutirmos isso.

Aquilo me surpreendeu.

— Obrigado, Rico…

— Porque *antes* de falarmos em culpar Mark ou Gordon, precisamos descobrir se o Dale colocou algum tipo de *brujeria* de controle mental no Mark que o *forçou* a transar com ele.

Que se fodam. Que se fodam todos eles.

— Hum — ponderou Chris, esfregando o queixo. — Nunca tinha pensado nisso. Ei, Gordon.

Eu o ignorei.

— Gordon.

Olhei para ele.

— *Quê*.

Ele não tinha nenhum senso de autopreservação.

— Dale colocou algum tipo de feitiço de controle mental no Mark para que ele ficasse sexualmente submisso?

Mandei Jessie controlar seu irmão.

Ela virou a cabeça para mim.

— Por quê? Eu também quero saber. Agora que você e Mark vão…

— Nós não vamos *nada* — rosnei para ela.

Todos se viraram lentamente para me encarar.

— Gordon — disse Jessie. — Você sabe que é um mentiroso, não é? — Ela olhou para o irmão. — Ele sabe, né?

Chris suspirou.

— Gordon não sabe lidar com todos os seus sentimentos. Precisa fingir ser um idiota, mas na verdade está imaginando as coxas de Mark em volta de seu pescoço.

Tanner fez uma careta.

— Agora *eu* estou pensando nas coxas de Mark em volta do pescoço dele. Eca.

— Coração de ouro — falou Rico solenemente.

— Eu odeio todos vocês — murmurei, levantando os binóculos novamente, esperando encerrar o assunto.

Não foi o que aconteceu.

— Vamos dar um jeito — disse Chris suavemente. Ele colocou a mão no meu braço. — Você sabe disso, né? Você tem o direito de ser feliz. Ele vai ficar bem. E o Carter também. Nós vamos vencer isso.

E era isso, não era? Odiava que eles conseguissem me ler tão bem, mesmo que não soubessem necessariamente sobre aquele quase beijo no quarto de Mark. Uma parte de mim gostaria que eu tivesse sido mais forte, virado as costas e ido embora, deixando-o ali parado. Mas essa parte não era nada comparada à lembrança da sensação da sua boca na minha. A sensação dele encostado em mim. A sensação das suas mãos na minha pele. Eu tinha deixado aquilo trancado por tanto tempo, guardado em uma caixa acorrentada e esquecida em um canto escuro para juntar poeira.

Mas as correntes tinham se quebrado e a caixa estava rachada bem no meio.

Por muito tempo Mark não foi nada além de um fantasma. Mesmo quando ele estava na minha frente, mesmo quando lutávamos lado a lado, eu raramente me permitia pensar no que já tínhamos sido. No que poderíamos ter tido se não fossem o bando, os lobos e a maldita teimosia humana.

Claro que demoraria até que o mundo estivesse desabando ao nosso redor.

Ele estava sendo forte. E corajoso. Mas eu era tão especialista em Mark Bennett quanto na primeira vez que nos beijamos.

Ele estava assustado.

Era mais do que a ideia de se tornar um Ômega, mais do que a ideia de perder seu laço.

Eu tinha perdido meu bando. Várias vezes.

Mas ele também.

Eu tinha me esquecido disso.

Na minha raiva. Na minha tristeza.

Ali estava ele, enfrentando a possibilidade de perder mais uma vez.

E eu ainda não sabia como impedir.

A mão de Jessie apertou a minha, e só então me dei conta de que estava tremendo.

Respirei fundo e soltei devagar.

— Estou bem — falei com a voz rouca. — Não se preocupem comigo. Há outras coisas...

Lá.

Pela soleira da porta aberta da oficina.

Dois lobos selvagens.

A cabeça do lobo vermelho estava baixa, o nariz no chão.

O lobo-oriental estava de pé, as orelhas tremendo.

As correntes longas tinham sido removidas, embora ainda tivessem elos de prata ao redor de seus pescoços, como uma coleira. Parecia que a prata havia sido incrustada em sua pele.

— Merda — murmurei. — Ômegas. Os dois. Ainda dentro.

Rico gemeu baixinho.

— Será que é pedir muito que lobisomens malvados morram quando são arremessados pela estrada por um bruxo?

— Elijah? — sussurrou Jessie.

Balancei a cabeça.

— Quantos deles são?

— Vinte. Pelo que posso ver.

— Você não pode simplesmente... eu não sei — disse Tanner. — Matá-los? De alguma forma? Congelar o ar dos seus pulmões ou algo assim? A lua cheia é daqui a dois dias. Estamos ficando sem tempo. Não entendo por que não os encaramos de frente.

— Ox e Joe disseram que era apenas para reconhecimento — lembrou Chris. — Ele não queria que fizéssemos nada para chamar a atenção.

— Eu sei disso, mas por que não podemos apenas reunir o bando e pintar as ruas de vermelho com o sangue deles... e *caramba*, eu me tornei um monstro de raiva — falou Tanner, horrorizado.

— Eu sei por quê — respondeu Jessie, limpando a janela outra vez. — Jones já morreu por causa deles. Não podemos correr o risco de mais alguém se machucar. Não até sabermos mais.

As orelhas do lobo-oriental se mexeram. Sua cabeça se virou na nossa direção.

— Abaixem-se — sussurrei.

Todos nos jogamos no chão do restaurante.

O vento uivava lá fora.

O ar estava frio.

Meu coração estava disparado.

Na minha cabeça vieram os lobos em uma explosão de cor, de *BandoIrmãoAmorBruxo*. Respondi com ondas tranquilizadoras, embora parecesse uma mentira. Não sei se acreditavam em mim.

— Continuem abaixados — sussurrei para eles. — Não se movam a menos que eu diga.

— O que está... — começou Chris, mas balancei a cabeça e ele ficou em silêncio.

Respirei fundo e prendi o ar no peito.

Levantei.

Olhei por cima do balcão do restaurante pela janela.

Os homens ainda estavam dentro da oficina. Os poucos do lado de fora andavam de um lado para o outro na neve.

O lobo-oriental estava de costas para nós, olhando para dentro da oficina.

O lobo vermelho não estava à vista.

Provavelmente estava dentro da oficina.

Soltei o ar que estava segurando.

— Certo. Tudo limpo. Nós estamos...

Um rosnado baixo à minha direita.

Virei a cabeça.

Lá, com a cabeça abaixada para nos espiar pelo outro lado do caminhão de reboque, estava o lobo vermelho.

— Ah, merda — falei.

Os lábios do lobo tremiam sobre presas afiadas.

Suas orelhas se achataram para trás.

Não havia espaço suficiente para nos alcançar. Pelo menos ainda não.

Chris deu um suspiro atrás de mim.

Levantei a mão para eles, sem tirar os olhos do lobo.

Seus olhos violeta brilhavam na neve.

— Devagar — falei, com a voz firme. — Vamos voltar pelo caminho que viemos. Sem movimentos bruscos.

— Gordon — disse Tanner, mas apenas balancei a cabeça.

— Agora.

Ouvi-os se movendo. O olhar do lobo se desviou sobre meu ombro, mas estalei os dedos, trazendo sua atenção de volta para mim.

Ele rosnou baixo.

Não desviei o olhar.

Os outros estavam se movendo atrás de mim. Eu sabia que não tínhamos muito tempo. Ou o lobo tentaria nos alcançar, ou os caçadores seriam alertados. Nosso bando estava longe demais.

Mas eu já tinha enfrentado coisas piores.

Eu já tinha visto os monstros na escuridão.

Esse cuzão não sabia com quem *caralhos* estava lidando.

Sorri para o lobo.

— Eu vou te matar. Todos vocês. Espere só para ver.

Ele rosnou mais alto enquanto dava um passo à frente. Seus ombros bateram no caminhão de reboque, que rangeu sinistramente, o metal raspando no chão, a estrutura tremendo. Ele não gostou do barulho, recuando um ou dois passos.

— Vamos — murmurei. — Vem.

O corvo agitou suas asas.

O lobo se agachou e começou a rastejar na minha direção, garras negras cavando a neve.

— Isso mesmo — falei. — Venha me pegar, seu filho da puta.

Recuei lentamente.

Ele rosnou para mim.

Flocos de neve entravam por uma janela quebrada.

Homens riam do outro lado da rua, na oficina.

Vidro estalou sob meus pés.

O lobo estava inteiro embaixo do caminhão, garras enterrando na madeira e no gelo enquanto ele se arrastava na minha direção com as mandíbulas abertas.

Nunca mais.

O corvo voou.

O bando sabia. Eles sabiam. Eu podia sentir. Todos eles.

Os Alfas estavam lá. Em mim. Na minha cabeça.

gordon gordon gordon

E Mark.

Sempre Mark.

Eu puxei esses fios. Os que me conectavam a todos.

E empurrei.

Houve um grito de metal quando o braço hidráulico girou, o caminhão de reboque tremendo.

O lobo abriu a boca, inclinando a cabeça para trás para *uivar* e...

O braço se partiu e o chão de linóleo debaixo dele rachou.

O braço caiu do lado de fora do restaurante na neve.

Por um instante o caminhão de reboque ficou suspenso.

O uivo do lobo foi interrompido antes mesmo de começar quando o veículo desabou sobre ele. Ouvi um som úmido de ossos e músculos sendo esmagados por seis toneladas de metal.

Não hesitei.

Quando os caçadores começaram a gritar em advertência, me levantei e corri em direção aos fundos do restaurante. A porta pela qual tínhamos entrado estava aberta, a neve caindo. Uma onda de ar frio me envolveu quando atravessei a saída, olhando por cima do ombro diante da remota possibilidade de o lobo ter sobrevivido à queda do caminhão e estar vindo atrás de mim.

Não estava.

— Acho que está morto — disse aos outros. — Acho que...

Bati em alguém.

Virei.

Chris. Eu tinha esbarrado no Chris. Rico estava à sua esquerda. Jessie à sua direita. Tanner estava do outro lado de Jessie.

Não estavam se movendo.

— Por que estão parados, porra? — perguntei, abrindo caminho entre eles. — Nós temos que... Filho da *puta*.

No beco dos fundos atrás do restaurante, na frente do Time Humano, estava o lobo-oriental.

Não tive muito tempo para analisar seus detalhes quando ele veio atrás de mim no dia em que Elijah chegou a Green Creek. Eu sabia que ele era grande, quase maior do que qualquer lobo que eu já tinha visto antes, mas agora, ali, de perto, eu enxergava o quão gigante ele era. Antes de Ox, Thomas Bennett era o lobo mais alto que eu já tinha visto. Antes dele, seu pai, Abel. Carter era maior do que seus irmãos, até mesmo Joe, seu Alfa, mas nenhum deles se comparava ao tamanho do Ômega diante de nós.

Seus olhos se fixaram em mim.

Eu dei um passo para trás.

Suas narinas se dilataram, e houve um breve momento em que o violeta de seus olhos se transformou em um marrom lodoso que eu achei quase *familiar*, mas então o violeta voltou brilhante como sempre.

Só havia duas formas de sair dessa.

Pelo beco atrás do lobo.

Ou voltar pelo caminho que tínhamos vindo, pela frente do restaurante.

Na direção dos caçadores.

Tanner e Rico tinham suas armas em punho, mas permaneceram parados, sabendo que tiros atrairiam a atenção dos caçadores.

As facas escondidas sob as mangas de Chris pularam para fora.

Jessie bateu com o velho pé de cabra de Ox no ombro.

O lobo não se abalou.

Deu um passo em nossa direção e...

— Foda-se — disse Jessie.

E antes que eu pudesse impedi-la, ela passou por mim, deu três passos correndo e acertou o pé de cabra na cabeça do lobo selvagem.

Ele era incrustado com prata.

O lobo deu um uivo de dor quando sua cabeça se virou para o lado, uma queimadura ardente ao longo do focinho e da bochecha até o olho, que estava fechado e sangrando. Ele abaixou a cabeça em direção ao chão, lambendo furiosamente a ferida fumegante que ainda não tinha começado a fechar.

— Vamos lá — gritou para nós, movendo-se para fora do caminho enquanto o lobo tentava mordê-la, errando por mais de um metro.

Rico e Tanner foram atrás, dando uma ampla margem ao lobo ferido. Ele tentou girar na direção deles, mas Chris estava do seu outro lado, cortando as costas do lobo enquanto corria no espaço estreito entre o Ômega e a parede de tijolos da loja de ferragens ao lado do restaurante. O lobo virou a cabeça, cerrando os dentes atrás dele, mas ele já tinha passado, correndo atrás dos outros.

Vermelho pingava no branco.

O lobo virou para mim.

Deu um passo na minha direção.

Eu levantei uma mão, as rosas florescendo debaixo do corvo, prontas para acabar com isso agora.

Mas então ele *vacilou*.

O lobo resfolegou, balançando a cabeça violentamente de um lado para o outro. A corrente em volta do pescoço mal se mexeu, os elos afundados em sua pele. Ele piscou rapidamente com seu único olho bom e abaixou o rosto na neve, pressionando para baixo, deixando rastros de sangue para trás.

E eu... eu não conseguia.

— Gordon — gritou Rico. — Sai daí!

Eu saí.

O Ômega mal olhou na minha direção.

— O que diabos há de errado com ele? — perguntou Chris assim que os alcancei, vindo do outro lado do beco atrás do restaurante.

Eu olhei para trás. O Ômega estava coçando o rosto novamente.

— Eu não sei.

— Por que você não o matou? — indagou Jessie, já se afastando do restaurante.

Eu não respondi.

No caminho para o Farol, encontramos Mark e Elizabeth. Ela veio até mim primeiro enquanto Chris, Tanner e Rico compartilhavam com Mark sua indignação quanto aos caçadores estarem na oficina.

— Tudo bem? — perguntou ela, e eu me lembrei de Thomas dizendo que nunca houve mais ninguém para ele.

— Tudo — murmurei.

— Ele acabou com um dos Ômegas — contou Jessie a ela, olhando curiosamente para mim. — O vermelho. Nós demos alguns golpes no maior, mas ele ainda estava inteiro da última vez que o vimos.

— E Elijah?

Jessie balançou a cabeça.

Elizabeth tocou meu braço.

— Gordon?

Eu pisquei.

— Estou bem.

Ela não pareceu acreditar em mim, mas deixou pra lá. Olhou por cima do ombro para os outros antes de baixar a voz.

— Nós pegamos quantos conseguimos. Eles estão no Farol.

— Algo está errado — falei, porque a *conhecia*.

Ela suspirou.

— Mark.

Meu estômago se revirou.

— O que aconteceu com ele?

Ela balançou a cabeça.

— É... Tinha um homem. Jameson? Acho que é o nome dele. Vive no estacionamento de trailers. — Ela torceu o nariz. — Cheira muito mal.

— O grandão? Com bigode? — Num dia bom, Jameson era um cuzão, e esses não eram bons dias.

Ela assentiu.

— Ele não quis vir conosco. Disse para deixá-lo em paz. Mark, ele... ele não lidou bem com isso. Estava furioso. Pensei que ele fosse se transformar ali mesmo. Mark o assustou. Eu pude farejar, por mais que tenha tentado esconder.

— Ele ficou para trás? — perguntei, não gostando do rumo que aquilo estava tomando.

— Não — respondeu ela. — Ele concordou em ir quando Mark socou a parede do trailer dele.

— Jesus Cristo.

— Acho que é a lua, sabe. Está mexendo com ele. Está ficando mais forte. Seja lá o que for, ele voltou ao normal quase imediatamente. Está acontecendo, Gordon. Com Carter. E agora com Mark.

Mesmo com tudo o que havia acontecido, fiquei surpreso por ainda ser capaz de me sentir despedaçado ao ouvir *medo* na voz de Elizabeth Bennett.

— Nós vamos dar um jeito — falei, apesar de me sentir um mentiroso.

* * *

— Estou bem — disse Mark enquanto nos aproximávamos do Farol, a neve fazendo barulho sob nossos pés. A energia ainda estava ligada, e o Farol, iluminado como se fosse uma sexta-feira à noite.

— Você tem certeza disso? — perguntei.

Ele revirou os olhos.

— Ele estava me irritando.

— Jameson.

— Sim. Não queria ouvir.

— Então você socou um buraco na casa dele.

— Ele nos ouviu depois disso.

— Mark.

— Gordon.

Eu o agarrei pelo braço.

— Quer parar? Pelo amor de Deus. Você não pode esconder isso. Não de mim.

— Isso é quase engraçado vindo de você. Falando sobre esconder coisas.

Aquilo doeu, embora eu merecesse. Mas não era o estilo de Mark. Ele não *cutucava* feridas abertas.

— Não seja babaca.

Ele fez uma careta.

— Desculpe. Eu não... eu não sei de onde isso veio.

Ele estava mentindo. Ambos sabíamos exatamente de onde tinha vindo.

— Eu preciso saber se você está no controle. Você não pode entrar em uma sala cheia de humanos se existe uma chance de se virar contra eles.

Por um momento achei que ele fosse se afastar. Ele respirou fundo pelo nariz enquanto os outros entravam. Quando a porta se abriu, vozes ecoaram, algumas delas irritadas. Eu não estava ansioso para enfrentar as pessoas que tinham permanecido na cidade. Com sorte, eles tinham comprado a mentira que estava sendo contada.

— Eu não vou machucá-los — disse Mark, com uma expressão carrancuda.

— Mostre-me seus olhos.

— Gordon

— Vamos, Mark.

Ele mostrou os olhos.

Laranja. Apenas laranja.

Suspirei aliviado.

— Apenas... fique perto de mim, está bem?

Seus lábios se contraíram. Vi um indício de dentes.

— Vai manter todos a salvo do lobo mau?

— Cristo. Isso não vai ser uma questão. Nunca. Você me entendeu? Na verdade, se disser isso de novo, eu mesmo vou te matar! Acho que gostava mais quando a gente se odiava.

Ele segurou minha mão.

— Eu nunca te odiei, Gordon.

Desviei o olhar. Eu queria dizer o mesmo para ele, mas não podia. Porque eu o tinha odiado. Tinha odiado todos eles. Levei muito tempo para descobrir como parar. E eu não sabia se já tinha conseguido.

Ele pareceu triste quando disse:

— Eu sei. Mas tudo bem. Bastou meu ex ser um bruxo mau e eu perder a cabeça para você voltar para mim. Valeu a pena, se quer minha opinião.

— Não tem graça — falei com a voz rouca.

— É um pouco engraçado.

— Quando isso acabar, precisamos ter uma longa conversa sobre essa coisa que você chama de senso de...

Ele então se moveu, quase mais rápido do que meus olhos podiam acompanhar. Num instante estava na minha frente, sua mão na minha. No seguinte fui empurrado para trás enquanto ele começava a se transformar, rosnando baixo na garganta.

Olhei por cima do ombro dele.

O lobo-oriental estava parado no meio da estrada.

Seu rosto ainda não havia se curado totalmente. A prata no pé--de-cabra era forte, e o lobo era um Ômega. Seu poder de cura havia diminuído. A ferida estava se fechando novamente, mas seu focinho estava coberto de sangue, e seu olho direito, inchado e fechado.

E estava furioso.

— Entre — rosnou Mark para mim.

— Vá se foder — retruquei. — Eu não vou te deixar...

— Se for como os outros, vai vir para cima de você primeiro. Não consigo detê-lo se estiver preocupado com...

— Eu não *preciso* que você se preocupe... Puta *merda*!

Joguei Mark para o lado quando o lobo selvagem se lançou sobre nós. Caímos na neve, Mark atingindo o chão primeiro. Aterrissei em cima dele enquanto o lobo voava sobre nós, estalando os dentes, por pouco não alcançando meu pescoço. Seu hálito quente era fedorento, e eu quase podia sentir o seu *peso* no ar acima de nós.

— Você só queria ficar em cima de mim — disse Mark.

— Sério — falei, me empurrando para longe dele e me levantando. — Agora não é hora para isso.

O lobo havia aterrissado perto do Farol, escorregando na neve, mas conseguiu se manter de pé. Suas orelhas se ergueram em direção ao bar, e eu sabia que ele estava ouvindo algumas dezenas de batimentos cardíacos lá dentro. Seus olhos brilharam violeta, ele deu um passo em direção à porta do bar, e...

— Ei! — gritei para ele, tentando chamar sua atenção. — Aqui, seu maldito vira-lata!

Ele virou lentamente a cabeça na minha direção.

Engoli em seco.

Era realmente um grande lobisomem.

Mark estava ao meu lado, semitransformado, e antes que eu pudesse repreendê-lo por *isso*, o lobo-oriental se abaixou, pronto para atacar.

Gritos vieram de dentro do bar.

Todos hesitamos.

E então Carter saiu correndo do Farol, a porta batendo contra a parede, a madeira se estilhaçando. Ele também estava semitransformado, e então me dei conta de que as pessoas dentro do bar *tinham visto*, mas antes que eu pudesse sequer começar a processar essa cagada monumental, ele já tinha atacado o lobo-oriental por trás.

Ele caiu com tudo, escorregando na neve. O rosto de Carter se alongou, pelos brotando ao longo de suas bochechas, e ele estava rosnando para o lobo debaixo dele. O lobo-oriental se levantou rapidamente, derrubando Carter de suas costas para a neve.

Ele caiu, olhos alaranjados arregalados, exalando pesadamente.

O lobo-oriental se ergueu lentamente sobre ele, lábios arreganhados, dentes à mostra.

Toquei a runa no meu braço, pronto para incendiar o filho da puta, e Elizabeth apareceu na entrada, olhos faiscantes, pronta para atacar qualquer coisa que estivesse indo atrás de seu filho, e Ox e Joe rugiram de dentro do Farol, sua canção de Alfa nos inundando porque um dos membros de seu bando estava em perigo, um dos membros de seu *bando* estava prestes a...

O lobo-oriental parou de rosnar.

Seus olhos se estreitaram.

Enquanto o lobo abaixava a cabeça, Carter erguia as garras, pronto para atacar, para arrancar seus olhos como havia sido treinado para fazer, mas...

Não aconteceu.

O lobo-oriental apenas... o farejou.

Seus olhos eram violeta, e seus pelos estavam arrepiados, mas ele encostou o focinho no peito de Carter e *inalou*.

— Hmm — disse Carter com boca cheia de presas. — Pessoal? O que diabos está acontecendo?

— Carter — falou Elizabeth. — Preciso que você...

Joe e Ox apareceram atrás dela, ignorando a cacofonia de vozes altas no Farol. Seus olhos estavam vermelhos e, quando Joe viu seu irmão no chão com um lobo estranho por cima, passou pela mãe. O lobo-oriental o ouviu se aproximando e virou as costas para Carter, rosnando para Joe. Começou a recuar lentamente, encurralando Carter até que ele fosse obrigado a se arrastar na neve.

— O que diabos está acontecendo? — perguntou Carter, tirado de sua transformação pela surpresa de levar uma abanada de cauda no rosto.

— Joe — disse Elizabeth com firmeza, fazendo seu filho parar antes que pudesse alcançar o lobo-oriental. — Não.

Joe pareceu surpreso ao se virar para olhar para a mãe.

— Mas vai machucá-lo.

— Eu não acho que vá — falou Mark pensativamente ao meu lado. — Ele está... protegendo Carter.

— De *quê*? — perguntou Joe.

— De você. De todos nós. Recue, Joe.

— Mas...

— Joe.

Joe fez o que o tio pediu.

O lobo-oriental o olhou desconfiado, de pé sobre Carter. Uma vez certo de que Joe não representava uma ameaça, virou-se novamente e encostou o focinho no peito de Carter, ronronando baixo na garganta.

Carter tentou afastar o rosto do lobo, mas ele rosnou, advertindo-o.

— Qual é o *problema* dele? — perguntou Carter, parecendo irritado.

— Acho que ele gosta de você — respondeu Elizabeth, com a voz suave.

— Ah, nossa, mamãe, *obrigado* pelo seu parecer! Não sei *onde* estaria sem você!

— Você nem teria nascido sem ela — disse Joe, prestativo como sempre.

— Ox! — gritou Carter, tentando sem sucesso afastar o lobo dele. — Faça a sua coisa de Alfa Eu-Sou-Tão-Especial e *tire* esse desgraçado de cima de mim.

— Parece que você está se saindo muito bem sozinho — falou Ox, saindo do bar e indo para a neve. O lobo-oriental o encarou por cima do ombro. Ox fez questão de manter distância ao se aproximar de nós, muito para a indignação de Carter.

— O que aconteceu? — perguntou Ox em voz baixa. — Rico disse que os caçadores estavam na oficina?

Fiz uma careta.

— Como se eu já não estivesse querendo matá-los, eles estão mexendo nas minhas coisas.

— Ele se concentra no que é importante — disse Mark para Ox, e cogitei seriamente lançá-lo pelo estacionamento do bar. Mas não achei que isso faria bem para o estado do nosso relacionamento, então me controlei.

— Eu não gosto quando as pessoas mexem nas minhas coisas.

— Dale que o diga — falou Ox, porque, mesmo sendo um Alfa, ainda era um puto.

Mark começou a engasgar.

Eu odiava todo mundo.

— Matei o lobo vermelho. Esmaguei-o debaixo do caminhão.

— Foram seguidos?

Balancei a cabeça.

— Os caras e a Jessie se certificaram de que nossas pegadas estivessem cobertas na maior parte do caminho até aqui.

— E quanto a isso? — indagou, apontando para o lobo que agora tinha o colarinho do casaco de Carter entre os dentes e tentava arrastá--lo. As coisas não estavam muito boas para o lobo-oriental, pois Kelly tinha saído do bar com um grito de guerra impressionante, agarrado a perna de seu irmão e agora o puxava na direção oposta.

— Eu nem sei por onde começar.

— Kelly! — berrou Carter. — Me salve!

— *Estou salvando* — gritou Kelly de volta.

O lobo-oriental puxou bruscamente a cabeça para trás, tentando arrastar Carter para longe de Kelly enquanto rosnava em alerta.

— Estamos brincando de cabo de guerra com o Carter agora? — disse outra voz. Levantei o olhar e vi o Time Humano se aglomerando ao redor de Elizabeth, mesmo com os gritos no bar aumentando. Rico estava com as mãos nos quadris e a cabeça inclinada, os olhos semicerrados. — Porque eu não sei se isso vai conquistar a população geral de Green Creek, agora que eles viram metade dos Bennett, que eles julgavam ser apenas ricos excêntricos que viviam na floresta, de repente se transformar em monstros bem na frente deles. — Algo se quebrou dentro do bar e ele fez uma careta. — Bambi provavelmente não vai gostar disso. Ou de eu ter escondido isso dela.

— Posso conversar com ela por você — ofereceu Jessie, dando um tapinha em seu braço. — Dar um toque feminino.

— Fique longe dela — falou Chris, olhando feio para a irmã. — Você já acha que ela tem um belo par de seios. Não é legal tentar roubar a namorada do Rico.

— Ou é? — perguntou Rico, olhando Jessie de cima a baixo. — Quer dizer, desde que eu possa assistir, não me importaria... *Ai, vete a la verga, culero*, meu braço não deveria se *torcer* desse jeito. Pare com isso!

Jessie segurou por mais um instante para deixar claro o seu recado, mas depois soltou o braço de Rico.

Chris e Tanner riram.

Jessie os encarou.

Eles recuaram lentamente.

— Hmm, pessoal? — disse Robbie, chegando por trás deles, parecendo frenético. — Por mais divertido que isso seja, acho que temos um problema.

Ele apontou por cima do ombro para o bar.

Colados nas janelas havia muitos, muitos rostos boquiabertos e de olhos arregalados observando um lobo do tamanho de um cavalo tentando roubar Carter de seu irmão, ambos com os olhos brilhando intensamente.

Will, o dono bêbado do motel, falou primeiro.

— Eu *sabia*! — gritou ele, seus olhos embaçados e vermelhos. — Malditos *animais*. Ninguém acreditou em mim, mas eles vieram e se hospedaram no meu motel! Onça-parda uma *ova*. Olhem o tamanho desse desgraçado! Metamorfos! Estamos cercados por metamorfos!

— Merda — disse Ox sucintamente.

imperfeito

Elas eram... barulhentas. As pessoas dentro do bar. Algumas delas se afastaram dos Bennett, tentando se manter o mais longe possível deles ao mesmo tempo que permaneciam no Farol.

Will, babaca como só ele conseguia ser, tentava falar para qualquer um que quisesse ouvir que sabia que algo acontecia nesta cidade, já acontecia havia anos, e todos o chamavam de louco.

— Quem é louco agora? — falou, rindo descontroladamente. — *Quem é louco agora?*

— Eu poderia fazer de novo — falei baixinho para Ox. — Alterar as memórias. Como fiz com as pessoas depois do Richard.

Ox balançou a cabeça lentamente.

— Você ficou de cama por alguns dias depois daquilo. E foi apenas uma meia dúzia. Aqui dentro tem quase cinquenta pessoas. Eu preciso de você forte.

Ele tinha razão. Gastar tanta energia me deixaria praticamente inútil por pelo menos uma semana. E não tínhamos tempo para isso agora.

— Podemos sempre deixar para depois.

— Talvez. — Ele olhou para as pessoas à nossa frente. Elas estavam começando a ficar barulhentas novamente. Jameson, dono de um buraco novinho na parede de seu trailer, olhava para Mark como se esperasse que ele se transformasse e o devorasse ali mesmo. Teria sido engraçado se a situação não estivesse tão fodida. Principalmente porque Mark parecia prestes a fazer exatamente isso. Eu fiquei por perto, tentando fazê-lo se acalmar.

Outros ainda estavam na janela, olhando para onde Kelly e Robbie vigiavam Carter. O lobo-oriental não ficou muito feliz quando Carter tentou nos seguir para dentro, rosnando para ele até que parasse de tentar fugir. Eu tinha uma boa ideia do que estava acontecendo ali, e tinha a impressão de que Elizabeth também sabia, se o brilho astuto em seu olhar fosse algum indício. Os outros eram... muito jovens. Muito inexperientes. Até Joe e Ox pareciam perplexos. Eu não sabia se isso importaria no longo prazo. O lobo era um Ômega. Se fosse como Pappas, não sei se teria volta. Era melhor Carter não saber. Pelo menos não até termos certeza.

De qualquer forma, ele estava prestes a ter uma terrível surpresa.

— O que vamos fazer? — murmurou Mark. Ele estava respirando pelo nariz, e eu sabia que o fazia para manter a frequência cardíaca baixa. Não sei se estava funcionando. — Não podemos... Ox. Existe um motivo para os bandos viverem escondidos.

Ox inclinou a cabeça.

— Mas por quê? Porque a Alfa de todos diz que é assim que deve ser? Ela nos traiu. Ou é porque isso poderia atrair caçadores até nós? Eles já estão aqui. E estamos presos com eles porque os bruxos cercaram Green Creek e tiraram as nossas barreiras de nós. Essas pessoas estão em perigo. Eles não têm o direito de saber por quê?

Mark empalideceu. Sua voz estava áspera quando ele falou:

— Você sequer entende o que está dizendo? O que está arriscando? Não se trata apenas de nós, Ox. Se isso vazar, se isso se espalhar para além de nossas fronteiras, outros bandos estarão em risco. As pessoas têm medo do que não entendem. E eles não vão entender a gente.

— Eu entendo — disse Ox levemente. — Mesmo. Mas não podemos viver com medo. Se queremos ter esperança de um amanhã, então temos que lidar com o hoje.

Mark balançou a cabeça.

— Você não... você não estava *lá*. Você não viu o que eles fizeram conosco. O que os humanos fizeram com nossa família. Eles entraram e... havia *crianças*, Ox. Eram apenas *crianças*, e eles...

Ox o pegou pela nuca, levando sua testa à de Mark.

— Respire — sussurrou, os olhos faiscando em vermelho, e as narinas de Mark se alargaram. — Preciso que respire. Eu sei que dói. Eu sei. Vamos acabar com isso, certo? Vamos encontrar uma maneira de acabar com isso.

Mark recuou, se libertando do aperto de Ox. Por um momento, pensei que ele fosse reagir com violência.

— Você não *entende* — rosnou, mais profundo do que qualquer humano poderia. As pessoas mais próximas a ele recuaram lentamente. — Você está *bem*. Você não tem essa... essa *coisa* dentro de você. Você ainda tem seu laço, e está *intacto*. Eu consigo sentir, Ox. A cada porra de segundo, eu posso *sentir*. Só porque você ainda tem tudo o que ama, isso não significa que possa vomitar sua baboseira de Alfa em cima de mim. Isso não é justo. Nada disso é justo.

Sangue começou a pingar de suas mãos onde suas garras tinham se enterrado nas palmas.

— Mark — advertiu Ox, os olhos ardendo. — Preciso que se acalme. Me ouça, certo? — Ele estendeu novamente a mão para Mark. — Estamos bem aqui. Seu bando está aqui. Gordon está...

— Não — interrompeu Mark, o peito arfando ao dar um passo para trás. Ele esbarrou em uma mulher que arquejou e quase caiu para trás. Ela foi pega por Jameson, que encarou Mark. — Não me diga para me acalmar. Não fale comigo sobre o Gordon.

— Mark — disse Joe, ficando ao lado de Ox. — Você está assustando as pessoas. Isso não é você. Você não é assim.

Mark riu amargamente.

— Você não sabe porra nenhuma a meu respeito. Você foi embora, Joe. Meu irmão morreu. Ele foi despedaçado, e você *foi embora*. Você nem pensou duas vezes, e ainda que tenha pensado, foi em mim? Ou na sua mãe? Ou foi só no Ox? Pensou só na porra do seu parceiro?

A garganta de Joe tremeu quando ele engoliu em seco, a mandíbula tensa.

— É *isso* aí — continuou Mark, a voz firme. — Tudo o que eu queria era manter todos seguros. Era tudo o que eu queria. E então aqueles malditos caçadores vieram, e eles tiraram tudo de mim. E então Thomas pegou o que restava do meu coração dilacerado e pisou em cima, dizendo que eu não tinha escolha. Eu tinha que ir. E justo quando achei que finalmente poderia perdoá-lo, quando pensei que tudo ficaria bem de novo, ele *morreu*. — O azul gelado deu lugar ao laranja. — E aí você repetiu os erros dele.

— Mark — falei, avançando. — Pare com isso. Você está se deixando levar. Isso não vai ajudar...

— Estão com medo? — rosnou Mark, se virando para as pessoas no Farol. — Têm mesmo que estar. Querem ver o que tanto temem? Deixem-me mostrar.

Ele começou a se transformar.

Antes que eu pudesse avançar, Elizabeth estava lá atrás dele, com a mão em seu ombro.

Não tive tempo de reagir.

Ele girou, a mão esticada. Deu um tapa na cara nela, e quando ela caiu sobre seus Alfas, quando o som de um osso pequeno se quebrando preencheu a sala, os olhos de Mark Bennett piscaram. Azul. Laranja. Azul.

Violeta.

E depois desapareceu.

Mark parecia horrorizado enquanto baixava a mão.

A sala explodiu ao nosso redor quando as pessoas começaram a gritar. Jessie e Chris correram para o lado de Elizabeth e a ajudaram a se levantar. Tanner e Rico ficaram na frente deles, braços cruzados sobre o peito enquanto encaravam Mark. Elizabeth murmurava que estava bem, estava *bem*, e o osso em sua bochecha começava a se curar. Ox parecia furioso, Joe, letal, e eu pensei ter ouvido os lobos do lado de fora rugirem de raiva.

Um tiro foi disparado.

Virei a cabeça na direção do som, certo de que os caçadores tinham nos encontrado, que estávamos todos *encurralados* ali dentro e...

Bambi estava em cima do bar, a pistola apontada para cima. Pedaços de gesso caíam sobre ela de um buraco no teto. Tinha os olhos estreitos e a voz fria ao dizer:

— Encoste nela de novo e eu ponho uma bala na sua cabeça. Talvez não o mate, seja lá o que você for, mas aposto que vai atrasá-lo.

Mark estava abalado. Ele levantou as mãos na frente do rosto. Seus dedos tremiam, as garras retraindo.

— Elizabeth — sussurrou ele. — Eu não... eu não tive a intenção. Eu não... — Ele deu um passo na direção dela.

Bambi apontou a arma para ele.

— Estou falando sério, Mark Bennett. Mais um passo e veremos se a cor dos seus miolos combina com a decoração.

— Puta merda — sussurrou Rico. — Eu estou *namorando* com ela.

— Não é o momento — murmurou Tanner de volta. — Mas sério. Parabéns, cara.

Eles se cumprimentaram com os punhos sem tirar os olhos de Mark.

— Estou *bem* — disse Elizabeth, afastando as mãos de Joe. — Ele me pegou de surpresa. Joe, pare de rosnar para ele. Você sabe tão bem quanto eu que posso enfrentar o Mark em uma luta justa a qualquer dia.

— Ox — falou Mark, olhos arregalados e suplicantes —, não foi… Foi um acidente. Eu juro. Estou no controle. Eu prometo. Eu prometo. Eu *prometo*…

— Fique aqui com todos — disse Ox para Joe. — Tente manter todo mundo calmo. Eu vou levar o Mark e…

E eu disse:

— Não.

Ox fechou os olhos e suspirou.

— Gordon, se ele estiver… Se isso for ele se transformando, e se for como os outros, ele vai atrás de você primeiro. Você tem que saber disso.

— Não me importo — respondi, me colocando entre Mark e o resto do bando. Suas mãos agarraram a parte de trás da minha camisa, sua testa apoiada no meu pescoço. Ele parecia prestes a hiperventilar. — Não existe mais nada que você possa fazer que já não tenha tentado.

Ox estreitou os olhos.

— O que você vai fazer?

— Não sei — admiti. — Mas vou descobrir alguma coisa. Eu sempre descubro. Só… preciso que confie em mim, certo? Não é porque ele é meu… não é por isso.

Elizabeth bufou, sua bochecha vermelho-brilhante.

— Não sei se isso é exatamente verdade. Pergunte a Carter sobre isso agora mesmo.

— O quê? — perguntou Joe. — Que diabos isso tem a ver com o Carter?

— Depois eu explico — disse Elizabeth, afagando a mão dele.

— Você sempre diz isso e nunca explica — resmungou Joe. — Sou *adulto* agora. Sou o seu *Alfa*.

— E eu continuo sendo sua mãe — falou Elizabeth em tom afiado. — Eu te trouxe a este mundo. Eu te tiro dele, Alfa ou não.

Joe gemeu.

— Você tinha que falar isso na frente de todo mundo? Caramba.

— Tudo bem — disse Ox, após me encarar por um longo momento. — Leve-o de volta para casa e...

Balancei a cabeça.

— Vou levá-lo para a minha.

— Gordon...

— Ox.

Ele ficou contrariado comigo, mas não podia fazer nada em relação a isso agora.

— Só... fique lá. Tudo bem? Não vá atrás dos caçadores. Quando formos enfrentá-los, faremos isso juntos. Entendido?

Assenti.

— Então vá. Vou mandar o Carter de volta para casa só para garantir. Kelly e Robbie podem ir junto para ficar de olho nele e verificar como está Pappas.

— Não se esqueça do outro lobo — disse Elizabeth. — Duvido muito que deixe Carter ir muito longe sem ele.

Ox rosnou de irritação.

— Sim. E o outro lobo. O resto de vocês ficará comigo e vamos ver o que podemos fazer em relação a... — Ele gesticulou em direção aos outros que estavam no bar, todos nos observando em silêncio.

— Antes você do que eu — murmurei, virando e pegando Mark pela mão. Pensei que ele fosse protestar, porque resistiu quando tentei puxá-lo. Seu olhar estava fixo em Elizabeth. Ela sorriu para ele, apesar de ter franzido a testa ao fazê-lo.

— Vá — falou ela baixinho. — Nos veremos em breve.

Ele assentiu com firmeza e me deixou puxá-lo para fora.

Robbie e Kelly estavam parados perto da porta. Carter ainda estava tentando se levantar, mas o outro lobo não deixava. Suas patas dianteiras estavam sobre o peito dele, segurando-o no lugar. Ele virou a cabeça na minha direção, os olhos ardendo em violeta ao me ver. Seu nariz tremeu, e mais uma vez fui atingido por uma onda de familiaridade. Como se eu devesse *conhecer* esse lobo. Era possível que eu o tivesse conhecido antes de se tornar Ômega, mas, por mais que tentasse, não conseguia me lembrar de já ter visto um lobo como aquele antes. Eu teria lembrado de um lobisomem daquele tamanho.

— Tudo bem? — perguntou Kelly, sua voz tensa.

— Estamos bem — respondi suavemente. — Volte para casa. Leve Robbie e Carter também. Fiquem lá até terem notícias de Ox. Não sejam vistos.

Kelly assentiu lentamente.

— E o Mark?

Mark não falou.

— Kelly — falei. — Agora.

Robbie segurou o cotovelo de Kelly, puxando-o gentilmente em direção a Carter, que estava gritando para dizermos o que estava acontecendo, e por que estávamos nos separando, e *alguém poderia tirar essa porra desse lobo de cima dele pelo amor de Deus?*

MARK NÃO FALOU enquanto eu o levava para casa. Segurou minha mão com força, tanta força que eu tinha certeza de que haveria hematomas. Mas não tentei fazê-lo afrouxar. Eu não queria.

Fiz o melhor que pude para evitar as maiores acumulações de neve enquanto percorríamos o quilômetro e meio até minha casa. Ainda estava nevando e não parecia que pararia tão cedo.

Eu estava suando quando chegamos à minha porta. A entrada estava vazia, e só então lembrei que tínhamos deixado minha caminhonete para trás quando Elijah apareceu. Eu não a vira na estrada pela manhã. Eles deviam tê-la movido. O carro de Jones também tinha sumido.

Estava a apenas dois dias das suas férias, ele dissera.

— Jesus — resmunguei, puxando Mark pela entrada. Minhas chaves tinham ficado na caminhonete. Havia uma cópia, e eu tive que soltar a mão de Mark para me curvar e procurá-la. Ele ficou olhando para o chão.

Eu cavei na neve até encontrar a pedra com a chave embaixo. Abri a porta de tela, destranquei a outra e a empurrei para abrir. Fiquei de lado, olhando para Mark.

— Para dentro.

Ele parecia atordoado quando levantou a cabeça.

— O quê?

Eu inclinei a cabeça em direção à porta aberta.

— Mexa-se.

Ele hesitou.

— Gordon, se eu estiver... Se isso estiver acontecendo, então eu preciso estar o mais longe possível de você.

— Entre na casa.

Ele estreitou os olhos. Assim era melhor. Eu conseguia lidar com ele ficando puto comigo. Estaríamos em pé de igualdade.

— Você é burro? — rosnou.

— Juro por Deus, se você não *entrar na porra dessa casa*, vou perder a calma, e você não vai gostar quando isso acontecer.

Ele fez uma careta.

Esperei.

Bufando, ele passou por mim e entrou na casa, resmungando sobre malditos bruxos mandões.

Olhei para fora, para a neve.

Estava quieto.

Eu sabia que não duraria muito.

Entrei atrás dele e tranquei a porta.

ELE ESTAVA na cozinha quando saí do quarto, após ter me trocado e vestido roupas secas. Eu me sentia centrado, estando em minha própria casa, com a mente clara pela primeira vez em dias.

Ele estava parado na frente da pia, olhando pela janela para o branco lá de fora. Não se virou, embora soubesse que eu estava ali. Ele sempre sabia.

— Separei umas roupas para você — falei em voz baixa. — Na cama. Elas podem ficar um pouco apertadas, mas é melhor do que o cheiro de cachorro molhado na minha casa.

Ele resmungou, balançando a cabeça.

— Cuzão.

— Não vou contestar isso. Espero que não estivesse com a expectativa de algo mais romântico vindo de mim. Isso é praticamente tudo que vai conseguir. Eu não faço essas merdas.

Ele virou a cabeça ligeiramente.

— Romântico?

É, eu não pretendia dizer isso.

— Cale a boca. Esqueça que eu disse alguma coisa.

— Não sei se consigo. Meu coração está disparado.

— Mark. Troque essa porra de roupa.

Ele soltou um suspiro ao se virar. Olhou para mim, procurando por algo, eu não sabia o quê. Ele parecia mais controlado, pelo menos mais do que antes. Eu não sabia quanto tempo isso duraria. A lua cheia estava a menos de dois dias de distância. Nosso tempo estava acabado.

Ele assentiu e começou a sair da cozinha. Mas antes de seguir pelo corredor em direção ao quarto, ele pausou.

— Você sabia.

— O quê?

— Que devia me trazer aqui e não para a casa do bando.

Senti seus olhos em mim, mas não consegui reunir coragem para olhar de volta.

— Não sei do que está falando.

Um segundo de silêncio. Então:

— Acho que sabe. Na casa, você não tem... Você fica, às vezes. Mas não como os outros. Você sempre volta pra cá. Você é do bando, mas este é o seu lar. Cheira a você. Este lugar. O peso de você está... em todos os lugares. Você sabia que me trazer aqui ajudaria.

— Vá trocar de roupa, Mark.

Ele foi.

Ouvi os sons dele se movendo lentamente pela minha casa, a madeira rangendo sob seus pés, as pontas dos dedos se arrastando pelas paredes, deixando seu cheiro. Eu sabia o que ele estava fazendo. Sabia para onde estávamos indo, e não sabia se havia algo que eu pudesse fazer para impedir. Eu não sabia se *queria* impedir. Quando fora a última vez que ele estivera ali? Quando fora a última vez que ele se sentira *bem-vindo* ali?

Minha pele parecia apertada. A tinta que me cobria vibrava com algo que eu não conseguia nomear. Ou isso, ou eu não queria encarar. Havia algo ali, algum precipício em que estávamos parados, e eu não achava que haveria volta depois disso. Se tentássemos, não sei se sobrariam pedaços suficientes de nós para nos remontarmos.

Era uma vez um garoto.

Um garoto extraordinário.

E enquanto um Alfa o segurava, o pai deste garoto extraordinário sussurrava em seu ouvido conforme passava uma agulha pela sua pele, gravando tinta e deixando um traço de magia em seu rastro.

Era uma vez um lobo.

Um lobo corajoso.

E enquanto este lobo corajoso crescia, seguia o cheiro de terra e folhas e chuva, e seu Alfa lhe disse que ele havia encontrado aquele que o completaria.

O garoto amava este lobo.

Mas não foi o suficiente.

Uma vez, a lua amou o sol.

Mas, por mais que ela tentasse, o sol sempre estava no outro lado do céu, e eles nunca podiam se encontrar. Ela afundava, e ele surgia. Ela era escura e ele era dia. O mundo dormia enquanto ela brilhava. Ela crescia e minguava e às vezes desaparecia completamente.

Uma vez, um velho bruxo cego falou de escolha, de verdade e profecia.

Disse: *Você será testado, Gordon Livingstone. De maneiras que ainda não imagina. Um dia, e em breve, você terá que fazer uma escolha. E temo que o futuro de tudo que você preza dependerá disso.*

Eu estava cansado de sentir raiva.

Estava cansado dos sussurros em meu ouvido, dizendo que os lobos não me amavam, que só queriam me usar.

Estava cansado de sempre estar no outro lado do céu, de crescer e minguar e desaparecer completamente.

Rosas floresceram.

As garras do corvo se apertaram entre os espinhos.

Eu me afastei do balcão.

E fiz o que deveria ter feito havia muito tempo.

Segui meu lobo.

A porta do quarto estava aberta.

Eu não conseguia ouvi-lo se movendo.

Parecia um sonho.

Como se, mesmo depois de todo esse tempo, não pudesse ser real.

Eu já estivera ali antes. Sonhando com ele.

Crescendo e minguando. Crescendo e minguando.

Ele estava de costas para mim. Havia tirado o casaco e a camisa e os jogado no chão em um monte úmido.

Os músculos de suas costas se contraíam. Sua cabeça estava baixa, e eu não sabia por quê.

— Mark? — chamei, minha voz pouco mais alta que um sussurro.

Ele respirava, mas não falava.

Dei mais um passo em direção a ele, alcançando o laço que nos une. Pensei que fosse tarde demais. Que ir até ali tinha sido um erro. Que eu seria recebido com nada além de uma parede de fúria violeta e que ele se transformaria, dentes à mostra, pele mudando, e não importava o que eu dissesse, não importava o quanto eu tentasse, ele não me reconheceria. Ele não se lembraria de mim.

Mas, em vez de violeta, eu estava me afogando em azul. Tanto azul.

Parei.

Falei:

— Mark?

Seus ombros tremeram.

— Você.

— Sim.

Ele não levantou a cabeça. Eu não sabia o que ele estava olhando.

— Eu disse a mim mesmo que você... que você tinha esquecido.

— O quê?

Ele riu, mas a risada falhou no meio.

— Isso. Eu. Tudo.

— Eu não...

Ele levantou a mão para que eu pudesse vê-la sobre seu ombro.

Apertado em seus dedos havia um corvo feito de madeira.

O corvo que eu havia deixado na mesa de cabeceira após tirá-lo do bolso secreto onde ficara escondido por mais de três anos.

O corvo que tinha me dado quando ainda éramos inocentes.

Ele disse:

— Levei semanas para fazer isso. Para fazer o corvo. Para acertar tudo. Cortei meus dedos mais vezes do que posso contar. Os cortes sempre cicatrizavam, mas às vezes o sangue entrava na madeira, e eu esfregava até ficar impregnado. Eu não... eu não gostei de como uma das asas ficou, e não consegui descobrir como consertá-la. Então fui até o Thomas. Ele sorriu para mim quando o pegou nas mãos. Ele o estudou por um longo tempo. Então me devolveu e disse que estava perfeito do jeito que estava. E eu me lembro de ficar tão *irritado* com ele. Porque *não estava* perfeito. Era tosco. Desajeitado. Sabe o que ele me disse?

Balancei a cabeça, incapaz de falar.

— Ele disse: "É perfeito porque é imperfeito. Como você. Como Gordon. Como todos nós. É perfeito por causa da intenção. Do que significa. Ele vai entender, Mark. Eu prometo que ele vai entender".

Pisquei para afastar a ardência.

Mark balançou a cabeça.

— E me lembro de ter ficado tão irritado com ele. Parecia algo que nosso pai diria. Um monte de bobagem de Alfa. Porque *era* imperfeito. Era falho e malformado. Demorei um tempo para entender que esse era o ponto. E você guardou.

Abri a boca, mas nenhuma palavra saiu. Limpei a garganta e tentei novamente.

— Levei comigo. Quando partimos.

Ele se virou lentamente. As sombras dançavam sobre sua pele nua. Os pelos de seu peito desciam até a barriga e desapareciam na borda da calça. Ele segurava o corvo gentilmente na mão, como se fosse algo a ser reverenciado.

— Por quê?

Desviei o olhar e me lembrei das suas palavras quando estivemos sozinhos pela última vez.

— Porque era a única parte de você que já foi minha.

— Isso não é verdade — disse ele, com a voz rouca. — Isso *nunca* foi verdade. Gordon, tudo o que tenho, tudo o que sou, *sempre* foi seu. Você só era teimoso demais para enxergar.

— Eu estava sofrendo.

— Eu sei.

— E com raiva.

— Também sei disso. E eu teria dado quase tudo para mudar isso. Eu daria. Juro. Para fazer Thomas enxergar que ele estava errado. Ele deveria ter lutado mais por você. — Ele fechou os olhos. — Eu deveria ter lutado mais por você.

— Mas não lutou.

— Não. Eu não lutei.

— Eu estava aqui, Mark. Eu tinha quinze anos, e minha mãe estava morta. Meu bando estava *morto*. Meu pai tinha ido embora. E então você… *Ele* simplesmente… Você disse que foi a decisão mais difícil que ele teve que tomar. Você disse que quase o matou. Mas então por que ele nunca voltou? Por que ele nunca veio me buscar?

Mark abriu os olhos. Estavam alaranjados e depois azuis e depois *violeta*, e eu não sabia o que fazer. Eu não sabia como parar aquilo.

— Ele queria — rosnou Mark. — Meu Deus, Gordon. Ele queria. Mas sempre tinha *alguma coisa* que o mantinha longe. E ele me mandava, e houve momentos em que pensei que você queria que eu estivesse aqui, e depois momentos em que pensei que você nunca mais queria me ver.

— Não era suficiente — retruquei. — Partes de você. *Pedaços* de você. Não era justo. Você não podia estar aqui durante dias e depois ir embora por meses. Eu ficava aqui *de novo*, e você voltava para o bando, com sua *família*. Jesus Cristo, eu te odiei por isso. Eu odiei todos vocês por fazerem isso comigo.

Seus olhos brilharam. Ele estalou o pescoço para os lados. As veias em seus bíceps grossos pulsavam.

— Eu sei que odiou. E quando voltei pela última vez e o cheiro em sua pele era de algum maldito estranho, mal consegui me conter. Eu queria matar o desgraçado. Queria te empurrar para o lado e encontrar quem quer que fosse e despedaçá-lo. Derramar seu sangue. Quebrar seus ossos. Fazê-lo sofrer por ter a maldita *audácia* de pensar que poderia tocar em você. Que ele sequer poderia *pensar* em tocar em você.

— Você não estava aqui — falei, uma curva feia nos lábios. Eu estava brincando com fogo e não me importava. — Você não estava aqui e ele estava. Tinha que ser alguém. Por que não ele? Nem sequer me lembro seu nome. Mas pelo menos não tinha medo de me tocar. Pelo menos ele não me machucaria. Pelo menos ele não *me trairia*, caralho.

— Não faça isso — avisou Mark. — Gordon, não. Não me deixe com raiva. Posso sentir o cheiro. Sua magia. É...

— *Foda-se* a minha magia — rosnei para ele. — Foda-se o bando. Fodam-se o meu pai e o seu. *Foda-se* o Thomas. Isso é entre mim e você. Isso é sobre nós, e vá se foder se acha que vou simplesmente deixar passar. Deixar *você* passar. Não tenho medo de você. Nunca tive e nunca terei.

Ele balançou a cabeça.

— É tarde demais. Gordon, não está vendo? É tarde demais. Eu... eu posso sentir. Na minha cabeça. Era apenas um sussurro, e estava apenas *roçando* minha pele. Mas agora tem ganchos e está se prendendo. Está se prendendo, e eu não consigo fazer parar. Gordon, eu não consigo fazer...

Uma vez, a lua amava o sol.

Uma vez, houve um garoto que amava um lobo.

Uma vez, um velho bruxo falou de escolha, de verdade e profecia.

E era azul, tanto disso era azul, mas eu estava cansado daquilo. Estava cansado de me sentir assim, de estar sozinho, de ter medo, de pensar que não poderia ter o que eu mais queria neste mundo.

E então fiz minha escolha.

Escolhi o lobo.

Dei três passos à frente, minhas mãos subindo até o rosto de Mark Bennett. Ele recuou, os olhos se arregalando, mas já era tarde demais para impedir.

Eu o beijei. Ali, no quarto escuro enquanto a neve caía lá fora.

No início, ele não correspondeu, e achei que tivesse entendido errado. Que fosse tarde demais. Que o abismo entre nós fosse grande demais para ser atravessado.

Mas então ele suspirou e se deixou cair contra mim, suas mãos em meus quadris, o corvo ainda apertado entre seus dedos. Senti a pressão afiada da sua asa de madeira na lateral do corpo. Ele cantou uma música em minha cabeça *gordon amor parceiro por favor amor*, e embora estivesse tingida de azul e azul e azul, havia um fio de verde atravessando bem no meio, de alívio e esperança. Era como se eu fosse jovem outra vez e lá estivesse aquele garoto, aquele garoto alto e desajeitado sentado contra uma árvore no verão, com os pés descalços na grama verde, e ele era minha *sombra*, me seguindo por todos os lugares, dizendo que estava tentando me manter seguro contra vilões. Eu me ajoelhei e o beijei porque parecia a coisa certa a fazer. Tudo sobre Mark Bennett parecia certo, mesmo naquele verão, quando ainda não sabíamos o quão afiados poderiam ser os dentes.

Não éramos mais jovens.

Mas ainda parecia que poderíamos ser.

Ainda parecia que poderia ser uma primeira vez.

E então mudou.

O verde começou a se tingir de vermelho, como fogo se espalhando pela grama. O azul começou a *inchar*, um oceano se erguendo. Ele atingiu o fogo e se *misturou* até que o mar ardesse em violeta, e estava lá, apenas espreitando sob a superfície.

Garras, perto da minha pele.

Gemi contra ele, abrindo a boca. Sua língua deslizou contra a minha enquanto ele rosnava, o ronco rastejando em seu peito e subindo pela garganta. Parecia que ele estava *vibrando* e, quando deslizei minhas mãos do seu rosto para o peito, minha língua raspou na ponta de um canino. Não deveria ter me excitado tanto quanto excitou.

E então sumiu.

Ele sumiu.

Num segundo ele estava pressionado contra mim, sua boca no meu queixo, meu pescoço, e no seguinte estava de pé do outro lado do quarto, peito arfando, olhos arregalados, mandíbula cerrada.

Pisquei devagar, tentando clarear minha mente. Estendi a mão para ele.

Ele deu um passo para trás.

— Gordon. Você... Eu...

Balancei a cabeça.

— Não. Chega.

— Não podemos fazer isso.

— *Podemos*.

— Eu poderia te *machucar* — rosnou para mim, os olhos alaranjados e brilhantes no quarto escuro. — Você não entende? Você não *ouviu*? Estou perdendo a porra da minha *cabeça*. Estou me tornando Ômega. Já machuquei Elizabeth. Não posso correr o risco de... — Ele se engasgou.

— Não vai — disse a ele. — Não vai.

— Você não sabe disso. Está acontecendo, Gordon. Está acontecendo, e não há nada que possamos fazer para impedir.

— Então *lute* contra! — gritei para ele. — Maldito, *lute* contra. Você não tem permissão para desistir. Você não tem *permissão* para me deixar de novo. Está me ouvindo? Vá se foder se você acha que vou simplesmente te deixar ir embora de novo. Não agora. Não por causa disso. Não por algo tão *estúpido quanto isso*.

— Por quê? — berrou ele. — Por que diabos está fazendo isso? Por que se importa? É culpa? É sua maneira de se vingar de mim? Você realmente me odeia tanto assim? Por que diabos está fazendo isso, Gordon? Agora, depois de todo esse tempo, por que está fazendo isso?

— Porque estou com medo — falei, a voz se rachando. — Eu te amo e estou morrendo de medo de te perder.

Então o lobo respondeu. O corvo de madeira caiu das suas mãos e o lobo veio correndo na minha direção. Não tive tempo para reagir. Se ele realmente estivesse perdido para mim, se o laço finalmente tivesse se rompido, então eu não sabia se queria que ele parasse.

Fechei os olhos.

E então fui erguido, mãos sob as coxas, me puxando para cima. Minhas costas bateram contra a parede atrás de mim, quase arrancando o ar dos meus pulmões quando o reboco rachou. Envolvi as pernas em torno da sua cintura, e sua boca estava no meu pescoço, dentes raspando contra minha pele. Ele rosnava no fundo da garganta, e eu *sentia* como ele vibrava. A maneira como tremia. Minhas mãos foram para a parte de trás da sua cabeça, forçando-o a olhar para mim.

Laranja e violeta e aquele azul gelado piscaram de volta.

Eu o beijei, pressionando seus lábios contra os dentes. Seus dedos se cravaram em minhas coxas, garras perfurando as minhas calças grossas, marcando a pele. Ele mexeu os quadris, se esfregando no meu pau. Eu gemi em sua boca enquanto ele sugava minha língua. Cores brilhantes acendiam na minha cabeça, e eram ele, vinham dele, e eu fiquei *chocado* com o nível de desejo que senti, o impulso animal que rugia por ele, exigindo que me mordesse. Que me fodesse. Que me reivindicasse.

E eu...

Eu sabia o que tinha que fazer.

— Mark — falei, ofegante, enquanto ele se prendia novamente ao meu pescoço, a barba arranhando minha pele. — Me escute.

— Não — rosnou ele, deixando uma marca no meu pescoço. — Ocupado.

— Eu preciso que você me foda.

— Estou *chegando* lá.

— Não, me escute. Apenas... meu *Deus*, faça isso de novo... Não. Pare. Mark, escute.

Ele se afastou, olhos atordoados. Seus lábios estavam inchados e úmidos de saliva, e tudo que eu mais queria era puxá-lo de volta. Uma gota de suor escorreu pela lateral do seu pescoço e caiu no meu polegar.

— Eu te machuquei? — perguntou.

Balancei a cabeça freneticamente.

— Não. Não machucou. Você confia em mim?

— Confio.

— Você me quer?

— Quero.

— Você me ama?

E ele disse:

— *Amo.*

Porque eu nunca vi um lobo amar alguém tanto quanto ele o amava.

Estou aqui como seu Alfa. E recebi um pedido formal de um dos meus Betas.

Pensei em um garoto com olhos de gelo me dizendo que me amava, que não queria partir novamente, mas tinha que fazê-lo, tinha de ir, seu Alfa estava exigindo, e ele voltaria para mim, Gordon, você tem que acreditar que vou voltar para você. Você é meu parceiro, eu te amo, eu te amo, eu te amo.

Eu me aproximei e sussurrei palavras em seu ouvido. Palavras que certa vez lhe disse quando ele estava do lado de fora da minha porta e meu coração estava se partindo.

— Você pode me ter. Agora. Aqui. Me escolha. Mark. Me escolha. Fique aqui. Ou não. Podemos ir aonde você quiser. Podemos sair agora mesmo. Você e eu. Foda-se todo o resto. Sem bandos, sem Alfas. Sem lobos. Apenas... nós.

Ele puxou a cabeça para trás.

Seus olhos eram do laranja mais brilhante que eu já tinha visto.

— Você quer isso? — sussurrou. — Comigo?

— Sim. Eu quero.

— Mas...

— Talvez isso pare. Talvez diminua.

O laranja desbotou ligeiramente.

— Se você só estiver fazendo isso por causa de...

Eu o beijei.

— Não — murmurei em seus lábios. — Não por causa disso. Não é só por causa disso. Por causa de tudo o mais.

— Não há volta. Depois disso.

— Eu sei.

— E pode ser que não dê certo. Gordon, pode ser que não aconteça nada.

— Também sei disso.

— E mesmo assim você faria? Por mim?

— Sim. Sim. Sempre por você.

Era azul. Claro que era. O oceano sempre era. Era vasto e preenchido tão profundamente com melancolia que eu achei que fosse me engasgar com ele.

Mas através do oceano, através do fogo violeta que queimava em cima dele, o verde cresceu novamente.

Ele me beijou reverentemente, seu aperto se suavizando, como se pensasse que jamais ouviria tais palavras de mim. Foi suave e doce, e doía só de pensar.

Estiquei a mão entre nós, me atrapalhando com os botões de sua calça enquanto minha pele se ruborizava. Já tinha pensado nisso. Naquelas noites tardias em que não conseguia dormir, embora nunca admitisse para mim mesmo na manhã seguinte. Ficava imaginando qual seria a sensação dele sobre mim, dos seus músculos, dos braços e peito sob minha língua. Ficava imaginando tolamente, zangado comigo mesmo pelo quanto doía.

Mas agora era real. Eu podia cheirá-lo. Prová-lo. Tocá-lo. Ele se virou e me levou para a cama, me deitando gentilmente antes de se arrastar por cima de mim, deixando seu peso considerável me empurrar sobre o colchão. Fui envolvido por ele, e tudo era Mark e Mark e *Mark*, e tinha uma resposta na minha cabeça, um uivo vindo das profundezas dele. Isso me abalou até o âmago, a pura *alegria* fazendo minhas mãos tremerem enquanto eu envolvia seu pescoço, instigando-o.

Ele se ergueu, mãos a cada lado da minha cabeça, os músculos de seus braços se esforçando. Ele se inclinou e me beijou enquanto eu sentia suas pernas se mexerem. Ele chutou os sapatos, que caíram pesadamente no chão. Passei as mãos nos pelos da sua barriga antes de alcançar o topo da calça e empurrá-la o máximo que pude. Seu pau saltou para fora, batendo em sua barriga. Usei meu pé descalço para empurrar a calça até o fim. Ela também caiu no chão.

Ele era todo feito de linhas e bordas duras sobre mim. Lembrei-me de quem ele já tinha sido, de quem *nós dois* já tínhamos sido. Nervosos, hormonais e desajeitados.

Minha sombra me protegendo dos vilões.

Não éramos mais assim. Os garotos que achavam que o mundo era um lugar seguro e misterioso não existiam mais. Fomos machucados, e machucamos um ao outro, mas tudo havia nos trazido até ali, agora. Aquele momento.

Ele se sentou, joelhos a cada lado dos meus braços. Suas bolas se apoiavam no meu peito, e ele esticou a mão e acariciou seu pau lentamente, olhando para mim.

Eu queimei com a visão.

Tentei me mexer, precisando colocar minhas mãos nele, mas ele apertou as coxas, prendendo meus braços.

Eu estava preso por um lobo prestes a perder a razão.

E não me importava.

Sua voz era grave quando ele disse:

— Abra a boca. Coloque a língua para fora.

Fiz o que ele pediu.

Ele grunhiu, avançando ligeiramente, levantando a bunda, mas ainda segurando meus braços com as pernas. A cabeça do pau dele bateu no meu queixo antes de tocar minha língua. Fechei os olhos ao sentir o gosto da pele.

— Está gostoso — disse ele em voz baixa. — Está muito gostoso, Gordon.

Suas bolas se apoiavam na cavidade do meu pescoço. O pau pressionava minha língua. Meus lábios. Tentei segurá-lo com a boca, mas ele não deixava. Abri os olhos para encará-lo, mas ele não prestou atenção em mim. Apertou a base do próprio membro, e ficou olhando enquanto o esfregava no meu rosto. Ele o levantou e o bateu na minha língua, grande e pesado.

— Vou te dar — falou. — Prometo. É isso que você quer?

Ele estava me deixando louco, e tudo o que eu podia fazer era assentir.

— Tudo bem — disse ele. — Tudo bem.

Ele levantou os quadris enquanto agarrava o encosto acima de mim. As sombras passeavam pela sua nudez. Seus mamilos estavam duros, arrepios formigando por sua pele.

Ele foi delicado quando enfiou o pau na minha boca, inclinando os quadris para baixo, os músculos das pernas flexionando contra mim. Eu o engoli, respirando pelo nariz, mal conseguindo evitar revirar os olhos. Ele empurrou o pau para baixo, mantendo-o no lugar enquanto estocava suavemente. Eu estava dominado por ele, meu coração tropeçando no peito. Minha garganta trabalhava em volta dele enquanto empurrava mais fundo, minha língua correndo ao longo da parte inferior de seu pau.

Mark rosnava acima de mim enquanto fodia minha boca. Tudo era ele.

— Está gostoso, Gordon, está muito gostoso, você é muito gostoso — continuava sussurrando com os olhos semicerrados, como se não conseguisse se controlar. Vibrava entre nós, o laço, a ligação. Não tinha a ver com *bandobandobando*. Não tinha a ver com mais ninguém. Ele e eu. Éramos apenas nós.

Ele saiu da minha boca. Minha mandíbula doía, mas tentei levantar a cabeça para persegui-lo. Ele se sentou de volta no meu peito, ainda me mantendo no lugar. Colocou a mão em minha bochecha, o polegar traçando meu lábio inferior. Eu não conseguia entender a expressão em seu rosto, mas era semelhante ao assombro.

— Tem certeza disso? — perguntou.

— Tenho — respondi, rouco.

Ele se inclinou e me beijou, lento e doce.

Depois, eu gemi seu nome, cuspindo xingamentos para ele enquanto ele pressionava meus joelhos contra meu peito, me dobrando ao meio. Suas mãos estavam na minha bunda, me segurando aberto, e a língua dentro de mim. O corvo tremulava ao redor do meu braço em um leito de rosas em flor. As pétalas eram vermelhas como os olhos de nossos Alfas, e suas folhas eram verdes, verdes, verdes de alívio por eu poder ter isso. Por finalmente poder ter a coisa de que eu mais precisava.

Ele lambeu meu cu até chegar nas minhas bolas, colocando uma na boca e depois a outra. Meu pau estava reto contra a minha barriga, tão duro que *doía*. Eu disse para ele me foder, seu maldito, Jesus Cristo, só me *fode*, mas ele simplesmente riu contra minha pele antes de passar um dedo sobre minha abertura. Ele trouxe a mão até minha boca, me mandando molhar seus dedos. Ele pressionou minha mandíbula até que eu abrisse bem. Eu chupei os dedos da melhor maneira possível, esfregando a língua ao redor deles. Ele os tirou com um estalo úmido antes de colocá-los de volta entre nós.

Gemi quando ele enfiou um dedo. Fazia tempo que eu não ficava com ninguém e mais tempo ainda que não era fodido. Eu não gostava muito da ideia de alguém em cima de mim, me fodendo. Parecia errado.

Mas não agora.

Ele virou o rosto e beijou meu joelho enquanto acrescentava um segundo dedo. Eu arquejei com a sensação enquanto ele me dedava lentamente. Ele olhou para baixo, para a visão dos seus dedos desaparecendo dentro de mim, os olhos arregalados de luxúria.

— Tarado — murmurei.

— É. Acho que sou. Mas é você que está aguentando. Está aguentando tão bem.

Eu corei com o elogio. Nunca tinha sido assim antes.

Mas também, nunca tinha sido ele.

Ele já tinha enfiado um terceiro dedo antes que eu dissesse que precisava me foder ou eu mesmo o faria.

Ele riu.

— Gostaria de te ver tentar.

Segurei a garganta dele com uma mão.

As vinhas ao redor das rosas se apertaram.

Eu o empurrei para o lado, rolando com ele enquanto minha magia explodia pelo meu braço. Ele grunhiu surpreso ao cair de costas. Cavalguei seus quadris, seu pau debaixo da minha bunda. Eu me esfreguei nele, e ele gemeu ao estocar contra mim.

— Apressado — disse ele.

Eu o ignorei, esticando o braço até a cabeceira para pegar o lubrificante na gaveta. O corvo de madeira sacudiu pela superfície, caindo sobre a asa.

Mark estava me olhando quando me endireitei, depois de ter encontrado o que estava procurando. Encontrei seu olhar depois de despejar o lubrificante na minha mão, me inclinando e levando o braço para trás. Envolvi seu pau com a mão, deixando-o úmido. Ele engoliu em seco, os olhos se fechando enquanto eu o acariciava. O ângulo era desajeitado, e ele era grosso, mas eu não podia esperar mais. Limpei o lubrificante restante no meu cu e joguei a garrafa no chão.

Espalmei uma mão sobre o seu peito enquanto alcançava novamente atrás de mim e me erguia. Seus olhos se abriram, suas mãos indo para meus quadris. Pressionei o pau dele no meu cu, respirando lentamente enquanto me abaixava sobre ele.

Garras estalaram contra minha pele.

Seu peito ronronou quando afundei.

Uma de suas garras perfurou a pele do meu lado direito.

Eu respirei o azul e o verde e o *violeta* e...

Meus quadris estavam colados aos dele.

— Gordon — gemeu, meu nome soando como uma oração entre dentes afiados.

Esperei, me mantendo no lugar, as mãos nos pelos de seu peito.

— É — falei com um suspiro. — Eu sei.

— Preciso me mover — disse ele, parecendo desesperado. — Você precisa me deixar me mover...

Eu o fuzilei com os olhos.

— Você precisa ter calma, caralho.

Ele estalou os dentes para mim, os olhos brilhando em violeta.

Eu levei minha mão de volta para a garganta dele, envolvendo seu pescoço com os dedos. A pele afundou onde as pontas dos dedos pressionavam.

Ele rosnou para mim, as garras fincando.

O corvo esticou suas asas.

Eu observei enquanto as rosas começavam a florescer pelo meu braço. Elas cobriam as runas e os símbolos que meu pai me tinha dado. Nunca tinham sido assim, tão livres. Tão selvagens. Elas cresceram até cobrir cada centímetro de pele, as vinhas se estendendo em direção à minha mão, folhas brotando, os espinhos negros e grossos curvados de forma afiada.

As rosas explodiram pelas costas da minha mão, o vermelho brilhante como nunca. As vinhas se estenderam ao longo dos meus dedos, e por um momento, por mais breve que tenha sido, eu jurei que tinham começado a se espalhar pelo pescoço dele sob a minha palma. Aquela parte de mim agora estava gravada nele.

O violeta nos seus olhos desapareceu.

Tudo o que restou foi azul. Um azul-claro limpo e gelado.

Eu me levantei lentamente, mantendo minha mão no lugar, antes de cair de volta sobre ele. Ele gemeu quando eu contraí minha bunda. Suas garras recuaram, e senti um fino filete de sangue escorrer enquanto seus dedos apertavam meus quadris. Eu me levantei novamente e encontrei seus quadris enquanto descia. Ele se moveu até que seus pés estivessem esticados na cama antes de me foder mais forte, sua pele batendo na minha.

Eu curvei a cabeça, meu cabelo caindo sobre os olhos. O corvo encolheu enquanto flutuava pelo meu braço em direção à minha mão, suas asas raspando as pétalas das rosas. Ele abriu suas asas ao alcançar a parte de trás da minha mão, e Mark gemeu meu nome enquanto eu segurava firme. Ele empurrou seus quadris para cima outra vez, com força.

Tinha que dar certo.

Tinha que.

Eu me curvei sobre ele para que minha cabeça ficasse diretamente acima da dele, inclinando-a para o lado, expondo meu pescoço. O ronronar em seu peito se transformou em um rugido, e a música na minha cabeça se tornou uma cacofonia de *gordon* e *sim* e *BandoAmorParceiroMeu*.

— Vai — disse a ele. — Vai, porra. Eu quero. Meu Deus, eu quero que você enfie os dentes em mim...

O lobo avançou. As garras fincaram novamente, e as presas estalaram, os olhos alaranjados, os músculos se retesando. Eu caí sobre ele, a junção do pescoço com o ombro apoiada nos seus lábios. Meu pau estava preso entre nós, se esfregando nos músculos da barriga dele.

Eu gozei primeiro, e as pétalas das rosas tremeram e sacudiram.

Ele me fodeu uma última vez, as pernas tremendo, e...

Mark Bennett mordeu.

A dor me percorreu enquanto seus dentes afundavam na minha pele. Arquejei quando ela me envolveu, a pele se rasgando, tendões se retorcendo. As rosas encolheram, recuando para os botões, as vinhas se retraindo, o corvo abrindo o bico e gritando *nunca mais, nunca mais, nunca mais*.

Mas depois...

aqui aqui aqui eu podia ver eu podia ver através dos olhos de um lobo tudo tão brilhante e

eu era jovem

eu era uma criança eu era um

filhote

eu era um filhote e meu pai disse que me amava ele me amava ele me amava

ele diz que seu irmão será o alfa mas isso não te torna menos especial você é bom mark você é bom você é gentil você é amoroso e maravilhoso thomas thomas thomas será o alfa mas você será

thomas disse que richard será o seu segundo
não eu
não eu de jeito nenhum
eu entendo
entendo sim
eu sou um lobo eu sou um bom lobo porque meu papai disse
mas thomas é
terra e folhas e chuva
há
TERRA e FOLHAS e CHUVA
siga
salve
proteja
eu devo proteger
dos vilões
lobos maus
gordon gordon gordon gordon e é
acabou tudo acabou tudo está acabado porque tudo é azul
eu podia ouvi-los
eles estavam gritando
os filhotes, os filhotes estavam gritando dizendo não por favor não por
favor não papai papai papai
dói dói ah meu Deus dói
onde onde onde está gordon onde está
TERRA e FOLHAS e CHUVA e e e
se foram eles se foram thomas diz que se foram mas ele é o alfa ele é
alfa ele é o meu
caçar eu devo caçar por ele o maior animal o maior que posso encontrar
para que ele saiba
ele saiba que posso prover
mantê-lo aquecido
mantê-lo seguro
e
não por favor thomas
por favor não me faça ir
por favor não me tire de TERRA e FOLHAS e CHUVA e
thomas diz

thomas diz que eu tenho
ele diz que tenho que ir
gordon é gordon é gordon é HUMANO
eles têm medo de HUMANOS
thomas diz que posso voltar posso voltar voltaremos não será
não será para sempre
não será o fim
por que parece o fim
eu o amo
por favor não me deixe ir
por favor espere por mim
por favor me ame de volta
por favor por favor por favor
e ele me diz
ele me diz que eu tenho que ir
me diz que não me quer
me diz que não me ama
me diz que sou como os outros
como todos os outros lobos
dói
dói
dói, mas ele está certo
não fiz o que poderia
não fiz mais
ele está
ele está
ele está

Estava tudo ali, tudo isso. Tudo misturado e quebrado, mais lobo do que homem. Tudo o que ele havia sentido. Tudo o que ele tinha pensado. Havia dor e encanto, doce alegria e ciúme sombrio. Ele chegou perto, na última vez que veio à minha casa, o cheiro do esperma de outro homem em minha pele. Ele chegou perto de passar direto por mim e encontrar o dono do cheiro e cravar suas garras no pescoço dele até que o sangue respingasse nas paredes. Ele queria me machucar. Ele queria me machucar muito.

Em vez disso, ele se afastou.

Não voltou até depois de Joe ter sido salvo do monstro.

E houve um momento, um momento breve e brilhante, quando ele me viu caminhando na rua, ouviu meu coração novamente de dentro do restaurante onde Joe colocara batatas fritas sob seus lábios e fingira ser uma morsa. Ele havia dito a si mesmo para se afastar, dito a si mesmo que manter distância era o certo a fazer, mas não pôde se conter.

E mesmo que eu estivesse com raiva, mesmo que eu não quisesse nada com ele, simplesmente estar diante de mim outra vez, depois de todo aquele tempo, sentindo cheiro de terra e folhas e chuva, o centrara como não ocorria havia anos. Ele sofreu por muito tempo por causa do seu laço. Durante anos Thomas lhe dissera (embora nunca de forma desagradável) que talvez fosse melhor trocá-lo, encontrar outra coisa para se apegar.

Mark *odiara* seu irmão por isso, mesmo sabendo que Thomas estava certo. Ele sabia que Thomas só estava cuidando dele, sabia que Thomas estava ciente de quão profunda era sua dor. Mas ele não conseguia conter a raiva que sentia, e então eles *brigaram*, brigaram como nunca haviam brigado. Começou verbalmente, a voz de Mark aumentando até que estivesse *gritando* e Thomas permanecendo furiosamente calmo como seu pai sempre fora.

Mark deu o primeiro soco.

Ele acertou a mandíbula de Thomas com um estalo, a cabeça de seu Alfa recuando. Mais tarde, muito, muito mais tarde, depois que seu irmão não era nada além de fumaça e cinzas, Mark perceberia que Thomas não se movera. Thomas nem sequer *tentara* se esquivar. Ele tinha aceitado. Aceitara o golpe como se fosse uma penitência. Mark precisava de um foco para sua raiva, e Thomas sabia disso. Ele o *provocara*. Ele tinha que saber a reação que receberia. Gordon fora um tópico que eles não discutiam.

Mark acabou em cima de Thomas, batendo sem parar.

Thomas apenas aceitou.

Quando Mark terminou, o rosto de Thomas era uma confusão ensanguentada e dois dos dedos de Mark estavam quebrados, projetando-se desajeitadamente. Ele caiu para o lado, o peito arfando ao se deitar ao lado do irmão. Eles encararam o teto enquanto seus corpos se curavam, cortes se fechando e ossos se reposicionando.

— Nunca vou desistir dele — disse Mark em voz baixa.

— Eu sei — respondeu Thomas. — Eu sei.

Eles nunca contaram a ninguém sobre isso. Aquele momento.

Então, sim. Estar em frente a mim novamente após anos era algo que ele valorizava, não importava a minha reação.

E continuou por *anos* depois. Mas isso não importava para ele, não de verdade. Ah, claro, às vezes doía, estar tão perto e ainda ser mantido a uma distância tão grande. Mas ele se sentia tranquilizado de maneiras que não conseguia explicar. Talvez fosse por estar de volta a Green Creek. Talvez fosse ter Joe com eles novamente.

Ou talvez fosse o fato de que seu parceiro estava a apenas alguns quilômetros de distância em qualquer dia.

Até que ele não estava mais.

O monstro veio, e o Alfa de Mark estava em uma pira na floresta, lobos uivando suas canções de luto ao redor deles, e ele pensou naquele dia novamente. No dia em que foi atrás de seu irmão, a raiva que havia fervido abaixo da superfície finalmente transbordando. Thomas deveria ter feito mais. Lutado mais. Por Gordon. Por ele. Por todos eles. Ele era o Alfa de todos, sim, mas ele era o Alfa *Bennett* também, e havia um lobo Bennett cujo coração estava partido, e ele apenas *aceitou*. Mesmo quando seu nariz havia quebrado, mesmo quando sua bochecha havia se partido, ele havia se deitado ali e *aceitado*. Mark tinha gritado com ele, dizendo que era culpa dele, a culpa era toda dele, como ele podia fazer aquilo, como Thomas podia fazer aquilo com ele.

Depois que se curaram e limparam o sangue para esconder as evidências de Elizabeth (que, no final, ainda conseguiria sentir o cheiro e encararia ambos sem dizer uma palavra), Thomas disse:

— Eu vou consertar isso. Não sei como. Não sei quando. Mas eu te prometo, farei tudo o que puder para consertar isso.

E eu podia *sentir* agora. Tudo isso. Como ele estava ridiculamente *orgulhoso* naquele momento por ter alguém como eu como seu parceiro, o amor que ele sentia, a parte sombria e animalesca dele se regozijando com o pau ainda dentro de mim, esperma escorrendo. Ele queria rolar no cheiro do nosso sexo que estava espesso no quarto, nos cobrindo com ele até que todos soubessem o que tínhamos feito.

Ele também estava assustado. Ah, Cristo, ele estava com medo. Com medo de que finalmente tivesse conseguido o que queria e não fosse bom o suficiente. Com medo de não ser corajoso o suficiente ou forte o suficiente. Com medo de perder tudo isso. Que seu laço e seu parceiro desaparecessem no lobo quando se tornasse Ômega.

Porque ele não sabia o que fazer.

Como conter aquilo.

Ainda estava lá, baixo e vibrante. Mesmo agora ele podia sentir. Não era tão alto quanto antes, mas estava lá.

E isso o aterrorizava.

Aquele lobo.

Aquele lobo tolo e maravilhoso.

Eu pisquei lentamente para ele. Ele me encarou, uma expressão de reverência em seu rosto. Minha mão ainda estava em volta do seu pescoço, embora eu não estivesse segurando tão firme como antes.

Ele estendeu a mão, pressionando os dedos contra o meu rosto.

— Eu nunca pensei... — Sua voz rachou. Ele balançou a cabeça antes de tentar outra vez. — Eu nunca pensei que poderia ser assim. Essa sensação. Você... Eu vi coisas. Gordon. Você... Sinto tanto. Por tudo. Tudo isso. Sinto tanto.

Virei o rosto e beijei a palma de sua mão.

— Você não pode me deixar.

— Nunca, nunca, nunca.

— Não vou permitir.

— Eu sei.

— Estou velho demais para essa merda.

E, meu Deus, como ele *sorriu* para mim.

— Você se move bem para um velho. — Ele mexeu os quadris, fazendo meus olhos revirarem.

— Caralho — murmurei.

— É. — Seus dedos caíram do meu rosto para a marca de mordida entre meu pescoço e meu ombro. Eu sabia que cicatrizaria. Eu tinha visto a de Joe e Ox. A de Elizabeth também, embora a dela não fosse mais tão pronunciada quanto já fora.

O sangue havia escorrido da ferida para o meu peito, cortando a tatuagem do lobo e do corvo. Ele passou o polegar pela faixa úmida, espalhando-a no desenho.

Os outros estavam lá. Na minha cabeça. Mas estavam fracos. Eles saberiam o que aconteceu. Saberiam o que fizemos. Pelo menos Ox e Joe saberiam. Eles saberiam que deveriam ficar longe. Mark não gostaria que viessem aqui tão logo.

Tirei a mão do seu pescoço e...

Meus olhos se arregalaram.

— Puta merda.

— O quê? O que houve?

Eu tossi, subitamente com um nó na garganta. Nunca tinha pensado nisso. No que significaria para ele. Eu não era um lobo. Não poderia mordê-lo. Não como ele tinha feito comigo. Cicatrizaria rapidamente, independentemente da intenção. Ele não carregaria a minha marca, não como eu carregava a dele.

Eu deveria saber que seria outra coisa.

Ali, incorporado na pele de seu pescoço, havia um corvo, um gêmeo quase idêntico ao do meu braço.

Não era maior do que a largura da minha mão. Suas asas se estendiam para cada lado de sua garganta. Sua cabeça estava baixa, descansando sobre o pomo-de-adão, e quando ele engolia parecia que estava se movendo. Suas garras e o leque de penas da cauda se estendiam em direção à concavidade do pescoço.

Eu tinha a marca dele em mim.

E agora ele tinha a minha.

Eu me curvei e toquei as asas. Elas estavam quentes sob meus dedos.

— O que houve? — perguntou novamente, inclinando a cabeça para trás para me dar mais acesso. — Minha garganta está... parece estranha. Você me machucou?

Eu balancei a cabeça.

— Minha magia, ela... agora todos saberão. Aqui. As pontas das asas vão até aqui. — Passei o dedo pelo comprimento das penas. — E a cabeça está aqui. As penas da cauda aqui.

— Um corvo.

— Sim. Eu não... eu não sabia que isso aconteceria.

— Parece com o seu?

— Exatamente como o meu.

Ele me puxou para baixo e me beijou, profunda e lentamente. Ainda havia azul ali. Eu pensei que talvez fizesse parte de nós. Mas estava silencioso sob todo o verde.

— Ótimo — sussurrou nos meus lábios. — Ótimo, ótimo, ótimo.

abrir a porta/fazer com que paguem

Acordei com batidas furiosas à porta.

Abri os olhos lentamente. Levei um momento para lembrar onde estava. E o que havia acontecido.

Meu corpo estava dolorido. Meu pescoço latejava. Os músculos doíam.

Mas era *mais* do que isso. Havia uma corrente sob a superfície, algo selvagem que eu não conseguia compreender.

Estava escuro. A neve chicoteava contra a janela.

Estendi a mão para Mark e...

O espaço ao meu lado na cama estava vazio.

E frio.

Ouvi novamente uma batida na porta do meu quarto.

— Nunca mais — murmurei, gemendo enquanto me levantava e saía da cama.

Encontrei uma calça de moletom no chão e me vesti. O ar estava frio. Minha pele formigava.

Aquela corrente subterrânea se tornou mais forte.

Dei um passo e...

gordon está ouvindo

... respirei fundo, gemendo enquanto as batidas na minha cabeça se intensificavam, e estendi a mão para a porta do quarto, a maçaneta quente sob minha mão, e *girei*, girei o máximo que pude, jogando meu ombro contra ela e...

Abriu.

Mas não na minha casa.

O sol brilhava por uma janela à minha esquerda, iluminando a sala com a luz da manhã.

O recinto em que eu estava era pequeno e arrumado, o carpete sob meus pés era de cor creme e espesso. Havia uma cozinha à direita, e uma chaleira borbulhava no fogão. Eu...

— Gordon.

Era como se eu estivesse me movendo debaixo d'água. Meus membros pareciam pesados e lentos.

Demorei uma eternidade para virar a cabeça para a direita e ver...

Um bruxo estava sentado em uma cadeira de encosto alto. Seus olhos eram brancos e leitosos, e seus lábios se moviam silenciosamente, murmurando palavras que eu não conseguia entender. Uma lágrima escorria por sua bochecha.

Patrice.

O bruxo albino.

Ao lado dele havia uma mulher mais velha. Uma mão descansando no ombro de Patrice. A outra segurava um cigarro aceso, a fumaça espiralando ao redor de seus dedos.

Aileen.

— Você consegue me ouvir? — perguntou ela.

Tentei dizer *sim, sim, eu consigo ouvir*, mAas saiu confuso, como se estivesse falando com a boca cheia de pedras.

— Não temos muito tempo — disse ela, num instante ao lado de Patrice e no seguinte na minha frente, soprando uma espessa nuvem de fumaça no meu rosto. — Patrice mal consegue segurar. Os bruxos ao redor de Green Creek são fortes.

— O que é isso? — consegui perguntar.

A brasa na ponta de seu cigarro queimava. A fumaça saía de seu nariz.

— Esta é a última chance, rapaz. Eu te disse que as coisas estavam mudando. Só não sabia o quanto. Um lobo veio até mim. Ficou bem aqui, nesta mesma sala. Ele era branco. Mais brilhante do que todos que já vi. Você entende?

Não. Eu não entendia. Não entendia nada disso. Eu não...

Aileen me deu um tapa no rosto.

— *Gordon*. Concentre-se.

Tudo estava azul. Tudo parecia *azul* e *vermelho* e, meu Deus, havia *violeta*...

Fiz uma careta para a pulsação no meu ombro. Estiquei a mão e apertei a marca no meu pescoço. A dor era intensa, e me ancorava.

Aileen balançou a cabeça.

— Você definitivamente não faz nada pela metade, não é? Tinha um lobo, Gordon. Ele veio até mim. Eu o conhecia. Mesmo sem nunca o ter visto nesta vida, eu o conhecia. Gordon, ele disse que você precisa abrir a porta. Você precisa abri-la completamente se espera sobreviver a isso.

— A... porta?

— Sim — disse ela, e parecia *frenética*. Patrice começou a ter convulsões atrás dela, saliva escorrendo pelos lábios, pendurada em um longo fio. — Merda. Eles o encontraram. Gordon, é a *porta*. Você precisa abrir essa maldita *porta*. Estamos indo, tudo bem? Faremos o que pudermos, mas ele disse que você precisa abrir a porta. Ele disse que você entenderia. Que eu tinha que dizer "nunca mais" e você entenderia. Thomas disse *nunca mais*...

Thomas.

Thomas.

Thomas, Thomas, Thomas, porque ele era o Alfa.

Ele era *bandobandobando*.

O chão se abriu sob mim e...

Abri os olhos.

Eu estava no meu quarto.

Meu ombro latejava.

A cama estava vazia ao meu lado.

Pisquei, devagar e certeiro.

A porta do quarto estava aberta.

A casa estava escura.

A luz do lado de fora da janela era fraca, a neve ainda caía.

Aquela correnteza ainda estava lá, confusa e *estranha*. Parecia familiar, parecia minha, parecia *BandoAmorParceiroLar*, mas estava se *torcendo*, estava se *torcendo*, e eu não podia fazer nada para impedir.

A porta, Aileen tinha dito.

Eu tenho que abrir a porta.

Eu não...

Um rangido de assoalho em algum lugar dentro da casa.

— Mark? — sussurrei enquanto me levantava da cama. Encontrei uma calça de moletom no chão e rapidamente a vesti. — Mark, é vo...

Eu não estava sonhando. Não podia estar sonhando. De novo não.

Se é que aquilo´tinha sido um sonho.

Andei pela casa. Tudo parecia estar no lugar. Nada havia se mexido. Mark estava na cozinha. Ele estava de costas para mim. Estava nu e tinha a cabeça abaixada. Em sua mão direita segurava o corvo de madeira.

— Mark? — chamei. — O que está...

— *Gordon* — falou ele, mas soou mais áspero do que eu jamais o ouvira pronunciar meu nome. Animalesco. Mais cruel, repleto de...

Não. Ah, Deus, por favor, não...

— Você precisa correr — disse ele, os ombros tremendo. — Eu não consigo... eu não consigo lutar contra isso. É...

Houve um estalo agudo quando o corvo de madeira se partiu. Uma das asas caiu no chão.

A transformação o tomava lentamente. Garras negras e espessas cresciam das pontas de seus dedos das mãos e dos pés. Os músculos sob sua pele começaram a ondular. Pelos castanho-escuros brotaram em sua cabeça raspada.

Isso não deveria acontecer. Não deveria terminar assim. Não agora. Não depois de termos chegado tão longe. Não quando eu vestia sua marca tanto quanto ele vestia a minha. Não era justo. Não era justo. Não era...

Dei um passo para trás.

Ele virou a cabeça bruscamente, o queixo tocando seu ombro direito. Eu conseguia ver uma das asas do corvo em seu pescoço. Ele flexionou as mãos, e a escultura que ele havia feito para mim quando ainda não sabíamos o quanto um coração podia se quebrar caiu no chão em pedaços.

Ele respirou fundo.

Eu podia ver as presas à luz fraca.

Ele abriu os olhos.

Eles estavam violeta.

Não tinha sido suficiente.

Eu não tinha sido suficiente.

Ele disse:

— Corra, Gordon, por favor, corra, corra para que eu possa te perseguir, para que eu possa te *caçar*, para que eu possa te encontrar e te *provar* e *te foder com os meus dentes*...

Eu já estava correndo.

Ele uivou atrás de mim, a canção reverberando pela estrutura da casa ao nosso redor. Eu sentia nas profundezas da minha pele, lampejos de dor como se um Alfa estivesse me segurando e meu pai estivesse sussurrando seu veneno em meus ouvidos.

Lá fora. Eu precisava chegar lá fora.

Antes que eu pudesse alcançar a porta da frente, ela *implodiu*, a madeira rachando enquanto um Alfa transformado irrompia, olhos brilhando vermelhos. Ele pousou na minha frente e minhas mãos foram para o seu pelo, apertando fundo. Era Ox, era Ox, era...

Ox me jogou para o lado ao mesmo tempo que começava a se transformar em humano. Houve o rosnado de um lobo selvagem, raivoso e enlouquecido, e eu caí no chão, virando a cabeça a tempo de ver Ox agarrar Mark pelo pescoço. Sua mão cobria totalmente o corvo em sua pele.

Mark tentou arranhar Ox, tentou rasgar sua pele. Ele chutou com os pés para alcançar o estômago de Ox, querendo eviscerar e causar o máximo de dano possível. Errou por pouco, enquanto Ox o levantava alto acima de sua cabeça, o mais longe que conseguia esticar, antes de lançar Mark ao chão. As tábuas do assoalho que os caras da loja me ajudaram a colocar em um longo e quente verão anos antes estalaram alto quando Ox empurrou Mark *através* delas. Mark grunhiu dolorosamente, e eu sabia que seus ossos já estavam tentando se juntar novamente.

Os olhos de Ox ardiam como fogo ao rugir no rosto de Mark.

A canção do Alfa, mesmo enquanto ele sangrava sobre o lobo Ômega abaixo dele.

Aquilo assustou Mark. Seus olhos violeta se arregalaram e ele gritou:

— Alfa. Alfa. Alfa.

Ox afrouxou sua pegada.

Mark imediatamente virou a cabeça na minha direção, os olhos violeta brilhando intensamente, os dentes rangendo.

— Sinto muito por isso — disse Oxnard, e soltou o pescoço de Mark antes de desferir um soco na lateral de sua cabeça.

Mark grunhiu e seu corpo ficou mole.

E nas ruínas da minha sala de estar, tudo o que sentíamos era azul.

* * *

ELE ME CONTOU. Como ele sentiu. Como sentiu quando Mark me mordeu. Sentiu quando acasalamos. Foi uma onda de poder que passou por ele. Por Joe. Pelo bando.

Mas não durou.

— Começou a se despedaçar — disse em voz baixa enquanto atravessávamos a neve. Mark estava pendurado em seu ombro. — Começou a se desgastar. Foi como... ser envenenado. Nunca tinha sentido isso antes. Não desde que eles foram infectados.

A neve sussurrava ao nosso redor. Ela rangia sob nossos pés. Em algum lugar acima, escondida atrás das nuvens, a lua crescia, chamando por seu amor, que sempre fugia dela. Logo estaria em sua plenitude.

— Eu pensei... — falei com a voz engasgada. — Pensei que fosse ajudar. Eu pensei que...

— Eu sei — disse Ox, embora ele não olhasse para mim. — Eu sei que pensou.

Felizmente ele não disse o que ambos estávamos pensando.

Que, em vez de retardar, aceleramos o processo.

Segui meu Alfa para casa.

Lobos esperavam por nós na casa do fim da rua.

Eles sabiam, é claro. Eles tinham que saber. Também puderam sentir.

Carter estava de lado, braços cruzados sobre o peito, o rosto tenso e franzido. Kelly estava ao seu lado, sussurrando em seu ouvido, para indignação do lobo-oriental que os circulava lentamente, o rabo balançando. No instante em que captou meu cheiro, os pelos de seu pescoço se eriçaram e ele se posicionou à frente de Carter, tentando afastá-lo de mim. Seus olhos violeta acompanhavam cada passo que eu dava.

Carter rosnou para o lobo, tentando se manter firme. Mas o lobo não estava disposto a aceitar isso, observando-me cautelosamente enquanto eu me aproximava. Eu lhes dei uma ampla margem.

Joe estava na varanda com Elizabeth, o braço em volta de seus ombros. Seus olhos estavam arregalados e úmidos, mas nenhuma lágrima caía enquanto nos observava chegar e ficar na frente da casa, uma inversão distorcida do dia em que seus filhos e eu havíamos retornado a Green Creek.

Eu não sabia o que falar para ela. Para eles.

— Jessie? — grunhiu Ox.

— Lá embaixo com Pappas — respondeu Joe calmamente. — Espalhando mais uma linha de prata. — Ele olhou para mim antes de olhar de volta para Ox. — Ela estará pronta.

— Cara — disse Carter à nossa direita. — Você pode parar com isso? Qual é a porra do seu *problema*?

O lobo-oriental resmungou para ele, ainda tentando afastá-lo de mim.

Ox meneou a cabeça, erguendo Mark de volta ao ombro de onde ele estava prestes a escorregar. Os braços de Mark pendiam soltos por trás de suas costas.

— Ele te machucou? — perguntou Elizabeth, e por um instante pensei que ela estivesse falando com Ox.

Não estava. Ela estava olhando diretamente para mim.

Balancei a cabeça, as palavras presas na garganta.

— Bom. Ele... ele não seria capaz de se perdoar se tivesse. Ele sempre foi assim em relação a você.

Maldição.

— Ele não te mordeu, né? — perguntou Joe a Ox, e embora estivesse tentando manter a voz tranquila, soou tensa e aguda. Parecia um garoto outra vez, o garoto que Ox chamava de seu tornado.

— Não — disse Ox. — Ele tentou, mas não.

Joe assentiu com firmeza.

Elizabeth desceu os degraus enquanto Ox se aproximava. Ela passou a mão pelas costas nuas de Mark, filetes de neve derretida escorrendo em direção aos seus ombros. Eu vi o exato instante em que se deu conta do corvo no pescoço, seus lábios se estreitando, a mão se fechando em um punho. Os degraus de madeira rangeram sob o peso combinado deles enquanto Ox carregava Mark para dentro da casa.

Joe se virou para segui-los, mas parou antes de chegar à porta. Ele parecia estar se preparando para algo, e eu temia o que sairia de sua boca em seguida.

Ele disse:

— Carter.

Kelly baixou a cabeça. Carter suspirou.

— Eu sei. Eu só... eu só queria estar do lado de fora. Por mais um tempinho.

Ele inclinou a cabeça para trás em direção ao céu. Neve caía em seus cílios, e ele piscou para afastá-la. Respirou fundo e soltou devagar. A neve corria pelo seu rosto. Kelly estendeu a mão e segurou a do irmão, seus dedos se entrelaçando. Carter olhou para ele, a expressão se suavizando.

— Vai ficar tudo bem. Você vai ver.

Kelly concordou com a cabeça.

— Ei — disse ele. — Nada disso agora. Olhe para mim. Por favor.

Kelly o fez. Seu lábio inferior tremia.

— Vai ficar tudo bem — sussurrou Carter. — Prometo.

— Você não tem como saber disso.

Carter deu de ombros.

— Sim, mas soa bem, então. Vá para dentro e ajude os outros. Você pode fazer isso por mim?

Os olhos de Kelly se estreitaram.

— Por quê?

— Eu só... preciso falar com o Gordon. Vou entrar em seguida.

Kelly me olhou desconfiado. Mantive meu rosto neutro. Ele soltou a mão de seu irmão sem dizer mais nada e seguiu para dentro da casa. Sua mãe tocou seu braço enquanto ele passava. Ela se inclinou e sussurrou algo em seu ouvido. Ele ficou rígido ao lado dela até ela terminar de falar e beijar sua bochecha. Ela o deixou ir, e ele desapareceu dentro da casa.

Carter deu um passo em minha direção, mas, antes que pudesse se aproximar mais, o lobo-oriental o agarrou pelo casaco, mordendo e tentando puxá-lo para longe. Carter escorregou na neve, virando-se sobre o ombro para encarar o lobo.

— Cara, vou chutar seu traseiro de lobo se não me deixar em paz. Não sei qual é a sua, mas não gosto de malditos selvagens estranhos se metendo na minha vida.

O lobo rosnou para ele, puxando seu casaco novamente.

— Eu preciso falar com o Gordon.

O lobo não achava uma boa ideia.

— Jesus *Cristo*. Olha, só... dá um tempo, está bem? Este é o meu bando. Ninguém aqui vai tentar nada. Pare com isso, ou vou fazer o Gordon lançar seu raio de Força em você.

O lobo soltou o casaco de Carter e rosnou para mim.

Revirei os olhos.

— Eu não tenho raio de Força. Por que tenho que ficar repetindo isso para todos vocês?

— Que seja — disse Carter displicentemente. — Não é essa a questão. Pare de tentar minar minhas ameaças totalmente críveis para este lobo estranho que não entende o conceito de *espaço pessoal*.

Ele deu mais um passo na minha direção.

O lobo rosnou para ele.

Ele deu um tapa na cabeça dele.

Por algum motivo, ele se acalmou.

— Era só o que me faltava — resmungou Carter, mas o lobo continuou onde estava enquanto ele se aproximava de mim.

Elizabeth permaneceu quieta.

Carter estava na minha frente. Ele não... A estrada o transformara. Ele tinha ficado mais duro. No final, todos nós ficamos. Mas, ao voltar para casa, ele amoleceu, pelo menos um pouco. Não tanto quanto seus irmãos, mas o suficiente. Ele não era mais o mesmo de antes, mas nenhum deles poderia ser. Não depois do pai deles. Não depois de tudo que tinham visto.

Porém, no último ano, ele tinha se estabilizado, de alguma forma, na própria pele. Ele era o segundo do Alfa, um corajoso garoto que era ferozmente protetor daqueles que amava.

E agora isso.

Eu sabia por que Joe o tinha chamado agora.

Jessie não estava apenas fazendo uma gaiola para Mark.

Ela estava fazendo uma para Carter também.

Ele me examinou, e eu não sabia o que estava procurando. Ele disse:

— É... você sentiu. Eu sei que sentiu. Quando estávamos na estrada. Tentou lutar contra. Eu não sabia por que, no começo. Não entendia. Tudo pelo que você passou. E talvez eu ainda não saiba de tudo. Mas, em algum momento do caminho, você se tornou parte do bando. Para mim. Para nós. E eu confiei em você para cuidar dos meus irmãos e de mim naquele momento. E, quando voltamos para casa, para cuidar do resto de nós. Você não quis. Esse fardo. E eu sinto muito por isso. Mas é seu de qualquer forma. Porque você é família. Minha família. — Ele balançou a cabeça. — E eu preciso que me prometa uma coisa. Porque eu não posso pedir para mais ninguém.

— Carter...

Ele ergueu a mão.

— Só... escute. Por favor? Já é difícil o suficiente. Eu preciso... Se você não puder nos reverter. Se você não puder... consertar isso, então eu preciso que me prometa que vai ser você. A...

— Vá se foder — disse eu roucamente. — Vá se foder, Carter.

Ele piscou rapidamente.

— Eu sei. Mas eu não posso deixar... minha mãe e.... Joe, tá. E Kelly? Ah, Deus, Gordon. Kelly é tão... Ele não é como nós. Não é um Alfa. Não é um segundo. Ele precisa... por favor. Por favor, apenas faça isso. Por mim. Eu não posso ser assim. Eu não posso correr o risco de machucar alguém. Não é...

Eu o abracei.

Ele ficou surpreso. Eu nunca tinha feito nada assim. Não com ele. A sensação era... estranha, ele pressionado contra mim, e eu me lembrei do olhar no rosto de Elizabeth quando entrei em seu quarto pela primeira vez depois que ele nasceu.

Olhe só para isso, ela tinha dito. *Ele gosta de você, Gordon.*

E eu lhe fiz uma promessa naquele momento. Enquanto seu pequeno punho se enrolava em meu cabelo, eu lhe fiz uma promessa.

Você ficará seguro. Eu prometo. Vou ajudar a mantê-lo seguro.

Seus braços se ergueram ao meu redor, e ele me abraçou de volta.

Em algum momento me soltou.

Ele revirou os olhos enquanto o lobo rosnava atrás dele.

— Sim, sim, seu cuzão. Cala a boca.

Ele beijou a bochecha da mãe enquanto se dirigia para a casa, um gigantesco lobo selvagem seguindo-o.

Apenas Elizabeth e eu permanecemos do lado de fora na neve, a luz da manhã fraca ao nosso redor.

Eu não sabia o que dizer a ela. O que era certo. O que era errado. Seu filho acabara de me pedir para encerrar sua vida se chegasse a isso, e ela havia ficado em silêncio.

No final, não importou. Ela falou primeiro.

Ela disse:

— Os outros ainda estão no bar. Robbie também, embora ele não tenha ficado muito feliz em deixar Kelly fora de sua vista.

— É claro que não ficou — murmurei. — Como os humanos estão reagindo?

— Incredulidade, eu acho. A maioria deles. Acho que estão tentando se convencer de que não foi o que parecia. Mas alguns deles, eles não estão... com medo. Estão curiosos. Especialmente a Bambi. Acho que gosto daquela garota.

— Ela dá trabalho ao Rico, com certeza.

— De fato. Mas estão lidando com a situação, por enquanto. Ninguém está tentando sair do Farol, e não houve ameaças contra nós. Inclusive, tivemos que impedi-los de tentar sair para enfrentar os caçadores. Não sei o que há com este lugar, mas certamente incentiva os homens a se comportarem como tolos. Robbie discutiu com Ox por ser separado de Kelly. Ameaçou, até. Não sei se Kelly sabe o que fazer com isso.

— O garoto é meio idiota mesmo.

— Não é o único.

— É, sobre isso. Quanto tempo você acha que vai demorar até que Carter descubra?

Um pequeno sorriso apareceu em seu rosto.

— Ah, eu espero que leve algum tempo. Eu amo meus filhos, mas eles podem ser um pouco ingênuos quando se trata de certas coisas. Mas eu não estava falando sobre o Carter.

Franzi a testa para ela.

— Nós realmente precisamos fazer isso agora?

— Você é o parceiro do Mark. Claro que precisamos.

— Eu não... Eu pensei que seria... Eu não tive a intenção...

— Eu sei — disse ela. — Mas é a sua cara esperar até o último segundo possível para abrir mão da teimosia.

— Ele... ele não teve a intenção. Quando te bateu. Ele nunca...

— É claro que não — falou ela gentilmente. — E uma vez que tudo volte ao normal, terei a minha vingança.

Eu me senti um pouco desanimado.

— Ele é tudo que me resta.

Ela soltou um suspiro.

— Eu sei que você é burro, Gordon, mas você não pode ser *tanto* assim.

Levantei a cabeça e a encarei, irritado.

— Eu não...

— Você se lembra do que eu disse antes de você partir com meus filhos?

— Você me disse que confiava os seus filhos a mim.

— Sim. E eu falei sério.

— Você também disse que me despedaçaria se eu traísse essa confiança — lembrei-a.

— E eu também falei sério em relação a isso — disse ela, os olhos brilhando em laranja. — Mas essa era a única maneira de você me entender, Gordon. Se eu tivesse colocado de outra forma, não teria acreditado em mim. Por muito tempo, você só lidou com ameaças. Ao bando. E depois contra nós. Contra você mesmo. Thomas... ele foi o culpado por isso. Talvez não completamente, mas em grande parte. E isso é algo pelo qual jamais se perdoou. Ele te amava, Gordon. Ele te amava. Ele recorreu a você quando mais precisou. Com Joe. Ele sabia que, mesmo que estivesse furioso com ele, mesmo com tanta raiva no coração, no fundo você ainda era o bruxo Bennett, mesmo que nenhum de vocês conseguisse dizer isso em voz alta. Os homens são teimosos assim. Ridículos e teimosos.

— Ele me ameaçou. Disse que, se eu não ajudasse, ele iria...

— Porque essa era a única coisa à qual você teria respondido — disse ela. — Mas você deixou de ser aquela pessoa. Há muito tempo. Você protegeu meus filhos. Você trouxe todos para casa. Você se tornou parte do bando, e mesmo que você não acreditasse, eles acreditavam em *você*. Nenhum de nós, Gordon, nenhum de nós seria o mesmo sem você. E Mark? Mark te ama desde que soube o que é amor.

— Mas eu não pude — falei, precisando que ela entendesse. — No final, eu não pude protegê-los. Se isso é coisa dele, do meu pai, ele está fazendo isso por minha causa. Carter e Mark e...

— Você *não* é seu pai — disse ela ferozmente. — Você é muito mais do que ele jamais poderia ser. Você tem um bando, Gordon. Você tem a força dos lobos por trás de você. Você tem os humanos, aqueles humanos maravilhosos que o seguiriam para qualquer lugar. Não vê? O que meu filho acabou de lhe pedir não foi porque ele acha que você seria o único capaz de fazer. Ele... ele pediu porque sabe que pode confiar em você. No final, ele pediu a você porque não existe ninguém em quem confie mais. Assim como o pai dele. Assim como eu.

Eu abaixei a cabeça.

Ela segurou meu rosto.

— Você não está sozinho, Gordon. Há muito tempo que não está. E só agora está finalmente enxergando isso. Você se sentiu assim por muito tempo, e eu sinto muito por isso. Sinto muito por tudo.

Ela enxugou a lágrima solitária que escorria pela minha bochecha. Inclinou meu rosto para cima até que eu pudesse olhá-la nos olhos.

— Mas eu sei de algo que eles não sabem. E acho que você também sabe. Não é?

Eu assenti lentamente.

— Nós não vamos deixar chegar a esse ponto, vamos?

— Não.

— Porque esta é nossa cidade. Este é nosso bando. E ninguém vai tirar isso de nós. De novo não.

As rosas no meu braço começaram a florescer. Senti suas pétalas se expandindo na minha pele.

— Nunca mais.

Seus olhos estavam brilhando em laranja.

— Nem bruxos. Nem caçadores. Nem uma Alfa que quer o que nunca lhe pertenceu. E nem seu pai.

— Não. Nenhum deles vai.

Ela assentiu lentamente.

— Você sabe de algo, não é? Eu posso sentir. Pelos laços. Está escuro sob todo aquele azul. Mas está lá.

E eu hesitei.

— Gordon? — perguntou ela. — O que é?

Tinha um lobo, Gordon. Ele veio até mim. Eu o conhecia. Mesmo sem nunca o ter visto nesta vida, eu o conhecia. Gordon, ele disse que você precisa abrir a porta. Você precisa abri-la completamente se espera sobreviver a isso.

Estamos indo, tudo bem? Faremos o que pudermos, mas ele disse que você precisa abrir a porta. Ele disse que você entenderia. Que eu tinha que dizer "nunca mais" *e você entenderia. Thomas disse...*

— Nunca mais — murmurei.

— Ele costumava dizer isso sobre você. Quando estávamos sozinhos. — Elizabeth Bennett olhou para mim com o lobo rastejando sob sua pele. — "Dize a esta alma a quem atrais... Disse o Corvo, 'Nunca mais'".

E tudo o que senti enterrado no azul profundo foi *bando* e *bando* e *bando*.

Jessie disse:

— Está acontecendo, não está?

Ela estava apoiada na parede ao lado da porta do porão. Parecia tão cansada quanto eu me sentia, mas se mantinha altiva e orgulhosa. Como uma loba.

— Acho que sim.

Ela assentiu lentamente.

— Podemos vencer isso? Tudo isso?

— Não sei. Mas vamos lutar com tudo.

Ela se afastou da parede, inclinando-se para me beijar na bochecha.

— Estou feliz que você tenha seu parceiro mágico lunar místico.

Fiz uma careta para ela.

Ela não estava errada.

— Elizabeth está te esperando lá fora. Vá para o bar. Traga o resto do bando para casa. Não sejam vistos.

Ela me olhou curiosamente.

— O que você vai fazer?

Eu olhei para a porta do porão. Dava para ouvir os ruídos dos lobos abaixo de nós.

— O que tenho que fazer.

—Nós não precisamos dos lobos — disse meu pai uma vez. — Eles precisam de nós, sim, mas nunca precisamos deles. Eles usam nossa magia. Como um laço. Ela une um bando. Sim, existem bandos sem bruxos. Mais do que os que têm. Mas aqueles que têm bruxos são os que têm poder. Há uma razão para isso. Você precisa lembrar disso, Gordon. Eles sempre vão precisar mais de você do que você poderia um dia precisar deles.

Meu pai nunca entendeu. Mesmo quando se comprometeu com Abel Bennett, ele não entendeu. O que significava estar ligado a um lobo. O que significava ser um bando. Não se tratava de necessidade.

Era uma escolha.

Ele não tinha me dado uma.

Nem Abel Bennett.

Thomas Bennett sim. No final. Eu apenas estava cego demais para enxergar pela fúria que sentia por tudo que estava sendo tirado de mim.

Ele errou em fazer do jeito que fez.

Mas, no final, me deram uma escolha.

Eu disse não.

Ele me ameaçou. Eu não estava mentindo quando contei isso para Elizabeth.

Mas teve mais. Depois das presas e das garras e dos olhos muito, muito vermelhos.

— Meu filho — dissera ele. — Por favor, Gordon. É o Joe. É meu *filho*. Por favor, me ajude.

Ele então caiu de joelhos, inclinando a cabeça para trás, expondo o pescoço.

O Alfa de todos, me *suplicando* que o ajudasse.

Eu quase virei e o deixei ali, no chão.

E acho que ele esperava que fosse assim.

Mas estava lá, não estava?

Lá no fundo, enterrado em um oceano de azul.

Aquela *faísca* que exigia meu Alfa.

Eu havia esquecido o quão brilhante ela queimava.

— Levante-se — respondi com aspereza. — Levante-se. Levante-se, e vou te ajudar.

Eu o escolhi naquele momento. Escolhi ajudá-lo.

Mesmo depois de tudo.

Não era uma questão de necessidade.

Éramos um bando porque escolhemos ser.

E eu não ia perder isso sem lutar.

Agora eu sabia o que precisava ser feito.

Só esperava que eles pudessem me perdoar.

Pappas marchava ao longo da linha de prata estendida diante dele que o mantinha preso. A parede de metal atrás dele estava marcada com arranhões profundos de garras. Ele rosnou ao me ver, jogando-se contra a parede invisível que o segurava.

Carter e Kelly estavam frente a frente, a prata espalhada entre eles no chão. Kelly estendeu a mão e pressionou-a contra a parede. Carter hesitou antes de fazer o mesmo. O lobo-oriental estava preso com ele, rondando atrás dele, o rabo balançando perigosamente.

E Mark.

Sempre Mark.

Ele estava sentado nu no meio do chão, os olhos fechados. Estava acordado, e suas mãos estavam em seus joelhos, cravando-se na pele. O corvo em sua garganta tremulava cada vez que ele engolia. Ox estava agachado do outro lado da linha de prata diante dele, observando-o atentamente.

Joe tocou o ombro de Ox, fazendo-o olhar para trás. Ele se levantou enquanto eu me aproximava, acenando com a cabeça na direção de Mark.

— É como foi com Pappas — disse baixinho. — A calmaria que precede...

Concordei tensamente.

Joe apertou os olhos para mim. Ele estendeu a mão e pressionou os dedos contra minha testa.

— Está aqui dentro, não está? Aconteceu alguma coisa.

Concordei com a cabeça, e sua mão caiu.

— Eu... talvez tenha um plano. Mas vai exigir todos nós, acho. E vocês não vão gostar.

Joe franziu a testa.

— O que é?

— É... precisamos esperar. Pelos outros. Elizabeth e Jessie, elas vão... Só precisamos esperar. Só quero falar uma vez.

Ox me encarou.

— Isso vai ajudá-los? Carter. E Mark.

— Não sei — respondi com sinceridade. — Mas é a única coisa que tenho. A lua cheia é amanhã. Não temos tempo. Só... vocês podem me dar um momento? Preciso...

Ox e Joe deram um passo para trás.

Respirei fundo e me virei para Mark.

Eu me sentei no chão, espelhando sua posição. Meus olhos arderam quando o olhei, mas eu não podia fazer nada para impedir.

— Mark — falei. Seu nome em minha língua se desfez em pedaços, e limpei a garganta.

Ele abriu os olhos. O violeta havia desaparecido. Tudo o que restava era o azul congelado.

— Gordon — murmurou. — E-eu sinto muito. Tentei lutar contra. Eu tentei...

— Está tudo bem. Eu estou bem. Você não... você não me machucou.

Ele parecia consternado.

— Se o Ox não estivesse lá...

Eu bufei.

— Eu não preciso do Ox para te dar uma surra, seu vira-lata grandalhão. Eu posso me virar muito bem sozinho.

Ele contraiu a mandíbula.

— Isso não é brincadeira, Gordon.

— Sorte minha que eu não estou brincando. Se você acha que pode me encarar numa luta, você é ainda mais burro do que eu pensava.

— Eu quis te machucar — disse Mark. — Eu te vi deitado na cama ao meu lado, dormindo, e eu quis arrancar sua garganta. Quis manchar meus dentes com o seu sangue. Foi por pouco, Gordon. Você não sabe como cheguei perto.

— Mas não fez.

Suas garras se estenderam, fincando-se em seus joelhos.

— Porque queimou.

Franzi o cenho.

— O que queimou?

Ele inclinou levemente a cabeça para trás, expondo o corvo.

— Isso. Eu pensei… Parecia que estava voando para o sol, e *queimou*.

— Isso é porque eu sou seu parceiro, idiota. Você está ligado a um Livingstone agora. A única maneira de sair disso é se eu mesmo te matar, assim como meu bom e velho pai.

— Então faça. Me mate.

E eu disse:

— *Não.*

Seus olhos brilharam em violeta.

— Gordon — falou Ox enquanto dava um passo em nossa direção.

Eu virei e lancei a ele um olhar de raiva sobre o ombro.

— Não. Fique longe.

Ox pareceu que ia argumentar, mas Joe pôs a mão em seu braço, e ele concordou.

Olhei de volta para Mark. Seus joelhos sangravam por causa de suas garras.

— Você confia em mim?

— Sim — rosnou. — Mas não consigo confiar em mim mesmo. Está aqui, Gordon. — Ele estendeu uma garra ensanguentada, tocando o lado da cabeça. — Está me tirando de você. Posso sentir. Dói. Não é como nada que já tenha sentido antes. E estou tentando segurar. Estou tentando conter da melhor maneira possível. Mas está escapando pelos meus dedos. Eu te quero. Eu te quero tanto. — Ele estalou os dentes para mim.

Eu disse:

— Deixe ir.

Isso tirou o violeta de seus olhos.

— O quê?

— Me deixe ir.

Ox falou:

— Gordon, você precisa...

Ergui a mão sobre o meu ombro, e ele se calou.

— Entregue-se.

Mark rosnou para mim.

— Você bem que gostaria disso, não é? Acasalado comigo por menos de um dia e já está procurando uma saída. Está fugindo outra vez, Gordon? Como sempre. As coisas ficam difíceis e Gordon Livingstone simplesmente *foge*.

Inclinei a cabeça para o lado, tentando manter a calma.

— Eu não vou a lugar nenhum. Escute meu batimento cardíaco. Me diga se estou mentindo.

Ele se levantou lentamente. Seus joelhos estalaram. O peito arfava. Os olhos piscavam entre gelo e violeta.

Pappas se lançou novamente contra a linha de prata. Tive a impressão de ter ouvido um osso estalar.

Carter ficou parado como uma estátua, as narinas dilatadas enquanto me encarava. O lobo-oriental estava ao seu lado. Kelly me observava com uma expressão de horror, como se não pudesse acreditar no que estava ouvindo.

— Por quê? — demandou Mark, andando de um lado para o outro. — Por que você está aqui? Por que *todos* vocês estão aqui? Vocês não me querem. Vocês não *precisam* de mim. Estou perdendo minha maldita *cabeça*, e vocês estão aí sentados como se não fosse *nada*.

— Eu não preciso de você.

Ele avançou rapidamente, e eu tive que me segurar para não recuar.

— Por quê! — gritou para mim. — Por quê! Por quê! — Cada *por quê* foi pontuado com um soco na barreira.

Eu me levantei lentamente.

Ele seguiu meus movimentos, sempre o predador.

Fiquei diante dele. Apenas alguns centímetros nos separavam.

— Porque em vez disso eu te escolhi — disse a ele baixinho, e ele recuou. — Nós nunca precisamos um do outro para sobreviver. Se precisássemos, ambos estaríamos mortos há muito tempo. Nunca foi sobre isso, Mark. Estamos aqui agora porque escolhemos um ao outro. No final, sempre foi uma questão de escolha. Escolhemos lutar um contra o outro até escolhermos lutar juntos. Você me escolheu há muito tempo. E agora eu estou te escolhendo também.

Emoções conflitantes digladiavam em seu rosto: incredulidade, tristeza, raiva e esperança.

— Eu não…

— Você quebrou o corvo que fez para mim.

Seu rosto se contorceu e seus ombros estremeceram.

— Eu sei. Eu sei e nunca vou me perdoar por…

— Você ainda o tem?

— Está *quebrado*, Gordon, está no chão e está *quebrado*… — A coerência se desfez, as palavras se tornando rosnados confusos.

— O lobo de pedra. Aquele que você me deu há muito tempo. E que eu devolvi. Você ainda tem?

Ele me encarou, os olhos molhados e selvagens.

— Eu… sim. Sim. — Seu peito deu um soluço. — Ainda tenho. Isso dói, Gordon. Isso dói.

— Você vai me dar, está bem? Quando tudo isso acabar, vou pedir que me devolva. E se você achar que está tudo bem, se achar que é a coisa certa a fazer, prometo que vou cuidar dele pelo resto de nossos dias.

Ele pressionou a mão contra a barreira.

— Mostre-me — disse com a boca cheia de presas.

Eu entendi o que ele queria dizer. Inclinei a cabeça para o lado e estiquei a gola do meu casaco até que ele pudesse ver a marca da mordida. Latejava furiosamente, e eu saboreava cada pulsar de dor que percorria meu corpo.

— Eu vou te dar o meu lobo, bruxo — rosnou. — Se eu não te matar primeiro.

Dei um sorriso maldoso para ele.

— Gostaria de te ver tentar.

O azul-gelo tinha desaparecido.

Tudo o que restava era violeta.

— O que está fazendo? — perguntou Ox com raiva. — Que diabos você está fazendo, Gordon?

Eu encarei Mark enquanto a semitransformação se apoderava dele e ele começava a percorrer a linha de prata, o olhar estreito fixo em mim.

— Eu vou fazer com que paguem. Todos eles.

destrua

Era meio-dia quando os outros retornaram. Eu fiquei no porão, observando Mark sucumbir. Foi um processo lento e doloroso, e eu sabia que, se aquilo não desse certo, provavelmente não viveria o suficiente para me arrepender.

Kelly estava furioso comigo, desafiando-me a fazer o mesmo com Carter, desafiando-me a tentar transfomar seu irmão em um selvagem. Joe mal conseguiu segurá-lo. Eu os ignorei, concentrando tudo o que tinha em Mark. Kelly havia desabado em lágrimas, e Carter tinha tentado consolá-lo, mas ele estava arfando, tenso e rígido. O lobo-oriental continuou encostado no seu ombro até que Carter rosnou para que ficasse longe dele.

Ox não tinha se mexido, e eu podia sentir seu olhar em minha nuca. Emoções confusas fluíam pelos laços entre nós. Ele estava bravo comigo e entristecido com a visão diante de si. Mas ele me *conhecia*, sabia que eu não faria o que fiz sem motivo. Ele ainda estava se segurando, ainda confiando em mim, e eu esperava que fosse o suficiente.

— Eles estão aqui — disse Ox, e um segundo depois veio o som de uma porta sendo aberta com tudo na frente da casa. Passos retumbaram lá em cima, dirigindo-se para as escadas. Os olhos de Ox brilharam intensamente. — Mas nem todos. Algo está errado.

Robbie foi o primeiro a descer, parecendo frenético. Ele devia ter sentido a angústia de Kelly, porque parecia querer destruir quem quer que fosse a causa disso. Torci para que Kelly não o incitasse contra mim. Claro, isso teria me dado uma desculpa para quebrar seus óculos, mas eu odiaria ter que machucar o garoto logo de cara.

Ele ficou na frente de Kelly, estendendo a mão como se quisesse tocá-lo, mas fechou os punhos e os trouxe de volta ao lado do corpo.

— Você está bem? — perguntou em voz baixa. — Eu tentei chegar aqui o mais rápido que pude, mas Elizabeth disse que precisávamos nos movimentar juntos, e ela não deixou que eu me transformasse, e aí fomos atacados e...

— Estou bem — disse Kelly entre dentes cerrados. — Como assim, *atacados*?

— Caçadores — explicou Robbie, com o rosto pálido. — Eles nos encontraram quando estávamos a meio caminho daqui. Eu deveria ter... mas estava tentando voltar para cá e não os ouvi. Eu não *ouvi*. Desculpe. Sinto muito.

Meu sangue gelou.

— Quem? — consegui perguntar. — Quem eles...

Elizabeth desceu em seguida. E não estava sozinha.

Ela tinha um braço envolto nas costas de Rico, tentando segurar o peso. Jessie estava do outro lado dele, com o braço em volta da sua cintura. O rosto de Rico estava contraído e ele estava cerrando os dentes. Sua perna esquerda estava encharcada de sangue.

Ox e Joe já estavam na frente deles antes que alguém pudesse falar. Elizabeth e Jessie o entregaram aos Alfas.

— Estou bem — murmurou Rico, tentando parecer corajoso. — Apenas me acertaram de raspão. Parece pior do que é.

— Malditos — rosnou Jessie, com os cabelos caindo em mechas em volta da testa. — Eu vou *matá-los*.

— Nós vamos atrás dos caçadores — falou Joe para ela, ajoelhando-se diante de Rico. — Nós vamos...

— Não os caçadores — interrompeu ela. — Apesar de que com certeza nós iremos. Estou falando de Chris e Tanner. Eu vou *assassiná-los*.

Eu olhei para as escadas, esperando que eles aparecessem.

— O que eles fizeram agora?

Ela se virou para mim, parecendo furiosa.

— Eles... eles... Droga, o que há com os homens deste bando? Por que vocês são *assim*?

— Eles nos disseram para correr — disse Robbie baixinho, olhando para as próprias mãos. — Nos disseram para fugir. Eles... os caçadores nos surpreenderam. Um grupo deles. Elijah não estava lá. Rico foi atingido, e Chris pegou a arma de Rico e nos disse para correr. Que precisávamos tirar Elizabeth de perto deles. — Ele deu um suspiro trêmulo. — Chris disse que não queria que Elizabeth fosse machucada por eles novamente.

Elizabeth estendeu a mão e limpou uma mecha de cabelo suado do rosto de Rico.

— Eles foram muito corajosos. Eles nos deram tempo para escapar. Eu mal me dei conta de que estava falando.

— Estão… eles ainda estão vivos?

— Sim — disse Ox, observando enquanto Joe rasgava a perna da calça de Rico. — Eles estão vivos. Eu não… eu estava tão focado em Mark e Carter que nem percebi quando foram levados. — Ele exalou forte pelo nariz. — Eles estão vivos. E estão furiosos.

— O Farol — perguntou Carter, com a voz mais dura do que eu jamais ouvira. — Os caçadores sabem sobre o Farol?

Rico balançou a cabeça, gemendo enquanto Joe pressionava os dedos ao redor do ferimento em sua perna.

— Acho que não. Estávamos longe o bastante. Encobrimos nossos rastros. Bambi, ela… Qualquer um que tente ir atrás deles vai levar chumbo na cara. Ela é durona.

— Não é tão ruim — falou Joe para Ox. — Só pegou de raspão. Tirou um pedaço, mas a bala não ficou nele.

— Eu falei — disse Rico fazendo uma careta. — Tiro de sorte, de qualquer maneira. Se Chris não tivesse pegado minha arma, eu teria acertado o desgraçado entre os olhos. *Pendejo*. Tinha costeletas. Você sabe como me sinto em relação a costeletas.

— Jessie — falou Ox —, pegue o kit de primeiros socorros. Precisamos limpar e enfaixar isso.

Jessie assentiu, virou-se e correu de volta para cima.

— Ótimo — resmungou Rico. — Porque isso vai ser ótimo.

— Cale a boca — falei para ele, empurrando Joe para fora do caminho. — Vai ficar uma cicatriz. Bambi parece ser do tipo que gosta de cicatrizes.

Ele se animou com isso.

— Você acha? Porque, se ela superar essa coisa de eu-corro-por--aí-com-lobisomens, isso seria bem legal e… meu Deus, por que você está *encostando*? Eu estou *sangrando*, Gordon!

Pressionei minha palma contra o ferimento. As garras do corvo se apertaram em torno de videiras e espinhos enquanto eu absorvia a dor da melhor maneira possível. Ela rolou pelo meu braço e para o meu peito, se enrolando no meu coração e apertando.

— Mark? — perguntou Elizabeth então, e eu baixei a cabeça.

Mark rosnou em resposta.

— O que aconteceu? — indagou, e tudo vindo dela parecia azul.

— Por que ele...

— Foi o Gordon — disparou Kelly, parecendo furioso. — Gordon o deixou assim. Gordon o fez se tornar um Ômega e...

— *Chega* — disse Ox, e todos ficaram em silêncio.

Jessie desceu as escadas com uma caixa branca apertada no peito. O clima mudara drasticamente nos poucos segundos em que estivera fora, e ela permaneceu calada enquanto se ajoelhava ao meu lado. Ela moveu minha mão, e Rico chiou quando a dor voltou. Eu me levantei lentamente, deixando-a assumir.

Elizabeth estava me olhando com uma expressão inescrutável.

— Gordon? — perguntou ela. — Isso é verdade?

Eu respirei fundo.

— É.

Seus olhos piscaram laranja, mas foi só isso.

— Por quê?

Kelly me encarava enquanto Robbie estava ao lado dele, parecendo confuso. Carter andava atrás deles, o lobo-oriental parecendo sua sombra. Pappas estava sentado em um canto, ganindo alto. Ox e Joe estavam lado a lado. Rico gritou quando Jessie fez *alguma coisa* na ferida em sua perna.

E Mark.

Mark estava no centro da gaiola. Estava preso em sua semitransformação, embora ainda fosse mais homem do que lobo. Seu lábio inferior sangrava onde uma presa perfurara. E seus olhos estavam violeta. Tão violeta.

— Você vê a marca no pescoço dele? — perguntei a ela.

Ela assentiu vigorosamente.

— O corvo.

— Sabe o que isso significa?

— Sim.

— Então você sabe que eu faria qualquer coisa por ele.

— Você faria? — indagou. — Por que agora? Por que depois de tanto tempo?

— Porque se este for o fim — respondi o mais honestamente possível —, ele precisava saber que eu nunca deixei de amá-lo.

Meu batimento cardíaco, embora acelerado, permaneceu constante. E ela sabia disso.

Kelly bufou.

— Você o *forçou* a se tornar Ômega. Você disse a ele para te soltar. Como diabos pode dizer que você...

— Kelly — falou Elizabeth, e ele se acalmou, embora ainda parecesse letal. Eu esperava que me perdoasse pelo que eu estava prestes a fazer. — Por quê?

Engoli em seco.

— Você sabe por quê.

— Não é o bastante — disse ela, e ah, como estava com *raiva*. — Depois de tudo pelo que passamos, isso não é o bastante, Gordon Livingstone. Você vai dizer. Agora.

Eu sabia o que ela estava pedindo, e era o mínimo que eu poderia dar.

— Porque ele é meu parceiro.

Ela enxugou os olhos.

— Você foi a escolha dele. Sempre foi. Mesmo quando... mesmo quando ele pensava que você nunca o escolheria de volta. Mesmo quando você achava que não, ele sempre te escolheu.

— Eu sei.

— Você o escolheu de volta? Ou isso tudo foi parte de um plano? Você está usando o Mark?

Você não pode confiar em um lobo.

Eles não te amam.

Eles precisam de você.

Eles te usam.

A magia em você é uma mentira.

Exceto que não era. Minha mãe não havia entendido. Mas isso não era culpa dela. Ela tinha sido enganada pelo meu pai, assim como o resto de nós. E, no final, ela fez a única coisa que podia.

— Eu o escolhi — disse a ela. — E escolheria de novo. E se isso funcionar, se isso fizer o que eu acho que fará, então ainda podemos ter uma chance. *Eles* ainda podem ter uma chance. Os caçadores, eles... eles nos deram até a lua cheia. E eles têm nossos amigos. Nosso bando.

— Aqueles homens loucos e brilhantes. — Estamos em menor número.

Talvez pudéssemos enfrentá-los de frente. Talvez pudéssemos vencer. Mas as armas que eles têm podem derrubar um lobo em segundos. Precisamos igualar as chances. — Era agora ou nunca. — Precisamos abrir a porta.

Eles ficaram confusos. Eu esperava por isso. Não estavam pensando como eu. Não sabiam o que eu sabia. E a ideia era tão abstrata que era um desafio até começar a entendê-la.

Ox entendeu primeiro. Ele sabia o que aquilo significaria.

— A porta — repetiu ele. — Você tem certeza?

Concordei.

Joe olhou entre nós, os olhos se estreitando.

— O que você está… Não. — Ele deu um passo à frente. — Você não pode estar pensando…

Ox colocou uma mão em seu ombro.

— Precisamos ouvir.

— Do que ele está falando? — demandou Kelly, ignorando Robbie quando ele tentou acalmá-lo. — O que ele quer fazer?

— No momento antes de Richard Collins morrer — comecei —, depois que ele… machucou Ox, ele se tornou um Alfa. Mas, antes disso, os Ômegas já tinham se reunido atrás dele. Se alguns deles estavam infectados ou não, eu não sei. Mas tenho que acreditar que alguns estavam. Ele era… como Ox.

Os lobos rosnaram.

Eu ergui as mãos, tentando aplacá-los.

— Não… vejam. Ox era um Alfa sem nem ser um lobo. Nós sabemos disso. Com Richard a situação… não foi a mesma, mas foi parecida. Dois lados da mesma moeda. Os Ômegas o seguiam. Ele os *controlava*. Um Alfa sem realmente *ser* um Alfa. Até que ele o tirou de Ox. Vocês sabem o que aconteceu então.

— *Mierda* — murmurou Rico quando Jessie terminou de enfaixar sua perna. — Foi ruim. Como uma tempestade na minha cabeça. Pude sentir. Insetos rastejando no meu cérebro.

Eu assenti.

— Porque Richard se tornou seu Alfa.

— Até que eu o matei — disse Joe. — E devolvi a Ox.

— E eu os levei comigo — falou Ox, olhando para Joe antes de se voltar para mim. — Os Ômegas. Até fecharmos aquela porta.

— Trancamos bem — concordei. — Alguns ainda conseguiram passar. Era por isso que Ômegas apareciam aqui de vez em quando. Eles sentiam Ox os atraindo, mesmo quando ele não queria. Michelle Hughes não estava errada quando disse que Green Creek se tornou um farol. Mas ela não sabe até onde isso vai. O quão brilhante pode ser.

— Então, o quê? — perguntou Kelly com raiva. — Você quer destrancar a porta? Enlouqueceu?

— Não — respondi calmamente. — Não quero destrancar. Eu quero estilhaçar em pedaços. Ox precisa se tornar o Alfa dos Ômegas.

Os únicos sons vinham dos lobos selvagens.

Então Rico disse:

— Certo, tipo. Sem querer ofender, *papi*. Você sabe que eu te amo. Irmãos para a vida toda e tudo mais. Mas você ficou um pouco maluco da cabeça por causa da magia lunar mística? Porque parece que você ficou um pouco maluco da cabeça por causa da magia lunar mística.

— Tente, bruxo — disse Kelly, os olhos cintilando. — Apenas tente.

Robbie falou:

— Kelly...

Mas o lobo rosnou:

— *Não*. Não, não, eu não vou deixar. Não vou deixar isso acontecer. Não vê o que vai acontecer? Vai *puxá-los*. Os Ômegas. Mark. *Carter*. Vai forçá-los mais para longe. Ambos ficarão completamente selvagens. Não me importo se é magia. Não me importo se é outra coisa. Você não pode fazer isso. — Sua voz quebrou. — Você não pode tirá-los de mim. Você não pode ficar com o Carter.

— Ei — disse Carter, dando um passo à frente. Ele rosnou com raiva quando esbarrou na linha de prata, incapaz de alcançar seu irmão. — Kelly. Vamos, cara. Não é...

— Não — interrompeu Kelly com a voz rouca. — Não faça isso. Por favor. Não você.

Carter deu de ombros de forma desajeitada.

— É... já estou perdendo o controle, aqui. — Ele tentou sorrir, mas o sorriso desabou antes de chegar aos olhos. — Estou me segurando, mas é uma batalha perdida.

— Não — falou Kelly, balançando a cabeça furiosamente. — Tem que haver outro jeito. Eu vou encontrar. Eu não sei como, mas vou. Eu não vou deixar você fazer isso. Não vou.

— Eu sei que você está com medo...

— Pode ter *certeza* que estou! — gritou ele, batendo com os punhos na barreira entre os dois. — E se não conseguirmos consertar isso? Carter, e se você... e se você não puder voltar?

— Eu vou — garantiu ele. — Prometo. Ox, ou Joe, ou Gordon. Um deles vai encontrar um jeito. Eu sei disso. Mas já está... já está te tirando de mim. Mas se Ox ainda puder ser meu Alfa, mesmo que eu seja um Ômega, então temos que arriscar. Porque se ele ainda for meu Alfa e for o seu também, isso significa que ainda estaremos conectados, mesmo que eu não consiga mais sentir. Você ainda será parte de mim. E eu tenho que acreditar que isso será o suficiente para me trazer de volta.

As lágrimas transbordaram, e Robbie envolveu o ombro de Kelly com o braço, segurando-o enquanto ele soluçava.

Desviei o olhar, meu próprio coração se partindo. Se aquilo não funcionasse, ou mesmo se funcionasse e eu não conseguisse encontrar um jeito de trazê-los de volta, Kelly nunca me perdoaria. E eu não o culpava. Eu nunca me perdoaria.

— Você quer usá-los — disse Ox, e eu estava muito cansado. — Os Ômegas. Você quer chamá-los aqui. Para Green Creek. Para usá-los como armas.

— Você disse que estávamos em guerra — falei calmamente. — E se for esse o caso, então precisamos de um exército.

— E depois dos caçadores? E então?

— Eu não sei — admiti. — Mas se não fizermos algo em relação aos caçadores agora, em relação a Elijah, então não haverá mais nada *com o que* nos preocupar.

— Eu não gosto disso — disse ele.

— Eu sei.

— Sabe mesmo? Porque está me pedindo para fazer a mesma coisa que Richard Collins fez. Você está me pedindo para tomar controle de um grupo de lobos que não serão capazes de dizer não. Para *usá-los*.

— Você não é ele. Nunca foi.

Ele apertou a mandíbula.

— Você disse que éramos iguais. Lados de uma moeda.

— É. Mas a diferença é que você não está tentando tirar algo. Você está tentando proteger o que já é seu. — Balancei a cabeça. — Veja,

Ox. Eu não posso fingir que isso não é perturbador. Porque é. Você vê tudo em preto e branco. Como bom e ruim. E é isso que faz de você o Alfa que é. Mas eu não posso fazer isso. Eu não posso. Não sou como você. Nunca fui e nunca serei. Minha consciência não pode ser tão clara quanto a sua. Eu… fiz coisas. Coisas das quais não me orgulho. Mas eu faria *qualquer coisa* para manter meu bando seguro. Para manter minha *família* segura. E estou te pedindo para fazer o mesmo. Porque isso não vai acabar com os caçadores. Sempre haverá outros tentando tirar o que não lhes pertence. Bruxos. Michelle Hughes. — Eu suspirei. — Meu pai. Isso não… O que você faria? Para proteger aqueles que ama?

— Tudo — disse Ox, embora eu soubesse que lhe doía dizer. — Eu faria tudo.

— Eu preciso que você confie em mim nessa.

Ele suspirou e fechou os olhos.

— As barreiras. Bruxos. Eles não manterão os Ômegas afastados? Você sequer pode transformá-los de volta?

— Talvez não sozinho. Mas outros estão vindo.

Joe piscou.

— Quê? Quais outros? Como pode saber disso? Estamos isolados do mundo exterior.

Dei de ombros.

— Magia. — Era mais fácil do que dizer a ele que seu falecido pai havia aparecido numa visão para uma bruxa em Minneapolis e ela havia me revelado isso em um sonho. Talvez depois que tudo estivesse dito e feito. Talvez nunca.

Rico resmungou.

— Magia. Magia, ele diz. *Ay, Dios mio.* Nossas vidas, cara. Bambi nunca vai me perdoar, mesmo com uma cicatriz sexy.

— Tenho certeza de que você vai dar um jeito — disse Jessie, dando um tapinha em sua mão. — Eu tenho fé em você. — Ela franziu a testa. — Talvez.

— Ei! Eu levei um *tiro*. Você deveria ser legal comigo.

— Foi só de raspão. E depois deixou as mulheres te carregarem de volta.

— Porque sou feminista.

Jessie suspirou.

— Você consegue? — perguntou Joe a Ox.

Ox começou a balançar a cabeça, mas parou.

— Eu não... Eu acho que sim. Vou precisar de você. — Ele estendeu a mão e segurou a de Joe. — Vou precisar de todos vocês. Especialmente se eu for... controlá-los.

— Eles não vão atrás do Gordon? — perguntou Robbie, ainda próximo de Kelly. — Se eles forem como os outros, você consegue impedi-los de atacá-lo?

— Farei o que puder — respondeu Ox. — Mas não será fácil.

— Eu sei me cuidar — falei.

— Não consigo acreditar em vocês — disse Kelly, e *doeu* ouvir o senso de traição em sua voz. — Em nenhum de vocês. Que fariam isso com eles. Com Mark. Com Carter.

Carter suspirou.

— Tenho quase certeza de que ainda estou em meu juízo perfeito aqui. Bem. Na maior parte em meu juízo perfeito. Eu posso falar por mim mesmo. — O lobo-oriental pressionou o focinho contra o ombro dele, e ele o empurrou para longe.

Kelly riu amargamente.

— Só porque está assustado e não vê outra maneira.

— Kelly.

— Vá se foder.

— Olhe para mim.

De alguma forma, Kelly olhou.

— Estou com medo — admitiu Carter, e lembrei deles cantando junto com o rádio, janelas abertas e uma brisa soprando em seus cabelos enquanto viajávamos cada vez mais para longe de casa. — Como não ficava há muito tempo. Talvez nunca. Mas sabe o que me assusta ainda mais do que me tornar Ômega?

Kelly balançou a cabeça, os lábios apertados.

Carter sorriu, embora tremesse.

— Te perder. Isso talvez me assuste mais do que qualquer outra coisa neste mundo. Se houver até mesmo uma chance de vencermos isso, uma chance de conseguir te manter seguro por pelo menos mais um dia, você acha que não vou fazer? E sei que você faria o mesmo por mim se fosse você aqui dentro. Não tente me dizer o contrário.

— Você não pode me deixar.

O sorriso de Carter se alargou.

— Nunca. Ainda preciso ameaçar Robbie um pouco mais. Você sabia que ele te cheira quando pensa que ninguém está olhando?

— Eu *não* faço isso — disse Robbie, embora estivesse corando furiosamente e olhando para os pés.

Kelly olhou para Robbie, escandalizado, antes de se voltar para seu irmão.

— Jura?

— Que ele cheira? Sim, cara. Ele faz isso...

— Carter.

A expressão de Carter se suavizou.

— Sim, Kelly. Eu juro. Sempre voltarei para você.

— Elizabeth? — perguntou Ox.

Ela estava em frente ao cunhado. Ele estava quase encostando na barreira, rosnando baixinho. Batia as garras contra suas pernas nuas. O corvo em sua garganta se contorcia com a tensão dos músculos do pescoço. Ele a observava com olhos violeta.

Esta era a família dela.

Era tudo que lhe restava.

E quando uma mãe loba é colocada contra a parede, não existe nada que ela não faria para proteger o que é seu.

Elizabeth Bennett disse:

— Vá em frente. Destrua a porta.

Kelly e Joe estavam na frente de Carter. O lobo-oriental não estava satisfeito em tê-los tão perto, mas ficou atrás dele. Eles conversavam baixinho entre si, o braço de Joe envolvendo os ombros de Kelly. Carter estava tentando fazer Kelly sorrir, mas Kelly não o olhava. Eu não sabia se ele algum dia me perdoaria.

Robbie estava junto comigo no outro lado do porão, longe de todos os outros. Eu sabia que ele estava se preparando para algo, então dei a ele o tempo de que precisava. Ele ia me ameaçar, e eu deixaria. Afinal, ele estava ao lado de Kelly.

Então, fiquei surpreso quando ele finalmente disse:

— Você está fazendo a coisa certa.

Eu resmunguei, porque não sabia o que mais dizer.

— Ele pode não enxergar isso, e talvez nunca enxergue, mas você está.

— Não estou nem aí.

Robbie revirou os olhos.

— Sim. Ok, Gordon. — Ele se afastou da parede com um suspiro. — Se isso faz com que se sinta melhor, vou fingir que acredito.

Ele começou a se afastar.

Chamei por ele.

Ele olhou por cima do ombro.

— Você não precisa desses óculos — falei. — Tire-os. Você parece idiota.

Ele sorriu para mim.

— Também te amo.

Idiota.

DESVIEI O OLHAR quando Elizabeth se colocou diante de seu filho.

Ele tentou ser corajoso. Realmente tentou. Mas quando não conseguiu alcançá-la, quando não pôde tocar sua pele, seu sorriso tremeu e se desfez, e ele...

— Que se foda — resmungou Jessie, e antes que alguém pudesse impedi-la, ela estava ao lado de Elizabeth, usando o pé para quebrar a linha de prata em pó.

Elizabeth se lançou sobre o filho. Ele a segurou, o nariz indo para a sua garganta enquanto respirava profundamente.

Jessie olhou para nós com um ar desafiador.

Ninguém disse uma palavra.

ELES SAÍRAM PARA me dar tempo para me centrar. Para me dar um momento para respirar.

Pappas rondava para a frente e para trás, acompanhando cada um dos meus movimentos.

A linha de prata em frente a Carter foi restaurada. Ele estava sentado no chão, com as pernas cruzadas. O lobo-oriental estava enrolado nele, a cauda sobre as pernas. Carter olhava para baixo, resignado. Ele balançou a cabeça.

— Sabe — disse ele —, eu nunca pensei... Bem. Eu não sei o que pensei.

— Sobre o quê?

Ele deu de ombros.

— Tudo.

— Isso é... vago.

— Não é? Estou com dificuldade para me concentrar.

— Está piorando.

Ele assentiu.

— Sim. Tem sido assim desde esta manhã. Eu... eu não queria que Kelly visse. Você sabe como ele é.

— Sim.

— Você precisa cuidar deles por mim, cara. Só por precaução, caso eu...

— Eu vou.

Ele assentiu e fechou os olhos, recostando-se contra o lobo selvagem atrás de si.

— Tem sido bom, sabe? Mesmo com toda a merda, nós temos um bom bando. Eu tenho muita sorte de ter tido isso.

Desviei o olhar.

— Faça o que precisa fazer, Gordon. Enquanto ainda pode. Ele consegue te ouvir. Eu sei que consegue.

Eu também sabia. Era violeta, o vínculo entre nós, e parecia estar em frangalhos, mas ainda resistia, não importava o quão tênue estivesse. A marca da mordida no meu pescoço latejava quando eu me colocava diante dele.

Ele me observava, Mark. Meu lobo.

O corvo era negro como tinta contra sua garganta.

Seus olhos queimavam.

— Desculpe — disse a ele baixinho. — Por ter demorado tanto para chegar até aqui. Eu deveria ter... eu deveria ter feito as coisas de maneira diferente. Não sabia como.

Ele inclinou a cabeça, dentes afiados à mostra.

— Mas não chegamos tão longe apenas para perder agora. E se você tentar me deixar depois de tudo pelo que passamos, eu mesmo vou caçar você.

Carter parecia engasgado.

Eu me virei lentamente para encará-lo.

Ele deu de ombros.

— Apenas... que romântico, sabe? Eu não sei por que estou tão surpreso que você demonstre se importar o ameaçando. Vocês dois são ridículos.

Revirei os olhos.

— Você vai entender em breve.

Ele franziu o cenho.

— O quê? Do que você está falando? Eu vou entender o que em breve?

Eu o ignorei.

Mark deu um passo na minha direção.

Eu esperei.

Ele inclinou a cabeça para trás em direção ao teto, expondo o corvo. Suas narinas se dilataram enquanto ele tentava captar meu cheiro através da prata. O violeta nos seus olhos pulsava. Ele estendeu a mão e pressionou-a contra a barreira.

— Gordon — disse ele, sua voz um ronco profundo.

Eu sorri tristemente para ele.

— Sim. Sou eu.

— Gordon. Gordon. Gordon.

E lá no fundo da minha mente, ao longo do laço desgastado que se estendia entre nós, eu ouvi um lobo uivando uma canção dos perdidos, tentando encontrar o caminho de volta para casa.

Era final de tarde quando Ox se sentou no chão em frente a mim no porão da casa do fim da rua. Atrás dele estava o nosso bando, embora estivéssemos sem dois membros. Joe estava imediatamente atrás de Ox, com a cabeça baixa, a testa pressionada na nuca de Ox. Atrás deles estavam Rico e Jessie, cada um com uma mão em seu ombro. Elizabeth, Kelly e Robbie estavam mais próximos dos lobos atrás das linhas de prata, cada um deles tocando os humanos de alguma forma.

Mark estava agitado, movendo-se para a frente e para trás.

Carter ainda estava sentado apoiado no lobo-oriental, lutando para controlar sua respiração.

Pappas estava rosnando, mais furioso do que eu jamais havia visto. Eu me perguntava se ele já estava irremediavelmente perdido.

Meus joelhos esbarraram nos do meu Alfa.

Não tinha sido assim quando fechamos a porta e a trancamos. Éramos apenas os Alfas e eu. Eu havia mantido os outros afastados porque não queria distrações.

Eu precisava deles agora.

Precisava de todos eles.

Peguei suas mãos nas minhas. Ele me observava atentamente, sempre confiante. Ele não era mais aquele garoto que nunca tinha tomado *root beer*. Ele era meu Alfa.

Meu irmão.

Meu amigo.

Meu laço.

Mas ele estava com medo. Era um medo pequeno e bem escondido, mas estava lá. Era *você vai sofrer pelo resto da vida*. Era *você não é bom o suficiente*. Era *você não é forte o suficiente*.

Eram fantasmas. Sempre voltava aos fantasmas.

Eles não te amam. Eles precisam *de você. Eles te* usam. *A magia em você é uma* mentira.

E talvez eles sempre fossem nos assombrar. Talvez nunca conseguíssemos ser verdadeiramente livres.

Mas suas palavras estavam enterradas sob o chamado do *bando-bandobando*.

Virei suas palmas para cima.

Pressionei minhas mãos nas dele.

Ele envolveu meu pulso com os dedos.

Eu fiz o mesmo com ele.

Nós respiramos em sincronia.

E eu *empurrei*.

O corvo estendeu suas asas.

Os laços entre todos nós se acenderam.

Eu os ouvi.

Mesmo aqueles que não estavam conosco. Eles sussurravam na minha cabeça, dizendo que estavam ali, estavam ali conosco, *comigo*. Que não importava o que acontecesse, não importava o que recaísse sobre nós, éramos Bennett, e aquele era *nosso* território. Aquela era *nossa* casa. E ninguém ia tirar isso de nós.

Nós éramos a porra do bando Bennett.

E nossa canção sempre seria ouvida.

Eu empurrei através de tudo, mesmo quando as vinhas e os espinhos começaram a se apertar ao redor do meu braço. Eu vi...

ouvi senti toquei sim toquei porque ele sou eu e eu sou ele eu sou
lobo
eu sou
lobo alfa

... e era mais forte do que eu esperava, mais forte do que tinha sido antes. Havia Dinah Shore cantando sobre como ela não se importava de estar sozinha quando sabia que meu coração também estava solitário. Havia Joe, Joe, o magrelo, dizendo que era pinhas e bengalinhas doces, era épico e incrível. Havia o zumbido suave de um carro debaixo de nós, pneus girando na estrada, e meninos-lobos falando sobre como quando chegassem em casa haveria purê de batatas e cenouras e carne assada, e todos nós ignorando as lágrimas em seus rostos. Havia uma mulher, uma mulher maravilhosa, uma mulher doce, dizendo que havia uma bolha de sabão em seu ouvido, e eles estavam *dançando*, ah, Deus, eles estavam *dançando* e tudo estava bem e nada doía. Era...

Demais *era demais era demais para mim para mim para*
eu suportar
eu não consigo aguentar isso
eu não consigo fazer isso
eu não posso
é

... mais brilhante, e mais pesado, e havia irmãos deitados uns sobre os outros, cheirando uns aos outros depois de estarem separados por tanto tempo. Era a sensação de um corpo pesado com uma criança, uma mão sobre a ampla curva de um estômago, sussurrando doces palavras de amor caloroso. Era como os humanos se sentiam entre os lobos, como se antes estivessem perdidos, mas finalmente tivessem en-contrado o caminho de volta para casa. Era um lobo que não pertencia a lugar nenhum finalmente encontrando *um lugar* onde poderia ficar, que poderia chamar de seu. Era tão grande, era muito maior do que eu pensava que poderia ser, tão mais...

mais
eu preciso
de mais

gordon gordon gordon
bando
irmão
amigo
amor
parceiro
dê a ele
mais
dê a ele
tudo
mais
mais
mais

... expansivo do que deveria ser. Era como treinávamos juntos, como ríamos juntos, como comíamos juntos aos domingos porque era tradição. Era como nos amávamos e morreríamos por cada pessoa neste *bandobandobando*.

Era um lobo que um dia sussurrou para um garoto de olhos arregalados *seremos você e eu para sempre* e *nós vamos ser nosso próprio bando* e *eu serei seu Alfa, e você será meu bruxo.*

Você é minha família.

Aquele lobo.

Aquele grande lobo branco.

Eles me seguraram, sim. Um Alfa. Meu pai.

Eles me seguraram enquanto a magia era gravada na minha pele.

Eu não tive escolha.

Minha mãe viu isso, à sua maneira.

E ali.

Lá, através do *eles não te amam, eles* precisam *de você, eles te* usam girando furiosamente ao nosso redor, havia uma porta.

Ela era forte, porque eu a fiz assim. Aquele era meu Alfa e meu laço. Meu amigo e irmão.

Ela aguentou.

Eu encostei meu ouvido na porta.

Do outro lado, algo a arranhava, rosnando com raiva.

Muitos algos.

Eu me ergui.

Olhei por cima do ombro.

Atrás de mim estava o meu bando.

Todos eles. Até Chris e Tanner, embora piscassem aparecendo e desaparecendo. Eu não sabia o que estar ali lhes custava, mas os amava mais do que jamais poderia dizer.

Ali. Comigo. Minhas pessoas.

Inteiros e saudáveis e fortes.

Chris disse:

— Está tudo bem.

Tanner disse:

— Nós também podemos sentir.

Jessie disse:

— Todos nós.

Rico disse:

— Bem aqui, *papi*. Bem aqui com você.

Robbie disse:

— Não vamos parar.

Kelly disse:

— Por nada.

Carter disse:

— Porque é isso que o bando faz.

Elizabeth disse:

— Isso é o que a família deve fazer.

Joe disse:

— Nós lutamos.

Ox disse:

— E nunca paramos.

Mark se inclinou para frente e me beijou docemente. Fechei os olhos, e era terra e folhas e chuva, e ele disse:

— Eu te amo, eu te amo, eu te amo.

E eu acreditei nele.

Acreditei em todos eles.

Porque eu era forte como um selvagem e orgulhoso como um lobo. Havia magia correndo em minhas veias, cantando mais alto do que eu já ouvira.

Eu era Gordon Livingstone.

Eu era o bruxo do bando Bennett.

Virei-me de volta para a porta.

Entre a porta e eu havia um lobo branco.

Eu o odiava.

Eu o amava.

Eu estava tão bravo com ele.

E de alguma forma deixei tudo pra lá.

De alguma forma o perdoei.

— Desculpe — disse a ele.

Seus olhos brilharam vermelhos enquanto ele bufava em resposta.

— Agora eu preciso de você. Por favor.

Ele se inclinou para a frente, pressionando o focinho na minha testa, e eu disse:

— *Ah*.

Abri os olhos.

O lobo havia desaparecido. Só restava a porta.

Mas eu ainda podia senti-lo sob minha pele.

Ele estava conosco.

Ele estaria sempre conosco até o dia em que ficássemos juntos novamente em uma clareira.

Mas, se dependesse de mim, ainda faltaria muito para esse dia chegar.

Eu não segurei a maçaneta. Era inútil para mim. Eu não ia abrir a porta.

Eu ia *quebrá-la*.

Com a força do bando atrás de mim, pressionei minhas palmas contra ela.

Pequenos pontos de luz dispararam pela madeira. Eles eram vermelhos Alfa, laranja Beta e violeta Ômega. Havia o azul de tudo o que tínhamos perdido e o verde doce do alívio por finalmente ter chegado a isso.

Meus braços estavam cobertos de rosas, uma revoada de corvos.

As rosas floresceram.

Os corvos voaram.

E eu *empurrei*.

A porta vibrava sob minhas mãos. Os rosnados e os arranhões do outro lado ficaram mais altos.

Empurrei com mais força.

A porta tremia em sua moldura, e eu cerrei os dentes quando uma dor aguda e terrível percorreu minha cabeça, afiada e terrível. Estava lutando contra mim, a magia em meu sangue se agitando.

Ela dizia: *Eu sei o que você está fazendo.*

Eu sei o que você acha que vai conseguir.

E talvez... talvez você vença.

Você é mais forte do que eu pensava ser possível.

Mas isso é apenas uma batalha, Gordon. Uma pequena luta.

Ainda há a guerra.

Eu vou trazê-la até a sua porta.

Eu vou tomar o que é legitimamente meu.

E não há nada que você possa fazer para me impedir.

Você vai perder, no final.

Você vai perder tudo.

Levantei os olhos para a porta, e entre minhas mãos, entre os pontos de luz, a madeira começou a se deformar para fora. Não entendi o que estava vendo, pelo menos não de início. Eu conhecia aquela voz. Meu Deus, como eu conhecia. Uma vez, enquanto um lobo Alfa me segurava, a mesma voz me disse que ia doer, ia doer como nada que eu já tivesse sentido antes.

Você vai pensar que estou te despedaçando e, de certa forma, estará certo. Há magia dentro de você, garoto, mas ainda não se manifestou. Essas marcas vão te centrar e te dar as ferramentas para começar a controlá-la. Eu vou te machucar, mas é necessário para quem você está destinado a se tornar. A dor é uma lição. Ela ensina os caminhos do mundo. Devemos machucar aqueles que amamos para torná-los mais fortes. Para torná-los melhores. Um dia você entenderá.

Um dia você será como eu.

A madeira se *esticou* entre minhas mãos e tomou forma. Havia um nariz e lábios, e olhos de madeira, e ele piscou novamente, e de novo, e então a boca se moveu. O rosto do meu pai disse:

— Estou te vendo. Estou te vendo, Gordon. Eu sabia que você seria algo especial.

Gritei enquanto a dor na minha cabeça piorava, enquanto as *mãos* do meu pai apareciam na madeira, alcançando e cobrindo as costas das minhas, apertando até eu ter a impressão de que meus ossos se transformariam em pó.

Mas meu pai sempre subestimou um bando de lobos. E eu tinha o meu atrás de mim.

Eles uivaram. Todos eles. Até os humanos.

Os olhos de madeira do meu pai se arregalaram quando seu rosto se partiu com um estalo agudo, a porta se estilhaçando.

Ele abriu a boca para falar, e eu disse:

— *Não.*

A porta se desfez sob minhas mãos.

Fui atingido por uma onda de raiva violeta, de violência devoradora.

E lá, do outro lado, estava...

Abri os olhos.

Os outros fizeram o mesmo, piscando lentamente.

Exceto Ox.

Ele inspirava e expirava. Inspirava e expirava.

Eu podia senti-los. Todos eles. Meu bando.

E mais. Muitos mais.

Era como um tornado, uma tempestade autocontida que girava em nossa cabeça e nosso peito. Tentei encontrar as bordas, tentei encontrar uma maneira de contê-la, mas era grande, maior do que eu imaginava.

No final, não importava.

Porque ele estava ali.

Um garoto que se tornara um homem.

Ele que se tornara um Alfa mesmo antes de sentir o chamado do lobo sob sua pele.

Oxnard Matheson.

O Alfa dos Ômegas.

Atrás dele, um som engasgado.

Olhei por cima do seu ombro.

Kelly tinha se arrastado de joelhos em direção ao irmão.

Carter estava de quatro, as palmas das mãos apoiadas no chão de pedra. Sua cabeça se mexia de um lado para o outro enquanto o peito arfava.

— Carter? — chamou Kelly, com a voz tremendo.

Carter olhou para cima, o rosto se alongando, os olhos violeta.

— Kelly — rosnou. Mas foi a única coisa que disse antes de se transformar em lobo.

Pareceu doloroso, provavelmente mais do que todas as vezes desde a primeira.

As garras cresciam enquanto suas roupas se rasgavam, ossos estalando, músculos se movendo. Ele uivou em direção ao chão enquanto as costas arqueavam, pelos brotando em sua pele sob a camisa esfarrapada.

Levou apenas um minuto, mas pareceu se estender para sempre.

E quando terminou, Carter sumiu.

Em seu lugar havia um Ômega.

Mas...

De alguma forma, ele *ainda* estava ali. Conosco. Em nossas cabeças. Ah, seus laços estendidos entre todos nós eram frágeis, e eram *sacudidos* pela tempestade, mas se mantinham.

E ao lado dele, em sua própria jaula, estava um grande lobo marrom com olhos violeta.

Ninguém me impediu quando me levantei.

Ninguém disse uma palavra quando caminhei entre eles em direção ao lobo atrás da linha de prata, a mordida no meu pescoço pulsando.

Ele me observou enquanto eu me aproximava, os olhos se estreitando, as presas à mostra.

Fiquei em frente a ele, separado por uma barreira invisível.

— Posso senti-lo — sussurrei. — Você ainda está aqui. Não é a mesma coisa, mas ainda está aqui.

Toquei a prata com o pé, quebrando a linha.

Ele se moveu quase mais rápido do que eu conseguia acompanhar.

Mas, antes que pudesse me alcançar, Ox estava ao meu lado, semitransformado e rugindo, pegando Mark pelo pescoço e o jogando de volta ao chão.

Mark tentou mordê-lo, tentou arranhar e se soltar.

Ox se inclinou sobre ele até que estivessem quase cara a cara.

Ele rosnou e piscou os olhos, que giravam com uma mistura de vermelho e violeta.

E então simplesmente... parou.

Ele ainda estava preenchido por uma raiva maldosa e revoltosa, mas ela fluía para Ox e era *abafada*, como um circuito retroalimentado em que o volume era diminuído de um lado.

Ox se levantou lentamente, soltando Mark.

Mark se levantou do chão.

Quando estava transformado, quando era um lobo com olhos de laranja ou gelo, ainda conseguia ouvi-lo em minha cabeça, cantando meu nome, pensando em pensamentos de lobo, por mais primitivos que fossem.

Isso tinha acabado agora.

Tudo nele era primitivo.

Selvagem.

Suas narinas se dilataram enquanto me olhava, rosnando baixo.

Mas ele não veio atrás de mim.

— Está bem — disse eu. — Está bem.

Estávamos em frente à casa no fim da rua.

A casa azul do outro lado estava escura.

Ox a observava em silêncio.

Eu disse a única coisa em que consegui pensar.

— Ela ficaria orgulhosa de você. De quem você se tornou.

Ele virou a cabeça ligeiramente para me olhar. Ele ainda era Ox, mas havia algo *mais* agora. Algo maior. Conheci lobos Alfa a minha vida inteira. Nunca tinha sido assim. Ele irradiava um poder maior do que qualquer outro lobo que eu já tinha encontrado. Ele estava contendo aquilo, de alguma forma. Todos os Ômegas. Eles o ouviriam. Eles prestariam atenção.

E ainda assim ele sorriu silenciosamente para mim.

— Às vezes me pergunto se isso é verdade.

— Não precisa se perguntar. Eu sei disso, Ox. Maggie. — Eu engoli em seco, forçando as palavras restantes para fora. — Thomas. Os dois. Eles souberam antes de todo mundo, eu acho. Quem você era. E quem você seria.

— Eu o ouvi. Seu pai.

Eu desviei o olhar, os olhos ardendo.

Ele segurou minha mão.

— Maggie era minha mãe. Thomas era meu pai. Sou quem sou por causa deles. Por causa do Joe. Por causa desse bando. — Ele apertou minha mão. — E por causa de você. Você é mais do que pensa, Gordon. E eu nunca estive mais feliz em dizer que seu pai não está orgulhoso de quem você se tornou. Isso é uma coisa boa, caso você não saiba.

Eu ri, emocionado.

— É?

— É.

— Obrigado, Ox.

Ele olhou para a casa azul.

— Isso vai dar certo?

— Tem que dar.

Ele assentiu.

— E agora?

Olhei por cima do meu ombro, ouvindo o resto do bando saindo da casa. Jessie e Rico desceram as escadas primeiro. Rico afastou as mãos dela quando ela tentou ajudá-lo. Ela revirou os olhos e resmungou sobre não o ajudar se ele caísse das escadas.

Robbie veio depois, segurando a mão de Elizabeth. Ela estava pálida, mas se comportava com altivez. Seus olhos eram cor de laranja. Ela estava pronta para lutar.

Joe veio em seguida, tirando um momento para respirar o ar frio. A neve finalmente havia parado, e as nuvens estavam começando a se dissipar. Acima, a luz no céu começava a desaparecer. Estrelas apareciam como pedaços de gelo. Os degraus da varanda rangiam sob ele enquanto descia, chegando para ficar ao lado de seu parceiro. Ele beijou o ombro de Ox, mas permaneceu em silêncio.

Kelly e Carter seguiram, a mão de Kelly pressionada nas costas de seu irmão. Carter estava nervoso, os olhos continuamente piscando em violeta. O lobo-oriental os seguiu, se aproximando de Carter, tentando mantê-lo longe do resto de nós. Carter rosnou para ele, mas o lobo permaneceu ao seu lado.

Mark foi o último. Os músculos sob sua pele se moviam a cada passo que dava. Suas garras se cravaram na madeira da varanda enquanto ele ficava acima de nós. Seus olhos nunca me deixavam, sempre observando. Esperando. Eu me perguntava se, afastando os pelos ao redor de sua garganta, ainda haveria um corvo ali, escondido. Eu não ia arriscar tentar olhar, já que ele parecia em dúvida quanto a se esfregar em mim ou me matar.

Dois de nós estavam faltando.

Mas nós os traríamos de volta.

Os caçadores tinham cometido um erro vindo aqui.

Michelle Hughes tinha cometido um erro ao enviá-los.

E meu pai tinha cometido o erro mais grave de todos.

A vez dele chegaria. Um dia.

— Gordon? — perguntou Ox. — E agora?

Olhei para o nosso bando antes de me virar para ele.

Eu disse:

— Agora você uiva. Mais alto e forte do que nunca. Traga-os aqui. Os Ômegas. Traga o máximo deles que puder. Eles vão ouvir. E virão correndo.

Ele me examinou por um momento, os olhos cintilando. Então concordou.

Virou o rosto para o céu.

Exalou uma corrente de fumaça branca.

Acima, as nuvens se moveram, revelando a lua.

Estava quase cheia.

Seus olhos eram vermelhos e violeta.

O Alfa dos Ômegas abriu a boca.

E uivou.

ouvir sua voz/chamem o caos

Era quase de manhã quando Oxnard Matheson olhou para mim e disse:
— Eles estão aqui.
Eu sorri.

A lua brilhava intensamente acima de nós enquanto caminhávamos pela neve. As nuvens haviam se dissipado em sua maioria, e o ar estava frio. As estrelas piscavam contra o céu negro. No horizonte leste, a noite começava a clarear em direção ao dia.

Ox liderava o caminho. Eu estava atrás dele, pisando nas pegadas que ele deixava na neve. Joe estava atrás de mim, o focinho pressionando de vez em quando nas minhas costas, expirando um hálito quente. Mark rosnava cada vez que isso acontecia, uma ameaça que Joe ignorava. Carter vinha atrás de Mark, e Elizabeth fechava a fila.

Em algum lugar entre as árvores, o lobo-oriental rondava, nunca perdendo Carter de vista.

Kelly tentou vir conosco, quase exigiu, mas Ox pediu que ele ficasse para trás, para ajudar Robbie a proteger a casa com Jessie e Rico. Ele não ficou satisfeito ao ser deixado para trás, mas fez o que seu Alfa pediu.

Ele não olhou para mim antes de partirmos.

Estava diferente agora. Em nossas mentes. Antes, quando os bandos estavam divididos e Richard perdeu a cabeça, isso só afetou aqueles sob Ox. Joe, Carter, Kelly e eu não sentimos aquilo. Os Ômegas. Não éramos parte deles.

Nós éramos agora.

Ox ficava com a pior parte, e por sua vez Joe. Mas, mesmo com dois Alfas segurando tudo, ainda havia a corrente subjacente atravessando todos nós. Era como se fossem vespas presas em nossas mentes, construindo um ninho espesso em nossos cérebros. Eu sentia suas asas batendo, seus ferrões raspando.

Eu me sentia arisco e feroz.

Selvagem.

As tatuagens em meus braços não paravam de brilhar desde que acordei após estilhaçar a porta.

Eu bufei, balançando a cabeça.

Ox se virou e olhou para mim, uma pergunta se alastrando através do nosso laço.

Eu enviei de volta uma lembrança de quando éramos mais jovens, enterrada sob as vespas...

Dói?

O quê?

As cores.

Não. Estica e puxa e se arrasta pela minha pele, mas nunca dói. Não mais.

... e soube o momento em que ele entendeu, o momento em que se lembrou, porque respondeu com a voz de um garoto grande demais que estava prestes a descobrir que monstros eram reais, que a magia era real, que o mundo era um lugar escuro e assustador porque tudo era real e...

braços brilhantes você tem braços brilhantes gordon você é um bruxo harry

... eu engasguei com uma risada diante do absurdo de tudo aquilo.

— É — falei para ele. — Eu sou um bruxo, Ox.

Sua língua pendia para fora da boca, e eu ouvi Joe bufar atrás de mim.

— É, é. Vamos lá.

ELES ESTAVAM nos esperando, como antes. Como se soubessem que estávamos chegando. Provavelmente sabiam. Eles só não sabiam o que esperava por *eles*.

A ponte de madeira se erguia atrás deles. A estrada de terra estava coberta de neve que rangia sob nossos pés. As mesmas pessoas nos aguardavam. Três homens. Uma mulher. Todos bruxos.

Dale estava ausente.

Não fiquei surpreso.

Provavelmente havia deixado Green Creek logo após o nosso encontro.

Ele não teria imaginado que chegaríamos a esse ponto.

Se sobrevivêssemos a esse dia, eu mostraria a ele como estava errado.

Os bruxos pareciam nervosos quando nos aproximamos, embora se esforçassem para disfarçar. O problema era que não eram muito bons nisso.

As barreiras pareciam pegajosas e quentes, a magia estrangeira.

Talvez estivessem falando a verdade antes. Que meu pai não tinha nada a ver com isso. Que Michelle não estava trabalhando com ele.

Isso não importava agora.

Para mim eles eram iguais.

Não estavam conosco. O que significava que estavam contra nós. Isso estava claro.

Ox se transformou, como havia dito que faria. Ele ficou nu na neve, as sombras rastejando por sua pele. Os outros permaneceram como estavam.

— Alfa Matheson — disse a mulher, a voz desafiadora. — Não esperávamos vê-lo novamente tão cedo. Você reconsiderou o que a Alfa Hughes tem a...

— Eu fiquei aqui uma vez — falou Ox, e um arrepio percorreu minha espinha. — Quando eu era humano. E bem onde vocês estão, havia Ômegas que tinham vindo pegar o que me pertencia. Eles tinham um membro do meu bando, embora não soubéssemos disso na época. Ela estava assustada, mas era forte. Muito mais forte do que eles imaginavam. Tentaram usá-la como uma vantagem contra mim.

Os bruxos se entreolharam, desconfiados. A mulher disse:

— Não entendo o que uma aula de história tem a...

Ox não a deixou terminar.

— Eles pensaram que, porque estávamos quebrados, porque estávamos machucados e assustados, nós simplesmente... cederíamos. Que eu os deixaria tirar tudo o que me restava sem lutar. Eu fiz uma pergunta naquela noite. Uma pergunta que eu queria que fosse respondida. Muitas coisas poderiam ter terminado de forma diferente se eles simplesmente me dissessem o que eu queria saber. Quero que se lembrem disso, porque vou oferecer a vocês a mesma cortesia. Vou fazer uma pergunta.

— *Não* seremos intimidados como cães selvagens — cuspiu um dos homens. — Você não tem nada que...

E Oxnard Matheson perguntou:

— Quais são os seus nomes?

Os bruxos ficaram surpresos. Não esperavam por isso.

Ox esperou.

Os lobos permaneceram imóveis.

Nas árvores, ouvi o estalar da neve enquanto um lobo-oriental patrulhava.

— O que importa? — perguntou a mulher.

Ox balançou a cabeça.

— Não foi isso que eu perguntei. Quais são os seus nomes?

Um homem empurrou a mulher para o lado, com uma carranca no rosto.

— Estou de saco cheio dessa merda. Estou cagando para o que a Alfa Hughes disse. Vou acabar com isso...

— Quantos vocês são? — perguntei.

O homem estreitou os olhos para mim.

— O quê?

— Em torno de Green Creek. Quer dizer, vocês nos cercaram, certo? Quantos bruxos? Vocês quatro. Há mais uma dezena? Duas dezenas?

— Trinta de nós — respondeu o homem, um sorriso malicioso no rosto. — Espalhados pelo perímetro do seu território. Todos voluntários. Eles mal podiam *esperar* para vir aqui. Nada entra e nada sai.

— E o Dale?

Ele revirou os olhos.

— O trabalho dele estava feito. Ele trepou com seu parceiro, não foi? Não precisávamos mais dele. Voltou correndo para a Alfa Hughes como o bom cãozinho que é.

Ah, eu ia curtir isso.

— E vocês não vão sair? Tipo, sair agora mesmo. Virar e ir embora. Nenhum de vocês.

Ele se irritou com aquilo.

— Claro que não. Por que diabos faríamos isso?

Assobiei baixinho.

— Isso vai ser um golpe. Não sobraram muitos bruxos, que eu saiba. Ah, bem. Vamos nos virar de alguma forma.

— Que porra você está *dizendo*...

— Vou te dar uma última chance — rosnou Ox. — Quais. São. Os. Seus. *Nomes*.

O homem à frente cuspiu no chão aos pés do Alfa.

Aquilo foi um erro.

Tudo o que senti foi *bandobandobando*, mas era muito maior do que antes.

Tão mais raivoso.

Tão mais *violeta*.

— Dentro de um minuto — disse Ox, e nunca o tinha ouvido falar tão friamente —, haverá gritos. Provavelmente alguns berros. As coisas ficarão confusas. Sangue será derramado. Quando isso acontecer, quero que se lembrem de uma coisa por mim. Tudo que eu queria era saber seu nome.

A mulher falou:

— Olha. Ah, meu Deus, olha.

Segui o dedo trêmulo dela.

Ela apontava para os lobos atrás de nós. Eles estavam em fila, quase ombro a ombro. Joe estava mais à esquerda, dentes à mostra. Elizabeth estava à direita, as orelhas esticadas contra a cabeça.

E entre eles estavam Mark e Carter, os olhos com o brilho dos Ômegas.

Atrás deles, o lobo-oriental selvagem andava de um lado para o outro, muito mais alto do que todos eles.

— Eles são selvagens — disse um dos homens. — Já se transformaram. Como eles não estão...

A mulher deu um passo à frente. As barreiras brilhavam intensamente à medida que ela se aproximava. O som metálico ecoou para os lados. Ela estava enviando um aviso. Tudo bem. Já era tarde demais. Eles apenas não sabiam disso ainda.

— O que vocês estão fazendo? — perguntou ela. — Por que eles não estão atacando vocês? Isso não é possível. Eles são *Ômegas*. Eles são *monstros*. — Ela olhou para Ox, os olhos arregalados e úmidos, como se soubesse que estava quase no fim. A voz dela quebrou. — Como você está fazendo isso?

— Eu sou Oxnard Matheson — falou ele. — Sou o Alfa do bando Bennett, como meu pai antes de mim. — Seus olhos começaram a brilhar. Vermelho e violeta. — E eu sou o Alfa dos Ômegas.

Os bruxos deram um passo para trás.

Deveriam ter dito seus nomes a Ox.

Atrás deles, nas margens do riacho que corria sob a ponte coberta, olhos violeta começaram a brilhar.

No início, havia apenas alguns deles, piscando lentamente na escuridão. E então vieram mais. Muito mais do que eu esperava. Eles se estendiam ao longo do riacho, indo até onde eu conseguia ver.

Alguns estavam completamente transformados.

Outros estavam presos no meio-termo.

Alguns ainda eram humanos.

Eles estavam na ponte, olhos brilhando na escuridão.

Dois estavam *em cima* da ponte, a madeira rangendo sob seus pés conforme caminhavam para a frente.

Um dos homens na retaguarda os ouviu primeiro. Virou-se lentamente, sua respiração saindo em grandes arquejos enquanto o peito dele arfava.

— Ah, não — sussurrou ele.

Os outros bruxos se viraram ao som da sua voz.

E então eles congelaram.

— Este momento — falei para eles. — Este é o exato momento em que vocês percebem por que ninguém mexe com o bando Bennett.

O homem com o sorriso desagradável foi o primeiro a se mover. Ele recuou em direção às barreiras, olhos arregalados. A fila de lobos atrás de nós rosnou furiosamente, e ele escorregou na neve, tentando se manter de pé.

— Você não pode fazer isso — disse ele, parecendo sem fôlego. — Você *não faria* isso. Você é um Alfa. Deveria *proteger*.

Ox se inclinou para a frente, o rosto quase pressionando a barreira diante dele.

O homem se encolheu.

O lobo Alfa disse:

— Tudo que eu queria era saber o seu nome.

No final, foi rápido. Os Ômegas avançaram, movendo-se velozmente e com determinação. Alguns saltaram sobre o leito do riacho e seguiram para cada lado das barreiras, indo em direção aos outros bruxos que estavam fora de vista.

Outros se transformaram na ponte coberta, suas garras cravando-se na madeira enquanto inclinavam a cabeça para trás e uivavam.

Os dois que estavam em cima da ponte pularam e se agacharam na neve, presas à mostra para os bruxos que tentavam machucar seu Alfa.

Os bruxos revidaram. Houve flashes de luz quando o chão se partiu sob os lobos selvagens. Alguns foram derrubados, caindo pesadamente no chão. Um dos homens bateu as palmas na frente do corpo, e uma explosão de ar comprimido voou ao seu redor, atingindo as ondas de Ômegas que se aproximavam. Eles foram arremessados para trás.

A maioria se levantou imediatamente.

Os bruxos estavam em número muito menor.

Ao longe, pude ouvir os gritos e os uivos dos outros bruxos na floresta, e ver luzes explodindo por entre as árvores.

O homem com o sorriso desagradável foi o primeiro a cair, a garganta rasgada, sangue jorrando sobre a neve. Ele ficou de joelhos, a cabeça inclinada para trás enquanto se engasgava. Uma bolha de sangue explodiu de sua boca, a névoa vermelha caindo em seu rosto. Ele virou a cabeça na minha direção, os olhos encontrando os meus, implorando silenciosamente.

Eu não reagi enquanto outro lobo se lançava sobre ele, e então ele não existia mais.

Um outro homem tentou fugir.

Ele não chegou muito longe antes de dois lobos semitransformados pularem em suas costas, presas e garras rasgando.

O último homem se virou e correu em nossa direção, *atravessando* as barreiras. Ele não estava com medo.

Ele estava indo em direção a Ox.

Não chegou.

Joe se colocou na frente de seu parceiro.

O homem tentou parar, mas escorregou na neve e caiu na boca aberta de Joe. Ele mal emitiu um som quando as mandíbulas se fecharam com força.

A mulher foi a última.

Seus braços se moveram.

Seus dedos se contorceram.

Um dos Ômegas transformados, uma criatura magra e maltrapilha, subiu pelo ar diante dela. Ela torceu o pulso, murmurando baixo, e o *dobrou* ao meio, o som de suas costas quebrando alto e úmido. Ele se contorceu, batendo os pés, e ela o *lançou* em direção a um pequeno grupo de Ômegas que se aproximava. Eles uivaram quando o lobo colidiu com eles.

Um lobo semitransformado correu em sua direção pelo seu lado esquerdo, mas ela levantou a perna e pisou com força no chão coberto de neve. O solo se abriu sob o Ômega, engolindo-o até os quadris antes de se fechar ao seu redor. Ele lutou para se libertar, mas então inclinou a cabeça para trás e *gritou* enquanto começava a se debater. O que quer que estivesse acontecendo abaixo do solo estava machucando, e levou apenas alguns segundos para que ele caísse, os olhos violeta desaparecendo.

Mas isso foi o máximo de dano que ela pôde causar.

Outro Ômega saltou em sua direção, e ela recuou através das barreiras.

Diretamente para Ox.

Ela girou, os Ômegas atrás dela se jogando contra as barreiras, tentando alcançá-la, alcançar seu Alfa.

Ox pôs uma mão em torno de sua garganta, levantando-a do chão. Seus pés chutavam inutilmente.

Ela se agarrou ao braço nu quando ele abaixou o rosto dela em direção ao seu.

— Meu nome é Emma — falou ela, e Ox parou.

Os Ômegas selvagens rosnavam ao longo da barreira. Havia tantos deles.

— Meu nome é Emma — disse novamente, a voz frenética. — Emma Patterson. Eu sou Emma. Eu sou Emma. Eu sou *Emma*.

A semitransformação de Ox desapareceu.

Ele piscou lentamente para ela.

E então...

Ele a colocou no chão.

Ela arfou quando ele soltou o seu pescoço.

— Emma — disse Ox. — Emma Patterson.

Ela concordou.

— Sim. Sim. Sim. Você disse que só queria meu nome. Você perguntou o meu *nome*...

Ela foi esperta. Fomos distraídos. Violência e derramamento de sangue se espalhavam diante de nós, e aquela mulher, aquela pequena mulher, estava soluçando seu nome, nos pedindo para por favor poupá-la, seu nome era Emma e ela não queria estar ali, isso nem era ideia dela, ela só foi junto porque tinha que ir, achava que *tinha* que ir.

Foi apenas no último segundo que a vi colocando a mão dentro do casaco. A luz da lua pegou a lâmina, fazendo-a brilhar na escuridão. A faca era longa e curva, e parecia ser feita de prata pura.

Eles não podiam ver. Não como eu. Ela estava de costas para eles.

Corri em direção a ela. Em direção ao meu Alfa.

Ela girou nos calcanhares, trazendo a faca em um arco curto e...

Tentei agarrar o pulso dela e o ultrapassei.

Salvei meu Alfa.

Mas não havia nada que eu pudesse fazer quanto à minha mão.

Houve um som úmido de faca atingindo osso, antes de continuar.

Continuar *atravessando*.

Não senti nada no início. Caí sobre Ox, e seus braços me envolveram. Eu estava respirando, eu estava respirando, eu estava *respirando*, e olhei para ele, franzindo a testa para sua expressão de *horror*.

— O que há de errado? — tentei perguntar, mas fui atingido por uma onda de dor como nunca havia sentido. Gritei nos braços do meu Alfa enquanto olhava para baixo, tentando descobrir por que doía, ah, Deus, como *doía*.

Vi minha mão.

Caída na neve a alguns metros de distância, dedos curvados em direção ao céu. A neve embaixo dela estava ficando vermelha.

Levantei meu braço para ver onde minha mão havia estado. Era um corte limpo, a pele mal tinha sido rasgada. Sangue jorrava dele pelo meu braço, misturando-se às rosas.

Veio o rugido de um animal enfurecido.

Através do brilho de dor incandescente, vi um lobo marrom saltar para a frente e pousar em cima de Emma. Suas mãos se ergueram para afastá-lo, mas era tarde demais. As mandíbulas se fecharam em volta de sua garganta e sacudiram com ferocidade. Seu pescoço quebrou com um barulho alto, sangue jorrando em volta de dentes afiados e cruéis. Ela mal emitiu um som.

— Não — ouvi Ox murmurando acima de mim. — Não, não, não, fique comigo, Gordon, você precisa ficar comigo...

Veio um gemido de músculo e osso. Ouvi Joe. Ele disse:

— Puta merda, que caralho, precisamos mordê-lo, Ox, precisamos mordê-lo...

Elizabeth falou:

— Não pode, você não pode, ele é um bruxo, um bruxo poderoso, isso o mataria, isso o mataria, ele não pode ser transformado em lobo, isso o *mataria*.

Um lobo marrom estava na minha frente, olhos violeta e observadores. Ele gemeu baixinho, inclinando a cabeça para a frente, pressionando o focinho na minha bochecha.

— Oi — falei, me sentindo leve e desconectado. — Está tudo bem. Doeu, mas não está mais tão ruim agora. Provavelmente não serei tão útil como antes, ha, ha, ha...

— Jesus *Cristo* — disse Joe, parecendo sufocado. — Ele acabou de...

Todos os lobos rosnaram furiosamente, mais alto do que eu já tinha ouvido antes. Parecia que havia centenas deles. Mas eu estava seguro, seguro, seguro nos braços do meu Alfa, e eu sabia que ele nunca deixaria ninguém me machucar novamente.

Eu queria fechar os olhos.

— Alfa Matheson! — chamou uma voz estridente. — Por favor, se vamos ajudar Gordon, precisa nos deixar passar. Estamos aqui por causa dele. Podemos quebrar as barreiras. Há o suficiente de nós. Meu nome é Aileen. Este é Patrice. Estamos aqui para ajudar. Estamos aqui para...

Ox uivou acima de mim. Reverberou até meus ossos. Parecia que era parte de mim.

Ouvi vozes estranhas soando como se estivessem cantando em uníssono em algum lugar distante. O lobo marrom lambeu minha bochecha, e eu nem me dei ao trabalho de tentar afastá-lo. Houve um pulso de algo quente no meu ombro, e lembrei que estava marcado pelo que amava. Me acalmou saber que, não importava o que acontecesse, todos saberiam que eu pertencia a um lobo.

Gritei quando senti as barreiras se quebrarem, o corpo eletrificado enquanto minhas costas se arqueavam.

Ox sussurrou em meu ouvido, dizendo que eu estava seguro, eu estava seguro, e ele sempre cuidaria de mim, por favor, Gordon, por favor, por favor, ouça, me escute, você consegue ouvi-los? Consegue nos ouvir? Todos nós, Gordon. Todos nós, porque nós somos...

bando, os lobos e os humanos sussurraram em minha cabeça, *nós somos bandobandobando e você é IrmãoAmigoAmorParceiro você é bruxo você é vida você é amor e nós iremos te proteger.*

— Segurem-no — disse uma voz, as palavras melódicas e suaves.

— Isso vai doer.

Lágrimas escorriam dos meus olhos e rolavam pelas minhas bochechas. Encarei Ox, que ainda me segurava em seus braços. Ele estendeu a mão e limpou a umidade do meu rosto. Ele disse:

— Estou segurando. Estou segurando.

— Patrice? — ouvi Aileen perguntar. — Você pode ajudá-lo?

— *Petèt*. Talvez. Não será como era antes. Aquela mão se foi. Isso acabou agora. Mas ele não precisará dela. *Maji*. A magia nele e neste bando. É grande. Vai compensar. *Parè*. Prepare-se, Alfa. Você está nisso tanto quanto eu. Todo o bando. Temos ajuda. *Lalin*. A lua.

Eu estava flutuando para longe, longe, longe, e estava mais alto do que jamais estive, e jurei que podia ver toda a Green Creek, todo o território que o *bandobandobando* chamava de lar, e estava iluminado por um violeta profundo, tudo se movendo em direção a um grupo de bruxos e lobos curvados sobre um corpo sangrando e...

Fui jogado de volta para baixo quando a dor retornou com uma vingança, feroz e dilacerante. Uivei uma canção de agonia enquanto o corvo esticava suas asas, uma mão que parecia feita de aço fundido se fechando sobre a ferida sangrenta e...

ABRI OS OLHOS.

Estava na clareira.

Tinha um homem sentado à minha frente. Estava de costas para mim. Sua cabeça estava inclinada para trás em direção ao céu. A lua estava cheia. As estrelas pareciam lobos.

Ao nosso redor, nas árvores, rondavam grandes bestas.

O homem disse:

— Eu fui tolo. Orgulhoso. Raivoso. Tentei não ser. Pensei que ser um Alfa significava... eu não sei. Que eu poderia estar acima de tudo isso. Que eu não seria tão... humano. Mas, como se viu, eu tinha muito a aprender. Mesmo no final.

Eu não conseguia falar.

— Eu consigo ouvir — continuou o homem. — Todos vocês. Quando cantam suas canções de lobo. Até os humanos. Eles... eu sempre pensei que nos tornavam melhores. Nos tornavam inteiros. Nos lembravam de quem deveríamos ser. Chame isso de laços ou outra coisa, não importa. Eles... É algo que os outros não entendem. Eles não veem como nós. — O homem abaixou a cabeça. — Eu deveria ter lutado mais por você. E por isso, eu sinto muito. Você era minha família. E eu deveria ter lembrado disso acima de tudo. Eu falhei com você.

Minha respiração travou no peito, e minha voz foi apenas um sussurro quando falei.

— Thomas?

Ele virou a cabeça ligeiramente, um pequeno sorriso em seu rosto.

— Gordon. Ah, como eu adoro ouvir sua voz.

— Eu... Eu não...

— Tudo bem. — Ele se virou para olhar novamente para a lua.

— Isto é real?

— Acho que sim.

— Eu me feri.

— Sim. Protegendo seu Alfa. Estou tão orgulhoso de você.

Meus olhos arderam enquanto eu baixava a cabeça. Eu não sabia até aquele momento o quanto ansiava por ouvir essas palavras dele.

— Mark — falei num soluço. — Ele... ele mudou. Um Ômega.

— Eu sei. Mas ele não está perdido. Nenhum deles está. Você é muito mais do que eles pensam, Gordon. Todos vocês. Minha esposa. Meus filhos. Meu bando.

Rastejei em sua direção, quase caindo de cara no chão quando fui apoiar minha mão direita e percebi que ela não estava mais lá. Era um coto liso, parecendo totalmente curado. Nem sequer havia cicatrizes.

Não deixei aquilo me deter.

Não agora.

Não com ele.

Nem nunca.

Cheguei até ele e, pela primeira vez desde que me lembro, pude senti-lo. Meu Alfa. Pressionei a testa na nuca dele, e ele disse:

— *Ah*. Ah, Gordon. Sinto muito. Eu sinto. Mas é você, está bem? Um dia seremos você e eu para sempre. Nós vamos ser nosso próprio bando outra vez. E você *sempre* será meu bruxo.

E enquanto os lobos cantavam suas músicas ao nosso redor, beijei a pele do pescoço do meu Alfa e me afastei para...

Respirei fundo, ofegante, sentando-me rapidamente.

Minha cabeça doía.

Meu braço latejava.

Eu estava com frio.

E ao meu redor, movendo-se em um círculo lento, havia dezenas de lobos Ômega.

— Está tudo bem — disse uma voz perto do meu ouvido. Virei a cabeça ligeiramente para ver Ox ainda me segurando. — Eles... eles não vão nos machucar. Eu os tenho. É... difícil. Mas estou segurando. Todos vocês estão ajudando.

Duas pessoas se moviam na minha frente, agachadas. O lobo marrom ao meu lado rosnava furiosamente para elas, olhos piscando, mas não fez nenhum movimento para onde estavam.

Aileen parecia mais velha do que eu me lembrava, as linhas em seu rosto mais pronunciadas. Mas seus olhos eram sábios, sempre sábios. Ela estendeu a mão e pressionou dois dedos contra minha testa aquecida. Quase que imediatamente, as nuvens em minha cabeça começaram a se dissipar.

Patrice era uma visão impressionante contra a neve e o sangue que havia se misturado a ela. Sua pele era tão branca quanto a neve ao nosso redor, suas sardas como pequenos pontos de fogo em sua pele. Ele era etereamente bonito.

Ele franziu a testa conforme se inclinou sobre mim. Pegou meu braço gentilmente, levantando-o.

Minha mão tinha sumido.

Mas o coto estava em processo de cicatrização, muito mais adiantado do que deveria. A ferida aberta se fora. Em seu lugar, havia uma massa de tecido cicatricial vermelho que estava quente e dolorida. Parecia ter meses de idade em vez de minutos. Ele segurava meu braço gentilmente, torcendo-o para cá e para lá enquanto o estudava.

— Vai servir — disse ele com um suspiro. — É o melhor que consegui. — Ele repousou meu braço cuidadosamente antes de levantar os olhos para mim. — Bruxo tolo — falou, mas não sem bondade.

— Você tem sorte por estarmos aqui, garoto — rosnou Aileen. — E por ter sido apenas sua mão. Ela poderia ter arrancado sua cabeça com aquela coisa, e onde você estaria então?

— Sem cabeça — murmurei, e ouvi Ox se engasgar atrás de mim. Aileen revirou os olhos.

— Não seja engraçadinho, Gordon. Tive emoções demais para um dia só, e mal começamos.

Eu lutei para me levantar. Ox tentou me ajudar, mas Mark rosnou para ele. Ox recuou enquanto eu encarava o lobo. Ele se pressionou contra mim, o focinho farejando embaixo do meu braço bom até que eu o passei ao redor dele. Ele se ergueu completamente, me puxando junto. Uma vertigem me atingiu por um momento, mas passou.

Os Ômegas continuavam a se mover em um amplo círculo ao nosso redor. Eles mantinham seus olhares em todos nós, indo de um lado para o outro, mas se demorando em Ox. Não pareciam prestar atenção em mim. Era como se eu nem estivesse lá.

Exceto por Mark. Ele ficou encostado em mim.

Ox estava no controle. De alguma forma, ele estava controlando todos os lobos selvagens.

Eu sacudi a cabeça.

— Não sei como vou... — Eu tive que parar e engolir o nó na minha garganta. Tentei de novo, com a voz mais rouca do que antes. — Não sei como vou ser útil agora. Não posso usar...

— Bah — disse Patrice com desdém. — Isso não vai importar muito. É uma mão, Gordon. Não a fonte da sua magia. Ela está em suas marcas. *Boustabak*. Aquele corvo. Vai segurar. Você tem um bando. Tem um parceiro. Você aprenderá.

— Isso não é...

— É, garoto — falou Aileen com firmeza. — No final, não vai importar muito. Não para quem você é. A única coisa que vai ser um problema é se você for destro. Tenho certeza de que Mark vai te ajudar a aprender a bater punheta com a mão esquerda.

— Jesus Cristo.

Ela tossiu. Um som áspero no fundo do peito.

— Agora que isso está resolvido, vocês precisam se mexer. Esses caçadores. Eles não vão esperar. As coisas estão mudando, Gordon. Sussurros no vento. Eu posso ouvi-los. Não é mais a mesma coisa. Não mais. Não vai demorar para chegar a um ponto crítico. Esses lobos selvagens foram apenas o primeiro passo. Os caçadores são outro. Está escalando, eu acho. Michelle Hughes vai apertar o cerco. Ela teve uma amostra agora. E em breve vai saber exatamente do que vocês são capazes. — Ela olhou para Ox antes de olhar para mim, uma expressão sombria em seu rosto. — Nunca houve nada como o bando Bennett. Ou este lugar. Ela vai fazer o que puder para descobrir o porquê. E vai tentar tomar isso de vocês.

— E os Ômegas? — perguntei. — A infecção?

Patrice balançou a cabeça.

— Isso não importa. Seu Alfa aqui, ele os tem. Em suas mentes. Você pode sentir. Eu sei que pode. Inferno, *eu* posso sentir, e nem sou do seu bando. — Ele se virou para Ox. — Eu não sei de onde você veio, garoto, mas não acho que já tenha visto alguém como você antes.

— Eu posso trazê-los de volta — disse Ox em voz baixa. Ele olhava para os Ômegas que se moviam ao nosso redor. — Depois. Quando isso acabar. Eles... ainda serão Ômegas. Os infectados. Mas eu acho que vai segurar. Até...

— Até você matar Robert Livingstone — completou Aileen sombriamente. — Isso é magia profunda. Mais profunda do que eu jamais pensei que alguém poderia ir. Não podemos consertar isso. Não até sabermos o que ele fez. E se ele morrer, há uma chance de que seu feitiço morra com ele. Isso é o que eu entendi de Thomas quando ele...

— Thomas? — perguntou uma voz trêmula.

Eu me virei. Elizabeth Bennett estava nua, os olhos brilhando no escuro. Ela estava olhando para Aileen, uma expressão indecifrável no seu rosto.

Aileen suspirou.

— Sim. Foi... Não foi claro. As visões nunca são. Eu vejo... Eu acho que ele sabia. Que nós seríamos necessários. — Ela olhou para mim antes de olhar de volta para a loba mãe. — Foi fraco. E rápido. Mas nós...

Eu não pude me conter. Eu não sabia se queria me conter. Ela tinha que saber. Todos tinham.

— Eu o vi. Antes. Na porta. E aqui. Agora.

Joe emitiu um ruído ferido, baixando a cabeça, passando os braços em torno do próprio corpo.

Elizabeth deu um passo em minha direção, seus pés descalços afundando na neve. Sua pele estava arrepiada, mas ela se moveu com grande determinação até ficar na minha frente. Deslizou os dedos pelo meu braço machucado, percorrendo as tatuagens. Os símbolos e as rosas brilharam sob seu toque. Ela levantou o olhar para mim, e nunca houve um momento em minha vida em que eu quisesse protegê-la mais do que naquele.

— Ele te encontrou novamente.

Eu assenti, incapaz de falar.

— Ele falou com você?

— Ele disse que nos ama — falei em voz baixa. — Te ama. E que eu era o bruxo dele.

Carter inclinou a cabeça para trás e uivou sofridamente. O lobo-oriental uivou e se esfregou na lateral dele. Os Ômegas pareceram agitados com o som, mas ficaram afastados, ainda se movendo lentamente em um círculo ao nosso redor.

— Agora você vê, não vê? — perguntou Elizabeth, esticando os braços para segurar meu rosto. Suas mãos eram quentes e gentis.

— Acho que sim. Dói. Saber o que perdi. O que *nós* perdemos. Dói.

— E vai doer. Talvez para sempre. — Seus polegares afagaram minhas bochechas. — Mas se tornará parte de você, e um dia será suportável. — Uma única lágrima caiu de seu olho. — Mas você nunca esquecerá seu Alfa.

— Ele disse que estava orgulhoso de mim — sussurrei, temendo que falar mais alto tornasse aquilo falso.

E ah, como ela *sorriu*.

— Ele está, Gordon. Assim como eu. Assim como todos nós. Você estava perdido, eu acho. Por muito tempo. Mas encontrou o caminho de volta para casa. Embora tenha tido consequências.

Eu fiz uma careta.

— Isso pode ser um eufemismo.

— Eu sei. Mas vamos resolver isso. Sempre resolvemos. Você não está sozinho, Gordon. E prometo que nunca estará.

Ela se afastou, tirando as mãos do meu rosto. Eu observei enquanto ela se transformava na minha frente, e lembrei de ter ouvido que era mais fácil lidar com o luto como um lobo. As emoções humanas eram complexas. Os instintos do lobo não. Ela estava azul, tão azul, mas misturado havia verde, envolvendo-a, mantendo-a segura. Ela cheirou o pescoço de Mark antes de ir ficar ao lado de Carter, que lambeu uma de suas orelhas.

— Vamos ficar aqui — disse Aileen em voz baixa. — Limpar o que resta. Viemos em número suficiente para Green Creek para reconstruir suas barreiras enquanto vocês fazem o que têm que fazer. Nada escapará, não enquanto estivermos de vigília. Você tem muitos aliados, Alfa Matheson, quer perceba ou não. Você deve se lembrar disso, porque chegará um momento em que parecerá que o mundo inteiro estará contra você. Você tem inimigos poderosos. Mas eu vejo sua força. Vou rezar para que seja suficiente para fazer o que deve ser feito.

Ox assentiu.

— Obrigado. Por virem pelo meu bruxo. Por nós.

— Paz, Alfa. Que um dia seu bando conheça a paz. — Ela deu um passo para trás.

Patrice estendeu a mão e esfregou o polegar na testa de Ox. Um pequeno rastro de luz formou um símbolo na testa de Ox, um *s* invertido. Os Ômegas roncaram ao nosso redor. Carter ganiu. Mark rosnou ao meu lado.

Ox respirou fundo. Seus olhos queimavam.

— O que você fez?

— Concentração — disse Patrice. — Isso é concentração. Eles estão ligados a você, Alfa. Todos eles. Vai puxar mais forte do que você jamais imaginou. Apertei um pouco esses laços. Não muito, mas é o melhor que posso fazer.

Ox abaixou a cabeça em deferência.

— Obrigado.

Os bruxos se afastaram de nós. Os Ômegas se abriram, deixando-os passar sem incidentes. Eles se dirigiram para a ponte.

— Gordon.

— Oxnard.

— Eu... Você precisa...

— Cale a boca, Ox.

Ele franziu o cenho.

— Não é...

— Você faria o mesmo por mim?

— Sempre.

— Então cale a boca.

Ele suspirou.

— Só você não aceitaria gratidão depois de perder a mão.

— Agora temos preocupações maiores. Podemos conversar sobre isso depois, quando eu tiver meu inevitável colapso.

— Ele está em suas mãos — disse Joe. — Ou talvez só uma mão, no seu caso.

Nós nos viramos lentamente para olhar para ele.

Ele piscou para nós.

— Muito cedo? — Ele meneou a cabeça. — Sim. Muito cedo. Desculpe, Gordon.

Ox deu um passo à frente.

O círculo dos Ômegas se quebrou. Eles se reuniram na frente dele. Alguns estavam semitransformados. A maioria era de lobos. Devia haver pelo menos sessenta deles. Todos os olhos eram violeta. Era mais do que Richard Collins já tivera.

Oxnard Matheson disse:

— Eu os chamei. E vocês vieram. Cometi erros no passado. Me afastei de todos vocês. Fechei aquela porta, embora vocês precisassem de mim. Não tenho o direito de pedir nada a vocês, mas no final preciso. Há pessoas aqui. Caçadores. Eles entraram no território dos Bennett sem serem convidados. Vieram para levar tudo o que me é importante. Eles já têm dois membros do meu bando, e não vou aceitar isso. Se me ajudarem, se ficarem ao meu lado, prometo a vocês que farei tudo o que estiver ao meu alcance para trazê-los de volta. Para consertar suas mentes, não importa quanto tempo leve. Vocês são os esquecidos. Os perdidos. Mas, se sobrevivermos hoje, encontrarei uma maneira de trazê-los para casa.

Os lobos Ômegas inclinaram a cabeça para trás e uivaram por seu Alfa. O som ecoou sobre nós, fazendo-me tremer até os ossos.

Era alto e furioso.

Selvagem e áspero.

Eu esperava que Elijah e seus caçadores também o ouvissem.

Eles estavam nos esperando quando voltamos à casa do fim da rua. O céu estava quase sem nuvens, um azul claro e frio. O sol brilhava. E a lua estava cheia e pálida, porém visível. Lembrei-me da história que Abel me contara sobre seu amor.

Rico estava em pé por conta própria, olhos arregalados enquanto observava nossa aproximação. Ele murmurava algo que eu não conseguia ouvir.

Jessie estava ao seu lado, batendo o pé-de-cabra no ombro, os olhos estreitados.

Robbie estava ao pé da escada ao lado de Kelly, que torcia as mãos. Ele parecia não saber se queria avançar na frente de Kelly e rosnar, ou puxá-lo de volta para dentro da casa. Ele não fez nada disso. Em vez disso, disse:

— Isso é Ômega demais.

Elizabeth foi até eles primeiro, transformando-se ao se aproximar da casa. Jessie alcançou uma mochila aos seus pés, tirou um robe de dentro e o jogou escada abaixo. Elizabeth o pegou no meio da transformação e o enrolou em volta dos ombros quando o lobo desapareceu.

— O que aconteceu? — demandou Kelly. — Sentimos... Eu não *sei* o que foi. Mas foi terrível. Foi como se alguém tivesse morrido, mas...

— Gordon? — perguntou Rico. — Por que você está segurando o braço assim? Você o quebrou?

— Não exatamente — murmurei.

— Gordon salvou Ox — disse Elizabeth. — Ele foi ferido, mas vai ficar bem.

— Eu não entendo — falou Robbie, parecendo confuso. — Foi como...

Levantei o braço.

Silêncio.

Então:

— Que *porra* é essa? — disse Rico, a voz esganiçada.

— Quem fez isso? — rosnou Jessie. — E por favor me diga que quem quer que seja já morreu.

— Como isso já está curado? — demandou Robbie, os olhos faiscando.

Kelly veio primeiro. Kelly, que tinha ficado na porta de um motel abandonado no meio do nada, me observando raspar a cabeça, e me disse que eu tinha que fazer o mesmo com ele depois, tinha que fazê-lo parecer comigo. Eu pensei nele como bando primeiro, antes de Joe e Carter, por causa disso. Suas mãos foram gentis ao pressionarem meus ombros, e ele não se mexeu quando fiz o mesmo com ele. Lembro-me de como seu couro cabeludo era áspero ao passar os dedos sobre ele depois que terminei. Ele ainda era uma criança na época, uma criança enlutada longe de casa.

Aquela criança já não existia mais.

O homem que ele se tornou estava diante de mim.

E ele se inclinou para a frente, pressionando a testa na minha, os olhos abertos e me encarando.

Eu não desviei o olhar.

— Seu idiota — disse ele. — Seu idiota estúpido.

— Tinha que fazer com que você parasse de ficar bravo comigo de alguma forma.

Ele se engasgou com uma risada.

— Ah, ainda estou bravo com você. Mas agora é por razões completamente diferentes. Provavelmente vou precisar ir à oficina para te dar uma mão agora. Não sei nada sobre carros.

— Muito cedo — murmurou Joe, vestindo a calça jeans que Jessie lhe dera. — Já tentei.

Empurrei Kelly para longe.

— Cuzão.

Ele balançou a cabeça enquanto ia até o irmão. O lobo-oriental não parecia satisfeito em vê-lo novamente, mas Kelly o ignorou, caindo de joelhos na neve, envolvendo o pescoço de Carter com os braços.

— Estou bem — falei para Jessie e Rico, que estavam começando a se preocupar.

— Sim, claro que está — retrucou Rico. — Eu levo um tiro, e você tem que tentar me superar. Vou ter uma cicatriz sexy, e você vai poder ter um gancho sexy. Piratas *sempre* superam cicatrizes, Gordon. Você *sabe* disso. Fique longe da Bambi. Você não pode tentar tirá-la de mim quando já tem um lobo.

— Por que parece que essa é uma conversa que vocês já tiveram antes? — perguntou Jessie, desconfiada.

— A maconha é uma droga e tanto — disse Rico para ela. — Apesar de realmente fazer mais sentido o Gordon ser o pirata em vez de mim.

— Por que seria isso? — indagou Jessie.

— Porque eu sou hétero — explicou Rico. — E o Gordon gosta de dar a bunda.

— Eu te odeio tanto — disse a ele.

— Nah. Isso é mentira. Nem tente. E, só um parêntese, já está quase na hora de matar os vilões e trazer o Chris e o Tanner de volta? Porque vou precisar deles aqui comigo para me ajudarem a superar o trauma de levar um tiro e ter um chefe de uma mão só. Eles vão me ajudar a me acostumar com esse admirável mundo novo em que nos encontramos.

— Homens — resmungou Jessie. — Vocês são todos uns malditos idiotas.

— Ei! Eu poderia contar nos dedos... desculpe, Gordon... dias piores que hoje. Mostre um pouco de respeito!

Eu os amava mais do que poderia expressar.

— Sim. Está quase na hora.

— Ótimo — murmuraram em uníssono, soando mais lupinos do que os próprios lobos. Os caçadores nunca deveriam ter vindo para essa cidade.

E porque ele era o único que restava, e ainda estava perto da varanda parecendo ridiculamente inseguro, acenei para Robbie.

Ele veio, tentando não encarar meu braço, mas falhando miseravelmente.

— Quem fez isso? — perguntou, a voz sussurrante.

— Uma bruxa.

— Ela está morta?

Mark rosnou quando eu disse:

— Mortinha.

Robbie assentiu freneticamente.

— Ótimo, isso é ótimo, isso é...

— Garoto, você precisa se acalmar. Respire fundo. Estamos bem. Estamos todos...

Ele me surpreendeu ao saltar para a frente e jogar os braços ao meu redor. Eu grunhi com o impacto, e Mark avançou nele, dentes à mostra, mas sem mordê-lo.

— Fico feliz que esteja bem — sussurrou no meu pescoço.

Revirei os olhos e envolvi suas costas com meu braço bom. O garoto era emotivo.

— Tá, tá. Chega de sentimentos, certo? Temos coisas maiores com que nos preocupar.

Ele recuou, e seus olhos estavam alaranjados.

— Vamos atrás dela, não vamos? Um dia.

Ele não estava falando de Elijah.

— Sim. Vamos. Você vai ficar bem com isso?

Ele não hesitou.

— Este é o meu lar. Este é o meu bando. Farei o que for preciso.

Levantei a mão e apertei a nuca dele.

— Somos sortudos por termos você, Robbie. Mesmo que insista em usar esses óculos malditos.

Ele sorriu para mim.

Ox DISSE:

— Vai.

Eu chutei a linha de prata para longe.

Pappas avançou, pronto para morder e rasgar e...

Ox rugiu.

Pappas parou.

Ele piscou, inclinando a cabeça na direção de Ox.

Seus olhos eram violeta.

Ox soltou um rosnado profundo do fundo do peito.

E Pappas ouviu.

gordon gordon gordon

— Eu sei — falei para Mark, me agachando na frente dele. — Eu sei.

Ele encostou a cabeça no meu ombro e respirou profundamente.

gordon gordon gordon

EU NÃO ERA UM LOBO.

Mesmo assim eu sentia o chamado da lua.

Quando estava sozinho, quando todos os lobos tinham me deixado para trás, eu odiava. Odiava como o chamado esticava minha pele, como eu sempre o sentia acima de mim.

Por fim, os laços se romperam.

Por fim, eu não sentia mais a lua.

Mas ela não tinha terminado comigo. Nem de longe.

Agora, ali, eu a sentia, talvez mais do que nunca.

Eu não era um lobo.

Mas era parte deles.

Eles eram parte de mim.

E a lua *puxava*.

Estávamos em frente à casa do fim da rua, a neve ainda caindo ao nosso redor. Nove membros do bando Bennett. Um lobo-oriental. Pappas.

E todos aqueles Ômegas.

A lua cheia estava ali.

— Chamem o caos — sussurrei enquanto os lobos entoavam suas canções ao meu redor — e soltem os cães da guerra.

bando

Quando eu era criança, uma mulher chamada Elijah segurou minha mão no restaurante enquanto ela rezava.

E então, enquanto inseria uma agulha na minha pele, assim como meu pai havia feito antes dela, ela fez chover fogo sobre nós.

Caçadores vieram para Green Creek e levaram embora quase todos que eu amava.

Não estávamos prontos.

Pagamos o preço por isso.

Tudo o que restou foi uma cratera fumegante cheia de morte.

Ela sobreviveu, de alguma forma.

E ela voltou.

Pretendia terminar o que havia começado.

Ela havia levado dois dos meus.

Achava que estava com a vantagem, que havia nos vencido.

Mas depois de tudo que nos trouxe, depois de tudo de que fora capaz, ela ainda não entendia que havia uma coisa que jamais deveria ser feita.

Encurralar uma fera num canto.

Porque é aí que a fera não terá mais nada a perder e fará de tudo para sobreviver.

— Eu confio em você — disse Ox.

— Eu sei.

— Eles estão com Tanner. E Chris.

— Eu sei.

— E eles ainda estão vivos. Ainda estão lutando.

— Eu *sei*.

Ox assentiu.

— Por isso, você irá até eles. Nós vamos chegar pela frente. Distrair os caçadores. Distrair Elijah. Eliminar um por um enquanto pudermos, antes de irmos com tudo. E é aí que você chegará por trás. Com sorte, eles nem vão perceber você lá até ser tarde demais.

— Dividir para conquistar.

Seu sorriso era cheio de dentes.

— É assim que os lobos caçam na natureza. Eles separam o rebanho.

— E você tem certeza de que eles estão na oficina? O Chris e o Tanner.

— Alguma vez já te contei como foi? Quando abri meus olhos como um lobo pela primeira vez?

Balancei a cabeça. Ele havia insinuado, mas então percebemos o quão aberta estava aquela porta, e todo o foco se voltou para fechá-la e garantir que estivesse trancada.

— Eu podia sentir. Todos vocês. Meu bando. Mas foi mais do que isso. Eu podia sentir *todos* eles. As pessoas aqui. No território. Eu sentia a grama. As folhas. Os pássaros nas árvores. Tudo. Você conhece este lugar, Gordon. Eu sei que conhece. Você está conectado com ele de formas que a maioria dos outros não está. Mas acho que é mais do que isso para mim. Você é a terra e eu sou o céu. Então, sim. Eu sei que eles estão na oficina. Sei que estão com medo. Sei que estão feridos. Eu sei que eles estão tão obstinados quanto sempre foram. E nós vamos fazer os King pagarem por tudo o que fizeram. Seus nomes não importam para mim.

— Terra e folhas e chuva — murmurei.

Ele inclinou a cabeça para mim.

— É... é algo que o Mark me diz. — Desviei o olhar. — É o meu cheiro para ele.

— Eu o trarei de volta para você — disse Ox, e eu fechei os olhos. — Para todos nós.

— Você não pode prometer isso — falei entre dentes cerrados.

— Então veja só — disse Ox.

* * *

— Eu amo vocês — nos disse Joe da varanda, com Ox ao seu lado. — Eu amo todos vocês. Vocês são meu bando. E esta é nossa cidade. É hora de retomá-la.

Nunca mais. Nunca mais. *Nunca...*

Eu segui pelas estradinhas de terra de Green Creek, a neve estalando sob meus pés. Mark estava à minha direita e Elizabeth à minha esquerda. Só depois que Ox disse para eles irem comigo percebi o que ele estava fazendo. Estava tentando manter longe de Elijah aqueles que se lembravam da última vez que ela estivera ali. Carter era jovem demais na época. Mas nós três não éramos. Não sabia se devia agradecê-lo ou ficar irritado.

Não importava.

Podíamos lidar com isso depois.

O toco que antes era minha mão direita estava envolto em uma atadura, e uma meia foi colocada sobre ele. Jessie me disse que, embora confiasse na minha magia, não conhecia esses outros bruxos. Não sabíamos se havia dano nos nervos. Eu precisava evitar uma gangrena.

— Vamos ter que verificar isso — falou ela, ajustando a meia sobre o toco. — E dar um jeito de explicar como aconteceu e como já se curou.

— Metade da cidade já sabe sobre os lobos — lembrei a ela. — Vi o médico lá dentro também. O que é uma amputação magicamente curada diante disso?

— Isso vai se voltar contra nós.

— Talvez. Mas, se acontecer, lidaremos com isso quando chegar a hora.

A floresta parecia anormalmente quieta, como se ela e a cidade estivessem vazias. Rico e Jessie tinham ido para o Farol com ordens de manter todos seguros no caso de os caçadores de alguma forma encontrarem o local. Jessie parecia que ia discutir, mas Ox disse que confiava nela para manter o restante dos humanos seguros. Rico suspirou, mas concordou.

— Se eu for ser baleado, que seja pela minha namorada. Pelo menos dela eu esperaria.

Foi devagar, apesar de termos seguido pelo que costumavam ser estradas de terra. A neve estava alta, com acumulações ainda mais profundas. Tropecei algumas vezes, mas sempre havia um lobo lá para me manter de pé.

gordon gordon gordon.

— Sim, sim — murmurei, colocando a mão restante nas costas de Mark.

Ele estava lá, de alguma forma. Mark. Os laços entre nós eram frágeis e tênues, porém estáveis. Se por causa de Ox ou porque eu carregava a marca do lobo no ombro, não sabia dizer. Acreditava em Ox quando ele dizia que encontraria um jeito.

Era *gordon gordon gordon* e *ParceiroBruxo* e uma canção azul-lobo de *meu* e *meu* e *meu* ecoando na minha mente agitada e inquieta, mas eu me agarrava a isso o máximo que podia. Significava que havia esperança.

Ele me ajudou a levantar novamente, e eu estava prestes a dar um passo à frente quando Elizabeth congelou, orelhas se erguendo, cauda curvada para cima atrás dela. Mark rosnou baixinho ao meu lado antes de me empurrar contra uma árvore grande.

Demorei um instante para ouvir o que eles ouviam.

Vozes.

Eram fracas a princípio. Mas foram ficando mais altas enquanto eu respirava superficialmente pelo nariz. As vinhas no meu braço começaram a apertar sob o casaco, esfregando-se contra minha pele. Minha magia estava mais selvagem do que antes, e uma sensação fantasma surgiu onde minha mão costumava estar, como se eu ainda tivesse dedos que podiam se fechar em punho.

Elizabeth se afastou alguns metros de nós e começou a cavar na neve, o pó e o gelo se acumulando atrás dela. Suas garras arranhavam, e eu me preocupei que ela fosse nos denunciar antes de terminar, abaixando-se na depressão que criara. Ela se misturava com a neve e as árvores.

Apoiei as costas no tronco da árvore, Mark parado na minha frente, nem sequer tentando se esconder.

— Idiota — falei baixinho, alcançando e passando um dedo entre os olhos dele.

Ele se apoiou na minha mão e respirou profundamente.

— ... não sei por que tivemos que esperar — dizia uma voz enquanto se aproximava. Um homem. — O que diabos ela está fazendo?

— Acho que ela gosta daqui — respondeu outra voz. Uma mulher.

— Não sei por quê. Este lugar me dá arrepios. Estar no território de um Alfa é uma coisa, mas *dois* Alfas? Ela vai matar a todos nós.

Ah, como ela estava certa.

Eles estavam mais perto.

— Estou pouco me fodendo para o que ela gosta — disse o homem. — E só porque ela acha que os selvagens vão fazer o trabalho para nós, isso não significa que eles não virão atrás de nós depois. Quer dizer, já havia dois deles. E se for o bando inteiro agora?

— Eles são mais fáceis de derrubar — murmurou a mulher. — Lobos selvagens não pensam. Não são nada além de animais. São os lobos não selvagens que me preocupam. Ela deveria ter nos deixado incendiar a maldita casa. Cercar tudo com prata e acabar logo com isso.

O homem riu.

— Você viu a expressão dela quando Grant disse isso? Pensei que ela ia atirar nele ali mesmo.

Mais perto.

— Somos caçadores — falou a mulher zombeteiramente. — Estamos aqui para *caçar*.

— Não é? Eu gosto tanto de matar essas coisas quanto qualquer um, mas, droga, ela está ficando descuidada. Isso não é como em Omaha. Ou na Virgínia Ocidental.

— Bennett — disse a mulher. — Eu não necessariamente concordo com a forma como ela está lidando com isso, mas consegue imaginar como será para nós quando pudermos dizer que acabamos com o bando Bennett? Seremos *lendários*.

Mais perto.

— Desde que a gente seja pago, não me importo com...

Mark olhou para mim com olhos violeta.

gordon gordon gordon

Eu saí de trás da árvore.

Eles eram jovens.

Quase crianças, na verdade. Talvez mais novos que Joe.

Que desperdício.

Ambos tinham seus rifles pendurados sobre o ombro.

Eles não esperavam por mim.

Pararam, olhos arregalados.

— Olá — falei.

Eles deram um passo para trás.

Mark contornou o outro lado da árvore, os lábios recuando sobre as presas. Seu rabo balançava de um lado para o outro.

Eles deram mais um passo para trás.

— Seu erro — disse a eles — foi falar em matar um bando quando uma loba mãe podia ouvir.

O homem se assustou:

— O que você está...

Elizabeth se levantou da neve à esquerda deles.

A mulher disse:

— Ah, por favor, não.

Eles mal tiveram tempo de pegar suas armas antes que Elizabeth os atacasse.

Acabou sem um único tiro ser disparado.

Pássaros levantaram voo nas árvores, asas frenéticas enquanto um predador abatia sua presa.

Sangue de caçador mais uma vez tinha sido derramado em território Bennett.

E nós estávamos apenas começando.

Quando Elizabeth levantou a cabeça, tinha gotas vermelhas grudadas em seus bigodes e seus olhos brilhavam em laranja.

bando, ela sussurrou na minha cabeça. *bandobandobando.*

CHEGAMOS PELO OUTRO LADO da cidade, perto de onde encontramos o carro abandonado.

Nossas marcas de pneus havia muito tinham sido enterradas pela tempestade que desde então se dissipara em flocos.

Eu me perguntava o que teriam feito com Jones. Seu corpo. Quando tudo estivesse terminado, eu me certificaria de que ele tivesse um enterro digno.

Mantivemos distância da estrada enquanto nos aproximávamos de Green Creek, as construções surgindo da neve. Ao longe, pude ver os destroços do restaurante, o guincho ainda de lado. Eu não sabia se eles tinham tentado movê-lo para chegar ao corpo do lobo vermelho embaixo ou se simplesmente o deixaram lá.

Mais adiante, na Rua Principal, um dos sinais de trânsito piscava amarelo. À frente dele estava a oficina.

As caminhonetes dos caçadores ainda cercavam o local. Não pareciam ter sido movidas desde a última vez que estivemos lá, atocaiados no restaurante. Dava para ver alguém se movendo no telhado. E outros perto das caminhonetes. Holofotes tinham sido montados ao redor da oficina, lançando um brilho áspero em todas as direções. A energia na cidade ainda estava cortada, mas a oficina estava iluminada como um farol.

Eu estava inquieto. Elijah não era burra. Não podíamos subestimá-la. Ela havia esperado até a lua cheia por um motivo. Se era para justificar a matança de lobisomens sob o domínio da lua ou para ver se os lobos selvagens iam infectar ou matar os outros antes de ela atacar, eu não sabia. Mas o fato de ela não ter tentado mais nada desde que chegara a Green Creek era inesperado. Eu não acreditara nela quando disse que os humanos da cidade não seriam envolvidos naquilo. Ela estava esperando por algo, eu só não sabia o quê.

Mas ela tinha Chris e Tanner.

Isso era razão mais do que suficiente para a atacarmos.

O céu acima começara a escurecer quase uma hora antes. A lua estava ficando mais brilhante por entre as brechas das nuvens cinzentas.

Atingimos a linha da cidade, mantendo-nos fora de vista atrás dos prédios, nas sombras.

Não havia outros caçadores tão ao sul. O que aqueles dois estavam fazendo na floresta, eu não sabia. Talvez estivessem em patrulha. Talvez estivessem nos procurando. Não importava mais. Eles não poderiam ferir mais ninguém.

Estávamos a algumas quadras de distância da oficina quando paramos. Eu me encostei em uma parede de tijolos. O prédio havia abrigado uma agência dos correios antes de ser fechado e transferido para Abby. Agora era uma loja de presentes que havia fechado mais cedo para o inverno, antes da tempestade. A dona da loja trazia seu Buick antigo para uma troca de óleo a cada três meses, como um reloginho. Eu não a vi no Farol. Esperava que tivesse escapado antes de os caçadores chegarem.

Esperamos.

Não seria por muito mais tempo.

Os lobos se sentaram na neve, um de cada lado, encostados para me manter aquecido.

Eu disse:

— Se isso não der certo...

Elizabeth rosnou.

— Se não sairmos...

Mark rosnou.

— Estou tentando...

Ambos rosnaram.

Suspirei.

— Tudo bem. Não serei esse cara. Mas nunca mais podem me dizer para parar de ser um cuzão quando os dois são tão ruins quanto eu. Especialmente você, Elizabeth. Não sei por que mais pessoas não conseguem ver o quanto você é babaca.

Ela bufou.

Mark arranhou a neve.

Levantei a mão para esfregar o rosto, apenas para lembrar no último segundo que a mão não estava mais lá.

— Merda — murmurei com a voz rouca.

gordon gordon gordon

— Não é...

IrmãoAmorBando

— Não será a mesma coisa. Nada mais será.

Mark focinhou meu toco.

Elizabeth se aproximou mais.

— Vou precisar de vocês dois — falei, e foi mais fácil do que eu esperava. Não sei por que não consegui enxergar isso antes. — Vou precisar de todos vocês.

sim sim sim sim

gordon gordon gordon

— Está bem. Está bem. Vamos...

Foi então.

Uma onda que nos atravessou.

A força dos nossos Alfas.

Era hora.

Um instante depois, um uivo solitário se ergueu sobre a cidade, ecoando pelas ruas vazias.

Eu conhecia aquele lobo.

Eu sabia de onde ele vinha.

A terra ao nosso redor pulsou, reconhecendo seu chamado.

Ele se desfez.

Gritos de alarme surgiram da oficina mais adiante na rua.

Os lobos estavam chegando.

E não havia nada que pudessem fazer para impedir isso.

— Aqui vamos nós — sussurrei.

Elizabeth e Mark se levantaram ao mesmo tempo.

Eu me desencostei do prédio.

Estalei o pescoço de um lado para o outro.

O corvo abriu as asas.

Não era como antes. Minha mão se fora. Minha magia parecia desconectada.

Eu me perguntei se era assim que se sentiam os selvagens. Os Ômegas.

O uivo ecoou novamente. Desta vez, mais alto. E por um instante estava sozinho. Mas, antes que pudesse começar a desaparecer, outro lobo começou a cantar, quase como se estivesse harmonizando com seu parceiro.

Oxnard.

Joe.

E então vieram os outros.

Carter. Robbie. E mais longe, muito, muito mais longe, Rico e Jessie, uivando em nossas mentes. Chris e Tanner, rindo histéricos com os sons de seu bando vindo buscá-los.

E então todos os lobos começaram a cantar, e era diferente de tudo o que eu já tinha ouvido antes. Todos os Ômegas uivando com seu Alfa, cantando uma canção de guerra.

Era hora de acabar com aquilo.

Mesmo antes de virarmos a esquina do prédio, os primeiros sons de tiros rasgaram o ar. Ecoaram pela cidade, estampidos agudos sobre os gritos dos homens.

Havia pequenas explosões de luz em minha cabeça, pequenos flashes de dor, e eu soube quase imediatamente que eram Ômegas sendo atingidos. Eles não eram do bando, não como os outros, mas pertenciam a Ox tanto quanto nós. Estavam na periferia, e eu esperava que ele pudesse se perdoar um dia. Me perdoar por ter dito a ele para trazê-los aqui. Quer fosse tarde demais para eles ou não, quer pudéssemos encontrar uma maneira de trazê-los de volta quando tudo isso acabasse ou não, isso pesaria sobre ele. Sobre todos nós.

Movemo-nos rapidamente e com propósito. Sabíamos o que tínhamos que fazer. Sabíamos qual era plano. Dividir para conquistar. Mesmo enquanto permanecíamos nas sombras, minha respiração ofegante em meus ouvidos, eu sabia que a primeira onda de Ômegas estaria se dividindo pela cidade, correndo pelas ruas laterais, pequenos grupos liderados por um membro do meu bando. Eles atrairiam os caçadores para longe. Enquanto nos aproximávamos, eu ouvi os gritos altos dos caçadores, e então suas caminhonetes rugiram e partiram pela neve, iniciando a perseguição.

Estava funcionando.

Ox e Joe seriam os mais visíveis, olhos em chamas, certificando-se de que os caçadores pudessem *ver* que havia Alfas ali. E se o Alfa fosse morto, então o bando se dispersaria, seria mais fácil derrubá-lo. Eles tinham os maiores alvos nas costas, e fariam com que os caçadores os vissem primeiro. Especialmente Elijah. Ela estaria liderando o ataque.

Havia um chamado na minha cabeça, e estava mais claro do que nos últimos dias. Os bruxos ao redor de Green Creek tinham terminado de construir as barreiras. Eu não sabia quantos tinham vindo com Patrice e Aileen, mas tinham feito o que se propuseram a fazer. Nada mais entraria.

E os Ômegas não sairiam.

Era uma prisão, mas uma que agora controlávamos.

Os caçadores só não sabiam disso ainda.

Os holofotes eram cruéis enquanto nos aproximávamos da oficina. Mantive-me fora de vista, os lobos agachados ao meu lado. Havia um caçador no telhado, disparando um rifle com rápida precisão. Outra pontada de dor piscou na minha cabeça, prata entrando em um lobo Ômega, mas não havia nada que eu pudesse fazer quanto a isso agora. Não era um dos meus lobos.

A oficina tinha três baias de trabalho. Uma das portas traseiras estava aberta, e a luz transbordava de dentro. Ouvi o ronco engasgado de um gerador.

Dois caçadores estavam lá, com as costas contra a parede.

— Ali — sussurrei. — Peguem-nos. Eu cuido do cara no telhado.

Mark não estava feliz em se separar, mas não tínhamos escolha. Precisávamos limpar o máximo que pudéssemos antes de entrarmos.

Elizabeth sussurrou na minha cabeça, e o azul desapareceu. Ela estava caçando.

Mark me encarou com olhos de Ômega.

— Vão.

Eles foram, desaparecendo na sombra, agachados.

Havia uma escada de metal presa ao lado da oficina. Marty tinha mandado instalá-la pouco depois de eu ter ido morar com ele. Um dos caras — Jordy, morto por um câncer menos de um ano depois — quase caíra da velha e precária escada de madeira que eles normalmente usavam, e Marty jurou que não ia deixar que suas tarifas aumentassem por causa de uma maldita reivindicação de compensação de trabalhador. Ele desembolsou algumas centenas de dólares para instalar a escada na lateral do prédio.

Foi para essa escada que eu me dirigi. Estiquei-me para segurar um dos degraus e...

— Merda — resmunguei quando meu coto bateu no metal, enviando uma pontada aguda de dor pelo meu braço. Cerrei os dentes e agarrei a escada com a mão esquerda, enganchando o braço no degrau, e me puxei para cima. O metal estava frio e escorregadio. Minha mão ficou dormente quase instantaneamente. Acima de mim, o barulho dos tiros continuava.

Eu estava suando profusamente quando me aproximei do telhado. O suor escorreu para o meu olho, que ardeu. Levantei a cabeça até conseguir enxergar para além do telhado.

O caçador estava de pé na extremidade oposta, disparando seu rifle continuamente. Não estava com mira, e eu esperava que isso significasse que estava errando mais do que acertando. Subi o mais silenciosamente que pude. A neve que havia se acumulado no telhado se transformara em lama por causa de tanta gente caminhando sobre ela.

Respirei superficialmente enquanto ficava de pé.

O caçador não tinha me ouvido.

Ele disparou novamente.

Entre nós havia uma fileira de claraboias, longas janelas que davam na oficina e eram usadas para ventilação nos verões quentes. A neve havia sido removida do vidro.

Abaixo de mim, ouvi o grunhido de homens surpresos, mas foi o único som que fizeram antes de terem a garganta arrancada.

O caçador disparou mais uma vez e depois veio um *clique* seco.

Ele praguejou e recuou para recarregar. Enfiou a mão no bolso do casaco e...

Eu estava me movendo antes mesmo que ele pudesse tirar a mão do bolso. Ele me ouviu nos últimos metros. Começou a virar, o rifle balançando em minha direção, mas eu estava em cima dele antes que pudesse me encarar completamente.

Abaixei o cano do rifle, não querendo correr o risco de que ele estivesse enguiçado e ainda pudesse causar danos.

Ele abriu a boca como se estivesse pronto para gritar em alerta, mas saiu como um gorgolejo depois que eu dei um soco na sua garganta. Algo estalou com um *crack* audível, e seus olhos saltaram enquanto ele lutava para respirar. Envolvi a nuca dele com a mão, forçando sua cabeça para baixo enquanto levantava meu joelho em direção ao seu rosto. Ossos se quebraram, e sangue pingou na lama.

Ele ergueu a cabeça novamente e, meu Deus, ele era apenas um *garoto*, apenas um garoto como aqueles dois no bosque. Eu não sabia de onde Elijah os conhecia, como os recrutara, mas ela tinha escolhido jovens. Eles não podiam ser King. A maior parte da família estava morta.

Mas eles estavam ali para machucar minha família.

Eu o esbofeteei no rosto, e ele caiu de costas, deslizando para perto da borda do telhado. Ele piscou confusamente para mim enquanto eu ficava de pé sobre ele.

Eu disse:

— Você não devia ter vindo aqui.

Ele ergueu a perna para me chutar, mas eu desviei com facilidade. As rosas explodiram em vida, e naquele momento eu jurei ter sentido minha mão outra vez, como se fosse feita de pétalas de flores e vinhas grossas. Eu confiei nela, na minha magia, e a segui. Eu me ajoelhei e pressionei meu toco contra o telhado.

A neve lamacenta ao nosso redor começou a se arrastar sobre ele como se fosse obediente. Ele abriu a boca novamente para gritar, mas a sujeira da neve *entrou* na sua boca, descendo pela garganta, fazendo-o gorgolejar.

Eu torci meu coto contra o telhado, rangendo os dentes.

Uma onda de ar gelado nos cercou.

Eu me levantei lentamente.

O rosto do homem estava congelado, sua boca aberta, gelo se projetando entre seus lábios e dentes.

Seus olhos estavam arregalados e imóveis.

O corvo batias as asas, lutando para se acalmar. Não era assim desde que eu era criança, a tinta ainda fresca no meu braço.

Eu teria que lidar com isso depois, antes que se tornasse um problema.

Fui para a parte de trás do prédio, olhando para baixo pela beirada a tempo de ver Elizabeth e Mark arrastando os corpos de dois homens para longe da oficina, para a escuridão, deixando para trás duas estrias de sangue na neve.

Eu me virei para ir em direção à escada e...

— Olá, Gordon — disse Elijah, parando bem na minha frente. — O que aconteceu com sua mão?

Antes que eu pudesse reagir, ela avançou. Vi estrelas quando ela socou a lateral da minha cabeça, me jogando para o lado. Minha visão girava enquanto eu caía de joelhos. Meu ouvido ficou dormente, um zumbido alto ecoando na minha cabeça. Antes que eu pudesse reagir, ela girou num círculo apertado, levantando a perna e depois esmagando o calcanhar sobre a lateral do meu pescoço. Meus dentes se chocaram, mordendo minha língua. Sangue inundou minha boca enquanto eu caía de costas.

Olhei para o céu noturno, atordoado.

A lua estava embaçada.

Ela agarrou meu cabelo enquanto me arrastava pelo telhado em direção à claraboia. Eu podia ouvir os lobos uivando por mim, cantando em terror. Uivos rasgaram o ar noturno, e o corvo tentou voar, mas estava confuso; não sabia para onde ir. Não sabia o que fazer.

Alcançamos a claraboia, e ela pressionou meu rosto contra o vidro.

— Olhe, Gordon — falou ela, sua boca perto do meu ouvido. — Olhe e veja o que acontece com os humanos que correm com lobos.

Eu abri os olhos.

A vinte metros abaixo de nós estava o chão da oficina. E na parede oposta estavam Chris e Tanner.

Eles tinham sido espancados até quase a morte. Seus braços estavam acorrentados acima deles, as cabeças inclinadas. Cada parte deles parecia coberta de sangue. O braço de Tanner parecia ter sido quebrado. O rosto de Chris estava tão inchado que duvidei que ele pudesse enxergar.

Esperei que se movessem.

Para me mostrar que estavam ali.

Que estavam vivos.

Que não tinham nos deixado.

Me deixado.

por favor por favor por favor por favor por favor

Eles me ouviram.

Tanner ergueu a cabeça e olhou diretamente para mim.

Seus olhos se arregalaram.

Chris tossiu, sangue jorrando no chão.

— Eles são fortes — disse Elijah em voz baixa. — Isso eu admito. Eles não lhe entregaram, mesmo quando seus ossos quebraram. Mesmo quando eu os fiz gritar. E Gordon, como eles *gritaram* por você. Pedindo que viesse salvá-los. Eles acreditaram que viriam por eles. Todos vocês. E aqui está você. Vejo que a fé deles em você não foi em vão. É... tocante. Equivocada, mas tocante. Vou deixá-los por último. Depois que seu bando estiver morto e o fogo de Deus tiver purificado este lugar do mal, eu voltarei e os absolverei de seus pecados. Ficou claro que nada em Green Creek pode permanecer como está agora. Eu não sei como foi feito, mas os Ômegas dominaram este território. Ele precisará ser purificado. As pessoas aqui não podem ser salvas. Minha visão está clara, e eu posso ver.

Ela me soltou.

Chris e Tanner gritaram por mim enquanto eu virava de costas.

A lua estava tão brilhante. Eu não achava que já tivesse visto algo mais bonito.

Elijah alcançou atrás dos ombros e puxou a pele do lobo sobre a cabeça novamente. Em minha mente atordoada, pensei que estivesse seguro. Que os lobos tivessem vindo por mim, e eu estava seguro.

Sua mão foi para dentro de seu casaco. Por um instante vi um lampejo de *alguma coisa* que parecia presa em seu peito por baixo do casaco, mas então ela puxou uma arma.

E a apontou para o meu rosto.

Era maior do que qualquer coisa que eu já tivesse visto antes.

A ponta do cano parecia um túnel aberto.

Eu sorri para ela. Meus dentes estavam escorregadios de sangue.

— Faria de novo.

Ela engatilhou a arma.

— Eu sei que faria. E é por isso que Green Creek será purificada. Eu te poupei uma vez porque você era apenas uma criança, e eu esperava que, te libertando das correntes do lobo, você enxergasse os erros dos seus caminhos. Não vou cometer esse erro outra vez.

Eu disse a única coisa que eu poderia.

— Nunca mais.

Ela piscou.

— O quê?

— *Nunca mais.*

O corvo voou.

A tinta na minha pele parecia queimada, os laços dentro de mim queimando mais brilhantes do que o sol.

gordon gordon gordon

Os lobos estavam comigo.

Era tudo o que eu poderia pedir. Ali, no final.

Eu a levaria comigo, e eles estariam seguros.

Bati os braços no vidro debaixo de mim.

O telhado trovejou enquanto rachava, metal, concreto e gesso se deslocando. Elijah deu um passo vacilante para trás, os olhos se arregalando enquanto o telhado tremia.

Ela se desequilibrou, razão pela qual a bala errou o alvo.

Não me atingiu.

Em vez disso, estilhaçou o vidro da claraboia onde eu estava deitado.

Leveza, apenas por um momento, enquanto o vidro cedia sob mim.

Eu caí pela claraboia, a cabeça batendo no metal da moldura, os pés raspando nas rachaduras no telhado.

Lembrei dele.

Mark.

De pé na minha frente, dizendo que eu cheirava a terra e folhas e chuva.

Dizendo que precisava me proteger.

O gosto dele em um dia de verão, os pés descalços na grama.

A expressão de traição em seu rosto na porta da minha casa.

A sensação da minha mão no seu pescoço enquanto eu deixava um corvo na sua pele.

Eu queria ter tido a chance de dizer que o amava. Uma última vez. Caí.

O vidro girou ao meu redor.

E de baixo de mim veio o som de um lobo furioso.

Virei a cabeça a tempo de ver Mark irromper na oficina.

Tudo parecia lento.

Seus músculos se contraíram antes de ele pular.

E então ele começou a se transformar.

Os músculos e os ossos se moviam sob sua pele. Os pelos espessos em seu corpo retraíram. As patas esticadas à sua frente se espalharam e se transformaram em dedos, as garras pretas e extremamente afiadas. À medida que se tornava humano, enquanto seus olhos violeta brilhavam, o corvo em sua garganta esticava as asas emplumadas e...

Braços fortes me envolveram quando um corpo humano pesado colidiu comigo. O ar foi arrancado do meu peito enquanto ele se enrolava ao meu redor, absorvendo o impacto com o chão ao rolarmos. Eu acabei encaixado ao seu lado enquanto o vidro estilhaçava.

E então silêncio.

Abri os olhos.

Mark estava olhando para mim.

Seus olhos eram violeta, mas ele estava ali. Era humano.

Estendi a mão e toquei seu rosto.

— Gordon — rosnou com a boca cheia de presas.

— Eu não entendo — sussurrei. — Como você está...

— Por mais romântico que isso seja — disse Tanner com a voz rouca —, e realmente é muito fofo, eu adoraria que meus braços não estivessem mais acorrentados à porra do teto.

— Isso — falou Chris, tossindo molhado. — O que ele disse.

Mark ergueu a cabeça, as narinas se dilatando.

Eu me afastei dele, lutando para ficar de pé, o corpo doendo. Olhei para a claraboia, esperando ver Elijah nos encarando, a arma apontada em nossa direção, mas tudo o que pude ver foi a lua.

Elizabeth entrou correndo pela parte de trás da oficina, se transformando violentamente. Seus olhos brilhavam em laranja enquanto ela se erguia.

— Oi, senhora Bennett — disse Tanner.

— Prazer em vê-la, senhora Bennett — falou Chris.

Seus olhos se arregalaram ao ver Mark ao meu lado, sua mão ainda no meu braço.

— Como você... — Ela balançou a cabeça, movendo-se em direção aos outros. — Elijah escapou. Eu a vi saltando do telhado, mas ela desapareceu antes que eu pudesse dar a volta. Deixou um rastro de cheiro. — Ela se colocou na frente de Chris e Tanner, estendendo as mãos para segurar suas faces. — Estou tão feliz em vê-los novamente. Vocês estão seguros agora. Eu prometo. Não deixarei que os machuquem de novo.

Chris suspirou e se inclinou para o toque dela.

— Estou bem — disse ele, palavras balbuciadas através de lábios inchados e cortados. — Parece pior do que é. Tire o Tanner primeiro. Eles quebraram o braço dele hoje de manhã, aqueles cuzões. Eu vou matar... Puta *merda*, Gordon, onde está a porra da sua *mão*?

— Longa história — murmurei. — Depois. Precisamos descobrir o que Elijah vai fazer. — Levantei os olhos para Mark. Ele estava me observando. Seus olhos ainda eram violeta, mas ele não estava lutando contra sua transformação. — Como você está fazendo isso?

Parecia que falar lhe custava muito. Suas palavras eram ásperas.

— Você. Você. Foi você. Bando. Forte. Nos ajudou. Gordon seguro. Mantenha Gordon seguro.

— Sim. Certo. Seguro. Estamos seguros.

Tanner gritou quando Elizabeth quebrou as algemas em volta de seus pulsos. Ela o segurou enquanto ele apoiava o braço quebrado com o outro, sua mão na nuca dele, dedos em seus cabelos enquanto ele soluçava.

— Estou com você — sussurrou ela. — Eu estou com você.

— Gordon — disse Chris —, você precisa ajudá-los. Ela vai... — Ele fez uma careta, virando a cabeça e cuspindo um bolo grosso de sangue no chão. — Elijah. Ela não vai deixar ninguém escapar. Ela sabe. Sobre o Farol. Nós a vimos. Preparando. Vestindo. Gordon, ela tem uma bomba amarrada no peito. E está cheia de prata. Rolamentos de esferas. É...

Depois que seu bando estiver morto e o fogo de Deus tiver purificado este lugar do mal, eu voltarei e os absolverei de seus pecados. Ficou claro que nada em Green Creek pode permanecer como está agora. Eu não sei como foi feito, mas os Ômegas dominaram este território. Ele precisará ser purificado. As pessoas aqui não podem ser salvas. Minha visão está clara, e eu posso ver.

— Jessie — falei com um suspiro. — Rico.

Elizabeth se colocou diante de Chris.

— Eu ficarei com eles. Gordon, você precisa chegar ao Farol antes que seja tarde demais.

Olhei para Mark. Seus olhos estavam ardendo.

Inclinei-me para a frente e encostei minha testa na dele.

— Você está comigo?

Sua respiração veio quente no meu rosto.

— *Gordon.*

lua

As ruas de Green Creek estavam banhadas em sangue.

Homens e mulheres — todos caçadores — olhavam fixamente para o céu, olhos refletindo a lua cheia.

Suas armas jaziam espalhadas na neve.

Havia Ômegas. Lobos totalmente transformados. Alguns apenas parcialmente. Um deles gemeu para mim ao passarmos por ele, estendendo as mãos na minha direção. Sua metade inferior estava esmagada como se tivesse sido atropelada. Nada poderia ser feito para salvá-lo.

Mark havia voltado à forma de lobo.

Ele ficou sobre o Ômega, a cabeça inclinada para baixo.

O Ômega estendeu a mão e tocou os pelos do seu pescoço.

Foi rápido. Mark abaixou a cabeça e quebrou o pescoço do Ômega.

Ele não se moveu depois disso.

Mark voltou para o meu lado.

Chegamos a uma caminhonete capotada em chamas, o fogo espirrando na neve. Um par de pernas saía por debaixo da cabine. Outro caçador tentou se arrastar para longe, mas foi pego por um lobo. Eu não sabia onde seu braço tinha ido parar.

Das árvores surgiu Robbie Fontaine, transformado e tenso, seguido por um pequeno grupo de Ômegas.

Ele veio até mim e pressionou o focinho no meu quadril. Ele expirou, deixando seu cheiro em mim. Passei a mão entre suas orelhas. Ele se inclinou para o toque. Houve uma pergunta enviada, e eu disse:

— Temos que nos mover. Ela vai machucar todo mundo.

Robbie se afastou, virando-se sobre o ombro para rosnar para os Ômegas atrás dele. Eles abaixaram as orelhas. Um deles sibilou de volta, a boca esticada, mas se acalmou quando Robbie soltou um latido áspero.

Ele se juntou a mim, e seguimos em frente.

Kelly e Carter vieram em seguida. Eles saíram do meio de duas casas, os focinhos cobertos de sangue. Carter rosnou ao nos ver, os pelos arrepiados, começando a se encolher como se fosse atacar. Kelly se colocou na frente dele, a garganta rosnando quase como se estivesse ronronando. Os olhos de Carter piscaram entre o azul normal e o violeta, e ele gemeu, parecendo confuso. O lobo-oriental se aproximou por trás dele, esfregando-se no seu flanco. Carter permitiu por um momento antes de virar a cabeça e rosnar para o lobo, que mostrou os dentes para ele, sem se afastar.

Eles me cercaram. Kelly e Robbie ficaram lado a lado. Carter e o lobo-oriental estavam à minha esquerda, ao lado de Mark. Mais Ômegas surgiram das árvores. Todos estavam transformados. Um parecia ter a pata severamente quebrada. Vislumbrei o branco de osso molhado enquanto ele segurava a pata contra a barriga.

Eu podia senti-los.

Meu bando.

Os Ômegas.

Um tremor violento que fez minha cabeça doer.

Os Alfas estavam nos esperando no topo de uma colina, cercados por lobos selvagens que pareciam querer se aproximar de Ox o máximo que pudessem. Eles ganiam e latiam em tons baixos e ásperos, suas canções passando por nós como uma tempestade.

Atrás deles havia os corpos de mais caçadores, bocas abertas, braços rígidos e mãos congeladas sobre eles, como se ainda estivessem tentando afastar os lobos, mesmo na morte.

Não senti pena deles.

Eles mesmos procuraram por isso.

Joe olhou para todos nós, fazendo uma pergunta silenciosa.

— Ela está bem — falei. — Com Chris e Tanner. Vai mantê-los seguros. Elijah. Ela está… Nós temos que ajudá-los. Jessie. Rico. A cidade.

Os Alfas inclinaram as cabeças para trás e uivaram.

Ao longe, ouvimos barulhos de tiros.

* * *

Ela estava nos esperando em frente ao Farol.

Tinha a arma na mão.

Estava sentada na neve, de pernas cruzadas.

Os corpos de seis Ômegas jaziam a seus pés, todos com feridas fumegantes, a prata queimando um caminho através deles.

Ela havia puxado a cabeça de lobo para trás, deixando-a repousar sobre o pescoço.

Seu casaco estava aberto.

Em seu torso, preso a um colete fino, havia longos cilindros de vidro. Oito deles no total. Cada um tinha dois fios fixados no topo, um verde e um vermelho. Os cilindros estavam cheios de rolamentos de esferas de prata, exatamente como Chris havia dito. Entre seu colete e os cilindros havia pequenos retângulos de uma substância que parecia uma massa preta.

Atrás dela, o Farol estava escuro.

Rico e Jessie deviam ter ouvido sua chegada e apagado as luzes. Esperava que estivessem mantendo todos no chão e em silêncio. Eu estava prestes a desviar o olhar quando Rico espiou pela janela, os olhos arregalados. Ele nos viu nos aproximando e desapareceu. Meu Deus, eu precisava mantê-los seguros.

Elijah se levantou lentamente quando nos aproximamos. A lua fazia com que sua sombra se estendesse grotescamente sobre o Farol.

Ela não estava com medo.

Suas mãos não tremiam.

Ela sorriu.

E disse:

— Alfas. Monstros. Bestas. Uma praga na pele do mundo. — Ela cuspiu nos corpos dos Ômegas aos seus pés. — Paulo, o Apóstolo, avisou. Ele suplicou aos seus anciãos que vigiassem o rebanho ensanguentado do Senhor. Ele lhes avisou que, depois de sua partida, lobos ferozes surgiriam entre eles, não poupando o rebanho. Eles não se importavam, esses lobos, com a retidão. Com a piedade. Eles eram devotos apenas à raiva que os chamava da lua. E Pedro, ele também sabia disso. Ele lhes falou sobre falsos profetas que se levantariam entre o povo. — Ela levantou a voz. — Assim como entre vós haverá falsos mestres, que secretamente introduzirão heresias destruidoras, negando até mesmo o Senhor que os resgatou, trazendo sobre si mesmos uma rápida destruição. E dentre vós se erguerão homens falando perversões, para atrair discípulos. — Ela olhou para Ox. — Você. Você é o falso profeta. O falso mestre. A abominação. Você, que encontrou um meio de se tornar um Alfa antes mesmo de ceder aos pecados de um lobo. Cuidado com o lobo em pele de cordeiro. Ele virá para dispersar o rebanho. Mas o Senhor é o meu pastor, e não temerei o lobo.

— Acabou — falei. — Você está em menor número, Elijah. Seu pessoal está morto.

Seu sorriso se alargou.

— Um sacrifício necessário que prova tudo o que eu disse. Tudo em que acreditei. Esta cidade está amaldiçoada. A terra foi envenenada. Viemos aqui uma vez, esperando limpar a terra para que ela pudesse se curar, livre das correntes da besta. Meu Deus caminhou comigo naquele dia, firmou minha mira. — Ela inclinou a cabeça para o céu. — Especialmente em relação aos menores. Os lobinhos. Eles... tentaram fugir de mim. Eu era uma luz brilhante na escuridão, e eles não puderam escapar.

— Eram apenas crianças — falei com a voz rouca enquanto os lobos rosnavam ao meu redor, todos nós azuis e azuis e azuis.

— Lobinhos se transformam em lobos grandes — disse ela. — E lobos grandes não conhecem nada além do gosto pela carne e pelo sangue. Eles já estavam perdidos no instante em que deram o primeiro suspiro neste mundo. Eles devem ser mortos, ou ter seu espírito quebrado até se tornarem nada além de um bicho de estimação. — Ela olhou para o lobo-oriental, que recuou e tentou se aproximar de Carter. — E mesmo assim te decepcionam.

Mark deu um passo à frente, rosnando perigosamente.

Elijah não recuou. Inclusive, isso a deixou com raiva.

— Mas não conseguimos pegar todos. Eu vi minha família cair ao meu redor. Vi suas peles rasgarem. Ouvi seus gritos. Eu era uma *criança*, mas vi tudo das árvores. — Uma lágrima caiu de seu olho, escorreu na cicatriz em seu rosto. — Minha família. Tias e tios. Primas e primos. Pessoas que acreditavam como eu. Os lobos não sabiam que eu estava lá. O sangue estava espesso demais no ar para que me notassem. Meu pai, ele... perdeu o caminho depois disso. Ele não entendia por que Deus o havia abandonado. Por que Ele nos abandonou quando mais precisamos Dele. Ele não conseguia enxergar o que eu enxergava. Ele não sabia o que eu sabia. Não fomos abandonados. Fomos *testados*. Sempre foi uma questão de força da fé. Ele é um Deus justo, mas é um Deus exigente. Precisa de provas das nossas convicções. Meu pai perdeu isso de vista. Ele falou em desistir. Em apenas deixá-los *quietos*. E não importava o que eu dissesse a ele, não importava o quanto eu implorasse e suplicasse, ele não ouvia a voz da *razão*. Ele havia se desviado de sua fé. — Ela ergueu a arma e colocou o cano ao lado da cabeça. — Eu disse a ele que sentia muito. — Sua voz rachou. — Que gostaria que não tivesse que terminar daquele jeito. Mas eu não podia permitir que sua discórdia se disseminasse para os outros. No final, ele também era um lobo em pele de cordeiro, tentando derrubar o rebanho um por um. — Ela colocou o dedo no gatilho. — Deus ordenou a Abraão que sacrificasse Isaque, seu filho. Em Moriá. Para provar sua fé. Ele levou seu filho à montanha, amarrado e amordaçado, e o colocou no topo do altar. E quando estava prestes a mostrar a Deus o quanto o amava, um anjo veio, dizendo-lhe que Deus sabia o quanto Abraão agora o temia. Um carneiro apareceu, e Abraão conseguiu sacrificá-lo em seu lugar, e Deus ficou *satisfeito*. — Ela impôs a menor pressão possível no gatilho. — Eu sabia que estava sendo testada, assim como Abraão. Eu entendia o que Deus estava pedindo de mim. Porque eu tinha vacilado. Neste lugar. Eu tinha *falhado*. Então fui até meu pai enquanto ele dormia. E coloquei minha arma em sua cabeça, pus o dedo no gatilho, e *esperei* o anjo aparecer, *esperei* por um sinal que me dissesse que eu havia me provado, que eu era quem Deus queria que eu fosse.

gordon gordon gordon

— Nada veio — continuou Elijah. — E eu fiz o que tinha que fazer. Não chorei quando atirei na cabeça de meu pai. Eu não… Eu senti paz. Sabia que tinha feito a coisa certa. O que me foi pedido. Foi necessário. Meu pai tinha falhado. E eu não podia. Foi… simples, no final. — Ela abaixou a arma de volta para seu lado. — Eu o enterrei sob um velho carvalho. Esculpi suas iniciais no tronco. Ele teria se orgulhado de mim por isso. Meu irmão, Daniel, ele… ele não viu dessa forma. Eu o enterrei ao lado do meu pai.

— Você não vai sair daqui — falei para ela. — Este é o fim da linha, Elijah.

Ela assentiu.

— Eu sei. Sempre soube que voltar seria a última coisa que eu faria. Eu me preparei para isso, mesmo que sentisse minha pele arrepiar ao ser ordenada por alguém como Michelle Hughes. Estar diante dela sem enchê-la de prata foi uma das coisas mais difíceis que já fiz. E ela achou que tivéssemos concordado para proteger os lobos da doença. Da infecção. Nunca foi sobre isso. Era finalmente hora de voltar a este lugar que havia tirado tanto de mim. Era uma questão de fazer o que nasci para fazer. O que fui instruída por Deus a fazer.

— Eu não vou permitir que os machuque. Vou te matar antes que você possa...

Ela riu.

— Eu não temo a morte, Gordon. Serei recompensada depois por tudo o que fiz. Uma praga caiu sobre as bestas, e eu vou contê-la antes que se espalhe mais. Chamar os Ômegas aqui foi algo que eu não esperava, mas no final vocês fizeram o trabalho por mim. Vocês trouxeram todos para este lugar, e eu vou fulminar cada um deles. Estou diante do Alfa dos Ômegas e do garoto destinado a ser rei. Suas mortes sinalizarão o início do fim dos lobos, e eu...

E então Pappas chegou. Ele foi rápido. Nem sequer o ouvi se aproximar. Ele rosnou de cima do Farol, olhos violeta e brilhantes na escuridão. Pulou do telhado diretamente sobre ela. Ele tinha a vantagem, e eu sabia que seria o fim. Finalmente ia acabar...

Exceto que Elijah era uma caçadora experiente. Anos e anos de experiência. Ela havia matado dezenas — talvez até centenas — de lobos. Ela os conhecia. Sabia como se moviam. Como caçavam.

Dividir para conquistar.

Tive tempo para me perguntar se esse teria sido o seu plano o tempo todo. Aquele momento.

Ela deu um salto, a pele do lobo morto pendurada em suas costas se agitando ao redor do corpo, levantando neve enquanto ela caía sobre os pés. Pappas passou a poucos centímetros, caindo no chão na frente dela, deslizando pela neve.

Ele mal tinha começado a se levantar quando Elijah levantou sua arma e apertou o gatilho.

O estampido do tiro ecoou na floresta ao nosso redor. A cabeça de Philip Pappas virou para o lado, um arco de sangue se formando no ar enquanto ele caía.

Ele estava morto antes mesmo de tocar o chão.

Os lobos começaram a avançar em direção a ela.

— Não — disse ela friamente, mas, em vez de apontar sua arma para nós, ergueu a *outra* mão. Nela havia uma pequena caixa preta retangular, o polegar sobre o topo. — Interruptor de morte — explicou ela. — Se alguma coisa acontecer comigo, três quilos de explosivo C-4 enviarão seiscentas esferas de prata a velocidades superiores a quatrocentos e cinquenta quilômetros por hora. Nada sobreviverá à explosão, nem humanos, nem lobos.

Ox e Joe se transformaram quase imediatamente.

Os Ômegas ganiam ao redor deles.

Ox disse:

— Você não vai machucá-los. Os humanos não fizeram nada de errado. Você quer o bando? Tudo bem. Você nos tem. Mas não pode ferir pessoas inocentes. Sua luta não é com eles. É conosco.

Os olhos de Elijah se estreitaram.

— Inocentes? O que um lobo sabe sobre *inocência*? Eles se aliaram a *animais*. Eles...

— Nós não lhes demos escolha — argumentou Joe. — Nós os mantivemos presos. Tudo o que eles querem é ser livres. Você está certa. Eles estão perdidos. Precisam de alguém que lhes mostre o caminho.

Ela o encarou.

— Você está *mentindo*.

— Você falou sobre as falhas de um pai — disse Ox, dando um passo em direção a ela. — Eu sei exatamente o que quis dizer. Eu também tive um pai que perdeu a fé. Nele mesmo. Na minha mãe. Em mim.

Elijah deu um passo para trás.

— Pare.

— Ele me falou que eu não seria nada. Que eu sofreria durante toda a minha vida.

— Você não sabe de *nada*...

— E eu acreditei nele. Por muito tempo, acreditei nele. Até encontrar meu lugar neste mundo. Não somos tão diferentes. Você tinha seu clã. Eu tenho meu bando. Você não é um lobo, mas eu sei que sentiu os laços entre seu povo. É...

Ela balançou a cabeça furiosamente.

— Não. Não, não, não...

— E sinto muito que tenha chegado a isso — prosseguiu Ox, dando mais um passo. O corvo estava agitado. Eu não sabia o que ele ia fazer. — Mas você não me deixou escolha. Eu faria qualquer coisa para manter minha família segura. Você forçou minha mão. Tudo o que queríamos era ser deixados em paz.

— Eu não acredito em você — disse Elijah. Ela levantou a arma e apontou para a cabeça de Ox.

— Ox — alertou Joe.

Mark se arrepiou ao meu lado.

— Eu sei que você está com medo — falou Ox em voz baixa. — E sei que você acha que não tem outra escolha, mas *tem*. Seu Deus realmente lhe pediria isso? Ele realmente gostaria que você machucasse pessoas que não fizeram *nada*?

Ele parou na frente dela.

Ela pressionou o cano da arma contra sua testa.

— Nós não somos animais, Meredith — disse ele baixinho.

O rosto dela se contorceu, e incrivelmente achei que tivesse funcionado. Que Ox, o louco e belo Ox, de alguma forma tinha conseguido alcançá-la. Que tiraria a arma dela, ela recuaria e aquilo acabaria. Ah, eu ia matá-la no instante em que ela baixasse a guarda, mas o fato de que um lobo Alfa tinha penetrado a fúria da caçadora Elijah não era nada menos que extraordinário.

E então ela riu.

Um arrepio percorreu minha espinha.

— Isso foi bom — falou ela. — Tenho que reconhecer. Mas não foi bom o suficiente. Vá para o inferno, Alfa.

Seu dedo apertou o gatilho.

Eu já estava me movendo, mas era tarde demais. O martelo subiu e então caiu de volta com um estalo audível.

Houve o *clique* seco de uma arma vazia.

— Merda — disse Elijah, e então bateu com a arma na cabeça de Ox.

A cabeça dele balançou para a direita.

Os lobos uivaram.

Ela girou e correu em direção ao Farol.

Ela estava subindo as escadas quando alcancei Ox.

Ela se jogou na porta com força.

A porta se espatifou e ela caiu dentro do Farol.

— Gordon — gritou Ox, e o terror em sua voz partiu meu coração. — *Não*!

Eu estava ao pé da escada quando ela levantou a cabeça para me olhar. Ela ergueu a mão com o interruptor da morte.

— Por favor — murmurei.

O corvo voou.

Ela sorriu.

E levantou o polegar.

Ela explodiu em um flash brilhante de fogo. Senti uma onda de calor, mas estava perdido nas pétalas de rosas, nos espinhos das roseiras, na tempestade furiosa de um bando de corvos. Minha mãe havia me dito que eles não me amavam, que precisavam de mim, que me *usariam*, e que a magia em mim era uma mentira.

Ela estava errada.

Meus lobos me amavam, e eu os amava também.

Eu era bando e bando e *bandobandobando…*

IrmãoAmorBandoAmigoParceiroParceiroParceiro

Um grande muro de gelo se ergueu diante de nós enquanto Ox colocava a mão no meu ombro e Mark se encostava ao meu lado. Através do espesso brilho azul, o fogo rugia enquanto o Farol explodia. O gelo começou a rachar à medida que bolas de prata se chocavam contra ele, perfurando com tanta força que achei que fossem sair do outro lado e machucar meu bando.

Em minha cabeça, ouvi todos eles, meu bando, os Ômegas, e eles estavam *empurrando* para mim, *empurrando* e me dando sua força.

E de repente as rosas começaram a florescer *dentro* do gelo, as flores grossas e fibrosas. O muro explodiu em vida vibrante, tão selvagem e feroz quanto os olhos de meus Alfas. Corvos voavam ao longo das vinhas, segurando-as em suas garras e puxando-as para cima, até que o muro à nossa frente estivesse completamente cheio de rosas. O fogo queimava atrás dele, fazendo o jardim parecer em chamas.

Uma única esfera de prata atravessou o gelo. Houve uma pequena rachadura quando ela saiu do outro lado. Ela caiu na neve aos meus pés ao mesmo tempo que os destroços do Farol caíam ao nosso redor. Lobos subiram em cima de mim, me pressionando na neve enquanto me protegiam dos destroços em chamas.

Eu mal conseguia respirar.

Aquelas pessoas.

Todas aquelas pessoas.

Rico.

E Jessie.

E tinha sido minha culpa. Tudo minha culpa.

— Não — sussurrou Ox ao meu ouvido —, não, Gordon, não foi. — E eu percebi que estava dizendo aquilo em voz alta. — Gordon, você nos salvou. Você precisa me ouvir. Eu preciso que você me ouça.

gordon gordon gordon

Mark grunhiu quando um pedaço pesado de *alguma coisa* bateu nas suas costas, mas não se moveu. Ele não me deixaria.

Eu não conseguia respirar.

Eu não conseguia respirar.

Eu não conseguia...

O corvo voou novamente.

Os lobos foram derrubados de cima de mim com uma explosão furiosa de magia, Joe gritando surpreso, Mark rosnando ao atingir o chão. Eu me levantei antes mesmo que eles pudessem se mover. Pressionei minha mão contra a parede de gelo e rosas, xingando de raiva quando percebi que não *tinha* mais a porra de uma mão, mas não importava. A parede se despedaçou, e gritei quando pesados pedaços de gelo cheios de flores caíram sobre mim, sobre meus ombros. Eu avancei, precisando chegar até Jessie, precisando chegar até Rico. Lembrei-me de quando Tanner me trouxera um sanduíche enquanto eu estava afogado na dor da perda da minha mãe pelas mãos do meu pai, e como ele havia levado um *taquito* para Rico, a porra de um *taquito*, e Rico lhe havia dito que aquilo era racista, que era racista, e como ele se *atrevia*. Eu os trouxera para aquela vida da qual havia tentado tanto mantê-los afastados, porque eles eram minha *normalidade*, eles eram minha *segurança*. Eles estavam presentes quando todos me abandonaram. E veja como estavam agora. Chris e Tanner tinham sido machucados, eles tinham sido *torturados* por minha causa, e agora Rico estava... ah, Jesus, Rico estava...

O Farol tinha sido reduzido aos seus alicerces. A madeira queimava, sibilando quando atingia a neve molhada. O balcão do bar se fora, e pequenos pedaços de vidro brilhavam como estrelas sob a luz do fogo espalhada pelo chão.

Elijah estava... Não tinha sobrado muito dela. A pele de lobo tinha sido rasgada, e a cabeça estava em chamas. A própria Elijah tinha sido em grande parte destruída. Uma de suas pernas permanecia. Seu braço. Pensei ter visto o que restava de sua arma, o ferro escurecido e fumegante.

Eu passei por cima dela, me engasgando com a fumaça, tentando abrir caminho para dentro do Farol, precisando encontrá-los, precisando ver com meus próprios olhos que eles tinham nos deixado por minha causa. Eles haviam partido, e não tinha nada que eu pudesse fazer a respeito.

Exceto que...

Não havia nada lá.

Mesmo através da fumaça, mesmo através da tempestade que rugia em minha cabeça, *não havia nada lá*.

Mãos fortes me envolveram, me puxando para longe, longe, longe.

Eu caí na neve do lado de fora do Farol. Meus olhos ardiam com a fumaça. Eu tossi grosseiramente, de quatro, a cabeça baixa. Lutei para respirar fundo, mas meus pulmões doíam.

Mark se ajoelhou diante de mim, novamente humano. Ele segurou meu rosto em suas mãos e me ergueu em direção a ele.

Seus olhos eram violeta, mas seu toque era suave e clemente. O corvo em seu pescoço se destacava brilhante à luz da lua.

— Embora — disse ele através de dentes cerrados. — Já foram embora. Saíram. Escaparam.

Eu não estava entendendo. Estava exausto. O que restava da minha força diminuía rapidamente. Eu tinha me esforçado demais no final. Para salvá-los. Meu bando.

Mark parecia frustrado, a boca uma linha fina, como se não conseguisse encontrar as palavras certas.

Meu coração doía.

Então chegou Joe. Ele encostou a testa no meu ombro.

— Rico e Jessie. Eles levaram todos para fora a tempo, pelos fundos. Enquanto Ox a mantinha falando. Eles estão bem, Gordon. Todos estão seguros.

Eu fechei os olhos e desabei sobre Mark.

Ele me segurou firmemente.

— Pappas? — consegui perguntar.

Joe disse:

— Não. Ele... ele não resistiu.

— Tudo bem — sussurrou Mark, me balançando para a frente e para trás. — Tudo bem. Tudo bem. Tudo bem.

Abri os olhos ao som de um veículo se aproximando.

Ali, na estrada, vindo direto para nós, estava uma das caminhonetes dos caçadores, com a barra de luz no topo acesa.

Lutei para me levantar, precisando chegar até quem quer que fosse. Aquilo nunca acabava. Nunca acabava, e eu não podia...

— Elizabeth — grunhiu Mark ao meu ouvido, os braços se apertando ao meu redor enquanto me segurava contra o peito. — Tanner. Chris.

— O quê? — murmurei.

— Bando. Bando. Bando.

A caminhonete parou, e através do para-brisa pude ver Tanner e Chris encarando horrorizados a cena diante deles. Elizabeth disse algo e abriu a porta, descendo do banco do motorista. Havia encontrado algumas roupas para vestir e, embora parecessem grandes demais, ela ainda era intimidante pra caralho. Seus olhos estavam cor de laranja enquanto ela se aproximava, sua mão indo para o topo da cabeça de seus filhos enquanto Carter e Kelly se juntavam a ela.

— Ela se foi? — perguntou com a voz firme. — Elijah.

— Sim — respondeu Joe, exaurido. — Ele... Gordon. Ele nos salvou. Salvou a todos nós.

— O que aconteceu com ele?

— Só estou cansado — murmurei, embora minhas palavras saíssem arrastadas. — Me deem um tempo. Já, já estarei pronto para chutar alguns traseiros.

— Jesus *Cristo* — ouvi Chris dizer. — Você deixou que ela explodisse o bar? Meu Deus, onde diabos vamos beber *agora*? No Mack's? A cerveja dele é só espuma, cara.

— Eu disse para vocês dois ficarem no caminhão — repreendeu Elizabeth enquanto Chris e Tanner se aproximavam. Chris parecia pior do que antes, e o rosto de Tanner estava pálido ao segurar o braço contra o peito. — Vocês não podem se mover demais até verificarmos seus ferimentos.

— Ah, cara — falou Chris. — Por favor, me diga que minha irmã está bem e que ela não me ouviu reclamar por causa do bar antes de perguntar sobre o bem-estar dela.

— Cada palavra — disse outra voz. — Quando você se recuperar, vou te dar uma surra.

Virei a cabeça sobre o peito de Mark.

Vindo da escuridão do outro lado do bar estava Jessie. E Rico. E eles estavam liderando um grupo de pessoas com olhos arregalados, a maioria das quais encarava chocada a devastação diante delas.

Os Ômegas rosnaram para eles, mas Ox iluminou seus olhos e eles recuaram, tremendo um contra o outro na neve.

Chris se aproximou de Jessie, sorrindo ainda que claramente doesse. Ele mancava, a perna direita se arrastando atrás do corpo. Ela o encontrou no meio do caminho, colocando as mãos ao seu redor. Ele grunhiu de dor e, quando ela tentou se afastar, apenas a abraçou mais forte.

— Isso é meio ruim — disse outra voz, e olhei para ver Bambi parada com as mãos nos quadris, encarando o que restava de seu bar. — Menos mal que tenho seguro. Embora eu provavelmente vá ter que cometer uma fraude, porque acho que não vai ser muito bem aceito se disser que o motivo de o meu bar ter explodido foi porque caçadores vieram matar o bando de lobisomens do meu namorado.

— Te amo tanto — sussurrou Rico. — Vou fazer tantas coisas com você depois que superar o estresse pós-traumático entorpecedor de quase ser assassinado por humanos malignos e lobisomens selvagens.

— Lobisomens! — gritou Will, e ele parecia mais sóbrio do que em muito tempo. — Eu sempre soube que tinha alguma coisa acontecendo com aquela família. Sempre se escondendo na floresta. E vocês todos diziam que eram *coiotes* que ouvíamos uivando. Parece que eu mereço desculpas de todos vocês!

Os moradores murmuravam atrás dele, se agrupando. Alguns deles observavam os lobos selvagens. Alguns observavam o fogo queimando.

Mas a maioria deles olhava para Oxnard Matheson conforme ele se aproximava.

— Talvez ele devesse considerar vestir uma calça — murmurou Rico, apoiado em Bambi. — Se ele vai contar mais sobre o que nós fizemos, eles provavelmente deveriam ouvir isso sem o pau dele pendurado para fora.

— É um belo pau — comentou Bambi.

— Meu Deus, vocês poderiam *por favor* não ficar encarando o membro do meu *Alfa*?

— E ele também é bem habilidoso com ele — disse Jessie.

Joe rosnou para ambas enquanto seguia seu parceiro.

Bambi riu quando Jessie mostrou o dedo do meio para ele.

Elizabeth se ajoelhou na minha frente. Mark me apertou mais, e revirei os olhos.

— Tudo bem? — perguntou ela, inclinando-se para a frente para colocar uma mão na minha testa. Foi uma atitude tão maternal que tive que engolir o nó repentino na minha garganta.

— Sim — consegui dizer. — Tudo bem.

— Nos salvou — grunhiu Mark por trás de mim. — Gordon nos salvou.

Elizabeth olhou para ele antes de voltar a me encarar.

— Eu sei. Cheira a magia.

— Não tem muito que eu possa fazer quanto a isso — falei, tentando manter os olhos abertos.

Havia um pulso sob sua mão, e senti o *verde verde verde* fluir através dos laços.

— Obrigada — sussurrou ela. — Por mantê-los seguros.

Suspirei.

— Eu prometi. E depois você ameaçou me matar.

E ela *riu*.

— Ah, Gordon. Eu te amo tanto.

Os outros lobos então vieram, e os humanos. Bambi pareceu confusa quando Rico beijou sua testa e a deixou ao lado do bar. Ele primeiro foi até Tanner e Chris e, embora eu pudesse ouvi-los reclamando sobre serem másculos demais para tal coisa, eles se abraçaram por muito, muito tempo. Rico primeiro beijou Chris na bochecha, depois virou a cabeça e fez o mesmo com Tanner, murmurando para cada um deles algo que eu não consegui ouvir.

Elizabeth se sentou na minha frente, suas mãos nas minhas pernas.

Carter e o lobo-oriental se deitaram do meu lado esquerdo, o focinho de Carter pressionando minha coxa, respirando meu cheiro. Kelly e Robbie vieram ao meu lado direito, tentando se aproximar o máximo possível de mim. A mão de Jessie estava no meu cabelo, e Chris, Tanner e Rico ficaram atrás, sempre os protetores de seu bando.

Oxnard Matheson e Joe Bennett ficaram diante das pessoas reunidas perto dos restos do bar. Eles olharam para todos e Joe estendeu a mão, segurando a de seu parceiro com firmeza.

— Vocês me conhecem — disse Ox — há muito tempo. Eu era apenas uma criança quando cheguei aqui. Minha mãe, ela... ela fez o seu melhor dada a situação toda. Me criou. Me amou com cada pedaço da sua alma. Ela ria. Ela dançava. E um dia ela deu sua vida para que eu pudesse viver a minha. Um monstro veio e a tirou de mim. Ele também tirou meu pai, Thomas Bennett. Eu não... eu não sabia se sobreviveria depois disso. Mas foi por causa da minha família que sobrevivi. Sabem, um dia eu conheci um menino. Um menino que falava e falava e falava sobre coisas como bengalinhas doces e pinhas. Épico e incrível. Um tornado que nunca me largava. E ele me ajudou a ser corajoso e forte. Mesmo quando meu coração estava se partindo, eu me lembrei disso. Lembrei dele. E... do meu bando. Eu sou mecânico. Eu sou o cara que mora na casa do fim da rua. Eu almoço com vocês. Eu rio com vocês. Eu *vivo* com vocês. Eu sangro, e sofro, e amo esta cidade. Este lugar. Thomas me ensinou que não há nada como Green Creek em nenhum outro lugar do mundo. Não importa se você é humano. Ou bruxo. Ou algo mais. Como um Alfa. — Seus olhos brilharam em vermelho e violeta, e as pessoas arquejaram. Mas nenhuma delas recuou. Nenhuma tentou correr, o que, dado que era lua cheia e elas estavam diante de um bando de lobos, provavelmente seria uma boa ideia. Elas estavam assustadas, até eu podia ver isso, mas o medo era superado por algo mais. — Eu sou o Alfa dos Ômegas.

— E eu sou o Alfa de todos — falou Joe, apertando a mão de Ox.

— E este é o bando Bennett — concluiu Ox. — Nosso bando. E eu prometo a vocês, não importa o que aconteça, estaremos sempre aqui para mantê-los seguros. Se nos permitirem.

Ninguém falou.

O fogo queimava.

Meu bando respirava ao meu redor.

Então Bambi falou:

— Vocês vão nos morder?

E, porque ele simplesmente não podia se conter, Rico disse:

— Essa função é minha.

Bambi o encarou.

— Considere corrigir o que acabou de dizer.

Rico empalideceu.

— Sim, minha rainha. Você é a luz da minha vida. Sem você, meu mundo é frio, escuro e celibatário.

Ela olhou para Ox e arqueou uma sobrancelha.

— Não — garantiu Ox. — Eu não vou mordê-los. Não vou machucá-los. Nenhum de vocês. Nós protegeremos Green Creek com todas as nossas forças.

— E quanto a eles? — perguntou ela, acenando na direção dos Ômegas rondando atrás de nós. — Se o que Rico e Jessie nos disseram for verdade, eles estão doentes. Estão sofrendo. E vocês não sabem como consertar. Como pode garantir que eles não vão atacar alguém quando não estiver olhando? Você não pode estar em todos os lugares ao mesmo tempo, Ox. Por mais forte que seja.

— É aí que nós entramos — disse outra voz.

Eu me virei.

Na estrada estavam Aileen e Patrice. Atrás deles, um grupo de pessoas.

Bruxos. Todos eles.

Aileen sorriu.

— Eu tenho uma ideia.

canção do corvo

— Tem que dar certo.

Virei a cabeça, mexendo o cigarro na mão esquerda. Cinzas queimaram meus dedos quando soltei fumaça pelo nariz. Talvez fosse hora de parar.

Olhei de volta para a fachada da casa do fim da rua. Ômegas perambulavam na neve. Alguns estavam dormindo. Outros se limpavam. Outros ainda descansavam na floresta ao nosso redor.

Mark estava deitado ao pé da escada, orelhas em pé, patas cruzadas diante de si, observando os lobos selvagens.

Carter estava correndo com o lobo-oriental ao lado. Podia vê-los à distância, costurando entre as árvores.

— Não sei — murmurei, apagando meu cigarro e jogando-o em uma lata de café velha.

Oxnard não disse mais nada.

Ele não precisava. Todos estávamos pensando a mesma coisa.

Haviam se passado seis semanas desde a lua cheia. As coisas tinham mudado outra vez, e eu não pude deixar de sentir que mal mantínhamos o controle. As pessoas que estavam no Farol na noite em que Elijah foi atrás delas tinham formado uma espécie de trégua instável conosco, liderada por Bambi e, surpreendentemente, Will. Tudo bem que ele parecia se deleitar em dizer a qualquer um que o ouvisse o quanto estava certo, mas mesmo assim. As pessoas que antes o achavam louco não pensavam mais assim.

Não tínhamos conseguido nos livrar do escrutínio. Um policial tinha levado um tiro na cabeça. Green Creek fora arrasada. Pessoas estavam mortas.

Uma história foi inventada. De um grupo miliciano que tinha vindo para Green Creek aproveitando a tempestade. Eles não estavam felizes, Elizabeth Bennett havia dito às autoridades, com um acordo de posse de terra que estava em andamento com seu marido antes de ele morrer. Ele estava planejando desistir, mas teve um ataque cardíaco antes de poder fazê-lo. Coube a uma família enlutada informar aos King que quaisquer negociações que estivessem em andamento antes de Thomas Bennett morrer estavam encerradas.

Os King então vieram. Armados até os dentes. Mataram Jones e jogaram seu corpo na floresta. Quase mataram Chris e Tanner, primeiro derrubando-os no restaurante e depois, mais tarde, mantendo-os como reféns e torturando-os. Eles destruíram o bar.

Eles tinham sido liderados por Meredith King.

Meredith King que, no final, se explodiu no Farol.

Quanto aos outros, bem. Enquanto todos tentavam se esconder, devia ter havido alguma briga interna. Houve tiros. Isso era tudo o que qualquer um sabia.

Ah, sim, havia cachorros com eles, agora que você tocou no assunto. Cachorros grandes. Cachorros que quase pareciam... selvagens. Os King os trouxeram quando tentaram assumir o controle. Ninguém pareceu muito surpreso que os cachorros tivessem se voltado contra seus mestres. Você levanta a mão para um animal vezes suficientes e um dia ele vai se dobrar ou revidar.

Parece que esses cachorros revidaram.

Não, ninguém viu para onde os cachorros foram. A área era rural. As florestas se estendiam por quilômetros e quilômetros até as montanhas. Eles provavelmente pegaram seu bando e fugiram. Já deviam estar longe àquela altura.

Era frágil, sustentada por fios finos. Tinha buracos grandes o suficiente para passar um caminhão. Era notícia nacional, a pequena cidade montanhosa sitiada por um grupo de milicianos caipiras. Oregon parecia criá-los. Havia aquele grupo no ano anterior no leste do Oregon que havia ocupado uma reserva de vida selvagem para protestar contra o Departamento de Gestão de Terras. Esses tinham escapado no final, certo?

Os King não.

Durou dias. Câmeras e repórteres com olhos arregalados e vozes ofegantes, falando em microfones sobre o Terror em Green Creek, como todas as manchetes diziam na base das telas. E embora tenha começado como uma grande história, a mídia rapidamente se frustrou com o fato de *ninguém* querer falar a respeito. Ninguém queria ser entrevistado. Todos só queriam seguir em frente.

Às vezes, uivos podiam ser ouvidos vindo das árvores.

— Coiotes — respondera Will aos repórteres que ficaram em seu motel. — Talvez alguns lobos. É melhor ficar longe da floresta se souber o que é bom para você. Se eu fosse um jogador, apostaria que eles não recebem bem os forasteiros.

Eles partiram tão rapidamente quanto chegaram, e Green Creek foi mais uma vez esquecida. Tragédias ocorriam em todos os lugares, afinal.

Nós esperamos.

Seis longas semanas desde que Mark tinha voltado a ser lobo e permanecera assim.

Ah, Ox tentou chamá-lo de volta. Tentou fazer o mesmo com Carter. Mas embora ainda pudesse senti-los, embora ainda pudesse sentir *todos* eles, eles ainda eram Ômegas. Foi apenas sob extrema pressão que Mark tinha conseguido voltar a ser humano quando precisou, quando seu parceiro estava em perigo. Todos os seus instintos de proteção vieram à tona, e ele se *forçou* a voltar a ser humano.

Mas aquilo tinha passado, e ao fim daquela longa noite ele já havia voltado a se transformar e permanecido assim.

Ele nunca saía do meu lado. Nós dormíamos na sua cama na casa dos Bennett. Eu só tinha voltado à oficina algumas vezes desde que resgatamos Chris e Tanner. No começo, eu disse a mim mesmo que precisava de tempo para me curar. Que todos nós tínhamos passado por algo traumático e ninguém poderia esperar que retomássemos de onde havíamos parado. Que eu não queria deixar Mark, não enquanto ele estava preso daquela maneira.

Chris, Tanner e Rico disseram que entendiam. Eles cuidavam das operações diárias da oficina. Bem, Chris e Rico faziam isso. Tanner tentava o melhor que podia, mas seu braço estava engessado e assim permaneceria até depois do Natal. Robbie ainda trabalhava na recepção e atendia o telefone.

Eles sabiam, no entanto, o que eu estava fazendo.

Eu imaginei que conseguiria pelo menos mais alguns dias para me sentir mal comigo mesmo.

Minha mão já era.

Não havia nada que eu pudesse fazer quanto a isso.

O toco estava completamente curado, a pele levemente retorcida onde a mão costumava ficar. Era estranho, a pele irregular e enrugada, com quase nenhuma perda de tato. Se eu pressionasse com força o suficiente, conseguia sentir a protuberância do osso. O que quer que Patrice houvesse feito tinha sido eficaz.

Mas a pele não estava sem marcas.

As mangas que meu pai havia tatuado nos meus braços se estendiam até os pulsos. Eu não percebi que elas tinham mudado até voltarmos para a casa dos Bennett, no amanhecer após a lua cheia.

As runas eram as mesmas. Elas não tinham se movido.

As rosas, no entanto, sim.

As vinhas agora se estendiam pelo meu antebraço, se contorcendo em torno dos símbolos e das runas, os espinhos afiados e curvados. E cobrindo o coto havia rosas tão vermelhas que pareciam reais. Patrice e Aileen não foram capazes de explicar. Ou minha posição como bruxo do bando Bennett em nosso território sitiado havia feito com que minha magia se expandisse para compensar a perda da mão, ou meu vínculo de parceiro com Mark era tão forte que eu o havia invocado para fazer uma parede de gelo cheia de rosas. Ou uma combinação dos dois.

Eram bonitas, de qualquer forma. Pareciam a obra de um mestre.

Mas minha mão se fora.

Eu afundei no desânimo.

Sim, não demoraria muito até que os caras viessem me dar uma surra.

E Ox, sempre Ox, sabia o que estava se passando na minha cabeça.

Ele tinha estado ocupado ao longo das últimas semanas. Manter o controle de algumas dezenas de lobos Ômegas faria isso com um Alfa. Não havia tido muito tempo para nada além de nos manter juntos da melhor forma possível, especialmente quando mais Ômegas chegavam a cada poucos dias, ainda atraídos pelo chamado de seu Alfa.

Mas a lua nova seria na noite seguinte, e o céu estaria escuro.

— A oficina parece bem — disse Ox, e eu suspirei, sabendo o que estava por vir. Eu tinha esperança de que pudéssemos evitar tudo isso, mas provavelmente era hora de acabar com o assunto. — Tudo quase parece de volta ao normal. O restaurante está prestes a reabrir. O Farol está previsto para março. A Rua Principal foi reparada de todos os danos daquela tempestade.

Eu bufei.

— Danos da tempestade. Certo. Eu me esqueci disso.

— Tenho certeza. Mas tudo está indo bem com a oficina, caso esteja se perguntando.

— Ótimo.

— Já que você não vai à cidade há algumas semanas.

Revirei os olhos.

— Você não é muito sutil. Sabe disso, né?

Ele deu de ombros.

— Não estou tentando ser. Os caras sabem que você voltará quando estiver pronto.

— Ah?

— Bem. Eles estão te dando até o Ano-Novo para estar pronto.

— Imaginei.

— Achei que você pudesse ter imaginado. Você precisa voltar.

Recusei-me a olhá-lo.

— Eu sou necessário aqui.

— Por quê?

— Mark. Ele...

— Mark está bem. Eu estou cuidando dele. Tente outra.

— Jesus Cristo.

— Sim. Parece certo.

Mark virou-se para me olhar quando meu coração deu um salto. Ele inclinou a cabeça, e era *gordon gordon gordon* em um zumbido constante.

— Obrigado — disse Ox baixinho.

— Eu não vou fazer isso. Não com você.

Senti aquela mão grande dele na minha nuca, apertando com firmeza.

— Você me salvou. De novo. Você sempre faz isso, não é?

Saí de seu alcance. A varanda de madeira rangia sob nós. Mark se levantou lentamente enquanto eu encarava Ox.

— Eu sou seu bruxo. É para isso que eu sirvo. Você faria o mesmo por mim.

— Eu faria.

— Então pare. Eu não preciso da sua gratidão. Eu não preciso da sua piedade.

— Você está sofrendo, Gordon. Tentou se esconder por tanto tempo que se tornou instintivo para você. Mas você sempre parece esquecer que não pode esconder nada de mim. Eu sou seu...

— Alfa — cuspi amargamente. — Eu sei. Você está sempre na minha cabeça.

— Eu ia dizer amigo.

Maldição.

— Eu... eu não...

— Eu sou seu amigo, Gordon. E seu laço. Sim, eu sou seu Alfa, mas sempre foi mais do que isso entre nós. Mesmo antes... de tudo isso. Você esteve ao meu lado depois que meu pai foi embora. Quando éramos só mamãe e eu. Quando liguei para você e falei que precisávamos de ajuda. Você... você me ajudou. Você sempre me ajudou.

— Estou bem — disse-lhe teimosamente. — Não precisa se sentir culpado por...

— Você não está sozinho.

Engoli em seco com um *som* audível.

— Você sempre foi essa... força — falou Ox, não de forma cruel. — Essa força inabalável. Uma montanha, eu me dizia. Uma constante. Sempre cuidando de mim. E depois de Joe e Carter e Kelly. Sim, talvez não fosse o que você queria. Talvez não fosse o que você esperava. Mas você sempre esteve lá, Gordon. Ao nosso lado. É hora de você permitir que estejamos ao seu.

— Eu não preciso...

Ele piscou.

— Não minta para mim. Não sobre isso.

— Não é tão fácil quanto você está fazendo parecer.

— Eu sei. Mas certamente não é tão difícil quanto você parece pensar.

— Eu estou *quebrado*, Ox, porra — gritei para ele. — Por que você não vê isso? Por que *nenhum* de vocês consegue ver isso? Todos vocês, estão me tratando como... como se eu fosse...

— Um membro do bando Bennett — disse Ox. — Assim como sempre foi.

— Isso não é justo — falei com a voz rouca. — Você não pode simplesmente... Droga.

Ele deu um passo à frente lentamente, como se estivesse se aproximando de um animal assustado. Pensei brevemente em pular os degraus e correr para as árvores. Em vez disso, apenas desabei quando ele ficou na minha frente. Ele se inclinou para a frente, pressionando a testa na minha, e, mesmo que eu tentasse lutar contra, aquele era o meu Alfa, e eu precisava dele ali comigo. Ele murmurou baixinho, misturando meu cheiro com o seu.

— Você deu uma parte de si por mim — sussurrou ele, e meus olhos arderam. Eu mal conseguia respirar. — Você me protegeu. E eu nunca vou me esquecer disso. Eu queria... eu queria que as coisas tivessem sido diferentes. Para todos nós. Mas estamos aqui. E estamos juntos. E eu farei tudo que estiver ao meu alcance para garantir que permaneça assim. Você acredita em mim?

É claro que eu acreditava. Eu o amava. Concordei, não confiando em mim mesmo para falar.

— Vai dar certo.

Abri os olhos para encará-lo diretamente.

— Vai dar certo — repetiu ele. — Porque somos bando. Nosso canto os fará voltar para casa, e um dia eles serão como antes.

Um lobo subiu os degraus, e um segundo depois um focinho frio pressionou as rosas.

gordon, sussurrou o lobo. *gordon gordon gordon.*

—Um laço é a força por trás do lobo — havia dito Abel Bennett certa vez. — Um sentimento, uma pessoa ou uma *ideia* que nos mantém em contato com nosso lado humano. É uma canção que nos chama para casa quando estamos transformados. Nos lembra de onde viemos. Meu laço é meu bando. As pessoas que contam comigo para mantê-las seguras. Para protegê-las daqueles que nos fariam mal. Você entende?

Eu não tinha entendido. Não naquela época.

Mas entendia agora.

—Não será a mesma coisa — disse-nos Aileen. — Eu preciso que entendam isso agora. Não será como antes. Carter e Mark, eles... não serão Betas, pelo menos não no sentido tradicional. Eles ainda serão Ômegas. Mas pertencerão ao Ox assim como antes, e em menor medida ao Joe. Isso não é uma cura. É uma gambiarra. Não há nada que possamos fazer para acabar com o que Robert Livingstone lançou sobre eles. É uma magia que jamais vimos, essa infecção. É uma corrupção num nível sem precedentes. Não sabemos como ele conseguiu, mas podemos fazer o nosso melhor para contê-la. A única maneira de quebrá-la completamente é se o bruxo responsável o fizer pessoalmente, ou... ou se ele for morto. Quanto aos outros, eles só sentirão uma lealdade ao Ox. Eles o verão apenas como seu Alfa. Alguns estão infectados. Outros apenas são selvagens, seja porque seu bando lhes foi tirado, seja porque seus laços se perderam. Não posso fazer promessas quanto a eles. Eles não serão seu bando. Não de verdade. Mas estarão ligados a eles porque eles estão ligados a Ox.

"Precisará ser durante a lua nova, quando o chamado estiver no seu ponto mais fraco. Isso exigirá todos vocês, e todos nós. Nossa força combinada. Mas eu acredito que funcionará. Há portas na mente. Gordon quebrou a porta entre Ox e os Ômegas. Precisamos fechar as portas entre os lobos e a ferocidade que os chama. Aqueles infectados se ligarão ao Ox. Carter a Kelly. Mark a Gordon. Mas vocês devem se lembrar de que eles vão arranhar a porta. Eles ainda a sentirão em sua mente. Não precisará de muito para as portas se abrirem completamente. E eu não posso prometer que poderemos fechá-las novamente se isso acontecer. Precisamos encontrá-lo. Precisamos encontrar Robert Livingstone e acabar com isso de uma vez por todas. Vocês têm o apoio dos bruxos. Faremos tudo o que pudermos para ajudá-los nesta guerra."

Ela sorriu tristemente.

— Embora eu não saiba o que o futuro nos reserva, este momento será o maior teste da força do seu bando. Dos laços entre todos vocês. Somente se forem verdadeiros, e somente se forem puros, isso terá alguma chance de funcionar. Eu acredito que todos vocês são capazes de trazê-los de volta. Apenas espero que vocês também acreditem nisso.

Nós estávamos deitados na cama. Os sons do bando se moviam pela casa abaixo de nós. No porão, os Ômegas se reuniam, dormindo uns em cima dos outros. Lá fora, a luz do dia estava dando lugar à noite. Eu podia ouvir Elizabeth cantando em algum lugar da casa do fim da rua, sua voz se misturando à de Judy Garland, nos desejando um feliz Natal. Era azul e azul e azul.

A cabeça enorme de Mark repousava sobre o meu peito, subindo a cada respiração que eu dava. Passei o dedo entre seus olhos. Ele rosnou contente, e o ouvi sussurrar meu nome.

— Você precisa voltar para mim — sussurrei enquanto o quarto escurecia. — Você precisa voltar para mim, porque nós apenas começamos. Sinto muito. Por todo o tempo que perdi. Por toda a minha raiva. Por tudo que aconteceu entre nós. E eu sei que não mereço isso depois de tudo pelo que passamos, mas eu preciso de você. Eu preciso de você aqui comigo. Não consigo fazer isso sem você. Não mais. Eu te amo, e quero amar para sempre.

Seus olhos brilharam violeta, e por um momento senti o *GordonBandoParceiroAmor*.

Era terra e folhas e chuva.

Eu esperava que fosse o bastante.

Estava quase na hora.

Um novembro frio havia dado lugar a um dezembro ameno. A neve tinha derretido quase que completamente, deixando para trás uma terra encharcada. O solo fazia barulho sob nossos pés enquanto avançávamos pela floresta.

Ox e Joe lideravam o caminho, seu bando logo atrás. Ômegas rastejavam pelas árvores, seguindo seu Alfa.

Mark estava ao meu lado. Sempre.

As árvores deram lugar a uma clareira.

Lá, nos esperando, estavam os bruxos.

Aileen ficou de pé quando nos aproximamos. Patrice permaneceu sentado onde estava, afastado de todos, olhos fechados e pernas cruzadas. Suas mãos repousavam nos joelhos enquanto ele respirava lentamente.

— Alfas Bennett e Matheson — disse Aileen, curvando-se profundamente. Era o mais formal que a via desde que chegara a Green Creek na noite em que Ox chamou os Ômegas. — É um prazer revê-los.

Ox e Joe retribuíram a reverência, os olhos brilhando em respeito. Eu não achava que precisávamos seguir cerimônias, mas Thomas havia ensinado isso a Joe, e ele não aceitaria nada diferente.

— Sejam bem-vindos ao território Bennett — falou Joe, soando um pouco rígido. — Você e os seus são bem-vindos aqui, no espírito de união.

Aileen parecia tentar segurar um sorriso.

— De fato. O espírito de união. Diga-me, Alfa. Você fará o que for necessário pelo seu bando?

— Sim — respondeu Joe sem hesitar.

— Eu esperava isso. Patrice tem meditado desde que o sol alcançou seu zênite. A terra aqui, este lugar... ela fala com ele. Com todos nós, eu acho. Entendo por que sua família o escolheu. E por que outros tentaram tirá-lo de você.

— Eles tentaram — disse Elizabeth friamente. — Repetidas vezes. Mas não conseguiram.

Veio o sorriso que Aileen tentara esconder.

— Não, suponho que não. Uma mensagem foi enviada, eu acredito. Mas me preocupo que ainda seja ignorada pelos não crentes. Este é apenas um fim. Há outras coisas por vir.

— Estaremos prontos — garantiu Kelly, ao lado de seu irmão. Carter rosnou em resposta.

— Eu sei que estarão. Vamos?

Os bruxos começaram a se espalhar ao redor das bordas da clareira. Reconheci alguns deles quando acenaram na minha direção. Todos sem bando. Me perguntei o que Michelle Hughes pensaria sobre eles estarem ali conosco. Se ela ainda não estava assustada, logo estaria.

Era semelhante ao que tinha acontecido quando destruímos a porta entre Ox e os Ômegas. Só que isso parecia maior de alguma forma, além de qualquer coisa da qual eu já havia participado. Kelly e eu nos sentamos diante de Patrice. O chão estava molhado sob nós, mas eu ignorei. Sem hesitação, Kelly estendeu a mão e pegou a minha.

— Tudo bem? — perguntei baixinho a ele.

Ele assentiu tensamente.

— Se isso não funcionar...

— Vai funcionar.

Ele apertou minha mão.

— Se não funcionar, preciso que saiba que não o culpo. Por Carter. Por Mark. Por nada.

— Deveria.

— Não, não deveria. Você fez o que achou certo. E ainda estamos todos aqui. Se isso não funcionar, haverá outro caminho. Nós vamos encontrar. Eu sei que vamos.

— Sim — falei, desviando o olhar. — Vamos.

— Gordon?

— Sim?

— Estou com medo.

— Eu também.

Ele soltou um suspiro trêmulo.

— Mas somos fortes. Todos nós. Porque nunca houve um bando como o nosso.

— Nunca mais — sussurrei, e de alguma forma ele entendeu o que eu estava tentando dizer.

Mark se deitou ao meu lado, descansando a cabeça no meu colo. Carter fez o mesmo com Kelly. Nosso bando se reuniu atrás de nós. A mão de Rico estava em um dos meus ombros e a de Tanner no outro. Chris tocou o topo da minha cabeça, os dedos se enroscando nos meus cabelos. Elizabeth ficou de pé sobre seus filhos, as pernas pressionadas contra as costas de Kelly. Robbie estava ao lado dela e, depois de um instante de hesitação, estendeu a mão e tocou o rosto de Kelly.

Jessie ficou com o lobo-oriental, que não parecia muito feliz por estar longe de Carter. Não sabíamos o que aconteceria com ele. Se voltaria a se transformar ou permaneceria como estava. Ele não se encaixava como os outros. Mal deixou que retirássemos a corrente de prata que estava embutida em volta do pescoço dele, e isso só aconteceu porque Carter estava ao lado. Ox não conseguia senti-lo. Não como os outros. Não sabíamos por quê.

Os Alfas ficaram a cada lado de Patrice, de frente para o bando. Eles colocaram as mãos nos ombros dele. Os Ômegas se reuniram atrás, uivando e rosnando como se estivessem agitados. Eles sabiam. De alguma forma, sabiam que algo estava por vir.

Ao longe, senti o primeiro pulsar de magia. Os bruxos ficaram de pé, braços erguidos, palmas voltadas para nós. Seus olhos estavam fechados e todos eles murmuravam baixinho. Aileen estava mais perto, e eu conseguia ouvir seu murmúrio tranquilo. Era quase reconfortante.

— Isso não será fácil — disse Patrice em voz baixa. — Curar o que está doente. Não é um ferimento superficial ou uma febre. Isso é profundo. Na cabeça e no coração. Vocês precisarão ser fortes, bando Bennett. Por aqueles que amam. Por aqueles que nem conhecem. Gordon e Kelly, eles vão precisar de vocês. É fácil, eu acho, se perder. Ajudem-nos a encontrar seus companheiros de bando e trazê-los para casa.

— Nós vamos conseguir — disse Chris.

— Com certeza — falou Tanner.

Rico bufou.

— Não posso acreditar que é assim que passamos nossas noites de domingo. Se não estamos assistindo algo explodir, estamos no meio da floresta com estranhos cantando ao nosso redor e lobisomens selvagens se preparando para nos morder as bolas.

— Ah, por favor — resmungou Jessie. — Como se você quisesse estar em outro lugar.

— E se dissesse que queria — disse Elizabeth a ele —, não acreditaríamos em você.

— Eu poderia estar *transando* agora, espero que saibam.

— Bambi disse que você ainda não rastejou o suficiente — lembrou Kelly.

— Uhhh — disseram Chris e Tanner.

— Jesus Cristo — resmungou Joe.

— Vocês já *terminaram*? — rosnou Ox. — Estamos fazendo algo importante aqui.

— Sim — falou Patrice, o sorriso se alargando. — Eu acho que vocês vão se sair bem. Preparem-se, bando Bennett. Isso vai acontecer rapidamente.

Ele estendeu os braços e colocou uma mão sobre o meu joelho e outra sobre o de Kelly. Kelly não me soltou. Isso fez com que me sentisse melhor. Baixei o olhar para Mark. Seus olhos eram violeta ao me encarar de volta.

— Preciso que você lute o máximo que puder — sussurrei. — Porque eu estou indo te buscar.

Houve explosões de luz ao redor da clareira, e a mão de Patrice parecia estar queimando. As rosas cresceram e o corvo grasnou e eu...

EU ESTAVA EM FRENTE à minha casa.

O sol estava nascendo.

A rua estava quieta.

Em algum lugar, um cachorro latia.

Era a mesma coisa, mas...

As persianas não haviam sido pintadas.

Aquelas moitas que eu tinha arrancado ainda estavam lá.

Eu...

Não. Não. Não.

Eu conhecia aquilo.

Eu sabia quando era aquilo.

Um carro parou no meio-fio.

Mark estava dentro. Ele era jovem. Mais jovem do que fora em muito tempo.

— Não — implorei. — Não faça isso. Saia. Dirija para longe.

Ele não me ouviu. Ele abriu a porta e saiu do carro.

Eu estendi a mão para ele e...

aqui ele está em casa eu estou em casa ouço os batimentos cardíacos descansando dormindo em casa lar lar lar

... minha mão passou direto por ele, a mão que havia sido tirada de mim, mas estava ali agora, naquele lugar.

Ele caminhou em direção à porta da frente.

Ela se tornou violeta, e o chão rachou sob nossos pés.

De algum lugar atrás de mim, ouvi o rosnado de um lobo selvagem.

Eu gritei para que ele parasse.

Eu vi o instante em que ele percebeu. Suas narinas se dilataram. Seus olhos brilharam em laranja.

Seus ombros se curvaram.

Mas ainda assim ele bateu na porta.

Eu acabei abrindo, parado ali com a calça jeans pendendo baixa nos quadris, as marcas de outro homem espalhadas pela minha pele.

— Quem? — perguntou Mark, e agora, com tudo que eu tinha visto, com tudo pelo que tínhamos passado, eu podia ouvir o som do coração dele se partindo naquela única palavra.

— Você não liga, não escreve — disse a versão mais jovem de mim mesmo, como se eu não tivesse qualquer preocupação. — Quanto tempo faz? Cinco meses? Seis?

Seis meses. Quinze dias. Oito horas.

— Quem é ele?

A casa tremeu. Eu era o único que conseguia enxergar.

Eu sorri, e *odiei* como pareceu.

— Não sei. Peguei o nome dele, mas sabe como é.

— Quem é ele, *porra*?

Eu me empertiguei. As tatuagens brilharam brevemente, as rosas se movendo, o corvo estendendo suas asas.

— Quem quer que seja, não é da porra da sua conta. Você acha que pode aparecer aqui? Depois de *meses* de silêncio total? Vá se foder, Mark.

— Eu não tive escolha. Thomas...

— Sim. Thomas. Me diga, Mark. Como vai nosso querido Alfa? Porque eu não ouço falar dele há *anos*. Me diga. Como está a família? Bem? Tem os filhos, certo? Construindo um bando de novo.

Eu dei um passo atrás de Mark. Eu me inclinei para a frente, e mesmo que não fosse real, não pudesse ser real, *senti* o calor da sua pele perto da minha.

— Não é assim.

— Não é o caralho.

— As coisas mudaram. Ele...

— Não estou nem aí.

— Você pode me tratar mal o quanto quiser. Mas não pode falar assim dele. Não importa o quanto esteja irritado, ele ainda é seu Alfa.

— Não. Não, ele não é.

Mark deu um passo para trás, e por um instante nos *fundimos* e eu senti tudo, sua angústia, seu horror, a devastação que cada uma das minhas palavras causava quando caía como uma maldita *granada*, explodindo tudo que ele já havia esperado. Doía para respirar, e eu engasguei enquanto me afastava.

— Pense nisso, Mark. Você está aqui. Você pode sentir meu *cheiro*. Por baixo do esperma e do suor, eu ainda sou terra e folhas e chuva. Mas é só isso. Talvez você esteja perto demais, talvez esteja abalado pela mera visão de mim, mas eu não faço parte do bando há muito tempo. Esses laços estão quebrados. Fui deixado aqui. Porque eu era humano. Porque eu era um *risco*...

Ele disse "não é assim" e "Gordon" e "eu prometo, tá? Eu nunca...".

— Tarde demais, Bennett.

Ele estendeu a mão para mim. Ele sempre estendia a mão para mim.

E eu simplesmente afastei a mão dele como se não fosse *nada*.

— Você não entende — e ah, meu Deus, ele estava *implorando*. Mas eu não ouvi. Eu não *queria* ouvir.

— Há um mundo de coisas que eu não entendo, tenho certeza. Mas sou um bruxo sem bando, e você não tem o direito de me dizer porra nenhuma. Não mais.

— Então... o quê. Coitado de você, né? Coitado do Gordon, tendo que ficar para trás pelo bem de seu bando. Fazendo o que seu Alfa mandou. Protegendo o território e fodendo qualquer coisa que se mexa.

— E, mesmo que suas palavras estivessem carregadas de raiva, tudo o que ele (eu) sentia era azul e violeta, vazio e raiva.

— Você não me tocava. Lembra? Eu te beijei. Eu te toquei. Eu *implorei* por isso. Eu teria deixado você me foder, Mark. Eu teria deixado você colocar sua boca em mim, mas você me disse não. Você me disse que eu tinha que *esperar*. Que não era certo, que o momento não era certo. Que você não podia se distrair. Você tinha *responsabilidades*. E então você desapareceu. Por meses a fio. Sem telefonemas. Sem checagem. Sem *como você está, Gordon? Como tem passado? Lembra de mim? Seu companheiro?* Eu teria deixado você fazer tantas coisas comigo.

— Gordon — rosnou, soando mais lobo do que homem, e eu queria que ele arrancasse a pele dos meus ossos. Queria seus dentes no meu pescoço e meu sangue em sua garganta.

— Você pode, sabe — disse a ele baixinho. — Você pode me ter. Agora. Aqui. Me escolha. Mark. Me escolha. Fique aqui. Ou não. Podemos ir aonde você quiser. Podemos sair agora mesmo. Você e eu. Foda-se todo o resto. Sem bandos, sem Alfas. Sem *lobos*. Apenas... nós.

— Você quer que eu seja um Ômega?

— Não. Porque eu posso ser seu laço. Você ainda pode ser o meu. E podemos ficar juntos. Mark, estou te pedindo para me escolher, pelo menos uma vez na vida.

— Não — disse ele, ainda que fosse a coisa mais difícil que já tivesse tido que fazer.

Eu vi o momento em que me atingiu.

Aquela única palavra.

Meu rosto vacilou... e então endureceu. Acabou antes mesmo de começar.

Ele disse:

— Gordon. Eu não posso… Você não pode esperar que eu… Não é *assim*…

Eu dei um passo para trás.

— É claro que você não pode — falei com a voz rouca. — O que eu estava pensando?

Eu me virei e entrei de volta na casa, deixando a porta escancarada.

Ele não me seguiu.

— Não é assim que termina — disse a ele enquanto ele observava a porta vazia, a casa se enchendo de sombras enquanto tremia em suas bases. — Eu sei que parece, mas este não é o nosso fim. Nós encontramos nosso caminho de volta um para o outro. Não importa quanto tempo leve, nós encontramos nosso caminho de volta. É assim que sempre fomos. É assim que sempre seremos.

A versão mais jovem de mim voltou para a porta, com uma caixa na mão.

Mark disse:

— Não.

Mark disse:

— Gordon.

Mark disse:

— Apenas espere. Por favor, espere.

Eu disse:

— Pega. Pega agora.

Ele disse:

— Por favor.

Eu a empurrei contra o peito dele. Ele recuou.

— Pega — falei bruscamente.

Ele pegou.

Eu gritei com ele, comigo mesmo.

— Não precisa ser assim.

A porta bateu na cara dele. O violeta da madeira pulsava intensamente. A casa começou a se despedaçar.

Ele ficou ali por um longo tempo, ouvindo o barulho do meu coração acelerado do outro lado da porta, mesmo com o telhado desabando.

Por fim, ele se virou e passou por mim, me atravessou, e eu o senti cedendo ao seu lobo, cedendo…

correr preciso correr preciso pôr as patas no chão dói dói dói e

… ao animal que espreitava por baixo. Mas aquilo era *diferente*. Não era como deveria ser. Ele era um Beta ali, olhos como o Halloween, e embora se sentisse desmoronando, deveria ter permanecido assim, deveria ter sentido o chamado do seu bando.

Mas não era o mesmo.

Eu podia sentir o chamado primitivo do lobo selvagem, e ele tinha cravado suas garras nele, arrastando-o pela *garganta* para…

Eu me virei para segui-lo e…

Eu estava nos arredores da clareira.

Mark Bennett estava de joelhos, suas roupas rasgadas durante sua transformação. Sua cabeça estava inclinada para trás em direção ao céu, e ele segurava aquela pequena caixa em sua mão enquanto *uivava* para o sol, *cantava* para a lua oculta. Era uma canção de tristeza, uma ária de pesar que ecoava pelas árvores como se o próprio céu estivesse se partindo ao meio.

Eu senti que algo estava chegando.

Comecei a correr na direção dele.

Mas era tarde demais.

A mão retorcida de um lobo semitransformado irrompeu do chão sob ele, enrolando-se em sua coxa nua, garras cravando-se em sua pele e fazendo o sangue florescer como rosas. Então veio outra, e outra, e *outra*, a última das quais era musculosa, um *braço* inteiro surgindo do chão, sujeira e grama ainda presas à pele em decomposição. Ele se esticou e envolveu o pescoço de Mark com a mão, onde minha marca deveria estar, onde o corvo deveria estar desde o começo.

As mãos começaram a puxá-lo para dentro da terra.

Seus olhos estavam abertos para o céu.

Eles eram de gelo.

Depois, cor de laranja.

Então eles piscaram em violeta.

Sua boca se abriu em um grito silencioso, presas se alongando enquanto ele agarrava a caixa que guardava seu lobo de pedra, um presente que ele havia dado e que eu não tinha valorizado. Que eu havia jogado de volta em seu rosto.

Eu estava no meio do caminho quando bati em uma barreira invisível, a dor brilhante e vítrea enquanto eu caía para trás. Eu me levantei, estendendo a mão para encontrar o que estava me impedindo de chegar até ele, para encontrar o que estava nos mantendo afastados.

Minha palma estendida pressionou...

Barreiras.

Eram barreiras.

Diferentes de tudo que eu já havia sentido antes.

A magia ali era antiga. Era feia e podre, e eu jurei senti-la se *contorcendo* contra minha pele. Eu rangi os dentes e a *empurrei*, empurrei com tudo o que eu tinha por mais que minha mão já estivesse perdida e...

Ela empurrou *de volta*.

Naquele instante eu soube.

Embora não sentisse aquilo há anos.

Eu soube.

A magia, ela... tem uma assinatura. Uma impressão digital. Específica de cada bruxo. Mas entre familiares é semelhante. Não igual, mas familiar. Se meu pai fez isso, se essa é sua magia rompendo os laços dos Ômegas, sua magia está neles.

Eles o reconhecem em mim.

Era ele.

Robert Livingstone.

A prova de que eu precisava.

E ele era mais forte do que eu.

Eu não conseguia atravessar.

Ah, mas como eu gritei pelo lobo. Como eu bati as mãos contra as barreiras até meus ossos se partirem. Como eu tentei de tudo para chegar até ele.

Ele estava submerso até o peito agora. Na terra, aqueles lobos selvagens o puxando para baixo.

Mas nada do que eu fiz foi suficiente.

Até que...

A magia vem da terra. Do solo. Das árvores. Das flores e da terra. Este lugar é... antigo. Muito mais antigo do que você pode imaginar. É como... um farol. Ele nos chama. Pulsa em nosso sangue. Os lobos também ouvem, mas não como nós. Ele canta para eles. Eles são... animais. Não somos como eles. Somos mais. Eles se ligam à terra. O Alfa mais do que qualquer outro. Mas nós a usamos. A utilizamos ao nosso bel-prazer. Eles são escravizados por ela, pela lua no alto quando se ergue cheia e branca. Nós a controlamos. Nunca se esqueça disso.

Meu pai me ensinara isso.

Eu recuei do veneno dele.

Respirei os cheiros do território ao meu redor.

Cheirava a terra e folhas e chuva.

Afundei de joelhos e enterrei meus dedos na terra.

Uma vez, a lua amava o sol.

Uma vez, havia um garoto.

Uma vez, havia um lobo.

Ele estava sentado com as costas contra uma árvore.

Seus pés descalços na grama.

O garoto se inclinou para a frente e beijou o lobo.

E soube então que nada mais seria igual.

Um bando de corvos voava ao meu redor, penas farfalhando.

O ar estava impregnado de rosas.

E eu dei tudo o que pude. Por ele.

Pelo meu lobo.

— Gordon.

Abri os olhos.

Mark Bennett estava diante de mim, do outro lado das barreiras do meu pai. Não como ele fora antes, mas como era agora. Nunca poderíamos ser quem fomos antes.

Ele me deu seu sorriso secreto. Seus olhos estavam azuis.

Ele disse "oi" e "olá" e "você veio por mim, você realmente veio por mim".

Eu disse "eu vim" e "eu tive que vir" e "você precisa lutar contra isso, você precisa lutar contra isso. Pelo seu bando. Por mim. Por favor, faça isso por mim".

Ele assentiu lentamente antes de olhar por cima do ombro.

Atrás dele, a versão mais jovem de si mesmo estava lutando contra as mãos de lobos.

E achei que talvez ele estivesse vencendo.

Mark virou-se novamente para mim.

— Ele tem que ficar aqui, né?

— Sim — respondi miseravelmente. — Nós não podemos... *Eu* não posso consertar isso. Não sozinho. Mas podemos conter. Podemos fechar esta porta e mantê-la trancada até estarmos prontos. Vou te ajudar. Seremos você e eu, certo? Seremos você e eu, e vou te manter seguro.

— Por quê?

— Eu faria qualquer coisa por você.

Ele ergueu a mão e tocou o corvo no pescoço.

— Porque você é meu parceiro?

Dei uma risada.

— É. Porque eu sou seu parceiro.

Ah, como aquilo o agradou. Como ele *sorriu*, os cantos dos olhos se enrugando, e eu fui consumido pela visão.

E então, ao lado dele, contra as barreiras, havia uma porta.

— Isso vai funcionar? — perguntou enquanto caminhávamos em direção a ela.

— Vai.

— Como você sabe?

— Porque somos a porra do bando Bennett. Nada vai nos deter. Não mais.

— Vai ser difícil.

— Já sobrevivemos a coisas piores.

O sorriso desbotou um pouco.

— Nós sobrevivemos, não é?

— E ainda estamos de pé.

— Ok — falou, porque era tão fácil para ele. Ter fé em mim.

— Você empurra. Está me ouvindo? Empurre o mais forte que puder. E quando terminar, fechamos a porta...

Um rugido alto veio de trás dele.

O outro Mark, o Ômega, havia irrompido do chão, as mãos que tentavam arrastá-lo para baixo afundando na terra.

Ele estava preso em sua transformação, as costas ondulando enquanto o lobo avançava, o rosto se alongando, saliva pingando na grama sob ele. Seu corpo tremia enquanto pelos brotavam da pele nua, enquanto suas presas afundavam nos lábios, fazendo o sangue escorrer.

Ele olhou para nós.

Seus olhos brilhavam em violeta.

Ele rugiu novamente.

E começou a correr.

— *A porta*! — gritei. — *Atravesse a porta*!

Puxei a maçaneta, o metal queimando em minha mão enquanto eu puxava com toda a minha força. Mark se jogou contra ela do outro lado, e eu podia ouvir o lobo selvagem se aproximando cada vez mais e...

A porta se abriu com tudo, me derrubando para o lado.

Mark irrompeu por ela, deslizando na grama.

O Ômega uivou em triunfo.

Eu chutei a porta, e ela se fechou com força no instante em que o lobo selvagem se chocou contra ela. As barreiras pulsavam enquanto a porta parecia se curvar, e uma sensação de náusea me atingiu, como se eu pudesse *sentir* a infecção que meu pai tinha causado.

Mas a porta resistiu.

Mesmo quando o lobo selvagem investiu contra ela repetidas vezes, ela resistiu.

Mark desabou ao meu lado, ambos deitados de costas, arfando.

Eu peguei sua mão na minha.

Ou tentei.

Não funcionou.

Porque eu não tinha mais uma mão.

Ele segurou meu antebraço em vez disso, virando a cabeça na minha direção.

Ele disse...

— *Gordon.*

Abri os olhos.

Estava na clareira.

O ar estava frio.

O céu estava brilhante com estrelas.

— Gordon.

Pisquei.

Três rostos surgiram sobre mim, testas franzidas.

— Você acha que ele está bem? — perguntou um deles.

— O cérebro dele não está escorrendo pelos ouvidos — disse outro. — Então acho que ele ficará bem.

— Não acho que isso seja fisicamente possível — declarou o terceiro.

— Claro que é. Vi na internet.

— Ah, porque você viu na *internet*...

— Jesus Cristo — gemi. — Do que diabos vocês estão *falando*?

Rico, Tanner e Chris sorriram.

— Sim — disse Chris. — Ele está bem.

E então lembrei.

Mark.

Me sentei rapidamente.

— Funcionou? *Funcionou*? Onde ele está? Ah, Deus, por favor, me diga onde ele...

— Gordon.

Virei a cabeça.

Mark Bennett estava sentado a alguns metros de distância, Jessie agachada na frente dele.

Prendi a respiração.

Ele estava ali.

Ele realmente estava ali.

Estava me movendo antes mesmo de pensar no assunto. Eu precisava estar o mais perto possível dele. Ele me envolveu com os braços quando colidi contra ele, e sua respiração estava quente em meu ouvido ao dizer:

— Estou com você. Estou com você. Estou com você.

E ouvi a canção do lobo e a canção do corvo crescendo através de nós, se entalhando em nossa pele.

DEMOREI MAIS DO QUE imaginei para soltá-lo. Toda vez que eu decidia me afastar, não conseguia me mover. Ele não pareceu muito incomodado, então não me preocupei.

Por sobre o seu ombro eu podia ver Kelly. Seus ombros tremiam enquanto soluçava contra o peito de Carter. Elizabeth os segurava, e ela beijava cada um deles repetidamente. Robbie estava acima deles, com os braços cruzados sobre o peito, como se os estivesse protegendo.

Carter deve ter sentido meu olhar e me lançou um pequeno sorriso. O que quer que Kelly tivesse visto, o que quer que ele tivesse feito para trazer Carter de volta, parecia ter funcionado.

Na maior parte. O lobo-oriental estava deitado a alguns metros de distância, os olhos em Carter. O que quer que tivéssemos feito não tinha sido o suficiente para forçar sua transformação.

Além deles havia um grupo de estranhos, pessoas que eu nunca tinha visto. Eles se aglomeravam juntos, tremendo no ar da noite. Ox e Joe estavam lado a lado na frente deles.

— Sei que vocês estão com medo — disse Ox, e Mark me abraçou mais forte. — E sei que estão confusos. Mas não há nada aqui para vocês temerem. Vocês estão seguros agora. Meu nome é Ox. Este é meu parceiro, Joe. Somos os Alfas do bando Bennett. E vamos ajudá-los a encontrar o caminho de volta para casa.

epílogo

Seus olhos ainda eram violeta.
 Todos eles.
 Eram Ômegas.
 Mark e Carter também.
 Mesmo com os laços entre nós.
 A magia do meu pai era forte.
 Mas as portas tinham sido fechadas.
 Robert Livingstone nos machucou.
 Mas ele deveria ter nos matado.
 Porque agora estávamos furiosos.
 E não havia nada que ele pudesse fazer para nos deter.

Eu encarava a tela do computador do meu escritório. Robbie havia atualizado nosso software mais uma vez, e eu não conseguia entender. Cada tecla que pressionava fazia o maldito aparelho chiar, e eu estava a poucos segundos de agarrá-lo pela nuca e esfregar seu rosto nele.

No galpão, o rádio estava sintonizado em algum tipo de rock, provavelmente obra de Tanner. Eu podia ouvi-los rindo e gritando um com o outro enquanto trabalhavam. Deveria ser irritante, mas era reconfortante de maneiras que eu não conseguia explicar. Era normal. Eram anos e anos da nossa história compartilhada. Era o som da sobrevivência. Dois meses depois, e eles conseguiam rir.

Suspirei e recuei na minha cadeira velha, inclinando o rosto em direção ao teto. Havia uma pequena mancha de água no canto que eu nunca tinha resolvido. Fiquei olhando para ela por um tempo até que alguém limpou a garganta na porta.

— Estou bem — falei, porque eles não eram nada além de previsíveis.

— Ok — disse Ox tranquilamente.

Eu o olhei, a cadeira rangendo sob mim.

— Estou bem.

Ele deu de ombros, limpando óleo das mãos com um pano velho.

— Que bom. Estou apenas feliz em vê-lo de volta aqui.

— Eu precisava de tempo.

— Eu sei. Todos nós precisávamos.

— O Robbie atualizou o software de novo.

— Sim. Ele faz isso. Acha que vai ajudar.

— Não ajuda.

— Ele está criando um site. Para a oficina.

— Merda — resmunguei.

Ox sorriu.

— Não custa tentar.

— Você não sabe disso.

— Você não tem algum lugar para ir?

Revirei os olhos.

— Eles estão se virando bem sem mim.

— Ah, eu sei que estão. Só pensei que você gostaria de estar lá. Você é muito… específico sobre como as coisas são organizadas em sua casa.

Meu olho tremeu.

— Mark tem muitas coisas. — Eu me levantei, a cadeira rolando contra a parede.

— Sim — disse Ox. — Tivemos que alugar um daqueles caminhões enormes.

— Tenho que ir — falei, procurando minhas chaves.

Ox riu e se afastou enquanto eu passava por ele e atravessava a porta. Sem pensar muito, estendi a mão e segurei a dele, apertando apenas uma vez antes de soltá-la.

— Você também, Gordon — disse o meu Alfa. — Você também. Te vejo à noite.

Ah, ele veria. Tínhamos uma mensagem para entregar.

Tanner e Chris estavam curvados sobre um Toyota Camry 2009 com um problema de transmissão. Eles olharam para mim enquanto eu ia em direção à frente da oficina.

— Opa — falou Tanner. — Ele está com aquela expressão.

— Alguém vai ser assassinado ou levado para a cama — disse Chris. Então ele franziu o cenho. — Eu queria não saber tanto sobre ele.

— Vou tirar o resto do dia de folga — avisei para eles, tentando desesperadamente ignorar os sorrisos cúmplices em seus rostos. — Quero que as peças sejam encomendadas para o Buick antes de vocês saírem. E não se esqueçam de ligar para o senhor Simmons para dizer a ele que não há absolutamente *nada* batendo por aí que pudéssemos ouvir. Pela sexta vez.

— Claro, chefe — disse Tanner suavemente. — Fico feliz em tê-lo de volta.

— Vá matar ou fazer sexo ou o que quer que seja — falou Chris. Ele fez uma careta. — Puta merda, precisamos de limites melhores.

Aquilo foi a primeira coisa que eles disseram com a qual concordei em semanas.

Rico estava na sala de descanso, alimentando Bambi com uvas enquanto ela estava sentada em seu colo.

Eu não entendia os héteros.

— Gordon — disse Rico, suspirando sonhadoramente —, Bambi decidiu me honrar com o perdão por toda a coisa da sociedade secreta de lobisomens! Não é incrível?

— Ainda dá tempo de desistir disso — falei para ela. — Ninguém vai te culpar.

— Ah — disse ela. — A suposta doação anônima que recebi para ajudar a reconstruir o Farol foi um grande passo para que eu voltasse a vê-lo com bons olhos. Isso e o fato de que havia o suficiente para eu comprar tudo à vista.

— Não fui *eu* quem explodiu o bar — argumentou Rico, indignado. — Se você vai ficar chateada com *alguém*, deveria ser com o Gordon. Foi ele que...

— Sacrificou uma mão? — perguntou ela, arqueando uma sobrancelha.

Rico ficou de boca aberta.

— Mas... mas eu levei um *tiro*. Eu tenho uma *cicatriz*.

— Bambi, que bom revê-la — falei. — Rico, de volta ao trabalho em cinco minutos ou você está demitido.

— Mentira! — gritou ele enquanto eu saía. — Como se *algum dia* você fosse me deixar ir embora, *brujo*.

Robbie olhava algumas faturas com os olhos semicerrados, a caneta rabiscando o livro-caixa. Seus óculos estavam baixos no nariz. Ele olhou para cima quando fui pegar meu casaco.

— Já está saindo? — Ele ergueu as sobrancelhas. — Talvez um pouco de diversão à tar... e, pela expressão no seu rosto, eu não devo terminar essa frase.

— Você não é tão burro quanto parece. Bom saber. E se importa de me dizer por que não consigo fazer nada no meu computador funcionar? *De novo?*

Ele revirou os olhos.

— Porque, por algum motivo, você parece pensar que ainda estamos em 1997 e que a internet ainda vem de discos gratuitos da AOL que você pega em um lugar chamado Blockbuster. — Ele empurrou os óculos de volta no nariz. — Seja lá o que for *isso*.

Eu apontei o dedo para ele.

— Quero que esteja funcionando quando eu chegar amanhã. Se não estiver, vou pegar seus óculos e enfiar no seu cu. — Eu me virei para a porta.

— Sabe, com todas as coisas que já ameaçou enfiar em mim, é um mistério que Mark não sinta mais ciúmes.

Eu me virei lentamente para ele.

Ele empalideceu.

— Hum. Eu não disse nada. Me ignore. Continue com seus afazeres. — O telefone tocou. — Graças a Deus. — Ele atendeu o telefone. — Oficina do Gordon, aqui é o Robbie, como posso ajudar?

O ar estava gelado quando saí da oficina. Fez meus pulmões arderem quando respirei fundo. Eu queria um cigarro. Coloquei a mão no bolso e puxei um pacote de chicletes de nicotina. Tirei um da embalagem e o esmaguei entre os dentes. Não era a mesma coisa.

O asfalto da Rua Principal ainda estava brilhando onde havia sido repavimentado. A faixa no restaurante anunciando sua abertura estava desbotada e flutuando ao vento. Pessoas acenaram para mim do outro lado da rua conforme eu andava até a caminhonete. Eu queria ignorá-las, mas não podíamos mais fazer isso. Não com o que os moradores da cidade sabiam. Forcei um sorriso no rosto e acenei de volta. Não devia ter sido muito convincente, porque eles se afastaram rapidamente.

Tudo bem.

Afinal, eu não gostava muito de pessoas.

ERA UM CAMINHÃO enorme, exatamente como Ox havia dito.

Bloqueava a entrada da garagem, a rampa cruzando a calçada.

Kelly colocou a cabeça para fora quando desliguei o motor. Ele acenou.

Eu o encarei.

Ele revirou os olhos.

— Você não está enganando ninguém — disse ele quando me aproximei da parte de trás do veículo. — Consigo ouvir seus batimentos cardíacos. Você está animado.

— Cala a boca. — Olhei para dentro. Ainda estava pela metade, e Kelly alcançava uma caixa identificada como COZINHA em uma caligrafia familiar. — Não tem como toda essa porcaria caber dentro da minha casa.

— Tivemos que nos livrar de algumas merdas — falou Carter, saindo de casa.

— Merdas — repeti.

— Sabe. Tralha. As coisas que tem em casa que deveriam ter sido jogadas fora há muito tempo.

— Eu não *tenho* tralha.

— Certo — disse Carter, subindo pela rampa. — Claro que não. Por acidente, quebrei sua mesa de café em um monte de pedacinhos, então é bom que Mark tinha outra guardada que é muito melhor que a sua.

— *Por acidente?*

Carter deu de ombros.

— Sim, foi toda uma situação. O lobo tentou me seguir até a sala de estar, eu disse para ele ficar onde estava, e então quebrei acidentalmente a mesa de café.

— Essas duas coisas *não têm nada a ver uma com a outra.*

Carter pegou a caixa de seu irmão.

— É estranho como isso acontece, né?

— E por que essa *coisa* está na minha casa?

— Aonde quer que eu vá, ele vai. Você sabe disso. — Carter soou particularmente chateado, o que me fez sentir um pouco melhor. — Ainda não sei por quê. Embora parecesse muito interessado no cheiro da sua casa. Ele mijou no chão da cozinha. Esqueci de limpar. Então, apenas... você sabe. Tenha isso em mente.

— Vou matar *todos* vocês — rosnei.

Carter estendeu a mão e acariciou o lado do meu rosto enquanto descia a rampa.

— Claro, Gordon. Certo. Ainda acredito totalmente em suas ameaças depois de ter visto seus olhinhos apaixonados para o meu tio.

Kelly riu no caminhão.

Eu segui Carter para dentro de casa.

E, certamente, toda a minha tralha tinha desaparecido. O velho sofá. A mesa de café. Por algum motivo, agora eu tinha *estantes de livros* na sala de estar e uma tv que não tinha um botão na frente. Havia alto-falantes instalados de cada lado, e tudo parecia brilhante e reluzente naquela casa antiga, como se fosse algo novo. Um começo.

O lobo-oriental se levantou de trás do sofá e seguiu Carter até a cozinha. Antes de fazer isso, lançou-me um olhar, as narinas dilatadas. Ele inclinou a cabeça, mas então se virou.

— Mark! — gritei. — Quando eu disse que poderia se mudar, eu quis dizer *você*. — Pausei, considerando. — Talvez algumas roupas.

Ouvi-o rir no corredor.

Segui o som. Eu estava impotente para fazer qualquer coisa além disso.

Ele estava no meu... *nosso* quarto, caixas empilhadas de cada lado do armário. Havia porta-retratos empilhados no chão perto do meu lado da cama, pilhas de livros no canto distante, roupas em cabides sobre a cama.

Algumas das caixas estavam abertas, seus conteúdos embolados. Ele estava curvado sobre uma caixa no baú ao pé da cama, testa franzida, murmurando baixinho.

Eu me apoiei no batente da porta, observando-o.

Estávamos ali. Estávamos vivos. Estávamos juntos. Havia bons dias. Ah, como havia bons dias, dias em que eu acordava e o sentia enrolado ao meu redor, sua respiração quente no meu pescoço. Dias em que eu o sentia me acordar, seus lábios percorrendo minha pele, e ele murmurava enquanto esticava os músculos sonolentos, mãos apertando minha cintura. Sua voz era um trovão quando ele dizia *oi* e *olá* e *bom dia*.

Aqueles eram os bons dias.

Mas também havia outros dias.

Dias em que o arranhão na porta em sua mente era alto. Dias em que seus ombros ficavam rígidos e seus olhos cintilavam violeta. Dias em que ele e Carter desapareciam na floresta por horas a fio, correndo até se esgotarem e dormirem para afastar o som das garras contra a madeira.

E havia dias em que eu não estava melhor.

Eu ainda não estava bem. Estava chegando lá, e talvez levasse um pouco mais de tempo, mas eu conhecia esses dias ruins. Eu estaria estendendo a mão para pegar algo, ou me coçando, apenas para ser violentamente lembrado de que minha mão direita se fora, que ela tinha sido tirada de mim enquanto eu protegia meu Alfa. Eu faria de novo. Claro que faria. Qualquer coisa para manter Ox seguro. Sempre. Mas eu tinha uma amargura subjacente que às vezes me envolvia, e levava um tempo para me deixar ir.

Mark correria, e eu estaria lá esperando por ele quando voltasse.

Eu me perderia em meus pensamentos, e ele estaria lá para me puxar para perto.

Raramente nossos dias ruins coincidiam. Mas, quando isso acontecia, parecia caótico. Selvagem. Ambos estávamos perigosamente perto de sermos selvagens.

Mas esses dias eram poucos e distantes entre si.

Eles valiam a pena, no entanto. Tudo nele valia a pena. E mesmo que eu estivesse brigando, era meio que de brincadeira, a visão dele ocupando meu espaço me fazendo sentir mais à vontade do que eu tinha estado em muito tempo. Eu nunca pensei que chegaríamos a esse ponto. Nunca pensei que pertenceríamos um ao outro.

— Você vai ficar aí parado encarando minha bunda? — perguntou ele sem me olhar.

— É uma bela bunda.

Ele riu. Se ao menos Marty pudesse ver o que estava acontecendo em sua antiga casa. Acho que ele ficaria bem com isso.

— É mesmo?

Eu me afastei da porta.

— Eu poderia te mostrar, se quisesse.

Ele arqueou uma sobrancelha enquanto me olhava.

— Você poderia... me mostrar a minha bunda?

— Como ela é boa. O que pode ser feito com ela, se alguém estiver inclinado.

— Nós podemos *ouvir*! — gritou Carter do corredor. — Que porra. Ninguém deveria ter que ouvir seu bruxo tentando ter uma conversa sexy com seu tio. Você está *tentando* nos traumatizar mais? Jesus, Gordon. O que passamos não foi o suficiente?

O lobo-oriental rosnou em concordância.

— Falta quanto tempo até podermos fazê-los sair? — resmunguei, me pressionando contra as costas de Mark. Estiquei o braço e fechei a mão sobre o corvo em sua garganta. Ele inclinou a cabeça para trás no meu ombro.

— Depende do que ainda está no caminhão. — Sua barba raspou na minha bochecha enquanto ele esfregava o rosto no meu. Lobos do caralho. Sempre com o cheiro. — Precisamos devolvê-lo até o final do dia.

— Gosto disso — admiti.

— O quê?

— Tê-lo aqui. Comigo.

Senti sua risada sob minha mão.

— Não se preocupe. Não vou contar para ninguém que você está ficando sentimental.

Tive que perguntar uma última vez.

— Você tem certeza disso? Estar aqui. Comigo. Não é... Eu sei que não é a casa do bando, mas...

— Onde quer que você esteja, é onde está minha casa.

Jesus. Eu não...

— E você diz que *eu* estou ficando sentimental. — Foi uma evasão. Ele sabia, mas deixou passar. Eu não me saía bem quando ele dizia coisas que me queimavam por dentro.

— Você está. Posso senti-lo corando.

Mordi o lado do seu pescoço em retaliação, mas me afastei. Queria mais, mas aparentemente dois virgens e um lobo selvagem não se tocavam e saíam.

Ele voltou a vasculhar a caixa. As linhas em sua testa apareceram novamente.

— Tudo bem hoje?

— Sim — disse ele. — E você?

— Sim. — Era algo que perguntávamos um ao outro. Nos mantinha honestos. — Me senti bem. De volta à oficina.

— Eu te disse que se sentiria.

Revirei os olhos.

— Tá, tá. — Eu me sentei na cama ao lado da caixa que ele estava vasculhando. — Elizabeth e Jessie mandaram aquela garota para casa?

— Ela foi pega hoje de manhã — disse Mark. Uma Ômega. Não como ele ou Carter. Não infectada. Uma garota comum mordida por um Alfa renegado no ano passado e que se tornou Ômega depois de ser abandonada. Ela tinha sido colocada em um bando lá de Washington. Era a décima segunda que enviávamos para outro bando. Havia apenas alguns Ômegas não infectados restantes. Não havia pressa. Eles poderiam ficar em Green Creek se quisessem, ou nós encontraríamos um lar para eles.

Os infectados precisavam ficar o mais próximo possível de Ox. Pelo menos até encontrarmos meu pai. Eles precisavam do Alfa mais do que qualquer outro. Carter e Mark estavam melhor. Seus laços com o bando eram mais fortes, mesmo que tivessem olhos violeta. Os laços entre nós eram tênues, mas estavam firmes e se tornando mais fibrosos a cada dia. Seria o suficiente até Robert Livingstone se mostrar.

E ele se mostraria. Isso nós sabíamos.

Mark rosnou em frustração, e seus olhos brilharam. Ele deixou cair alguma coisa de volta na caixa. Pareceu quebrar.

— Ei — falei, estendendo a mão para agarrar seu braço. — Está tudo bem. Respire fundo. O que está procurando? Posso te ajudar a encontrar.

Ele esfregou uma mão no rosto. Vi um lampejo de garra e presa.

— Não é... Eu sei que está aqui. Eu *sei*. Só não consigo lembrar onde coloquei.

Eu o puxei para perto de mim. Ele resistiu, mas apenas um pouco. Ficou entre as minhas pernas, respirando pelo nariz e soltando pela boca. Eu esperei, esfregando meu polegar nas costas de sua mão, pensando.

Enfim ele se acalmou.

Nós percebemos cedo o suficiente desta vez.

— Desculpe — murmurou, claramente frustrado.

Dei de ombros.

— Tudo bem. Acontece. Você faria o mesmo por mim.

— Não é...

— É sim — falei firmemente. — É a mesma coisa, e não tente me dizer o contrário. Lembra o que você me disse? O que seríamos um para o outro?

Ele se suavizou, e eu senti verde.

— Eu serei suas mãos.

— E eu serei sua sanidade.

Ele então se inclinou. E me beijou. No nosso quarto, enquanto a luz solar fresca do inverno atravessava a janela. Foi doce e caloroso, e eu nunca quis nada além daquilo.

— Tonto — resmungou ele, me beijando uma, duas, três vezes.

— Contanto que você não conte a ninguém.

— Seu segredo está seguro comigo, Livingstone.

— É isso aí, Bennett.

Nós sorrimos um para o outro como idiotas.

Mas isso também estava bem. Nós merecíamos. Merecíamos aquilo.

Então seus olhos se arregalaram.

— Eu sei onde... — Ele se afastou de mim, virando-se para a pilha de caixas perto do armário. Ele afastou duas delas, alcançando a que estava embaixo. Eu esperei, me perguntando o que diabos poderia ser tão importante a ponto de fazê-lo quase se perder para o lobo.

Ele cortou a fita com uma única garra e abriu a caixa, revirando-a até...

— Eu sabia. *Sabia* que estava aqui.

Eu não fazia ideia do que ele estava falando.

— O que você... — E então eu não consegui falar.

Ele se virou para mim.

Em sua mão havia uma pequena caixa.

Eu conhecia aquela caixa.

Na última vez que a segurei, nossos corações estavam partindo.

Ele deu um passo em minha direção, me observando como se eu fosse algo reverenciado. Algo bonito. Algo que ele não conseguia acreditar que podia chamar de seu. Eu senti o leve pulso na cicatriz no meu pescoço, a marca perfeita dos dentes de um lobo.

— Eu só... — Ele tossiu, balançando a cabeça antes de tentar novamente. — Eu sei que é bobagem. É... você já é meu parceiro. Eu sei disso. Eu posso sentir. Entre nós. Ok? Eu posso. Eu sei que não é como deveria ser, mas sei que será um dia. Mas, mesmo que nunca fique melhor do que está agora, então tudo bem. Porque eu posso ter você. Eu posso te amar. Eu posso ser amado *por* você.

— Juro por Deus — falei com a voz rouca —, se você me trouxer coelhos mortos ou uma cesta de minimuffins, eu mesmo vou te esfolar.

— Anotado — disse secamente. Então: — Posso te dar isso? Por favor? Gordon. Eu só... Você pode aceitar isso? De mim?

Ele abriu a caixa.

Dentro, deitado sobre um pano azul, havia um lobo de pedra.

Era exatamente como eu me lembrava.

Eu o tirei gentilmente da caixa. Era pesado e ornamentalmente esculpido. A cauda era longa e fina, e a cabeça estava inclinada, os lábios do lobo curvados como se estivesse sorrindo secretamente.

— Sim — respondi, porque ele precisava ouvir em voz alta. — Eu vou aceitar.

Ele me derrubou na cama.

Do lado de fora, pude ouvir Carter e Kelly gritando de alegria.

E, ao longe, o uivo dos lobos.

Nós nos reunimos no escritório da casa do fim da rua.

Todos nós.

Ox estava na cadeira atrás da mesa onde Abel e Thomas costumavam ficar.

Joe ficou ao seu lado, a mão em seu ombro.

Carter se apoiava perto da porta, o lobo-oriental deitado a seus pés.

Kelly estava sentado no braço do sofá contra a parede. Robbie estava ao lado dele, mordendo nervosamente o lábio inferior, o olhar focado no tablet em sua mão.

Elizabeth sentou-se ao lado do filho, os olhos fechados enquanto esperava.

Rico e Tanner estavam na beira da mesa.

Jessie e Chris estavam contra uma estante, os braços cruzados sobre o peito.

Mark e eu estávamos perto da janela.

Ox disse:

— Robbie. Está na hora.

Robbie assentiu enquanto suspirava. Kelly se esticou e apertou o braço dele. Robbie pareceu surpreso com isso, mas satisfeito.

Ele tocou na tela do tablet.

O monitor na parede se iluminou.

Houve um *bip*. E então outro. E então outro.

E então...

Michelle Hughes apareceu na tela.

Seu rosto estava impassível.

— Alfas Bennett e Matheson — disse ela, a voz fria.

— Alfa Hughes — falou Joe.

— Devo admitir que esperava ouvir de vocês mais cedo. — Ela observou a sala. — E o bando inteiro, ainda por cima. Deve ser importante. Robbie, como você está?

Os olhos de Robbie se estreitaram.

— Você realmente se importa?

— Eu não perguntaria se não me importasse.

— Estou bem. Estou com meu bando, onde é o meu lugar

— É o que estou vendo. Vocês têm andado ocupados, bando Bennett.

— Temos — disse Joe. — Por isso solicitamos esta reunião.

— Uma coisa curiosa, isso — falou ela. — Um pedido. Depois de tudo que fizeram. As boas pessoas que mataram.

Bufei.

— Senhora, você tem uma ideologia seriamente deturpada se acha que havia algo de bom nos caçadores. Especialmente Elijah. Você conhecia a história dela com este bando.

— Os bruxos — retrucou ela. — Os bruxos que aqueles... aquelas *coisas* massacraram.

— Vítimas da guerra que você mesma provocou. Se alguém é culpado, é você.

E *aquilo* chamou sua atenção.

— Guerra. Dale disse...

— Dale — falei com um sorriso maldoso no rosto. — Ele está aí? Pode me ouvir?

Durou apenas um segundo, mas seus olhos desviaram da câmera antes de voltarem para nós.

— Não vejo o que meu bruxo tem a ver com...

— Ele fugiu antes que pudéssemos alcançá-lo — interrompi, e Mark rosnou ao meu lado. — Ele deveria saber que não há lugar para onde possa ir em que não o encontrarei. E eu o encontrarei.

— Você está ameaçando meu bruxo, Livingstone?

— Pode apostar que sim.

Ela me encarou antes de olhar para os Alfas.

— Exijo que vocês…

— Veja, é aí que você deveria parar — disse Ox, e sentimos sua grande raiva nos atravessando. — Porque você não tem o direito de exigir nada de nós.

— Você está passando dos *limites*, Alfa Matheson. Eu sugiro…

— É hora de você renunciar — falou Ox, e vi o instante em que as palavras a atingiram, acertando como um soco em seu estômago. Ela inspirou profundamente. Seus olhos pareciam estar se enchendo de sangue. — Seu tempo como a Alfa de todos acabou. Meu parceiro, Joe Bennett, está pronto para reivindicar o que é legitimamente dele.

— É tarde demais para isso — disse Michelle Hughes, as garras se cravando na mesa. — O bando Bennett provou ser inimigo. Vocês permitiram que os Ômegas entrassem em seu território. Em sua *casa*. Dois do seu bando ainda estão infectados. Eu não sei como vocês retardaram o processo, mas não importa. Eles se tornarão selvagens e, se vocês não os matarem primeiro, eles vão matar a todos vocês.

— Como você enviou os caçadores para fazer com minha família? — perguntou Elizabeth.

— Elizabeth, eu não sei o que lhe disseram…

— A verdade — respondeu ela calmamente. — Obviamente mais do que eu esperaria de alguém como você. Tê-la ocupando o cargo antes ocupado por meu marido é uma das maiores farsas que já aconteceu com os lobos. Você tem que saber que isso não vai acabar bem para você. Para o seu pessoal. Você foi incumbida com o poder do Alfa de todos. Mas sempre foi temporário. Pertence ao meu filho.

Hughes bateu com a mão na mesa.

— *Nunca* será dele. Vocês são um bando cheio de selvagens e humanos e abominações. Vocês não podem vencer.

Ox se levantou lentamente.

— Aí é que se engana.

E então vi. No seu rosto.

Medo.

Michelle Hughes estava com medo.

— Eu vou te dar — disse Oxnard Matheson — mais uma chance. Renuncie. Agora.

— Não serei intimidada por pessoas como você. Você não é *nada*. Seu bando não é *nada*...

— Então você deve se lembrar — continuou Ox, os olhos brilhando em vermelho e violeta, e ah, ela não esperava por isso. — Que no final lhe dei uma chance. De acabar com isso pacificamente. Mas esse momento acabou. Você deve se preparar, Alfa Hughes. Porque estamos indo atrás de você. Estamos indo atrás de todos vocês.

A tela escureceu.

Ox se virou para nós, os olhos ardendo.

— Vocês são minha família. São meu bando. Me ajudaram a me tornar quem eu sou. Farei tudo o que puder para mantê-los seguros. Mas sabíamos que esse dia chegaria. É hora. É hora de nos levantarmos e lutarmos contra eles.

As rosas floresceram.

O corvo voou.

Os lobos uivaram.

Seus humanos gritaram junto com eles.

E eu fiz a única coisa que podia.

Inclinei a cabeça para trás e cantei uma canção de guerra.

em
algum
lugar
no
maine

outro

A TELA APAGOU.

Michelle Hughes recostou-se em sua cadeira, as garras esburacando a madeira em sua mesa.

— Isso não correu muito bem — disse Dale de forma branda.

Ela considerou seriamente arrancar-lhe a garganta.

De alguma forma, conseguiu se conter.

— Todos eles — falou ela. — Todos eles perderam a cabeça. É... uma tragédia, com certeza. Uma queda do paraíso. — Ela pensou rapidamente. — E é assim que será interpretado. Isso é o que diremos aos outros. A... infecção. Ela se espalhou pelos laços do bando. Contaminou os outros. Já havia rumores sobre Matheson. Mas agora temos uma prova definitiva. Você viu seus olhos. Ele está se tornando um deles. E ele é o parceiro de Bennett. O que significa que Joe não demorará a segui-lo.

Dale assentiu lentamente.

— Isso poderia funcionar, mas...

— Mas *o quê*? — rosnou ela.

— É só... Ox.

— O que tem ele?

— Nunca houve nada como ele.

— Ele é uma *aberração* — grunhiu Michelle. — Um monstro. Seja lá o que for, seja lá o que Thomas Bennett fez com ele, não importa. Não podemos confiar nele. E se aqueles malditos caçadores realmente tivessem feito o que foram enviados para fazer, nem estaríamos *tendo* essa conversa. Os humanos são inúteis. — Ela não conseguia admitir em voz alta que havia sido surpreendida pela inação nas semanas seguintes à destruição dos caçadores. Tudo acabou tão *rápido*. Ela jamais deveria ter confiado em Meredith King. Os humanos eram fracos. Os Bennett eram mais fortes do que ela esperava.

Ela não os subestimaria novamente.

— Você não ficou diante dele — disse Dale em voz baixa. — Não como eu. Ele exala poder. Diferente de qualquer coisa que eu já vi. Seja o território ou outra coisa, é… intoxicante.

Michelle balançou a cabeça.

— Isso não importa. Ele sangra. O que significa que pode morrer.

— E quanto aos bandos que os ajudaram? Aqueles que acolheram Ômegas?

— Nós lidaremos com eles mais tarde. Eles não ousarão ficar do lado dele. Não se isso significar a erradicação de todo o seu bando.

— Acho que você não deveria subestimar a influência dele — falou Dale. — Ele já provou ser formidável. Todos eles…

Gritos e rosnados. Vindos do complexo.

Michelle se ergueu atrás de sua mesa.

Dale foi até a porta e a fechou com força. Ele pressionou a palma da mão contra ela, murmurando baixo. Houve um pulso de luz sob sua mão enquanto ele protegia a porta.

Não adiantou.

A porta explodiu, jogando-o para trás. Ele bateu contra a parede oposta, deslizou para baixo e tombou no chão. Sangue escorria do seu nariz. Ele gemeu, parecendo atordoado.

Um homem entrou pela porta destruída.

Era mais velho, sua pele enrugada, seus cabelos em finos fios brancos ao redor da cabeça. Estava vestido para o inverno do Maine, com calças pesadas e um casaco preto grosso.

Mas cada passo que ele dava era medido e fluido. Ele se movia com propósito.

E ela sabia quem ele era.

Acabara de ver uma versão de seu rosto olhando com raiva para ela momentos antes em uma conexão com o outro lado do país.

Ela deveria ter previsto isso.

— Alfa — disse Robert Livingstone, um pequeno sorriso no rosto. — Achei que já era hora de nos encontrarmos.

— Você não pode estar aqui.

Ele ergueu uma sobrancelha.

— Ah, acho que você vai descobrir que posso estar onde eu quiser. Precisamos conversar, você e eu. Parece que você não é melhor que Richard Collins para lidar com uma ameaça ínfima. Caçadores, Michelle. Honestamente. O que você estava pensando? Mesmo com minha assistência nas barreiras, você ainda falhou. O nível de incompetência com o qual me vejo cercado é surpreendente.

— Assistência? Que assist...

— Embora você tenha me feito um favor — continuou ele, como se ela não tivesse falado. — Eu estava rastreando Meredith King há meses, desde que descobri que ela estava em posse de algo que me pertencia.

— Você entra no *meu* território sem ser convidado — disse Michelle, sua transformação começando a se manifestar. — Você não é *bem-vindo* aqui, bruxo.

Ele riu.

— Ah, eu não preciso de convite. Sente-se.

Suas garras apareceram e seus dentes se alongaram.

— Eu disse sente-se. *Abaixe-se.*

E ela o fez. Não conseguiu se conter. Suas pernas se dobraram, e ela se sentou na cadeira.

— Boa garota — disse Robert. — Agora, vou falar, e você vai ouvir. Entendeu?

Ela assentiu, embora tentasse lutar contra.

Ele bateu o pé na coxa de Dale. Dale gemeu, mas não se moveu.

— Tenho pouco uso para lobos. Vocês são animais, todos vocês. Escravizados à lua. Sempre achei que a licantropia não é muito diferente de um vírus. — Ele suspirou. — É por isso que tentei torná-la um. Os resultados foram variados, mas sempre há uma fase de tentativa e erro em qualquer experimento. É preciso aprender com os erros para forçar os limites ainda mais. E eu planejava forçá-los até quebrarem. Mas me encontro num impasse. Há... lobos que eu não previ. Variáveis que não esperava. Richard Collins foi um fracasso. Sua tentativa com os caçadores foi um fracasso. Por causa dessas *variáveis.*

— O bando Bennett — conseguiu dizer Michelle.

Robert suspirou.

— Sim. Eles. Ainda. Mesmo com a queda de Thomas Bennett, mesmo com uma separação, mesmo com *nada* além de um humano para guiá-los, eles conseguiram sobreviver. — Ele balançou a cabeça. — E agora... bem. Eles se tornaram algo mais, não é? De alguma forma, foram capazes de conter minha magia nos Ômegas. E eles têm meu filho.

— Gordon? — perguntou Michelle. — Mas ele sempre esteve...

— Não — interrompeu Robert Livingstone se colocando diante da mesa dela. — Não o Gordon. Eu o perdi. Estou falando do meu segundo filho. O irmão dele.

Fez-se um zumbido agudo nos ouvidos dela.

— Eu não entendo — disse ela fracamente. — Não há nenhum outro Livingstone. Nós teríamos...

— Você sabe como é perder seu laço? — perguntou ele, inclinando-se para a frente, mãos apoiadas na mesa. — Sabe como é tê-lo arrancado de você quando menos espera? Porque eu sei. Minha esposa, ela... não entendia. Ela enlouqueceu completamente, no final. E ela tirou meu laço de mim. Assassinou-a a sangue frio, mesmo sendo inocente em tudo isso. Quando ela ficou grávida, Abel Bennett me fez mandá-la embora. Fez com que desistisse da criança. Ela voltou, mas nunca mais foi a mesma. E então minha esposa... — Seus punhos se cerraram. — Prometi a mim mesmo enquanto minha magia era arrancada de mim que voltaria. Que traria meus filhos de volta ao rebanho. Que veria o fim dos lobos. Mas Gordon... Eu sabia que, não importasse o que eu dissesse, ele não entenderia. E meu outro filho... de alguma forma, ele havia sido *mordido*. Ele havia sido *transformado*. Eu poderia curá-lo, se apenas pudesse encontrá-lo. E então veio a notícia de que ele era o animal de estimação daquela caçadora, e eu... fiz tudo o que pude para encontrá-lo. — Sua voz ficou fria. — Em vez disso, ele se encontra com o bando Bennett e o irmão, selvagem e preso na forma de lobo. Isso não vai dar certo. Eu vim até você com uma oferta. Me ajude a separá-los. Devolva-me meu filho. E você poderá permanecer como a Alfa de todos. Eu não me importo mais com os destinos dos lobos. Só quero o que é meu.

— Como? — perguntou ela. Ele estava mentindo, ela sabia, mesmo que seu batimento cardíaco não falhasse. Mas também sabia que concordaria.

Ele se inclinou para mais perto.

— Mesmo depois de tudo o que fizeram com você, ainda há alguém por quem você tem carinho, não é? Um lobo naquele bando que costumava ser seu. Alguém que posso virar contra eles. Alguém que posso usar para recuperar meu filho.

Seus olhos se arregalaram.

— Robbie — sussurrou ela.

E ele sorriu.

LOVESONG

I.

ATUALMENTE, QUANDO ELA sonha, é sempre em tons de azul.

Ela está em uma floresta sem fim. As árvores se estendem em direção ao céu estrelado. Ela sente a grama fresca sob seus pés descalços. A lua está brilhante. Está cheia, é claro.

Ela não está sozinha.

Ela não consegue vê-lo, mas sabe que ele está lá. Ela o ouve respirar.

Ela vira a cabeça para procurá-lo, mas não há nada além de um lampejo branco desaparecendo na floresta.

Quando acorda, seu rosto está molhado.

II.

A PRIMEIRA VEZ que ele a faz rir é quando diz que a acha bonita.

Ela ri dele. Não é cruel. Ela está chocada. É uma surpresa que escapa dela, e ela não consegue conter, por mais que tente.

Ele não se magoa com isso.

Ele também ri, corando ao desviar o olhar.

III.

QUANDO ELA ESTÁ grávida do primeiro filho, ele vira um cuzão possessivo. Ele rosna para qualquer pessoa que toque na sua barriga.

Quando ela já não aguenta mais, dá um tapa na cabeça dele e o manda parar.

Ele pisca surpreso, a luz alaranjada desvanecendo em seus olhos.

— Desculpe — diz ele, soando envergonhado. — Não sei por que faço isso.

Ela pega a mão dele e a coloca sobre sua barriga. Por um momento, nada acontece.

Ela faz careta quando sente o chute (*Carter*, ela já está pensando, *Carter*, *Carter*, *Carter*), mas qualquer desconforto desaparece ao ver a expressão em seu rosto.

Ele está maravilhado.

IV.

QUANDO A MORTE vem atrás deles, é rápida e brutal. Ela é do bando Bennett, sim, e é a companheira de um futuro Alfa, mas é mãe em primeiro lugar, e seus instintos são para proteger seu filho que ainda está na barriga.

Naquele dia ela mata. Ela tira a vida de pelo menos seis pessoas que vieram para o território deles com ódio no coração e balas de prata. O primeiro é um homem grande que está de pé diante de um lobo morto, um dos primos pequenos. Ele não a vê chegando. Suas mandíbulas se fecham em torno de seu pescoço e ela *torce*, os ossos se quebrando sob suas presas.

A última pessoa que ela mata é uma mulher. Ela ergue sua arma em direção ao futuro rei.

Ela não tem a chance de puxar o gatilho.

Não sobra muito dela quando Elizabeth Bennett termina.

Quando tudo o que resta é fumaça e memórias, ela sente.

Tudo o que eles perderam.

Richard Collins é o primeiro a notar.

Ela não o entende. Nunca entendeu. Sempre houve algo… *estranho*, mas Thomas ria e dizia que ela estava vendo coisas.

Quando seu companheiro uiva, há uma mudança na cadência. E é então que ela entende.

Thomas Bennett a olha com olhos vermelhos de sangue.

V.

CARTER CHEGA E há dor, forte e vítrea. É *real*, e ela a sente com uma satisfação primitiva ao ser rasgada por ela. Essa é a *sua* dor, isso pertence a *ela*, e ninguém pode tirar. Ela se deleita enquanto gotas de suor pingam do seu rosto.

Eles são poucos, agora.

Seu bando.

Mas ela os ouve sussurrando em sua mente, e é *amor* e *força* e *sim sim sim*.

E com um grito de alívio que soa como uma canção, o menino vem ao mundo.

O primeiro.

Mas não o último.

VI.

ELES ESTÃO COMETENDO um erro.

Ela sabe que estão.

E diz isso a Thomas.

— Como podemos fazer isso com ele? — pergunta ela. — Como isso pode ser certo?

Thomas afaga seu rosto. Ele está cansado. Tem olheiras e dias de barba por fazer no rosto. Ele sempre seria o Alfa, mas aconteceu muito mais cedo do que qualquer um esperava. Ela acha que ele abriria mão de tudo só para ter seu bando outra vez.

Ele é um bom homem, mas nesse momento ela não consegue entendê-lo.

— Precisamos mantê-lo em segurança — diz ele com suas conhecidas feições teimosas que ela ama e odeia igualmente. — Será melhor se ele ficar aqui. Os lobos... não confiam nos humanos. Principalmente *neste* humano. Eles acham... eles acham que Robert fez alguma coisa com ele. Com suas tatuagens. Uma brecha. Só por segurança.

— Você pode lutar por ele — diz ela. — Ele não é como o pai. Se fizer isso, o colocará num caminho do qual se arrependerá com o tempo.

Ela nunca foi submissa. Já tinha visto outros parceiros de Alfas, subservientes e quietos. Ela nunca foi assim. Se Thomas pedisse isso dela, exigisse seu silêncio, ela o destruiria membro a membro.

Mas ia perder essa batalha.

E o pior é que ela vai segui-lo.

Ela não sabe o que isso faz deles.

Não sabe o que isso faz *dela*.

— Eu sei disso — fala Thomas, parecendo cansado. — Mas eles não sabem. E eu tenho um dever, Lizzie. Uma obrigação. Meu pai... — Ele balança a cabeça. — Sou o Alfa de todos. Não tenho escolha.

Ela quer dizer a ele que tem. Que poderia desistir de tudo, deixar outra pessoa se preocupar com o destino dos lobos. Quer dizer a ele que não podem fazer isso. Não podem separar o bando. Não depois de tudo.

Mas não o faz.

E vai se arrepender pelo resto da vida.

— Isso vai destruir Mark — diz ela em voz baixa. — Ele jamais concordará.

Os olhos de Thomas brilham em vermelho.

— Ele vai. Eu sou seu Alfa. Vai fazer o que eu disser.

— E aí jamais vai perdoá-lo.

O vermelho desaparece, e tudo que ela sente é azul. É um oceano de tristeza, e ela sabe o quanto isso o machuca. Mas isso não é desculpa.

— Eu sei — diz ele. — Mas não tenho escolha.

Ela o ama, mas o acha um mentiroso.

VII.

KELLY É... DIFERENTE. É mais quieto. Nasce antes da hora e mais depressa do que ela esperava. Há dor, mas não é como foi com Carter.

Ele não chora.

Ela acha que algo está errado.

Mas ele está respirando e piscando para ela ao ser colocado em seus braços.

— Oi — diz ela. — Oi, minha criança.

VIII.

Com Joe, as coisas mudam.

Ela não consegue dizer ao certo como sabe, mas, mesmo no útero, não é como foi com Carter e Kelly. Há uma sensação de algo mais. Ela se sente culpada por pensar assim, e só ao falar com Thomas ela entende.

— Alfa — diz ele simplesmente. — Acho que este está destinado a ser o Alfa. Richard também acha.

E, meu Deus, isso a aterroriza.

IX.

Quando Joe é devolvido, ele não fala. Seus olhos estão vazios, e ele não responde.

Ela não sabe o que fazer.

Ela odeia Richard pelo que ele fez.

Ela odeia Thomas por permitir que aquilo acontecesse.

Ela odeia os lobos deste lugar. Não é seu lar. O Maine nunca seria sua casa, e agora um de seus filhos está vazio e sombrio. Ela pensa em pegá-los e fugir para longe, muito longe.

Ela não o faz.

Ela beija suas bochechas.

A ponta de seu nariz.

Seu queixo.

Carter e Kelly se enroscam nele.

Mas é como se ele tivesse ido embora.

Ela não sabe como trazê-lo de volta.

X.

Tudo são bengalinhas doces e pinhas.

Épico e incrível.

É roarr e *grr* e *cabum.*

É um menino estranho chamado Ox.

Ela não sabe o que pensar sobre ele.

Mas o ama. Quase instantaneamente.

E, só por isso, quer mantê-lo afastado.

A morte, ela pensa ao ouvir o filho falar pela primeira vez desde a sua volta, sempre vem atrás dos lobos.

E quando Joe vem até ela, quando ele diz que quer dar a Ox seu lobo de pedra, ela *concorda*, sabendo o quão manipulador isso será. Ox não sabe a verdade. Ele não sabe o que significa. Mas seu filho está falando, e seus olhos têm vida, tanta vida que ela não pode negar nada a ele.

Ela não dorme muito naquela noite.

XI.

ELA VOLTA A pintar.

No começo é raivoso. Selvagem. Linhas brutas e cortes de cor.

Não parece suficiente.

XII.

ELA NÃO DIZ a eles para onde está indo. Eles estão distraídos. Todas as crianças estão na escola. Mark e Thomas estão em reuniões no escritório.

Ela caminha até a cidade. A floresta cheira como sempre cheirou. A estrada de terra estala sob seus pés.

Ela pensa no que vai dizer.

No que vai fazer.

Ela não sabe como ele vai reagir.

OFICINA DO GORDON, diz a placa.

Ela sorri para si mesma.

Não há ninguém na recepção.

Ela toca a campainha e espera.

É dissonante, a primeira vez que o vê. Ele não é como era antes. Está mais duro. Ela acha que ele a odeia, e ela merece isso.

Suas tatuagens brilham.

— Gordon — diz ela, e fica surpresa quando sua voz falha.

Seus olhos escurecem.

— Que porra você está fazendo aqui?

Ela diz:

— Sinto muito. Por tudo que fizemos com você.

— Vá se foder. Saia daqui.

Ela assente.

— Joe, ele...

— Thomas já me falou. Eu disse não.

Ela responde:

— Thomas nunca teve outro bruxo. Eles pediram. Eles imploraram. Ele disse não. Ele disse que já tinha um.

É injusto da parte dela. Fazer isso. Dizer isso. É calculista, e ela pode ver o momento que repercute. A expressão dele vacila antes de ele olhar friamente para ela.

— Eu não me importo.

— Foi errado — diz ela, e quer tocá-lo. Pegar seu rosto em suas mãos e suavizar as linhas de raiva. — O que fizemos com você. Éramos jovens. E estávamos assustados.

— Você só está dizendo isso porque precisa da minha ajuda com o Joe — rosna Gordon para ela. — Onde você estava antes disso? Anos, Elizabeth. Foram *anos*.

— Tantas vezes — diz ela. — Tantas vezes peguei o telefone, querendo ouvir sua voz. Mas eu...

Ele ri, e é o som mais amargo que ela já ouviu.

— Mas você não ligou. O que os olhos não veem, o coração não sente.

Sim. É exatamente isso. E a verdade dói.

— Nós... cometemos erros.

— Fodam-se vocês. E fodam-se seus erros.

Ela não conhece esse homem. Esse homem furioso. Ela não o conhece, e é tudo culpa dela.

— Mark...

— Não — rosna ele para ela. — Não diga o nome dele.

Ela pisca ao dar um passo para trás.

— Desculpe. Eu só… — Ela balança a cabeça. — Eu te amo. Não espero que acredite em mim. E entendo por que você não acreditaria. Mas eu te amo, Gordon. Amo.

Ele ri, e ah, o ódio que ela ouve em sua voz. É como veneno.

— É, você realmente me mostrou o quanto me amava. Todos vocês.

Ela se vira para sair, não querendo que ele a veja chorar.

Ela para quando ele diz:

— Ox.

Ela engole em seco, olhando da porta da oficina para a rua.

Ele continua:

— Deixe-o fora disso.

— Eu acho que já é tarde demais — sussurra ela.

— Já cravou suas garras nele — diz Gordon com uma voz morta. — É claro que sim. Lobos estragam tudo o que tocam. Eu não vou deixar você fazer isso com ele.

Ela não olha para trás.

XIII.

No FINAL, NO entanto, ele vem.

Ela se pergunta por quê.

Ela não sabe se faria o mesmo no lugar dele.

Joe está preso em sua transformação. Não totalmente menino, não totalmente lobo.

E Gordon vem.

Ela é uma loba, e seus instintos estão em alta.

Ela rosna para ele.

Ele revira os olhos.

Thomas diz:

— Ox. Ele precisa do Ox.

Os ombros de Gordon despencam em derrota.

XIV.

MAIS TARDE, ELA descobrirá que ele disse ao menino que é real.

Que os monstros são reais.

Que *tudo* é *real.*

Ele está certo, é claro.

Elizabeth conhece os monstros.

XV.

MAGGIE CALLAWAY é uma mulher maravilhosa.

Ela é feroz.

E inteligente.

E mais forte do que ela mesma reconhece.

Quando se encontram pela primeira vez, Elizabeth entende como alguém como Ox pode existir. É por causa de sua mãe.

E elas se tornam amigas, Maggie e Elizabeth. Ela não tinha uma amiga há muito tempo. É... bom ter alguém como ela. Alguém que não entende que Elizabeth é essencialmente uma rainha. É mais fácil assim.

Quando descobre que são lobos, Maggie fica chocada.

Mas isso dura apenas um ou dois dias.

Ela vai até a casa um dia, não muito depois.

Elas se sentam à mesa da cozinha, com a luz do sol entrando pela janela. São apenas as duas. Elizabeth saboreia esse contato. Anseia por ele.

Maggie diz:

— Ele faz parte disso, não faz?

Elizabeth acena lentamente com a cabeça.

— Acho que sim.

Maggie envolve a xícara de chá com as mãos.

— Ele é especial.

— Eu sei.

— Mães sempre pensam isso sobre seus filhos. Mas...

— É mais do que isso com Ox.

Ela desvia o olhar.

— O pai nunca achou.

— O pai estava errado.

Maggie concorda.

— Por quê? Você sabe? O Thomas sabe?

Não. Eles não sabem. Mas está lá mesmo assim. Ela estende a mão e toca o pulso de Maggie. Ela não é completamente do bando, pelo menos não ainda, não como Ox, mas Elizabeth não pode ignorar o instinto. Ela fica satisfeita por seu cheiro estar nessa mulher maravilhosa.

— Ele vai fazer grandes coisas, seu Ox.

Maggie sorri. Ela treme até quase quebrar.

— Ele não ouve isso o suficiente. Eu tento fazer com que entenda. — Ela hesita. Então: — Ox me disse que você é pintora.

Elizabeth pisca.

— Eu sou.

Maggie parece tímida quando diz:

— Isso é tão bom. Você acha... você acha que eu poderia ver? Eu não entendo nada sobre arte, mas sei reconhecer coisas bonitas quando vejo.

Elas passam o resto do dia juntas.

Quando Maggie é assassinada em seu território, Elizabeth chega perto de destruir o mundo.

XVI.

É RÁPIDO QUANDO acontece.

Num momento ela está rosnando, seu rabo se contorcendo, seus dentes manchados com sangue de Ômega.

E no próximo, algo se quebra dentro dela como vidro, os fragmentos incrustados em sua pele.

Sua respiração deixa seu corpo como se tivesse levado um chute no estômago.

Dá um passo vacilante para a frente, sua mente de loba pensando *não* e *parceiro* e *Thomas Thomas Thomas*.

Ela corre mais rápido do que jamais correu.

Mas é tarde demais.

Joe está de joelhos, sua cabeça inclinada para trás.

Seus olhos estão cheios de fogo.

Ele é o Alfa.

O que significa...

XVII.

ELES VÊM DE longe.

Michelle Hughes não aparece.

Elizabeth fica agradecida por isso. Ela não sabe o que faria se Michelle mostrasse seu rosto em Green Creek. Ela está misturada com Osmond e Richard Collins na mente de Elizabeth, e mesmo que isso não seja justo, é assim que é.

Ela é a mãe loba. Aqueles que vêm prestar respeito ficam maravilhados com ela. Ela aceita suas condolências. Eles tocam sua mão e seus ombros. Ela mal consegue evitar se afastar.

Eles a deixam em paz... antes.

Sozinha. Com ele.

Thomas foi banhado, o sangue lavado.

Sua pele está pálida.

Ela diz:

— Como pôde me deixar assim?

Ela diz:

— Eu te odeio.

Ela diz:

— Ah, ah, ah.

Ela diz:

— Nós éramos jovens. E você estava sorrindo. Eu me lembro disso. Seus olhos estavam arregalados, e você disse que tinha algo para me oferecer. Eu sabia o que era e, por mais que estivesse com medo, eu sabia que era certo. Que eu diria sim. Porque não havia mais ninguém para mim. Nunca houve. E você... você me deixou aqui. Por quê?

Ele não responde.

Não pode.

Ele se foi, foi, foi.

Ela fecha os olhos, tentando encontrá-lo. Tentando buscar ao longo dos laços que se estendem entre todos eles. Se ele estivesse ali, mesmo que fosse a menor parte dele, ela saberia. Especialmente neste lugar. É diferente aqui. Mais forte. Mais poderoso. Sua mãe lhe dissera quando ela era criança que todos os que partem nunca estão verdadeiramente longe.

Mas ela não consegue encontrá-lo.

Há um buraco irregular e escancarado onde ele deveria estar.

XVIII.

ELE QUEIMA NA floresta à noite.

Os lobos cantam suas canções para o rei caído.

A dela é uma ária de azul.

XIX.

DEPOIS, SEMPRE DEPOIS.

Eles se separam.

Três anos.

Um mês.

Vinte e seis dias.

E ao longo da primeira parte, ela conhece apenas a loba. Não é justo da parte dela estar tão perdida em seu luto. Ela tem um bando. Ela tem seus filhos. Mas, quando eles partem, ela não sabe como lidar com isso.

Antes de partirem, ela diz a Gordon que o matará se algo acontecer a eles sob sua supervisão.

Ela está mentindo.

Está cansada de morte.

Quer dizer que o ama. Que Thomas o amava.

Mas não consegue fazer as palavras saírem.

Isso é culpa dela.

Ela está errada.

Mas Gordon se foi.

Não muito depois, ela se transforma e não volta a ser humana por meses.

XX.

ALFA, DIZ ELA a Oxnard Matheson, e ela nunca falou tão sério.

XXI.

QUANDO SEUS FILHOS retornam, ela não os reconhece.

Ah, ela conhece o cheiro deles. Pode senti-los através dos fios, mas é *diferente*.

Eles agora são homens. Mais duros do que nunca.

Mas só ao ter Carter e Kelly em seus braços ela tem a certeza de que eles ainda são suas crianças.

— Mãe — sussurram contra seu pescoço. — Mãe. Mãe. Mãe.

— Meus meninos — sussurra de volta. — Eu os amo tanto.

XXII.

ELA ENCARA o corpo decapitado de Richard Collins.

Ela deveria estar cheia de raiva.

Não está.

É apenas tristeza.

Ela diz:

— Você tirou muito de mim. De nós. Mas você só estava perdido, eu acho. Você nunca ia vencer.

Não é perdão.

Mas é alguma coisa.

XXIII.

O LUTO é uma coisa engraçada. Há dias em que parece estar desaparecendo, como se não passasse de um zumbido baixo no fundo de sua mente.

Mas então uma pequena coisa pode acioná-lo novamente.

Ela está no escritório, limpando as estantes de livros. É mundano. É fácil. Isso permite que sua mente divague. Richard está morto há seis meses, e ela está aprendendo a apenas *existir* novamente. Ela sorri mais hoje em dia. Às vezes ela ri. Seu bando é forte e a mãe loba está orgulhosa. Green Creek está se estabelecendo novamente, embora ela saiba que isso pode não durar, é o suficiente por agora.

Ela é tirada de seus pensamentos pela surpresa de senti-lo.

É como se ele estivesse ali parado.

Ela pode sentir seu cheiro, e é *fumaça de madeira* e *pinho* e *piche*.

Ela se vira rapidamente.

Não há ninguém ali.

Exceto que...

Há um livro no chão.

Ela diz:

— É você, querido? Por favor.

Não há resposta.

Ela se abaixa no chão ao lado do livro. Ele é antigo. A capa está em branco. Leva um momento para reconhecê-lo.

Quando ele a estava cortejando, costumava ler poesia para ela. Ele achava romântico. Ela achava ridículo, mas o amava por isso.

Seu poeta favorito era Pablo Neruda. Porque é claro que era. O santo padroeiro das belas palavras.

Ela pega o livro do chão.

Há um pedaço de papel dentro.

Ela abre o livro.

Ela vê o poema impresso na página.

> *... e algo golpeava em minha alma,*
> *febre ou asas perdidas,*
> *e fui me fazendo só,*
> *decifrando*

aquele chamuscado,
e escrevi a primeira estrofe intangível,
sem matéria, pura
besteira,
pura sabedoria,
de alguém que não sabe nada,
e de repente eu vi
os céus
desfiados
e abertos...[1]

Era um dos primeiros que ele havia lido para ela.

Ela riu dele, sentindo o rosto esquentar. Mas ele era tão sincero em relação a isso, tão...

E *ah*, aqui está novamente, esse luto. *Aqui* está, mordendo e arranhando e rasgando, dizendo *eu sempre estive aqui, nunca fui embora, e vou te consumir.*

Ela mal consegue respirar.

O livro cai de volta ao chão.

O pedaço de papel ali dentro cai.

O cheiro dele está mais forte do que nunca.

Está *sufocando-a.*

— O que é isso? — pergunta ela, e escutando com atenção o suficiente, ela acha que o ouve dizer: *Meu amor, minha esposa, é tudo o que resta.*

Ela pega, com as mãos tremendo.

É uma única página e, ao abri-la, vê que está datada.

Uma semana antes de sua morte.

Ela não quer ler.

Ela lê mesmo assim.

E naquela caligrafia familiar, lê:

Para minha amada:

Eu não sou um homem perfeito. Cometi erros. Muitos, muitos erros. Lamento a maioria deles. Fiz o que achei que era certo, e o tempo está provando que eu estava errado.

---

1. NERUDA, Pablo. "La poesía". In: *Memorial de Isla Negra*. Buenos Aires: Losada, 1964. Tradução desta edição.

Mas nenhum desses arrependimentos é você.

Você tornou esta vida digna de ser vivida.

Você me deu uma família.

Você me deu um lar.

Eu não sei o que o futuro reserva. Eu não sei o que vai acontecer. Mas sei que nosso bando é forte, e enfrentaremos o que vier.

Eu não sei o que faria sem você.

Você me mantém honesto.

Você me mantém inteiro.

Você não me deixa passar impune por nada (mesmo quando eu quero!).

Tudo de bom em mim é por sua causa.

E aqui, em nosso aniversário de casamento, quero que você saiba que eu

E isso é tudo.

Está incompleto.

Ela o lê de novo e de novo e de novo, e quando finalmente olha para cima, o cheiro de fumaça de madeira e pinho e piche já desbotou.

XXIV.

EXISTE UMA PORTA.

Uma porta para tudo.

XXV.

COMEÇA A SURGIR novamente.

Ela acha que o território é amaldiçoado.

Que tudo o que eles farão é lutar.

Por um breve momento, ela se pergunta se vale a pena.

Mas é passageiro.

Porque ela é uma loba mãe.

E fará tudo para proteger o que é seu.

XXVI.

QUANDO PERDE CARTER para o Ômega dentro dele, quando Mark se transforma, olhos brilhantes e violeta, ela entende o que é ódio de verdade.

Ela *odeia* aqueles que querem tirar qualquer coisa dela.

XXVII.

HÁ UMA PORTA.

Na mente de Ox.

E precisa ser estilhaçada.

Então eles fazem exatamente isso.

Ela o vê, brevemente, sentado diante da porta. Seu pelo é branco e seus olhos são vermelhos, e ela ouve Gordon dizer *ah*, mas este momento não é apenas para ela.

É para todos eles.

E isso a dilacera.

Em sua cabeça, há um vislumbre — de *BandoAmorEsposaIrmão-Filho* —, mas desaparece antes que ela possa alcançá-lo.

A porta se despedaça.

XXVIII.

EXISTE UM FIM.

Mas só leva a um novo começo.

Agora estão em guerra.

Robert Livingstone se erguerá.

Michelle Hughes fez a sua escolha.

E o bando Bennett responderá adequadamente.

Ela observa da varanda da casa do fim da rua enquanto os Ômegas se reúnem, nervosos, parecendo assustados e inseguros.

Carter resmunga quando o lobo-oriental o segue para aonde quer que vá, rosnando para quem tenta se aproximar. Ela se pergunta quanto tempo levará para ele entender. Ela ri quando Carter rosna para o lobo, mandando-o se foder. O lobo ignora seu filho e gruda nele. Carter não o afasta.

Kelly e Robbie estão sentados lado a lado nos degraus da varanda. Kelly olha de relance para Robbie antes de desviar o olhar rapidamente. Robbie faz o mesmo um momento depois. Seus olhares nunca se encontram. Ela se lembra dela e de Thomas. Robbie é um bom homem. Kelly tem muita sorte.

Rico, Chris e Tanner estão trabalhando na caminhonete de Ox. Eles se empurram enquanto xingam o motor. Chris e Tanner estão se recuperando. Eles são tão frágeis. Ela se pergunta se algum dia vão aceitar a mordida. É escolha deles, mas ela precisa convencê-los. Ela não sabe se é o seu lugar.

Mark e Gordon estão voltando da casa azul. Mark estende o braço e pega a mão restante de Gordon. Ela pensa que Gordon vai se afastar. Ele não faz isso. O corvo na garganta de Mark parece bater as asas.

Ox e Joe estão diante dos Ômegas. Estão falando baixinho, suas vozes suaves, mas exalando um poder inegável. Os Ômegas os encaram reverentemente.

— É a calmaria que precede a tempestade, não é? — pergunta Jessie ao seu lado.

Elizabeth olha para ela.

— Sim.

Jessie assente, olhando para o bando deles.

— Será sempre assim?

Sim.

— Não sei.

Jessie estende a mão e segura a dela. Elizabeth a aperta com gratidão. Jessie diz:

— Não importa.

— Não?

Jessie balança a cabeça.

— Nós vamos estar aqui. Não importa o que aconteça. Sempre. Nós somos bando.

Elizabeth acredita nela.

XXIX.

NAQUELA NOITE ELES dormem juntos na sala de estar, os sofás afastados e cobertores e travesseiros espalhados no chão. Os Ômegas estão no porão, descansando calmamente sabendo que seu Alfa está logo acima deles.

— Eu não vou ficar nu — declara Rico seriamente. — Da última vez que fiz isso, Carter agarrou meu pau enquanto dormia, e eu não quero que a Bambi dê uma surra nele por tocar no que pertence a ela.

— Ah, por favor — retruca Carter. — Você bem que *gostaria* que eu tocasse no seu pau.

— Ele tem o dobro da sua idade — diz Chris a ele. — Você poderia chamá-lo de papai se realmente quisesse.

— *Papi* — fala Rico com um resmungo. — Você me chamaria de *papi*.

— Que nojo — sussurra Kelly enquanto se deita ao lado do irmão. O lobo-oriental rosna, mas Carter dá um tapa na sua cabeça e ele se acalma. Ele se deita ao lado de Carter enquanto suspira.

— A Bambi te chama de *papi*? — pergunta Tanner. Então ele faz uma careta. — Sabe de uma coisa? Não responda, eu não quero saber.

— Ah, ela me chama de muito mais do que isso. Até grita...

— Eu poderia ligar para ela e perguntar — diz Jessie, se acomodando ao lado de Elizabeth. — Descobrir o que ela acha.

— Não — responde Rico rapidamente. — Não há nenhuma necessidade de fazer isso. Na verdade, nunca vamos falar com ela sobre qualquer coisa que eu diga quando ela não estiver aqui, por causa de... motivos.

— Nós temos nossa própria casa — resmunga Gordon para Mark. — Não sei por que simplesmente não vamos para lá.

— Você gosta de dormir aqui — diz Robbie a ele. — Por mais que reclame e faça aquela cara e...

— Eu vou te incendiar — ameaça Gordon. — E quebrar seus malditos óculos.

— Cão que ladra não morde — fala Mark, beijando o lado da cabeça dele.

Gordon revira os olhos, mas não argumenta mais.

Ox e Joe estão no meio. Seus corações batem em sincronia, e isso flui por todos eles. Elizabeth está começando a cochilar quando...

— Todo mundo na cidade pensa que fazemos orgias — declara Rico, sem motivo aparente. — E eu não nego. Só para que todos saibam.

Há gritos de horror que levam a uma guerra de travesseiros.

Elizabeth fecha os olhos e sorri.

XXX.

ATUALMENTE, QUANDO ELA sonha, é sempre em tons de azul.

Ela está em uma floresta sem fim. As árvores se estendem em direção ao céu estrelado. Ela sente a grama fresca sob seus pés descalços. A lua está brilhante. Está cheia, é claro.

Ela não está sozinha.

Não consegue vê-lo, mas sabe que ele está lá. Ela ouve sua respiração.

Ela vira a cabeça para procurá-lo, mas só vê um lampejo branco desaparecendo na mata.

Exceto que, desta vez, quando acorda, seu rosto não está molhado.

Ela olha para seu bando.

Eles estão dormindo profundamente, todos enrolados juntos.

Ela...

Fumaça de madeira.

Pinho.

Piche.

Ela se senta.

Há uma canção de amor uivando em sua cabeça.

Ela se levanta lentamente.

Ouve o *clique* das unhas na varanda do lado de fora, a madeira rangendo.

Como se um animal pesado estivesse andando de um lado para o outro na frente da porta.

Ela passa sobre os outros cuidadosamente. Pega o xale pendurado em um gancho ao lado da porta e o enrola em seus ombros.

Ela respira fundo.

E abre a porta.

A varanda está vazia.

O ar está frio quando ela sai da casa, fechando a porta atrás de si.

Ela escuta.

E, ao longe, há um sussurro.

Ele diz: *Algo golpeava em minha alma, febre ou asas perdidas, e me fui fazendo só, decifrando aquela queimadura.*

Ela desce da varanda.

A grama está fresca sob seus pés descalços.

As estrelas acima estão brilhantes. A lua está quase cheia. Ela a puxa.

Mas ela não muda de forma.

As árvores balançam enquanto ela caminha pela floresta.

Ela pensa que vai decifrar aquela queimadura.

Aqui. Finalmente.

Porque o luto é fogo. Ele queima até que tudo o que sobre sejam ossos carbonizados de uma vida que costumava existir.

Ela não está sozinha enquanto caminha. Ela não pode vê-los, mas pode senti-los.

Ela chega à clareira.

Aqui, uma vez, um garoto disse que a amava.

Aqui, uma vez, ela o beijou.

Aqui, uma vez, ele a beijou.

E aqui, uma vez, ele queimou enquanto as canções o guiavam de volta para casa.

Depois que ele não passava de cinzas, quando suas brasas esfriaram, ela retornou sozinha, um velho lobo de pedra em suas mãos.

Ela cavou cinzas e terra.

Ela enterrou o lobo de pedra lá no fundo.

E lá permaneceu.

Exceto que...

Ela se senta no meio da clareira e espera.

A canção de amor está rugindo dentro dela.

Ela não espera muito.

Vê olhos alaranjados nas árvores ao seu redor. Dezenas deles. Centenas.

Eles percorrem as árvores, nunca se aproximando.

Eles a estão protegendo aqui.

Ela conhece muitos deles.

Aqueles que não conhece vieram antes dela, mas são dela mesmo assim.

Ela vê um lampejo de vermelho, mas não é aquele que está esperando.

— Abel — sussurra ela, e o lobo uiva.

Ela fecha os olhos.

Há um sopro de ar quente contra seu rosto.

Ela sorri.

— Olá, querido — diz ela, e sua voz racha.

Ela abre os olhos.

Diante dela está um grande lobo branco.

Em suas mandíbulas, ele segura um lobo de pedra.

Ele o coloca gentilmente aos pés dela. Empurra-o na direção dela. Aqui está ele, mais uma vez, entregando-o a ela.

— Eu enterrei — diz a ele. — Porque pensei que pudesse ser um pedaço de mim para você levar para onde quer que tivesse ido.

Ele resmunga e balança a cabeça, os olhos brilhando. Senta-se sobre as patas traseiras, pairando sobre ela. Ela inclina a cabeça para trás para poder olhá-lo. Ele pressiona o focinho contra sua testa, e ela diz:

— *Ah.*

Há vislumbres brilhantes de luz.

Ela ouve sua voz.

Ele diz:

— Sinto muito. Por tudo. Por ter que deixar você. Por ter que deixar nossa família. Nunca quis isso. Tudo o que eu sempre quis foi estar com você. Você é a lua. Você me atrai. Você me faz uivar. Você me faz cantar.

E vi de repente o céu degramado e aberto.

Ele diz:

— Eu te amei desde que te conheci. E te amarei para sempre.

As luzes se tornam mais brilhantes. É azul como tristeza, mas há o doce verde do alívio misturado, e ela sabe que não importa o que aconteça a seguir, ela terá tido este momento.

As luzes desaparecem.

E ali, diante dela, está Thomas Bennett. Ele está nu, e sua pele, intacta. A morte o curou.

O grito de alegria que ela solta ecoa ao redor deles. Os lobos nas árvores cantam em resposta.

Ela o derruba.

Ele ri.

Sua pele está quente.

Seus braços a envolvem.

Ele a beija nas bochechas.

Na ponta do nariz.

No topo da cabeça.

Ele é forte.

E vital.

E...

— Isto é um sonho — sussurra ela no pescoço dele.

— É perto disso — diz ele em seu cabelo. — Você está dormindo com nosso bando. Você está segura e salva. Mas isso... isso é um presente. É um presente do nosso território, por tudo o que passamos. Uma última chance até nos encontrarmos de novo.

Ela se permite desmoronar.

Ele a segura enquanto ela soluça.

Sua voz está rouca quando ele diz:

— Ei. Ah, Lizzie. Ei. Calma. Nada disso.

Seu peito se agita quando ela levanta a cabeça.

Seu sorriso treme. Seus olhos estão molhados.

Ela tem tanto para dizer.

Tanto para contar para ele.

Ela se decide por:

— Seu cuzão do *caralho*.

Ele pisca em surpresa enquanto ela bate em seu peito.

— Ei! Isso dói!

— Não me *importa* — rosna ela para ele, sentindo seus dentes se alongarem. — Você... seu *desgraçado*.

Ela cede à sua raiva.

Ele aceita, pelo menos por um tempo. Depois, ele agarra suas mãos e as segura com firmeza.

— Você poderia parar com isso?

— Por quê? — demanda ela. — Por que você fez o que fez? Por que teve que nos deixar? *Me* deixar?

Ele suspira enquanto deixa a cabeça descansar na grama. Ainda está segurando seus pulsos, e ela se maravilha com o quão real parece. Ele diz:

— Um Alfa é um líder, mas ainda mais um protetor. No final, ele ou ela coloca seu bando acima de tudo e de todos. Um Alfa fará qualquer coisa para manter seu povo seguro.

Ah, ela ouviu isso repetidamente, não é mesmo? Claro que sim. Ser a parceira de um Alfa garantiu que fosse assim.

Ela se desvencilha, deitando-se na grama ao lado dele. Ele a solta. Ela vira a cabeça para pressionar a testa contra o ombro dele. Ela o cheira.

— Eu queria que você nunca...

— Tivesse me tornado Alfa?

— Sim.

— Eu sei.

— Não é justo.

— Também sei disso. Mas veja como você se saiu. — Ele ri baixinho. — Este... nosso bando. Os lobos. Os humanos. Eles são fortes. — Seu riso desaparece. — E eles terão que ser. Todos vocês terão. Por causa do que está por vir.

Ela fecha os olhos.

— Você pode me dizer o que é?

— Eu não sei. — Ele soa frustrado. — É... um pressentimento. Uma tempestade. Está no horizonte. Tudo vai mudar. Para você. Para todos os lobos. Ox... — Ela sente Thomas balançar a cabeça. — Ele está perdido na tempestade. Ele é importante. Todos vocês são importantes. Robbie vai... — sussurra ele, mas nada segue.

Ela pergunta o que ele quer dizer.

Ele não sabe.

— Não é justo — diz ela novamente, incapaz de conter a amargura na voz. — Por que tem que ser com a gente?

— Por causa de quem vocês são — responde ele baixinho. — Vocês são o bando Bennett. E sua canção sempre será ouvida.

Os lobos ao redor deles começam a sussurrar através dos laços.

Eles dizem *bando* e *bando* e *bando*.

Ela escuta.

Ele se senta, a cabeça inclinada.

E então ele diz:

— Corra atrás de mim. Eu te amo, corra atrás de mim.

Ele se transforma, o som de músculos e ossos alto na clareira.

Ela não pensa duas vezes.

Também se transforma.

Eles correm juntos na floresta. Ela belisca os calcanhares dele. A ponta do rabo dele. Ele volta brincalhão para ela, costurando por dentro e por fora das árvores. Ela corre, ele corre, eles correm juntos, e é como costumava ser, antes. Quando eles eram jovens e não tinham nada a temer. Ela o ouve rindo em sua cabeça, e é tão feliz e brilhante que faz seu coração pulsar.

Os outros lobos correm ao redor deles, sempre fora de vista. Ela os sente, os reconhece, faíscas brilhantes na escuridão que ela não sentia desde que os caçadores vieram e levaram todos embora.

Eles correm.

Todos eles correm.

Ele diz: *AmorEsposaParceira.*

Ele diz: *você está aqui você está aqui você está aqui.*

Ele diz: *eu também e não importa para onde você vá.*

Ele diz: *não importa o que você faça.*

Ele diz: *eu sempre estarei com você porque eu te amo eu te amo eu te amo.*

Ela canta sua canção de amor para as árvores e o céu, e é azul e verde e o território ao seu redor treme com o poder da sua voz.

Green Creek estremece e treme com o seu chamado.

No final, os lobos ao seu redor começam a desaparecer.

Eles não se foram, apenas… retornaram para a terra.

Para a lua.

Ela sabe que não tem muito tempo.

Ela se transforma, ofegante enquanto cai de quatro.

Ela olha para cima quando o lobo branco se vira para ela.

Ela sussurra:

— Eu te perdoo.

E diz de coração.

Ele inclina a cabeça para trás e uiva.

Ecoa pela floresta.

Dentro dele, ela ouve *mantê-los seguros mantê-los seguros e dizer a eles dizer a eles dizer a eles que seu pai os ama e e e* nós estaremos juntos novamente um dia um dia estaremos juntos e correremos como *ban-dobandobando.*

E então ele dá um passo à frente e pressiona o focinho contra a testa dela, que diz:

— *Ah.*

O mundo explode ao redor dela.

XXXI.

ELA ABRE OS olhos.

Está na casa.

Seu bando respira profundamente ao seu redor.

Foi um sonho.

Foi tudo um sonho.

Dói mais do que...

— Mãe?

Ela se senta.

Joe, Carter e Kelly estão acordados. Eles a observam no escuro. Os olhos de Joe estão vermelhos. Os de Kelly estão laranja.

Os de Carter estão violeta, mas ele está no controle.

— Ei — diz ela, tentando sair da lembrança do sonho. — Vocês estão bem? O que houve?

— Ele esteve aqui — sussurra Carter.

Kelly concorda, os olhos úmidos.

— Nós o sentimos.

E Joe diz:

— Nós podemos sentir o cheiro dele. É... — Seus olhos se arregalam. — O que é isso?

Ela olha para onde ele está apontando.

Na mão dela está um lobo de pedra.

Aquele que ela enterrou anos atrás.

— Mãe? — pergunta Joe. — Ele...?

— Eu acho que sim. — Ela enxuga os olhos enquanto coloca o lobo no chão ao lado deles. Ela abre os braços. Seus filhos vêm até ela, pressionando seus rostos contra o dela. Eles são grandes, seus filhos, mas de alguma forma conseguem. Ela vê Ox abrir os olhos, mas ele não fala enquanto os observa. Ela diz: — Eu tive um sonho maravilhoso. Vocês gostariam de ouvir?

Todos concordam.

E então ela conta a eles.

XXXII.

O SOL NASCE num novo dia.

Todos estão dormindo outra vez.

Cercada pelo seu bando, ela observa a luz começando a penetrar pela janela. Parece cura. Ou pelo menos um começo disso.

Esse bando é diferente de todos que já existiram antes.

Ela acha que isso é para o bem.

E não importa o que venha a seguir, o mundo ouvirá suas canções.

Haverá paz. Isso ela promete a si mesma.

Ela acaba pegando o lobo de pedra, traçando-o com o dedo.

— Um dia — sussurra para ele. — Um dia, meu amor. Olharei nos seus olhos e tudo ficará bem.

E embora ache que se trata apenas de um truque da luz matutina, ela jura que os olhos do lobo de pedra brilharam em vermelho.

Sobre o autor

TJ KLUNE É um autor estadunidense que escreve desde os oito anos. Ganhador dos prêmios Lambda, Alex Award e Mythopoeic Fantasy, ele acredita na importância de representar, agora mais do que nunca, personagens queer de maneira positiva, uma vez que ele é parte da comunidade LGBTQIAPN+. Seus outros livros, *A casa no mar cerúleo*, *Além da porta sussurrante* e *Wolfsong*, também publicados pela Morro Branco, tornaram-se sucesso de crítica e de público, figurando nas listas de mais vendidos do *The New York Times*, do *USA Today* e do *Washington Post*.